JN255403

ギリシアの抒情詩人たち

竪琴の音にあわせ

沓掛良彦

京都大学学術出版会

本書を古典研究に導いて下さった先師

木村彰一

寺田　透

両先生の御霊に捧ぐ

目次

まえがき

　本書は、ギリシアの抒情詩を研究してきた古典学徒というよりは、むしろ若き日にギリシア抒情詩に心惹かれ、これに格別の関心を寄せて親炙したことがある東洋の一読書人による古き世の詩人たちと、その詩的世界の素描であり紹介である。なにほどかは学術的であろうとすると同時に、わが愛するギリシア詩人たちの相貌と、彼らが築き上げた詩の世界を、東洋人の眼でたどってみようとする試みである。基本的にはギリシア抒情詩人たちの詩的世界を主観的に扱い、独断をもまじえて描くものであって、専門家を対象とし、純然たる学術的な意味をもたせることを意図したものではない。

「詩を論ずるは、神様を論ずるに等しく危険である」（PROFANUS、『超現実詩論』）とは、日夏耿之介と双璧をなす学匠詩人として知られた西脇順三郎の言葉だが、ギリシア上代つまりはアルカイック期の抒情詩人を取り上げて、その詩を論じたり、詩人の相貌を描こうとするのは、神を論ずる以上に危険なことに違いない。なぜなら今を去ること二七〇〇年から二六〇〇年ほどの大昔に栄えた文学であるギリシア抒情詩は、言うなれば「半ば失われた文学」だからである。幸運にも主要作品が伝存するピンダロスなど少数の詩人を例外とすれば、今日われわれが手にすることのできるこの時代の詩人テクストは、文字通り九牛の一毛にも足らず、それもほとんどが断片の形でしか伝わっていない。前七世紀中葉から前六世紀に、ヨーロッパ最古の抒情文学としてギリシア文学を華やかに彩った詩人たちの作品は、時の流れの中で湮滅散佚し、また異教文学を敵視するキリスト教教父たちの撲滅作戦に遭って焚書の憂き目をみて消えてしまった。それに比べれば、ヘレニズム時代に復活し花開いた抒情詩はより幸運であって、中にはテオクリトスのように、その全容をほぼ窺うことができる詩人もいるが、これとて失われた部分は大きい。

ギリシア抒情詩人とその詩の世界を描くことをむずかしくしているのは、それだけではない。仮に幸運にもギリシア抒情詩人たちの作品のテクストの大部分がそのまま伝存しているというような事態を想像してみたとしても、われわれにとってギリシア上代の抒情詩が「半ば失われた文学」であることに変わりはない。後に触れるように、音楽と、あるいは音楽ならびに舞踊と密接に結びつき、これと一体化していたギリシア抒情詩は、その構成要素である音楽と舞踊が永久に失われてしまった以上、その全体像を窺うことは困難、というよりは事実上不可能である。その意味では前七世紀から六世紀にかけて、古代ギリシアに独自の彩りを添えた上代の抒情詩は、後世のわれわれにとっては「閉じられた文学」であると言ってよい。カリマコスやテオクリトス、それにほぼ完全な形で伝わっているエピグラム詩の集大成である『ギリシア詞華集』などのヘレニズム時代の詩は、音楽とは独立した文学作品として味わうことが可能であるから、その面ではより幸運だと言えよう。

古代ギリシアの抒情詩は、ギリシア文学の中ではわが国の読者に知られること少なく、悲劇・喜劇や散文の作品に比べれば、さほど親しまれてはいないように思われる。翻訳としては夙に呉茂一氏の『ギリシア抒情詩選』(岩波文庫)のような名訳があり、長らくこれがわが国の一般の読者がギリシアの抒情詩に接して親しむための、事実上唯一の手掛かりとなっていた。ほかには戦後まもなく(一九四九年)に出た田中秀央・木原軍司氏による『ギリシャ抒情詩集』(思索社)もあるが、おそろしく詩興の乏しいこの訳詩集が広く読まれたとは信じがたい。伝存するテクストのほとんどが断片であるのに加えて、音楽的要素の大きい抒情詩を邦訳で伝えることの絶望的なまでの困難さもあって、悲劇・喜劇や散文作品に比べると、ギリシア詩の翻訳・紹介は乏しく、大きく後れをとっていた。その中で昭和三五年(一九六〇年)に刊行された『世界名詩集大成　古代・中世篇』(平凡社)に収められた久保正彰氏によるピンダロス「オリュンピア祝捷歌集」の全訳は、わが国におけるギリシア抒情詩翻訳紹介として異彩を放っている。訳者が当時二〇代であったことを考えると、その先駆的訳業は驚くに堪えるものだと言える。

幸いにも近年では丹下和彦訳『ギリシア合唱抒情詩集』、ピンダロス・内田次信訳『祝勝歌集／断片選』、テオクリトス・古澤ゆう子訳『牧歌』、テオグニス他・西村賀子訳『エレゲイア詩集』といった、優れた古典学者たちによる労作が世に出て、状況は大きく改善された。どの訳業も、わが国の古典学研究の第一線に立つ古典学者たちが心血を注いだ立派な仕事であって、敬服に値するものである。また不出来なものながら、私の手になる『ギリシア詞華集』の全訳もあり（いずれも西洋古典叢書、京都大学学術出版会）、これまで知られなかったギリシアの抒情詩も、わが国の読者の前に、ようやくその相貌をあらわしつつある（ただし独吟抒情詩（メロス）の翻訳・紹介に関して言えば、呉氏の選訳と、かつて私が世に問うた『サッフォー――詩と生涯』（平凡社、水声社）のほかにはこの分野に関するまとまった訳詩がなく、まだ紹介は不十分である）。およそなんであれ詩というものはあまり読まれないものではある。訳詩となればなおさらのことである。とりわけ明治以来文学すなわち小説といった図式が出来上がっているわが国ではその感が深い。これはひとつには、いわゆる現代詩が詩人たちだけの自己閉鎖的な文学世界を形成し、自足しているということにもよろう。ましてや外国の詩、それも遠く時空を隔てた古代ギリシアの詩文学ということになれば、今日のわが国の読者にとっていっそうなじみが薄く、広く知られ読まれることはまず期待できない。それにしても、英文学者をはじめとする外国文学研究者だけでも、恐らくは一万人以上、少なくとも数千人はいるであろうこの国で、古代ギリシア文学を彩る華である抒情詩は、もう少し広く知られ、読まれてもいいのではないかとの思いはある。直接の遠祖ではないとはいえ、ヨーロッパ抒情詩の淵源なのであるから。

わが国におけるギリシア抒情詩に関する手引きとしては、高津春繁氏による『ギリシアの詩』（岩波新書）、呉茂一氏による好著『ぎりしあの詩人たち』（筑摩書房）がある。前者はギリシア詩への案内書として実によくまとまっているが、新書という制限もあって、訳詩はわずかしか収められていないのが惜しまれる。一九五六年に出たホメロス、ヘシオドスなど叙事詩人をあつかった呉氏の書は版を断って久しく、世の読者の眼に触れることはまず稀であろう。まことにおこがましい話ではあるが、私は本書でその後を継いで、まだわが国の読者にはさほど読まれ親しまれてはいないと思われるギリシアの抒情詩人たちの作品を紹介し、私なりの流儀で、その詩風や詩人の姿を素描してみたいと思う。それを東洋の一読書人の立場からおこなおうというのである。

かつて私は青年のころから壮年にかけて、ギリシアの抒情詩というものに親炙したことがあるが、それは古典学徒としてというよりも、むしろ和歌を中心とする日本の詩歌や中国古典詩に長らく親しんできた一人の東洋の読者としてであった。つまりは一素人としてである。ピンダロスを読んでは柿本人麻呂を思い、サッポーを読んでは和泉式部を脳裡に浮かべ、ヘレニズム時代の詩人を読んでは新古今集の歌人たちを連想するといった読み方であった。そのため、当然のことながら、ギリシアの詩に関してもヨーロッパの古典学者と必ずしも見解を同じくしない。とりわけ詩人の評価に関してはそうである。ヨーロッパの伝統文化の中に育ち、ヨーロッパ詩の世界のみを見つめてきた欧米の古典学者と、日本や中国の文学的伝統の中に育った私の如き東洋の一読書人とでは、同じギリシアの詩を前にしても、その理解や反応が異なったとしても不思議ではないはずである。そこで、世の古典学者たちの反発や嗤いを買うことを覚悟の上で、本書ではギリシアの詩人に関して、思い切って東洋の一読者としての私自身の考えをも前面に押し出すことをもしてみた。たとえヨーロッパの令名ある古典学者、大碩学がこれは不朽の傑作、この詩人は超一流の大詩人であると断言していても、私自身の詩的感性、詩の鑑賞能力に照らして納得できない場合は、独断によって遠慮なくそれを述べた。

古典学徒を名乗るのはいささか憚られる私にしてみても、かつて青・壮年の頃にかなりの年月にわたってギリシア抒情詩を耽読したものである。と同時に欧米の古典学者の著作、研究を読み漁ってそこから多くを学んだが、その後東洋回帰を経験しギリシア抒情詩の世界を離れているうちに、老来呆然、記憶力の著しい衰えとともに、それらの内容はあらかた忘れてしまった。今はただ注釈などのわずかな文献を手に、かろうじてまだ読みかつ鑑賞することのできる詩のテクストと向き合って、それに関する薄れかかった乏しい知識や、私なりの解釈や、詩に寄せる所感を述べることができるのみである。

若いころにロシア文学を学び、過度の技巧を凝らしたり巧緻のかぎりを尽くしたりせぬプーシキンやレールモントフなどの簡素にして透明な詩の響きを愛した私は、その後西脇順三郎の詩業にふれて地中海世界への憧れを抱いた。そこから呉茂一氏の名訳に導かれギリシア抒情詩の世界へと踏み入り、そこにロシアの詩との不思議な相似を感じたものであった。理解の程度はともあれ、それは独自の魅力をもって若き日の私の心を惹いたのである。ギリシア抒情詩のもつ簡浄の美は、とりわけサッポーの詩の美しさは私を深く魅了したが、全体としてギリシア詩は、同時に学び始め、その修辞癖と典故尊重的性格に辟易しながらも次第に深入りしていったラテン詩とも、それに、これまた一時は心酔したボードレールからマラルメに至る象徴派を中心とするフランス近代詩の濃密な詩的世界とも、明らかに異質の詩的世界であった。その点が私の心を強くとらえ、老来東洋回帰が進んで漢詩や和歌に浸るようになる日々まで、ギリシア抒情詩の世界にひきとどめていたのだと言ってよい。

私の理解する限りでは、西欧の近代詩は、歌われることを本質とした古代ギリシア詩の直系ではなく、むしろその根底に修辞学をもち典故を重んじ、詩人の意識的、人工的な詩作の理念に基づいたローマのラテン詩の系譜につながるものである。西欧の詩人には、ピンダロスやアナクレオン、『ギリシア詞華集』の詩などを模倣した一六世紀フランスのプレイヤード派の驍将ロンサールや、ギリシア文学に深く通じ、ギリシアへの憧憬を詠ったヘルダーリン、半ばギリシア人であったシェニエのような詩人もいるが、全体として見ればやはりギリシア的と言うよりは、ラテン詩の特質を受け継いでいるように思われる。言ってみれば、非ギリシア的でさえある。私見だが、ギリシアの抒情詩は、ローマのラテン詩以後の西欧の詩とは大きく性格が異なる。それはビザンティン帝国の終焉まで生き延びたエピグラム詩を除いて、古典ギリシア文化の終焉と共に姿を消した、一回限りの文化的現象なのである。

詩を愛する東洋の読書人として、私の心は長らく漢詩と和歌、それにギリシアの抒情詩とフランス近代詩との間を揺れていた。ギリシアの詩は、ピンダロスやアレクサンドリア派の総帥である学匠詩人カリマコスの作に見るように、複雑巧緻を極めた詩技を秘めながらも、なおも簡浄の美を保ち、端正にして明晰で形式上の美を秘めている。それに心惹かれてその世界を逍遥しつつも、一方ではボードレール、ヴァレリー、マラルメといった詩人の精緻に構築された詩にも心奪われ、彼らの詩を耽読したりもした。だが性懶惰にして精密な文献学的研究に耐えられず、詩を学問研究の対象として研究するということが苦手な私は、四〇代でサッポーに関する一書をまとめたのを最後に、その後はギリシア抒情詩研究から次第に遠ざかってしまった。それに劣らぬ関心の対象であったフランス近代詩の分野でも、わずかにボードレールについて論文めいたものを二、三篇書き、ピエール・ルイスの評伝と『ビリティスの歌』の翻訳、ボードレールやヴェルレーヌの評伝の翻訳を世に問うただけで終わってしまったのである。

そして老年とともにやってきたのが、本卦返りの東洋回帰であった。若いときから漢詩に親しみ、また和歌が好きだったこともあって、横文字を廃してその世界に浸り、陶淵明や中国の飲酒詩について論じ、和泉式部、式子内親王、西行といった歌人を描きまた論じることに老年の日々を費やしてきた。さらには蜀山人大田南畝の弟子を僭称し、学問を放擲して、狂詩・戯文の制作に耽っては老いの日々の慰めとしていたのである。かくしてギリシアは遠のくばかりで、書架に並んだ古典の書物ももはや単なる壁と化しつつあった。そんな状況下で、古稀を過ぎた老骨の身が、畏敬する古典学の泰斗の御依頼により、図らずも『ギリシア詞華集』のエピグラム詩四五〇〇篇の全訳をするという羽目になったのである。かつてその方面の訳詩選を世に送ったことがあるとはいえ、もはや忘れつつあった世界に突然引き戻されたのだが、戸惑い苦しみつつも、昔取った杵柄で、ともあれ二年近い歳月を費やして一応は全訳を果たした。

その後にやってきた抜け殻のような空ろな日々の中で、宿願の一休和尚論を書こうと思いつつ『狂雲集』などを覗いているうちに、ふともう一度ギリシア抒情詩の世界を覗いてみようかとの気を起こしたのである。『ギリシア詞華集』の翻訳に没頭している間に、ギリシア抒情詩への関心が蘇ったのである。かつて目指したことのある古典学徒としてというよりは、東洋の詩歌の伝統の中に生き、それに浸って余生を送っている一読書人として、その眼をもってギリシアの詩人たちを眺めたら面白いのではないかと思われたのである。これは確かに冒険であり暴挙かもしれない。真に学問的な態度で古典に臨む正統派の古典学者であれば、暴虎馮河の誹りを受けてまでさような行為には奔るまい。だが幸か不幸か、私は老来久しい間ギリシア古典から離れていた人間であり、かつて読み漁った研究文献も大方忘れてしまった東洋の一読書人にすぎない。そういう者として、今度はギリシアの抒情詩人たちの作に接して、思うところを綴り、詩人たちの姿を素描してみたい。老来語学力も衰え、ギリシア語の読解力も落ちているし、羅、英、独、仏、伊、西等の言語で書かれたあまたの研究文献を読み返すだけの時間も気力もないので、不安は大きいが、ともあれ一つの試みとしてそれをやってみたいと思うのである。

「それ見ろ、やはり素人だ、古典の理解がなっていない」と世の古典学者たちに嗤われるのを承知の上で、また増上慢、傲慢の誹りを受けるのを覚悟で言えば、私は欧米の古典学者たちがギリシアの抒情詩人たちに下す評価に、いささか異論がないわけではない。たとえ彼らがある詩人に、「これは世界最高の」「超一流の」、「傑出した詩人」といったような評価を与えている場合でも、それは陶淵明、李白、杜甫といった中国古典詩の頂点に立つ詩人たちや、あるいはわが国の古典和歌などを知った上での判断や評価ではないからである。欧米の古典学者がギリシア詩人を評しているのに接して、これは少々評価が高すぎるのではないかというような違和感を覚えたことも一度ならずあった。ギリシアの詩人、総じてヨーロッパの詩人の評価に関しても、欧米の学者たちの評価を鵜呑みにし、それを絶対の尺度・基準とすべきだとは、私には思えないのである。西洋古典研究はヨーロッパの学問である。それゆえギリシア抒情詩にしても、その学問研究の方法に則り、その研究手法に学んでこれをあつかうべきことは論を俟たない。言うまでもなく、何の文献学的手続きも経ず、準備もなしに詩自体をいい加減に読むことは許されないにしても、東洋人には東洋人の読み方があるはずである。そこに異なった文学的伝統の中に生きる東洋人としての評価や批評が加わってもよいのではなかろうか。一例を挙げれば、私にはアナクレオンがさほどすぐれた詩人とは思われないし、また牧歌の祖とされるテオクリトスが、その後世への影響の大きさは別として、欧米の古典学者たちが言うほどの、すぐれた大詩人とはどうしても信じられないのである。古来ピンダロスがギリシア最高の抒情詩人、「詩聖」(poeta divinus) として崇められていることに異論はないが、その晦渋をきわめたしばしば大仰で空疎と感じられる詩句に接すると、「詩聖」杜甫の誠実な詩風や、天才詩人李白の天馬空を行く詩を思い、それに軍配を挙げたくなる。ギリシア抒情詩の最高峰ではあるかもしれないが、東西詩史の上での最高峰の一つとは認めがたいところがある。それは柿本人麻呂が、「歌の聖」でありわが国の生んだ最大の歌人であることは異論がないにしても、はたして世界的な大詩人と言えるかどうか疑問が残るのと同じことである。ピンダロスにしても、「それほどの大詩人なのか」という疑念は捨てられない。無論、詩は軽々に優劣を論ずべきものでないことは十分承知してはいるが。

それにまた、いわば「本歌取り」を身上とするヘレニズム時代の詩人たちの作品を評する欧米の学者たちの見解にも、全面的には同意できないところがある。彼らの精緻な研究や批評、詩人の評価を読んでいると、これらの古典学者たちが「獺祭魚（だっさいぎょ）」と称されるほど典故を多用する晩唐の異才李商隠の詩を知っていたら、あるいは明代以降の中国の詩文に通じていたらどう思うであろうかというようなことも、脳裡に浮かんでくる。欧米の古典学者が、「文学から生まれた文学」の極致である、『新古今集』の和歌、とりわけ精妙華麗な藤原定家の歌などを知悉していたら、総じて書物の香がするブッキッシュな文学で、「点鉄成金」の詩学が支配し、模倣・模擬をことするヘレニズム時代の詩人の評価にどう反映するであろうかと考えてしまうのは、私が東洋の文学に養われた一読者だからである。

冒頭に述べたように本書は純学術的な「研究」ではなく、あくまでギリシア抒情詩に格別の関心をもった東洋の一読書人、老耄書客による抒情詩人たちの相貌の素描である。神を論ずる以上に危険なことに乗り出すことにしたからには、仮に世の古典学者たちから瀆神の誹りを受けようとも、取るに足らぬ素人談義と嗤われようとも、ギリシアの詩人たちに関する、独断と偏見をもまじえた私なりの見解をも披瀝してみたい。

そんな思いを抱いて、古き世のギリシア詩人たちの詩的世界を語るべく、古稀をとうに過ぎた一老骨が、危くもおぼつかぬ筆を弄したのが本書である。かような書物が、厳密精緻な古典研究に邁進している、世の古典学者たちの嗤笑や反発を買うことは予想できるが、間違いなく稀少なわが国の読者にどのように受け取られるかは、まったく予測がつかない。すべては読者の手の中にある。

愛書耽書糟生涯　把酒逍遥詩世界

序章　ギリシアの抒情詩とはどんなものか

ギリシア抒情詩の特異さ――それを形作る詩人たち

まえがきで述べたように、ギリシアの抒情詩はわが国の読者にとって、ホメロスの叙事詩や悲劇、喜劇などに比べても、ギリシア文学の中でもなじみが薄い文学である。前七世紀から六世紀にかけてギリシア文学を彩り、一旦は衰微し終焉を迎えた後、ヘレニズム時代に入って再び花開いた抒情詩は、洋の東西を問わず、これに接する現代の読者がかなり抵抗を覚える文学だと言ってよい。それは同じく抒情詩とは言っても近代の抒情詩とは、その性格においても、その文学作法においても、その享受のされ方においても大きく異なっているからである。それは何の心構えも予備知識もなく、気楽にその世界に飛び込んで、ただちにその味わいや詩的な価値を把握して楽しめるような文学ではないことは確かである。本来は不可能事である翻訳、訳詩を介してこれに接するとなれば、なおさらのことである。言語表現そのものが圧制的な重みをもち、かつ詩句に宿る音楽性が決定的な役割を果す抒情詩は、翻訳によって失われる部分があまりにも大きい。ホメロスの叙事詩やギリシア悲劇が、格別の予備知識をもたずとも、またたとえ翻訳を介してでも、現代に生きるわれわれの心に強くはたらきかけ、魂をゆすぶることが稀でないのに比して、抒情詩はそう易々とその世界に参入しがたい文学だという印象を与えることは否めない。それは普遍性をもつと同時に、ある意味ではかなり特殊な文学でもあって、叙事詩や悲劇に比べると、われわれ現代に生きる人間にはなじみにくい側面をもっている。なんといっても、二七〇〇年から二六〇〇年も大昔の人間の情感を主体とした文学なのである。その時代感覚からしても、人間把握の仕方や社会環境からしても、ギリシアの抒情詩人たちとわれわれの距離感はやはり大きい。そのことは一応承知しておく必要があろう。

ギリシアの抒情詩は、それを理解し鑑賞するためには、抒情詩に関する近代の概念を一応は捨ててかかる必要があり、その基本的な性格、特質といったものに関する、ある程度の基礎的な知識はやはり求められることになる。それゆえ、ギリシア文学を個性的な独特の色彩で彩った詩人たちの詩的世界に足を踏み入れるに先立って、近代の抒情詩とはかなり性格を異にする、ギリシアの抒情詩とはおよそいかなるものであったのか、まずはざっと一瞥しておきたい。繰り返し言えば、それは東洋の詩歌とも、ルネッサンス以後のヨーロッパの抒情詩とも、詩に関する概念において大きく異なるものであった。ヨーロッパ抒情詩の淵源であることは確かであり、プレイヤード派の詩人たちの例に見るように、ルネッサンス以来ヨーロッパの詩文学が形を整え、高度に洗練され、深化してゆく上で大きな影響を与えたことは事実だが、抒情詩に関する近代の概念をもってこれに臨んではならないということは強調しておかねばならない。

さてギリシアの抒情詩は前七世紀に、事実上「最初の抒情詩人」であり、抒情詩の鼻祖と目されるアルキロコスの登場をもって開花し、以後前五世紀にアイスキュロス、ソポクレス、エウリピデスの三大悲劇詩人に代表される悲劇と、アリストパネスに代表されるアッティカ古喜劇にとって代わられるまで、約二世紀にわたって繚乱と花開いた。その点で、叙事詩をもたず、詩といえば古代から近代に至るまで一貫してもっぱら抒情詩であった中国の詩などとは異なり、アルカイック期の抒情詩は、ある限定された時代に栄えたジャンルであった。前八世紀の叙事詩人ホメロス、ヘシオドスの後を承けて、叙事詩とは大きく様相の異なる抒情詩がギリシア全土を覆ったのである。イギリスの古典学者E・R・バーンが「ギリシアの抒情詩時代」（Lyric Age of Greece）と呼ぶ時代の、ギリシア上代（アルカイック期）の抒情詩がそれである。悪罵痛罵のイアンボス詩によって名高いアルキロコス、酒と政治詩の詩人アルカイオス、プラトンに「十番目の詩女神（ムーサ）」とまで讃えられたサッポー、抒情詩人最高峰とされるピンダロス、悼詩・碑銘詩によって名高いシモニデス、酒と恋の詩人として世に知られるアナクレオン、教訓詩人テオグニスなどをはじめとする、明確な「個」の意識に支えられたさまざまな詩人たちが、多様な詩律を駆使して饒（ゆた）かな詩的世界を創造したのであった。『ギリシア詞華集』第九巻には、逸名の詩人の作で、カノン化された第一級の抒情詩人として、九人の詩人の名を挙げたエピグラム詩が二篇見られる。そのうちの一つ（第一八四番）は次のように歌われていて、ヘレニズム時代におけるギリシア上代の詩人たちの位置づけを窺わせる作となっている。

詩女神（ムーサ）らの聖なる口なるピンダロスよ、お喋り屋のセイレンなる
バッキュリデスよ、サッポーのアイオリス風の優雅さよ、
アナクレオンの詩書（ふみ）よ、ホメロスの流れに汲んで
己が作となせしステシコロスよ、
シモニデスの甘やかなる詩書（ふみ）よ、説得女神（ペイトー）と
男児（おとこのこ）らの甘美なる華摘みしイビュコスよ、
祖国の掟護らんと、幾度か僭主の血を流させし

アルカイオスの剣(つるぎ)よ、
乙女子らを歌うアルクマンの鶯よ、嘉したまえ、
なべての抒情詩を創始して、その行き着く果を示したる詩人たちよ。

遺憾なことに、ギリシア上代の詩はピンダロスなどの少数の詩人を例外として、ほとんどが散佚湮滅し、あるいはサッポーやアルカイオスの詩のように、淫らであるとしてキリスト教会によって敵視され焚書の憂き目を見たため、様々な書物の引用や、エジプトのオクシュリンコスなどから出土発見されたパピルスなどによって辛くも生き残った、わずかな断片の形でしか伝存しない。それゆえ遥か後世の人間であるわれわれは、その全貌、全容はおろか、きわめて不完全な形でその一端を垣間見ることしか許されていないのである。

このアルカイック期の抒情詩は、前六世紀後半から前五世紀初頭にかけて活躍したアナクレオンをもってひとまず終息し、悲劇・喜劇、さらにはそれに続く散文の文学に座を譲った。以後、牧歌の創始者とされるテオクリトスやアレクサンドリアの総帥であった学匠詩人カリマコス、さらにはこの時代の詩の支配的形態となったエピグラム詩のあまたの作者たちが活躍するヘレニズム時代に至るまでは、抒情詩人たちは文学史の上からは姿を消してしまう。以下いくつかの章に分けて、アルカイック期のギリシア抒情詩を彩った主要な詩人六人と、抒情詩が復活してギリシア文学に光彩を添えたヘレニズム時代の詩人八人を取り上げ、そのごくおおまかな素描を試みたい。上代詩人のうち合唱抒情詩人アルクマン、ステシコロス、イビュコス、それにエレゲイア詩人テオグニスを取り上げなかったのは、一つにはこれらの詩人の作品は、すでに丹下和彦氏、西村賀子氏による立派な翻訳と充実した解説があるからで、また一つには、ギリシア固有の合唱抒情詩というようなものは、現代のわが国の読者に訴えるところがあまりにも少ないと思われるからである。エレゲイア詩に関しては、西村氏の訳業に就いて

いただければ十分であろう。ピンダロスは私の理解を越えた詩人であり、またはっきり言って嫌いな詩人ではあるが、ギリシア抒情詩人の最高峰と目されるこの詩人だけは逸することができないので、やむなく取り上げることとなった。この詩人に関しても、その全容を窺おうという世にも奇特な読者がいたら、内田次信氏による信頼するに足る全訳があるので、その立派な訳業に就いていただくようお勧めしたい。

またカリマコス、テオクリトスなどのヘレニズム時代の詩人たちにもかなりの頁を割いたのは、彼らの作品がわが国ではあまりにも知られることが少ないからであり、『ギリシア詞華集』に集うアスクレピアデス、メレアグロス、パルラダスといった大詩人とは言えない詩人たちを取り上げたのは、私自身の関心と好みによる。

ギリシアの抒情詩とは

では、ギリシアの抒情詩とはどんな文学であったのか。同じく「抒情詩」(lyric, Lyrik, lyrique)とはいっても、現代と古代ギリシアとではその観念においても享受の仕方においても、かなりの相違が見られる。まず抒情詩の定義だが、近代では詩人個人の情感や感懐を主観的に表出した比較的短い詩を、すべて「抒情詩」と呼んでいる。しかしギリシア人の言う「抒情詩」とはそのようなものではなかった。ギリシア人は、今日われわれが「文学」の名をもって呼んでいる韻文・散文をひっくるめた言語芸術全体を指す名称をもたなかったが、ことはいわゆる抒情詩に関しても同じであった。つまりアルカイック期から古典期までのギリシアには、叙事詩、劇詩以外の韻文文学つまりは詩を言い表す総称がなかったのである。本来「竪琴歌」を意味するリュリコスλυρικόςという言葉は、ヘレニズム時代に入ってからアレクサンドリアの学者たちによって用いられるようになったもので、アルカイック期・古典期のギリシア人は、彼らが「歌・歌謡」(メロスμέλος)と呼んだ、竪琴に合わせて歌われるスタンザ形式の詩と、合唱隊によって歌われ、舞踊を伴う詩のみを本来の抒情詩として考えており、その作者である詩人は「メロポイオスμελοποιός（歌作り）」と呼ばれていたのであった。そのほか、近代人の観念からすれば当然抒情詩の範疇に入る、アウロスαὐλόςという双管の縦笛の伴奏でレチタティーヴォ風に朗誦されたイアンボスとエレゲイアという二種類の詩がこれと併存したが、ギリシア人はこれを抒情詩とは別のものと見なしていた。「歌・歌謡」と呼ばれた本来の抒情詩は、レスボス島で生まれ、作者である詩人がみずから竪琴に合わせて歌う「独吟抒情詩」（メロスμέλος）と、詩人が作詩作曲しかつ振り付けをおこなって、しばしば大規模な合唱隊に歌わせる「合唱抒情詩」（コリコン・メロスχορικὸν μέλος）とに二大別される。（もっとも、近年の研究では両者を截然と分けることを疑問視し、独吟抒情詩とされる作の中にも、実際には合唱隊によって歌われていた詩がかなりあるという説が提示されるようになったことは言っておかねばならない。またシモニデスの例に見るように、ある詩人が合唱抒情詩の作者でもあり、独吟抒情詩の作者でもあるということはしばしばあった。）この二つは詩作に使用する言語も異なっていて、例外はあるが、独吟抒情詩が日常言語に近いアイオリス方言・イオニア方言を用いるのに対して、合唱抒情詩はドリス方言を主体とする一種の人工的な詩的言語で作られる。つまり両者はその使用言語（方言）が異なるばかりか、その表出（演奏・上演）方法や機能においても異なっていた。独吟抒情詩が私的なもので多くは愛や酒を詠い、作者個人の情感や感懐といった内面の表出であるのに対して、神事祭祀より起こり、王侯貴人や都市の注文に応じて作られ、神話伝説や英雄の事績を主題とする合唱抒情詩は公的な場で歌われた（というよりは上演された）公的性格を帯びたものであった。ピンダロスの祝勝歌に見るようにそれはしばしば宗教的色彩を帯びていた。その意味では、中世・ルネッサンスの抒情詩とも、われわれが知る近代の抒情詩とも大きく性格を異にしている。両者の中では、独吟抒情詩のほうが近代以降の抒情詩により近く、その遠祖、淵源ともなった。そのため、音楽的要素を失ってもなお、今日において近・現代の読者の心にはたらきかけ、その感情を動かしうるのは、もっぱらこの種の抒情詩だと言ってよい。

近代的な意味での抒情詩と考えているものと、ギリシアの抒情詩との相違点はいくつかあるが、おそらく最も大きな相違は、ギリシア抒情詩が詩であると同時に音楽でもあって、両者が不可分の一体をなしていたことであろう。詩人は同時に音楽家・楽人でもあったのである。現代風に言えば、シンガー・ソングライターだったわけである。ギリシア人にとって抒情詩とは、まず第一に歌われ、耳で味わわれる「言葉をともなった音楽」であった。その意味では中国の「詞」と似たところはあるが、例えばシューベルトの歌曲のように、既に独立した詩として存在する詩作品に作曲したものでもなく、「塡詩」とも呼ばれる「詞」のように、あらかじめ決まったメロディーに言葉を充塡して作られるものでもなかった。詩人の脳髄に湧き出る詩の言葉と音楽とが、一体化して形を成したものがすなわち抒情詩であった。現代ギリシアの音楽学者ゲオルギアデスが、「ギリシア人にとって音楽とは、何よりもまず韻文の中に存在するものであった。ギリシア人にとっての韻文とは、言語であると同時に音楽でもあるようなひとつの現実だったのである」と言っているのは、この特質を指摘したものである。音楽を職業とする人々を「楽工」と呼んで賤業の芸人視していた中国などとは異なり、楽人の地位は高く、ギリシア人は「詩女神（ムーサ）の技」である音楽教育を重んじ、音楽は彼らの教養（パイデイア）の重要な部分をなしていた。だが、彼らは純粋な音としての器楽を好まず、詩とむすびつきそれと一体化したものとしての音楽を享受していたのであった。ギリシア人は和音というものを知らず音楽はすべてモノディーであったし、また楽器と言えば竪琴と縦笛ぐらいなものだったので、器楽のみの演奏はあまりにも単調で味気なく思われたのであろう。まさにこの点がはるか後世のわれわれにとって、ギリシア抒情詩を近づきがたく、またなじみにくくしていると言ってよい。肝腎の構成要素としての音楽的側面を失い、しかも断片にすぎないものに翻訳を介して接することとなれば、抒情詩を耳で楽しみ味わっていた古代ギリシア人と、それを不完全な形での言語作品として読むほかないわれわれとの距離は、決定的に大きいと言わざるをえない。合唱抒情詩に関して言えば、ヘンデルの宗教曲「メサイア」の楽曲が失われ、不完全な形で残ったそのリブレットを（翻訳で）読むようなものである。ただしこれはアルカイック期、古典期までの詩に関しての話である。ギリシア抒情詩は、詩が「文学から作られる文学」へと変貌を遂げたヘレニズム時代に入るとその音楽的側面を失い、眼で読まれるものとなった（エピグラム詩は例外で、その名称が示す通り、最初から読まれるものとして書かれた）。アレクサンドリアの文献学者たちが、アルカイック期、古典期の詩人たちのテクストを編んだ時代には、もはやそれらの作品は眼で読まれるものとなっていた。いずれにせよ、ギリシアの抒情詩が音楽と分離し、眼で読まれ朗誦されるものとなったのは、詩人たちがみずからを「アオイドス」つまりは「伶人（うたびと）」と呼ばなくなり、詩をもはや「歌」としてとらえず、「読者」を意識して「書く」ようになったヘレニズム時代においてである。古代ギリシアの音楽が完全に失われた以上、今日われわれはそれと一体化していた古典期までの抒情詩に、ヘレニズム時代の詩と同じく、眼で読むテクストとして接するほかはないが、その実両者の間には本質的な相違があったことだけは、言っておかねばならない。

古典期までのギリシア抒情詩は、東方世界の影響のもとに、各種の竪琴（リュラとキタラ、ポルミンクス、バルビトス）や小アジアから伝来した双管の竪笛（アウロス）などの楽器の発達と相俟って発達したもので、旋律に乗せられたことばが醸し出す、母音の長短が発するリズムや響き、音の美醜がその鑑賞の大きな要素となっていたのである。ギリシアの詩は、中国の古典詩やヨーロッパの近代詩などとは異なり脚韻を踏むことはしない。韻は存在しないので、詩句は「韻律」ではなく「詩律」によって支配されるのである。それはわが国の和歌や俳句のように音数律を基本とし、また詩句の美は長短の母音を組み合わせた各種の詩脚から発するリズム如何によっている。強弱アクセントをもつヨーロッパの諸言語とは違って、古典ギリシア語は日本語と同様に高低アクセントをもち、それぞれの音節に曖昧母音はなく明瞭に発音された。ギリシア人の耳はその言語の母音の長短が醸し出す微妙なリズムに美的快感を覚え、またそこに情緒や詩的な味わいを感じ取っていたのである。これはたとえ原詩で接してもわれわれには最も感得しがたい部分であるばかりか、翻訳では完全に消え失せてしまうものでもある。もっとも、一定数の詩句の音節数の組み合わせが、感覚的な美や詩的な味わいを醸し出すことは、五七五七七、あるいは五七五といった音の組み合わせに「詩」を感じ取るわれわれ日本人にも想像がつく。

詩の音節数はそれぞれの詩形によって厳密に決められており、勝手に変更することは許されない。独吟抒情詩の場合はそれに旋律が加わり、合唱抒情詩ではさらに舞踊が加わるのである。ギリシアの抒情詩とりわけ合唱抒情詩がおそろしく複雑な詩律をもっているのも、音楽と舞踊との密接不可分の関係にあったためと思われ、それがわれわれには容易には理解できないということがある。総じて、「書物の時代」であったヘレニズム時代より以前のギリシア文学は、文字で読まれるよりは耳で聞かれ味わわれる文学という性格が強く、散文作品でさえも原則として朗読、朗誦を通じて享受鑑賞されたのである。詩においてはなおさらのことであった。音楽はギリシア人にとって主要な教養の一つであったし、また幼時から教育の一環として、ホメロスをはじめとする詩を学んでいたから、詩の言語的、音楽的な美に対しては、今日のわれわれよりもはるかに鋭敏な耳をもっていたはずである。

ピンダロスの祝勝歌のように精緻にして複雑な詩句からなる詩や、アイスキュロスの悲劇のように難解で荘重瑰麗（かいれい）な語を多用する悲劇を耳で聞いて理解しかつ楽しむことができたところから推して、一般のギリシア人でも詩の言語には相当に通じていたものと思われる。それは現代の読者にはまったく期待しえないことであり、翻訳を通じてこれに接する場合は論外で無意味なことでもある。

さらには、われわれにとって詩とはまずテクストとして文字で紙に印刷されたものであり、ボードレールがみずから「建築物」と呼んだ『悪の華』のように、しばしば厳密な構成をもつ一巻の詩集のことである。それは

「完全な書物」つまりは詩書を夢見たマラルメの詩集に見られるように、詩篇の配置、活字の配分、大きさや位置や版型、句読点の位置の細部に至るまで、綿密に計算され、細心の注意をはらって生み出された「書物」として、「読者」の前に提示されるのが普通である。しかも現代においては、詩はほとんどの場合密室において声なき形で読まれ、味わわれる。漢字という表意文字で書かれていることもあって、われわれが漢詩すなわち中国の古典詩を鑑賞する場合も、文字に書かれたものとして眼で読みかつ味わう場合が多い（ヨーロッパにおいては、詩が密室で書かれまた読まれるものとなったのは、ローマの詩人ホラティウスに始まると言ってよい）。

　これに対してみずからを「伶人（うたびと）」と称した詩人たちは、詩人であると同時に楽人でもあったが、彼らが生んだ抒情詩は、文学的側面であることば（レクシス λέξις）と、音楽的側面であるリズムと旋律から成っており、両者は緊密に結びついていた。ギリシア人は言葉の中に音楽の存在を認めていたから、詩の言葉は文学的な意味をになうと同時に音楽の一部をもなしていた。抒情詩は後に文字に書き留められ、テクストとして定着することはあったとしても、本来はあくまで歌として耳を通じて享受されるべきものであったし、実際にそのように享受されたのである。合唱抒情詩の場合は、そこにさらに集団舞踊が加わり、三者が一体をなしていた一種の総合芸術であったから、いわばオペラとバレエの要素をも備えていた。先に言ったとおり合唱抒情詩が複雑極まりない詩律を有しているのも、このような舞踊の要素と関わりがあるものと見られており、その点はいまだ十分に明らかにはされていない。さらに言えば、詩とは個人の読者を予想して作られるものでも、密室で一人読まれるものではなく、多くは酒宴や祭典、公の行事の場などで公表され、歌われ朗誦されるものであった。そこが近・現代の詩との決定的な相違だと言える。

　このようにギリシア抒情詩は近代人の考える詩とは大きく異なってはいたが、まぎれもなく詩文学にほかならず、あくまで詩の一ジャンルであった。実際に旋律に乗せられ歌われていた歌謡であった中世南仏のトルバドゥールの作品が、しばしば「詩」と呼ばれているのは、その文学性と詩的価値によるものだが、その意味ではギリシア抒情詩も単なる歌謡や舞踊つきの歌ではなく、間違いなくすぐれた詩であった。抒情詩における音楽的要素は確かに重要ではあったが、主導権を握っていたのはやはりことばだった。それは単なる歌詞ではなかった。ギリシア人の教育において音楽が重要な位置を占めていたことは事実であり、抒情詩においても音楽的要素は重んじられはしたが、ギリシア人はそこで歌われる内容を重視したのであって、純粋な音の世界に意味を見出し、それを鑑賞していたわけではない。前五世紀の劇作家プラティナスの言を借りれば、抒情詩においては「詩女神(ムーサ)の命により、声(歌を言う――引用者)こそが女王」なのであった。抒情詩に先行するホメロスの叙事詩が、すでに完成した詩的言語で作られていたことからもわかるように、ギリシアにおいては詩の方が音楽に先んじて完成していたのである。竪琴ないしは笛という単純な楽器で演奏される音楽の方は、それに比べるとまだ揺籃期にあったと言ってよい。ギリシア抒情詩が、その音楽を失ってもなお今日よく鑑賞に堪えるのは、詩としてのその文学性の高さゆえにほかならない。それは翻訳を通じてさえも、なにほどかは現代の読者をもとらえ得るほどのものである。その点、はじめから文字に書かれた詩として存在した、音楽を伴なわないエピグラム詩は、翻訳によっても失われるものがより少ないと言える。ヘレニズム時代以降詩が読まれるものとなり、教養ある階層のものとなって、エピグラム詩が抒情詩の支配的形式となったのには、そういう背景があった。

ギリシア抒情詩、ことに合唱抒情詩を近・現代の抒情詩と大きく異なったものとしているもうひとつの要素は、その公共性、社会性(あるいは党派性)であろう。祭祀と密接に関わっていた合唱抒情詩について言えば、それは本質的に公共的な性格を帯びており、ポリス全体に関わるものであった。個人としての詩人の作品であっても、多くは祝祭の折に作品として公共の場で上演され、そこでは作者であり音楽を指揮し振り付けをおこなう詩人と、その作品を歌いかつ舞い踊る集団と、これを市民に供するパトロンと、それを楽しむ市民とが、詩的空間を共有する形で享受されたのである。また合唱抒情詩はある現実の出来事に基づいて作られ、独吟抒情詩はある意味ではすべて「機会詩」であって、現実生活の特定の状況において詩人が体験した出来事、外界の事象に反応したところから生まれたものであった。詩作の態度は、中国六朝時代の詩人陸機の言うような、「課虚無以責有、叩寂寞而求音（虚無ニ課シテ以テ有ヲ責メ、寂寞ヲ叩イテ音ヲ求ム）」、つまりは絶対の無を探って有を求め、声なきところに音を聞き取ろうとする行為、詩人が脳髄をしぼり詩想を凝らして生み出すものだというようなものではなかった。李賀がその詩的想像力を馳せて生み出した、あの幻想的な詩のようなものを、ギリシア抒情詩がもつことはなかったのである。

それは常に現実に即したところ、現実の体験から生まれ、特定のグループや仲間を対象として作られ、それらの人々を聴衆としていた。詩人が、顔の見えない不特定多数の読者を予想して詩を作ることはなかった。独吟抒情詩の場合も、詩人たちは近代の詩人のように、不特定の読者に向けて孤独なモノローグとして内面を表出するのではなく、常に親しい仲間や同志たちへの呼びかけという形をとるのが普通であった。あるいはそれらの人々とともに歌われるために作られた。詩人は自分の内面を吐露する詩においてさえも、公共の場を離れて独り孤独な情緒にふけるというようなことはなかったのである。この面から見ても、同じく抒情詩とは言っても、ギリシア抒情詩は、マラルメやヴァレリーのごとき詩人が、一人密室で深夜に想を練った結晶を一篇の完璧なテクストとして、顔の見えない不特定の読者を相手に、世に問うたのとは大きく異なっている。また詩を享受する側から見ても、読者が一人密室で目を凝らしてその詩行を追う、というような形で享受される近代の詩とは、大きくその性格を異にしていることを言っておかねばならない。要するに、ギリシアの抒情詩に接する際に、近代の抒情詩の概念をもって臨んではならないということである。

さらにギリシア抒情詩を特徴づけるものとして、その宗教性が挙げられる。ホメロスの叙事詩がほんど宗教色を帯びていなかったのに比して、詩人により個人差はあるものの、全体としてギリシア抒情詩はその発生の当初から神話や祭祀と深く関わっており、それが高度に発達を遂げた古典期まで、宗教を手放すことをしなかった。ユダヤ民族やオリエントの民族のような祭司階級をもたず、祭祀のみあって経典もなかったギリシア人にとって、詩人はしばしばそれに代わる役割を果たしたのであった。ピンダロスの例に見るように、新たに神話伝説を生み出したり、それ以前の神話を否定、改変したりした詩人は、一種の宗教改革者としての役割をになうことさえあったのである。この宗教色は祝祭や神事の一部でもあった合唱抒情詩において、とりわけ色濃く認められる。

以上がギリシア抒情詩の特質であるが、この詩文学には、サブ・ジャンルとして、実に多種多様な種類の詩があったことを言い添えておかねばならない。「悼歌」、「酒神讃歌（ディテュランボス）」、「ノモス」、「処女歌（パルテネイオン）」、「舞踏歌」、「祝勝歌」、「頌歌」、「祝婚歌」、「酒宴歌」、「政争詩」、「箴言詩」、「碑銘詩」等々、それぞれの用途と機会とに応じて、さまざまな詩が生まれたのであった。これに加えて、重要なものとしてエレゲイア詩とイアンボス詩がある。先に述べたように、この二つの詩は、竪琴の伴奏に合わせて歌われず、縦笛の伴奏によって朗誦された（あるいはレチタティーヴォふうに歌われた）ため、ギリシア人によって、本来の抒情詩とは別のジャンルと見なされていた。だが実際には、この二種類の詩は、今日の観念からすれば当然抒情詩の範疇に入れるべきものであって、近代の古典学はこれを古代ギリシア人が生んだ抒情詩としてあつかっている。つまりは叙事詩ないしは叙事詩体の物語詩や讃歌を除く、個人の情感や感懐を表出する比較的短い詩を、すべて抒情詩と見なすのである。ギリシア文学史やギリシア詩に関する書物は、すべてこのような見方をしている。これらの詩は、その内容からしても、今日の眼からすればまぎれもなく抒情詩である。ギリシア抒情詩人とその詩的世界の素描を試みようとする本書でも、当然のことながら、エレゲイア詩とイアンボス詩を抒情詩とし、その作者を抒情詩人としてあつかう立場に立っている。

ここで再度ことわっておかねばならないのは、翻訳を通じてギリシアの抒情詩を語ることの絶望的なまでの難しさである。全体としてギリシア文学は形式を重んじ、抒情詩においても、厳密に計算された詩律から成る詩形式が大きな意味をになっている。それは翻訳では再現不可能であるから完全に失われてしまう。さらには、繰り返しになるが、ギリシアにおける詩人は同時に楽人でもあって、抒情詩は音楽と不可分の関係にあり、半ば音楽であった。調べに乗せて歌われた作品の、その旋律が失われて伝わっていないから、どのように歌われ鑑賞されたのか、それを知る手立てがまったくないのである。その上伝存するのはほとんどが断片であるから、言ってみれば現代の歌曲の歌詞の断片のみが遺されていて、それを翻訳した上で作者に関する判断や批評を試みねばならないようなものである。加えて、原詩では感得できるリズムや音の美しさも訳詩では完全に消えてしまい、訳詩はかろうじてその内容や詩想を伝えうるにすぎない。美しいひびきを宿した、輝くばかりのサッポーの詩句でも、それがギリシア語という衣装を引きはがされた途端に光を失い、珠玉もただの石くれと化してしまうのである。ギリシアの抒情詩が一般に、抑制の効いた、一切の装飾を廃した極度に簡浄な言語表現をとっているために、ひとたび翻訳されると、ナイーヴで馬鹿馬鹿しいほど単純なものに映る、という結果を生じるのだと言ってよい。現代人がギリシアの抒情詩の翻訳を読んで、なんとも単純素朴な文学だと見誤る原因がここにある。それはロシア語で読むと実に豊かで美しいプーシキンの詩が、翻訳されるとなんとも単純素朴な詩であるかのように映るのと、軌を一にしている。

ギリシアの文学作法や、詩文学に関する観念が現代のそれ、とりわけ東洋のものとは大きく異なることも、問題をいっそうむずかしくしている。確かにそれはわれわれ東洋の読者が気楽に親しめるような詩文学ではないが、古代で最も完成度の高い文学であることも事実であって、近代詩にはない独特の魅力を秘めている。

読者にはそのことを承知していただいた上で、ギリシア抒情詩人の世界へと足を踏み入れることとしよう。さまざまな抵抗があるにせよ、それでもなおギリシア抒情詩には、遥か後世のわれわれの心をもなにほどかはとらえ、ときに魅了するほどのものが宿っていると信じるからである。以下個々の詩人を素描し、その詩の世界を窺うのに先立って、ギリシアにおける抒情詩の起源と発生の問題とをまずは一瞥しておきたい。

抒情詩の起源と発生

いずれの国の文学を対象とするにせよ、詩の起源や発生の過程を明らかにしようという試みは、多くの困難を伴わざるを得ない。古来いずれの国、いずれの地においても最古の文学は韻文の文学つまりは詩であったから、詩の発生を探るということは、とりもなおさず文学の発生をさぐることでもある。周知のとおり、かつてわが国の折口信夫は三度にわたって稿を起こし、「国文学の発生」を説いて文学の信仰起源説を唱え、わが国の文学が他界より来訪する「まれびと」によってもたらされる咒詞から発生したとの説を提唱した。名著『古代研究』(中央公論新社)において執拗なまでに繰り返し説かれたこの説は、その強烈なインパクトと魅力にもかかわらず、「信仰」の定義があいまいで一種神秘的なところがあり、具体的な論証を欠いていてそれ自体が一種の咒詞のごときものであって、最終的にはやはり仮説の一つにすぎない。詩の起源、淵源をさぐり、その起源を突き止めようとすれば、必然的に文字以前の世界、口承文芸の世界に踏み込まざるをえず、そこから論を組み立てるとなれば、多くは推論、推測に頼ることになって、説得力をもつ客観的な証明は生まれにくい。折口氏の学説に見られるように、文学や詩の発生論がおのずと咒詞に似てくる所以である。またヨーロッパでは一五世紀のイタリアの詩人で古典学の祖の一人でもあるA・ポリツィアーノが、詩集『シルウァエ』の一篇として、詩の発生から説き起し、古代からルネッサンスに至るまでの詩史ともいうべき長詩「ヌトリキア」を書き、ギリシア・ローマの詩の発展の過程を詠ったが、その中ですべての詩は神託に発するというやや奇矯な見解を示した。宗教や祭祀は詩の発生に深く関わるところがあるにしても、これはむしろ奇説と言うべきであろう。

ギリシアの詩に関して言えば、アリストテレスはその『詩学』において、詩作の起源についてふれ、人間がその本性からして「再現（ミーメーシス）（模倣）」をおこなうものであること、再現されたものを喜ぶ性質があることを述べた後、次のように述べるにとどまっている。

> 「再現することは音曲とリズム——韻律がリズムの一部であることは明らかである——とともに、わたしたちの本性にそなわっているものであるから、最初は、これらのことがらに生まれつきもっとも向いている人たちが、即興の作品からはじめて、それを少しずつ発展させ、詩作を生み出した。
>
> しかし詩作は、作者固有の性格にしたがって二つにわかれた。すなわち比較的まじめな性格の作者たちは立派な行為、すぐれた人間の行為を再現したが、割合軽い性格の作者たちは劣った性格の人間の行為を再現した。前者が讃歌と頌歌を作ったのにたいし、後者ははじめ諷刺詩（プソゴス）をつくったのである」。
>
> （1448b20-27. 松本仁助・岡道男訳）

これだけでは詩の発生を説くにはあまりに不十分であるし、抒情詩の発生や起源については、何も言っていないにひとしい。そもそも『詩学』は悲劇と叙事詩については詳しく論じているが、抒情詩に関する記述が欠けている。これは抒情詩をあつかった部分が散佚したためとも、あるいはアリストテレスが抒情詩をむしろ音楽の一部をなすものと見なしていたため、あつかわなかったのだとも考えられている。ともあれ、ギリシア人自身による、抒情詩の発生・起源に関する意識的な、また組織だった考察はないと言ってよい。

そこでギリシアの抒情詩は何を母体とし、いつどのような形で発生したのかという問題であるが、この問題に正面から取り組み、その解明を試みたのは、スペインの古典学の泰斗で碩学として知られるF・R・アドラドスである。この令名ある古典学者は、その著『ギリシアの抒情詩の起源』(*Orígenes de la lírica griega*, Editorial Coloquio, 1986)で、ギリシア抒情詩研究に新たな局面を切り開いた。ギリシア抒情詩の起源・発生の問題は、つとにM・クロワゼがその浩瀚なギリシア文学史(*Histoire de la Littérature Grecque*, 1914)で論じているが、管見の及ぶかぎりでは、ギリシア抒情詩をあつかった書物で、この問題を深く追求したものはあまりない。先に述べたように、それ自体が「半ば失われた文学」であり、テクストの大半が断片という不完全な形でしか、それも九牛の一毛しか伝わっていないギリシア抒情詩の発生を論ずることが、神を論ずるにも増して危ういことを考えれば、それもまた当然であろう。無論私にはそれを究明するほどの知識も力量もない。それゆえ、ここではしばらくクロワゼやアドラドスが築いた塁に拠って、ギリシア抒情詩発生の様相を一瞥することとしたい。

よく知られたことであるが、古代ギリシアにおいては、今日では併存している叙事詩、抒情詩、演劇、散文作品といった文学のジャンルが一斉に開花したのではなく、時代を追って継起する形で次々に交代しながら生まれ、展開したのであった。叙事詩が終焉を迎えると抒情詩が生まれ、抒情詩が衰えてその響きが絶えると悲劇・喜劇の時代がはじまり、次いで散文の文学が来るといった具合である。多くの古代民族がそうであるように、ギリシア人もまた彼らの文学の劈頭を飾るものとして、『イリアス』、『オデュッセイア』という二大叙事詩を最高傑作とする叙事詩をもったのである。叙事詩の源流は暗黒時代にあって、その発生の過程は明らかにしえないが、それは先行するさまざまの小叙事詩、叙事詩風の作品を吸収し、前八世紀にそもそもの最初から高度に完成された最高の叙事詩『イリアス』、『オデュッセイア』として、歴史上姿をあらわしたのである。次いで前七世紀に入り叙事詩が衰えると、それに代わって抒情詩が登場し、抒情詩の響きが消えつつあった頃に、アッティカの悲劇・喜劇などの詩劇が現れ、最後にヘロドトス、トゥキュディデス、プラトンなどに代表される散文の文学が展開した。アレクサンドロス大王の東征によって古典ギリシア語世界が東方世界を含むいわゆる「オイクメネ」(人が居住する世界)に拡大したヘレニズム時代になると、エピグラム詩を支配的形式とした抒情詩が復活し、また物語が登場した。

文学の源流、最古の文学として叙事詩をもたず、『詩経』のような抒情詩(抒情的歌謡)から出発した中国文学などと異なり、ギリシア文学がその源流として、『イリアス』、『オデュッセイア』をはじめとする叙事詩群をもったことは重要である。後に触れるように、ギリシアにおいては、叙事詩はこれに次いで開花した抒情詩に深い影響を与えたからであり、とりわけ詩の言語においてそうであった。とはいえ、音楽と一体化して歌われる抒情詩は物語ることを本義とする叙事詩とは基本的に性格を異にし、叙事詩が次第に変容して生まれたのでもなければ、それを直接の基盤ないしは母体として形成されたのでもない。『万葉集』において、長歌に添えられた反歌がやがて自立性を強め、短歌(和歌)として独立するに至った、というような単純な話ではないのである。半ば神話的世界に浸り、過ぎし日の英雄たちの輝かしい功業、事蹟を「物語る」叙事詩に対して、歌われることを前提として音楽を志向し、音楽と固く結びついた抒情詩は、明らかにその起源を異にしている。その淵源を遡ると、さまざまな民衆歌謡や祭祀、宗教的儀式などに結びついた神々への讃歌、頌歌、またそれに付随する舞踊へと行き着く。歌そのものは自然発生的に生じ、原始時代から人間と共にあったと想像されるから、抒情詩以前の抒情的な歌は叙事詩に劣らず古くから存在していたものと思われる。事実、陶器や壁画などに描かれた絵は、ギリシア文明に先立つミノア文明の時代から、クレタ島では歌とそれに伴う舞踊が存在していたことを示している。その後のミュケナイ文明の時代にも、竪琴を手にして歌い、舞い踊っている人々の姿が描かれているところから、青銅器文明の時代からホメロスの時代まで、歌と舞踊は相携える形で連綿と続いていたものと考えてよい。叙事詩とは異なる抒情的な歌謡がホメロス以前の時代から存在していたことは、『イリアス』第一八歌の中の「アキレウスの盾」のエクプラシス（工芸品、芸術作品などの描写）において、竪琴と笛の伴奏によって祝婚歌が歌われている場面や、収穫を祝う「リノスの歌」、『オデュッセイア』の中でカリュプソが歌っていたとされる紡ぎ手、織り手などが口ずさむ歌、臼挽き人や船人の作業歌、諸種の労働歌などが姿をあらわしていることからも知られる。また英雄の死を悼む哀悼歌（トレノス）、アポロン讃歌である「パイアン」、祭礼歌、牧人の歌などが、『イリアス』、『オデュッセイア』に登場している。そのほか挽歌、諸神への讃歌、頌歌、酒宴歌、ロドス島の子供たちが歌ったという「燕の歌」のような童謡、子守歌、それにオリエント起源で、後にギリシアを介してヨーロッパ中世にまで流れ込むこととなった女歌、といったものがあり、無名詩人の手で生まれ、民衆という集団によって担われていたこれらの抒情的歌謡は未だ文学化されておらず、いわば萌芽状態にある抒情詩だと言ってよかろう。中でも祭祀、宗教儀式と結びついた奉祝歌は、文学的抒情詩の前身として大きな役割を担っていたものと思われる。ステシコロスに始まる合唱抒情詩は、これを母胎としている。無名性を脱した詩人による創作としての抒情詩は、このような文字以前から存在していたさまざまな民衆歌謡を母胎とし、叙事詩の時代の後に来る激動期に生じた個人意識の覚醒とともに、それが詩人の個人的感性を通じて純化洗練され、芸術性を帯びた作品として生まれたものにほかならない。無名の作者による素朴な民衆歌謡から、集団性を脱した「個」、「我」という意識に支えられた文学作品としての創作抒情詩への推移の過程においては、ホメロス以後前七世紀初頭あたりに広まった文字使用が大きく作用していたものと思われる。口頭言語から文字言語への推移は、結果として口承による即興的な歌から、文字に書かれ定着した作品への変質をもたらした。それまで民衆歌謡という集団性と無名性に隠れていた抒情的歌謡は、ここにおいて個人の刻印が打たれ、個人の作品として固定化され、彫琢洗練された文学としての抒情詩の誕生を見た。伝承歌が個性豊かな抒情詩へと変貌を遂げたのである。それに際しては、生産労働から解放されて閑暇を享受するようになった貴族階級の登場と、その階層に目覚めてくる個人の意識や新たな感情が、その母体とならねばならなかった。おそらくはレスボス島で文学化された詩として誕生したと見られる独吟抒情詩や、イオニア地方で興ったエレゲイア詩、アルクマンが濫觴をなした合唱抒情詩をはじめとする、さまざまな抒情詩がこうして生まれた。抒情詩がその種類によって、特定の地方で、特定の方言に依拠した詩として発生し、形成されたという点も、ギリシアの抒情詩の一大特徴である。アイオリス方言を用いる独吟抒情詩がレスボス島で生まれ、エレゲイア詩はイオニア地方で興り、ドリス方言を主体とする人工的文学言語を用いる合唱抒情詩が、スパルタとその植民市で成立したという具合である。詩人が詩作にあたって用いる詩的言語は詩の種類により決まっており、テバイの詩人ピンダロスやケオス島出身のシモニデス、バッキュリデスも、合唱抒情詩の制作にあたってはドリス方言を用いた。テバイの方言によって詩作したコリンナなどは例外的存在である。

ホメロスの叙事詩の言語がイオニア方言を主体とした人工的な詩の言語であり、叙事詩人の共通の言語であったのに対して（例えばボイオティア生まれのヘシオドスは、それを用いて作品を制作した）、抒情詩の言語はより多様である。全体としては叙事詩の言語の影響を受けてはいるが、独吟抒情詩に顕著に見られるように日常語がそこに侵入した、新たな詩的言語が誕生したのであった。イオニア、アイオリス地方、スパルタで起った抒情詩は、やがてギリシア全土、後にはギリシア語世界全体に広まり享受されるようにはなったが、元来は作者である詩人が属する共同体や狭い地域で聴かれ、公にされるために作られたものであった。

個人意識の覚醒と抒情詩人の誕生

周知のごとくギリシア文学は、トロイア戦争を主題とした『イリアス』とその後日譚を詠った『オデュッセイア』という二大叙事詩をもって始まる。英雄たちの時代であったギリシアの古代とも言える王政下のミュケナイ時代の記憶と、その後を承けた新興勢力である貴族階級と、衰えつつはあったがまだ王政が続いていた時代の理想とが相俟って生まれたのが『イリアス』である。また元来が陸の民で海を知らず、海洋民族ではなかったギリシア人が、その後次第に海に眼を向け、文明の発達、人口の増加にともなう植民活動や資源獲得のための貿易や遠征によって海洋に乗り出すこととなった時代に、英雄の海上漂泊の冒険譚を物語ったのが、「海の叙事詩」と言ってよい『オデュッセイア』であった。

前八世紀頃に成立したと考えられているギリシア文学の劈頭を飾るこれらの英雄叙事詩は神話が支配する世界であって、遠い過去における神々や半神と呼ばれる英雄たちの行動や勲を詠ったものである。そこには現在は存在せず、作者とされる詩人ホメロスは完全に作品の蔭に隠れ、語り手、歌い手としての立場から、いわば第三者としてさまざまな出来事や人物の行動などを物語りまた詠う。そこでは詩人は神々や英雄たちが登場する壮大な詩的世界を繰り広げるが、詩人自身はまったく表面に顔を出すことはなく、自己の情感や感慨を直接表出することはなかった。叙事詩の世界においては、詩人たちが人格として前面に歩み出ることはなく、みずからを個人として意識し、それを表明することはなかったのである。

『オデュッセイア』に登場する伶人（アオイドス）デモドコスやペミオスの例に見るように、叙事詩が栄えた前八世紀においては詩人はまだ一種の職人（デミウルゴス）のごとく見なされており、賤民とまではいかないまでも、いわば下層の人間であったから、そういう状況にあっては詩人が己を語るというようなことは許されてはいなかったと言ってもよい。詩人は宮廷などに呼ばれて、琵琶法師のごとく竪琴を奏でつつ叙事詩の一段を歌い語る存在であり、彼らは語るべき自己をもたなかった。英雄叙事詩の作者である詩人は、ピンダロスのように「ピエリアの詩女神らの歌に名高き宣り手」をもって任じ、選ばれた栄えある伶人として誇らしげに、宣(の)りたまえ、詩女神(ムーサ)よ、われみことばを宣り告げん。

（「パイアン」六・六）

と歌うこともなく、アルキロコスのように、

オリュンポスの宮居したもうゼウスが、この儂(わし)を
人間の中でもとりわけ傑(すぐ)れた者となしたもうた。

（断片一二五・アドラドス）

と、詩人として栄誉と矜(ほこ)りを表出することもなかった。叙事詩人はいわば己を無にして、詩女神(ムーサ)によって授けられた遠い過去の神々や英雄たちの輝かしい事蹟や功業を、神々や人間たちのために語り歌うのみであった。

この方向に変化が生じるのは、前八世紀末頃の詩人ヘシオドスにおいてである。ボイオティアの寒村アスクラに生きた農民であったこの詩人は、神々の系譜を語った『神統記』の作者であると同時に、その教訓叙事詩『仕事と日』において、その主題を遠い過去の英雄たちの事績に求めることなく、みずからを取り巻く現実にその作品の素材を求めて、自身の労働生活と信条を詠い、ゼウスの正義の支配とその徳を讃えている。またそこには神話伝説への言及はあるが、詩そのものは過去にではなく現在に立脚している。農民・牧人としての過酷な生活を送っていたこの詩人の眼は、今や現実へと向けられている。遠い過去の英雄たちの勲を詠うのではなく、一個人として現在と向き合い、それを詠うというのが抒情詩の本質であるとするならば、すでにヘシオドスにおいて明らかに「個」、「我」の意識は認められると言ってよい。とはいえまだ叙事詩の伝統の中に浸り、そこから脱してはいなかったヘシオドスにあっては、アルキロコスに始まる抒情詩人たちのように、作品の中で自己を全面的に

前に押し出し、己を語ることに徹して、さまざまな情感や情緒、感懐を表出するというところまでは行っていない。なによりも表現形式自体が、依然として叙事詩の枠内にとどまっていたのである。新たな時代の詩は、物語るということを基本とする叙事詩とは異なった、音楽の演奏をともない、それと一体化した、「歌われる」ことを本義とする新たな詩形式を必要としたのであった。

詩人において個人としての創作意識が目覚め、遠慮がちながらみずからの作品にわが作としての刻印を打とうとする態度は、ホメロスの叙事詩の言語を用いた神々への讃歌集である『ホメロスの諸神讃歌』の中の一つ「アポロン讃歌」の終わりの部分の次のような詩句に、はっきりと認められる。

もしもいつの日か世にある人々のうちで、
誰か苦難を経たよその人がここに来て、
「乙女たちよ、この地を訪れた伶人（うたびと）たちの中で最も甘美な詩人で、
そなたたちの心を喜ばせたのは誰であったか」と尋ねたら、
その時はみなみな口をそろえて答えてくれよ、
「それはかの盲いたる人。峩々（がが）たるキオスに住み、
その人の口にする歌はことごとく、後の世までこれにならぶものとてない」と。

（一六七―一七三行）

叙事詩の朗誦を業とするラプソドスのうちにこのような創作意識が芽生えたことは、文学作品としての抒情詩誕生への機運が熟しつつあったことを示すものであろう。

さてその後激動の時代となった前七世紀に入ると氏族社会が崩壊し、王政は廃止され、支配力を強めた貴族階

級と、ソロンの詩に反映しているような、新興勢力として次第に台頭しつつあった市民勢力との争いの時代となる。前七世紀に入って活発になった海上貿易の発展がギリシア人の経済生活に変化をもたらし、それが王政、氏族社会の崩壊をうながしたのである。この動きは東方世界の文明と接触していた小アジア沿岸のイオニアの植民市で最も顕著であって、ギリシア本土や他の地方よりも早く市民階級の台頭が見られた。この時代になると、アルカイオスやサッポーの例に見るように、貴族の中にも詩作に手を染める者たちが現れ、もはや詩人は卑しい職人（デミウルゴス）とは見なされなくなった。詩人たちの心に、己を語るに値するものとの意識が生じたのである。抒情詩は生産活動の場を離れ、言語的、文学的教養を積むことが許された貴族がその担い手となった。イオニアやレスボス島をはじめギリシア各地で、詩的完成度が高い、文学性豊かな詩を作る詩人たちが誕生し、またそれらの人々を師とする詩人たちがその後に続いて、抒情詩隆盛の時代を迎えたのであった。

　さらに言えば、植民活動による活発な移動や、民衆と貴族との対立や抗争の過程で、個人の才覚や能力といったものが強く意識されるようになり、ギリシア人の間に「個」の意識が芽生え、一気に増大したことが、個人の情感や意識の表白である抒情詩の誕生を促したことは間違いない。「個」の意識に目覚めた詩人たちは、神話などを素材とした虚構の物語を語るよりは、みずからの体験、みずからの生を語り、自分を取り巻く外界の事象に反応した詩を作ることを始めたのである。現実に密着した文学の誕生である。それに際しては、未だ民衆歌謡の性格を強くとどめていた伝承歌謡を、自己の境涯において鋳直し、抒情詩と呼べるだけの文学性豊かなものに変貌させることが必要であった。それを最初になしとげたのがアルキロコスである。この詩人の作に見るように、詩人がきわめて個人的な体験である自身の恋愛感情や憎悪の念、生への不安などを表白するということも、抒情詩の誕生とともに始まったのである。このような機運は、保守的なギリシア本土に比べれば新天地であったイオニアの植民都市ではいっそう活発に見られた。本土に先駆けてイオニアが抒情詩発祥の地となったのは偶然ではない。

この顕著な個人主義の発露である抒情詩の中でも、アイオリスの二詩人レスボス島の生んだアルカイオスとサッポーこそは、ギリシア抒情詩全体のうち、最も純粋な抒情詩と言えるものであった。この二人の詩人において純粋な主観の表白としての抒情詩が完成を見たのだと言ってよい。

また技術的な面から言えば、レスボス島の詩人たちによって、同じ竪琴でもそれまでのリュラやキタラに比べて弦の数が多く音域が広い、バルビトスが用いられるようになったことが、抒情詩の急速な発展をうながすこととなった。ピンダロスによれば、バルビトスを発明したのは、レスボス島の詩人にして音楽家テルパンドロスだという。

このような個人意識の覚醒によって、詩はもはやホメロスの二大叙事詩のようなギリシア民族全体を背負った共同体のものとしての性格を失い、個人のものとして生み出されることとなったのである。叙事詩が不特定多数の人々というか万人に向けて作られたものであるのと異なり、特定の仲間、公共団体を対象とした作品としての抒情詩が生まれた。今や詩人たちは集団性、無名性を脱して、明確な個人としての人格をもって歴史の上に姿を現すに至った。以後約二世紀間にわたってギリシア文学を彩る抒情詩時代の幕開けである。その扉を最初に押し開いたのが、「ギリシア抒情詩の父」とされるアルキロコスであった。この詩人の登場とともに、叙事詩体という古い革袋ならぬ抒情詩形という新たな革袋に盛られた馥郁(ふくいく)たる詩の香が、二世紀にわたってギリシア全土にただようことになったのである。

叙事詩から抒情詩への推移は、何よりもまず詩の主題そのものの転換として現れた。ホメロスの叙事詩に見るような、神々と人間たちが同じ地平で交わり、神々や半神たちが繰り広げる輝かしい事蹟や戦いの場での功業はもはや遠い過去のものとなって、詩人たちの関心の中心ではなくなった。激動の時代はあまりに峻烈で、もはや遠い過去に神々や英雄たちが繰り広げる、現実とのつながりが薄い世界に浸ることを許さなかったのだと言ってよい。詩の重心は人間へと移って、神々や半神たちに代わって、現実のなかに生きる個人が詩の主体となり、対象となった。神話的世界、英雄的理想は過ぎ去った過去のものとして背景に退き、その場で今眼前あるもの(hic et nunc)を詠うこと、自分の感情、感懐を詠うことが詩人たちの主要な関心事となったのである。詩は現実世界への反応から生まれるものとなり、遠い過去ではなく現在を詠うこと、己を詠うこと、これが抒情詩を支える二本の支柱となった。抒情詩の本質をなすものは、現在という時間の中に展開することと明確な主観性の表出だと言ってよい。

　叙事詩から抒情詩への推移、個の意識の発露としての抒情詩の確立を示すものの一つは、詩作に関する詩人の意識の変化である。ホメロスの叙事詩が「憤怒を歌いたまえ、詩女神よ」、「詩女神よ、われに語りたまえかの男を」と始まり、ヘシオドスの『仕事と日』が「……詩女神たちよ、言祝ぎ歌いたまえ」というふうに歌い起こされているように、叙事詩人にとって詩とは神授のものであって、詩作の主体は詩女神であって、詩人はいわばそのマウスピースだと意識されていた。それが、「最初の抒情詩人」と称されるアルキロコス以来その意識に変化が見られ、詩人が自立性を強めて詩作の主体は詩人その人へと移り、詩女神は詩人に霊感を与えて詩作をうながす存在へと退いてゆくのである。詩作を一種の「技術」(ピンダロスはそれを「知恵」を意味するσοφία ソピアーという語で呼んでいるが)と見なす態度は、最初期の抒情詩人アルクマンにおいて早くも認められる。詩が神授のものから人為のものへと移行してゆき、詩の「世俗化」とも言うべき変化が起こったわけである。

　ただしここで、先に述べた叙事詩から抒情詩への推移に関して、一つ留保をつけておかねばならないことがある。それは抒情詩における神話のあつかいである。抒情詩の時代に入っても、詩人たちは神話伝説を詠うことを完全にやめたわけではなかったということである。ピンダロスはその祝勝歌において、しばしばそれ以前の神話伝説を否定是正する、ないしは純化する意図をもって、彼独自の神話伝説を語ったし、他の合唱詩人たちも相変わらず神話的主題を扱った詩を作り続けていた。宗教詩人と言ってよい側面をもつこの詩人においては、神話は格別に重要な意味を担っている。

また主観に徹し、もっぱら個人の内面を詠う独吟抒情詩人たちの中にも、アルカイオスのように、抒情詩の時代に入ってもなお神話的世界や英雄叙事詩のテーマにも強い関心を抱き続け、みずからを取り巻く現在の世界を詠うと同時に、神話伝承やホメロスの登場人物たちを詠った詩をも遺した詩人もいた。さらには独吟抒情詩を代表する詩人のように見なされているサッポーにしてもなお、エオスとティトノス、セレネとエンデュミオン、アプロディテとアドニスを主題とした詩の断片をとどめているのである。抒情詩の詠う対象が神々や英雄たちから現実の人間へ、個人へと移っていったことは明らかな事実であり、叙事詩から抒情詩への変容を告げる顕著な証であるが、それは抒情詩が完全に神話を手放したことを意味するものではない。詩人たちの関心が現実世界へ、個人へと向けられるようになったため、その重心が神話的世界から現実世界へと移り、神々や半神たちが後景へと退いて、強烈な個人としての意識に目覚めた詩人たちが前景に出てきたと言うことである。あくまで重心の推移の問題なのである。

いずれにせよ、叙事詩が衰微した後に登場したアルキロコスによって口火を切られ「ギリシアの抒情詩時代」が幕を開けたのであり、この「ギリシア抒情詩の父」に続いてサッポー、アルカイオスをはじめとするすぐれた抒情詩人たちが陸続と登場して、ギリシア文学を華やかに彩ることとなった。本書でその文学的軌跡をたどり、またその詩的世界を窺うのは、多くはこれらの上代の詩人たちである。前七世紀末から前五世紀半ばにまで及んだ抒情詩人の時代は、抒情詩がピンダロスを頂点として急速に衰微したため、前五世紀に新たに興った悲劇、古喜劇に取って代わられ、事実上一旦は幕を閉じる。それが復活を遂げるのは、ヘレニズム時代においてのことであった。

抒情詩の衰微消滅とその復活

アルキロコスに始まる抒情詩は急速に発達を遂げ、イオニア、アイオリス地方を中心に数多くの抒情詩人が生まれて、活発に詩作活動を繰り広げた。先にもふれたが、ヘレニズム時代にカノン化され、第一級の詩人として位置づけられた九人の詩人たち、アルクマン、サッポー、アルカイオス、アナクレオン、ステシコロス、イビュコス、シモニデス、ピンダロス、バッキュリデスがそれである。これには含まれないが、エレゲイア詩人としてテオグニス、カリノス、ミムネルモス、哲学者詩人クセノパネス、乞食詩人ヒッポナクスなどがおり、アテナイの政治家でもあったソロンもエレゲイア詩人として作品を残した。女性詩人は作品はほとんど湮滅して伝わらないが、コリンナ、ミュルティス、テレシラ、プラクシラといった詩人たちが活躍した。

だがこうして二世紀近くにわたってギリシア文学を覆いつくし隆盛を極めた抒情詩は、ピンダロスによって絶頂に達し、それ以上の発展を許さない極致に達すると、以後にわかに衰え、詩劇である悲劇にその座を譲るに至った。さらにはプラトンを頂点とする哲学者たちにさえ、詩女神(ムーサ)を奪われることにもなったのである。ピンダロス以後にもディアゴラス、キネシアス、ティモティオスと言った群小詩人がいたが、詩人というよりはむしろ音楽家であったこれらの人々の作には、詩として見るべきものはない。ピロクセノス、アリプロンといったように詩人もいたが、問題とするに足らず、抒情詩は衰微の一途をたどって、ついには事実上消滅したのであった。

ギリシアにおいて抒情詩が復活を遂げたのはヘレニズム時代においてである。古典期にはアイスキュロス、ソポクレス、エウリピデスという三大悲劇詩人による悲劇の隆盛、空前絶後となったアリストパネスの古喜劇、へロドトス、プラトン、トゥキュディデス、クセノポンなどに代表される散文文学の開花と高度な発達が見られた後、ギリシア文学の黄金時代にも次第に翳りが生じて、やがてアレクサンドロス大王の東征によって始まったヘレニズム時代に突入する。

ヘレニズム時代は、偉大な古典期の文学の跡を承けて、さまざまなジャンルの文学が再び興って併存した時代だが、抒情詩もまたこの時代に復活し、古典期までの詩とは形を変えて新たな発展を遂げた。ヘレニズム詩とそれ以前の古典期までの詩との根本的な相違は、詩が歌われるものから書かれたものへと、耳で聴かれ味わわれるものから、読まれるものへと、転換を遂げたことである。ポリスの崩壊にともなって詩が公共的な性格を失い、個人の産物となったのも、個人としての「読者」というものが登場したのも、この時代のことである。ギリシア文化史上最大の学問の時代でもあったヘレニズム時代には、詩は学問と不可分の関係にあったと言ってよい。それはまず学問、それまでに蓄積された膨大な文学の文献学的研究と結びついた形で生まれ、多かれ少なかれ「学匠詩人」と言える人々の手で復活し、詩は教養ある人士のための学識の産物となった。あたかも万葉集、古今集といった完成した古典和歌を前にした新古今集の歌人たちが、まずは彼らに先立つ歌人たちの和歌の言語や詩法、歌風を深く学び、それを自家薬籠中のものとした上で、「本歌取り」という技法によって「文学から作った文学」を生み出したのにも似て、ヘレニズム時代の詩人たちは、上代から古典期までに至る偉大な古典を徹底的に研究し尽した上で、自らの作品を生み出したのである。

詩人たちは詩の実作者である前に、まずは過去の詩の熱心な読者であらねばならなかった。その代表的な存在が、プトレマイオス二世の時代にエジプトのアレクサンドリアで活躍した大文献学者であり、稀代の学匠詩人と仰がれ詩壇を牛耳った、アレクサンドリア派の総帥カリマコスである。時を同じくして、牧歌の創始者として知られるテオクリトスと、叙事詩『アルゴナウティカ』の作者であり文献学者でもあった叙事詩人アポロニオスも、アレクサンドリアを舞台に詩人として活発な詩作活動を繰り広げ、詩名を高めた。この三人はヘレニズム時代の三大詩人と称されている。これらの詩人によって、ヘレニズム時代におけるギリシア詩文学は、新たに隆盛を迎えることとなった。

この時代に抒情詩として急速に発達、発展し、ついにはヘレニズム時代の詩の支配的形態となったのはエピグラム詩である。この形式の詩はその後ビザンティン時代に入っても長く書き継がれることとなった。前三世紀の詩人ピリタスを先蹤者とし、ヘデュロス、ポセイディッポス、タラスのレオニダスといったエピグラム詩人が出て、やがては愛の詩の名手として詩名を馳せたメレアグロスが出て、後の『ギリシア詞華集』の母体となった詞華集『花冠』を編んだ。女性エピグラム詩人としては、アニュテ、ノッシスなどがこの時代の詩に華やぎを添えている。ヘレニズム時代のエピグラム詩人たちの作品は、そのほとんどがギリシア・エピグラムの膨大な集成であるこの『ギリシア詞華集』に収められている。『星辰譜（パイノメナ）』で知られるアラトスや、毒虫や薬草に関する詩を書いたニカンドロスのような教訓詩人たちが出たのも、この時代のことである。一旦は消滅した後ヘレニズム時代に復活を遂げた抒情詩も、時代が下るにしたがって、マンネリ化して創造力を失っていった。最も詩的生命が長かったエピグラム詩も、一応は後一〇世紀頃まで書き継がれはしたものの、後六世紀ユスティニアヌス帝の時代の詩人パウルス・シレンティアリウスにおいて最後の光芒を放った後、衰微して見る影もなくなってしまった。こうして前七世紀にアルキロコスとともに始まったギリシア抒情詩は、その長い歴史を閉じたのである。

以上、甚だ不十分な形ではあるが、ギリシアの抒情詩とはおよそいかなるものであるかを概観し、またその発生、誕生、その衰微と復活についてもおおまかにその跡をたどってみた。これを序章として、次にまずは「最初の抒情詩人」とされ、ギリシア抒情詩の鼻祖と目されるアルキロコスから始めて、個々の詩人の世界に踏み入って、その相貌を眺めることとしよう。

一　アルキロコス

アルキロコス
(前7世紀前半)

「最初の抒情詩人」アルキロコス

アルキロコスはギリシア最初の抒情詩人とされている。ということは、とりもなおさずヨーロッパ最古の抒情詩人だということでもある。序章で述べたように、ギリシアの抒情詩は、最初から書かれた文学として発生したエピグラム詩を除くと、音楽と不可分の関係にあり、本来歌われることを身上とするものであったから、抒情詩人は同時に音楽家、楽人でもあった。アルキロコスもまた音楽の名手として知られていた。

前七世紀という昔に、叙事詩から抒情詩への転換点に立ち、その推移を最初に体現したのが、「ギリシア抒情詩の父」とされ、「最初の抒情詩人」と見なされているアルキロコスにほかならない。

抒情詩の発生に触れた序章で述べたように、作品が伝存する「最初の抒情詩人」だとはいっても、無論アルキロコス以前にも、口承によって作られ抒情的内容をもった祭礼歌や神々の讃歌、民衆詩、労働歌、オリエントに起源をもつ女歌などといったものが存在し、それらの作者である無名の詩人たちがいたことは確かである。また古くは世に名高い楽人にして詩人であるオルペウスや音楽の弟子ヘラクレスに竪琴で殴り殺されたとされるリノス、それにタミュリスなどの名が伝わっているが、彼らは神話的、伝説的存在に過ぎない。無名性を脱した存在として、半ば伝説的な楽人・詩人アリオン（前七世紀後半）や、アルキロコスとほぼ同時代人であったとされるレスボスの詩人テルパンドロスなどがいたことは事実だが、その作品はごくわずかな断片を除いて湮滅したため、彼らをギリシア抒情詩史の上に位置づけることはできない。これから述べるようにアルキロコスの生没年に関しては、大別して二つの説があるから断定は難しいが、前七世紀の中頃の人と見るのが妥当だとすると、エペソス出身のエレゲイア詩人で、わずかな断片が伝わるカリノスとほぼ同時代人だということになる。ストラボンによれば、アルキロコスのほうがカリノスよりも後の時代の人だというが（『地誌』第一四巻一・四〇）、それだとカリノスが作品が伝存する最古の抒情詩人だということになる。しかし現在ではこの見解は疑問視され、カリノスはアルキロコスよりもやや時代が下った前七世紀後半の人ではないかと見られている。やはりアルキロコスこそが、叙事詩から抒情詩への転換点に立ち、抒情詩への扉を押し開いた詩人と目されているのである。

われわれには納得しがたいところだが、古代においては「叙事詩のホメロス、抒情詩のアルキロコス」として、ホメロスと並び称されるほど詩名を謳われ、驚くほど高く評価されていたのがこの詩人である。とりわけ古典期以後の詩人たちのアルキロコスへの尊崇、崇敬は非常なものであって、それは『ギリシア詞華集』第七巻に収めるヘレニズム時代の逸名の詩人によって、

立ち止まって古き世の詩人アルキロコスを見よ、
イアンボス詩の作者なる詩人を。
その詩名は夜の国にも暁の国にも轟いていたもの。*
まこと詩女神（ムーサ）らもアポロンもかの詩人（うたびと）を愛でたもうた、

旋律（しらべ）豊かにして、詩を賦するにも
竪琴かなでつつ歌うにも、いとも巧みだったがために。

（六六四番）

＊「夜の国、暁の国」とは西方世界、東方世界を指す。

と詠われているとおりである。ではギリシア抒情詩の鼻祖と仰がれていたこの詩人は、どのような詩人で、どんな作品を遺しているのか、その一端を垣間見てみよう。遺憾ながら伝存するのはすべて断片であって、それらを通じてこの詩人とその作品の全容を知るのは不可能だと言ってよい。また残された断片そのものも破損があまりにも大きく不完全であるため、その解釈も類推に拠らざるを得ない部分が多くある。詩人の生涯、伝記的な事柄、人間像に関しても、要はその断片をどう読むかということ如何にかかっているのである。それを前提として、さまざまな解釈があり、諸説異説に包まれているこの詩人とその詩的世界を素描してみたい。

詩人アルキロコスを正確にはいつの時代の人とするかは、諸説、異説があって容易には定めがたい。極端なものとしては、キケロのようにこの詩人をローマ建国の祖とされるロムルスと同時代、つまり前八世紀の中頃に生きた人とする説（『トゥスクルム談話』第一巻三）もあるが、これはまず論外として、そのおよその生没年に関しては二つの見解が提示されている。その論拠とされるのは、後に引くアルキロコスの詩に皆既日食の驚きを詠った作があることと、伝説的な富を誇ったリュディアの王ギュゲス（前七世紀前半頃の人）を、同時代の人物として詠ったと見られる作があることである。天文学の教えるところによれば、当時アルキロコスがいたタソス島で皆既日食が見られたのは、前七一一年と六四八年のことであり、六〇年以上の開きがあるので、詩人が体験したのが、そのどちらであるかと見るかによって、およその生没年に関する見解が分かれる。前七世紀前半を生きた人

とする説と、その後半の人とする説が生じた所以である。もう一つの論拠はリュディアのギュゲス王に関する言及であって、ヘロドトス(『歴史』第一巻一二)はアルキロコスをギュゲスと同時代人だとしており、タティアノス(『ギリシア人への言葉』三一・三)も、この詩人がギュゲスの時代に盛りの齢にあったと述べている。これは一応信が置けるにしても、決定的な証拠となるものではなく、要するに古代の多くの人物の常として、確かな生没年は無論のこと、確実な年代の設定すらも困難なのである。それゆえこの詩人を、前六四〇年—六八〇年の間頃に生きていたものとし、前七世紀の中頃に活躍した人物としておくほかない。

アルキロコスが生まれたのはエーゲ海に浮かぶキュクラデス諸島の一つで、イオニアに近く、イオニア人が居住していたパロス島である。パロス島は多くの大理石を産出したことで名高いが、後に(五世紀以後)ギリシア各地に輸出されてこの島に富をもたらすこととなった大理石も、その硬度が高かったため当時の彫刻家や建築家の技術をもってしてはまだ資材としては十分に活用できず、島民を十分に潤すには至らなかった。アルキロコスが「無花果食いのやつら」と嘲っているように、痩せた土地で穀物は乏しく、島民は牧畜をおこない、乏しい穀物と無花果、魚などを食して生きていた。そんな時代に、彼は島の有力な貴族テレシクレスと奴隷女エニポとの間に生まれたのであった。つまりは貴族の子ではあるが正嫡の息子ではなく、庶子であって、これは彼のその後の生き方を大きく左右することとなった。父の名がテレシクレスであったことは、前四世紀にドキモスなる人物がパロス島に建てた記念碑に、

パロスの人アルキロコス、テレシクレスの子、ここに眠る

とあるのをはじめ、古代人によるさまざまな「証言」(testimonia)にあるところからして確実である。また母が奴隷女であったことは、クリティアスの評言によって、詩人がみずからを「エニポという奴隷女の息子」と

言っていたことが知られるので、間違いない。もっとも奴隷女とは言っても、トラキア人でかなり身分ある女性だったのではないかとする説もあり、そのあたりはあまり確かではない。

当時のパロス島において、貴族の嫡出子と庶子の間にどれほどの差別があったのかは明確ではないが、少なくともそれはペリクレスの庶子をアテナイ市民とは認めなかった古典期のアテナイほど厳重なものではなかったらしく、奴隷女を母とするアルキロコスも、市民として生きていくことはできた。とはいえ、詩人には正嫡の子である兄弟もいたらしく、庶子であったために、アルキロコスが父の身分、財産を受け継げなかったことは確かである。この詩人の作品全体にホメロスの言語が浸透していることからしても、また若くして詩作に手を染めたことからしても、庶子ながら一応は貴族の子として、かなり高度な言語的教養を積むほどの教育は受けていたものと思われる。パロス島で生まれ、その地で成人して青年期まで過ごしたのであろう。その過程で貴族の子弟がそうしたように、師について音楽と作詩法を学んだものと思われる。

アルキロコスの詩才は早くから顕われていたものと見え、詩人として名はパロスの島民には広く知られていたらしい。二〇世紀にパロス島のアルキロケイオン（わが国の人丸神社のようにアルキロコスを神として祀った廟）で発掘された碑文は、その存在が古くから伝説化していたことを物語っている。そこには、ヘシオドスが『神統記』の冒頭で物語っている、ヘリコンの麓における詩女神（ムーサ）たちとの出遭いにも似た話が語られている。若き日のアルキロコスが父に命じられて町へ牛を売りに出かける途中で、若い田舎娘たちの姿をした詩女神（ムーサ）たちに出遭い、牛の代価として竪琴を与えられたこと、その出来事に驚いた父テレシクレスがデルポイに詣でて、

テレシクレスよ、汝が子は人間たちの間で不死にして歌に名高き者となるらん

とのアポロンの託宣を得たことなどが記されているのである。古代においてはホメロスに比肩する詩人とされた

ほどの盛名を得ていたこの詩人は、すでに在世中から詩人として広く世に知られていたわけである。そしてついには後に故郷パロス島において、彼を神として祀った廟が建てられるほどにまで崇められることとなったが、残された作品から推測されるかぎり、多くは流浪と遍歴のうちに過ぎたその生涯は平穏無事とは程遠く、激動と波乱に富んだものであった。アルカイオスの詩などと同様に、その一生は彼の詩作品と深く結びついているから、まずはその生涯をざっと追ってみることとしたい。

傭兵生活への途——そこから生まれた詩（一）

奴隷女を母にもち、財産をもたぬ身の貴族の庶子として成人したアルキロコスが、生きてゆくために若くして採らざるを得なかったのは傭兵としての途であった。クリティアスによれば、詩人が故郷を去ったのは「貧困と欠乏のため」だったという。詩人は職業的傭兵ではなく、パロスで破産したため、やむなくパロスを去ってタソスへと赴き、そこでパロスの市民として戦ったのだとする説もあるが、父の財産を相続してもいない庶子に、果たして破産するほどの財産があったかどうか疑問である。従来のアルキロコス解釈を大きく覆そうとするA・P・バーネットのように、故郷パロスにあっても、タソスへ渡ってからも、アルキロコスは有力貴族の子として抜きんでた存在であり富裕でもあって、貴族仲間とまじわっていたのだと主張する研究者もいる。ギリシア詩人の常としてアルキロコスもまた共同体への帰属意識が強く、パロスの市民としての意識が濃厚だったことは事実だが、やはり貧窮に迫られて傭兵となったものと見たい。要は残された断片をどう解釈するかの問題で、それにより見解が大きく異なってくるのである。気性が烈しく、圭角（けいかく）が多い人物で戦闘的でもあったこの詩人が、傭兵という生業を選んだのは必然の成り行きでもあったろう。次章であつかうアルカイオスも、亡命流謫の日々を傭

兵として過ごしたらしい。詩人はそんな己を自嘲をこめて、

　これで俺もカリア人のように傭兵と呼ばれることになろうよ

（アドラドス・一〇九）

と言っている。但し傭兵とは言っても一兵卒ではなく、傭兵の大将格であった仲間のグラウコスという人物にほぼ対等に呼びかけているところから推して、ルネッサンス期のイタリアの傭兵隊長(コンドッティエレ)に似た存在であったのではないかと見られている。とは言っても傭兵は所詮は傭兵であった。生きていくために槍一筋に身を託してその日その日のパンを稼がねばならない過酷な境遇は、名高い一篇（前詩と同じくエレゲイア詩の断片）に、

　槍により　俺は得る日々の糧(かて)、
　槍により　俺は得るイスマロスの酒、
　飲むもまた　槍によりてぞ。

（タルディティ・二）

と詠われているとおりである。「日々の糧」と訳した語の原語は「マーザ」であり、大麦で作った粗悪なパンの一種であって、この表現にも過酷な傭兵生活の苦しさがにじみ出ている。魏の奸雄曹操は、「矛を横たえて詩を賦す」「横槊(おうさく)の詩人」として名を馳せたが、武人としてのアルキロコスもまた、陣中にあって槍を横たえ詩を賦すような境涯にあった。傭兵といえども武人である。アルキロコスは武人にして詩人であった。その意味では、いわば中国の将軍で五言詩の創始者とも言われる李陵にも通ずるところはあるが、武人ではあっても、アルキロコスは曹操でもなければ李陵のような堂々たる将軍でもなく、せいぜいが傭兵隊長にすぎなかった。詩人はその

ような己の姿を、これもやはり名高い一篇（エレゲイア詩の断片）で、昂然とこんな具合に謳い上げている。武人としての誇りと詩人としての自覚が生んだ作である。

この儂（わし）は軍神（エニュアリオス）の君に仕え参らす者、
してまた詩女神（ムーサ）らが麗しき賜物をも識れる者。

（タルディティ・一）

武人にして詩人であったアルキロコスはまた自負の念をもって、

この俺はひとたび酒の一撃を心府（こころ）に喰らえば、
ディオニュソス様のうるわしき
酒神奉納歌（ディテュランボス）の音頭取るを心得し者。

（タルディティ・一一七）

とも詠っている。サッポーは自分が詩歌の象徴である詩女神（ムーサ）たちの「ピエリアの薔薇」にあずかる身であることを詠って詩人であることの自覚を示したが、アルキロコスはそれをこんな形で表現しているのである。右の二篇はこの詩人が単に武と文の人であったことを告げているばかりではなく、彼が詩作の道を「知っている、心得ている」（ἐπίσταμαι）と言っている点でも注目に値する。ホメロスやヘシオドスにおけるように、詩はもはや詩女神（ムーサ）から一方的に授けられる神授のものではなくなり、アルキロコスとともに知の作用、知識（エピステーメー）にかかわるものとして意識されるようになったことを物語っているからである。詩を作るに臨んで、詩人はもはやホメロスのように「詩女神（ムーサ）よ歌いたまえ」とは言わないのである。詩作という行為において詩女神（ムーサ）の介入を拒否したヘレニズム時代の詩人に先立って、早くも抒情詩の父とされるこの詩人に、そういう意識が芽生えていることは重視してよい。これは詩とは詩人が受動的に詩女神(ムーサ)たちから授かるものではなく、その知力を駆使して生み出すものだという、明確な自覚が生じていたことを窺わせるものだからである。

タソスでの詩人――傭兵暮らしが生んだ詩(二)

さてアルキロコスが成人後各地を転戦して歩く傭兵としての生涯を踏み出したのは、詩人の祖父の代(前八世紀)から入植が始まっていたトラキア対岸のタソス島においてであるとされている。航海術が十分に発達していなかった当時、パロス島の住民が、相当距離のあるタソス島へ入植するのは危険がともなう冒険であったはずだが、前七世紀に入ると人口の増加に伴い、穀物生産が乏しいこの島は「無花果と魚を食って生きている」島民をもはや養いきれなくなり、住民たちの一部は遥かに北方の島であったタソス島へと入植せざるをえなかったのである。入植の目的の一つは、この島にある豊かな鉱山、金鉱であり、その地での金属の採掘であった。この入植を先導した一人が詩人の父テレシクレスであり、また後に詩人の憎悪の的となったやはり貴族のリュカンベスであった。タソスは詩人に言わせれば、(海上から遠望すると)、

驢馬の背のように聳え、野生の森に覆われた島
・・・・・・・・・・・・・・・・・・・
いささかも美しい土地でもなければ、魅力ある、愛すべき地でもなく、
シリス河の岸辺のような所

であった。詩人はこの島を呪って

三倍もみじめな町タソス

（アドラドス・一〇六）

（ラセール＝ボナール・一二四）

と言い、

全ギリシア人の悲惨さが一か所に寄り集まったタソス

（タルディティ・八八）

とまで言っているが、J・プイユーによれば、七世紀半ばのタソスはすでに十分にギリシア化された豊かな町で、繁栄していたという。とすると右のアルキロコスの言は、この島の貧しさや未開野蛮な状態を言ったものではなく、この島の領有をめぐってのナクソス島人との絶えざる戦いがおこなわれ、先住民であるトラキア人との軋轢や衝突が生じていたことを指して、「みじめ」と言い、「悲惨」と言っているとも解される。故郷パロス島の隣の島であるナクソスもまた、鉱山を狙ってタソスへ植民を行っていたのである。詩人は父テレシクレスが率いた第一次植民には加わっておらず、成人後に新たな入植者たちと共に傭兵隊長としてこの島に乗り込んだものと思われる。父に遅れること約二〇年であった。後に触れるリュカンベスの娘ネオブレへの恋に破れ、一方的な婚約破棄という苦い経験を経て、その復讐として悪罵嘲笑のかぎりを尽くしたイアンボス詩をパロスの島中にまき散らし、父娘を死に追いやってからのことであろう。

先に述べたように圭角の多い、奔放で激烈な気性の人であったためか、島に着く早々にその地の住民たちと衝突したと伝えられている。その後も痛烈な悪罵や嘲笑に満ちたイアンボス詩で周囲の人々を攻撃し、軋轢を生じて排斥されることもあったようである。異説はあるが、故郷パロスを去って遠くタソスを目指したのは、先のクリティアスの証言にもあるように、おそらくは貧窮を逃れ生きてゆくためであった。アルキロコスを追放した罰として、パロスの島民は詩人が信奉していたディオニュソス神に罰せられて性的不能に陥り、彼を再び迎え入れるまでそれが回復しなかったというような伝承があることからすると、あるいは追われるごとくにパロスを後にしたのかもしれない。島の有力者だったと見られるペリクレスだのレオピロスだのと言った人物を痛烈に諷刺したり、揶揄したりした詩が残っていることから推しても、その可能性はある。屈辱に耐えかねたリュカンベス父娘を縊死せしめたことも（それは単なる伝説、作り話にすぎないと主張する研究者もいるが）、島を去った一因であったかもしれない。いずれにせよ、アルキロコスは嬉々として勇躍遠いタソスへ向かったわけではなく、その後傭兵生活を送ることとなったこの島を呪わしく思っていたことは確かである。

ともあれ彼はこの島で幾度かナクソス人と戦い、またトラキア人とも戦ったものと見られる。さらには海を越えて本土のトラキア地方まで渡ってその地の住民とも刃を交えたこともあったらしい。そればかりか弓矢などの飛び道具を用いることなく、白刃を揮っての接近戦、白兵戦を好んだエウボイアの領主たちの戦いぶりを讃えた詩があることから、タソスやトラキアのみならず各地を転戦して、エウボイア島での戦乱にも加わったのではないかとも推測されている。アルキロコスの詩を通覧すると、この詩人はエーゲ海、地中海世界に散らばったギリシアの諸都市を知っていたことが窺われ、また航海に言及した詩がいくつかあることから見て、しばしば海を渡っていたことは間違いない。要するに絶えざる移動と流浪の生活で、詩人には生涯安住の地と言えるものはなかったと考えられるのである。

常に命を失う危険に身をさらさねばならなかった傭兵生活は、当然のことながらその作品に色濃く影を落としている。タソスやトラキアでの戦いは、『イリアス』に見られるような華々しい英雄的なものとは程遠く、陰惨で惨めなものであった。詩人はその苦々しい現実を、シニカルな嘲りをこめてイアンボス詩でこう詠っている。

死骸(むくろ)になって転がるは　わずか七人
俺たちが奔(はし)って捕らえたやつら
これを斃した俺たちは　なんと千人

（タルディティ・九七）

ここには明らかにホメロス流の英雄主義に叛旗を翻した現実主義者、今にして眼前のこと（hic et nunc）を冷めた眼で見つめる詩人の姿が認められる。詩人は現実の戦いには英雄的偉大さなどは微塵もないことを、あからさまに詠うのである。B・スネルはそのようなアルキロコスについて『精神の発見』の中で、「アルキロコスは意識的にまた徹底して直接的なものを振り返る最初の詩人である」と言っているが、幻想をもたずに現実を見つめる詩人の目は厳しい。新たに台頭してきた市民階級の理念を反映したこういった反英雄主義は、詩の主題としての神話伝説の拒否と、客観的な叙述を避けたきわめて主観的な自我の表出と並んで、アルキロコスの詩を特徴づけるものだと言ってよい。

詩人の反英雄主義的な態度、ホメロス的な英雄の理想像に反発し、これを退ける平民的、現実的感覚は、次の詩によっても明らかである。傭兵としての経験そのものから生まれた詩で、彼はそのよしとする兵士の像をこう詠っている。これを仲間である将軍グラウコスと、詩人みずからの姿とを対比して詠った作だと説く研究者もいる。後者には『イリアス』に登場する、総大将アガメムノンに向かってさえもひるまずに暴言を吐く、庶民の代表のごとき雑兵テルシテスの像が反映していると見る向きもあるが、そこまで考える必要はなさそうである。

俺が嫌いなのは背が高くて大股でのし歩く将軍だ
巻き毛を自慢するやつだの、きれいに髭を剃りあげたやつもだ
よしとするのは、背は低くてがに股に見えようとも
大地にしっかと足を踏まえ、胆力満々の男さ

（アドラドス・一六六）

同じく傭兵としての体験が生んだ詩で、名高い作として世に知られるのは、トラキア人との戦いで敗走する際に、盾を捨てて辛くも一命を全うしたことを詠ったエレゲイア詩一篇（断片）である。

この俺が心ならずも
灌木（しげみ）のあたりに捨ててきたあのみごとな盾、
そいつを今じゃトラキア人の誰やらが
得意になって振りかざしておろう
だが肝腎の俺様のほうはお陀仏になるのをまぬがれた
ええい、あんな盾なぞ失せるがいいわ
もっと上等のやつを手に入れるまでよ

（タルディティ・八）

これこそ、死よりも恥（アイドース）を重んじるホメロスの戦士たち、英雄たちの理想や信条を真っ向から否定したものにほ

かなるまい。これは生よりも名誉ある死を求めるホメロス的英雄主義への挑戦であり、その正面切った否定である。「勝利者として盾を携えて故郷に帰るか、それとも盾に載せられて家に帰るか」を求められたスパルタの戦士の例を引くまでもなく、ギリシア人戦士にとって盾を捨てて逃げることは最大の恥辱とされていた。それをアルキロコスは敢えて、みずからの所業として詠い、威勢よく啖呵を切ってみせるのである。敢えてそのような恥辱とされる己の行為を詠ったこの詩は、すでに英雄時代ではなかったとはいえ、同時代のギリシア人にとっても衝撃的だったに相違ない。しかしアルキロコスにしてみればこれは決して虚勢ではなく、命あっての物種というあからさまな現実主義の発露にほかならなかった。当時は武具は高価なものであったが所詮は道具である。最後に「もっと上等なやつを手に入れるまでよ」と言い放っているように、アルキロコスは戦うことをやめるのではない。新たな盾を手にして戦おうというのである。このしたたかな現実主義の宣言のうちにも、死を前にしてのヘクトルやアキレウスの口から語られる、己が命よりも名誉ある死を選ぶホメロスの理想的英雄主義が、すでに遠い過去のものとなっていたことを窺わせるものがある。平民的、市民的感覚の生んだ新しい価値観の登場だと言ってよい。

詩人の反英雄主義的な現実主義は、陶淵明に倣って「身没名亦尽（身没すれば名も亦尽く）」とでも題すべき一篇、

死んでしまったらもう市民の間で敬われもせぬし
その名が人々の口の端に上ることもあるまい
生きている間に生きている人々の好意を求めるのが上策というもの
死者たちはいつの世にあっても酷い扱いを受けるものだ

（タルディティ・一〇二）

と言い放った作にも如実に窺われる。この覚め切った意識は伝統的な価値観への反抗であり、反逆である。これによってアルキロコスは新たな時代の詩の旗手ともなったのであった。ここには、ほぼ同時代の詩人ながら、その督戦の詩において、

　士（もののふ）にとって祖国や子供らや嫡妻のために敵と戦うのは
　名誉であり、華々しいことなのだから

と詠って、戦場に倒れる戦士の名誉を讃えたカリノスとも異なるアルキロコスの強烈な個性が発揮されているのが見られる。カリノスやテュルタイオスは、ホメロス的な尚武の気風を現実の戦いの中に吹き込もうとしたが、傭兵として実際の戦闘の卑小な実態を知ったアルキロコスにとって、ホメロス的英雄主義は無縁であり、それを捨てても生きることこそが大切なのである。ここにも英雄時代とは価値観を異にし、自分自身の信念に従って生きる、したたかな現実主義者が顔を覗かせている。

　この「盾捨てた者」はその後アルキロコスの代名詞のようになったが、このテーマはアルカイオス、アナクレオンに受け継がれ、さらにはローマの詩人ホラティウスにおいても繰り返されることとなった。プルタルコスは、盾を捨てて逃げた不名誉な人物として、アルキロコスが後にスパルタを訪れた際に入国を拒否され、一時間以内に立ち退くよう命じられたなどと伝えているが（『スパルタ人たちの古習』二三九b）、無論信ずるに足りない。伝存する作品から判断するかぎり、アルキロコスがスパルタに足を踏み入れた形跡はないのである。

　ともあれ青年期にタソスへ渡って以来、アルキロコスの生活には平穏無事な日々もあったではあろうが、傭兵

を生業としていた以上は、その多くは戦場で費やされたものと想像される。ギリシア詩人の常としてアルキロコスもまた市民としての意識が強く、戦ったのは身を養う金のためばかりではなく、父テレシクレスが植民に努めたタソスへの愛もあったことは確かである。タソスは彼にとっては魅力に乏しく呪わしい地ではあったが、それでも市民としての帰属意識、祖国愛がまさっていたということであろう。戦いの間の閑暇な折に、あるいは時には陣中で槍を横たえて、詩を賦したのであろう。作られた詩の多くは酒宴の席などで、アウロス（双管の竪笛）の伴奏で朗誦されたものと思われる。傭兵生活をテーマとした作などは、同じ傭兵仲間に歌い聞かせたものであろうか。

そのいくつかの断片の示すところでは、この詩人はタソス内部での抗争、政争にも加わったらしい。またタソス島にいた折に島の住民との間に軋轢を起こし、島を追われてしばらく故郷のパロス島に帰っていたようであるが、結局はまた舞い戻って傭兵としての生活を送るほかなかった。

そのような生活がどれほど続いたか明らかではないが、詩人はついに傭兵生活から足を洗って、平穏裡に老後の生活を送るという幸せには恵まれることなく終わった。最後にはやはり戦場で命を落とすこととなったからである（その死に関する異説として、詩人の悪罵嘲笑に耐えきれずに縊死したリュカンベスの友人たちに追及され、アルキロコス自身が自殺に追い込まれたとする説もあるが、問題にされていない）。ナクソス人との戦いで、コラクスすなわち「烏」と綽名されていたナクソスの兵士の刃にかかって斃れたのであった。その折の年齢を四〇歳ほどと見る説と、六〇歳ほどだったとする説があるが、そのあたりは定かではない。当時のギリシア人の平均寿命を考えれば、六〇歳というのはあまりにも老兵に過ぎるようにも思われる。プルタルコス（『神々の復讐が遅れてなされることについて』五六〇e）や、ヘラクレイデス（『制度論』八）、それにガレノス（『医学の勧め』二三）の語るところによれば、アルキロコスを討ち取った男が後にアポロン神殿を訪れると、巫女ピュティアによって、詩女神（ムーサ）に仕える者アルキロコスを殺した穢れた人間であるから、神域から立ち去るよう命じられたという。いずれにしても詩人の生活は生涯を通じておよそ安穏にして平和なものではなく、多くを各地の陣中で過ごした、波乱に満ちて激しいものであったと想像される。傭兵という不安定で危険をともなう生業を選んだためであろうか、アルキロコスが妻を娶った形跡はなく、子供もいなかったものと見られる。結婚に関して言えば、後に触れるように、一度は貴族の娘と婚約したが、娘の父親によって一方的に婚約を破棄されるという屈辱を味わい、これが彼の生涯を通じてのトラウマとなった。またクリティアスが伝えるところによれば（八八B四四・ディールス）、アルキロコスはその作品の中でみずからが姦通を犯したことを述べているというが、それを詠った作品は伝存しない。詩人がある若い娘（ネオブレの妹と見る解釈もある）を誘惑して肉欲を遂げたことを詠ったとおぼしき、かなり長い断片なら存在するが、破損がひどくはっきりしないところが多い。

傭兵というような明日をも知れぬ境涯に身を置いていたためであろうか、詩人は性の快楽を追い求め、性的にはかなり放縦な生活を送った人物であったと思われる。それを思わせる性愛を露骨な形で詠った詩の断片が伝わっている。猥褻性はこの詩人の作品を特徴づける一つの要素である。全体としてその作品から、強烈な個性の持ち主で剛直な人物でもあったこの詩人が、およそ文弱の徒ではなく、また高いところから人に道を説き教訓や訓戒を垂れるような道徳的な人間でもなく、人の師表、人生の教師として仰がれるような伶人（うたびと）とは程遠い人間であったことが窺われるのである。やはり一代の反逆児であったというべきだろう。

詩人としてのアルキロコス

先にも述べたとおり、「抒情詩の父」としての古代における詩人アルキロコスの詩名はおそろしく高かった。

ローマの修辞学者クインティリアヌスは、その『弁論術教程』で詩人としてのアルキロコスを評して、「われわれはこの詩人のうちに最高の表現力と、活力にあふれているばかりか、簡潔で、躍動する堂々たる陳述と、それに生命力と精力とを認める」(第一〇巻一・六〇)と言って讃えており、今日の眼からすると不思議とさえ思われるのだが、古代ギリシアではその盛名は、ホメロスにも匹敵するものとされたほどであった。

率直に言って、すでに近代詩さらには現代詩を眼にし、マラルメの「純粋詩」に見るような精緻な言語芸術の極地を知るわれわれ現代の読者から見れば、大昔のアルキロコスの詩がいささか質朴でかつ古めかしく見えることは否めない。それは『記紀歌謡』や『詩経』の詩にしても同じことである。繊麗でもなく精緻とも言い難いその詩は、直截であり時に雄勁豪放であって、現代に生きるわれわれの心を強く動かし、魅了するほどのものではないが、ほぼ同時代人のカリノスの詩などがいかにも古拙であるのと異なって、不思議と「古拙」あるいは「詰屈蒼古」というような印象を与えないことも事実である。これをつまらぬ詩だと切って捨てることはできない。その詩想が近代詩のごとく深い内省や思索、観照から発した複雑なものではなく、さまざまな状況に応じて生まれた「機会詩」であり、より単純直截なものであることは誰の眼にも明らかである。だがそれが前七世紀という途方もない昔に作られた作品であることを考えれば、またギリシア抒情詩の濫觴をなした作であることを知れば、詩作品としてのその完成度の高さはやはり一驚するに足るものだと言えよう。ギリシアと同じく長い文学的伝統を誇る中国においては、ホメロスの叙事詩とほぼ同時代つまりは前八世紀に成立したとされている古代歌謡の集成である『詩経』と、それに続く前四世紀の『楚辞』の後を承けて、最初の個性的な詩人として武将李陵が登場するのは前漢の時代(前一世紀)を待たねばならなかった(神話的・幻想的世界に浸っている「離騒」の作者屈原を、明確な個性を帯びた抒情詩人とは見なしがたい)。その一事を考えても、それに先立つこと実に六〇〇年以上もの昔に、「最初の抒情詩人」であるアルキロコスが、多様な詩律を駆使し、ほぼ完成した詩技を用いて、稚拙素朴な域を完全に脱した詩を生みだしたことは驚くに堪えることだと言わねばなるまい。言ってみれば、ギリシアの抒情詩はその出発点において、天才的な詩人と評される魏晋時代の詩人曹植をいきなり持ったようなものである。古代ギリシア人とわれわれ現代の東洋人との歴史的状況、環境、それに詩的感覚、感性の違いからして、アルキロコスの詩は曹植の詩ほどにはわれわれにより近しく感じられないことは事実だとしても、である。

アルキロコスの詩が堅固な造形性をもち、詩的、文学的完成度の高いものとなった背景の一つとして、文字の使用が考えられる。ギリシアにおいていつから文字の使用が始まったか、またそれが詩作において用いられるようになったのはいつ頃からかという問題に関しては、諸説あってはっきりしない点がある。だがそれはおそらくはアルキロコスが詩作に携わっていた時代から始まったものと考えられている。ミルマン・パリの研究以来、ホメロスの二大叙事詩が文字によらない完全な口承詩として成立したことは定説となっているが、抒情詩に関しては、その点は必ずしも明らかではない。では多様な詩律、詩形を駆使して闊達自在な詩を作ったアルキロコスは、その作品を書いたのであろうか。おそらくはそうではなく、詩人はまず口頭で詩を作り、朗誦などでそれを公表した後に十分に練り上げ、最終的に記憶にとどめるために、それを文字に書きとめたものと考えられる。この時代にはまだエジプトからパピルスは輸入されておらず、文字は動物の皮や木板などに記されることが多かったから、それにいきなり詩を書きつけて詩を作るというようなことは普通ではなかったろう。だが制作した詩を文字に書きつけるという行為は、詩人に、出来上がった詩に手を加えたり、それを彫琢したりして、完成度を高めることを可能にしたはずである。その意味で、アルキロコスの詩は、明らかに文字の恩恵を被っていると見てよい。

遺憾ながら、ギリシア上代の抒情詩人の常として、アルキロコスの場合も完全な形で伝わった作品は一つもなく、残されたのは三〇〇篇余りの断片のみである。ピンダロスのように、主要作品がほぼ伝存するというのは、例外中の例外なのであって、遺された断片、それも多くは破損がひどく解読が困難な断片が多いから、われわれは想像力を交えてこの詩人の詩風などを窺い、それによって評価や判断を下さねばならない。詩人の全容はわれわれには知りがたく、多くは推測によるほかないのである。またこの詩人の明確できびきびとした、活力あふれる詩句の様相や、様々な詩律を駆使した詩句の妙味や魅力を、翻訳それも邦訳をもって伝えることは、絶望的に困難であり、事実上不可能と言ってよい。ギリシアの抒情詩は音楽と不可分の関係にあり、耳で聞かれることを前提として作られているだけに、これは致命的である。仮に本書によってアルキロコスの詩に接した読者が、「かような古拙そのものの詩が、なぜホメロスに比肩するほどの高い評価を与えられたのか」との素朴な疑問を抱いたとしても無理はない。その責任はまずひとえに訳詩の拙さにあることを断っておかねばならない。ギリシア抒情詩の魅力の一つである、音楽と結びついた詩律の美、言語的な美は、翻訳では伝えようがなく、完全に消失する。翻訳はかろうじてその詩想を伝えるものにすぎないから、訳詩でギリシアの詩に接する場合は、評価においてはその点を大幅に割り引いて考えていただく必要がある。

さてギリシアにおける抒情詩の鼻祖とされるアルキロコスだが、「抒情詩の父」とは言っても、序章で述べたように、詩人が無から抒情詩を発明したわけではない。アルキロコスの登場に先立ってギリシアには長い間口承文芸としての抒情的な詩の伝統があり、この詩人はその伝統の上に立って、それを完成したと考えるべきであろう。一方に口碑文芸、口承詩の完成した形としてのホメロスの叙事詩があり、他方には先にも触れた、無名の詩人たちによる民衆詩、神々への讃歌、呪術歌、労働歌、女歌といったものがあって、アルキロコスはそれらから汲んで、無名性を脱し、みずからの明確な個性を刻印した抒情詩を生み出したのである。この詩人の最大の功績は、無名の作者による伝承歌謡を、自己の感性を通じて完全に鋳直し精錬し、それを真に抒情詩と呼ぶに足るものにまで純化し文学化したところにあると言ってよい。彼が「ギリシア抒情詩の父」と呼ばれる所以である。それゆえこの詩人は、抒情詩の創始者というよりは、彼に先立つ口承による非叙事詩的な詩、抒情的歌謡の完成者であり、その文学化、芸術化を果たした詩人と見るべきだと思われる。

A・シェラーやD・ペイジが明らかにしたように、アルキロコスの詩の言語はホメロスに依拠しているところが圧倒的に大きい。ホメロスというよりは叙事詩の言語と言うべきかもしれない。詩人は基本的には叙事詩の言語を用い、それに当時の口語、日常的な会話の言語を自由に交えて、その詩句を巧みに織りなしているのである。決定的な違いはその詩律の用法にある（ギリシアの詩は脚韻を踏まないから、「韻律」という言い方は正しいとは言えない）。叙事詩がいわゆる英雄六脚詩律（heroic hexametre）を用いたのに対して、アルキロコスは多彩な詩律を用いて詩作をおこなった。六脚詩律（ヘクサメトロス）と五脚詩律（ペンタメトロス）とを組み合わせた二行連句を連ねたエレゲイアをはじめ、日常会話、口語に最も近いイアンボス（短長）のリズムを基本とするイアンボス詩、テトラメトロン詩、エポデー、それにやや特殊な「アシュナルテータ」と呼ばれる詩形などを、自在に駆使したのである。これらの多様な詩律はアルキロコスが創始発明したものとされているが、実際にはそうではなく、むしろ彼以前にも存在した詩律、詩形を完成し、芸術性の高いものとしたと見なすべきであろう。叙事詩が吟唱伶人（ラプソードス）によって吟唱されたのに対して、これらの抒情詩は、アウロスという双管の縦笛の伴奏によって、レチタティーヴォ風に朗誦されたものと想像されている。

伝存するエレゲイア詩の断片はわずか一七篇（一五編、一六篇とするテクストもある）にすぎず、伝存する三〇〇余りの断片のうち、イアンボス詩が圧倒的に多数を占めている（古代におけるイアンボス詩の概念は広く、エレゲイア詩形以外の詩は、すべてイアボス詩として扱われている）。詩の題材もまた多岐にわたっているが、それらはすべて詩人自身や彼をとりまく世界から主題を得ており、過去の英雄に関する伝承や神話伝説がとりあげられることはない。

嘲笑痛罵の具としてのイアンボス詩

感情の起伏が烈しく、激情の人であったアルキロコスの詩の基調をなしているのは「愛と憎しみ」だと言ってよい。ピンダロスが「ピュティア祝勝歌」第二歌の中で、アルキロコスを「毒舌揶揄の人」(ψογερός) と呼び、

　私は執拗に噛みつくことを避けねばならぬ、
　毒舌揶揄の人アルキロコスが、
　しばしば窮して憎しみにあふれる悪罵のことばで、
　己を肥やすのを遠くから見たものだから。

と言っているように、この詩人が最も得意とし、詩人としての真面目を見せ、その特質を遺憾なく発揮したのは、諷刺的内容をもち悪罵嘲笑をこととするイアンボス詩においてであった。アルキロコスを諷刺詩の創始者としていいかどうかは疑問だが、伝存する詩で判断するかぎりは、そう断じてもよいのではなかろうか。この詩人は彼独自の判断によって、既存の道徳や支配階級の価値観などを遠慮会釈なくこきおろし批判、非難した。また敵となった人物たちを徹底的に攻撃した。イアンボス詩こそがその具であった。

　エレゲイア詩と同じく前七世紀初頭に現れた「イアンボス詩」は、その起源がはっきりしないが、イオニア地方のプリュギアで発生したものと推測されている。これからよく知られたその何篇かを垣間見るが、口語に最も近いこの詩形を用いて、ウィットと悪罵、痛罵、軽薄さ、露骨なエロティシズムといったものを身上とし、

俺はただ一つどでかいことを心得ておるわ、そりゃこの俺に
仇なすやつらには、恐ろしい仕返しで応えてやることさ。

（アドラドス・二〇四）

とうそぶいているとおり、己の幸福を妨げるものには正面から対峙し、みずからが敵対、憎悪、嫌悪、軽蔑する人間に容赦なく悪罵を浴びせ、揶揄嘲弄して痛烈に攻撃したのがアルキロコスという詩人であった。それはしばしば痛烈な諷刺という形で現れた。アルキロコスにおける諷刺は、その後アッティカ古喜劇に引き継がれたから、詩人はギリシア喜劇への道を開いたとも言えよう。そのため古代においては、アルキロコスはなによりもまず恐るべき悪罵の詩人としてその名が轟いていたのである。多面的な詩人であったにもかかわらず、後にはアルキロコスときけば、ただちにこのたぐいの悪罵嘲笑の詩が連想されることとなり、詩人の名は嘲罵の代名詞ともなった。そこから「イアンボス詩で嘲笑諷刺する」ことを意味する「イアンビゼイン」（ἰαμβίζειν）という動詞さえも生まれたのである。

次の『ギリシア詞華集』に収める逸名の詩は、そのようなものとしてのアルキロコスのイアンボス詩について、

これはアルキロコスの詩にして響き高いイアンボス、
憤怒（いかり）と恐るべき悪罵の毒を盛ったもの。

（第九巻一八五番）

と詠っているが、エジプト総督ユリアノスのエピグラムも、やはりそのような詩人としてのアルキロコスを物

語っている。

恐ろしい吠え声で亡者ともを脅かしているケルベロスよ、
おまえが恐ろしい亡者におののく番がやってきたぞ。
アルキロコスが死んだのだ。痛烈な毒舌吐く口から生まれた
イアンボス詩に籠められた激しい憤怒（いかり）を怖れるがいい、
あの男の口が叫ぶ威力（ちから）がどれほどのものかわかっていような、
一艘の舟がリュカンベスの二人の娘をおまえのもとに運んできてからな。
（第巻九巻六九番）

同じく詩人ガイトゥリコスもそのエピグラム詩の前半で、

海辺に立つこの墓はアルキロコスの墓、
これはそのかみ初めて詩女神（ムーサ）を毒を含んだ憤怒（いかり）で満たし、
おだやかなヘリコンを血潮で染めた詩人（うたびと）。
（同七一番）

と詠っている。

アルキロコスは敵味方の区別なく、仲間や友人たちさえをも遠慮会釈なくイアンボス詩を放って攻撃した。そのためさらに多くの敵を作る結果となった。友人であるペリクレスに対しても、その吝嗇、貪欲ぶりを皮肉り嘲笑したこんな詩をぶつけて非難の矢を放っている。

生の葡萄酒を浴びるほどたらふく飲むが、
身銭を切って払わないんだな、
呼ばれてもいないのに、(ペリクレスよ)友達よろしくやって来おるな、
胃袋の慾がおまえの思慮と分別を奪い去って、
恥知らずにしたわけだ。

(アドラドス・二一六)

同様に、のしあがって権力者となった人物への反感と憎悪を、皮肉たっぷりに表わした詩があって、それにはこうある。

レオピロスめが今じゃ殿様だ、
レオピロスめが権力者だ、
レオピロスめがなんでも決めるのだ、
レオピロスめが言うことに、みんなが従っておるわ。

(アドラドス・二一四)

だがなんといってもその激烈なイアンボス詩が最も烈しく炸裂し、雨霰と降り注いだのは、右の詩にも出てくるリュカンベス父娘に対してであった。(少数派だが、リュカンベスという人物もその娘ネオブレも架空の人物で、実在しなかったとする研究者たちもいる。)詩人の父テレシクレスと同じくパロス島の有力貴族であったと見られるこの人物には、二人(一説には三人)の娘がおり、まだパロス島にいた折に、アルキロコスはその姉娘ネオブレに恋

をしたのである。詩人は純な恋をも知る男であった。ギリシアの抒情詩人はほとんどが稚児愛(パイデラスティア)を実践していた

が、アルキロコスの詩にはその影は見られず、詠われているのは女性への愛であり、異性との性愛行為である。

あわれや、恋の思いに駆られて魂(たま)も失せ、
伏しまろぶこの身よ、神々のせいで
骨身の奥まで深々と苦しみに刺し貫かれて。

(アドラドス・九五)

そのような、愛請い求める気持ちが心臓の下にそっと忍び入り、
この眼に靄をたっぷりとそそぎかけ、
俺のやさしい心を盗んでいきおった。

(アドラドス・八六)

友よ、四肢萎えさせる恋の欲望(ねがい)に押しひしがれ、
俺はもうイアンボスも諸々の悦楽も、どうでもいいわ。

(アドラドス・九〇)

ああこの手もてネオブレの手に触れることができたなら
愛撫しようとあの革袋*に身を投げかけて、

(トロイ・七一)

腹には腹を腿には腿を押しつけたいもの。

（トロイ・七二）

＊女性器を暗示する表現

あの女(ひと)は天人花の小枝と美しい薔薇の花を手に
楽し気な様子だった。
してその頭髪(かみのけ)が彼女の肩と胸とに
翳りを落としていた。

（アドラドス・一〇四）

・・・あの女(ひと)の髪とかぐわしく匂い立つ胸乳(むなぢ)は
老人の恋心さえ掻き立てたろう。

（ラセール＝ボナール・三八）

といったあでやかな女性へのあこがれを詠った官能性豊かな詩句は、若き日の詩人が情熱的であったばかりかその恋心が純粋なものであったことを思わせる。

彼の恋は実ったかに見え、リュカンベスは娘ネオブレを詩人に与えると一旦は約束し、二人は婚約するところまでは行ったようである。だがリュカンベスは突然約束を翻し娘の婚約を破棄した。貧しい詩人が義父となる自分の遺産を狙ったものと思いこみ、彼を告発して法廷に引きずり出すという挙に出たのであった。そこで詩人の怒りは爆発し、以後リュカンベス父娘に対して、猛烈な毒を含んだ激烈な悪罵嘲笑を遠慮会釈なく投げつけ、その恨みを晴らしたのである。

リュカンベスの親爺よ、こりゃまたどういうつもりなのだ？
どこのどいつがあんたの分別を狂わせたんだ、
以前はちゃんと備わっていた分別をだ。それが今じゃ
町中の者たちの大笑いの種と見えるぜよ。

（アドラドス・一二二）

といった嘲笑に始まり、今は伝存しない数多くのイアンボス詩でこの父娘を容赦なく攻撃し続け、完膚なきまでに叩きのめしたらしい。そのほとんどは失われたが、未婚のまま年老いて醜くなった淫乱な女性としてネオブレを揶揄した、

おまえの肌はもう以前のように香しくはないわ、
干からびて、忌まわしい老年のせいで台無しじゃ。

（アドラドス・八〇）

といった断片や娼婦に成り下がった淫乱な女として、

でぶ女、みんなの女、売女（ばいた）、堕落した女

（アドラドス・八八）

などと悪罵を浴びせ、ネオブレを嘲った詩句は伝わっている。その烈しい嘲罵は、かつて官能性あふれる詩句で

同じ女性を讃えた人物の作とは思えないほどである。やはりこれも『ギリシア詞華集』の詩人ディオスコリデスが、そのエピグラム詩の一節で、ネオブレの口から

でもアルキロコスが、わたしたち一家にひどい恥辱を浴びせ、
忌まわしい評判をまき散らしてしまいました。

（第七巻三五一番）

と言わせているのは、詩的想像によってではなく、実際にリュカンベス父娘を揶揄嘲笑したイアンボス詩に触れてのことであろう。アルキロコスはこの父娘を仮借なく攻撃した詩を、仲間の人々との宴席や、市民の集いなどで執拗なまでに歌い聞かせたものと思われる。アポロン讃歌であるパイアンが、デルポイでの競技会で歌われたのと同様に、イアンボス詩はパロス島におけるデメテルを祭る詩楽競技でも歌われたから、その場を借りて公表したのかもしれない。激情の人であるだけに、一端敵に回すと恐ろしい人物であった。執拗な攻撃を受けてその屈辱に耐えられず、父と娘たちが自殺に追い込まれたとしても不思議はない。復讐の意図をもってであろうか、詩人がネオブレの妹を誘惑し、肉欲を遂げたかに解される断片も残っているが、破損がひどくそれが事実であったかどうか明らかではない。

リュカンベスを嘲笑する攻撃手段として、詩人はリュカンベスを鷲に、みずからを狐に喩えた動物寓話を詩に持ち込み、狐が自分を欺いた鷲にみごとに復讐したことを詠っている。ここで初めて見られ、後にアイソポス（イソップ）の物語などで開花する動物寓話の導入はギリシア文学における一つの新機軸となったものであった。いずれにせよ、詩人の執拗にして痛烈な悪罵嘲笑に耐えかねて、リュカンベス父娘はついには縊死して果てたと伝えられる。碩学アドラドスのように、これは後代、つまりはヘレニズム時代に入ってから詩人たちが作り上げ

た、全くの作り話だとして退ける学者もいることはいる。『ギリシア詞華集』には、罪なくして死に追いやられた娘たちの悲運に同情した詩人たちの詩が何篇か見られるが、その一つである逸名の詩の一節には、

ピエリアの娘神たちよ、
なぜ娘たちにあんな傲岸不遜な痛罵詩(イアンボス)を向けられたのです、
神をも畏れぬ男の行為を嘉したもうて。

(第七巻三五二番)

とある。但し誤解のないように言っておけば、次に見るように、イアンボス詩は嘲罵や諷刺専用の具ではなく、アルキロコスのイアンボス詩のすべてがこのような痛罵や嘲笑をこととしているわけではない。そのあたりをも一瞥しておこう。

その他の主題の詩

いかにも、詩人としてアルキロコスの真骨頂が、猛烈な毒を含んだ嘲罵の詩にあることは事実だが、それがすべてではなく、この詩人の詩的世界はより広いものがある。同じイアンボス詩形を駆使して、詩人は闊達自在に詩筆を揮い、先に見た傭兵生活を詠った詩と恋の詩、揶揄嘲笑の詩のほかにも、酒、人生の哀歓、個人的な喜怒哀楽、教訓、動物寓話といった多種多様な内容の詩を遺しているからである。アルキロコスよりもやや後の時代の詩人レスボスのアルカイオスが、伝統的な神話伝説に深い関心を示し、またホメロスの登場人物たちに関心を寄せて、それを主題とした詩を遺しているのに対して、アルキロコスにはそのたぐいの作品はあまり見られない

（もっとも現在ひどく破損した断片の形で残っているヘラクレス讃歌などはあり、ピンダロスによると、この歌はオリンピア競技会で勝利者を讃えるために歌われていたことがわかる）。アルカイオスなどとは違って、この詩人はホメロスの叙事詩に登場する人物たちを詠った詩を作ることはなかったようである。やはり彼の関心は hic et nunc に集中していたと言える。

詩人アルキロコスの関心の広さと、その詩の多様性を知っていただくために、以下何篇かを掲げてみよう。いずれもアルキロコスの作としては比較的よく知られているものである。直截、雄勁で生気に満ち、溌溂としたその詩風を邦訳で伝えることはまず不可能ではあるが。

まずは詩人が己の心に呼びかけた詩で、彼なりの人生哲学、信条を詠った名高い一篇を窺ってみよう。豪胆、剛毅で、火のごとく烈しく攻撃的な性格の人物ではあったが、そんなアルキロコスにも己の心を覗き込み、苦しい傭兵生活に耐えて生き抜くよう、自身を鼓舞した作としてこんな詩がある。みずからの心に呼びかけた内的モノローグとも言うべき一篇である。孤独に苦しんだ折の作と見られ、詩人が自己の魂へと眼を向けての作という点で注目に値する詩である。詩人が仲間や周囲の人々にではなく、自己の心に集中しているという点で、抒情詩としても新たな境地を開いた作だと言えよう。

心よ、如何ともなしがたい苦悩（くるしみ）に弄ばれる心よ、
さあ立ち上がれ、敵に向かって胸をさらし、
敢然と防ぎ戦え、地にしっかと足を踏まえて。
勝ったとてあからさまに歓喜（よろこび）の高声を上げるな、
負けたとて、家中（うち）に籠り伏して嘆くな。

喜ぶべきは喜べ、厄災(わざわい)に遭うても、過度に心痛むるな。
知れ、人間(ひと)を統べる浮沈の法(のり)なるものを。

（タルディティ・一〇五）

ゼウスの正義を信じ、「人間(ひと)を統べる浮沈の法(のり)」を知って生きること、これが詩人の信条であった。「浮沈の法(のり)」と訳した語の原語は rythmos つまりは「リズム」である。人間の運命の陰陽、浮沈を決めるものは「リズム」だとする一種悟りの哲学のようなものが窺える。人間の生を支配し律しているものは「リズム」すなわち浮沈の法(のり)だという意識が、苦悩に耐える上での支えとなっているのである。これも新たな人間把握である。

次のエレゲイア詩は、おそらくはまだ詩人がパロス島にあったころ、有力な市民たちの何人かが海難事故にあって遭難死した折の詩だとされている。難破で縁者を失ったペリクレスなる人物に呼びかけた詩で、詩人若年の作である。

ペリクレスよ、われらが呻きに満ちた苦しみを
宴を楽しんでいる者でさえ、市民の誰とても咎めまい、
あれほどにも立派な男たちが逆巻く波に呑まれてしまったのだから。
われらが肺臓は苦悩(くるしみ)で膨れ上がる。
だが友よ、神々はこの耐えがたい苦痛を鎮める、
耐え忍ぶ強い心を癒しの薬として与えたもうた。
不幸は時によりさまざまな人を襲うもの。今それはわれらにふりかかり、

われらは血まみれの傷を負うて嘆き悲しむが、
やがてそれは他の人らのもとへと移ろう。
さあ疾く耐え忍べ、女々しい悲嘆にくれていてはならぬぞ。

（アドラドス・七）

これはアルキロコスにおける、紐帯によって結ばれた市民としての意識の強さを物語る一篇のように思われる。慰めの詩でもなければ、死者を哀惜する詩でもなく、同じ市民であるペリクレスに、死者の苦しみをわが身に負った上で、それに耐えよ、苦悩はいずれ他の者たちのもとへと移り行くのだからと説いている。人間が生きてゆく上で、苦悩や悲嘆は避けられないが、それは永続的なものではないという認識が彼にはあった。されば戦士がその傷を薬で癒すごとく、強い忍耐をもって喪失を悲しむ心の傷を癒し、強く生きよと鼓舞しているものと解される。普通の哀悼詩とも慰めの詩とも異なる、アルキロコスならではの異色の作品だと言えよう。

次にゼウスから霊感を与えられた者、選ばれた存在、予言者としての詩人の誇りと矜持を詠ったと見られる詩を眺めたい。この断片はひどく破損しており正確な意を把握することは難しいが、ラセール・ボナールに拠って翻訳しておく。

人間(ひと)の性(さが)（はさまざまである）。
人はそれ、各自(おのがじし)異なるものによって心を愉します。
（淫蕩(みだら)なる者は）己が賜物の手入れに心砕き、
牛飼いは毒蜘蛛を追い払うことに心を用いる。
いかなる予言者もこの儂に先立って

汝に告げはせなんだ。
オリュンポスに宮居したもうゼウスがこの儂を
人間の中でもとりわけ傑れた者となしたもうた。
エウリュマコスとてそれを非難できまい。

（ラセール・ボナール・三六）

自らを詩女神らのことばの告げ手、宣り告げる者（προφάτας）だと自負していたピンダロスほど貴族的でも傲岸でもないが、右の断片から、アルキロコスにもまた詩人として、自分が神に選ばれた傑出した存在だという自負の念と自覚があったことがわかる。自分が詩人として選ばれた存在だというこのような意識ないしは自覚は、やがてサッポーにも受け継がれてゆく。しかしそのことは、一市民としての意識、平民意識が強く、不遇で世に容れられなかった詩人が、この世の富だの権勢だのといったものに憧れ、他人の上に立とうとする上昇志向を抱いていたことを意味するものではなかった。それどころか、次の詩に見るように、彼はそういった高き所にあるものをあからさまに拒絶する姿勢を見せている。

あのしこたま黄金を蓄えたギュゲス王の富なんぞは俺にはどうでもいい、
羨んだことなぞ一度もないし、また神々の所業に、
妬みを覚えたりもせぬ。またお偉い僭主の座を願ったりもせぬわ。
そんなものは、この俺の眼からはずっと遠いところにあるものだ。

（トロイ・二二）

リュディアのカンダウレス王を弑して新たな王朝を開き、パクトロス河の砂金を採取して伝説的な巨万の富を築いたほぼ同時代人の王ギュゲスの富も、神々の所業も、威勢をふるう僭主の権力も眼中になしと嘯いたこの一篇は、いかにも世の価値観、伝統的な道徳観などを覆したアルキロコスの小気味よい啖呵と聞こえる。ところがここに厄介な問題があって、この断片には、続いて「と大工のカロンが言った」とあるので、これがアルキロコス自身の信条なのかどうか、にわかには断定はできない。断片を読む難しさである。しかしここはひとまず詩人の態度、信条を、カロンなる人物の口を借りて代弁させたものと解しておきたい。

次にアルキロコスの人間観の一端を示す一篇を掲げておこう。人間の心のありようを詠ったわずか四行の断片である。一見月並みな、伝統的で常識的な観念の表出と見えるが、断片であるため詩人の言わんとしているところが何か、もう一つはっきりしない。ホメロスが人間が己のものとして統御しうるものとしている心(θυμός)でさえも、その実、神の手中にあるというのであろうか。

レプティノスの子のグラウコスよ、
死すべき身の人間の心というものは
ゼウスの下したもうその日その日に応じて変わるもので、
人間はそれ、その境遇によってものを考えるものだ。

(タルディティ・一〇七)

神々と半神である人間たちが同じ地平で交わりつつも、最終的な運命を神々の手中に握られていたホメロスの英雄たちとは異なり、新たな時代の子であるアルキロコスにとって、神々はもはやそれほど近しい存在ではない。個人的にはパロス島で篤く信仰されていたディオニュソス神を信奉し、この神に讃歌を捧げたりしていたアルキロコスだが、彼もまたヘシオドスと同じくゼウスの正義を信じ、古代ギリシア人の常として、人間の運命や運勢は神々の手中にあって、万事は神意によると考えていたようである。次の二篇はそれを物語っている。先行する詩人ヘシオドスにも見られるゼウスの正義への信頼は、この詩人にあってはいっそう強固なものとなっている。

おおゼウスよ、父神ゼウスよ、天界(そら)はおんみの治めたもう領域(ところ)。
おんみは人の営為(おこない)を見そなわす、悪行も、また正しき行為(おこない)も。
おんみはまた野に臥す獣らの非道や正義をも、
その御心にかけたもう。

(タルディティ・一七四)

万事は神々の御心に委ねらる。しばしば神々は
か黒い地上に倒れ伏す者らを立ち上がらせたが、またしばしば
大地をしっかと踏みしめて立つ者らを、あおむけに転(まろ)ばしたもう。
その者らには数知れぬ厄災(わざわい)が生じ、
生計(たつき)にも事欠いて路頭に迷い、心は呆然となる。

(トロイ・五八)

神々の存在は信じていても、神話伝説や神々についての擬人化され語られる物語を「作り話」として否定し、ホメロスやヘシオドスはありとあらゆる醜行を神々に押しつけているとして、叙事詩人の神観念を非難した哲学

者詩人クセノパネスが登場するのは約一世紀後のことである。右の詩に見られるように、アルキロコスは確かに新たな時代の子ではあったが、人間を神から完全に自立した存在としてとらえるには至らず、神観念に関しては、伝統的なものに従っていたと言えるであろう。

アルキロコスの詩の中でしばしば引かれるのは、皆既日食の驚きを詠った次の詩である（ピンダロスにも、前四六三年に起こったとみられる日食を詠った詩（「パイアン」第九歌）があるが、この現象に対する反応は異なり、異変、凶事が起こる前兆、凶兆としてこれをとらえている）。詩としての出来栄えはさほどのものとは思えないが、歴史的証言として価値を認められている作である。この詩に現れる日食を前七一一年のものと見るか、前六四八年のものと見るかで、アルキロコスの年代設定に関する見解が分かれることは先に述べたとおりである。実はこれも断片であるため、やはり解釈上厄介な問題が存在する。ストバイオスの『精華集』に見えるこの詩には、

この世にはもう思いもかけぬこと、あり得ぬこと、
驚くべきことなぞは何ひとつありはしない。
オリュンポスの父なるゼウスが、
赫々と輝く太陽(ひ)の光をお隠しなされ、
真昼のさなかに夜をもたらしたもうからには。
蒼白い恐怖が人間たちの心を捕らえた。
これより後、人間は何であれ信ずることができ、
いかなることの出来(しゅったい)をも予期し得ることとなった。
野に臥す獣たちが海豚と海の牧場を取り換え、

陸地よりも轟く海の方を好み、
獣どもが生みに入り込んだとしても、
それを見ていささかも驚くことはないのだ。
・・・・・・・・・・・・アルケナクティデス
・・・・・・・・・・・・・の子
・・・・・・・・・・・・・・結婚
・・・・・・・・・・・・男たちに

（タルディティ・一一四）

とある。単に日食を詠った詩として見ればこの断片自体にさしたる問題はないが、『弁論術』（第三巻第一七章）の中でこれを引いているアリストテレスによれば、これはある父親（リュカンベスとも考えられる）がふしだらな娘（ネオブレか?）の行状を語った詩の断片なのだという。とすると、欠損して判読不能の部分に、「かようなありえぬことが起こった以上、わが娘がこんなことをしでかしても不思議はない」といった内容のことが言われていたのかもしれないが、そのあたりは不明である。アリストテレスの言うように、この詩の語り手とされる父親がリュカンベスで、ふしだらな娘がネオブレだと断じる根拠は薄弱である上、そもそもここで描かれている日食自体、アルキロコスが実際に体験したものかどうかも明らかではない。驚くべき現象として人々に衝撃を与えた皆既日食であったから、周囲の人々から、その体験を聞かされての作かもしれないからである。われわれはここでもまた、断片を解釈することの難しさに逢着するのである。

最期に、後世の眼から見て、アルキロコスという詩人をどう評しどう位置づけるかということに触れておく。ギリシア「最初の抒情詩人」アルキロコスのもつ意義と最大の功績は、前七世紀という叙事詩から抒情詩への転換点に立ち、その時代に覚醒し確立した個の意識に明確な詩的形象を与えて、個の表出である抒情詩の時代を切り開いたということにある。その栄光は、いまだ粗削りで古拙な詩をもってそれを始めたのではなく、詩的・文学的完成度の高い作品によってその祖となったというところにある。その詩は雄勁かつ豪逸ではあるが、決して粗放ではない。中国最古の詩文学『詩経』の詩（というよりは歌謡）がまだ無名性、集団性を脱していない前七世紀という時代に、早くも個性豊かな詩的世界を創り上げていることは、やはり瞠目すべきものだ。詩の趣、その詩的世界は全く異なるが、ギリシア詩史の上での重みから言えば、中国における屈原にも相当するような存在だと言ってよかろう。

残念なことに、断片のみで伝わったその作品は破損の度合いがひどく、きわめて不完全な形でしかわれわれの手元に残されていないため、その全容は知りがたく、その上、詩の言語美は翻訳では伝え得ない。またその詩は、それを生んだ社会環境やギリシア人の対人関係などがわれわれのそれとは大きく異なるため、遥か後世の東洋の読者との感覚的な距離感が大きい。そのため、アルキロコスが古代においては「叙事詩のホメロス、抒情詩のアルキロコス」として並び称されたほどの盛名ある詩人だったと聞かされても、ただちには納得しがたいところもあることは否めないところだ。古代ギリシア人とわれわれのようなはるか後世の東洋の読者とでは、この詩人の受けとめ方に大きな落差があったとしても不思議はない。仮にピンダロスのようにアルキロコスの主要作品がほぼ完全な形で伝存し、よくその詩風を伝える訳詩が生まれたとしても、時代感覚や歴史的環境の相違もあって、現代に生きるわれわれがこの詩人の詩的世界に参入し、その真価を把握し実感することは困難かと思われる。確かに感覚的にも距離はあり容易に親しめる詩人ではないが、なんと言っても、『万葉集』に先立つこと実に一四〇〇年近くの昔の前七世紀、つまりわが国がまだ縄文時代にある頃に生まれ活躍した詩人である。それを考えれば、また作品に明確な個性が刻印され、個人の情感や信念を活力あふれる詩句に盛って直截に表白した抒情詩人として見れば、その価値も改めて認識できよう。その意味では、たとえ原詩とは隔たりがある訳詩を通じてでも、アルキロコスはなにほどかはわれわれの関心をも惹き得るものと思う。孔子や釈迦よりも一世紀以上も古い大昔の詩人で、前七世紀の遠い世界の詩であってみれば、現代の読者がその作を一読して、これは面白いと言えるような作でないのは当然である。だがヨーロッパにおける抒情詩の目覚めを示す詩人、ヨーロッパ最古の抒情詩人の作として、その詩は今日なお一瞥するだけの価値は確かにある。

以上これまでのところで、ギリシア抒情詩の鼻祖であり、「最初の抒情詩人」と目されるアルキロコスの人と主要作品とをざっと一瞥してきた。ここでなしえたことは、伝説に包まれ、多彩多様な詩を遺したアルキロコスという詩人の横顔と、その詩の一端をちらりと垣間見たにすぎない。この詩人にはまだまだ見るべき作はあるが、残された断片だけに限っても、その全容を語るには、優に一冊の浩瀚な書を要する。その人物像と、主な詩の内容と詩風とを大まかに素描したことで、ひとまずはよしとせねばならない。

二　アルカイオス

アルカイオス
（前625/20頃〜580以降）

トラキアの女たちによって八つ裂きにされて惨殺されたと伝えられる、伝説上の楽人オルペウスの首とその竪琴が流れ着いたとされるレスボス島は、古くから詩女神（ムーサ）たちにゆかりが深い地とされ、詩によって名高い島として世に知られていた（それはまた美女と美酒の島でもあった）。アレクサンドリアの詩人パノクレスはそれを、

かの楽人（うたびと）の歌声と心魅する竪琴の演奏により、この島は
なべての島のうちで最も歌に名高い島となりぬ。
（断片一、二一―二二）

と詠っており、サッポーにも、

レスボスの伶人（うたびと）のごとく、他国の伶人（うたびと）より秀でて
（ローベル・ペイジ一〇六）

なる詩句がある。アンティッサのテルパンドロス、メテュムナのアリオンといった名高い詩人、楽人を生んだこ

の島は、湮滅して伝わらないさまざまな歌謡や詩で幸わう地であった。詩の島としてのレスボスの名をひときわ世に高からしめたのは、女流詩人ノッシスの言う「うるわしき歌舞の町」として聞こえたミュティレネが生んだ二詩人アルカイオスとサッポーである。

アルキロコスよりやや遅れて、前七世紀末から前六世紀前半にかけて生きたレスボス島の詩人アルカイオスは、世の酒徒にとっては慕わしい詩人である。酒の詩人としてのその名は、わが国では「篇篇酒有り」の飲酒詩人の宗として知られる陶淵明、酒仙李白、酔吟先生白楽天などは言うに及ばず、オマル・ハイヤーム、アナクレオンに比べても知られてはいない。とは申せ、酒を愛する豪飲の士としてギリシア全土にその名が轟いていたこの詩人は、酒と恋に名を得たアナクレオンと並んで、ギリシア屈指の詩酒徒として、その名を詩史の上にとどめている。

これから述べるように、若き日から権力闘争、政治的抗争に身を投じたため、亡命、流謫の悲哀を舐め、挫折と不遇の生涯を送った零落貴族であったアルカイオスは、いわゆる「政治詩（スタシスティカ）」によっても知られている。ストラボンはその『地誌』の中でそれについて、「内訌のため当時（ミュティレネ）の町は僭主たちによって治められていた。アルカイオスの「政治詩」と呼ばれる詩は、それらの人物について書かれたものである」（第一三巻二・三）と述べている。進んで「国事」のために身を挺した詩人は一個の憂国の士であり、一朝事敗れて流謫の悲哀をかこつようになって以後は、まさに悲憤慷慨の士であった。だがレスボスが生んだ詩人としてはサッポーの陰に隠れがちなこの詩人が、われわれ遥か後世の読者の関心を惹き、またなにほどなりとも心をとらえるのは、彼の作品の大きな部分を占めている「政治詩」によってではなく、その飲酒詩、勧酒詩によってだと言っても、誰も異は唱えまい。アルカイオスの影響を深く蒙り、その詩風をローマに導入したことを誇った（『書簡詩』一・一九）詩人ホラティウスが、

アルカイオスよ、おんみは黄金の撥で、より豊かなしらべ奏で、
船の遭う苦難と、流謫の悲惨な苦しみと、戦いの苦難とを歌って
（『歌章』二・一三）

と言っているように、アルカイオスの関心は広く、伝存する断片から見ると、その詩のテーマもまた多彩である。アレクサンドリアで文献学が起こったヘレニズム時代には、アレクサンドリア大図書館の館長であった大文献学者ビュザンティオンのアリストパネス（前二五七―一〇八）の手になる一〇巻のアルカイオス詩集と、師の後を継いだこれまた大文献学者なるアリスタルコス（前二一七―一四五）による一〇巻詩集があったことが知られているが、サッポーの詩と同じくアイオリス方言で綴られたその作品は、ローマがキリスト教の天下となってから、教会に敵視されて徹底した焚書の憂き目に遭ったためほとんど湮滅亡佚し、完全な形で伝わった詩は一篇もなく、伝存するのはいずれもひどく破損、欠損した断片のみである。ホラティウスがアルカイオスにふれて、

戦いにおいては勇猛な士であったが、
波浪に弄ばれた船を
濡れた浜辺に繋いだ折には、
酒神や、詩女神（ムーサ）や、ウェヌスに
つきまとって離れぬ童子クピドや、
黒い瞳と黒髪の美しい少年リュコスを歌った。
（『歌章』一巻三二歌）

と言っているように、サッポーの詩の主題がもっぱら愛に集中しているのに対して、アルカイオスはより多才の詩人で、その関心は多方面にわたっている。さまざまな著作からの引用や、二〇世紀にエジプトのオクシュリンコスから出土したパピルスから集められた約四〇〇篇に上るそれらの断片は、伝存する断片のほぼ半数を占めている「政治詩」のほか、飲酒詩、戦争詩、神々への讃歌、神話的主題の詩、トロイア戦争の人物たちを詠った詩、愛の詩、箴言風の詩などが遺されている。

アルカイオスの詩は、この詩人が創始したいわゆる「アルカイオス風詩節」(Alcaic Stanza)を用いた作品のほか、「大アスクレピアデス詩節」、「小アスクレピアデス詩節」その他の詩形、詩律を用いた作もある。アイオリス方言で書かれたそれらの詩は、流麗というよりは雄勁で、独特の響きを讃えている。とはいえ、今日の眼からすると、アルカイオスという詩人は、蒼古たるとは言わないまでも、いかにも古の時代のものであって、酒の詩を除くと、後世の読者の心をとらえるほどのものはあまりない。この詩人が生きた時代のレスボスで繰り広げられていた、ミュティレネでの覇権をめぐる権力闘争の中から生まれた「政治詩(στασιωτικά)」(これは直訳すれば「内紛闘争詩」というような意味である)は、歴史家にとっては確かに貴重な証言であり資料であるが、彼の詩が古典期のアテナイでなおも歌われ続けていたのに対して、前五世紀には早くも忘れられていたのである。これらの「政治詩」はもともとが志を同じくする同志たちのグループ(ἑταῖροι)に向けて作られたものであったから、それも無理はない。総じて時局に密着したところから生まれたような詩は、時代や状況が変わると人々の関心を惹かなくなり、それを時代を映す鏡と見なす歴史家以外は、さような作品に興味を示さなくなるものである。例えばロンサールの詩「当代の惨禍を論ず」にしても、詩人が生きた時代には人々の関心を惹いたが、今日ではフランス史の専門家以外の読者の心をとらえうるものではない。

古来詩と政治の関わりが深い中国ならば、アルカイオスの「政治詩」にさほどの抵抗を覚えない読者もいようが、『万葉集』以来ひたすら詩に抒情的なものを求めるわが国の読者にとって、もっともなじみにくいのがこの政治詩なるものである。

いかにも男性的で力強く直截ではあるが、同時代を生きたサッポーの詩に比べて、いささか優美、繊細さに欠けるところのあるアルカイオスの酒の詩以外の詩は、もはや古典期のギリシア人すらも魅了することがなかったということになる。この詩人の「政治詩」などは、当時のレスボスの政治情勢と密接に結びつき、その折々の局面から生まれた詩であるだけに、またハリカルナッソスのディオニュシオスが、「そこから詩律を外すと、多くは政治的な弁論になる」(『模倣について』四二二)と評したその性格のために、時代が変わるともはや人々の関心を惹かなくなってしまったのである。ましてや遥か後世の東洋の読者の眼からは、いかにも遠いところにあると言わざるをえない。酒の詩にしても、なにぶんわが国がまだ縄文時代であった頃、今を去ること二六〇〇年あまりの大昔の異国の詩人を、言語構造も、言語感覚も、時代感覚も全く異なる日本語で伝えようとするのである。「詩酒」の興趣のいかなるものであるかを解し、真に酒を愛し詩を愛する少数の人のみが、この古の「詩酒徒」の飲酒詩に、なにほどか感興を覚えるのではなかろうか。

アルカイオスと言えば、後世のわれわれにとっては、なんと言っても酒の詩人である。その名は「詩酒合一」の国が生んだ陶淵明、酒仙李白をはじめとする酒に名を得たさまざまな詩人たちの作とともに、詩を愛する後世の酒徒の脳裏にきざまれてよい。遠く時空を隔てたこの詩人の飲酒詩、勧酒詩は、人口に膾炙した中国の酒詩や、オマル・ハイヤームの讃酒詩ほどではなくとも、ふとわが国の酒徒の脳裏に浮かび、口の端をかすめるには値するものだ。以下この章では主として酒の詩人としてのアルカイオスに焦点を当てて、その相貌を描き、その酒詩の何篇かを拙訳によって読者の眼に供したい。多才の人であったこの詩人を知っていただくために、詩人の生涯にからめて「政治詩」なども少々紹介はするが、後に説くように、閉じられた氏族社会のメンバーたちのために作られたそれらの詩は、われわれ現代日本の読者の関心を惹き、心に適うことは尠いであろう。まして共感を呼ぶことはなかろう。詩人の関心事であった、ホメロス的主題による詩にしても同様である。アルカイオスが好んだ主題であり、かなり数多く作られたと見られる神々への讃歌などは、詩人の個性を反映している度合いが低いこともあり、断片の欠損がひどいこともあって、多くは割愛せざるをえない。

序章で述べたように、ギリシアの抒情詩（独吟抒情詩）は一種の「機会詩」であって、作者である詩人の折々の状況、局面から生まれたものである。憂国の志を抱きながら失意と流浪の生涯を送った杜甫の詩がそうであるように、アルカイオスの詩にしても、この詩人が生きた時代の様相や、その人生、生き方と固く結びついており、その生涯を知らずしてこれを語ることはできない。酒にまつわる詩にしてもなおそうであって、その点でオマル・ハイヤームの『ルバイヤート』や酒仙李白をはじめとする、中国の酒詩などとはやや趣を異にしている。されば大昔にレスボス島に生き、詩人の島として名高かったこの地にサッポーとともにいっそうの輝きを添えたこの詩人の生涯をまず追ってみることとしたい。

「政治的人間」の悲劇——挫折と失意の生涯

詩人アルカイオスはその生涯を通じて「政治的人間（ホモ・ポリティクス）」であった。詩人をそのような方向へと向かわせたのは、天性の性（さが）というよりは、むしろかれがその「時代の子」であることによると言ってよい。彼の生きた時代は、ホメロスの世界に見られるような古い王政が崩壊しつつあり、新たに勢力を増した貴族階級が王族を倒して支配権を握りつつあった時代で、各地で僭主が登場した時代でもあった。

レスボス島には楽人アリオンを生んだメテュムナ、アンティッサ、サッポーの生地エレソス、それにピュラなどの町があったが、中でもミュティレネは最も大きいばかりか勢力も強く、海上貿易を盛んに行って富み栄え、エジプトのナウクラティスにまで貿易基地をもっていたほどであった。しかし外に向かっては強大であり繁栄を誇って殷賑をきわめていたミュティレネも、内にあっては時代の波に洗われて政争と内紛に大きく揺れ動いていた。そのさまはあたかも、ダンテの生きた時代のフィレンツェさながらであった。

イオニアで生じた変革の動きがこの島まで波及した時代に、その地の名だたる権門貴族の家に生まれた詩人は、必然的に、当時そこで繰り広げられつつあった権力闘争、政治的抗争の渦に巻き込まれ、そこに身を投じることになったからである。この詩人を特徴づける「政治詩」もそこから生まれた。そしてその生涯は敗者としてのそれであった。本書の序章で引いた逸名の詩人によるエピグラム詩の、

祖国の掟守らんと、幾度か僭主の血を流させし
アルカイオスの剣(つるぎ)よ、

という詩句はいささか正確さを欠いてはいるが、武力に訴えての政治抗争に身を挺した人物として、ヘレニズム時代の詩人の眼に映ったこの詩人の姿を伝えてはいる。

アルカイオスが生まれたのは前六二五年から前六〇〇年の間であると推定されている(エウセビオスによれば前六四〇年頃となるが、これは時代設定がやや早すぎるようである。ギリシアの古典学者パナギス・レカッツァスのように、生年を前六三二年―前六二八年の間だと、より限定して設定する学者もいる)。没したのは前五八〇年以後のことと見られるが没年は不明である。その生地レスボス――この温暖で肥沃な島は、すでにホメロスにおいてトロイア遠征途上ギリシア勢の掠略した島として姿をあらわしているが、言い伝えによれば、アガメムノンの遺児オレステスがこの島に最初の植民者たちを送り込んだとされており、その後この地は、オレステスの庶子であるペンティロス

の末裔と称するペンティリダイ一族が王として支配していた。小アジア文明の余光を受けて早くから文化を発達させ、豪奢と華麗をもって鳴るリュディア文化と密接な関係にあったレスボスは、アイオリス地方のギリシア文化の中心地となっていたのである。

前七世紀に入るとイオニア地方一帯を襲った社会的変革の波に洗われ、レスボス島でも貴族と新たに台頭してきた商人階級を中心とする平民の勢力が増強し、王族ペンティリダイは土地貴族の中の「同等者中の第一人者(primus inter pares)」にすぎない存在となっていた。

アガメムノンの血を引くことを誇り、歴代傲慢な統治者として島民を圧していたため悪名の高かったこの王族はやがて打倒され、王政は廃止されて、その後はクレアナクティダイ、アルケアナクティダイをはじめとする有力貴族たちによる寡頭政治がおこなわれた。ミュティレネの権門貴族であったアルカイオスの一族もそれに加わっていたことは、この詩人の亡命先での作において、父祖以来の有力貴族による評議会への復帰を恋い慕う気持ちとして詠われていることから、それとわかる。

しかしこの寡頭制もはなはだ不安定で、やがてレスボス島にも貴族間での激しい権力闘争が起こり、それを経て、この時代を特徴付ける僭主が登場し、メランクロスなる有力貴族が支配権を握った。これに対して後にギリシア七賢人の一人に数えられることになるピッタコスや、アンティメニダス、キキスといったアルカイオスの兄たち、それにメランクロスが支配していた時代には亡命していたミュルシロスが密かに島に戻り、先頭に立ってメランクロスを追放した(前六一二年のことで、彼らがこの僭主を殺害したとする説もある)。その折詩人はまだ少年で、僭主打倒の動きには加担していなかったようである。

こうして最初の僭主は追放され、今度はミュルシロスが代わって僭主の座に就いた。これに関してはヘラクレイトス(著名な哲学者とは別人。後一世紀頃の人)の著書『ホメロスに関する諸問題』の中で引かれている、アルカイオスの次のような詩がある。これは今日のわれわれの眼からすれば詩興に乏しく、歴史的関心を呼ぶものでしかない。それは別としても、このヘラクレイトスによれば、その後長らくヨーロッパ詩の伝統となった、国(ポリス)を船に譬えた詩の濫觴をなすものとして知られるこの作は、僭主の地位を狙っていたミュルシロスと、「ミュティレネの人々に関する僭主の側からの陰謀」(序、五)に関わるものだという。この詩はその後、ホラティウスがこれを模倣した、内乱によって翻弄されるローマの危機を詠った名高い詩(『歌章』一・一四)を生んだことでも知られる作である。断片の形で伝わるこの詩は一九行あるが、最初の二つの詩節と第三詩節の最初の行が判読しうるのみで、しかも表現に曖昧な箇所があって、意味が明らかでないところが多い。きわめてリアリスティックに描写されている、嵐に襲われ大浪に翻弄される船に喩えられたミュティレネの町が、政治的に不安定で騒擾のうちにあり、新たな僭主の登場に脅かされつつあることを詠ったものではないかと見られている。アルカイオスはこの詩によって、僭主制打倒を狙う守旧派の貴族たちに呼びかけ、警戒をうながしたのであろう。アルカイオスにはこのほかにも、トラキア人との戦いが迫っていることを、海上に吹き起りつつある嵐に喩えたと解される断片があるから、これが詩人の手法の一つだったことは確かである。

わしには吹きまくる風の方向がわからぬ、
こなたに渦巻いたかと思えば、
かなたに渦巻くといった具合で、
われらはその真ん中にあってか黒い船に乗って運ばれ、
大嵐に弄ばれて疲弊し尽している。
滔々と逆巻く大浪は帆柱を洗い、

帆布は破れて、穴が開いて透けて見え、
大きな裂け目ができている。

錨はたるみ、舵は
・・・・・・・・・・・・・・・・・・・・・・・

（ペイジ・SA・Z2）

いずれにせよこの詩に見るアルカイオスの懸念は当たり、ミュルシロスは権力を手中に収めて僭主の座に就いた。このほかにも危機に瀕した国（ポリス）を船に喩えた詩が二篇伝わっており、さらには僭主の手に落ちようとしている国をもはや煙を上げてくすぶり、火を吐こうとしている木材に喩えた詩などもあるが、いずれも詩的感興に乏しく、われわれの関心を惹くほどの作ではない。

さてトロイア北西部のシゲイオンでの通商貿易権をめぐって、ミュティレネとアテナイとの間に戦争が起こった（前六〇七―六〇六）のは、このミュルシロスの僭主時代のことである。ミュティレネ軍の総帥としてこの戦いを率いたピッタコスは、戦いの勝敗を決める一騎討ちで、オリュンピア競技会の優勝者であるアテナイの将軍プリュノンを討ち取るという華々しい戦功を立てたが、ミュティレネ軍は結局戦いに敗れ、ギリシア七賢人の一人とされるコリントスの僭主ペリアンドロスの調停により、シゲイオンは結局アテナイの領有するものとなって、ピッタコスの殊勲も無に帰した。血気にはやる青年としてアルカイオスもこの戦いに加わったが、戦闘に敗れて敗走するさなかに、アルキロコスと同じく盾を捨てて逃れ、からくも一命を全うした。アルキロコスに倣って、詩人はそれをこんなふうに詠っている。

アレスが庇護により、
アルカイオスこそからくも虎口を逃れしが、
わが武具（もののぐ）はアテナイ人（びと）これを得て、
眼（まなこ）耀く女神が神殿（やしろ）に掛けたりとぞ。

（ローベル＝ペイジ・四二八）

アルカイオスがピッタコスの華々しい戦功を詠わず、敢えて本来恥辱とされる己が行為を詠ったのは、その後のこの人物への激しい憎悪を思えば、当然かもしれない。シゲイオンをめぐるアテナイとの戦いは一年以上の間続いたから、アルカイオスが戦場に打って出たのは、ピッタコスがプリュノンに勝利したのと、あるいは別の折だったとも考えられる。戦闘において盾を捨てて逃れ、命を全うしたことを詠うのはアナクレオンに引き継がれ、やがてホラティウスによっても詠われることとなった。

アテナイとの戦いの後もなお僭主ミュルシロスによる支配が続いたが、その独裁に対して土地貴族が不満を抱き、今度はアルカイオスの兄アンティメニダスとピッタコスとが首謀者となって、ミュルシロス打倒を図って謀議を凝らしたのである。詩人自身もまだ若年ながら、この謀議の首謀者の一人だったらしい。事は意外な形で頓挫し、アルキロコス兄弟は窮地に立たされることとなった。なんとピッタコスが誓いを破って同志たちを裏切り、ミュルシロスの側に寝返ったのである。ヒュラスという名のトラキア人を父にもつ身ながらも（この人物は捕虜としてミュティレネに連れてこられたのだという説もある）、政略結婚によって王族ペンティリダイ一族の娘を妻としていたピッタコスは、ひそかにミュルシロスに接近し、一転してこの僭主を支える側に回って、半ば共同統治者のような地位を占めるに至った。

陰謀が露見したため、アルカイオスとその兄は一族の者らとともにミュティレネから追放され、詩人はミュティレネ近郊の町ピュラに退去亡命することとなった（この折やはり反ピッタコスの立場に立っていたと見られる有力貴族の娘サッポーも、ピュラへの亡命を強いられている）。兄アンティメニダスは遠くバビロンまで赴いて、そこでネブカドネザル王の傭兵となり、王のユダヤ人懲罰のためのイェルサレム遠征に加わったり、エジプトのファラオ相手の戦いに従軍したりしている。アルカイオスがこの兄の帰還を喜んで作った詩があるが、それによれば、この兄はユダヤ人相手の戦いにおいてゴリアテのごとき敵方の巨人を倒し、危機一髪のところでネブカドネザル王の軍勢を窮地から救うという大功を立てたという。詩人のピュラ亡命中にも、ミュティレネを追われた一派によるミュルシロス暗殺の企てがあったらしいが、僭主は衛兵に護られて命を救われている。この詩人の作としてはよく知られている一篇には、

厄災（わざわい）のことばかり気にかけていちゃならぬ、
苦しんだところでくその役にも立つまい、
最良の薬というのはな、ビュッキスよ、
酒を醸し来たって酔い痴れることさ。

（ローベル＝ペイジ・三三五）

とあるが、この詩はおそらくピュラでの不本意な亡命、流謫の生活の中で生まれたものではないかと見られる。憂国の士として官途に就くことを冀（こいねが）いながらも志を得ずして、一生を窮乏と流浪のうちに送ることを強いられた杜甫の酒にも似て、レスボスの詩人もまた「痛飲狂歌空度日」（痛飲と狂歌もて空しく日を度る）ほかなかったのであろう。曹操の「何以解憂／唯有杜康」（何を以てか憂いを解かん／唯杜康有るのみ）という詩句を想起させる作で

もある。李白の言う「銷憂薬」としての酒をこの盛唐の詩人に先立つこと一四〇〇年近くの大昔に詠ったのが、酒に名を得たこのギリシアの詩人であった。

いずれにせよ、同志を裏切って権力者の側についたピッタコスに対する、アルカイオスの怒りと憎悪は激しく、以後ピッタコスは生涯を通じて詩人の仇敵となった。その後に生まれた「政治詩」の多くはピッタコスに向けられ、詩人は「太鼓腹」、「多喰らい」、「ちんば」、「卑しい生まれの父をもつ男」、「大口野郎」などとさまざまな罵詈雑言を交えて、七賢人の一人とされるこの人物を攻撃し続けることとなった。詩人の政治詩、飲酒詩のほとんどは、その生涯の大半に及ぶ亡命、流謫の生活の中で生まれたものである。アルカイオスは自分たちを裏切ったピッタコスへの恨みを、その政治詩の一篇の中で、次のように激しくぶちまけている。

生肉喰らうディオニュソスよ、
恵み深き心もて来たらせたまいて、
われらが祈りを聴き入れたまえ、
みじめなる流謫の苦難より救いたまえ。

かの人らの復讐女神(エリニュエス)が、
ヒュラスの子めを追い回さんことを。
われらかつて集いて固く誓ったれば、
われらが同志の誰一人とて・・・と。

されどわれらはかの折に権力手にせし者らに屈して斃れ、

土を被って横たわるか、さもなくんば
やつらを殺して民人を
苦艱の淵より救い出さん。
だがあの太鼓腹めはかの人*らの心を斟酌まずに、
やすやすと固い誓約を踏みにじり
町を食い物にしておるわ。

（ペイジSA・G1三―六節）

*「かの人」らというのは、ピッタコスの裏切りの犠牲となって倒れた人々を指すと解されている。

恨みを抱いてのピュラでの亡命生活が何年間か（一〇年ほどであろうと推定されているが）続いた後、詩人とその兄に亡命生活を強いたミュルシロスはやがて死んだ。暗殺者の刃に倒れたというが、そのあたりは確かではない。事敗れてピュラでのわびしい亡命生活を送っていた詩人は、憎き僭主の死の報に接して狂喜乱舞し、ホラティウスの詩のモデルとなったことでもよく知られた詩を賦した。その詩に曰く、

それよ、今こそは存分に酔い痴れ、力のかぎりを尽して酒喰らうべきときぞ、
かのミュルシロスめが死におったれば。

（ローベル＝ペイジ・三三二）

自分たち兄弟を惨めな亡命流謫の境涯へと追いやった政敵の死を知っての歓喜を爆発させたこの一篇は、叛乱を起こした史思明が官軍に敗れたとの報せに杜甫が狂喜して、「漫巻詩書喜欲狂／白首放歌須縦酒」（漫に詩書を

巻いて喜び狂せんと欲す／白首放歌して須く酒ヲ縦にすべし）と詠ったのと一脈相通ずるものがある。アクティウムの海戦で敗れた後、アントニウスとクレオパトラが自害したことを祝った、Nunc est bibendum「今ぞ酒喰らうべし」と名高い詩句で始まるホラティウスの詩（『歌章』一・三七）は、アルカイオスのこの詩に想を得たものである。

ミュルシロスの死によってアルカイオス兄弟はミュティィレネに帰ることを得たが、その喜びも束の間のこと、彼らを待ち受けていたのは思いもよらぬ事態であった。すでにミュルシロスの共同統治者として地歩を固めていたピッタコスを、ミュティィレネの市民たちは統治期間を一〇年と限った上で、一致して「執政」の座に据えたのであった。このときピッタコスはほぼ六〇歳ほどであり、アルカイオスも三〇歳は超えていたものと思われる。「執政」は実質的には僭主と同じだが、自らの手で権力の座に就いたのではなく、選ばれて僭主となったのでそう呼ばれていたにすぎない。これはミュルシロスの共同統治者としてピッタコスがすぐれた手腕を発揮しており、ミュティィレネの人々がそれを評価したのと、ミュルシロスの死によってアルカイオス兄弟のような土地の権門貴族たちが再び僭主の座を狙って権力闘争を繰り広げることが危惧されたためであろう。アリストテレスの『政治学』には、「ミュティィレネの人々は、アンティメニダスとアルカイオス兄弟に率いられた亡命者たちに対処するために、ピッタコスを執政に選んだ」（1385a35-37）とある。そのピッタコスに、彼ら亡命者たちの処遇がゆだねられたのである。執政の権力は絶大であり、身辺警護の親衛隊をもつことが許されたばかりか、ミュティィレネの人々の生殺与奪の権限さえも握っていたから、彼に敵対心を燃やし、権門貴族による寡頭政治の復活を目論むアルカイオス兄弟には、もはやミュティィレネに居場所はなかった。ピッタコスが自分に敵対する権門貴族たちをレスボス島から追放したため、二人はまたしても亡命、流謫の道をたどるしかなく、万斛の恨みを呑んでミュティィレネを後にしたのであった（この際兄アンティメニダスは殺害されたとする説もある）。レスボスを追われた詩人はトラキア沿岸のレスボスの植民市アイノスへと亡命し、さらにはサルディス、キュジコスへも行き、さらにはギリシア本土のボイオティア、それに遥かエジプトの地まで流亡したらしいが、詳しいことは不明である。伝存する断片に戦いや要塞攻略といった表現が見られるところから、兄に倣って、詩人はその仲間たちと共に、中近東のバビロンやアスカロンなどで異国の君主に仕えて、傭兵として生きていたのではないかとも想像されている。追放された貴族たちは祖国ミュティレネでの領地や財産を没収されたので、アルカイオスも一世代上のアルキロコスと同じく、傭兵として生きていくほかなかったのであろう。詩人の兄アンティメニダスのその後の運命もわからない。おそらくはミュティレネに帰ることなく、亡命流謫の生活の果てにその生を終えたのであろう。もう一人の兄キキスも、やはり同様な運命をたどったものと推測される。パロス島の大理石に刻まれた年代記によれば、同じくサッポーも彼女の夫ないしは一族がピッタコスに敵対していたためであろうが、この折にもやはりまた一族と共に、二度目の亡命を強いられ、遠くシケリアの地まで流れていくこととなり、何年かの流謫の生活を余儀なくされている（同時代人として同じくミュティレネに生きていたサッポーとの関わりについては、サッポーを扱かった次章でふれることにしたい）。

故郷ミュティレネを追われたアルカイオスのピッタコスへの恨みはいっそう深まり、権力の座にあるこの人物への憎悪は、その政治詩の一節でこんな具合に噴出しているのが見られる。

かれらは卑しい生まれの父をもつピッタコスめを、
腑抜けの、悲運の町の僭主に押し立て、
みんなが口々にやつを誉めそやしおった。

（ローベル＝ペイジ・三四八）

アトレウス一族と婚儀を結んだあの男めは、
やつがミュルシロスとしていたように、町を食い物にするがいいわ、
俺たちが武器を執るのをアレスが嘉したもうまではな。

（ローベル＝ペイジ。七〇、六―九行）

アルカイオスは天性の詩人であると同時に、確かに政治的人間であったが、その政治感覚は時代にそぐわず、時代は変わって、もはや政治権力が台頭しつつあった新興市民勢力とそれを背景にした僭主の中にあることを理解せず、一貫して古い家柄を誇る土着貴族による寡頭政治を夢見ていたのである。詩人としてはすぐれた存在であったが、その政治感覚、政治的識見は旧弊そのもので、あくまで権門貴族の特権を守ろうとするその態度には、時代の推移を見抜く眼力が欠けていた。誇り高く、妥協することを知らぬ頑な性格で、党派心の強いこの詩人の立場からすれば、ピッタコスはミュティレネを食い物にするけしからぬ独裁者であったろうが、それは守旧派貴族の謬見というものであった。ギリシア七賢人の一人としてその名を謳われただけあって、実際には執政としてのピッタコスは法を整えて善政を敷き、一〇年にわたる賢明な統治によって、それまでミュティレネの町に渦巻いていた権力者間の軋轢を除き、内紛、政治抗争を終わらせ、町に平和と安寧をもたらしたのであった。当時ミュティレネで歌われていたという、

ひけや石臼、それひけや、
広いミュティレネを治めたもう
ピッタコスさまとてひきたもう。

（D・L・ペイジ『ギリシア抒情詩選』四三六）

という民謡が何を意味するのか明らかではないが、独裁者の地位にあったにもかかわらず、権力を濫用することなく一〇年にわたって（前五九〇—五八〇）、平和裡にミュティレネを治めたのがこの人物であった。大酒、泥酔を戒め、酔った上での犯罪は二倍の罰を課するとの法を施行したのもピッタコスである。大の酒好きで豪飲の士であったアルカイオスがミュティレネにとどまっていたとしたら、さぞかし不自由な思いをしたことであろう。ピッタコスは一〇年後には自ら権力の座を降り、野に下って以後は与えられた数々の栄誉もすべて辞退して、その後は前五七七年に没するまで、一〇年間にわたって一私人として静かな老後の日々を送ったという。

だがそのようなことを解するアルカイオスではなかった。追放された権門貴族たちは父祖伝来の土地財産を没収され民衆に分け与えられたので、異国の君主に仕えて糊口をしのいでいたらしいことは、先にふれたとおりである。

窮乏の生活の辛さを思い知らされた詩人が、その悲哀を詠った「有銭始作人（ぜにあってはじめてひととなる）」とでも題すべきこんな一篇が伝わっている。

聞くならくアリストダモス嘗てスパルタにて、
烏滸（をこ）ならざりし言吐きしとか、
曰く、金銭（ぜに）こそは人物（ひと）なり、
貧者は徳そなわりがたく、
崇めらるることなし、と。
げに恐ろしきは貧乏女神（ペニア）、
いかんともしがたき悪徳なれ、

姉妹の不如意とつるんでは、
大いなる人をば屈せしむ。

（トロイ　一〇一）

いささかの皮肉と諦念とが認められるが、右の二篇には、アルカイオス一族のような権門貴族に対して新興勢力としての商工民階級が次第に富裕となり、勢力を増して台頭しつつあったことへの恨みがこもっているとも解されよう。

アルカイオスは亡命と流謫の生活で辛酸を舐め、ピッタコスへの憎悪の念を募らせつつ、彼自身の言うところによれば「狼のように孤独に生きながら」、かつて自らの父祖たちが加わっていた権門貴族による政治の評議会に、再び呼ばれることを虚しく夢見るばかりであった。

あわれにもわしは
田舎暮らしをしておる。
おお、アゲシライダスよ、
集会を告げる声を聞くのに恋い焦がれてな、
それに評議会のな。

（ペイジ・SA・G2 一六―二〇行）

詩人は剛腸を抱く士として、亡命先で同じ氏族に属する同志たちと組んで、傭兵を募ってミュティレネの町に侵攻し、宿敵ピッタコスを倒すことこそが悲願となったのである。事実ある詩は、おそらくかれが首謀者となって、当時小アジアで隆盛を誇っていたリュディアのクロイソス王に加勢を要求し、それに応えて「われらをしらず、われらになんの恩義もない」リュディア人たちが、自分たちのために憤りを覚えて、傭兵を募るための多額の資金をだしてくれたと詠っている。その実リュディア王はミュティレネでの内紛、政治抗争を利用して権力を分断し、この町を支配下に置くことを狙ったのであろう。だがこの企ては、詩人の言う「狐のように老獪なあの男」（ピッタコスを指すものと解される）の工作によって頓挫し、結局ミュティレネへの侵攻は実現することなく終わった。同様な企ては幾度か試みられたであろうが、ついに成功しなかった。アルカイオスにとっては失意の連続だったはずである。アルカイオスには「是る処の青山骨を埋む可し」というような覚悟はなかった。敗者としての惨めな流謫の境涯、望郷の念を抱いてのあてどのない流亡の生活、落魄の日々がどれほど続いたかはつまびらかではない。だが白くなった胸毛に香油をかけてくれと詠ったこんな詩があるところからして、老年にさしかかる頃まではそれは続いたものと想像される。

多くの苦難を味わった
この儂の頭に香油をかけてくれ、
白くなったこの胸にも
たっぷりと飲ませてくれぬか。

（ローベル・ペイジ三六二）

流謫の裡に落魄の生涯の大半を過ごしたこの詩人は、生涯妻を娶ることもなく、孤独のうちに老年を迎えたのであろう。ギリシア詩人の常として、アルカイオスもまた美少年を愛する同性愛者であった。リュコリスという名の少年を愛し彼を讃える詩を作ったことがわかっているが、その詩は亡佚して伝わらない。

アルカイオスの詩の中では比較的よく知られた作として、制作年代は不明だが、詩人の嘆賞を呼んだみごとな武具一式を描いた次のような詩がある。これなぞは武力衝突をともなったであろう政治抗争の折に、出陣を前にしての作かもしれない。「われら」とあるところからして、共に戦う戦士として、軍事的にも固くむすばれていた同じ氏族の男たちを前にして、彼らを鼓舞するために詠われた作かと思われる。最後の詩句に「われらひとたびこの戦（いくさ）の業（わざ）に身を挺してからは」とあることが、それを思わせるのである。あるいは亡命先で流謫の悲哀を舐めつつ、いつしかその耀く武具をまとって、故郷ミュティレネに攻め入ることを夢見ての作だとも解される。表現の上でホメロスの影響が色濃く見られ、士（もののふ）の雄々しさを讃えている、みごとな造りの物の具を前にして心肝を奮い立たせている詩人の姿を彷彿とさせ、いかにも男性的な一篇である。実際に打ち物執って戦ったことのある詩人ならではの作だと評せよう。

　この詩はアテナイオスの『食卓の賢人たち』（第一四巻六二七a）に見られるもので、音楽が勇武を奮い立たせることの例として、このような文脈で引かれている。

　「昔は音楽は勇気を鼓舞するものでした。音楽に深く関わりをもった人は詩人である以上、ほかにもいたでしょうが、アルカイオスは特に音楽に身を入れていました。「戦いも辞せず」などという境地を越えて、闘争に打ち込んだのです。そこで彼はこんなことを言って、自分を華々しく見せようとします」。

（柳沼重剛訳）

とあって、この詩が来る。この詩に関するアテナイオスの評言は、「こうは言っているものの、詩人の家は楽器であふれているほうがいっそうふさわしいものでしょう」という素っ気ないものであった。

　大いなる館は精銅の武具にきらめき、

屋根は光り耀く兜で
一面に美々しく飾り立てられ、
武人(つわもの)の頭を飾る
白い馬毛が兜からたなびき流る。
懸け釘を覆ってきらめく精銅の脛当ては、
勢いよく飛びくる矢を防ぐためのもの。
新たに織った麻布の胸甲(むねあて)と、
真ん中が窪んだ盾とが床に転がる。
その傍らにはカルキス産の剣(つるぎ)、
また多くの革帯と短衣。
これらは断じて忘れてはならぬもの、われら
ひとたびこの戦(いくさ)の業(わざ)に身を挺してからは。

（ペイジ・SA・z34）

ペイジはこの詩に描かれている武具について詳しく解説し、ホメロスの時代を思わせるその装備は、もはや重装歩兵が密集隊形を組み長槍をふるって戦うようになっていた当時としては、大幅に時代遅れのものであったと説いている。旧式の武具をうっとりと眺める詩人の眼には、ホメロスの英雄たちの姿が浮かんでいたのかもしれない。

いずれにせよ、宿敵ピッタコスを倒して支配権を奪取すべく、同志たちと共に、追放されたミュティレネへ武

力侵攻する夢は、ついに果たされぬまま終わった。ミュティレネに恋い焦がれて、そのまま異国の地で死を迎えても不思議ではなかったが、かれは思わぬ形で、祖国への帰還を果たしたのである。賢人ピッタコスの寛大仁慈の心が詩人を救い、老いの日々を故郷で過ごすことを許したからであった。ディオゲネス・ラエルティオスの『ギリシア哲学者列伝』は、「アリストテレスが今は失われた『詩学』第三巻で、ピッタコスがアンティメニダスとアルカイオスに対抗意識を抱いていたと言っている」(第二巻四六)と伝えているが、それは両人がレスボスから追放される以前のことなのか以後のことなのか、はっきりしない。ただディオドロス・シクルスがその『世界史』で次のように述べているところを信ずるかぎり、詩人はなんらかの機会に、まだ執政の座にあったピッタコスの手中に落ちたが、赦され救われたのである。前五八五年頃のことであった。それに曰く、「かれ(ピッタコス)は、宿敵となっていて自分をさんざん悪し様に罵ったアルカイオスを捕えると、『赦すは復讐するにまさる』と言って、放免した」(第九巻一二・三)。ただし、ピッタコスが一〇年に及んだ執政の座を降りる際に恩赦を施し、追放されていた亡命貴族たちの帰国を許したとする説もある。自らの統治にゆるぎない自信を得ていたピッタコスは、もはや危険なしとみて、寛大にも政敵アルカイオスを赦したのであろう。

こうしてピッタコスの寛大な温情により、長年にわたる流亡の生活で「多くの苦難を味わった」詩人は、ようやく故郷の土を踏むことができたのであった。「威を海内に加えて故郷に帰る」どころか、時代の動きを見誤ったために、その生涯を無益な闘争に費やした挙句の、政治的敗者としての尾羽打ち枯らしての帰郷であった。おそらくは髪に白いもののまじった齢で、李賀の言う「垂翅の客」となったアルカイオスは、もはや政治的野心も失せていたであろうし、平和裡にあったミュティレネで今更政治に口出しするほどの力もなかったであろう。死に至るまでのその後の詩人の動向は明らかではないが、以後は故郷ミュティレネで詩作に専念して静かに余生を送ったものと思われる。かれと前後してサッポーも亡命先のシケリアから帰国しているようなので、両詩人の交わりが深まったとすれば、それは二人の帰国以後のことであろう。

アルカイオスの詩は、政治詩をのぞくと制作年代を設定するのが困難であるが、もはや政治を書く動機もなくなったので、晩年は神話的題材による詩や、今は失われた黒い瞳の美少年リュコリスへの愛を詠った詩などを数多く書いたものと想像される。時代の波に翻弄され、敗者として苦い思いを噛みしめつつ送った、波乱に富んだ生涯であった。

詩人としてのアルカイオス

これまで詩人アルカイオスの生涯に沿う形で、この詩人を特徴づける政治詩、戦争詩の一端を垣間見てきたが、詩人としてのアルカイオスはいかなる存在だったのか、その詩風などについても、少々ふれておきたい。

先に述べたように、アルカイオスは「政治的人間（ホモ・ポリティクス）」ではあったが、それ以上にまず天性の詩人であった。その作品はギリシアが王政から僭主制へと移行しつつある時代を映す鏡としての側面をもち、この時代のギリシアの様相を知る上での資料としても貴重であるが、詩人であるからには、まず詩そのものをもって評価、判断されねばならない。

古代における詩人としてのアルカイオスの評価ははなはだ高かった。抒情詩が息を吹き返したヘレニズム時代に入ると、この詩人の酒の詩や今では失われた愛の詩は人気を博し、また詩人たちを魅了し影響を与えた。中でもテオクリトスは最も深くアルカイオスの影響を受けた詩人である。その影響はアレクサンドリア派の総帥であった学匠詩人カリマコスの作品にも及んでいるのが認められる。もっとも、詩人在世中の政治状況に密着した政治詩となると、さすがにこの時代の詩人たちに訴えるところは少なかったが、これは当然であろう。アリストテレスの弟子である博学なディカイアルコス（前三五〇頃―二八五頃）が、詳細な伝記を付した注解書を書いたことや、ビュザンティオンのアリストパネス（前二五七―一八〇頃）やアリスタルコス（前三一〇頃―二三〇頃）のような大文献学者が、テーマ別に分類された一〇巻のアルカイオス詩集を編んだことからも、その人気のほどが窺える（アルカイオスの詩集が既に前五世紀頃には存在したことは、アッティカ古喜劇でその詩句が引用されていることからもわかる）。ローマの詩人ホラティウスがこのギリシアの先人を畏敬し、その詩風を受け継ぐ者としての自負の念を抱いていたことは、よく知られているところだ。後一世紀頃の修辞学者で、その確かな文学的鑑識眼で知られるハリカルナッソスのディオニュシオスは、文体を論じたその著『模倣について』で、「アルカイオスの高尚さ、簡潔さ、力強さと結びついた甘美さ、文飾の用法とその方言とによって損なわれない限りの、明晰さを見よ」（断片三二）と言って、アルカイオスを讃えている。またローマの修辞学者クインティリアヌスもその『弁論術教程』で、「かれの文体は簡潔で高尚、的確で、弁論家のそれに似ている」（第一〇巻一・六三）と評している。さらには後一世紀頃の批評家パレロンのデメトリオスがその『文体論』で、アルカイオスの詩の一節（断片三四七・ローベル・ペイジ）を引いてその優雅な文体を称讃していることも言い添えておかねばならない。これらはいずれも的を射た評言で、肯綮に当たると思われる。だが遺憾ながら、アルカイオスの愛の詩はごく短かい断片を除くとすべて失われているし、伝存する断片の多くはあまりにも破損、欠損しているため、その全容は知りがたく、これらの昔の修辞学者たちの批評を全面的には肯定することを許さないとも言える。また仮にそれを全面的に認めたとしても、その多くは所詮は原詩の詩想、内容よりはスタイルを問題としている。口語的要素を取り入れたアイオリス方言で綴られたアルカイオスの原詩のスタイルを邦訳で伝え、再現することは不可能であるから、ギリシア語を解さない読者に向かって、ここで詩の文体や詩律、詩形を論じることは意味がない。アルカイオスが詩人として名声を得ていたのは、一つには詩律を巧みに操ることによってであったが、この問題は原詩に関してのみ意味をもつ。それゆえここでは、詩律や詩形に関するこの詩人の功績の一つは、その後長く受け継がれてゆく、先にもふれた「アルカイオス風詩節（Alcaic stanza）」を創出したことにあるとだけ言っておこう。これは一一音節の詩句を二つ重ねた後に九音節の詩句が続き、最後に一〇音節の詩句を置き、四行で一つの詩節を構成する詩形のことである。一篇の詩はこの詩節を幾つか重ねて作られている。

その詩句が音楽性豊かであると言ってみても、それもまた原詩に関わる話で、ギリシア語でこれに接する者のみがこれを感得できるのであるから、詳しく説いても意味がない。結局はその詩想のありようと、たとえ翻訳を介してでもなにほどかはそれと把握できる詩的特質や詩風を指摘できるにとどまる。

一言で言ってしまえば、アルカイオスの詩は深い内省から出たものではなく、その詩想にしても透徹し人間観察や突き詰めた思索を反映したものではない。そこにリルケやボードレール、ヴァレリーのような近代の詩人の詩と同様なものを、あるいは杜甫や李白、蘇軾などと同質のものを求めるのは無駄である。総じてギリシアの抒情詩は作者の個人的体験から生まれたものであって、詩としての価値は、詩人がその経験した事実にいかに反応し、それをいかに表出したかということにかかっている。アルカイオスの政治詩はきわめて党派性の強いもので、あくまで自分と同じ氏族に属し、強い同族意識の紐帯で結ばれた、政治的な志を同じくする人々を念頭に置いて、その人々に歌い聞かせるために作られたものであることを忘れてはならない。そのためかれの詩は閉じられた世界のためのものとなっている。言ってみれば蘇我氏の一族とか、物部氏の一族とかを代弁する詩人がいて、一族を鼓舞するために歌っているようなものである。

アルカイオスの場合、その詩には一貫した思想、哲学といったものはない。その詩想は浅薄とまでは言えないが、作品自体は波乱に富んだ生涯を送った詩人が、人生のさまざまな局面で遭遇した状況、事象、出来事に反応したところから生まれた機会詩としての性格を担っている。心の内奥を吐露したというよりは、どちらかと言えば外界に対する反応として作られた詩が多い。そのことはこれまでにそのごく一部を引いた政治詩を見ればわかるであろう。政治詩のほとんどは、ギリシア史の専門家には興味深い資料ではあっても、今日の読者の関心を惹くものではありえない。全体として男性的なその詩は、線が太く、雄渾、雄弁である。その点で、たとえば突飛な例ながら、大伴氏という武門の家に生まれながら、抒情性あふれる線の細い歌を詠んだ大伴家持などとは異なる。「剣太刀(つるぎたち)いよよ研ぐべし」などと詠ってみても、家持は所詮は歌人であり文の人、文弱の徒であった。これに対してアルカイオスは天性の詩人でありながら、戦の業をわが事と心得、「国士」的な志を抱いて武力に訴える政治抗争の渦中に身を投じた行動的な人物であった。して事敗れての悲憤慷慨と、挫折が生んだ憂憤とを、詩の形で吐き出したのである。

アルカイオスは描写力にすぐれ、比喩の用法なども巧みである。訳詩を御覧いただければある程度はおわかりになるかと思われるが、その表現は具象性に支えられていて、抽象的な思弁に走ることはない。後に掲げる、ヘレネの悪行によってトロイアが悲惨な運命に陥り、トロイア側の戦士たちが戦塵にまみれて斃れゆく様を詠った詩などを見ても、そのヴィヴィッドな描写力が確かなものであることがわかる。同じく英雄ペレウスと女神テティスの婚儀を詠った一篇(これも後に引く)にしても、視覚性豊かな描写がなされていて、この方面における詩人の確かな手腕のほどを窺わせる作だと言えるかと思う。このたぐいの詩は、言語表現の面から言えばホメロスに大きく依拠しており、アイオリス方言を用いて、ホメロスの登場人物たちをアルカイオス流に詠い改めたものである。次節に引く酷暑の夏における勧酒詩のように、アルカイオスはヘシオドスに学ぶところがあり、また盾を捨てて逃げたことを詠った詩が示すように、アルキロコスの影響も受けている。神々への讃歌などは、言語的な面では『ホメロスの諸神讃歌』に負うところが大きい。

サッポーの詩もそうであるが、全体としてアルカイオスの詩は洗練されていて古拙と言うにはほど遠く、その詩句は、ディオニュシオスやクインティリアヌスが指摘しているとおり、簡潔でありながらイメージを喚起する力にあふれている。その意味ではアルカイオスは間違いなくすぐれた詩人であり、卓越した詩才の持ち主だと言ってよい。

事物描写の才の一端は、先に見た、館うちに並ぶみごとな造りの武具を細かに描写し嘆賞した一篇にも認められるし、訳詩では到底その妙味を伝ええなかったが、危機に瀕した国（ポリス）の運命を波浪に弄ばれる船に喩えた詩からも見てとれる。さらに言えば、何事においても人間中心のギリシア人は、われわれ東洋人に比べると一般に自然というものへの関心が薄く、中国の山水詩やわが国の和歌の叙景歌、自然詠のような詩を生まなかったが、その中にあってサッポーとアルカイオスは、例外的に自然の動きやあらわれ方に敏感であり、その描写にも秀でていた。これから眺める、「肺腑を酒で浸せ」と詠った酷暑の日における飲酒の勧めの詩や、冬の嵐を迎えての飲酒詩などは、その好例と言える。

すでに述べたことだが、総じてアルカイオスの詩は古めかしく、サッポーの詩と異なって、時空を越えてわれわれの心をとらえるところは少ないが、この詩人の酒の詩だけは別である。名うての酒好き、豪飲の士としてその名が轟き、一世の酒徒として謳われた詩人の名篇は、これを仔細に眺め、いささか言を費やして論ずるに値する。そこで次に、ある面ではこの詩人の真面目、真骨頂を示している飲酒詩・勧酒詩を何篇か引いて、それらを吟味してみよう。

酒人アルカイオス——詩酒徒の真面目

酒の詩人としてのアルカイオスの名は、逸楽を好み愛と酒に戯れた詩人アナクレオンと並んで古来聞こえが高い。アテナイオスは先に引いた『食卓の賢人たち』第一〇巻でアルカイオスの酒好きにふれ、「彼の詩を読んでみたまえ。この詩人は季節を問わず事情を問わず飲んでいることがわかる」（四三〇a、柳沼重剛訳）と述べて、冬、夏、春それぞれの季節の飲酒詩を挙げ、また幸不幸にかかわらず酒を勧めた例として、われわれが先に見た僭主ミュルシロスの死の報に接しての詩と、愛童ビュッキスに向かって、憂いを払う最良の妙薬は酒と喝破した詩を挙げている。

いかにもアルカイオスはギリシア詩人切っての酒客であり、鯨飲、痛飲にふける豪飲の士であった。この詩人が、

それよ、樹を植えるとなら
何を措いてもまず葡萄の樹を植えるべし。

（ローベル＝ペイジ・三四二）

との詩句を遺しているのは、その昔陶淵明が出仕して一時彭沢の県令になったとき、公田にすべて酒の原料になる秫（もちあわ）を植えさせようとしたという話を想い起させずにはおかない。これは短い断片だが、酒そのものを詠った詩ではないにしても、葡萄酒を醸す大本たる葡萄の樹を植えよと言っているのだから、その本意は五柳先生のそれと遠からぬところにあったものと見てよかろう。その意気込みは、「自此公田／不過渾植黍（此（これ）自り公田を得ば、渾（すべ）て黍を種うるに過ぎず）」（皮日休）というのに通ずるか。

ウァルスよ、聖なる葡萄の樹を措いて、
ほかの樹は何も植えてはならぬぞ。

という詩句で始まるホラティウスの讃酒詩（『歌章』第一巻一八歌）は、右の詩句を含むアルカイオスの讃酒詩を模倣したものとされている。

青木正児大人の『中華飲酒詩選』には、宋の陶穀の『清異録』に出るという「飲を嗜む者は早晩無く楽めば固より酔ひ、愁ふるも亦之の如し」との文章が載っているが、はるか遠い昔に、レスボスの地でそれを実証していたのがこの詩人であった。アルカイオスは四時を通じて春夏秋冬（と言いたいところだが、ギリシア人が「秋」という季節を意識するのは、やや後のことになる）いや春夏冬を通じて酒を飲んだのである。春の訪れを知って飲み、炎暑の候には暑いからと言って飲み、冬は冬で寒さを吹っ飛ばすべく飲んだのであった。つまりは天下に隠れもなき「瓶盞病者」であった。その実やや後に瞥見する勧酒詩、「奨進酒」の詩に見られるように、アルカイオスの酒の詩の何篇かは、単に飲酒の楽しみ、酒がもたらす陶酔などを詠ったものではなく、そこでは酒宴を通じて、政治的な志を同じくする同志一族の結束を固める紐帯としての酒が、大きな役割を演じていることを言っておかねばならない。また政争に敗れた悲憤が、詩人を酒へと誘ったことも忘れてはなるまい。とはいえ、伝存するすべての酒の詩がそういった趣のものではなく、中国の詩人たちのように「詩酒合一」の境地にこそ達してはいないが、根から酒好きの、「瓶盞病」者ならではの酒楽の境地を詠った作もある。ともあれかれはすべての機会をとらえ、さまざまな口実を設けてよく飲んだ。「平生唯酒楽／作性不能無（平生唯だ酒楽／性なって無き能はず）」というところか。

詩人はまず春の兆しを感ずると、早々に酒を呼ぶ。
わが耳がふと捉えたは花咲きそう春の忍び寄る気配、
・・・・・・・・・・・・・・・・・

それよ、疾く混酒器に、
　蜜のごと甘い酒をばなみなみと混ぜ合わせよ。

（ローベル＝ペイジ・三六七）

やがて耐えがたい炎暑の夏がやってくると、今度はそれを口実に、暑気払いの大酒を勧める。ヘシオドスの『仕事と日』のアルカイオス風の変奏曲であるその詩は、こんな具合に世の男たちを飲酒へと駆り立てている。

肺腑を酒でたっぷりと浸せ、あの星めがまた戻ってくるから。
耐えがたい季節だ。炎暑のせいで何もかも乾ききる。
葉陰からは蝉が心地よく歌う、その翅の下から
よく響く声を（絶えず）そそぎ出して。
燃えるような夏が、・・・・・・・
黄薊が咲いている。今は女たちが最もいやらしくて、
男たちが痩せ衰える季節。天狼星が男らの
頭も膝も焦がすものだから。

（ローベル＝ペイジ・三四七）

こんな具合にアルカイオスは炎暑三伏の夏にも觴を進めて、鯨飲沈酔せよと男たちを煽り立てる。アルカイオスが模倣したヘシオドスの詩には、「この時、山羊は最も肥え、酒は一番うまく、／女は最も淫らに、男は最も精力が衰える」（『仕事と日』五八五―六、中務哲郎訳）とあり、それに続いて「だがこの頃ともなれば、／欲しくな

るのは岩場の日陰にビブロスの酒」とあって、「加えて日陰に腰を下ろして／火の色の葡萄酒を飲みたいもの」（同五九二―三）と淡々と詠われている。それを酒客アルカイオスは、酒への渇望をさらに強くあらわした「肺腑を酒で浸せ」という豪放な詩句で始まる「奨進酒」の詩へと変貌させているのである。要するに、炎暑に灼かれて男どもは精力も失せ痩せ衰えているのに引き換え、女たちはいやらしいほどの性欲に燃え、敵すべくもないから大いに飲んで精気をやしなえ、というのだろう。瓶盞病者の面目躍如たるものがあると評するべきか。

さて酒客アルカイオスは、嵐が吹きすさび万物が凍てつく冬を迎えると、今度はそれを口実に、得たりとばかりに酒を把れと酒宴の仲間に呼びかける。ホラティウスがこれを模倣して名詩（『歌章』一・九）を生んだことでも名高い次の詩は、同志たちに冬の酒を勧めたものである。それに詠って曰く、

ゼウスは雨降らせる。天からは激しい嵐がやってきて、
水の流れはすっかり凍りついてしまった・・・
嵐何ぞは吹っ飛ばせ、赤々と火を掻き立て燃やして、
蜜のごと甘い酒を惜しげなくたっぷりと混ぜ合わせ、
鬢のあたりには柔らかな枕をあてがうがいい。

（ローベル＝ペイジ・三三八）

右の一篇は、酔吟先生白楽天の「晩来天欲雪／能飲一杯酒（晩来天雪ならんと欲す／能く一杯の酒を飲む）」にいささか似た趣がある詩だが、大きな違いは、アルカイオスの場合はあくまで独酌の楽しみを言ったものではなく、同志に酒を勧める勧酒詩、奨進酒の詩だということである。かれにとっては飲酒もまた戦いの一部なのだ。アルカイオスの酒の詩（というよりもギリシアの飲酒詩を）特徴づけているのは、酒の詩が「宴飲詩」であって、

ほとんど常に酒宴の場で歌われたということである。ギリシア人は独酌を楽しむというようなことはせず、常に酒宴の場を設けて仲間と共に酌み交わすという形で酒を飲んだ。アルカイオスにとって酒を飲むという行為は、同じ氏族であると同時に政治的志をも同じくする仲間（ヘタイロイ）と共に、酒宴の場を共にし、一つの混酒器（クラテル）から汲んだ酒を一緒に飲んで、同志としての結束を固めるという意味をも担っていた。酒は政治的志を同じくし、戦時には隊を組んで共に戦う者たちの繋がりを強め、紐帯を強化する為に飲まれたのである。同じく友に酒を勧める詩であっても、「友よ酌めさかづきのかず歌のかず山のさくらの数ときそはむ」（若山牧水）というような風雅な誘いではない。この詩人の酒詩は酒宴歌であるから、その多くは仲間への呼びかけという形をとっている。中国においても酒詩とは元来「宴飲詩」であって、独酌独飲という酒のそういう飲み方を詩の世界に持ち込んだのは、陶淵明に始まるとされているが、ギリシア人は飲酒を詩に詠うことはしなかった。少なくとも（アナクレオンにそれを思わせる詩があるが）、そういう飲酒詩は稀であった。李白の詠う「春日独酌」とか、「花間一壺酒／独酌無相親（花間一壺の酒／独酌相親しむ無し）」といった酒境は、アルカイオスには無縁であった。つぶさに流亡の悲哀を舐め、寂寥を感じたからといって、「凄涼多独酔（凄涼多く独り酔う）」（司空曙（しくうしょ））ということもなかったはずである。同志たちを語らった酒宴の席で、「酒奉行」とも言うべき「酒宴の長（シュンポシアルコス）」を務めたであろうアルカイオスは、仲間の士気を高揚させたり、流謫の悲哀に発する憂憤を晴らすために、共に酒を酌み交わしつつ、自作の詩を一同と共に放歌高吟したのであろう。次にそのような趣の勧酒詩を二篇掲げて吟味してみよう。

まずは人の命のはかなさを説き、生あるうちに存分に飲んで歓を尽せというcarpe diem（その日の華を摘め）という観念を、ギリシア詩人としては最初に詠った詩を眺めたい。「勧君終日酩酊酔／酒不到劉伶墳上土（君に勧む終日酩酊して酔エ／酒は到らず劉伶墳上の土）」（李賀）にも相通じるところがある一篇である。もっとも、その引き締まった美しさでは李賀の「奨進酒」には及ばぬとは思われるが。

さあ飲め、メラニッポスよ、儂と一緒に
　　（して酔うがいい）。
渦巻く三途の川（アケロン）の奔流（ながれ）を
　　一度（ひとたび）踏み越えたその後さえも、
太陽の清らな光仰ぎ見ようと、
　　なにとて希（ねが）ったりするのか。
さればよ、およそ大それたことを
　　企てたりするでない。
げにも世に在りし人にして
　　最も狡知に長けた者
アイオロスの子シシュポス王は、
　　死に克ったりと思うておった。
されど智謀に富む身なれど定運（さだめ）に屈して、
　　三途の川（アケロン）を再び渡ったのだ。
クロノスの御子なる王（ゼウス）が、
　　か黒き大地の下に在って業苦（くるしみ）を受けるよう、
かの者のために謀りなされたのだ。

（ローベル・ペイジ・三八）

酒友にして同志であるメラニッポスを酒へと誘うこの詩で、アルカイオスは「生者必滅」の理を、完治に長けたシシュポス王の伝説を引いて説いている。一端は冥府に下りながらハデスを欺いて地上に逃げ帰り、長寿を保ったものの結局は死んで、死後冥府で転がり落ちる岩を永遠に押し上げる罰を課せられた、かの名高い男がその例に挙げられている。どうあっても人間は所詮は死を免れぬ存在、されば生きているうちに大いに飲んで楽しめというのである。前六世紀のエレゲイア詩人テオグニスの『エレゲイア詩集』にも、

いかなる人間も誰一人として、ひとたび大地に覆われ、
幽暗な闇なるペルセポネの館に降ったなら、
竪琴や笛の音に聴き入って楽しむこともなく、
ディオニュソスの賜物を口もとに運ぶ楽しみもない。

（第一巻九七三―六）

という一節が見られる。このような carpe diem のテーマは、その後トポス化して、『ギリシア詞華集』などには、同想の詩が目白押しに並んでいるほどになる。アルカイオスのギリシア詩人たる所以は、人間を呼ぶのに「死すべきもの」（θνητοί, βροτοί）の名を以てしたギリシア人らしく、神話伝説を引いて、狡知の人シシュポス王でさえも結局は死の手に屈したのだから死は必定と強調し、それを飲酒の快楽と結びつけている点にあると言える。

次いでもう一篇、今度は陶淵明の言う「忘憂物」、李白の言う「銷愁薬」としての酒を、仲間の同志たちに勧

めた詩を一瞥してみる。中国の「古詩十九首」の中の一篇に見られる、「生年不満百／常懐千載憂／昼短苦夜長／何不秉燭遊（生年百に満たず／常に千載の憂いを懐く／昼短くして夜の長きに苦しむ／何ぞ燭を秉って遊ばざる）」という一節がおのずと想起される勧酒詩である。詩中「なぜに待つのか燈火をともすまで」と言われているのは、ギリシア人が日中は宴飲することなく、酒宴が始まるのは日が落ちてからだったからである。

いざ酒酌もう、仲間の衆、
　　なぜに待つのか燈火をともすまで。
日が沈むまで指ひとふしの間、
　　それよ棚より下ろせよや、
酒なみなみと盛る大杯を。
　　げにも酒なる飲料こそは
忘憂物になすがよろしと、
　　セメレとゼウスの御子なる神とが、
人間の族に賜りしもの。
　　酒と清水とをほどよく混ぜて、
そりゃ、なみなみと注いでくれい。
　　觴が淵からあふるるほどに。
して、酒杯を次々と打ち合わせ、
　　ゆるりゆるりとめぐらしょうぞ。

（ローベル＝ペイジ・三四六）

この詩でアルカイオスが酒をバッコスから賜ったλαθικαδέαと呼んでいるのは興味深い。λαθικαδέαとは文字通り「憂いを忘れるもの」つまりは陶淵明の言う「忘憂物」にほかならないからだ。政治抗争に敗れ、志を遂げられぬままに流亡の生活を送ったアルカイオスとその一党が酌んだ酒は、杜甫の言う「悲酒」であって、苦い酒であったに違いない。詩人とその同志たちの鬱勃たる気持ち、胸中にたまった憂いを払うものは酒であった。「一酌散千憂」というわけである。アルカイオスの右の詩に学びこれを模倣した、ヘレニズム時代の詩人アスクレピアデスによる次のようなエピグラムがあるが（『ギリシア詞華集』第一二巻五〇番）勧酒詩としての趣、詩興はまったくと言ってよいほど異なっている。

さあ飲め、アスクレピアデスよ、なぜそう涙にくれているのだ、何を悩むのだ？
無慈悲なキュプリスが虜にしたのは、おまえだけではないんだぞ。
邪悪な愛神（エロス）がおまえ一人に矢を射かけたわけじゃない。
まだ生きているのに、なぜそう灰をかぶって倒れ伏しているのだ。
バッコスの生酒（きざけ）を呷ろうじゃないか。暁まであと指ひとふし。
それとも人を眠りに誘う、燈火がともるのを待とうか。
さあ飲もうよ、恋に泣く愚かな男よ、永い眠りに就くまで
なにほどの時間（とき）も残されちゃいないのだ。

酌むのは同じく「悲酒」であっても、政治的野望の挫折からくる苦悩、憂いを払うための勧酒と、恋の悩みを

消すための勧酒とでは大きく意味が異なる。アスクレピアデスの詩は、飲酒という行為が、社会的、共同体的意味を失い、まったくの個人的な行為へと移ろったことを示してもいる。

先にも挙げたが陣中に在って槊（ほこ）を横たえて詩を賦したために、「横槊の詩人」の名を得た梟雄（きょうゆう）曹操の、「何以解憂／唯有杜康（何を以てか憂いを解かん／唯杜康有るのみ）との名高い詩句が、それに似たものを感じさせる詩だと言えようか。アルカイオスのこの詩は酒というものがかれにとって「忘憂物」であり、胸中の憂憤、愁いを解くための「銷憂薬」であったことを、如実に物語っている。政争に敗れた詩人とその仲間にとっては、酒はともすれば心に侵入してそれを蝕む憂いに抵抗する手段であった。「一飲解百結／再飲破百憂（一飲百結を解き／再飲百憂を破る）」（聶夷中（じょういちゅう））というがごとき思いを胸中に抱いて、流謫の悲哀を消そうとして一同で痛飲したのであろう。

この詩は仲間に酒を勧める詩であるが、同時に自分自身に言い聞かせているような趣もあり、仲間と共に苦い「悲酒」に慰謝を求める詩人の酒境は、大伴旅人の「生けるものつひにも死ぬるものにあれば今生（このよ）なる間は楽しくをあらな」、「験（しるし）なきものを念はずは一杯のにごれる酒を飲むべくあるらし」という讃酒歌に近いものがあるようにも思われるが、さほど消極的でも享楽的でもないと言える。むしろ江戸の儒侠亀田鵬斎先生の、「放歌痛飲莫長嗟嘆（放歌痛飲して長く嗟くこと莫かれ）」に似るか。

仲間たちとの結束を固めるための酒宴において、しばしば「酒宴の長」を務めたと思われるアルカイオスには、酒席での心得を説いたこんな詩も見られる。これはその意なんとも定かならぬ断片だが、しばらくペイジの解釈に従っておく。

だがな、もし・・・・・・・・・・・・・・

酒が相手をおっとりこめたなら、
さらに追いつめるのはやめるがいい。
参ったとて頭うなだれ、
しばしばわが心を責めては、
己が吐いた言葉を悔いているのだから。
だが、それはもう取り消しようもなく・・・

（ペイジ・SA z35）

同志たちの集った酒宴の席では、政治的見解や一族の今後のあり方などをめぐって、激しい論争や舌戦が繰り広げられることもあったのだろう。酒宴をとりしきる酒奉行でもあった詩人が、その調停役に回ることもあったことを窺わせる作である。

名うての酒客にして詩客つまりは詩酒徒であったこの詩人は、このほか酒にまつわるなかなかに意味深長な断片をも遺している。あまりに短い断片なので、その意味するところをめぐって学者たちがあれこれ議論しているが、真意は把握しがたい。その一つは、

酒と、愛い酌童（こども）よ、それに真実とは

（ローベル＝ペイジ・三六六）

というものであり、もう一つは、

酒はこれ人間の覗き眼鏡なれば

（ローベル＝ペイジ・二三二）

というものである。密かに愚考するに、前者は酒と真実とを並置しているところから推して、酒中にこそ真理有りとする観念をあらわしたものかもしれない。とすれば、これはおのずと「酒中有全徳」（権徳輿）といった中国の詩人の詩句を連想させずにはおかないものがある。この詩句はテオクリトスの『牧歌』第二九歌にも引用されているが、それに続いて「だからわれわれも酔ったときには真実を言わねばならぬ」という詩句が来ているところからすると、テオクリトスはこれを、In vino veritas. つまりは「酒を飲むと人は真実を言うものだ」という意味に解していたように思われる。テオグニスのエレゲイアにも、「人の心をあらわすものは酒」（第一巻五〇二）という詩句が見出せる。後者は孟郊の「酒是古明鏡」という詩句に相通じるものがあると見るのは、東洋の一酒徒、一酔人の僻目であろうか。いずれの国、いずれの時代でも詩酒徒の考えることは似たようなものだと言えそうである。「酒は人間の心の覗き眼鏡」だとする後者は、酒によって結束を固め、紐帯を強化しようと同志たちと酌み交わす折にこそ、信頼感、友愛といったものがそこに窺われるといった意味合いをも込めたものであろうか。

酒人、詩酒徒としてのアルカイオスについてはまだ言うべきことはあるが、それはひとまずここまでとしよう。最後に、多才の詩人としてのアルカイオスの一面を示すものとして、これもこの詩人の大きな関心事であったホメロスの登場人物を詠った詩を二篇掲げておきたい。そのどちらも詩的完成度は高く、描写力もすぐれた作ではあるが、テーマがテーマだけに、現代人の心に適うところは尠い。教訓的色彩のあるこのたぐいの詩が、わが国の読者の心を惹きうるかどうかは、甚だ心もとないものがある。

ヘレネとテティス――ホメロスの登場人物たちを詠った詩

レスボス島が大陸と指呼の距離にあり、トロイア対岸に位置していたためであろうか、それともホメロスへの親炙の度合いが格別に深かったからであろうか、アルカイオスは他の抒情詩人たちに比べると、ホメロスの登場人物たちにいっそう強い関心を抱いていたようである。伝存する比較的長い断片で、それを主題としたものが何篇かある。そのうちの二篇はヘレネの悪行を詠ったもの、もう一篇はトロイア落城の夜に、アテネの神殿で、女神の像にすがる王女カッサンドラを凌辱した小アイアスが、ギリシアへの帰途神罰を蒙って死んだ話をあつかった作である。ここでは、完全な形ではないがより欠損の少ない、ヘレネを詠った詩二篇を掲げ、一瞥しておこう。

・・・(パリスは)
アルゴス生まれのヘレネの心に諂(へつら)ったもの。
(さればヘレネは)トロイア生まれの男の心に狂うて、
賓客(まろうど)の身で主人を欺いたかの男に従い、
船に乗り、海を渡って行った、
いとし子を高館(やかた)にひとり残し、
みごとなる覆布(おおい)掛けた良人(つま)の臥所(ふしど)をも捨てて。
ディオネとゼウスとの子の意(こころ)のままに、

心弱くもエロスの力に屈したがために。
・・・・・・・・・・
あまたの兄弟（はらから）が
トロイアの平原に斃れ、
か黒い大地に抱かれることになったは、
かのヘレネがため。

あまたの戦車（いくさぐるま）が塵泥（ちりひじ）の中にこけ転（まろ）び、
さてまたあまたの眼黒き士（もののふ）が、
のけざまに倒れては踏みにじられて・・・
戦士（つわもの）討ち取る栄えあるアキレウス殿が、

（ペイジ・SA・N1＋バウラ）

世に伝うるは、ヘレネよ、そのかみ
おんみがなせし悪行が因（もと）となり、
王プリアモスとその子らに艱難（くるしみ）が降りかかり、
ゼウスは業火もて聖なる都城（まち）イリオンを滅ぼされし、と。

しかるを、アイアコスが気高き裔（すえ）が娶りし
たおやかなる処女神（おとめがみ）はさような方にはましまさず、

浄福なる神々を残らず婚儀に招き奉りぬ、
ネレウスが高殿より、かの英雄が
ケイロンが館へと連れ参らせたるかの処女こそは。
渠、処女がきよらなる腰帯をその手もて解き、
ペレウスが子とネレウスがよき姫とが
互いに睦み愛し合えば、一歳の後には、
姫は半神らの間で最も強き者、
鹿毛の駿馬駆る幸あふるる子を産みたもう。
さるを、ヘレネこそが因をなし、滅び失せたり
プリュギアの民は、またその都城もともどもに。

（ペイジ・SA・B10）

右の二篇は、ペイジが説いているように、トロイア戦争の主題を、アイオリス方言を用いてアルカイオスの流儀で詠い改めたものである。原詩は語彙の上でも表現においても、大きくホメロスに依拠している。このような詩がいかなる折に作られ、またどんな場で歌われたのかは明らかではない。赦されてミュティレネに帰ってから後、もはや政治詩を作る動機も、勧酒詩によって仲間との結束を固める必要もなくなった詩人が、老境に入ってから筆のすさびに作った詩ではないかと推測される。どうみてもこれはかつての悲憤慷慨の士の作とは見えないからである。

この二篇の詩はいずれもヘレネを主題としており、前者はメネラオスの館に賓客として滞在しながら主人を欺いたパリスの誘惑に乗り、「トロイア生まれの男の心に狂うて」かれとともに出奔した結果、トロイア戦争でパリスの兄弟が戦場で斃れていった次第を述べている。サッポーにもこれとよく似た内容の詩があるが、サッポーが、もっぱらアプロディテの策略によりヘレネを出奔へと誘った抗いがたい愛の力を強調しているのに対して、アルカイオスはより道徳的、教訓的だと言える。詩人はパリスの甘言に乗ったヘレネの所業を、後半部で言われているトロイアの王子たちの悲惨な死の場面と対比し、その悪行を浮かび上がらせ強調するという描き方をしているからである。断片のため推定の域を出ないが、最後の行がアキレウスの功業を言っているかに見えるのは、賓客の身で主メネラオスを欺いた女たらしのパリスに対して、戦士としての英雄アキレウスの像を鮮やかに浮かび上がらせようとしてのことであろうか。

四つの詩節から成る二番目の詩は、あるいは断片ではなくこれで完結しているとも見られるが、トロイア滅亡の因をなしたヘレネの悪行、悪しき女としての序の姿と、英雄アキレウスを産んだ女神テティスとがはっきりと対比され、テティス頌とでも言うべき詩となっている。詩人はペレウスとテティスの婚儀の場面を、トロイア戦争をめぐる「叙事詩の環（キュクロス）」の一つである『キュプリア』に学び、これを極度に圧縮した、簡潔な形で詠っていることが指摘されている。いずれにせよ、トロイア戦争の因をなしたヘレネの悪行（出奔とパリスとの不義の結婚）と、清らかな処女神テティスの結婚を対比し、トロイア滅亡に至るまでをわずかな詩行のうちに詠い収めたアルカイオスの手腕は、高く評価さるべきものである。性のよろこびに負けて淫蕩なおこないに走ったヘレネと清浄なテティスを対比し、後者の女性としての役割を強調しているところは、当時のギリシア人の女性観を反映していると言えるだろう。当時の貴族階級の観念では、徳高く操正しき女性の役割は、清らかな処女して嫁ぎ、将来戦士となって家名を挙げる男児を産むことであった。その理想像を体現した存在として、アキレウスを産んだテティスが詠われているのである。(実際には、生後間もないアキレウスを夫ペレウスのもとに残して、海中の父のもとへと帰ってしまったテティスは、決して理想的な妻ではなかったが、アルカイオスはことさらにそれを無視して、理想化をおこなっている)。われわれ今日の読者にはさしたる詩的感興を呼び起こさないこのような詩にも、ホメロスの詩に養われ、それに浸って育ったギリシア人は、はるかに敏感に反応したものと思われる。

これとは別に、アルカイオスの詩の中には興味深いものが、一篇ある。それは当時豊髪の美女の島としても知られていたレスボスで、ヘラ神殿を舞台として美女比べがおこなわれていたことを物語る詩の、こんな一節である。これは先にその最初の部分を引いた、亡命生活をかこちつつ、評議会へ再び呼ばれることを空しく夢見るアルカイオスの嘆きを詠った詩に、最後の詩節として置かれたもので、文化史、風俗史の面から見ても注目に値するものだ。

そこではレスボスの女(おみな)らが、
容姿(すがた)の美しさ競うて、
裳裾曳いてはしきりに行き交い、年ごとに
女(おみな)らの上げる歓声の、森厳(おごそか)な響きがこだまする。

(ペイジ・SA・G2)

サッポーと並ぶレスボスの詩人アルカイオスの人物像とその詩的世界は、ざっと以上のようなものである。その詩は直接にではないが、その詩風を継いだローマの詩人ホラティウスを介して、その後のヨーロッパの詩に大きな影響を及ぼしたことを付言しておく。いずれにせよ、その詩はサッポーの詩ほど現代に生きるわれわれに強く訴え、心をとらえることはないが、それでも先に述べたように、この詩人の手になる酒の詩だけは、はるかに時空を隔てた、詩酒を愛する現代の読者の心に、なにほどかは適うものがあるかと思われる。酒に名を得た詩人として、陶淵明、酒仙李白、酔吟先生白楽天、オマル・ハイヤームなどとともに、記憶されてよい詩人である。

三　サッポー

「十番目の詩女神(ムーサ)」——伝説に包まれた詩人

オルペウスゆかりの詩人の島としてギリシア全土に聞こえていたレスボスは、アルカイオスと並ぶアイオリス詩の華として、「十番目の詩女神(ムーサ)」と讃えられた不世出の詩人サッポーを生んだ。有史以来古今の民は少なからぬ女性詩人をもったが、シドンのアンティパトロスの言う「歌の道においてなべての女(おみな)らを凌ぐ者」（『ギリシア詞華集』第七巻一五）としてのサッポーほどその名を遍く知られ、また讃えられた詩人はいない。わが国はすぐれた女流文学者、女流詩人を輩出したということにかけては、世界に冠たる国であるにもかかわらず、史上最高の女性詩人と目されているサッポーはその名がかすかに知られている程度にすぎない。ましてや広く関心を呼ぶこともなく、世にあまたいる詩人と呼ばれる女性たちでさえもこの古の詩人には冷淡であって、その詩を手に取ろうとする人も稀である。これは一つには「神韻」と評され、古今に冠絶するこの詩人の詩が完全に翻訳を拒むものであって、いかなる訳詩をもってしてもその面影を伝えることが絶望的なまでに困難だという事情も大きく作用していよう。遺憾ながら、邦訳をもってしては、この詩人の真面目は伝えようもない。そもそも拙い訳筆を弄

サッポー
（前7世紀後半〜6世紀前半）

して詩女神（ムーサ）の生んだ絶唱をつたえようなどという行為自体が瀆神であり、神をも畏れぬ増上慢の謗りを受けるべきものなのかもしれない。

　だがヨーロッパの詩史の上ではサッポーの名は格別の存在として不動の位置を占めていて、詩を書くほどの女性は等しくその名に憧れを抱き、また彼女に擬せられるのを無上の光栄としてきたのである。それにしても、はるか大昔の「十番目の詩女神（ムーサ）」には縁遠く冷淡なこの国でも、サッポーがどんな女性で何を詠ったのかぐらいは、もう少し知られてもよいのではなかろうか。そんな思いを抱いて、以下その人と詩業についての素描を試みたい。偶々サッポーについてより詳しく知りたいという奇特な読者がいたら、拙著『サッフォー——詩と生涯』（平凡社、水声社）を手にしていただけたら幸いである。

「伝説の中に生きる詩人」であるサッポーは、栄光と中傷・汚辱とに同時につつまれた存在である。その人間像は、彼女を女神に擬するアルカイオスの鑽仰の言葉、またプラトンの言う「十番目の詩女神（ムーサ）」から、「淫売婦で色気違い」（タティアノス）までの間を、「永遠に女性なるもの、愛の化身」（リルケ）から、「パリの娼婦の代名詞」（ドーデ）までの間を大きく揺れ動いてきた。

　古代ギリシアでは「詩人」と言えばすなわちホメロスを指し、「女性詩人」と言えばサッポーを指したという。その名は夙にギリシアにおいてさまざまな詩人たちによって詠われ、喜劇の主人公となり、その姿は壺絵に描かれ、貨幣に刻まれ、また彫像となった。と同時に、この詩人ほどその身辺に数多くの伝説を発生させた詩人もいない。彼女を主人公とした「サッポー伝説文学」とでも言うべきものが、早くも前五世紀に生まれ、中世の沈黙を挟んで二〇世紀に至るまで連綿と書き継がれてきたのである。

　このように二〇〇〇年近くにわたって彼女を取り巻いてきた分厚い伝説は、他に類例を見ず、古代ギリシアからヨーロッパ全土、アメリカ、ロシアにまで及ぶその規模の大きさと息の長さは、わが国の小町伝説の比ではない。その点からいえば、サッポーという存在自体が、まさにギリシア人の言う「タウマ（驚異）」だったと言っても過言ではなかろう。この詩人の隔絶した名声に触れて、ストラボンはその『地誌』の中でこう言っている。

「この二人（ピッタコスとアルカイオスを指す）と時を同じくして、サッポーも盛年を迎えていたが、彼女は驚嘆すべきものであった。というのも記録に残されている限りの、かほどの長い時代において、詩作においていささかでも彼女に比肩しうるような女性があらわれたことを、われわれは知らないからである」。

（第一三巻、二・三）

ストラボンがこう書いてから二〇〇〇年以上の歳月が流れたが、その後のヨーロッパ世界でも、今なおサッポーに比肩する、あるいは彼女を凌ぐ女性詩人が生まれたとは聞かない。中世におけるサッポーに擬せられることのある女流トルゥバドゥールのディア夫人や、「ローヌのサッポー」との異名をとった一六世紀の詩人ルイーズ・ラベにしても、その時代における傑出した詩人として認められ、その名をもってそう呼ばれたにすぎない。詩人サッポーはそれぞれの時代に生きた女性詩人たちが等しく憧れ、志向する存在であった。その憧れははやくもヘレニズム時代の詩人アニュテ（前三世紀頃）、ノッシス（前四世紀末―三世紀初頭頃）あたりから始まっている。

そう言ってよいのなら、その詩想の深さ、豊麗な詩魂、詩的・文学的完成度の高さ、繊細で洗練された表現など、どこから見ても間違いなく世界詩史の上で第一級に位置づけられる和泉式部を「日本のサッポー」と呼んでも、いささかも不当ではない。和泉がサッポーと同じく愛の詩人で、その燃える思い、内心の苦悩の狂騰を、繊細優美な言葉につつんで詠ったことを思えば、なおさらのことだ。「神韻」とまで評されたサッポーの詩は、悲恋の詩人として知られる晩唐の詩人魚玄機やルネッサンスのガスパラ・スタンパなどよりは、はるかに高いところに位置している。「ローヌのサッポー」ことルイーズ・ラベも、「酔花陰」や「声声漫」のような艶冶な詞を作った宋代の詞人李清照も、二六〇〇年あまりの大昔に生きたレスボスの詩人には遠く及ばない。
実際、古代ギリシアにおけるサッポーの名は高く、彼女を讃える声はギリシア全土にあふれていた。詩人サッポーを女神に擬するという行為は、早くも彼女と同郷同時代の詩人アルカイオスによる、

むらさきの髪匂う、いときよらな、
やさしくほほえみたもうサッポーよ。

（ローベルペイジ・断片z61）

という詩句に始まっている。アルカイオスはこの朋輩の詩人に何か神的なものを感じ取り、本来アプロディテ女神に冠せられる「むらさきの髪匂う」（ἰόπλοκ'）、「きよらな」（ἀγνά）、「やさしくほほえみたもう」（μελλιχόμειδε）という形容詞を彼女に冠してサッポーを讃え、彼女を女性詩人から神話伝説的存在へと転化せしめる濫觴をなしたのである。サッポーをアプロディテ女神にまがうものとして詠ったということは、その後彼女の名がギリシア全土に広がってゆく上で、かなりの役割を果たしたに相違ない。アテナイの賢人ソロンが、甥が詠うサッポーの詩を聞いて、「この詩を学んでから死にたい」と言った話はよく知られているが（ストバイオス『精華集』第三巻二九・五八）プラトンの作と伝えられるエピグラム詩もまた、かのレスボスの詩人を「一〇番目の詩女神（ムーサ）」と呼んで鑽仰している。『ギリシア詞華集』に収められたその詩に曰く、

詩女神（ムーサ）らは、数え上げれば
九柱おいでだ、などと
言う人もいるが、

なんと迂闊な!
ほれ、レスボスのはぐくんだ
あのサッポーにお気づきなさらぬか、
あれこそは十番目の詩女神(ムーサ)なるものを。

(第九巻五〇六)

同じく『ギリシア詞華集』の詩人シドンのアンティパトロスは、サッポーを詩女神(ムーサ)に擬してこんなふうに詠っている。

アイオリスの地よ、汝(な)が覆えるはサッポー、
不死なる詩女神(ムーサ)らに伍して、死すべき身の詩女神(ムーサ)と讃えられし詩人、
キュプリスと愛神(エロス)、御心を一にしてこの詩人(うたびと)をはぐくみ、
ペイト女神これに加わりて、永遠(とわ)に生くるピエリデスの冠を編みぬ、
ギリシア全土には喜び、汝(なれ)には誉れたらしめんとて。
紡錘(つむ)回し三重(みえ)の糸紡ぐ運命女神(モイラ)たちよ、
ヘリコンの詩女神(ムーサ)らの賜物授かりし詩人(うたびと)に、
いかなれば永遠(とわ)の命を紡がざりしか。

(第七巻一四)

このように古典期からヘレニズム時代を通じて、ギリシアにおけるサッポーへの思慕と鑚仰はやむことがなかっ

た。詩人ピニュトスの「かの詩人の知に満てる言の葉は永遠に死することなし」（第七巻一六）との賛辞は、確かに誤ってはいなかった。

　それでいながら一方において、この詩人ほど長らく誤解され、作品そのものが知られぬままにその実像が歪められ、イメージが損なわれ、いわれなき中傷を浴びて、いつの間にか全くの虚像が作り上げられてきた人物もいないのである。わずかな断片しか知られぬその作品に代わって、実に二〇〇〇年近くにわたってこのレスボスの詩人を押しつつみ、取り巻いてきたのは「サッポー伝説」であり、また数々の詩人や作家たちが生み出してきた、彼女を主人公とする「サッポー伝説文学」とでも言うべきものであった。それは規模こそ異なるが、小野小町をめぐるわが国の小町伝説を想起させずにはおかないものがある。小町の場合真作とされる歌はわずか二〇首ほどしか残っていないとはいえ、この歌人が実在したことは確かだが、世に謳われたその美貌と歌才ゆえに彼女は早くから伝説的存在と化し、「小町伝説」がこの名高い歌人の実像を覆い隠してしまった。実在の歌人としての小町の姿は、謡曲をはじめとするさまざまな文学作品で創り上げられた虚構の小町像と混じり合い、さらには数百年にわたって全国津々浦々に発生した民間伝承によって、小町伝説の中に埋没してしまったのである。

　それと同様なことがサッポーの身にも起こった。このレスボスの詩女神は伝説に深々とつつまれ、とりわけルネッサンス以後は作品そのものが知られぬままに、サッポー伝説、「サッポー伝説文学」とともに生きてきたのである。それはこの詩人の姿を完全に覆い隠してしまったが、肝腎なことは、それらがすべて詩人や作家の想像力が生んだ文学的な所産にすぎないということである。ギリシア人は不世出の詩人、「一〇番目の詩女神」としてサッポーを讃えこそすれ、そのおこないを中傷したり非難することはなかった。この詩人の名声に暗い翳りを投げかけるような「女性を愛する女性」、いわゆるレスビアン、それも肉体的な行為をともなう擦淫者（tribade）としての非難が、ラテン詩人間で湧き起こったのである。異教の詩人たちを忌み嫌い敵視するキリスト教の護教家が、それに加わった。さらには、アッティカ新喜劇の題材とされて以来、さまざまな言語で飽くことなく繰り返し語られてきた美青年パオンへの悲恋伝説と、それにともなうレウカスの巌よりの投身伝説といったものも生じた。こういったものは、すべて全くの文学的虚構にすぎない。

古くはメナンドロスの喜劇に始まり、オウィディウスの書簡体の詩「サッポーからパオンへの手紙」で縷々物語られ、その後のサッポーのイメージ形成に決定的な影響力をもったこの悲恋伝説は、詩人自身のあずかり知らぬところで、悲恋の詩人としての虚像を創り上げてきた。ホラティウスやスタティウスも一役買ってはいるが、悲恋伝説の形成と伝承に決定的な役割を果たしたのは、なんと言ってもやはりオウィディウスである。

近代に入ると、サッポーの作品そのものを知らない詩人や作家たちが、勝手に文学的想像力を駆使して、膨大な数のサッポー伝説を生みだし、さらには画家たちが好んで「レウカスよりの投身」を描いたりもした。そのうえおそらくオウィディウスの上記の作品に触発されてのことであろうが、ボードレールが『悪の華』初版で削除を命じられた禁断詩篇の一つである「レスボス」で、女たちがただれるような同性愛にふける島としてレスボスを詠ってそのイメージを決定づけ、いわゆる女性同士の同性愛を言う「レスビアニスム」の代名詞としてのサッポーの姿を、近代人の脳裡に刻み込むという役割を果たしたのである。一九世紀までは、この詩人は作品によって知られるよりは、女性同士の同性愛を体現した人物、その代表的存在というふうにとらえられ、そこから「サッフィスム」という言葉さえ生まれたのである。一九世紀の貴婦人がサッポーの名を聞いて淫靡なものを連想し、眉をひそめたり、「良識ある人々」がその名を口にするのを憚ったというような滑稽な事態も、そこから生じたのであった。

前四世のアッティカ新喜劇に発する、こういった恐ろしく分厚い伝説の中から詩人サッポーの実像を救い出し、それを描くことは容易ではない。実在の人物と伝説の中の人物像がほしいままに混じり合ったものの中から、伝説的な部分や文学的所産を虚像だとして容赦なく剥ぎ取ってゆくと、確実に残るのは、わずか一篇を除くとすべて断片として伝わる二〇〇篇ほどの詩と、一応ある程度信を置かざるをえない古代人のわずかな証言のみということとなる。その「証言」(testimonia) とてあやふやなもので、異伝が多く互いに齟齬する部分があって、一概には信用できない。またこの詩人の生の実態や彼女の詩に詠われている愛の形についても、百家争鳴、諸説紛々で、まだ定説と言えるものはないのである。サッポーと少女たちの愛の関係をめぐって古典学者たちの間で議論されてきた、詩人の愛の実態をめぐる、いわゆる「サッポー問題」(Sapphofrage) に関しても、学者たちの見解は一致を見ていない。要は古代詩人の多くがそうであるように、サッポーの人物像やその生涯を描き語ろうとすれば、結局は不完全な形で残されている詩の断片をどう解釈し、そこから何を読み取るかという問題に帰着せざるをえないことになる。

あまり信用できない資料ではあるが、古代の「証言」に依拠して、また近代の古典学者の見解を踏まえて、まずは詩人サッポーの生涯を、作品を織り込みつつ、ひとわたり追ってみることとしたい。詩人としてのサッポーの姿を素描し、その作品の一端を伝えるのが本章の意図するところであるから、この詩人の本質や詩風に関わりの薄い部分は、深入りせずに済ませることとしよう。

サッポーの生涯

サッポー(これはアッティカ方言による彼女の呼び名で、詩人の生地のアイオリス方言では、「プサッポー」ないしは「プサッパ」と呼ばれていた)の生涯に関しては、確実に知られることはまことにわずかでしかない。古代ではこの詩人についての幾つかの書物が書かれていたらしく、その中にはアリストテレスの弟子である、ヘラクレイアのカマイレオンによる『伝記』などもあったようだが、すべて散佚してしまった。そこで古代人による、長くとも一〇行程度の片々たる幾つかの「証言」と、詩人自身の作品とに拠ってその生涯を窺い、推測を交えて素描するしかないのである。

前章で見たように同郷同時代の人アルカイオスの場合は、その政治詩で、かれ自身がその渦中にいた政治抗争を詠っているため、それによって詩人の伝記的側面もかなり窺い知ることができる。それに対して同じく激動期のレスボスに生きた詩人でありながら、当時のカウンター・カルチャーとしての「女人の世界」(mundus muliebris)を形成し、もっぱら愛を詠うサッポーの詩は、当時の社会的背景などを反映している度合いが少なく、それがこの詩人の生涯を描くことを困難にしているという事情もある。

一九世紀にエジプトのナイル河沿いの小邑オクシュリンコスの塵塚から出土した紀元二世紀末、ないしは三世紀初頭のものと見られるパピルスは、完全に失われたと思われていたサッポーの詩のかなりの数の断片を含んでいて、古典学者たちを狂喜させたが、その中に幸いにもこの詩人に関する次のような伝記的記述が見出されたのであった。

「サッポーはレスボスの人。ミュティレネの都の出身。父の名はスカマンドロス、ある人の伝えるところではスカマンドロニュモスであった。彼女にはエウリュギオス、ラリコス、カラクソスという三人の兄弟がいた。長兄のカラクソスはエジプトへと航海し、そこでドリカなる女と馴染んで、その女のために莫大な金を蕩尽した。サッポーは末弟であったラリコスを最も愛していた。彼女には彼女の母の名をとってクレイスと名づけられた娘がいた。彼女は若干の人々によって、そのおこないが異常で、女性を恋する女だとして非難を浴びせられてきた。その容姿においては取るに足らぬ存在で、きわめて醜かったらしい。色は浅黒く、大変背が低かった」。

（オクシュリンコス・パピルス一八〇〇断片一）

右はサッポーの生涯について、最も基本的な、最小限の知識を与えてくれるかに思われる貴重な資料だが、これとても後二世紀ないしは三世紀のものであるから、サッポーの時代から実に八〇〇年余りを経た時代に書かれたものである。言ってみれば、新古今集時代の歌人の伝記を現代の学者が書いているようなもので、古代の証言だからといって、即座に信用するわけにいかないのは、当然であろう。そこで今度は、古代の著名な人物の伝記などに言及する場合は必ずと言っていいほど引かれる『スーダ辞典』をのぞいてみると、これには右のオクシュリンコス・パピルスよりはやや詳しい伝記的記述が見られる。だが新たな情報としては、彼女にケルキュラスという名の夫がいたこと、アッティス、メガラ、テレシッパという女友達（ヘタイラ）がいたこと、アナゴラ、ゴンギュラ、エウネイカという弟子（生徒）がいたこと、プレクトロン（竪琴の撥）を発明したとされることぐらいしかない。ただそこに、彼女が女友達とされる「女性たちと恥ずべき関係を結んでいたということで、誹謗された」とあるのが、眼を惹く。その信憑性となると、先のオクシュリンコス・パピルス以上に用心してあつかわねばなるまい。『スーダ辞典』は、ヘシュキオスの古辞書や古注（スコリア）や古典籍に基づいていて、かなり信用できるものだが、なんといっても後一〇世紀つまりはもはや中世の産物である。前七世紀から前六世紀にかけての大昔の詩人に関する記述に、いささか怪しいところがあるのもまた当然ということになる。要するに古代詩人の常として、その生涯は莫としており、不明の点があまりにも多いのである。ともあれ、いかにも乏しい古代人の「証言」と詩人自身の作品に拠って考え、近代の古典学者たちが推測を交えて描き出した詩人サッポーの生涯をまとめてみると、諸説異説入り乱れて定かならぬところの多い「十番目の詩女神（ムーサ）」の生涯は、ほぼ次に述べるようなものであった。

サッポーの生涯に関しては確かなことはわからない。前章でアルカイオスの生涯について述べた折にもふれたとおり、彼女はピッタコス、アルカイオスとほぼ同時代人で、両人よりやや年少であって、前六三〇年頃にレスボス第二の都邑(まち)エレソスに生まれ、やがて一家を挙げてミュティレネに移ったらしい。家系はアルカイオスと同じく土地の有力貴族で（クレアナクティダイの一員か）、父の名がオクシュリンコス・パピルスの伝えるとおり「スカマンドロニュモス」だとすると、純ギリシア人というよりは小アジアの血を引いていた女性だったとも考えられる。その名がトロイアを流れるスカマンドロス河に因んだもので、トロイアとの縁の深さを思わせるからである。サッポーの詩に濃厚に認められる東方的色彩や、本来オリエント系の女神であるアプロディテへの異様なまでに篤い信仰が、それを想像させるのである。

詩人は「色浅黒く小柄だった」と伝えられるが、髪の毛も眼も黒かった。「醜かった」と伝えられるその容姿は、背が高く、金髪碧眼の女性を美女の理想とするギリシア人の眼からすれば、さして美しからぬものと映ったのであろう。とはいえ、独吟歌の名手として人を魅了する声をもち、音楽と舞踊によって養ったみやびな立ち居振る舞いを身に着けていた女性であったらしい。それに加えて、あふるるばかりの情熱と高い教養、洗練された物腰、機知に富んだ物言い、そういったものがこの女性を際立って魅力的な存在としていたことは、容易に想像がつく。さればこそ彼女を慕ってギリシア全土さらにはリュディアあたりからも少女たちが蝟集し、また朋輩の詩人アルカイオスが、憧れを込めて彼女をアプロディテ女神に擬し讃えたのであろう。プラトンをはじめとする何人もの名高いギリシア人たちが、彼女を「美しきサッポー」とよんでいるのは、むしろ彼女の詩のイメージから発したもので、その容姿を言ったものではないが、

わたしの愛するものはみやび、陽光(ひのひかり)を愛するこの身ゆえ、
耀くものと美しいものを愛するのはわが運命(さだめ)。

（ローベル＝ペイジ・五八）

と詠ったこの詩人をつつむのは美のイメージである。

さてサッポーは東方系であったと思われるこの父を幼くして亡くしたらしい。詩人自身の作品に拠ったか、ヘレニズム時代の伝記に拠ったかと思われるオウィディウスの「サッポーからパオンへの手紙」に、「六つの歳を迎えたとき、わたしは早世した父の骨を集めて涙をそそぎました」（『名婦の書簡』一五）という詩句があるのを信ずれば、そういうことになる。母の名は確認できないが、詩人の母の名をとってクレイスと名づけた娘がおり、その子を掌中の珠のごとく愛していたことは、

われに美しき娘あり、黄金色の
花にもまがう姿のいとし子クレイス。
このいとしきものを、
リュディア全土にとても、
はた愛らしき・・・にとても、
ゆめ換ゆるまじ。

（ローベル＝ペイジ・一三二）

幼くして父を亡くしたにせよ、有力貴族の家柄であったから一家は裕福であり、一族の者たちの庇護を受けて育ったのであろう。レスボスは女性の社会的地位が高く、アテナイのように女性の地位が極度に低く、完全に男の従属下にあったギリシア本土とは異なり、男性に劣らぬ高い教養を身につけることができたという。そればか

りか、舞踊や音楽、詩文を中心に、女性たちが男性に対抗するに足るカウンター・カルチャーを形成していたとされているから、サッポーもまたそういう環境にあって、貴族の子女として、音楽や詩文に関する十分な教育を受け、若くして詩作に手を染めたのではないかと想像される。その天分に加えて言語的教養が豊かだったことは確かである。

詩女神（ムーサ）らはこのわたしを、
　　栄えある身となされた、
おん神らの技芸（わざ）を授けたまいて。

（ローベル＝ペイジ・三二）

という詩人としての自覚は早くから目覚めていたらしい。そうして成人した後、当時のギリシア人の習慣に従って、十代の半ばを過ぎた頃に結婚し、娘をもうけたのであろう。その後も詩作にたずさわって次第に詩名を高め、また音楽の名手としても聞こえが高くなっていったものと思われる。先にもふれた、サッポーとほぼ同時代人で彼女よりはかなり年長であったとされているアテナイの賢人ソロンが、その最晩年に老いを歌う彼女の詩を聞いていたく心を動かされ、それを学んでから死にたいと言ったという話を、ストバイオス（『精華集』第三巻二九・五八）が伝えている。その頃には詩人はまだ世に在って、詩人として盛んに活動していたものと思われる。この話は、彼女の名は在世中からレスボスを越えて、ギリシア全土に広がっていたことを物語っている。

『スーダ辞典』が伝える彼女の夫に関する記述には、疑いをさしはさむ古典学者が多い。彼女は夫と早く死別し、以後は寡婦として過ごしたものと信じられている。寡婦となって以後のことであろうが、ある程度年長けてから年下の男性に求婚され、やんわりと諭すようにこれを拒んだ次のような詩があることが、そのような想像を誘うのである。無論これとて想像の域を出るものではないが。

君はわがいとしの
　友人(とも)なれば、
より若き女(ひと)　妻(め)に纏(ま)きたまえ、
われ君よりも
　年もまされば
夫婦(めおと)たるには、
　え堪えねば。

（ローベル＝ペイジ・一二一）

サッポーには兄弟が三人いたというのは、そのまま信じてよいかとも思われる。少なくとも、彼女にはカラクソスという名の兄（弟であるかもしれないが）がいたことは、ヘロドトスの証言からも確認できる。ヘロドトスによればカラクソスは海上貿易を業とし、レスボスの美酒を遠くエジプトのナウクラティスにまで舶載して財をなし、その地で遊女ロドピス（本名ドリカ）の色香に迷って、莫大な財産を蕩尽したという（『歴史』第二巻一三五）。後にアテナイオスも同様な話を伝えている（『食卓の賢人たち』一〇、五九六c）。その評判は故郷ミュティレネにまで達して、それがサッポーとその一族に恥辱を与えたことは、次の二篇の詩からも窺える。

キュプリスさま、またネレイスたち、
わが兄上をつつがなくこなたへ還らせたまえ、

して、兄上が希(ねが)うものは、なにとても
成就せしめたまえ。

兄上がそのかみの過誤(あやまち)をすべて償い、
信じあう朋友(とも)らには再び喜びとなり、
敵対う者らには苦艱(くるしみ)となりますように。誰ひとりわたしたちの
［敵となりませぬように］

また妹には名誉もたらそうとの心を、
わが兄上にいだかせたまえ、
以前のつらき懊悩(なやみ)より救わせたまいて
・・・・・・・・・・・・・・

兄上が、ここな都邑人(まちびと)らの
口の端に上る噂を耳にすれば、
顔も赤らむべきに。して二度と再び
より惨めなる［苦境に］・・・

キュプリスさま、ねがわくは
あの女めに、もっともっと

（ローベル＝ペイジ・五）

つれなくなさってくださいませ、
つのる慕情(おもい)に堪えかねて、
わが兄がまたも慕い来たりしと、
ドリカめに自慢げに
言わせたりせぬために。

（ローベル＝ペイジ・五）

ここからしても、サッポーにはカラクソスなる蕩児の兄がいて、二人の間にはその愛人をめぐって葛藤が生じたことは確実と見てよい。サッポーの家族の中では、このカラクソスだけが具体性を帯びた人物として登場するのだが、彼女にはほかにエウリュギオスという影の薄い弟と、ミュティレネの市会堂での饗宴で酌童を務めたアテナイオス（『食卓の賢人たち』第一〇巻四二五ａ）が伝える末弟ラリコスがいたことも、そのまま信じてよいものと思われる。

家系・家族についてはこれ以上のことはわからないし、またその詮索も不要であろう。有力貴族の家に育った名流婦人であり、詩人として名のあった彼女は、もう一つのオクシュリンコス・パピルスの伝えるところでは、「家政にも長け、勤勉であった」とされている。そういう方面でもすぐれた才覚をもった女性だったようである。またこの詩人に、

徳添わずしては富とても危うい隣人、
両者あいまじわってこそ至福のきわみ。

（ローベル＝ペイジ・五〇）

という詩句があるところからして、彼女は一部の人々が誹謗したような、ましてや異教徒の詩人たちを忌み嫌った後二世紀のキリスト教護教家タティアノスが誹謗したような、「淫売婦で色気狂い」であったとは考えられない。ミュティレネの有力貴族であった彼女の一族が、僭主ミュルシロスの死後に民衆に推されて執政となったピッタコスと対立し、反ピッタコスの陰謀に加担したため、サッポーもそれに巻き込まれて、恐らくは一〇年近くに及んだと思われるシケリアでの亡命生活を強いられたことは、前章でふれたとおりである。善政を敷き、政権の基盤が安定したピッタコスが、亡命貴族たちに恩赦をおこなったため、サッポーもミュティレネに帰って、詩人としての活動を続けることができたのであった。亡命流謫の期間を除くと、その生涯のほとんどを、豪奢をもって鳴るリュディア文化の余光を受け、東方的色彩の濃い詩女神（ムーサ）の島レスボスで、詩人ノッシスの言う「うるわしき歌舞の町」ミュティレネの名流婦人として、ギリシア全土でますます高まりゆく詩名を愉しみつつ、平穏理におくったものと想像される。彼女にとって格別の守護神であったアプロディテへの篤い信仰に生き、詩女神（ムーサ）たちに仕えながら、みずからを慕う少女たちに囲まれての生涯であった。その点で、同じ時代の激動期のレスボスに生きながら、権門貴族の家に男子として生まれたがために、波乱に富んだ悲憤の生涯を送ることとなったアルカイオスと、好対照をなしている。

サッポーの詩の世界はもっぱら女性で構成されており、親族を除くとほとんど男性の影は見られない。伝存する断片には、彼女の夫と言われる人物すらも一度も姿を見せてはいないのである。異性への愛を思わせる詩は一篇もない。この詩人が美青年パオンに恋して拒まれ、レウカスの巌から投身して果てたなどという馬鹿馬鹿しい伝説がまったくの虚構であることは、彼女にみずからの老いの日々を詠った次のような一篇があることからも、明らかである。この断片は欠損が大きいが、老いの嘆きが籠ったこの詩から、彼女がかなりの老齢に達するまで世に在ったことは疑いない。

・・・・・・・・・・・・・・・・・・・・・・・・・・・・・・・
・・・・・・・・・・・・・・・・・・・・乙女たちよ（讃えなさい）
・・・・・・（すみれ色の）胸もつ詩女神（ムーサ）のうるわしき賜物を
・・・・・・・・・歌めでる、さわやかに鳴り響く竪琴を（手にして）
・・（でもわたしは）わが肌（はだえ）を老いがすっかり覆いつくして
・・・・・・・・・・・・わたしの巻き毛は黒髪から白髪へと変わり
・・・・・・・・・・・わが膝はもう体を支えることすらもかなわず
・・・・・・・・・・・・・・・・・・鹿のように軽やかに踊ることも
・・・・・・・・・・・・・・・・・でもどうしようがありましょう
・・・・・・・・・・（ひとたび）成ったことはせんかたもなく
・・・・・（言い伝えでは、そのかみ）薔薇色の腕もつ曙女神（エオス）は
・・・・・・・・・・・・・夫ティトノスを大地の涯へと連れてゆき
・・・・・・・・・・・・・・・（にもかかわらず老いは彼をとらえ）
・・・・・・・・・・・・・・・・・・・もはや夫を愛していない妻は
・・・・・・・・・・・・・・・（夫の力が）失せゆくものと思って
・・・・・・・・・・・・・・・・・・・・・・授けることができると
・・・・わたしの愛するものはみやび、陽光（ひのひかり）を愛するこの身ゆえ
耀くものと美しいものを愛するのは、わが運命（さだめ）。

（ローベル＝ペイジ・一〇五）

愛の神アプロディテを斎き祭り、耀くものと美しいものを愛した一生ではあったが、「十番目の詩女神（ムーサ）」と讃えられたその詩は不死不朽であっても、神ならぬ死すべき身の詩人はついには死を迎える。異論はあるが、次の一篇は死の床にあった詩人が、母の死を悲しむ愛娘クレイスを戒めたものと解されている。

詩女神（ムーサ）らに仕えまつる女（おみな）らの館うちに
　悼歌の声あぐるは法（のり）にそむくことなれば、
さような振る舞いこそは、
　わたしたちにはふさわしからぬこと。

（ローベル＝ペイジ・一五〇）

アルカイオスと同じく、サッポーの没年は不明である。

　朋輩であるこの詩人アルカイオスとの具体的な関係が、いかなるものであったかは不明だが、同じミュティレネに生きた両詩人が相識る仲であったことは、アルカイオスに、先に引いたサッポーを女神に擬した詩句があることからも、確かだと思われる。ただしこの二人の詩人は、その詩的世界も詩風もまったく異なっていて、互いに影響を与え合った形跡は見られない。この二人の詩人が詠み交わしたとされる詩があるが、それはこんな作である。

　　　アルカイオス

むらさきの髪匂う、いときよらな、
やさしくほほえみたもうサッポーよ、

君にもの言わんとすれど、
羞恥の心のわれをとどむれば・・・

サッポー

もし君がその胸に
義しく、うるわしき憧れを
秘めたもうなら、またなにか
卑しきことを口にしようとて、
その舌がたくらみ動くのでなかったら、
羞恥が君の眼に宿ることなく、
希うところをすぐなるままに、
言い出でたもうでしょうに。

（ローベル＝ペイジ・アルカイオス三八四＋サッポー一三七）

この詩から見るかぎり、アルカイオスがサッポーをアプロディテ女神に擬して、最大級に賛辞を捧げているのに対して、サッポーの返答の詩はいかにも手厳しいとの印象は否めない。相手をはねつけるような冷厳な響きは、アルカイオスを厳しく拒んでいるかに思われる。これだけをもって決めつけるのは危険だが、アルカイオスの側に恋情も混じったサッポーへの憧れと讃嘆の念があったこと、サッポーにはそれに応える気持ちがなかったことが、ここから推定できる。それ以上のことは、すべて想像の域を出るものではない。

さて詩人サッポーの生涯を述べるにあたって、またその詩の世界を語るにあたって、どうしてもふれておかねばならぬ問題が一つある。それは彼女の生活を形作り、その詩の核心をなしている「女人の世界」がいかなるものであったか、ということである。

サッポーの詩の世界を覗いたことのある読者は、彼女の詩のほとんどが愛を主題としたものであること、それも祝婚歌の一部や、アドニスを悼んだとおぼしき詩を別とすれば、すべと言ってよいほど女性たち、より具体的に言えば彼女の身辺を取り巻く少女たちに関わるものであることに、気づくであろう。残されたその詩には、異性への愛をうたったものは一篇もないのである。そこには男性の影はなく、女たちが形成する「女人の世界」(mundus muliebris)が、閉じられた小宇宙を形成している。サッポーの愛の詩を養い、その素材となったこの「女人の世界」とはいかなるものであったのか。サッポーが自分の身辺にいた少女たちへの篤い愛を、異性に対するものとなんら変わらない激しい恋情とみられる気持ちを詠った詩を、どう解すればいいのだろうか。

この問題は一九世紀以来、サッポーに関心をもつ古典学者たちを悩ませ、その実態をめぐって諸説入り乱れ、ついに見解の一致を見ることのないままに、今日に至っている。それはサッポーと彼女を取り巻く少女たちとの関係を問う、いわゆる「サッポー問題」つまりはいわゆる「レスビアニスム」の問題とも重なり合って、きわめて不透明で真相を明らかにしがたい、デリケートな難問なのである。ここでは慎重細心な説から珍説奇説に至るまでの、古典学者たちの所説を比較検討する暇はないから、この問題には深入りせずに簡略にふれるにとどめたい。

サッポーがその作品の中で「仲間(ヘタイラ)」と呼んでいる少女たちの集団を、その身辺にもっていたことは、その作品から明らかである。ギリシア全土ばかりか、小アジアあたりからもやって来て、彼女のもとに集っていたこの集団は一体何なのか。彼女が「乙女たち」、「娘たち」と呼んでいる少女たちと詩人との関係は、どのようなものだったのか、それを問わねばならない。二〇世紀半ばに、サッポー研究にめざましい成果を上げたペイジが全面的に否定しさるまでは、サッポーとその周辺の少女たちの集団との関係をめぐる見解は、ほぼ安定していたと言ってよい。大方の古典学者の説では、サッポーはアプロディテ崇拝によって結ばれた「ティアソス」と呼ばれる宗教的結社を主宰し、その信仰に基礎を置いた、少女たちのための一種の学校の経営者のごときものであったとされていた（いわゆる「ケルンパピルス」には、ミュティレネでおこなわれていたアプロディテの祭礼の折には、サッポーは最前列に坐る特権を与えられていたと記されている）。それによれば、サッポーが「詩女神(ムーサ)らの館」と呼んでいるものが、それにほかならないのだという。詩人はアプロディテと詩女神(ムーサ)との庇護のもとに、少女たちに舞踊、音楽、詩作を教え、また将来よき妻となるための女性としてのたしなみ、みやびの道を教えて、女性美の理想をそこで実現させようとしたというのである。言ってみれば一種の「花嫁学校」のごときものであったというわけである。これに対してペイジはこの「学校」説を全面的に否定し、サッポー研究者たちに衝撃を与えた。ペイジはその精緻な論考で、サッポーと仲間の少女たちとの間には、なんらの正式な、公的な関係は見出されないと断じて、この詩人を信仰集団の長、学院長のごとき存在と見なす見解を完全に退けたのであった。

この学者によれば、サッポーはアプロディテを斎きまつるティアソスの主催者でもなければ、ギリシア全土から集まった良家の子女のための学校の経営者でもなかったという。その後はこの説に与する研究者は多く、「ティアソス」だの「サッポーによる教育」などというものは一切なかったという主張がなされ、詩人を取り巻く少女たちの集団、「サークル」すら存在しなかったという極論まで唱えられた。では一体サッポーの周辺にいたことが明らかで、彼女の詩に登場する少女たちはなんだったのか。

諸説を眺めた上での私なりの見解を言えば、今なお有力な学者を含む支持者が多いティアソス主催者説は、全面的には受け入れられないまでも、基本的には正しいものと思う。厳密に言えば、サッポーを取り巻いていたのは、信仰集団、宗教結社であるティアソスというよりは、アプロディテ、詩女神(ムーサ)、典雅女神(カリテス)などを崇める、若い女性たちのゆるやかなグループであったのではないかと思われる。サッポーが主催していたのは、特定の宗教結社や花嫁学校ではなかったにせよ、彼女の周辺には、ギリシア全土、さらにはリュディアからさえも少女たちが集い来たって特定のグループを形成し、詩人に音楽や詩、歌舞など学び、それを通じて女性としてのみやびな作法を身に着け、また詩人に従って、祝婚歌を合唱したり舞踊に加わったりしたものと想像されるのである。そうして、

あれはいつごろのことかしら、アッティスよ、
わたしはあなたを愛していたものでした。
そのころにはあなたもまだいとけなく、
みやびにも縁なき子でありましたものを・・・

(ローベル=ペイジ・四九)

と詠われているアッティスの例に見られるように、初めはみやびを知らぬ幼い少女として詩人のもとに来たのが、やがて彼女のもとで教養とみやびとを身に着け、十代後半で結婚するにふさわしい女性としてやがて巣立っていったのであろう。詩や歌舞を通じて、少女たちに美しくあること、みやびであることとは何かを教え、美の意識を涵養すること、ここにサッポーの役割があったのではないかと思われる。

『ギリシア詞華集』(第九巻一八九番)に収める、サッポーを讃えたある逸名の詩は、

いざ来たれ、レスボスの乙女らよ、

牛の眠せるヘラが神殿へ、
足取りも軽やかにまた雅びやかに
舞い踊りつつ、
されぱサッポー
黄金(こがね)の竪琴を手にとり、
おんみらに先立ちて舞い歌わん。

と詠っているが、詩人と少女たちが歌舞を通じて結ばれていたことは確かである。カラムが主張しているように、サッポーと少女たちとの関係は、アルカイック期のギリシアに存在した、うら若い未婚の少女たちから成るコロス（合唱隊であり歌舞団）と、その長であるコロディダスカロスとの関係に似たものであったとするのが、正鵠を射ていよう。サッポーの言う「仲間(ヘタイラ)」とはそのような少女たちであって、一種の共同体意識で結ばれた集団であった可能性が高い。サッポーの詩は、詩人を取り巻き、彼女と親しい関係で結ばれているそうした少女たちの存在を前提として作られている。そう想定しないと、彼女の愛の詩のもつ意味がわからなくなってしまう。それが宗教的性格をもつ「ティアソス」か、一種の学校に類するものであったのか、最終的な判断は容易には下せないが、ともあれサッポーの周辺には、彼女と親しく結ばれていた一群の少女たちの集団がいたことは確実と見てよい。E・ミュアがかつて強く主張したように、それが愛と快楽を追い求めることを実践していた集団だったとは到底思われないが、詩人と少女たちとの関係、精神的な関わりはどうであったのか。サッポーが具体的に名を挙げて激しい憧れと恋情を詠っているアッティスとか、ムナシディカといった少女たちとの関係はどんなものだったのか、それが問題である。

一九世紀以来、サッポーを論ずる学者たちをこれほど悩ませ、当惑させてきた問題はない（この問題についてはかつて拙著『サッフォー――詩と生涯』で詳細に論じたので、それに譲ることとしたい）。それにまたサッポーの詩からほのかに見える、少女たちの間にも存在したらしい同性愛的関係をどうとらえるかも、やはり問題である。「サッポー問題」つまりは端的に言って詩人がレスビアニスムの実践者であったどうかということである。これはきわめてデリケートな問題で、彼女の詩をどう読むかだが、結論から先に言うと、サッポーと少女たちの間には同性愛的な感情が存在したことは確実だと言ってよい。その詩が表白している、自分を取り巻く美しい少女たちへの激しい憧れと、恋情を訴えた愛の詩が何よりの証左である。その愛の詩は、世の異性への愛を詠った詩と本質的に異なるところはない。サッポーの少女たちへの愛が、近代語の「レスビアニスム」という言葉が意味するほど淫靡で、肉体的、肉感的なものであったと考える必要はなかろう。サッポーの愛の詩が同性である少女たちへの激しい恋心を詠ったものだからといって、そこから直ちに詩人の愛が性愛であり、彼女が肉体的な快楽を追い求める同性愛者であったと結論づけるのは軽率である。ましてやキリスト教護教家タティアノスがこの詩人を罵って吐いた、「サッポーは淫売婦で、色気狂いであって、自らの淫らなおこないを詠っている」などという言葉は、誹謗以外のなにものでもない。かといって二世紀のソピストであるテュロスのマクシモスが、レスボスの詩女神（ムーサ）に着せられた汚名を晴らそうとして唱えた、サッポーの少女たちへの愛は、その本質においてソクラテスのその弟子に対する愛と同じだなどという主張に、無理して与する必要もなかろう。

　サッポーが生きたのが、男性の影を見ない、女たちだけで構成する「女人の世界」であってみれば、そこに女性同士の恋愛感情が発生したとしても、いささかも不思議ではないし、またそれは非難すべきことでもない。サッポーの少女たちへの愛を掻き立てたものが彼女たちの美しさであり、そこから発する魅力だったことは確かだが、そこから飛躍して、詩人が、ボードレールが「イポリットとデルフィーヌ」で描いたような、肉欲の悦楽を貪る「呪われた女たち」の一人だったとするのは、行き過ぎというものであろう。一九世紀以来侃々諤々論じられてきたこのデリケートな問題に、これ以上立ち入るつもりはないが、サッポーの愛については、私としては次のように考えている。

サッポーと少女たちの間には、単なる精神的な結びつきを越えたものはあったと思う。より具体的に言えば、師のごとき、また母のごとく姉のごとき存在であった詩人と、その愛を享けた少女たちとの間には、やさしい抱擁や接吻はあったものと思われる。しかしそれを越えた肉体的な関係や淫蕩な行為があったなどと主張するのは、作品から見るかぎり深読みに類する。われわれにはそこまで想像する権利はない。また詩人を中心とし、男性を完全に排除した「女人の世界」において、少女たちの間に同性間の恋愛感情が芽生えたとしても、奇とするには当たらない。ボーボワールも認めているように、異性への愛に移行する前に Ersatz すなわち代用としての同性愛を求めるという現象が、しばしば見受けられるからである。

さてサッポーの生涯とその「女人の世界」を瞥見したところで、最も肝腎なこの詩人の詩そのものの一端を垣間見ることとしよう。掲げられる詩の数は限られているので、以下に窺い見るのは、その豊饒な詩的世界のごく一部にすぎないことを、承知していただきたい。

愛とエロスの苑——サッポーの詩的世界

若き日から詩作に手を染めたと思われるサッポーが、老年に至るまでのその生涯において、どれほどの数の詩を生み出したのか、明らかではない。既に在世中から彼女の詩はギリシア全土で流布し、前六世紀から前五世紀にかけて各地で盛んに歌われたが、その作品がどのような形で人々に享受され、あるいは教えられていたのかは不明である。ある程度まとまった詩集のようなものは、早くから存在したのであろう。この詩人の作品が詩集としてまとめられたのは、やはりヘレニズム時代のことである。ビュザンティオンのアリストパネスとその弟子アリスタルコス（いずれも前出）が、それぞれ九巻から成るサッポー詩集を編み、これを刊行している。全作品を九巻に分けたのは、九柱の詩女神(ムーサ)に因んでのことであろう。作品は全部合わせて一二〇〇〇行ほどであったと推定されている。両者の編纂方法は同じではなく、アリストパネスが全巻をテーマ別に分けたのに対して、アリスタルコスは詩律の種類によって、作品を配分したことがわかっている。この二つの詩集はその後少しずつ散佚していったようであるが、それでも後二世紀ないし後三世紀までは、その大部分が残っていたらしい。

サッポーをはじめとするギリシアの詩人たちにとって受難の時代は、キリスト教がローマを支配する時代とともに始まった。キリスト教会による異教の文物敵視と排除によって、その作品は永久に回復不可能なまでに湮滅してしまったのである。ビザンティン帝国において、サッポーは二度にわたり焚書の憂き目を見ている。後四世紀末の大主教グレゴリオス（なんとこの男自身が詩人でもあり、篤いキリスト教会信仰の告白である実に退屈な詩を書いたのだが）の教唆によって、愛をテーマとするギリシア詩人たちの詩が大量に焼き捨てられ、烏有に帰してしまった。かろうじて生き残った作品も、一一世紀に教皇グレゴリウス七世の命により、ローマとコンスタンティノポリスで火中に投じられ、あたら煙と化してしまったのである。この愚行によって、「十番目の詩女神(ムーサ)」サッポーの作品は、その九五パーセントまでが、後世の読者の前からほぼ完全に姿を消すこととなったのである。地上に残ったのは、文法家、修辞学者、その他さまざまな古典作家に引用された切れ切れの断片と、一九世紀にオクシュリンコスから出土したパピルスに記されていた、大きく破損、欠損した断片にすぎない。完全な形で伝存する詩は、前一世紀の人ハリカルナッソスのディオニュシオスの引用によって伝わった名詩「アプロディテ讃歌」一篇のみである。これに伝ロンギノスに引用されて伝わっている、これもほぼ完全に近い形かとも見られる、恋の衝撃を詠った名高い詩一篇を加えても、今日われわれがサッポーの作品として整った形で眼にしうるのは、この二篇のみなのである。あとは一八世紀以来古典学者たちが古代の著作や文学作品から必死になってかき集めた断片と、一九世紀にエジプトの塵塚を血眼になって漁って加えた断簡残欠二〇〇篇を編んで一書としたものである。

かようにサッポーの作品は、そのかみにレスボスの詩女神（ムーサ）が生んだ不世出の詩人の面影、その詩業の真面目を窺うには、あまりにもわずかな量のものしか残されていないわけだが、伝存するそのわずかな作品からでも、彼女の詩的世界の片鱗や、詩人としての相貌を垣間見ることはできる。そこから、かろうじて浮かび上がってくる、詩人サッポーの面影を素描してみよう。くどいようだが、神韻と評されるサッポーの詩の美しさはいかなる翻訳をも拒むものであるから、拙訳はその内容を伝えるのみで、詩美を再現するにはほど遠いものであることはことわっておかねばならない。

いざ、神さびたるわが竪琴よ、
高らかに鳴りて、歌なせよかし。

（ローベル＝ペイジ・一一八）

とその竪琴に呼びかけて数々の詩を生んだサッポーが詠ったのは、もっぱら愛、それも多くは彼女自身の恋心に関わるものであった。みずから

四肢（てあし）の力をも抜き去るエロスが、
またしてもこの身をゆすぶってせめたてる。

（ローベル＝ペイジ・一三〇）

エロスが、わたしの心を襲い来て、
烈しくゆすぶった。

（ローベル＝ペイジ・四三、一―二行）

とその衝撃の激しさを告白しているように、詩人はエロスに憑かれた存在であった。その詩は他の詩人たちのそれに比べても、異例なほどに個人的な感情を詠うことに徹している。彼女には愛以外のものをテーマにした詩がないわけではなく、とりわけ祝婚歌の名手としてのその名は高かった。また神話伝説にも関心を示し、神々や神話伝説を詠った詩も断片として伝わってはいる。だがサッポーは第一義的にはなんと言っても愛の詩人であって、愛こそがその中心的テーマであり、ペトラルカの言う voluptas dolendi すなわち愛ゆえの甘美なる苦悩を詠ったところに、その詩人としての本領が見られるのである。残されたかぎりの作品を見ても、その大部分は少女たちへの燃ゆるがごとき恋心を、愛ゆえの苦悩を詠ったものである。「女人の世界」でアプロディテへの篤い信仰に生き、エロスに憑かれたこの詩人にとって、愛こそがすべてであった。その詩的世界を領しているのはエロスであり、彼女の生んだ詩の多くが恋の炎と愛欲に燃え、しばしば苦悩と憎悪に沸き立っていたとしてもなんの不思議もない。

サッポーに深い関心を抱き、愛の詩人としてのサッポーを高く評価し、賛辞を捧げた一人はリルケである。リルケは『マルテの手記』の中で、サッポーをルネッサンスの詩人リヨンのルイーズ・ラベやイタリアのガスパラ・スタンパなどとともに「悲しく人を愛した女たち」の一人として挙げ、その詩を賞揚している。

ある人は馬並(な)める騎兵が、ある人は歩兵の隊列が、
またある人は隊伍組む軍船(ふね)こそが、このか黒い地上で
こよなくも美しいものだと言う。でもわたしは言おう、
人が愛するものこそが、こよなくも美しいのだと。

（ローベル＝ペイジ・一六、第一詩節）

と敢然と宣言して、ギリシア人の伝統的な価値観念や審美眼を否定し、愛するものに至高の価値を置くサッポーは、ヨーロッパ世界における「愛の発見者」（M・F・ガリアノ）だとも言われる。事実詩人サッポーがその詩才を最高度に発揮し、その作品が最も強く輝きを放っているのは、やはり愛の詩においてである。この詩人の代表作のように見られていて、古今に冠絶する恋愛詩の名篇と讃えられる、愛する者を前にしての激しい衝撃を描いた「サッポー風スタンザ」による詩をまずは掲げよう。

わが眼には、かの人は神にもひとしと映るかな、
君が向かいに坐したまい、いと近きより、
愛らしうもののたもう君が御声(み)に聴き入りたもう
かの人こそは、

はたまた心魅する君が笑声(わらい)にも。まこと
そはわが胸うちの心臓(こころ)を早鐘のごと打たせ、
君を見し刹那より声は絶え、

ものも言い得ず、

舌はただむなしく黙(もだ)して、たちまちに
小さき炎(ほむら)わが肌(はだえ)の下を一面に這いめぐり、
眼(まなこ)くらみてもの見分け得ず、耳はまた
とどろに鳴り、

冷たき汗四肢に流れて、身はすべてふるえわななく。
われ草よりもなお蒼ざめいたれば、
その姿こそ、わが眼にも息絶えたかと
見えようものを。

[されど、なべてのことは忍びえるもの、げにも・・・]

(ローベル＝ペイジ・三一)

拙い訳詩をもってしては原詩の面影を伝えるべくもないが、伝ロンギノス『崇高について』に引用されて伝わるこの詩は、恋する者を襲う激情を詠った詩として古来あまりにも名高い。これはサッポーの詩の中でも最もよく知られた作で、古くはエウリピデス、テオクリトス、アポロニオスによって模倣され、ローマの詩人カトゥッルスによるラテン語訳もまたよく知られている。この名詩はルネッサンス以後もヨーロッパの有名無名の幾多の詩人によって翻訳翻案され、ラシーヌも悲劇『フェードル』の中にこれを巧みに織り込んでいる。サッポーの遺珠とも言うべきこの詩は、これを祝婚歌だと主張する学者たちもいるが、やはりこれはサッポーがその愛する少

女への激しい恋心を詠った詩と解するべきであろう。すなわちこれは、激しく身の内に燃え上がる恋の情念にとらえられた者（すなわちサッポー）を襲って、その全身全霊をゆすぶる衝撃の有様をつぶさに描いた詩にほかならない。サッポーは彼女の恋心を掻き立てるある少女が、男性と親しげに語らっている様を目撃して衝撃を受け、その乙女が自分に与える肉体的生理的効果を克明に描写し、それによって彼女に寄せる熱烈な思いを告白しているのである。ドイツの古典学者ザーケの言う pathologische Gedichte であり、恋の衝撃に因る生理的反応を詠った詩とするのが、正鵠を射た解釈だと思われる。その恋情の激しさは、「飲冰食蘗志無功（冰を飲むも蘗を食らうも志功無し）」と、胸中に燃える情炎を詠った晩唐の悲恋の詩人魚玄機のそれにも似たものがある。

　サッポーの作品で、古代の批評家ハリカルナッソスのディオニュシオスによって伝えられた、アプロディテへの祈りの歌もまた、愛の詩として広く知られている。華麗で滑らかな文体の範例として引かれているこの詩は、最後の詩行を半行分の長さのいわゆる「アドニス格」に置いた四行から成る「サッポー風スタンザ」を、七回重ねることで構成されている。それにより完全な形でのサッポーの詩が、どのような形のものであったかを窺うよすがともなっている。透明度の高いことばの美しさや、調和（ハルモニア）の極致、高揚した調べの高さなどは翻訳しようもないが、その詠うところはおよそ次のようなものである。

彩色（いろどり）もあやなる玉座（みくら）にいます、不死なるアプロディテさま、
ゼウスがおん娘、策略（てだて）めぐらしたもう女神よ、
おんみに祈り上げます、悲嘆（かなしみ）と苦悩（くるしみ）とによりわが心を
ひしぎたもうな、と。尊い女神よ、

いざ来ませ、こなたにこそ、何時（いつ）とてかそのかみ、

わが祈りまつる声を遠方より聞きとどけたまいて、
父神の黄金造りの館たち出でたまいて、わがもとへ
来たらせたまいしことあらば、
御車を駆られて。おんみを誘いまいらす。
天翔ること迅い、つがいの雀らが、その翼を
繁く打っては羽ばたかせ、か黒い大地へと
高空より中空を分けて、

たちまちに舞い来たった。して至福なる女神よ、おんみは
不死なる面輪にほほえみたたえて、問わせたもうは、
このたびはまた何にわが胸をば痛め、またなにゆえに
呼び奉ったのかと。して
もの狂おしい胸中になんの成就を願ってのことかと。
「このたびはどの乙女を、そなたの
愛享くる者とせよと言いやる、サッポーよ、
そなたの心害むるは、そも誰ぞ?
あの娘がそなたを厭うていようとも、やがてみずから追い求めよう。
いまはそなたを拒むとも、やがてみずから贈り物をそなたに捧げ来よう、

今は恋せずも、やがてそなたに恋する身となろう、
たとえその意に添わずとも」。

いまもまた、わがもとへと来ませ、つらき苦悩（くるしみ）より救いたまえ、
わが心が憧れ求むるなべてのものを、
いざ成就せしめたまえ。女神おんみずから
加勢の手とならせたまえ。

（ローベル＝ペイジ・一一八）

サッポーの詩になじんでいないわが国の読者は、これが愛の詩だと言われても抵抗をおぼえ、あるいはすぐには納得できぬものを感じるであろう。それはこの詩がヨーロッパの近代の恋愛詩とも、わが国の王朝時代の女流歌人恋歌などとも、いささか趣を異にしているからである。先に掲げた詩もそうだが、サッポーの愛の詩が同性である少女への恋を詠った作であることは別としても、愛の表出の仕方がまず特異である。恋の歌といえばわれわれの脳裡にまず浮かぶのは、

夏虫の思ひ入りてなどもかく我が心から燃えむとする（伊勢）
黒髪の乱れも知らずうち伏せばまずかきやりし人ぞ恋しき（和泉式部）
恋ひ恋ひてそなたになびく煙あらばいひし契りのはてとながめよ（式子内親王）

といった直截な恋の思いの表白の歌であり、それとは異なって、女神への祈りの歌という形式を借り、独自の構造をもったサッポーの詩は、すぐにはその世界に参入しがたく、愛の詩としてそれと認めがたいものがあること

は否めない。愛の女神アプロディテへの熱烈な祈りの歌であるこの詩は、「女神への祈念―女神の顕現とその描写―新たな女神への祈念」という三つの部分から成り、女神への祈りに始まり、女神への祈りで終わるという円環状の構造をもっている。一篇は全体としてドラマティックな構成になっている。女神への祈りの歌という形をとっているが、宗教的な祭儀の歌ではなく、あくまでサッポー個人の恋に関わる詩なのである。詩人の恋情を誘う少女が、自分の恋を容れてくれないかあるいは彼女を見捨てたかしたために、苦悩の裡にあるサッポーが、その気持ちを自分に向けてくれるようにと、自分にとって格別慕わしい女神であるアプロディテに熱烈に祈り神助を請う、というのがその内容である。伝統的な神々への讃歌を個人的な愛の詩に応用しているところに、詩人としてのサッポーの独自性が見られると評されている作である。訳詩では伝えようもないが、その詩句の巧緻と華麗さ、澄み切った詩句の調べの高さで、ギリシア抒情詩中の白眉と目されている。この詩もルネッサンス以後数々の詩人、文人、学者たちによって翻訳、翻案されてきた。だがそのうちどれ一つとして、サッポーの原詩の高みに達したものはないとされている。いわんや邦訳においておや、と言うほかない。翻訳、翻案をもって原詩に迫ろうとするならば、サッポー自身と同程度の天稟、詩才を要する。「十番目の詩女神（ムーサ）」に比肩しうる者が、そうそういようはずがない。だが率直に言って、このような愛の詩は、われわれ日本人には感覚的になじみがたいものだとの感もある。

サッポーの詩の美しさとなれば、同じくアプロディテ讃歌の形をとっていて、同様な円環状の構造をもつ次の詩などは、自然の美に敏感なわれわれ日本人には、むしろその美しさが感得しやすいのではなかろうか。この詩は、前二世紀ないしは前三世紀のプトレマイオス朝の頃の陶片に刻まれていて、一九世紀の半ばに発見されたものである。これは愛の詩ではなく、サッポーと彼女を取り巻く少女たちのために、女神が顕現来迎することを祈った、祭儀的な性格を帯びた詩である。サッポーはアプロディテの神域に立ち、舞い踊る少女たちを前にして、竪琴を奏でつつこの歌を歌ったか、あるいは少女たちと合唱したのであろう。この詩もやはり「サッポー風スタンザ」を重ねて作られている。

いざこなたへ、クレタを立ち出でたまい、
この聖なる神殿へとわたらせたまえ、こなたには
おんみがためのうるわしき林檎樹の杜ありて
祭壇は乳香にくゆり立つ。

こなたには林檎樹の小枝縫うて清冽なる流水さざめき、
神域は隈なく薔薇の樹ほのぐらき蔭なし、
さざめきゆれる木の葉つたって
熟睡は滴り落つ。

こなたには牧の原ありて駿馬ら草を食み、
春の花一面に咲きそうて、
ここちよき微風は
吹きわたる。

ここにこそキュプリスよ、・・・をとらせたまい、
手つきもいとみやびに、黄金の杯へ、
祝祭のよろこびまじえた神酒を、

注がせたまえ。

（ローベル＝ペイジ・二）

この一篇の中心をなし、全体を魅力あふれるものとしているのは、幻想的なまでに美しいlocus amoenus（うるわしの場所、仙境）としてのアプロディテの苑生の、ないしは杜の、描写である。サッポーはここでアプロディテにまつわるさまざまなもの、薫香、林檎樹、薔薇、春の花々、緑なす牧場といったものを詩句に巧みに織り交ぜながら、女神の来迎を待つ神域のもつ美しさと魅力とを、入念にまた華麗に描き出している。官能美にあふれ、視覚性に富んだ絵画的な描写は、この小宇宙の内に、夢幻的、幻想的な光景を現出せしめ、この一篇を一幅の美しい絵画としていると言ってよい。読者はここに、ボードレールが『悪の華』の名高い詩「万物照応」(Correspondance) の中で詠った、

Les parfums, les couleurs et le son se répondent.
匂いと色と音とはかたみに答え合う。

世界が早くも実現しているのに一驚するであろう。匂い（くゆり立つ乳香）と、色（紅い林檎、ほの暗い蔭、緑木の葉と牧場、春の花々）と、音（流水のさざめき、木の葉のそよぐ音）とがかたみに応え合い、混然一体となってうるわしいlocus amoenusを鮮やかに現出せしめているのである。この一篇は、このような神域に顕現来迎するアプロディテへの喜悦にあふれた姿を詠うことで終わっているが、これに続くスタンザが欠けているものと考えられる（ただしこれを欠損のある断片とは見ず、これで完結した一篇をなしていると主張する学者もいる）。原詩の詩句はすばらしい音楽美を醸し出していて、これればかりは伝えようがないが、先の二篇の愛の詩に比べれば、より翻訳に堪え

る部分があり、この詩全体から浮かび上がる幻想的、夢幻的なイメージの美しさだけは、かろうじて訳詩によってでも伝わるかと思う。ピンダロスの断片（一二九）にも、この一篇を想起させるものがある。

今度は愛の追憶をテーマにした詩一篇を眺めよう。冒頭の部分が欠けていて後半部に幾つもの欠損があるこの詩は一種の書簡体の詩であって、実際にアッティスという名の女性のもとへ送られたとも考えられる。これは「サッポー風スタンザ」ではなく三行一連の複雑な詩律から成っているが、欠損部分が多く意味が取れない後半部を割愛し、第五スタンザまでを引いておく。サッポーのもとで愛し合い、共に幸せな日々を送っていた少女同士とサッポーとが、離れ離れになった後もなお、かなたはこなたを想い、こなたはかなたを想って、互いに追憶のうちに精神的なつながりを求めている様を、月明に照り映える夜景のイメージと重ね合わせて謳い上げた絶唱である。第三、第四、第五の三つのスタンザで、比喩の形で繰り広げられる夜景の美しさが、この一篇に独特の魅力を添え、これを詩趣豊かなものとしているのが印象的な詩であって、現代の読者の心をも魅了しうるだけのものを秘めている。

・・・・・・・・・・・・・・・・・・・・・

（アリグノタは）彼方のサルディスの地から
しばしばこちらへと想いを寄せている。
あの女（ひと）がまだわたしたちと一緒にいた頃は、
貴女（あなた）を女神のようにうやまい尊んでは、
貴女の歌を聴くのを、ことさらに喜んだものでした。

それが今ではリュディアの婦人たちの間にあって、
いと際立った女人(ひと)としてかがやくさまは、あたかも
日の沈んだ後、ばらいろの指もつ月がかがやき出で、
あらゆる星々の光を奪うのにも似て。さし出でる月は、
鹹(から)い海面(うなも)や一面に花咲きそう野原の上に、
かがやく白銀(ぎん)のひかりを、ゆたかにふりそそぐ。
すると白露は珠なして地にしたたり、
薔薇や芳香草(アントリュスカ)、また
花うるわしい蜜蓮華(メリロートス)がほころびひらく。

（ローベル＝ペイジ・九六）

おそらくは小アジアはリュディアからサッポーのもとに来て、アッティスに熱い思いを抱いていた少女（アリグノタか?）が、結婚のためレスボスからリュディアへと帰ったのである。サッポーは満月の照り映える夜、傷心のアッティスと共にミュティレネの海岸に立って、遠くサルディスの地にある彼女の上に思いを馳せ、この詩を作ったのである。「千里を隔てて名月を共にす」（謝荘）という状況での作である。リュディアにあってひときわ際立って美しく耀く女性を、群星の光を奪う満月に喩え、照り映える月の美しさや月光を浴びて野に咲きほころびる花々、したたる珠の露などを、美しく絵画性豊かに描いた印象深い一篇だと言えようか。本来は曙女神(エオス)に冠せられる「ばらいろの指もつ」という枕詞(エピテトン)で形容された月は、性的なものを暗示していて、遠くリュディア

の地にいる女性が婚姻をむすんでいることをほのめかしたものだという。ギリシアの詩人にしては稀なことだが、サッポーは自然界の美にきわめて敏感であり、それを描くことに長けていた。この詩を読んで、月にことよせて恋しい人を偲んだ例として、「月みばと契りおきてしふるさとのひともやこよひ袖ぬらすらん」（西行）、「恋しさは同じ心にあらずとも今宵の月を君見ざらめや」（源信明）といった歌を想起する読者もいよう。

次に、いずれも短い断片ながら、捨てがたい美しさを秘めている何篇かを掲げよう。いずれもごく短いこともあって、とりたてて解説するには及ばないものもあるが、三番目の詩のように、その簡浄を極めた美しさによって名高く、サッポーの詩の中でも、またギリシア抒情詩全体の中でも、最もよく知られている作もある。

おとめらが祭壇（やしろ）をへめぐりて
　　ならび立つおりしも
つきしろは隈なくみちて
　　はなやかにさしいでぬ。

（ローベル＝ペイジ・一五四）

さえわたる月のあたりの星々は
かがやくその面輪（おもわ）をかくす
つきしろのみちて、そのひかり
地のおもてに、耿々とふりそそぐとき。

（ローベル＝ペイジ・一三四）

月は沈みぬ、
すばるもまた。刻（ころ）はいま夜半（やわ）、
とき、うつろいゆくに、
わたしはひとり閨にねむる。

Dedyke men a selanna
kai Plēiades. mesai de
nyktes, para d'erchet' ōra
egō de mona katheudō.

（フォイクト・一六八b）

二番目の詩について一言加えれば、これは単なる満月の美しさを詠った詩ではなく、先の詩に見られたアリグノタと同じくきわだって美しい女性が、その輝くばかりの美しさで、あたかも満月の光がその周辺の星々の光を奪うがごとく、他の女性たちを圧倒することを比喩的に表したものと解される。右の「月は沈みぬ」の詩は、遺憾ながら訳詩では伝えるべくもないが、そのイメージの美しさもさることながら、一語一語、詩句の一つ一つに宿る美しさが比類ない。「詩的感興を奪うことなしには、一語一音節たりとも動かすことはできぬ」（E・ロマニョリ）とまで評されている、澄み切ったクリスタルにも似た結晶度の高い詩なのである。この詩は女性（サッポー自身でなくともよい）のひとり寝を詠った「閨怨」の詩だと解する学者が多い。夜半を迎えても猶、愛する待ち人がやって来ない女性の寂しさ、悲しみを詠った作と見るのである。とすれば、晩唐の詩人李商隠の「来是空言去絶踪／月斜楼上五更鐘（来たるとは是れ空言去って踪（あと）を絶つ／月は斜めなり楼上五更の鐘）」とか、魚玄機の「洞房偏與更声近／夜夜燈前欲白頭（同房偏えに更声に近し／夜夜燈前に白頭ならんとす）」というような、空閨を怨む詩の遠い先蹤をなす詩だということになる。しかしここに強いて閨情を読み取らずとも、月も沈み昴星も沈んだ後の淡い星空の下で、一人静かに眠る乙女の姿を脳裡に浮かべ、その情緒豊かな絵画的イメージを味わえばよいのではかなろうか。

愛の詩人サッポーはまた祝婚歌の名手としても知られ、結婚を寿ぐ歌によっても詩名が高かったことは先にふれた。そこで今度は、祝婚歌の断片と考えられている詩の中から、いずれも名高い断片二篇を掲げて一瞥しておきたい。まず最初は古くは上田敏の訳詩によっても知られ、呉茂一氏による名訳もある詩を引いて鑑賞を試みることとしよう。花嫁を、あるいは未婚の乙女を、摘み残された林檎に喩えた名篇である。

あたかもみず枝(え)の末に高くかかって、
こずえの先のそのまた先に、ひとつ残った
林檎の、くれないに色づくのにも似て。
摘む人の忘れたものか、
いえ、忘れえましょうか、とどかぬばかりに
摘み残したもの。

（フォイクト・一〇五a）

この詩を鑑賞する上では、まずは古代ギリシアでは林檎は性愛を象徴するものであり、時に女性の乳房を暗示するものであったということを、念頭に置いておく必要がある。この詩はある乙女を、瑞枝(みずえ)の先に高くかかり紅に色づいて男たちの憧れをそそりながらも、容易には手が届かない林檎に喩え、その乙女がようやく婚儀を迎えたことを、華やかに詠い上げたものである。あるいはしかるべき時期が来て摘み取られるまで、その美しさとみずみずしさを保っている乙女を、摘み残されたまま美しく色づいている林檎に喩えた詩だとも解される。サッポーは婚礼の席で少女たちにこの祝婚歌を歌わせたか、あるいはみずから竪琴を奏でつつ、少女たちと合唱したのであろう。

サッポーの祝婚歌は、視覚性に富んだイメージ豊かな絵画的描写、簡潔な表現、民衆歌謡起源のものであることを示す繰り返しの語法などを特徴とするが、それが詩にもはっきりと出ている。サッポーの生んだ名詩の一つであるこの詩は、D・G・ロセッティの名訳があることでも知られるが、やはり有名無名のさまざまな詩人、文人たちがその翻訳に挑んでいる。この詩を「優れたる麗人がひとの所へゆくは世のつねの女より遅しとなり」と説いた上田敏の訳詩は、

たかき樹の枝にかかり、
梢にかかり、
果實(このみ)とるひとが忘れてゆきたる、
いな、
忘れたるにはあらねども、
えがたくて
のこしたる紅き林檎の果(み)のやうに。

というなかなかにみごとな出来栄えのものである。
サッポーの詩の中では右の祝婚歌に劣らず広く知られ、これも簡浄の美の極致である名唱として世に名高い一篇がある。それを眺めて吟味してみよう。一見夕星(ゆうづつ)そのものを詠ったかに見えるこの詩が実は祝婚歌の断片であることは、ローマの詩人カトゥッルスにこれに倣った次のような詩（六二歌二〇―二三行）があるので、そこから推して、これが祝婚歌であることがわかるのである。

夕星（ゆうづつ）よ、天空（そら）におまえより残酷なものがあろうか？
母の懐から娘を引きはがし、よくもまあ、
すがりつく母の胸から娘をひきはがし、
けがれなき乙女を、愛欲に燃える若者に引き渡したりできるもの。

この祝婚歌も幾多の詩人、文人、学者がその翻訳に手を染めているが、これもまた上田敏、呉茂一両氏による見事な訳詩がある。原詩は次のような二行から成る詩だが、拙訳ではリズムを考慮して、これを五行に分けて訳出した。

Hespere, panta **pherōn** hosa phainolis eskedase Auōs,
Phereis oin, **phereis** aiga, **phereis** apy māteri paida.

夕星（ゆうづつ）よ、おんみは四方へと
かがやく曙光（あけぼの）が散らしたものを、
みなもとへとつれかえす、
ひつじをかえし、やぎをかえし、
母のむねには子をかえす。

（ローベル＝ペイジ・一〇四a）

右の詩はデメトリオスの『文体論』に、「繰り返し語法」（アナフォラ）によって美しさを得ている例として引かれているもので、事実「かえす」と訳したphereinという動詞（ゴチック体で示した）の繰り返しが絶妙な効果を生んでいる。単純な詩のようだが、「かえす」と訳した動詞 pherein を、「(母の手から) 奪う、連れ去る」と解する学者たちもいて、異論異説が多く、その解釈は定まってはいない。いずれにせよ、カトゥッルスの模倣作から推定すると、最後の行には「けれども母のもとには娘はかえさぬ」というような詩句があったと思われる。この祝婚歌は、夕方花嫁の家での祝宴が終わり、仲間の乙女たちの行列に付き添われて、花嫁が花婿の家に向かう様を詠ったものである (ギリシアの結婚式は夕方日の落ちるころに松明のもとでおこなわれた)。カトゥッルスの模倣作に見られるように、花婿の友人である若者たちが、夜をもたらし、花婿が花嫁を新床に迎えることを告げる夕星を讃える歌を歌うのに対して、花嫁の仲間である乙女たちが、それに応えてこの歌を歌ったのであろう。極度に言葉を切り詰め、簡潔、簡浄の美の極致であるこの詩は、訳詩をもってしてはその面影は伝えがたく、ヨーロッパにおいてさえも決定的な名訳があるとは聞かない。主として英訳に拠ったと見られる、上田敏の訳筆から生まれた次のような邦訳があるが、繰り返しの妙を担う同じ pherein という動詞を「あつむ」、「集め」、「帰す」と訳し分けたのであまり成功していない。

なんじは晨朝(あした)の蒔き散らしたるものをあつむ。
羊を集め、山羊を集め、
母の懐に稚児(うなゐご)を帰す。

最後にオリエント起源とされ、ギリシアに波及していわゆる「ロクリス地方の歌」のような民謡として歌われ、最後にはヨーロッパ中世の「お針歌」(chanson de toile) やイギリス、ドイツの民謡にまで形を変えてゆく「女歌」の一つに数えてよい詩を引いておこう。母に初恋の悩みを訴える少女を詠った短い詩である。レスボスの民謡に根差した作であるが、単純素朴と見えて、その実洗練された美しさを宿した愛すべき一篇だと言えよう。

ねえ、やさしいお母さま、わたし、もう
機織(はた)ることもできませぬ、
やさしいキュプリスさまのおかげで、
あの児(こ)への想いに、この胸もひしがれて。

（フォイクト・一〇二）

以上で、「十番目の詩女神(ムーサ)」とまで讃えられる一方、長らく伝説の霧に包まれてその姿が覆われてきた、レスボスの詩人サッポーの相貌を大まかな形で素描し、その詩の世界の一端を垣間見てきた。これまでに引いた訳詩は、光彩陸離たる宝玉のような、澄明なクリスタルにも似た詩を瓦礫に変えたものでしかないが、それでもこのはるか大昔の詩人が、何をどう詠ったかぐらいは伝え得たものと思いたい。わが国は古来女流文学が栄え、世界詩史の上でも間違いなく高い位置を占めている和泉式部や式子内親王をはじめとする多くの女流歌人たちを生んだ国である。その末裔(すえ)たる女性たちに、古今に冠絶する詩人とされている、古の女流詩人サッポーを知っていただけたらと願うばかりである。

四　アナクレオン

アナクレオン
（前582頃〜485頃）

世慣れた男の悦楽の生涯

『ギリシア詞華集』（第七巻二三b番）で逸名の詩人によって、

おお、竪琴を友とし、その全生涯を
歌と愛とで過ごせし者よ。

と詠われている恋と酒の詩人、とりわけ酒に名を得た詩人としてのアナクレオンは、ギリシアの詩にはおよそ縁遠いわが国でも、実際にその詩が読まれることはなくとも、読書人の間では、その名のみは何ほどかは知られていると言えるだろう。実際、古来この詩人は詩名高く、その名はルネッサンス以降もヨーロッパのさまざまな詩人文人の筆に上ってきたし、現代の欧米の古典学者たちの評価も不思議なほど高い。だが、そのイメージからすれば、「ギリシア飲酒詩人の宗」と呼んでもよさそうに思われるこの詩人は、わが国ではその相貌は知られることと尠く、酒徒にとってさえもやはりなじみは薄い。その名が陶淵明や酒仙李白のごとく、詩を愛する酒徒の脳裡に浮かぶことはまずなかろう。それも無理からぬ話で、これから見るように、恋と酒に戯れて悦楽の裡に生涯を送ったことで名高いこの詩人の酒の詩は、これというほどのものがほとんど残っていないのである。いや酒の詩ばかりか、そもそも作品自体が悲惨なほどわずかしか残っていないというのが本当のところだ。世にアナクレオンと思われ、恋と酒の詩人というイメージを創り上げたのは、もっぱら後代の擬作によってである。ヘレニズム時代以降アナクレオンを恋と酒の詩人として詠った詩が数多く作られたため、またその詩風に倣った「アナクレオンテイア（アナクレオン風歌謡）」が流行して、恋と酒に酔い痴れた詩人としてのイメージを増幅したため、いたずらに酒徒としての名が高まり、アナクレオンと言えば直ちに酒が連想されるようになったにすぎない。それゆえ伝存するわずかな作品（断片）に名高い酒客としてのその姿を求めても無駄である。酒に名を得た詩人と聞いて、陶淵明や李白のような豊饒な酒の詩をギリシアのこの詩人に期待して臨むと、かならずや落胆するはずである。かろうじて伝わったごくわずかな酒の詩の断片にしても、「詩酒合一の」境地から生まれた中国の飲酒詩などとは比較にならぬ、せいぜいが浅酌低唱向きの軽易な作であって、詩人の酒態、酒境を窺うにはあまりにも貧しいと言わざるを得ない。残念ながらそれは、わが国の詩酒を愛する人士の脳裡をかすめるにも値しない程のものでしかないのである。わが国では、詩客酒客の集う酒席においても、その詩が、『閑吟集』や『隆達小歌』、端唄小唄ほどにも口の端に上ることはないであろう。それゆえ、あまりにもわずかなその詩の断片を覗いて、そのかみのギリシアに、恋に戯れ、酒の詩人として名を馳せた粋人アナクレオンなる詩人がいて、かような詩を作って大いに人気を博していたのだと知っていただくだけでよい。

アナクレオンは身構えずに気楽に接することのできる詩人である。元稹と白居易とを「元軽白俗」と切って捨てた蘇軾に倣って、端的に私見を言ってしまえば、その詩は「軽にして俗」。この詩人は、欧米の古典学者たちがこれを高く評価するほどのすぐれた詩人とは、私の眼には映らない。彼らがこの詩人を高く評価するのは、中国古典詩の豊饒な詩酒の世界を知らないからである。この詩人の詩には、同時代の人々にも讃えられた巧みな詩技を駆使した、洗練され彫琢された流麗な詩句、簡潔明瞭でみやびな詩風、豊かな情緒といったものは確かに認められ、内容こそ乏しいものの、確かにそれなりの魅力を秘めてはいる。戯れをこととし、万事につけ陽気で楽しいことを好み、野暮を蔑み、深刻暗鬱なものを忌み嫌うのがこの詩人であって、

わしは陰気で気難しい性格（さが）のやからは誰とて嫌いじゃわい、
おお、メギステスよ、そなたが穏やかな心の持ち主だと知ったぞ。

（ジェンティーリ・九九）

と言っているように、その詩風は、「みやび」（カリス）と都雅（ウルバニタス）を身上としている。「みやび」こそが、その詩を覆いまた深く浸透しているものだと言ってよい。だが愛を詠い酒を詠うその詩には、人間を深く見つめ、享楽の底から人間存在の苦い苦悩を汲み上げるといった態度は見られず、通俗的であって詩想は浅薄である。その点から言えば、酒の詩にしても、飲酒という行為と人間の生き方とを内部で交錯させ、その中から詩を生み出した陶淵明は言うに及ばす、酒を芸術の原動力とし、「詩酒合一」の境地に達した中国の詩人たちとは、同日の談ではなくその落差はまことに大きい。

アナクレオンは愛を詠った詩人としても知られるが、敢えて言えば、性愛を主題とするその愛の詩は精神性に乏しく、中国の艶詩、いやそれよりも宋代の通俗詞人柳永の艶情詞を想起させるところさえもある。恋愛詩というよりはむしろ「艶情詩」だと言ってよい。僭主の宮廷や権力者の館に寄食して「酒と薔薇の日々」を送り、悦楽のうちに自足していた男の詩境や酒境が深かろうはずがない。それだけにわれわれとしても、千古の時代を経た偉大な古典としての畏怖の念をあまり抱くことなく、気安くこれに接することができるのである（恋と酒の詩

人とされるアナクレオンにも、アルキロコスやヒッポナクス流の嘲罵をこととする詩もあることを、言い添えておこう）。この詩人の最大の特長は、イオニア方言で書かれたその詩が、軽やかな詩律を巧みに駆使した、甘美で響き豊かで流麗そのものの詩句を織りなしているところにある。この特質は、原詩でその作品に接する者には詩人を親しみやすい存在にはしているが、詩想・内容そのものは深遠とは言えないだけに、翻訳すると肝腎な言語美は完全に消え失せてしまう。その結果、翻訳で彼の詩に接する読者の眼には、馬鹿馬鹿しいほど単純なものに映るという残念なことになるのは避けがたいのである。その詩はやはり翻訳を拒むものだと言ってよい。翻訳はかろうじてその詩想・内容を伝えるにとどまることは言っておかねばならない。

ともあれギリシアの抒情詩人たちをあつかう以上は、ギリシア上代の掉尾を飾る詩人であり、九大抒情詩人の一人に数えられる、この「テオスの老詩人」を逸するわけにはいかない。在世中から詩名一世に高く、ギリシア全土で愛唱されたばかりか、後世に影響を与え、その流麗にして軽易なスタイルに倣った数多くの「アナクレオンテイア」を生み出し、ルネッサンスから一八世紀のヨーロッパでもそれを模倣した詩が大流行したという一事をもってしても、この詩人は無視できない。事実ギリシアの抒情詩人でアナクレオンほど多くの追随者、模倣者を出した詩人はいないのである。ルネッサンス以後のヨーロッパの詩人たちがアナクレオンの作と思って愛好し、好んで模倣したのは実はアナクレオンその人の作品ではなく、その実ヘレニズム・ローマ時代、ビザンティン時代を通じ作られ続けたこのアナクレオンテイアであった。一六世紀半ばに古典学者ステパノス（アンリ・エティエンヌ）が刊行した、ほとんどが擬作・模作から成る『アナクレオン詩集』が、一六、一七世紀のヨーロッパに決定的な大きな影響を与え、それがこの詩人のイメージを決してしまったのである。ロンサールの「アナクレオン風詩篇」にしても、一八世紀に大流行し英独仏語で書かれた、アナクレオンを模したと称する軽易な戯れの詩も、すべてアナクレオンテイアの模倣にすぎない。後世の人々が抱くかのギリシア詩人のイメージは、詩人の作品そのものによってではなく、ヘレニズム時代以降の作である、この軽易で心楽しい歌謡によって築かれたのだと言ってよい。ごくわずかな断片、断簡残欠としてのみ伝わっているアナクレオンの真作は、近代の古典学者たちがこれを編纂して世に出すまで、事実上ほとんど知られていなかったからである。われわれとしては、そのあまりにも乏しい断片を手に、かつて詩人アナクレオンが盛名を馳せた所以を探らねばならないわけである。

古代におけるアナクレオンの詩名は高かった。プラトンが『パイドロス』（二三五C）でこの詩人を「知者」として讃えていることは周知のとおりだが、シモニデスの名のもとに伝わる碑銘詩（『ギリシア詞華集』第七巻二五番）は、このテオスの詩人を、

詩女神（ムーサ）らに愛でられる朽ちることなき名を得た詩人（うたびと）アナクレオン、
ここ祖国なるテオスの墳墓（はか）に眠る。これは
典雅女神（カリス）らのみやびと、愛神（エロス）の香り高い
少年（こども）への愛の歌をうるわしく詠った伶人（うたびと）。

と讃えており、自身アナクレオンの影響を深く蒙ったホラティウスもまたその『歌章（カルミナ）』（第四歌九）で、

かつてアナクレオンが戯れに作った詩も
時の流れで滅びはしなかった。

と言っている。今日この詩人の作品の九牛の一毛にも足らぬ断簡残欠しか手にし得ないわれわれには理解しかねるほどに、メレアグロスによって神酒（ネクタル）の味にも喩えられたアナクレオンの通俗的で甘い詩はギリシア人の間で非常な人気を呼び、広く愛唱されたのである。そればかりか、その姿を写した立像がいくつも建てられ、壺絵に描

かれ、メダルに鋳造され、貨幣にまで刻まれたのであった。さほどの人気を博した理由の一端を知るためにも、わずかな断片残欠の中から何篇かを取り上げ、世慣れた男として恋と酒に戯れたこの詩人の酣歌酔吟の世界を、ひとわたり瞥見してみたい。

先に私はこの詩人をさほど高くは評価できないとの私見をもらしたが、それはこの詩人の伝存するごくわずかな作品を覗いての印象であり、評価である。九牛の一毛にすぎないものをもってのこの判断は、あるいは早急にすぎるのかもしれないし、公平を欠くとも見られよう。はっきり言えば、この詩人の真面目、真価を知るためには、残された作品があまりにも少なすぎるのである。その作品としては、やはりヘレニズム時代にビザンティオンのアリストパネスとその弟子アリスタルコスの手で編まれた、それぞれ五巻から成る詩集があったと伝えられるが、そのほとんどが亡佚湮滅してしまい、われわれが手にしているものは、オクシュリンコス・パピルスのごくわずかな断片と、古典学者たちが古代の諸家の著作からの引用などをかき集めた、二〇〇篇足らずの断片、それもほとんどが片言隻句の短い断片にすぎないからである（アナクレオンの作とされ『ギリシア詞華集』に収められている一八篇のエピグラム詩は、ほとんどが後代の偽作である）。それゆえ、アナクレオンという大昔の詩人をどう評価するにせよ、一斑を以て全豹を窺うことになることは確かであることは言っておきたい。

さて『スーダ辞典』に、「彼の生涯は稚児への愛と、女性への愛と歌とに捧げられた」と記されている、ギリシア人には大人気だったアナクレオンとはいかなる人物、いかなる詩人であったろうか。何篇かの詩を引いて詩風をも窺いつつ、その経歴を追ってみたい。

アナクレオンは前五七〇年（あるいは五六〇年）頃に、小アジアのイオニア地方の町テオスに生まれた。つまりはギリシア上代の抒情詩人としては、そのしんがりに位置する詩人である。レスボスの生んだ二大詩人アルカイオスとサッポーは、その地で後継者を見出すことなく終わり、この二人に続く独吟抒情詩人は、イオニアに生まれたのであった。前五四五年にイオニアの諸都市を侵略しつつあった、ペルシアのキュロス大王の将軍ハルパゴスがサルディスの陥落後にこの町を攻略したとき、詩人は多くの同胞と共にトラキアに逃れ、そこの海岸に新たな都市アブデラを築いた。より正確には以前クラゾメナイのティメシオスが築いたが、トラキア人に追われて放棄していた町を復興させた。ジェンティーリは、初期の作品の断片と見られる

今や都邑(まち)からその花冠（城壁）は滅び失せたり

（ジェンティーリ・一〇〇）

という詩句は、この侵略に際してのテオスの町の様子を言ったものだとしているが、確かにその可能性は高い。アブデラは後にソピストとして名高いプロタゴラスや哲学者デモクリトスを生んだ町である。このアブデラ建設にともない、これを阻もうとした現地のトラキア人との戦いがあったことは確かで、おそらくはトラキア住民との戦いで戦死したと見られる友を悼み、深い哀悼の意を捧げた、次のような哀悼詩が三篇伝わっている。二番目と三番目の詩は『ギリシア詞華集』（第七巻一六〇番、二二六番）に収めるものだが真作であって、前者は実際の墓碑銘であろうと考えられている。

勇敢なる友らのうちで、アリストクレイデスよ、まずはおんみを悼み嘆く、
祖国を隷従の日々より護って、青春(はる)を捐(す)てたのだから。

（ジェンティーリ・七五）

戦場(いくさのにわ)において勇敢なりしはこのティモクリトス、これは彼の墓。
アレスは剛き者らの命を惜しまず、怯懦なる者らを惜しむ。

アブデラのために戦って斃れた勇猛なアガトンを、
火葬に付すると、町人こぞって悲嘆の声をあげた、
血を好むアレスにしても、若者らのうちでかほどの豪の者を、
おぞましい戦闘の、目くるめくさなかで倒したことがなかったので。

（キャンベル・一〇一）

（キャンベル・一〇〇）

右の三篇とも詩人若年の折の作であろう。アブデラを築く際に起こったであろう戦いには、アナクレオンもまた加わったものと思われる。この詩人にも、アルキロコス、アルカイオスに倣った、盾を捨てて逃れたことを詠った次のような詩句があるが、あまりに短い断片であって、彼自身のことを言ったものかどうかは定かではない。

清らかな流水の堤に盾をば投げ捨てて、

（ジェンティーリ・八五）

アナクレオンは根からの平和愛好者で安穏と逸楽とを追い求める男ではあったが、

闘いを好むアレスは、槍を執っては退くことを知らぬ者を愛す

（ジェンティーリ・九七）

との詩句を遺しているように、この詩人もまた勇敢な戦士への敬意を抱き、先の哀悼詩に見るように、郷国のため勇敢に戦って死んだ同胞を悼み讃えることは知っていた。だが仮にアルキロコスやアルカイオスと同じく盾を

捨てて逃れたのが彼自身であったにしても、その後も戦士として戦った両詩人とは異なり、安逸の裡に詩酒の快楽を追い求めることに熱心なこの人物は、所詮は詩人以外の者ではあり得なかった。戦いを好むある人物のことを、おそらくはいささか奇異の念をもって、

涙生む槍揮っての戦闘(たたかい)を好みき

（ジェンティーリ・一〇九）

と言っていることがそれを窺わせるし、また

戦いたいやつがいるならば
戦うがよかろう、そうできるのだからな。

（ジェンティーリ・四九）

という断片は、キャンベルが想像しているように、その後に「だがわしには甘い酒を注いで酒杯を挙げさせてくれ、愛(う)い児(こ)よ」といった内容の詩句が置かれていたものと考えられる。同じく詩人ではあっても、アルキロコス、アルカイオスとは本質的に異なった人物であった。

アブデラ移住後に詩人として名が次第に高まったアナクレオンは、そこにずっととどまることはなかった。紀元二世紀の著作家アイリアノスが、「サモスのポリュクラテスは芸術に関心深く、テオスのアナクレオンを敬い愛顧し、その人物と歌とを喜んだ」（『歴史雑纂』第九巻四）と言っているように、ほどなくしてヘロドトスが物語る「ポリュクラテスの指輪」（『歴史』第三巻四一）で名高いポリュクラテスの父アイアコス王に招かれサモス島へ渡ったのである。サモス島は風光明媚な肥沃な島であり、よい葡萄酒を産し、その首都サモスは当時のギリシア

では最大の町であった。町はそのみごとな城壁やこれも当時のギリシアでは最も大規模なヘラ神殿、完備した水道などで広く知られていた。この僭主の宮廷には、詩人シモニデスの甥で合唱抒情詩の作者として活躍したバッキュリデスも、客分として活躍していた。その後ポリュクラテスが僭主となると、海上に覇を唱え、独裁政治をおこなうと同時に、あまたの書物を集め、画家、音楽家、学者を招聘して、宮廷に光彩を添えたのであった。こうして僭主が贅のかぎりを尽くした豪奢な生活を送っていた間（前五三三年―五二二年）、アナクレオンはその師また客分として、彼の宮廷で生活したのである。悦楽の日々を送る条件はすべて整っていた。

『スーダ辞典』に「彼の生涯は稚児への愛と女たちと歌とに捧げられた」とあるように、富と権力に驕り、伝説化するほどの豪勢な生活ぶりで知られたこの僭主の館で、詩人はポリュクラテスの愛する寵童たちと日夜戯れ、酒に酔い痴れて逸楽の日々を送ったものと想像されている。美少年たちへの恋を主題とした詩の多くは、この僭主の宮廷で作られ、酒宴の際などに詩人自身によって歌われたものであろう。アルキロコスやアルカイオスと同様に、アナクレオンもその歌の甘美で洗練された節回しによって高く評価されていた。

アナクレオンはサッポー以後最初に愛をテーマとした詩人だというパウサニアス（『ギリシア案内記』第一巻二五）の指摘は正しいが、「アナクレオンの詩はすべて愛にかかわるものだ」（『トゥスクルム荘での論叢』第四巻三三・七一）とするキケロの断言はいささか誇張されたもので正鵠を射ているとは言い難い。『スーダ辞典』によればアナクレオンは多才な詩人で、諷刺的内容をもつイアンボス詩、エレゲイア、神々への讃歌、乙女歌（パルテネイオン）、碑銘詩なども書いたという。だが失われたこの詩人の詩の大半が酒と愛とを主題としていたことは確かであり、伝存するわずかな断片から推して、この二つが絡み合い、ないまぜになっていたらしい。

アテナイオスによれば（『食卓の賢人たち』第一三巻六〇〇e）、クリティアスはアナクレオンを「女たらし」と呼んでいたということであり、それをこんなふうに詠っているという。

テオスの島はギリシアのために、女を歌って
楽しませるアナクレオンを生んでくれた。
彼こそは宴の活気、女のだまし手、
笛の敵、竪琴の味方、心地よく苦痛を癒す。

（一―四行、柳沼重剛訳）

だがピンダロスが「イストミア祝勝歌」第二歌で

トラシュブロスよ、そのかみは、名高い竪琴を手にして
黄金の髪紐したる詩女神らの車に乗り込んだ男たちは、
よき御座のアプロディテの、熟れ切った甘美なる愛の思いをかきたてる
美しい少年らに、
かれらを讃える甘い響きの歌をやすやすと射かけたもの。

と詠っているように、ギリシア上代の抒情詩人の例に洩れず、アナクレオンの愛の対象はもっぱら少年であった。詩人は確かに女性への愛にも関心を示したが、われわれが手にする愛の詩の断片は、大方が美少年への恋を詠ったものである。シドンのアンティパトロスによって、

詩人は今なお竪琴奏でてバテュロスへの憧れを詠い、

（『ギリシア詞華集』第七巻三〇）

と言われ、またディオスコリデスによって、

トラキアのスメルディエスのために身を焼き尽くした、
夜を徹しての乱痴気騒ぎの主だった、
詩女神(ムーサ)に愛でられたアナクレオンよ、
バテュロスのためにいくたびか酒杯の上に熱い涙落とした詩人よ

（『ギリシア詞華集』第七巻三一）

と、その少年への恋の次第が詠われているように、詩人がポリュクラテスの館でなじみ、またその詩に詠ったと伝えられるクレオブロス、バテュロス、スメルディエス、メギステスといった少年たちは、いずれもこの僭主の身辺に侍る寵童であった。ピンダロスの『イストミア祝勝歌』への古註には、詩人は、なぜ神々への讃歌ではなく稚児たちへの讃歌を書くのかと問われると、「彼らが私の神だからだ」と答えたとの言及が見られる。「詩人アナクレオンの向こうを張るほど、男との交わりに熱を上げていた」（アテナイオス『食卓の賢人たち』第一二巻五四〇e）が、その寵童スメルディエスを愛していて、彼を讃えた詩を作ったアナクレオンに嫉妬して、その児の髪を切ってしまったとの話も伝えられている。ここでは引かないが、オクシュリンコス・パピルスの中から発見された断片の中に、ある人物の髪が切られたことを嘆いた一篇があって、これが美しい巻き毛を讃えられたスメルディエスに関する右の一件に関するものではないかと解される。美少年たちを讃え詠ったとされるアナクレオンだが、伝存するわずかな稚児愛の詩から見るかぎり、それらは、ストラトンの『稚児愛詩集』に収められている数多くの詩が、少年のはかない美しさを讃えたものであるのとは異なり、詩人自身が少年に対して覚えた恋情を戯れの調子で訴え、吐露した作である。その意味では、同じく少年愛の詩でも『玉台新詠集』に散見する中国の

孌童(れんどう)の詩が、もっぱら少年の容姿の美しさを描き詠っているのとも趣を異にしている。その愛の詩は、ほとんど常に満たされぬ愛、成就せぬ恋を詠ったものである。

そのような少年への恋を詠った稚児愛(パイデラスティア)の詩を何篇か掲げてみよう。言うまでもなくすべて短い断片であって、いずれもその内容よりも、滑らかに流れる詩句の音楽的な響き、流麗さがギリシア人を魅了したものと思われる作である。こればかりは原詩によらないとわからないので、詩句の響きを伝えるため、最初の一篇のみは訳詩の下にラテン文字に転写して原詩を載せておく。

クレオブロスを　愛したぞえな、　Kkeboul**ou** men egōge ereō,
クレオブロスに　狂うたぞえな、　Kleobul**oi** d' epimainomai,
クレオブロスに　見惚れたぞえな。　Klekboul**on** de dioskeō.

（ジェンティーリ・五）

日本語には訳し分けようがないが、右の詩（断片）は、ゴチック体で示したギリシア語の格変化を巧みに利用したアクロバティックな詩である。まったくの機知の産物でなんの深みもないが、詩技に達者な詩人としてのアナクレオンの面目をよく示している作ではある。舌頭に乗せてみるとその滑らかな響きが感得できよう。バウラが指摘しているところだが、同一の名前の格変化を利用したこの表現は、新たに権力者にのし上がったレオピロスなる男を風刺したアルキロコスの詩（前出、六五頁）に倣ったものであろう。

わしの言の葉ゆえに、少年(こども)らがわしを愛して欲しいもの、
みやびなること詠い、みやびなることを語る術(すべ)心得たこのわしじゃもの。

愛い児よ、乙女のようなまなざしの、
そなたに恋い焦がれるも、気づいてもくれぬとは、
わしの心の手綱をとって
引きまわしているとも知らないで。

（ジェンティーリ・二二）

またしても愛神めが、鍛冶屋さながらに大いなる手斧を揮って
われを撃ち、凍れる早瀬に浸しおったわ。

（ジェンティーリ・一五）

（ジェンティーリ・二五）

右の一篇は自分を襲う愛の衝動の烈しさを言ったもので、表現は機知に富んでいるが、これも擬態にすぎまい。効果を計算済みの上での表現だと解される。報われぬ恋の思いを癒すために、レウカスの巌から海に身を投げる習いがあったことを踏まえたこんな作もあるが、やはり戯れの気分が漂っているのが感じられる。「恋に酔い痴れる」とは、いかにもこの詩人らしい。

またしてもわれはレウカスの巌を攀じ、
白く泡立つ波間へと身を躍らせる、恋に酔い痴れ。

（ジェンティーリ・九四）

愛神(エロス)を求めて、軽やかな翼(つばさ)に乗ってわしはオリュンポスへと翔りゆく、
あの児(こ)が青春(はる)をこのわしと楽しもうとはせぬもので。

（ジェンティーリ・八三）

おん主(あるじ)よ、その御伴とて人の心拉(ひし)ぐ愛神(エロス)だの、
蒼くきらめく瞳のニンフらだの、
くれないにかがやく
アプロディテが遊びならわし、
高くそびえる山々の頂をへめぐりたもうおん神よ、
おんまえに跪いて請い願うは、
われを嘉してわがもとへと来らせたまい、
わがねぎごとを聴き入れたまえ。
おん神ディオニュソス様、
クレオブロスによき助言をたれたまいて、
わしの恋を容れてくれさせたまえ。

（ジェンティーリ・一四）

右に引いた愛の詩のいずれもが遊び、戯れを思わせるもので、サッポーの愛の詩に宿る真摯な響きはそこには求め難い。確かに、恋の苦しみを言ったかに見える

いっそ死んでしまいたや、それよりほかに
この苦艱（くるしみ）を逃れる途はないものを

（ジェンティーリ・二九）

といった詩句もありはするが、これも擬態であろう。ディオニュソス讃歌の形を借りた酒宴歌であると解される最後の詩なぞは、一見真摯を装ってはいるが、その軽易な調子は詩人の恋が所詮は戯れであることを露呈していると言える。アプロディテやエロスにではなく、愛の神でもない酒神ディオニュソスに対して、恋の成就を祈るというのは奇想だが、おそらくは恋と酒とが一体となった酒宴の場での恋が実ることを冀（こいねが）うという形をとったものと解される。

アナクレオンの詩はすべて典型的な機会詩であって、エロスの領域である悦楽の境地から生まれた、性愛に発するこのたぐいの愛の詩が、深くわれわれの心をとらえることはない。シモニデスが、「愛神（エロス）の香り高い／少年（こども）への愛をうるわしく詠った伶人（うたびと）」と讃えたのが、むしろ不思議に思われるほどである。あるいは失われた作品の中に、多くの人々を魅了した傑作、秀詩があったのかもしれないが、伝存するわずかな断片から判断するかぎり、そう思わざるを得ない。

アナクレオンは世に美少年相手の稚児愛（パイデラスティア）の実践者として知られていたがバイセクシュアルな人物であって、エウリュピレなる女性を愛したと伝えられるが、女性への愛、より端的に言えば女性に対する性愛への関心を示すこんな詩をも遺している。いずれも性の匂いが立ち込める官能的で淫靡な詩である。これらの詩の制作年代は不明だが、日々稚児愛（パイデラスティア）に耽り、美少年たちを相手に歓を尽くしたサモス滞在以後の作品で、老境に入ってからの作であることは明らかである。

またしても黄金（こがね）なす髪の愛神（エロス）が
深紅の毬をこのわしに投げつけては、
眼にもあやなる革鞋（くつ）履いた乙女子と遊べとけしかける。
だがその子はみごとな都邑（まち）もつレスボスから来たので、
わしの髪が白いからと文句を言い立て、
口を開けてほかの女の子の方ばかり見とれている始末だ。

（ジェンティーリ・一三）

右の詩は断片ではなくこれで完結しているとも見られている。ガーバーのごとく、これをアナクレオンの最上の作と見なす人もいるが、納得しがたい。これは、眼前に詩人の愛欲をそそる少女がいるのだが、その子は女性同士の愛で知られるレスボスの子なので、老人の自分を厭い、憧れを抱いて他の女の子にばかりに見とれているという意味に解されており、エロティックな連想を誘う作である（これには異説があって、「ほかの女の子」と訳した箇所を「ほかの（黒い）髪」、「ほかの毛」つまりは詩人の陰毛を指すなどとする解釈もある）。

もう一篇は、より露骨かつ淫靡であって、性体験の無いうら若い乙女（トラキア人かと思われる）を若駒に喩え（女性を馬に喩えた例はアルクマンにもあり、テオグニスやエウリピデス、アリストパネスなどにも見られる）、これを乗りこなす（つまりは性技をもって御する）術を心得ていることを、自信たっぷりに告げた遊戯性と諧謔の色合いが濃い作である。ホラティウスの『歌章（カルミナ）』（第三巻一一歌）にこの詩に想を得た一節があり、ロンサールにもこれを模した詩（「オード」第四巻、三三）がある。軽い皮肉をまじえたその物言いは、恋の道の手練れとしての詩人の面目をよく伝えている。バウラはこれを詩人のアブデラ在住時代に作られた作、つまりは青年時代の詩に相違ないと見ているが、そう断定する必要はあるまい。
トラキアの若駒よ、なんだとてこのわしを
じろりと横目で眺めては
つれなくも逃げてゆくのだ、
わしがその道を心得てはおらぬと思うてか。
言っておくが、わしはおまえに
銜(くつわ)をしっかりと食ませ、
手綱を手にして馬場の端まで
乗り回せるぞ。
今はおまえは牧場で草を食み、
跳ね回って遊んでおるな、
おまえに跨って乗りこなす
手練れの騎手がいないばっかりに。

（ジェンティーリ・七八）

こんなところがアナクレオンの愛の詩だが、その愛は肉感的でエロティシズムにあふれ、精神性の薄いもので、近代の恋愛詩などとは本質的に異なる。こういう詩が現代の読者の心を惹き、魅了することはまずないであろう。そもそもこの詩人には、

またしてもわしは恋し、しかも恋してはおらぬ、
狂っていて、しかも狂ってはおらぬ。

（ジェンティーリ・四六）

と詠っているように、サッポーとは異なり、全身全霊を挙げて愛の対象に没入することも、それを熱烈に詠いあげることもなかった。（B・スネルは右の詩について、「ここには失恋の男が自分が陥っているどうにもならない分裂した状態を、同じ事柄を肯定し、かつ否定するという逆説的な表現を用いて描いているのである」〔『精神の発見』新井靖一訳〕と言っているが、同意しがたい。）彼はソフィスティケイトされ、醒めた人物であって、その心には奥底から沸き起こり、熱く燃えるような恋情も、恋の懊悩も、激しい愛もなかったとしか思われない。その詠う恋にしても、半ばは僭主の宮廷に寄食する職業詩人としての擬態である。そこに見られるのは通人ないしは粋人の戯れとしての軽い恋であり、愉しみとしての性愛のみである。ソフィスティケイトされたその愛の詩が、後世の読者であるわれわれの琴線にふれ、魂を動かしゆすぶるようなことはまずないと言ってよい。その巧みな詩技と機知に富んだ表現には感心させられるが、それだけの理由で、このテオスの詩人を傑出した詩人として位置づけるのには賛成しかねるのである。

さてアナクレオンという人物、その生涯のその後に話を戻すと、サモスでのこのような恋に酔い痴れ、酒に耽る悦楽の日々は突然断ち切られてしまった。パトロンであったポリュクラテスが、ペルシアの太守（サトラペス）の策謀にかかり、おびき出されて謀殺されてしまったのである。前五二二年のことであった。この折詩人は五〇歳に手の届く年齢に達していたと見られる。これをもってサモス島の僭主制は終わりを告げ、島自体もペルシアの統治下に入った。かくして庇護者を失ったアナクレオンの前途には暗雲が立ち込めたかに見えたが、詩名がギリシア全土

に轟いていた詩人だけあって、ポリュクラテスに代わって今度はアテナイで僭主として威をふるっていたペイシストラトスの子ヒッパルコスによって、客分としてその館に迎えられたのである。以後詩人活動の場はアテナイへと移った。プラトンによれば、ヒッパルコスはサモスから詩人を迎えるのに、五〇挺艪の快速船をもってしたとのことである。それだけこの詩人を重んじ、賓客として遇したということであろう。文芸を愛するヒッパルコスは、好んで身辺に文人墨客を集め、令名ある詩人シモニデスをも高給で召し抱え、身辺に侍らせていたというが、当然のことながら、その館での両詩人の親しい交わりはあったものと思われる。先に引いた碑銘詩と同じくこれもやはりシモニデスの作とされる碑銘詩（『ギリシア詞華集』第七巻二四番）に、

なべての人を魅了する葡萄樹よ、酔いもたらす葡萄の実の母よ、
渦巻く曲がった蔓を生やすものよ、
テオスのアナクレオンの墓石の上にまで葉を繁らせよ、
またこの墓のあるささやかな土の上にも。
生（き）の酒を好んで酔い痴れ、酒宴を好み、
夜通し少年への愛を詠う竪琴を奏でていたあの詩人（うたびと）が、
地の下へと降ってもなお、みごとに熟した葡萄の房が、
その頭上に垂れているために、そしてまた
老詩人のやさしい香りを匂わせていたあの露気が、
いついつまでもその脣（くち）をうるおわせているためにも。

とあるのが、仮に真作であるとすれば、シモニデスは詩酒徴逐の日々を送っていたテオスの老詩人を識って親し

く彼と交わり、好意を抱いていたということになろう。彼はヒッパルコスの館では詩人シモニデス、ラソス、クリティアス、さらにはアテナイの貴顕の名士たちとも交わり、アクロポリスにその銅像を建てられるほどの栄誉にもあずかった。パウサニアスの『ギリシア案内記』（第一巻二五）によれば、アクロポリスの丘にペリクレスやその父クサンティッポスの像と並んで、酔って詩を吟じつつある詩人の像があったという。『ギリシア詞華集』（第一六巻三〇六番）に見えるタラスのレオニダスのエピグラム詩は、その立像を詠った作であろう。

葡萄酒をたらふく喰らったアナクレオン老が、
体をよじって円い石の上に立っている様を見よ。
この老人が愛欲に瞳をうるませて、
くるぶしまで衣裳をひきずっているその有様よ。
酔って片方の靴は亡くし、
痩せ衰えた足にもう片方の靴を履く。
片手に報われることなき愛歌う竪琴をもち、口ずさむは
憧れ誘うバテュロスの名か、メギステスか。
ディオニュソス様、この詩人をおまもりあれ、
バッコスにお仕えする身が、バッコスに倒れるはふさわしからぬこと。

この詩からも、酒と恋に名高い詩人として、アナクレオンが当時のアテナイの人々の眼にどう映っていたかがわかるし、その人気のほども窺われるというものだ。そればかりか、既に在世中に、酒宴に興ずるその姿が壺絵に描かれるほどであった。

だが恋愛関係のもつれからヒッパルコスがハルモディオスとアリストゲイトンによって暗殺され、父の後を継いで僭主の座にあったその兄ヒッピアスもその後追放されて僭主制が廃止されると、その庇護下にあったアナクレオンやシモニデスもアテナイ退去を余儀なくされて、テッサリアで威を揮っていた王族スコパス家を頼って、その地へ赴いた（ただしハッチンソンのように、詩人がテッサリアに滞在したことを疑問視する研究者もいる）。アナクレオンがテッサリア滞在中に、その地の領主エケクラティダスとその妻のために作ったとされる奉献詩二篇が『ギリシア詞華集』（第六巻一三六、一四二番）に収められているが、真作かどうか疑問視されている。いずれにせよアナクレオンがテッサリアで過ごした日々はそう長くはなかったらしく、やがてまた民主制下のアテナイへと戻って、再び著名な政治家クリティアスの祖父をはじめとするその地の貴顕名士たちと交わり、一代の詩宗としていよいよ高まる詩名を愉しみつつ、「テオスの老詩人」としてアテナイの人々に親しまれ敬愛され、愛と酒の日々を送って、逸楽の老後を送ったらしい。アイスキュロスとも相識りその悲劇の初演を観る機会もあったようである。

年老いたこのわしの言うことを聞いておくれ、
髪うるわしい、黄金の衣裳まとう乙女よ、

（ジェンティーリ・七四）

との詩句は、詩人が老いてもなお愛の快楽を追い求め続けたことを物語っている。とはいえ、
愛神（エロス）はわしの顎鬚が白くなったのを見ると、
金色（こんじき）に輝く翼をあおって、わしの傍（かたえ）を

通り過ぎていってしまうわい。

（ジェンティーリ・八四）

と嘆いているように、晩年はさすがに色事とも疎くなっていたものと見える。

アテナイオスの奇書『食卓の賢人たち』（第一三巻六〇〇c）は、アナクレオンの人気ぶりとその詩が広く知られて歌われていたことを、こう伝えている（引用は柳沼重剛訳による）。

「それゆえ、人々はみな、アナクレオンの詩を口ずさむが、かの賢明な詩人は、いつもエロスのことを歌っているではないか。きわめてすぐれた詩人のクリティアスも、エロスのことをこう歌っている。

テオスの島はギリシアのために、女を歌って
楽しませるアナクレオンを生んでくれた。
彼こそは宴の活気、女のだまし手、
笛の敵、竪琴の味方、心地よく苦痛を癒す。
酒酌みの子供が、皆の衆の杯に
水割りを配って回るかぎり、
乾杯の音頭が左から右へと回るかぎり、
聖なる宵宮に女たちが合唱をあい勤めるかぎり、
コッタボスのてっぺんに、銅の娘が座して、
ブロミオスの滴を受けるかぎり、
汝への愛好は老いもせず、死ぬこともなし」。

クリティアスの詩はどうということのない凡庸な作だが、彼の時代にアナクレオンという詩人が、アテナイ人

の眼にどのように映っていたかを物語っている。こうして恋に戯れ、酒に酔い痴れて現世の快楽を追い求め続けた詩人も、さすがに老境に達すると、迫りくる死の影には怯えたらしい。この詩人が何よりもそして唯一怖れたものは、現世の快楽を断ち切ってしまう死であった。間違いなく晩年の作である次の詩は、衰老の嘆きに満ち、忍び寄る死の気配を覚ったところから生まれた一篇である。陽気なアナクレオンの作にしては異様なほど暗い翳りのある詩であって、詩人が身を責める老いの現実にも、確実にやって来る死にも幻想は抱いていなかったことがわかる。そこに詠われているのは、迫りくる死を前にして怯え、いたずらにおろおろと嘆き悲しむ姿である。死を直視してこれと対峙しようとする姿勢もなければ、それを克服しようとする気概も見られない。尤も、老荘思想によって死への怖れを克服しようとしたはずの陶淵明にしてなお、「身没名亦尽／念之五情熱（身没すれば名亦た尽く／之を念えば五情熱す）」と言っているし、極楽浄土を信じていたはずの西行でさえも、

越えぬればまたもこの世にかへり来ぬ死出の山こそかなしかりけれ（『山家集』）

という一首をとどめているくらいだから、アナクレオンに死への怖れを詠ったこんな詩があるのは、一向に不思議ではない。あくまで現世主義のギリシア人にして享楽主義者の詩人であってみれば、当然の作と言えるかもしれないのだ。

わしのこめかみはもう灰色で、
髪の毛は真っ白じゃ。
うるわしい青春（はる）の華はもはや失せ、
歯は年寄りらしうがたがたじゃ。

甘美なる人生の時はもう
なにほども残ってはおらぬ。
さればこそ冥府の底を怖れて、
わしはたびたび啼き悲しむ。
冥府の奥処(おくが)は恐ろしく、
そこへと降る道は苦艱(くるしみ)に満ち、
ひとたび降った者は、
二度と上れぬと決まっておるのでな。

（ジェンティーリ・三六）

最後の四行などは、まさしく西行の歌に呼応するものだ。
右の詩に見るように、アナクレオンの嘆老の詩は、老年の悲哀と死への怖れを詠ってはいるが、それは畢竟個人的な感懐にとどまり、同様な主題をあつかったミムネルモスの次の名高い詩が、衰老の嘆きを個人を越えた人間一般に関わるものとしているのに比して、小さな世界に跼蹐(きょくせき)していることは否めない。

黄金のアプロディテなくして、なんの人生ぞ、なんの喜びぞ?
愛の秘め事や心とろかす贈り物や閨の愉しみが心惹かぬのなら、
死んでしまいたいものだ、これらは男にも女にも
青春(はる)の日々の華。苦艱に満ちた老年がやって来ると、
男は醜く劣れる者となり、つらい心配事が胸を蝕み、

神は老年をかくもつらいものになされた。
少年には嫌われ、女には蔑まれる。
陽光を仰いでも喜びを覚えず、

（断片一）

詩酒徴逐の日々を送り、悦楽の生涯を送ったこの詩人に、人間の生死をめぐる葛藤や苦悩、深い思索と言えるほどのものがあったかどうかは疑問である。

それにしてもアナクレオンは長命であって、「通常の人寿を越えて」齢八五まで生き（当時のアテナイの男子の平均寿命が四五歳程度だったことから考えても、これは驚異的な長生きであったろう）、前四八五年頃に、最後は葡萄酒の滓に残った葡萄の種を喉につまらせて死んだと伝えられる。老人が葡萄の種を喉に詰まらせて死ぬということはよほど珍しいことであったのか、それとも時折見られることだったのかは知らないが、『ギリシア詞華集』（第七巻二〇番）に、逸名の作者によるソポクレスに関する次のような碑銘詩があるのを信ずれば、かの不世出の悲劇詩人もやはり熟していない葡萄を食べ、その種を喉に詰まらせて窒息死したと伝えられている。

おんみの光は消えたり、老いたるソポクレスよ、詩人らの華よ、
酒神の葡萄酒色せる房を味わって。

これを悲劇的な死と見るか喜劇的と見るか意見は分かれようが、把酒耽酒の生涯を送り、葡萄酒を飲んで死んだアナクレオンの死に方は、いかにも酒に名高い詩人にふさわしい最期だったと言えよう。「中華飲酒詩の宗」陶淵明は、自分の死を想像して作った「擬挽歌詩」で、「但恨在世時／飲酒不得足（但恨むらくは世に在りし時、酒を

飲むこと足るを得ざりしを)」との詩句を遺したが、アナクレオンにしてみれば、「独り喜ぶ、世に在りし時、酒を飲むを足るを得しことを」というがごとき心境であったろう。その死に様は、ロマン主義の詩人李白が、湖上で酔って月を取ろうとして船から落ちて溺死した、という伝承を想い起させるものがある。ともあれ激動の中、波乱に満ちた生涯を送った先輩詩人アルキロコスやアルカイオスとは異なり、世故に長け、世慣れた男としてアナクレオンの生涯は、平穏裡に過ぎ安穏なものであった。

世慣れた男の酣歌酔吟——アナクレオンの酒詩の世界管見

既に古代においてアナクレオンは酒の詩人として名高く、「テオスの老詩人」と言えば一世に名高い瓶盞病者、逸楽の裡に恋に戯れ酒に耽って「混混沌沌麹世界、瘋瘋癲癲糟生涯」とでも言うべき一生を送った詩人として、人々に記憶されていたらしい。アテナイオスは、酒に耽った詩人というのはアナクレオンの実像ではないとして、次のように述べている(『食卓の賢人たち』第一〇巻四二九b。引用は柳沼重剛訳による)。

「アナクレオンが酔いを頼りにすべての詩を作ったというのはおかしいことになる。なぜなら彼は詩の中で、柔弱と放縦(ほうしょう)に身をゆだねていると非難されているが、実は詩を書くときは醒めていたのであり、その必要もないのに酔ったふりをしていたということを、多くの人は知らないだけなのだ」。

アテナイオスが「多くの人が知らないこと」を知っていて、何を根拠に自信をもってかような断言ができるのか不可解だが、中国の多くの詩人の例を見てもわかるように、酒を愛する詩人にとって、酒が詩的霊感を呼び、作品を生み出す原動力になるのはごく普通のことである。酒の詩の作者が大酒家、豪飲の士であって酒を把って詩を賦したとしても、一向にさしつかえない。稀代の酒客としてのその存在は後に次第に伝説化したらしく、『ギリシア詞華集』(第七巻)には碑銘詩の形で、耽酒の生涯を送った人物としてのアナクレオンを詠ったエピグラム詩が、何篇も収められていることがそれを物語っている。そのうちの四篇を引くが、いずれも大酒家で、鯨飲沈酔の徒としての詩人の姿が浮かび上がってくる作である。

逸名

——「アナクレオンよ、あまりに続いた深酒がおんみの命を奪ったとか」。
——「いかにも、だがわしはそれを楽しんだ。酒飲まぬそなたとて来る黄泉の路」。

(『ギリシア詞華集』第七巻三三)

逸名

もし、見知らぬお方、アナクレオンの墓を通り過ぎる折には、たんとお酒を
そそいでくだされや、わしは名うての飲み手じゃもの。

(同第七巻二八)

エジプト総督ユリアノス

幾度となくわしはこう歌ったもの、また墓の中からも叫ぼうぞ、
「お飲みなされ、この灰の衣を着るまえに」とな。

(同第七巻三二)

シドンのアンティパトロス

見知らぬ人よ、アナクレオンが憩うておるこのつつましい墓をお通りなさり、
わしの詩書を楽しいと思し召さるなら、
わしの遺灰に酒をそそいでくだされや、きらきら光るお酒をのう、
わしの骨が酒を浴び、喜びむせぶようにのう。
陽気に声あげてうち騒ぐディオニュソスの宴に、ただもう酔い痴れて、
酒を愛する者らとその生を過ごしたこのわしが、
人間がみな来るものと決まったこの国で、
死んだ後に酒神さまとの仲を裂かれて、つらい思いをせぬようにの。

（第七巻二六）

このような詩を念頭に置き、「ギリシア飲酒詩人の宗」を期待してアナクレオンの酒詩の世界に踏み入ると、まずは落胆せざるをえない。われわれの手許に残された酒にまつわる詩が、あまりにも少なくまた貧しいからである。いかにもアナクレオンが酒に縁が深かったことは事実だが、その酒の詩は陶淵明、李白、白楽天といった、中国の詩人たちによる詩酒合一の境地が生み出した飲酒詩とは大いに趣を異にするばかりか、アルカイオスが苦い思いで酌んだ「忘憂物」としての酒を詠った詩とも、甚だ異なった詩風を示している。その特徴の一つとして、酒の詩にしても純粋の飲酒詩ではなく、そこに恋の情緒がまつわりついているということが挙げられる。

賓客らに
　　いと愛想よき娘御や、
さ、飲ませてくりゃれ、

渇きに苦しむこのわしに。

（ジェンティーリ・一〇八）

これなぞはあまりに短い、どうということのない断片だが、ほとんどが失われたこの詩人の作品の中には、このような詩行を含む詩があまたあって、それがギリシア人の間に耽酒の詩人としてのイメージを植えつけたのであろう。フレンケルのように、「客に愛想のいい娘」という表現に性的な含意を読み取って、これを「誰にも体を許す女」と解釈する向きもあるが、だとすると「渇き」も性的な意味合いを帯びて来ることになる。だが、この短い断片からそこまで読み取るのは深読みというものだろう。酒の詩の一節として受け取っておく。
次にもう一篇、同じく恋の気分が漂う一篇を引いてみよう。

夕餉とて蜜菓子をほんの一切れ喰らい、
酒だけはそれはもうしこたま喰ろうたわい、
酒壺ひとつが空になるほどにな。
さてそこで愛の歌かなでる竪琴を手にして、
楽の音もうるわしう掻き鳴らしょうぞ、
たおやかないとし娘のために、夕べの歌をうたって。

（ジェンティーリ・九三）

アナクレオンを論じている学者たちがそろって述べているように、この詩人の酒の詩は、彼が賓客として安逸をむさぼりながら浮かれて過ごしたサモスの僭主の宮廷での宴席での作であろう。右の一篇もその一つと考えられるが、後半部と思われる部分が欠損しているため、詩人が何を詠おうとしたのかは、この短い断片では明らかではない。キャンベルは、アナクレオンが己のつましい食事と、それに比しての心ゆくまでの飲酒を対比しているのだと説くが、それが眼目だとしたらつまらぬ作品だと言うほかない。飯はろくに食わず、大酒を飲んで酔ったところで、心惹かれる乙女のために、どりゃ愛の歌（セレナーデ）を一曲、というのだろうが、恋と酒とが相携え絡み合っているところがアナクレオンらしいと言えば言える。だが所詮はそれだけの内容で、飲酒詩としてはいかにも底が浅く物足らない。ここには中国の詩人たちの飲酒詩に見られる「詩酒合一」の境は見られず、「酒有真」というような深みのある観想も、「以酒養真」（白楽天）というような、酒によって真理を養い、それに近づこうとする姿勢も認められはしない。あるのは愛と酒に戯れる世慣れた通人の享楽だけである。

要するに、「一生耽酒の客」だったとはいえ、安穏と逸楽を求める世慣れた男だったこの詩人にとって、酒とはエロスの世界に踏み込んでゆくための具であった。詩人はバッコスを先導として、愛神（エロス）に挑み、戯れかかるのである。

次にそういう趣の詩を掲げてみよう。

それよ、水もてこい、酒もてこい、酌童（こども）よ、
それと咲きそうた花冠をも
もってきてくれ、わしのところへな。
愛神（エロス）を相手に殴り合いをやらかすのだ。

（ジェンティーリ・三八）

酒宴の席での作であることが明らかなこの小詩（断片だが）で、アナクレオンは酒神バッコスの鞭からを借り、

花冠を戴いて、「抗いがたい」存在として人間を取り拉ぐあの恐るべき神エロスと格闘しようというのである。恋と酒に生きた詩人ならではの機知と戯れの作と言えようか。同じく飲酒という行為とエロスとがないまぜられ、絡み合っている詩に次のようなものもある。この断片は欠損が大きく、解しがたい部分もあるが、およそのところはこんな内容の作である。

・・・ひどい殴り合いだったもんじゃ、
・・・だが頭を上げて一息ついているぞ、
・・・アプロディテのつらい縛めから逃れられ、
・・・ディオニュソス様、深く感謝いたしますぞ、
・・・酒壺に入れた酒をもってこい、
・・・泡立つ水をもってこい、
・・・・・・・・して、呼んでくれ・・・・・・
・・・・・・・・・みやび・・・・・・・

（ジェンティーリ・六五）

やはりエロスとの格闘を言ったとおぼしきもので、愛の手を逃れた後で癒しの酒を、というほどの意であろうか。酒を蒙ってはエロスに挑み、エロスを逃れたらまた酒に走る詩人の姿が浮かんでくる。やはり遊戯的気分が漂っていると言えるであろう。

深酒、大酒を厭わなかったと見えるこの詩人には、それを窺わせる、

では、酒に酔うたこのわしが、
　家に帰るを許さぬと言いやるか？

（ジェンティーリ・一〇七）

といった詩句もあるが、酒宴での乱酔、放埒を極めた飲み方を戒めたこんな詩もある。この二篇はおそらくは内容からして繋がっているものと見られている。

*

それよ、酒壺をもってこい、おい酌童（こども）よ、
息もつがずに干して乾杯じゃ。
葡萄酒五杯を水十杯で割れ、
どりゃひとつ、酒神（バッコス）さんを
景気よくかついでまわろうか、
節度をわきまえてな。

*

さてさて蛮族（スキタイ）どもにふさわしい、
乱痴気騒ぎで酒喰らうのは、
やめにしましょうぞ。
うるわしく神々を讃える歌うたい、
ゆるりゆるりと酒杯（さかずき）を巡らせましょう。

（ジェンティーリ・三三）

『詩経』の中に「賓之初筵」という甚だ愉快な歌があって、朝廷の宴会で最初は行儀よく飲んでいた廷臣たちが、痛飲するにしたがって杯盤狼藉、大いに乱れ騒ぐ様子が詠われており、その最後に、「飲酒孔嘉、維其令儀（酒を飲むの孔だ嘉きは維れ其の令儀なり）」とあるが、そんなところにも通じるか。

「わしは酒飲みになってしまったわい」だの「わしは酒杯になみなみと注がれた酒を／白い羽飾りをつけたエルクシオンのために、ぐっと飲み干したぞ」とかいった詩句があるところからして、名うての酒客であり、おそらくはアルカイオスにも劣らぬ豪飲の士だったと想像されるアナクレオンだが、水で割らぬ生酒をたらふく喰らって乱酔し、酒池肉林のさなかで放歌高吟することを習いとした、蛮夷スキタイ人流の酒宴は好まなかったらしい。詩人が酒宴のあるべき姿としたのは、前四世紀の喜劇詩人アレクシスの言う「ギリシア風の飲酒（Ἑλληνικὸν ποτός）」つまりは節度をもって酌み交わし、静かに談笑する宴であった。酒客アナクレオンは、「酒を飲むこと孔だ偕う」のをよしとし、どうやら騒々しい酒宴はお気に召さなかったと見え、にぎやかにお喋りしながら酒を飲んでいるある女性（宴席に呼ばれた娼婦であろう）に向かって吐いた、

海面に立つ波みたいに
ざわざわとそうぞうしく騒ぐな、
あのお喋り女のガストロデなんぞと
やたらに炉辺で乾杯をやらかしたりしてな

（ジェンティーリ・四八）

というような詩句が伝わっている。ほかにも、アルカイオスの飲酒詩に見られるような酒の飲み方、酒態を嫌うことを言った、

わしの嫌うはな、なみなみとあふれんばかりの
混酒器（クラテル）の傍らで
美酒（うまざけ）を酌みながら、
争い事だの涙しげき戦（いくさ）だのを
口の端にのせるやから。
好ましいのは、
詩女神（ムーサ）らと愛の女神より授かった
麗しい賜物をとくとないまぜ、
陽気な浮かれごとに心遣る人。

（ジェンティーリ・五六）

という詩を遺している。なによりも安穏の裡に楽しく陽気に酌み交わし、酒楽の境地に遊ぶことこそが、この詩人が求めたものであった。つまりはアナクレオンはみずからがそれを実践している、恋と酒とに戯れる己の酒態をよしとしているのであって、先に見た酒を「忘憂物」と見て、苦い酒を酌んだアルカイオスのごとき酒態、酒境はこれを厭い、認めようとはしないのである。キャンベルが想像しているように、この詩はあるいはアルカイオスの飲酒詩を意識して作られたものかもしれない。痛飲して報われぬ恋の苦しみを忘れるなどというのも、ひとえに酒楽を求めるこのテオスの詩人の嫌うところである。ともに酒に名高い詩人ではあっても、アルカイオス

もこれでは酒席を共にすることはできなかったろう。政治的同志であり、戦友にして酒友でもある一族の者たちとの紐帯、結束を固めるために共に飲み、時に政争に敗れた悲憤を晴らすために仲間と「悲酒」を酌んだのが、慷慨の士アルカイオスであった。かの詩人こそは、「酒を酌みながら／争い事だの涙しげき戦だのを／口の端にのせるやから」そのものであった。悲憤慷慨の士アルカイオスの酒と、悦楽と戯れに生きる詩人アナクレオンとでは、酒を詠ってもその酒境は大きく異なっている。

いずれにせよ、断片としてわれわれの手許に残されたわずかな作品から見る限りでは、アナクレオンの酒の詩は、陶淵明や、胸中に「万古の愁い」を抱き、「一酌千憂を散ぜん」と喝破した李白や杜甫の飲酒詩と比べると、遥かに底の浅い感じは否めない。このギリシアの詩人は酒を酌んで塵世を離脱し、方外の世界に優游するようなことはなかった。その酒の詩の世界は狭く小さい。残念だがそれは、遥か後世の東洋に生きる、詩酒を愛する人々の心をとらえるほどの力はもっていないと言うほかない。

五　シモニデス

今なお心うつ詩人

シモニデスは古代ギリシアが生んだ抒情詩人のうち、遥か後世の東洋世界に生きるわれわれに、おそらくは最も訴えるところが大きく、また共感を呼ぶ詩人であろうかと思われる。正直に言って、サッポーなどを例外とすれば、ギリシアの抒情詩人たちの作品の多くは、それも合唱抒情詩ともなると、われわれ現代の異邦の人間にとってはなんともなじみにくく、いかにも蒼古たる印象を与えずにはおかないものであることは否めない。それはホメロスの叙事詩や悲劇に比べても、いっそう近づきがたいとさえ言える。詩人自身の感懐や情緒を詠う独吟抒情詩に比べれば、公的な性格を帯び、全体として神話伝承が深く浸透している合唱抒情詩などはとりわけそうであって、これを翻訳で一読して深く心を打たれるとか、たちまちに魅了されるなどということを、現代の読者に期待するのはまず無理というものだ。それらは作品の中に黄金の輝きを放つ詩句や、珠玉の名句、千古の歳月を耐え抜いた詩的結晶度の高い一節などを含んではいるが、これを一篇の作品として読み通し味わい鑑賞するとなると、やはり相当の忍耐を要することは事実である。忍耐ばかりか、時には苦痛をともなうことさえもある。

ラ・フォンテーヌ『寓話』「神々に守られるシモニデス」より
シモニデス（前556頃～468頃）

それには無論翻訳の問題もあるが、わが国の縄文時代にあたる時代に、現代とは大きく異なる文学作法に従って書かれた作品が、近代詩ほどに直接にはわれわれの心をとらえ得ないのは当然至極であって、読者の責任ではない。それよりさらに数世紀下った、前三世紀末の東洋の生んだ楚の偉大な幻想文学『楚辞』でさえも、現代に生きるわれわれとはやはり距離感が大きく、そう易々と近づき、感動を覚えたりできるものではないことを考えても、そのことは理解できる。

そんな現実を前に、ギリシアの抒情詩人たちの中では不思議なほどわれわれの心にも訴え、また琴線に触れることがあるのがシモニデスという詩人である。少なくとも古来世に名詩と讃えられたその最良の作品は、今日の読者の心をもなにほどかは動かしうる力を秘めている。ギリシア文学を知るわが国の読書人の脳裡に、その名が浮かぶことがあるとすれば、それはペルシア戦争においてテルモピュライで敵の大群を迎え討ち、華々しく玉砕を遂げたレオニダス麾下三〇〇人のスパルタの将士を悼んだ名高い哀悼詩によってであろう。

テルモピュライなるスパルタ人の墓銘に

行く人よ、
ラケダイモンの国びとに
ゆき伝へてよ、
この里に
御身らが　言（こと）のまにまに
われら死にきと。

（ペイジ・「碑銘詩」二二）

古来広く人口に膾炙したこの詩は、右に見る呉茂一氏による得難い名訳と相俟って、ギリシアの詩に関心をもつ人々には、一読忘れがたい詩として脳裡に刻まれているのではなかろうか。同じく呉氏の名訳によるサラミスの海戦で没した戦士たちを弔う一篇、

行く人よ、そのかみは
水のよき　コリントスの町にありしを
今はアイアースの島、サラミース、
我らをたもつ。

（ペイジ・「碑銘詩」一一）

なども、読者の心を強く惹くものと思われる。

シモニデスは多才の詩人で、断片としてではあるが哀悼詩・碑銘詩ばかりか多種多様な詩をとどめている。だがその詩名が不朽のものとして遥か後世にまで轟いているのは、なんと言っても右に引いた詩に代表される、ペルシア戦争で斃れた数々のギリシアの戦士を悼んだ何篇かの哀悼詩・碑銘詩によってである。それらは詩才豊かな学匠呉氏の訳筆によってわが国でも知られ、また『ギリシア・ローマ抒情詩選』（岩波文庫）などに収められて広く読まれてもいる。今日わが国でギリシア詩の良さ、美しさを口にする人は、多くは呉訳によるシモニデスの詩を挙げる。それだけシモニデスの詩が、ギリシアの詩文に縁薄いこの国にあってさえも、読書人の心をとらえ訴えるところがあるということであろう。私自身もかつてこの詩人の詩には心惹かれて深く親しみ、また拙い訳筆を弄して、その何篇かの哀悼詩・碑銘詩を私自身の言葉に移すというはかない試みをしたこともあった。

ギリシアの抒情詩人たちの中でも、とりわけギリシア的という印象を与えるこの詩人の主要な作品は、呉茂一

氏によって夙にみごとな日本語に翻訳されており、その後を継いだ碩学丹下和彦氏の手になる立派な訳業もあるから、今更その詩について贅言を弄して、屋上屋を架する必要はないのかもしれない。詩とは本来解説すべきものではなく、ただこれを無心に味わえばいいのだから。だが異邦の詩、それも遥か時空を隔てた古代の詩に翻訳で接するとなれば、それなりに事情も異なってくる。当の作品を生んだ詩人その人について、またその詩が作られた状況や背景、さらには詩風などについて知識を供したり評言を加えることは、詩人とその作品の理解や鑑賞について、なにほどかは助けになるところがあろう。されば詩人の生涯とその詩の世界を素描して、敢えて屋上屋を架することとしよう。

　シモニデスは実に逸話の多い人物で、この詩人に関しては、その詩の本質にはあまり関わりのない多くの逸話や伝承が語られてきた。早くも前四世紀には、作品そのものよりもむしろ詩人の人柄や性癖に関する逸話や、異能の人物としての言い伝えなどの方が、人々の関心を惹いていたのではないかとさえ思われる節がある。だがテオクリトスが「神さびたる伶人（うたびと）」（θεῖος ἀοιδός）（『エイデュリア』第一六歌四四）と呼んだシモニデスは、なんと言っても第一義的に詩人であり、詩人以外の何者でもなかった。晩唐の詩人李商隠は、枚挙に暇がないほどあまたいる中国の詩人たちの中でも、いかにも詩人という印象を与えずにはおかない詩人だが、私はシモニデスにもやはり同様なものを感じずにはいられない。もっとも、私の知る限りこれは中国にも日本にも見られないタイプの詩人であって、いかにもギリシアならではの詩人、最もギリシア的な詩人だとの感もある。これから見ていくように、事実上ギリシア最初の職業詩人であり、それまでの抒情詩人たちと違って狭い地域性という束縛を脱し、ギリシア全土を経めぐって、汎ギリシア的な視野から人間存在を見つめ詠ったのがこの詩人であった。それまでの詩人たちが専ら狭い視野から個人的な感懐や哀感を詠ったのと異なり、広く人間全体にわたる問題をテーマとしたのである。真に傑作と呼ぶに足る傑作、珠玉の名詩はそう多くはないが、透徹した知性に支えられ、深い人間観察眼をもつこの詩人が、視覚性豊かな絵画的な感覚をもって造形したその最良の作品は、哀感が強く漂い、洗練されたその詩風と相俟って人を魅了するものだ。その詩には、良い意味での職業詩人の手になるものならではの、芸術性の高さといったものが感じられる。それがこのケオスの詩人を、とりわけ詩人らしい詩人にしているのではないかと思う。シモニデスの詩はまた、その詩想、内容よって、ギリシアの詩にしては稀なことだが、比較的能く翻訳に堪えうるものでもある。その措辞の妙や巧緻にして流麗優美な詩句の美しさなどは伝えようもないが、翻訳を介しても猶、知的な部分で現代の読者の心をとらえうるところがあるからである。またピンダロスが、そのあまりに大仰な表現と、みずからを選ばれた存在と意識しての傲岸な態度とでしばしば反感を呼ぶのに対して、シモニデスにはそれがない。一種の諦念をもって、静謐の裡に「死すべきもの」(トネートイ)としての人間存在を凝視するところから生まれたその詩は、「識は密にして鑑も亦洞(ふか)し」との感を与えずにはおかないものだ。

なぜ遥か昔の詩人が右に言ったような印象を与えるのか、そのあたりをも含めて、実際に作品の何篇かに即して、この詩人の世界を窺ってみることとしよう。

作品そのものの世界に踏み入る前に、さまざまな逸話や伝承に包まれた、一種不可思議な人間であったと伝えられるこの詩人の相貌を、まずは一瞥しておきたい。

シモニデスという人物——地域性を脱した汎ギリシア的詩人

詩人シモニデスは前五五六年頃、アテナイの東南方スニオン岬にほど近い海に浮かぶ島ケオスの町イウリスの名家に生まれた。つまりはアナクレオンとほぼ同時代人であるが、九〇歳という非常な長寿を保ったために、その生涯も詩人として活躍した時代も、彼よりも四〇歳近く年下のピンダロスと重なっているばかりか、両詩人はライヴァル関係にさえあった。この島はイオニア海に浮かぶ島の一つではあるが、アテナイとケオス島は指呼の間にあると言ってもよいほどの距離にあるから、ほぼアッティカ文化圏にあったと考えてよいであろう。シモニデスをアテナイの詩人と見なしてもよいほどである。この島はシモニデスのほかに、彼の甥であり合唱抒情詩人として知られるバッキュリデスをも生んでいる。シモニデスがその若き日に、故郷ケオスで詩人としてどのような活動をしていたのかは明らかではない。ケオス島はアポロン崇拝が盛んだった地であり、アポロン讃歌を歌う少年たちの合唱隊で有名であったから、シモニデスも年若くして合唱隊歌の制作に手を染めたものと思われる。ケオス島を離れる前の作品と見られるものはほとんど残ってはいないが、この島にあって次第に詩名が高まり、ギリシア各地の僭主や有力貴族に招かれて客となり、彼らのために合唱抒情詩などを制作していたものであろう。当時は豪貴の家では慶事や凶事、祝祭など、事あるごとに名のある詩人を招いて詩作を請い、それを一家の誉れとしていた。無論それ相応の相当な謝礼がともなったことは疑いを容れない。

われわれが最初にその姿を見出すのは、先にアナクレオンについて述べた折にふれた、アテナイ僭主の息子ヒッパルコスの館での令名ある詩人としてである。ヒッパルコスが高給をもってシモニデスを召し抱えたのは、この詩人が三〇歳の頃かと推定されている。そこで詩人は厚遇され、いわば宮廷詩人としてアナクレオンやディテュランボス詩の作者として知られるラソスなどとともに、詩酒徴逐の日々を送り、有力者の子弟の各種競技での勝利を祝した祝勝歌などを書いていたものと見られる。シモニデスは、優勝者が栄えある者として月桂冠などを授けられる競技会の勝利者のための祝勝歌(エピニキア)を制作した事実上最初の詩人であると見られているが、残念ながらそれらの祝勝歌は散佚してしまった。短い断片としてそのうちのわずか一〇篇ほどが残存するのみであって、そのわずかな断片を以て、祝勝歌作者としてのこの詩人の力量を計ることは困難である。それまでは笛の伴奏をともなう単純な短い歌でしかなかった祝勝歌を、ステシコロスによって発明されたと伝えられる、「ストロペー（旋舞歌）」、「アンティストロペー（対旋舞歌）」、「エポドス（結びの歌・反歌）」の三部構成をもつ壮大な形の詩に発展させたのはこの詩人であった。

シモニデスによって創始されたこのような競技祝勝歌は、彼の甥のバッキュリデスとピンダロスによって引き継がれて詩文学として完成され、ギリシア最高最大の抒情詩人と目されているピンダロスにおいてその頂点に達した。だがそれは詩のジャンルとしてはごく短命であって、ピンダロスとともに文学的生命を終えてしまった。シモニデスの功績は、競技祝勝歌という新たなジャンルの詩を創始したことにある。もっとも、詩人シモニデスがその本領を発揮しているのは、祝勝歌を含む合唱抒情詩においてではなく、むしろ箴言風なところを含む悼歌（トレノス）や、数多くの哀悼詩・碑銘詩においてであると言ってよい。

さてシモニデスのアテナイ滞在がどれほどの期間続いたかは不明だが、前五一四年のハルモディオスとアリストゲイトンとに暗殺されたヒッパルコスの横死と、それに続く兄ヒッピアスの追放によりペイシストラトス一族が没落して、僭主制が終わりを迎えると、詩人はアテナイを去ってテッサリアの有力豪族であるスコパス一族のもとに身を寄せた。万事につけ保守的だったテッサリアでは、ギリシア各地が激動期を迎え、僭主制などへ移行しつつあるときにもなお、大土地所有者である大貴族が支配していたのである。シモニデスはテッサリアで、スコパス一族のために、多くの詩を作った。世に傑作として知られ、人口に膾炙した人寿有限、生者必滅の理を詠った何篇かの悼歌も、テッサリア滞留中にスコパス一族のために書かれたものである。その詩は次節で引くが、シモニデスがテッサリアで遭遇した不思議な運命を物語る逸話が、キケロの筆によって伝えられている（『弁論家について』第二巻八六・三五二）。これはクインティリアヌス（『弁論術教程』第一一巻二）によっても語られている既に広く知られた話なので、改めてここで紹介するのも気がひけるが、興味深い逸話でもあるので、敢えて引くとその大要は次のとおりである。
あるとき、スコパスの館で饗応にあずかり、館の当主スコパスのための頌詩を作るよう依頼された詩人は、作中でゼウスの双子神カストルとポリュデウケスを讃えたくだりにかなりの言を費やした。するとスコパスは今の詩には、わが一族のことは半分しか詠われていないから、約束した報酬もその半分とする、残りの半分は双子神から払ってもらうがよかろうと言った。その折しも報せがあって、二人の若者が緊急の用事で彼に会いたいと玄関に来たと告げられた。不審に思いつつも、玄関に出てみると誰の姿もない。とその瞬間に、宴会のおこなわれていた広間の天井が崩落し、スコパス以下一族の者は皆圧死してしまったというのである。これはつまり作中で讃えられたディオスクロイが、そのような形で詩人の命を救い、報酬を支払ったということにほかならない。
言い伝えによれば、シモニデスは異様な記憶力に恵まれていて、記憶術の発明者だったとも言われているが、テッサリアで威を揮ったスコパス一族に終焉をもたらしたこの奇禍に際しても、各人が着いていた宴席の順序を覚えていたために、死んだ者全員の身元が判明したとのことである。この出来事は後にヘレニズム時代の学匠詩人カリマコスによっても、こんな具合に詠われている（『縁起譚（アイティア）』断片の一節）。

またポリュデウケスよ、奴めは、おんみとその兄弟をも怖れざりき、
クランノンなる館が、威を揮うスコパス一族の者らの上に落ちかかりし折に、
宴席に連なる者のうち、私一人のみを崩れ落ちんとする館より連れ出せし方々を。

シモニデスの口から詠われたという形をとっている右の詩で、「奴め」と言われているのは、「レオプレペスの子にして、世に稀なることをも知り、記憶術を編み出したケオスの聖なる人物」である詩人の墓を壊し、その墓石を塔を建てる資材に使ったという、けしからぬ将軍ポイニクスを指している。

奇禍によるスコパス一族の滅亡後、しばらくラリッサのアレウアス一族のもとに滞在し彼らのために頌詩を作っていたようであるが、マラトンの戦いが行われた後、前四九〇年頃までにシモニデスは二十年近いテッサリア滞在を終えて再びアテナイに戻り、そこに活動の場を求めた。ギリシア文化の中心地として繁栄を極め、「ギリシアの中のギリシア」となりつつあったこの都は、当時テミストクレスの治下にあり、詩人はこの名高い政治家とも親しく交わったらしい。詩人がテミストクレスに記憶術を伝授しようとして、覚えていたいことよりも忘れたいことの方が多いからむしろ忘却術を学びたい、と言って断られたとか、この権力者に不当な要求をしてたしなめられたとの話が伝わっているが（キケロ『善悪の究極について』第二巻一〇四、プルタルコスによる）、どこまで信を置いてよいかわからない。また詩人は容貌に恵まれず醜かったと伝えられるが、それにしては肖像画をたくさん描かせているではないかと、テミストクレスに揶揄されたともいう（プルタルコス『テミストクレス伝』五）。詩人はまたプラタイアでペルシア軍を破ったスパルタの将軍パウサニアスとも親しかった。プルタルコスは、やたらに戦功を誇る王の驕りを詩人が戒めたと語っている（『アポロニオスへの慰めの手紙』一〇五A）。

詩人が民主制下のアテナイに戻った頃には、文学は既に悲劇の時代に入っており、プリュニコスやアイスキュロスが悲劇作者として活躍していたが、詩人としてさまざまなジャンルの詩を作ったシモニデスは、ついに悲劇の制作には手を染めることはなかったらしく、その分野の作品はない。『スーダ辞典』が、シモニデスは悲劇も書いたとしているのは不正確であって、実際に書いたのは、演劇のような複雑な構成をもつ「ディテュランボス（酒神讃歌）」ではなかったと、バウラは推測している。シモニデスはディテュランボス作者としても名高く、アテナイでおこなわれたディテュランボス詩の競技会において、実に五七回も優勝している。詩人自身の作とされる、勝利を記念した額の奉納にともなう奉献詩（『ギリシア詞華集』第六巻二一三番）に、

シモニデスよ、この額を奉納する前に、そなたは
五十六度も牡牛や三脚の鼎を贏たもの。また
憧れ誘う、男たちの輪舞合唱隊に歌を教え授けた後、
同じ回数だけ、輝かしい勝利の車にも乗った身。

とあることからこれは確実である。残念ながら、数多く作られたことが確実なそれらのディテュランボス詩はすべて亡佚してしまい、『メムノン』という唯一篇の作品名が伝わっているにすぎない。この詩人が老後もその創作力が一向に衰えなかったことは、八〇歳にしてなおも合唱抒情詩の作者として勝利を収めたことを自ら詠った、次の一篇が示すところである。

アデイマントスがアテナイを治めいたりし折に、
巧緻な技凝らしたる鼎を贏たはアンティオキスが族。
クセノピロスが一子アリステイデスなる者、
みごとに調練されたる五十人の男子らをば指揮して、
その調練のみごとさゆえに、
レオプレペスが子、齢八十なるシモニデスこそ、誉れを得たれば。

（キャンベル・「エピグラム」二八）

この詩を伝えるシュリアノスによれば、シモニデスは前四七六年のこの勝利の後にシケリアへと渡り、そこで間もなく（と言っても実は一〇年後であるが）没したという。齢八十になったシモニデスは、シケリアはシュラク

サイの僭主ヒエロンの招きに応じて、その宮廷に身を寄せたのであったが、同時期に、年少のピンダロス、詩人の甥のバッキュリデスもこの僭主の宮廷に滞留していたらしい。三人の詩人はヒエロンの寵を争うライヴァル関係にあったと見られている。ヒエロンとその義理の兄弟でアクラガスの僭主であったテロンとの仲が悪化し、戦争に及ぼうかという事態に立ち至ったとき、知者としてのシモニデスが仲介役となり、両人を和解せしめたなども伝えられるが、そのあたりは定かではない。ヴィラモヴィッツが言っているように、知者がその知力によって威勢ある僭主などを屈服せしめたという話は、ギリシア人がとりわけ好むところであったから、これもその一つかもしれないからである。アルカイオスなどとは異なり、シモニデスはおよそ政治的な人間ではなかった。シケリア滞在が一〇年に及んだ前四六六年に、詩人は九〇歳という高齢でアクラガスで没し、その地に葬られた。(ただし「パロス島年代記」では、その没年は前四六八年とされている)。キケロが『老年論』で触れているように、最後まで詩作のいとなみを廃することはなかったらしく、詩をもって生業とした詩人らしい生涯だったと言える。

アイスキュロスもまた後年シケリアへと渡ったのだが、逸名のアイスキュロス伝によれば、この悲劇詩人がシケリアのヒエロンのもとへ去ったのは、マラトンの戦いで斃れたギリシアの戦士たちを弔う碑銘詩の競作でシモニデスに敗れたためだったという。この話の真偽のほどは明らかではない。

ここで注目すべきことは、アルキロコス、アルカイオス、サッポー、あるいはカリノス、テュルタイオスといった詩人たちの活躍の場が、その出身地を中心とする地域に限られ、いわばローカルな詩人たちであったのに対して、シモニデスは職業詩人としての自覚をもち、注文、依頼があればギリシアのいかなる地方へも赴いて、その需要に応じた詩を作成したことである。一説には(パエドルスによるとだが)、詩人は小アジアにまで足を運んだというが、これは確かではない。このことはシモニデスが、ある特定の地域や小さなグループを脱して、汎ギリシア的な存在になったことを意味する。つまりシモニデスは、それまでの詩人たちのように、狭い地域の仲間や同志たち、同郷人たちのために詩作するという態度を捨て、各地の王侯や豪族、有力者の招聘に応じてギリシア各地を遍歴、遊歴し、より広い視野から人間一般を見つめた詩を作ったのであった。その詩は機会詩としての性格を脱しており、単に個人的な感懐や、外界の事象に対する詩人個人の反応を表出するというところをも越えている。アルキロコスのイアンボス詩やアルカイオスの政治詩などが、作者の伝記的事実や当時の歴史的、政治的状況を知らずしては理解できないのに比して、シモニデスの詩は、より高次な視点から人間一般を視野に入れて書かれているので、時空を隔てた今日の読者の心をもとらえうるのである。全体として抒情詩は、もはや個人の心に自然に咲く花という性格が薄れ、そこに理知の力と知性のはたらきが加わったものへと変貌しつつあった。シモニデスはアルキロコスのような激情的な人間ではなく、アルカイオスのような慷慨の士でもなかった。行動の人ではなく思索と観察の人であり、常に冷静で理知的であって、静謐のうちに人間の存在を深く凝視し、それを研ぎ澄まされ、洗練された詩句に盛って表出するタイプの詩人だったと言ってよい。このケオスの詩人は実に多才な詩人で、祝勝歌、哀悼詩、頌詩、酒宴歌、エピグラム詩、イアンボス、エレゲイア詩、讃歌、ディテュランボスなど多種多様な詩を作ったが、その制作に知力が強く作用していると同時に、詩のテーマの覆う範囲が、地域性や党派性を脱却した普遍的なものに及んでいることが、その一特質をなしている。恋と酒の詩人アナクレオンとは違って、この詩人には愛をテーマとした詩はほとんどないし、飲酒詩もない。

在世中からギリシア全土にその名が轟いていた高名な詩人であったから、当然のことながらその詩集、作品集が存在したと思われるのだが、これまでにあつかった詩人たちとは異なり、不思議なことに、この詩人のまとまった詩集は存在しない。ヘレニズム時代の文献学者の手によって詩集が編まれたという記録もなく、今日われわれが手にする作品は、ストバイオスの『精華集』、『ギリシア詞華集』、その他古代作家の著作から古典学者たちが寄せ蒐めたものでしかなく、その多くは断片である。『スーダ辞典』は、シモニデスの作として、『カンビュセスとダレイオスの統治』、『クセルクセスを迎えての海戦』、『アルテミシオンの海戦』、『サラミスの海戦』等の詩を挙げているが、すべて湮滅した。わずかに『アルテミシオンの海戦』の断片が二行足らずの短い断片をとどめているのみである。このように、多くの抒情詩人の例に洩れず、この詩人の場合も、時代の流れの中で作品の多くが散佚湮滅してしまったが、その一方で、『ギリシア詞華集』にも多く含まれているものを含め、「シモニデス作」とされている九〇篇ものエピグラム詩が伝わっている。だがその多くは、後人の作がこの詩人に仮託されたものであって、そのうちのどれだけの詩が真作であるかという問題に関しては、古典学者の見解は分かれていて一致を見ていない。

　シモニデスはギリシアで最初の職業詩人であった。アリストパネスの『平和』に付された古注は、シモニデスにその歌に対する報酬を要求した最初の詩人であり、金のために詩を制作した詩人だと述べている（そのため、後にカリマコスから、詩女神(ムーサ)を金儲けのための「金稼ぎ女」に仕立てたなどとの非難を浴びることともなった。だが歴史的に見ればこれは必ずしも事実ではない。ヘロドトスによれば、シモニデスよりも一世紀も前の半ば伝説的な楽人・詩人であったアリオンは、その演奏によってイタリアとシケリアで莫大な金銭を得たと伝えられているからである）。この事実は、裏を返せば、シモニデスが明確な自覚を持ったギリシア最初の職業詩人であったことを意味する。彼はアナクレオンのように特定の僭主や有力者の館に常住して安穏に寄食し、詩を作っては酒食の饗応を受けることを潔しとしなかった。それに代わって、注文に応じて詩を商品として制作し、それを売って口に糊することを敢えて生業とする、プロフェッショナルな詩人たろうとしたのである。言ってみれば、詩におけるソピストのような存在であった。例えば前四八〇年には、レギオン、スパルタ、アテナイを遍歴して詩作しているが、要請があればいかなる地にも足を運び、報酬と引き換えに詩作したのであった。もし仮に、ヒッパルコスを暗殺してアテナイの僭主制に終止符を打ち、民主制をもたらしたとされる、ハルモディオスとアリストゲイトンを顕彰して建てられた二人の立像の台座に刻まれていた次の碑銘が、シモニデスの真作であるとすれば、詩人は金のためなら恩人をも売る守銭奴だということになってしまうが、そこは問題である。

まこと大いなる光がアテナイの人々に射しそめたもの、
アリストゲイトンとハルモディオスがヒッパルコスを斃したとき。

これをシモニデスの作として引いているヘパイスティオンを信じて真作だとすると、かつて彼を高額な報酬をもって召し抱え、大いに厚遇してくれたヒッパルコスへの忘恩の行為、裏切りということになるのだが、バウラも、ガーバーもそれを疑っている。つまり右の碑銘は、多くの後代の作が、哀悼詩・碑銘詩の作者としてその名が高かったシモニデスに仮託されたケースの一つであると見ているのである。いかにその吝嗇が世に喧伝された詩人であろうと、金のためかつての庇護者を貶めるほどの忘恩の徒ではあるまいとするのが両碩学の見解だが、詩作に関するシモニデスの真摯な態度に鑑みてこれは正鵠を射たものと考えたい。

そのような、注文に応じて冷静に計算商量した上で詩を制作し、それをみごとなまでの職人技をもって彫琢を凝らした作品に仕上げるという、職業意識に徹した冷静な詩作の態度が反感を呼んだのであろうか、同じ職業詩人でありながら、ピンダロスは、彼のライヴァルでもあり、世に「知者」とされていたこの詩人を否定的に眺め、その詩作の態度を批判したかに解される詩句を残している。

知者とは多くを天性により知る者、
学び知っただけの者どもは、
ゼウスの聖なる鳥に向かった鴉どもよろしく、

らちもない言葉を大声でわめきたてるのみ。

（「オリュンピア祝勝歌」第二歌八六―八九行）

曖昧な謎めいた詩句だが、古注(スコリア)によれば、ピンダロスはここで自らをゼウスの鷲に、シモニデスとその甥のバッキュリデスを鴉に喩えているのだという。「学び知っただけの者」とは、天性の詩人ではなく、作詩法を意識的に学び取り、それを駆使して詩作品を創り上げる詩人を蔑んで言ったものではないかと思われる。ギリシアでは詩人は人々の師表とされ、知者、賢者であることを求められたのである。「知者」（σοφός）ということばはギリシアではしばしば詩人を意味し、「知恵」（σοφία）とは詩作に関する技量、詩技を意味することがあるが、ここもその一例である。

だがシモニデスには、職業詩人として詩を鬻(ひさ)いで口に糊することをいささかも恥じる風はなく、むしろそれを誇っていたようにさえ思われる。冷静な態度で詩を商品として作り、意識的かつ真摯にそれに技量を傾けて練磨し、詩技の限りを傾注して一篇の完成度の高い詩作品に仕上げること、ここに彼の職業詩人としての本領があり、真面目があったと言っても過言ではない。わが国でも江戸後期、幕末に柏木如亭、梁川星巌のように遊歴に生涯の多くを費やし、各地の有力者や富裕な人々に詩文を売ってその潤筆料で生きていた詩人たちがいたが、シモニデスの場合は、諸方の王侯貴顕や有力者名望家などが、辞を低くして詩作を請うてきたためだろうか、詩を職業とすることを愧じたり、いささかも卑屈な思いを抱くことはなかったようである。少なくともこの詩人には、詩を売って生きる己の生き方を、「詩を売り字を鬻(ひさ)ぐ冷生涯」（柏木如亭）などと自嘲するような意識は見られない。このような職業詩人としての意識に徹した態度で詩作に臨み、ギリシア各地を遍歴する詩人の作が、それまでの抒情詩人たちに見られた狭い地域性を脱し、汎ギリシア的な視野を持つことになったのは、必然の結果だとも言えよう。シモニデスの後半生にそのライヴァルとして活躍したピンダロスもまた、金銭と引き換えに詩を売る職業詩人であって、そういう存在としての己を自覚していたことは、「イストミア祝勝歌」第二歌の中で、

そのころはまだ詩女神(ムーサ)は強欲でも
稼ぎ仕事する女でもなかった。
顔に銀色の白粉を塗ったやさしい声をした歌が、
甘い声で語るテルプシコレによって売られることもなかった。
だが今では女神は、かのアルゴス人が言った真に迫ったあのことばを
守れと命じている。
「金銭(かね)、金銭(かね)こそが人間(ひと)」との。

（六―一一行）

と詠っているところから知られる。だが貴族としての誇りを誇示するこの詩人には、シモニデスにもまして、詩を売ることへの卑屈な態度は豪も見られない。不思議なことに、同じ職業詩人でありながら、シモニデスとは異なり、ピンダロスに関しては吝嗇との世評はあまりなかったようである。ピンダロスに関する古注には、「ピンダロスが常に金銭欲に駆られていた人間であったことは、われわれの知るところである」、「これらの詩句からして、ピンダロスが報酬を得ることに貪欲であったことは、明らかである」といった記述が見られるが、それが広く世評となることはなかったらしい（近代の古典学者の中にも、L・R・ファーネルのごとく、ピンダロスを金銭欲が強い詩人であったと見る人もいることはいるが）。王侯貴顕に対してさえも対等の態度で臨み、高いところから説教、

訓戒を垂れるその傲岸な態度が幸いしたのであろうか。あるいは自作の詩を聖化し、神的な輝きに満ちたものとすることに成功したため、作品を委嘱した側がこれをありがたく拝受し、その対価を払っているという意識が薄かったのかもしれない。

シモニデスが当時の世評では吝嗇な人物とされ、彼にまつわる逸話の多くが、その強欲吝嗇ぶりを伝えるものであることも、彼が詩を鬻（ひさ）いで世を渡るという、それまでに見られなかったタイプの詩人であったことと関わっているものと思われる。詩作品を金に換えるという行為が、強欲、吝嗇というイメージを生んだのであろう。実際、この詩人の吝嗇ぶりを伝える逸話のたぐいは多くある。その幾つかの例を紹介すれば、アテナイオスは、『食卓の賢人たち』（第一四巻六五一e）でカマイレオンの言を引き、こんなことを言っている。（引用は柳沼重剛訳による）

「カマイレオンによれば、シモニデスという人は、事実けちで、欲の皮の突っ張った人だったという。例えば、シュラクサイで、ヒエロンは彼に、日々の必要を満たすべく、かなりたくさんのものを贈ったが、彼は、王が贈ってくれたものは、あらかた売り飛ばして、ごくわずかなものだけを自分用に取り分けた。ある人からそのわけを尋ねられると、『ヒエロンの太っ腹と、俺の節制とを、同時に示すためさ』と答えた」。

またプルタルコスが伝えるには、（『モラリア』、「老人が統治すべきか」七八六b）

「シモニデスは彼の吝嗇ぶりを咎めた人々に向かって、『老年がほかの愉しみをすべて奪ってしまったので、老年の日々を支えているのは金儲けだけだ』と答えた」。

とのことである。

アリストテレスもまた『弁論術』での富にふれたくだりで、シモニデスに関するこんな話を伝えている。(引用は池田美恵訳による)。

そこからヒエロンの妻に富者になるのと賢者になるのとどちらがよいかと尋ねられて答えた、シモニデスの賢者と富者についての言葉がある。「富者に」と彼は言った。「私は賢者が富者の門前で時間を過ごすのをみたから」。

またシモニデスは、騾馬競争の優勝者が僅かの報酬しかくれなかったとき、驢馬との合の子のために詩を作るのは不愉快だからといってことわった。ところが十分に謝礼をうけとると

疾風のような駿馬の娘たちよ、幸あれ

と歌った。

先にふれたアリストパネスの喜劇『平和』への古注には、「シモニデスが自分はつましい人間だと言った、それゆえクセノパスは彼を吝嗇漢だと呼んだ」というようなことも述べられており、ヒエロンの妻にこの世のすべては老いるものかと問われ、「いかにもさよう、金儲けの欲を除いては」と答えたなど、この詩人の吝嗇ぶりを物語る話は多く、また広く知られていたらしい。

ヴィラモヴィッツによれば、レッシングはシモニデスをいみじくも「ギリシアのヴォルテール」と呼んだとのことであるが、このケオスの令名ある詩人は、知者、賢人としても一世に名高く、それにまつわる逸話や伝承はあれこれある。その一つは、この詩人がみずから、

記憶に関しては、なんぴともシモニデスと張り合える者なしと断言す。

(エレギア断片一四)

と誇っているとおり、想像を超えた異様な記憶力に恵まれていて、記憶術の発明者だったというものである。「記憶（ムネーメー）は詩女神（ムーサ）の母」とされるが、このことは、シモニデスの透徹した知性と理性に支えられた理知的な詩作の態度と深く関わっているものと考えられる。

ほかには、『スーダ辞典』によれば、この詩人は、長母音「エータ（Η）」、「オー（Ω）」をあらわす文字、二重子音「クスィー（Ξ）」、「プスィー（Ψ）」をあらわす文字を発明したとも伝えられている（プリニウス『博物誌』）。詩人が世に知者としても知られていたことは、プラトンがその『国家』の中で、この詩人を「知者にして神さびたる人物」と呼んでいることからも、キケロが彼を「甘美な詩人であるばかりではなく、学殖深く知恵豊かな人物でもあったと伝えられる」（『神々の本性について』第一巻二二・六〇）と言っていることからも窺われる。断片として伝わるこの詩人の、「沈黙にもまた安穏という功徳がある」、「時間（とき）には鋭い歯がある、／最も強いものでさえも、やすやすと噛み砕く」、「ポリスは人間の教師である」、「うるわしき知恵とて喜びなし、／ありがたき健康に浴せぬならば」、「外観（みかけ）というものは真実さえをも歪める」といった箴言風の詩句は、世に知られた知者としてのシモニデスの片鱗を偲ばせるものだと言える。この詩人は世に在るときから、一種不可思議な異能の人物として人々の眼には映じていたらしい。

シモニデスの言葉として広く知られているのは、プルタルコスの伝える「絵画は物言わぬ詩、詩は物言う絵画」という名高い定義であろう。これを詩人シモニデスの詩作体験を踏まえた定義とは見ず、単に詩人がどこかの格言集から拾い出したものと見なしているC・M・バウラのような学者もいるが、これには賛成できない。私見によれば、ここには詩とは事物の描写（ミメーシス）だという、詩作に関する知的な態度、意識がはっきりと見てとれる。これは、詩人とはもはや詩女神（ムーサ）の霊感を受けて神憑りになって歌う存在ではなく、画家が色彩を用いて事物を描き出すように、言葉（ロゴス）を用い詩技（テクネー）によって生み出すものだという詩人の自覚を物語ったものと見るべきだと思うのである。絵画を詩に、詩を絵画にたとえたシモニデスのこの名高い定義は、後に引く海上に流されたダナエの嘆きを詠った詩のように、視覚性に富み、絵画性豊かな詩を生んだ詩人ならではものだとの感がある。この言葉は、後にルネッサンスに至って、ut pictura poesis「詩は絵画のごとく」という詩作に関する概念を導き出すこととなった。この詩人のよく知られた言葉として、「言葉は事物の形である」などというものも伝えられている。

ここでシモニデスの詩のスタイル、詩風についての、古人の評言に少しばかりふれておくと、古代において既に「シモニデス風の作品」という定義のごときものがあって、巧緻で彫琢を凝らした作品つまりは讃歌、パイアン、行列歌などを指したという（アリストパネス『鳥』への古注による）。「甘美なる調べの歌い手」と讃えられたシモニデスは、その巧緻でおよそ弛緩したところのない、繊細優美で流麗な詩句によって、高い評価を得ていたのである。あくまで理知的で強固な知性に支えられたその文体は、簡潔直截であって抽象に走らず、曖昧な表現を避けて常に明確な輪郭をもつ。クィンティリアヌスはシモニデスの詩を評して、「シモニデスの文体は単純だが、言葉の的確さと、ある種の甘美さとがこれを補ってみごとなものとしている。その主要な特長は憐みを喚起する力にあって、この点でシモニデスを、このジャンルの他のすべての作家たちよりも好しとする人々がいるほどである」と言っている。またハリカルナッソスのディオニュシオスは、この詩人の言葉の選択の的確さと技量の確かさを指摘し、「大仰なスタイルによらず、感情に訴えて憐みを表現することにかけては、ピンダロスをも凌駕している」と評している（『模倣について』二・二四〇）。箴言風の哀悼詩、頌詩などには、ホメロスの言語が深く浸透しているのが眼につく。遺憾ながら、こういった言語表現にかかわる側面、原詩に宿る言語美は、翻訳によっては伝え得ない。

以上までのところ、不十分ながら、シモニデスという逸話の多い詩人の相貌を瞥見してきた。次にこの詩人の代表的な詩を拙訳によって何篇か掲げ、それを吟味しつつ、最初に汎ギリシア的な存在となった詩の世界とはどのようなものか、その一端を窺ってみることにしたい。

現在伝存するシモニデスの作品は、そのすべてが断片である祝勝歌(エピニキア)、悼歌(トレノス)、エレゲイア、それにいかなる種類の詩か出典不明の断片と、その多くが後人の作であって、この詩人に仮託されたものと考えられている哀悼詩・碑銘詩(エピテュンビア)とから成る。ここでは便宜上それらを、哀悼詩・碑銘詩とそれ以外の種類の詩との二つのグループに分け、それぞれの中で世の人の記憶にとどまる名詩佳篇を何篇か掲げて、吟味鑑賞してみよう。これらはシモニデスの詩業の一端を示すものにすぎないが、いずれも古来世に広く知られた詩である。(以下に掲げる訳詩は、哀悼詩・碑銘詩以外は、ロウブ版のD・キャンベル編・校訂による *GREEK LYRIC III* に拠っている。但し『ギリシア詞華集』に収める哀悼詩・碑銘詩の翻訳は、ベックビィ編・校訂のトゥスクルム叢書版『ギリシア詞華集』、ペイトン編・校訂のロウブ版の『ギリシア詞華集』を底本としている。)

箴言風の詩——諦念と悲哀をこめた人間把握

あまりにもわずかな部分しか伝わっていないシモニデスの祝勝歌の断片は、取るに足らぬものだが、この詩人の悼歌には、人間存在に関するその深い洞察を、箴言風の簡潔で引き締まった表現に託した印象深い名詩が何篇かあって、今なおわれわれの心をとらえるだけの力をもつ。おそらくはスコパス一族のために作られたものである次の五篇はそのような詩だが、いずれも有限の生を生きる「死すべき者」(θνητοί, ροτοί)、はかない存在としての人間把握が、諦念と達観をまじえ、幽暗な色をおびて表出されていて、そこに漂う哀韻が胸を打たずにはおかない。スコパス一族の庇護を受けながらも、詩人は豪も卑屈な姿勢を見せず、一世の知者、賢者としての誇りをもってその人間というものの本性を説き、信条を披瀝しているのが見られる。

人間の力はわずかなもの、
思慮をめぐらせたとてかなうことなく、
柄の間の生涯は労苦に重なる労苦。
逃れようもない死が誰にも同じく覆いかかり、
死の運命には等しく分け前にあずかるのだ、
善人だろうが、悪人だろうが。

（断片五二〇・キャンベル）

人間の身にしてゆめゆめ口にするなかれ、明日がどうなろうかなどとは、
また栄華を極める人を見て、それがどれほどの間続くものかも。
翅長き蜻蛉の動きとても、
かほどにはすみやかに移ろいはせぬもの。

（断片五二一・キャンベル）

生者必滅、盛者必衰の理を説き、かげろうのごとくはかない有限の生を生きる人間の無力を唱える右の悼歌二篇を一読してまず読者の胸を衝くのは、それらを覆う悲哀の色、暗い色調である。全体を支配しているのは、人間存在自体から発する「殷憂」（殷き憂い）であり、ペシミズムだと言ってよい。テッサリアに威を揮い、その豪勢な富を誇っていたスコパスの一族が一瞬にして冥府へと降り、栄耀栄華も瞬時にして消滅する様を自らの眼で見届けた詩人の作だけに、その詠うところは実感がこもっていて胸に迫るものがある。人間の力の脆さと無力、人智の限界、死の遍在と公平を詠う詩句を積み重ねた最初の詩（五二〇番）は、それによって、愛する者を喪っ

た人たちを慰めることを意図した作であろう。「生は苦艱、死は不可避で死すべき身である以上すべての人間は死ぬもの、さればあまり悲しむなかれ」というのがその言わんとするところだと思われる。この死生観自体は、人間を言うのに「死すべき者」（θνητοί, βροτοί）の語をもってするギリシア人の伝統的な観念であってシモニデス固有のものではないが、それをこのように詠っているのが、やはり詩人の業である。キャンベルが指摘しているように、ミムネルモスにも見られる、人の上に「死が覆いかかる」という表現は、冥府でタンタロスの頭上にのしかかり、脅かしている岩を想起させる効果的な表現である。最後の詩句「善人だろうが、悪人だろうが」は、「高貴な者だろうが、貧者だろうが」という意味合いにも解され、要は、貴きも卑しきも、富めるも貧しきも、すべては同じく死の手に屈するのだということであろう。万人を訪れる死というものの公平さは、ピンダロスによっても「ネメア祝勝歌」第七歌の中で、

富める者にも貧しき者にも、死という果てが分かち与えられているのだ。

と詠われているが、シモニデスの最後の詩句は、死の必然を言った後で、「善人だろうが、悪人だろうが（あるいは富めるも貧しきも）」と、突き放したように言い放っている物言いが、一層冷厳な事実を突きつける効果を上げている。

続く五二一番の悼歌は、惨死したスコパス一族の悲劇的な終焉への感慨をこめて詠われた詩である。この詩も全篇濃い悲哀に彩られているが、スコパス家の悲劇を念頭に置きながらも、詩人は個人的な悲哀の念におぼれてはいない。人間の生の不確かさ、幸福のはかなさ、脆さを強く打ち出したこの一篇には、より高い次元から人間というものの普遍的な運命を冷静に熟視する詩人のまなざしがある。シモニデスは知者として、諦念をもって幸福の移ろいやすさと盛者必衰の理を説いているのである。

この詩を読んだ読者の脳裡に浮かぶのは、並びなき知者、名君としての栄光の頂点から不幸のどん底へと一気に突き落とされた、オイディプス王の悲運を歌うソポクレスの悲劇の最後を飾るコロスの歌であろう。

されば死すべき人間の身は　はるかに最期の日の見きわめを待て。
何らの苦しみにもあわずして　この世のきわに至るまでは、
何びとをも幸福とは呼ぶなかれ。

（一五二八―三〇行　藤沢令夫訳）

また人間の運命が急激に変転暗転する様を、大空をすばやく飛び交う蜻蛉の動きに喩えたその比喩の巧みさが、ここでは絶妙なはたらきをしているのが印象的である。われわれの眼には冷徹非情とまで映るシモニデスのこのような人間把握は、次の詩にも窺われる。虚飾を去った簡潔な詩句のうちに、所詮は「死すべき者」でしかない人間の生のいとなみの究極的な虚しさを言ったものである。世に讃えられた大いなる功業、事蹟であれ営々と積み上げられた巨万の富であれ、人間のいとなみが生んだものはすべて、死と共に虚無の淵に沈み、ついには空無に帰すという絶望的なまでに暗い認識を詩人はこう詠う。人は死してもなおその功業、朽ちせぬ名声は残るというのがホメロス以来のギリシア人一般の考えであり、シモニデス自身も、テルモピュライで玉砕したギリシアの戦士たちを讃えた詩ではそう詠っているのだが、あたかもそれを忘れたかのようである。

なべてのもの、行き着く果はただ一つの、おぞましき
底なき深淵（カリュブディス）なれば、大いなる功業も、また富も。

（断片五二二・キャンベル）

シモニデスはここで万物を迎え入れ呑み込む冥府を、あらゆるものを巻き込んでしまう深海の恐るべき渦巻きであるカリュブディスになぞらえているが、不気味さを感じさせるその表現が、詩的効果を上げていると言える。
詩人は、人間の生は苦艱、人生は涙の谷、幸福は永続せずして神々の意によりその喪失は必然と観じて、それを次の二篇でこんな風に詠ってもいる。「神はいともたやすく人間（ひと）の心を欺く」というのが詩人の信念であった。いずれもやはり悲哀の色が濃い作で、その非情とも言える人間観が詩句の間から重く響く。次の詩（断片五二三番）は、おそらくヘラクレスを念頭に置いての作であろう。

　そのかみ世に在りたもうた、
　主（あるじ）なる神々の子として生を享けた半神たちとても、
　艱難（くるしみ）を知らず、破滅に身をさらし、危機にも瀕せずして、
　老境に至ることはなかったのだから。

（断片五二三・キャンベル）

人間（ひと）の身にして予測できぬ厄災（わざわい）など
ありはせぬ。ほんのはつかの間に
神はあらゆるものをひっくり返しておしまいになるのだ。

（断片五二七・キャンベル）

神意を前にしての人間の絶対的な無力を説いた右の一篇は、アルキロコスの詩（断片）に見られる、
　万事は神の御心に委ねらる。しばしば神々は、

か黒い地上に倒れ伏す者らを立ち上がらせたが、またしばしば
大地をしっかと踏みしめて立つ者を、
あおむけに転(まろ)ばしたもう。（前出）

という詩句を想起させずにはおかない。

ここで眼を転じて、テルモピュライでの戦死者たちを悼んだ名高い詩を一瞥しておこう。シモニデスがペルシア戦争で斃れたギリシアの戦士たちを悼んだ哀悼詩・碑銘詩の作者としてその詩名をいやがうえにも高め、また不朽のものとしたことは先に述べたところだが、次節で眺める数多くのエピグラム詩形による哀悼詩・碑銘詩のほかに、傑作とされるのは次の詩である。凛として調べ高く、無駄のない引き締まった詩句を重ねたその詩は、死者たちへの限りない思いを託した作として名詩の名に恥じない。テルモピュライでペルシアの大軍を迎え討って壮絶な死を遂げた戦士たちを詠ったこの詩は、これを頌歌と見るか悼歌と見るか学者の間で見解が異なっているばかりか、詩句の細部の解釈に関してはあれこれと異説があって実に厄介である。その拙訳を掲げておく。バウラは、これはテルモピュライの戦死者たちのためにスパルタに建てられた神殿において、その追悼の式典で合唱されたものだとしている。

テルモピュライで斃れた戦士らの
幸せはいや高い誉れ、うるわしきはその運命(さだめ)、
墓石となれるは祭壇、哀哭に代わるは想い出、嘆きに代えては頌歌(ほめうた)。
かほどの弔いの証(あかし)をば、もの蝕む錆も、
万物を屈せしむる時劫(とき)とても、

翳らせることはなかろう。
勇士らの塋域の選び据えたる墓守は
ギリシアの栄光。スパルタ王レオニダスこそは
その証人、これは大いなる武勲に身を飾り、
永遠に朽ちせぬ高き名を後の世までとどめし人。

（断片五三一・キャンベル）

今度は、ホメロス以来の伝統となっている、人の世のはかなさ、人生短促の嘆きを詠い、人々にその自覚を促す箴言風の詩を一篇瞥見しておこう。中国の古典詩では漢代の「古詩十九首」以来、人間の命のはかなさを詠うことが詩的伝統となっており、「人生寄一世／奄忽若飆塵（人生　一世に寄す／奄忽として飆塵の若し）」とか、「人生幾何／譬如朝露（人生　幾何ぞ、譬えば朝露の如し）」（曹操）、「哀哉人名微／飄若風塵逝（哀しい哉　人の命は微なり／飄ようこと風塵の逝くが如し）」（阮籍）といったよく知られた詩句はそれを物語っているが、ギリシアもまた同じ詩的伝統をもつ。中でもホメロスの名高い詩句と、ピンダロスの「ピュティア祝勝歌」第八歌に見られる、

はかなきものよ、人間とは何ぞ、また何ならぬぞ?
人間とは影の夢。（九五―九六行）

という詩句は、人間存在のはかなさを詠った名詩句として名高い。人の世の移ろいを生え変わる木の葉に喩えたホメロスの名高い詩句に共感を示すところから始まるその詩は、およそこんな内容の詩である。

これぞキオス生まれ人の吐きし最もよきことば、

「人間の世代の移り変わりは、木の葉にさも似たり」との。
世にある死すべき身の者らのうち、耳もてそれを聞くも
心に畳み込む者はわずか。人それぞれに胸中に
あだなる希望を抱くものなれば、それは若き人らの心に芽生えるもの。
人間はいとおしい青春の華の齢にあるうちは、
軽々しい心で果しえぬ多くのことどもに思いをめぐらす。
年老いることも、死ぬことも夢にも思い至らず、
身が健やかであるときは、病のことなぞ思い煩うこともないゆえに。
愚かな者らよ、さような考えを抱くとは。死すべき者らには
青春の日々も、生涯もわずかな時間に過ぎぬとも知らないで。
このことをしかとわきまえ、生の終焉に臨んだら、
魂をよきことへと優游せしめて、ただ耐えよ。

（エレゲイア八・キャンベル）

知者として世の人々に人生短促を覚らせようという、教訓詩と言ってもよい詩である。人間世界にあらゆる不幸の種を蒔いたとされるパンドラが、ゼウスに与えられて持ち来った瓶にはあらゆる厄災がつめられていたが、その一つは「希望」であった。これからも知られるように、「希望」とはしばしば実現不可能な「あだなるもの」ととらえる意識がギリシア人にはあった。ここでも希望はそのような否定的な位相の下にとらえられている。人間にとって希望というものが不確実で当てにならぬことは、ピンダロスによっても「オリュンピア祝勝歌」第一

二歌の中で、

人間が抱く希望というものは
しばしば上へ、かと思えばまた下へと転(まろ)びつつ、
虚しい偽りを切り裂いて進みゆくものである。

と詠われているところである。人の世のはかなさを説く右の一篇は、理に落ちていて詩としての出来栄えは上乗とは言いかねるが、やはり人間の生の実相を熟視し、老いと死を不可避として説く悲哀に満ちた作として印象深い。そこには冷徹に生を見つめる詩人の眼は感じられるが、老いや死を克服、超克しようというような態度は認められない。「死すべき身」をもってさようなことを企てるのは増上慢だというのであろうか。それとも老いや死を前にしては、人間はあまりにも非力、無力だと言いたいのだろうか。詩人はただ諦念をこめて、はかない生に堪えよと説くのみである。その態度には、

生命幾何時　　生命は幾何(いくばく)の時ぞ
慷慨各努力　　慷慨して各(おの)おの努力せよ

と『詠懐詩』で詠う阮籍ほどの精神の剛さは見られないと言ってよい。

さて哀悼詩・碑銘詩へと視点を転じる前に、ダナエの嘆きをテーマとした物語風の詩を掲げて、これにも一言加えておきたい。ハリカルナッソスのディオニュシオスやクインティリアヌスが讃え、古人の心をも強く揺るがした哀憐の情を惹き起こす詩人の特長が、色濃く漂う一篇である。これは伝存するシモニデスの詩の断片の中では最も長いものである。断片であるため、この詩がディテュランボスの一部なのか、悼歌なのか、祝勝歌なのか

は不明である。よく知られたダナエに関する神話伝説によれば、アルゴスの王アクシリオスは、神託によって娘の腹から生まれた子に殺されるであろうと告げられ、彼女の妊娠を怖れて青銅の塔を作って閉じ込めた。だがその美貌に惹かれたゼウスが、黄金の雨に姿を変えてダナエの膝に流れ落ち、彼女と交わってペルセウスを身ごもらせた。それを知ったアクシリオスは二人を箱に入れて海に流した、という話である。ゼウスが黄金の雨と変じてダナエと交わった次第はオウィディウスの『変身物語』で描かれ、それに拠ってルネッサンス時代以降さまざまな画家によって描かれたが、愛する幼子とともに海上に漂うダナエの姿を詠った詩は、ギリシアにもあまりない。シモニデスの詩は断片であるから、断定はできないが、残った部分から判断する限り、ダナエに関する神話伝承の中から、一点に絞って最も危機的な場面を選び出し、幼子ペルセウスと共に海中に投じられ、生命の危機に瀕して祈るダナエの姿を、みごとに描き出したその技量、描写力はさすがと思わせるものがある（ちなみに、ダナエに関するこの伝承は前五世紀のアテナイでは人気を呼び、壺絵などにも好んで描かれた。アイスキュロスに、ダナエの物語をテーマとした悲劇三部作があったが失われ、伝存するのはサテュロス劇『網曳きたち』の断片のみである。同じテーマをあつかったエウリピデスの悲劇も失われて、断片のみが伝わっている）。その視覚性豊かで絵画的な詩句は平明ではあるが、稀語を多く用い、配列の妙を極め彫琢を凝らしたものであって、これを日本語に移すのは容易ではない。ちなみにこの詩は後世の詩人たちにも訴えるところが多かったと見え、何人ものイタリアの著名な詩人たちがその韻文訳を試み、詩技の妙を競っている。遺憾ながら、拙訳は原詩の面影を伝えうるものではない。

巧みに浮彫を施された
箱の中で、
吹きつのる風が

海を波立たせ、彼女を
怖れでうちのめす、両頬をしとど涙に濡らして、
彼女はペルセウスを胸にかき抱き、
言うようは、「吾子よ、なんという苦艱(くるしみ)に遭うのでしょう。
でもおまえはすやすやと眠っているのね、
幼な心のままに無心に、
夜目にもしるく耀く
青銅の鋲打った無慈悲な箱の中に寝かされて。
海水が打ちかかっては
おまえの髪の上でざわめく塩辛い波も、
吹きすさぶ風の音も少しも気にせずに、
緋の布にくるまれ、かわいい顔をして。
でもおまえがほんとにこの怖さを知ったなら、
その小さなお耳で、わたしの言うことを
聞いてくれるでしょうに。
母の言うことをきいて、さあお眠り、
海も眠れ、計りしれぬ厄災(わざわい)もまた眠れよ。
父なるゼウスよ、なにほどかの御心変わりの印が、
おんもとから示されますように。

わたくしのこの祈りが、義に背いた思い上がったものならば、
お赦しなさってくださいませ。

（断片五四三・キャンベル）

先にも言ったとおり、読者に憐憫の情を起こさせる点で、シモニデスは卓抜した才を示したとされるが、右に引いたドラマティックな詩は、それを裏づけるのに十分である。漆黒の闇の中で、大浪に弄ばれて大海原を漂うという絶望的な状況にあって、迫りくる死の恐怖におののきながらも、幼いわが子をやさしくいたわるダナエの悲痛な言葉は読者の肺腑をえぐるものがある。不思議なことだが、ギリシアの詩には母のやさしい愛を詠った作は稀である。わずかに、『イリアス』第六巻の「ヘクトルとアンドロマケの語らい」の段で、父ヘクトルの輝く兜の飾りに怯えて泣き出した幼いアステュアナクスを、涙にぬれた顔で笑いながら胸に抱きとるアンドロマケの姿や、娘クレイスへの愛を詠ったサッポーの詩が脳裡に浮かぶ程度である。母の愛を詠ったシモニデスの右の詩は、その意味でも貴重な作品だと言えよう。これは断片ではあるが、それだけで自立した力を秘めたこの一篇は、「詩はもの言う絵画である」という詩人の定義を想起させるばかりか、物語り手としても、シモニデスの手腕が並々ならぬものであったことを示している。

哀悼詩――碑銘詩（献詩をも含む）の世界

最後に、詩人シモニデスの名を不朽のものとし、後世にまでその詩名をとどろかしめた数多くの哀悼詩・碑銘詩の中から秀詩、佳篇と言えるもの何篇か選び出し、それを眺めわたしておこう。先に吟味したテルモピュライ

での戦死者たちを悼み讃頌する詩（これはエピグラム詩ではないが）を含めると、この詩人の名のもとに伝わる死者を悼む哀悼詩・碑銘詩は、実に九〇篇にも上る（より厳密に言えば、そのうちの何篇かは奉献詩とすべき作であるが）。その中でもとりわけ傑作として古来世に知られているのが、本章の冒頭に近い部分で掲げた、呉茂一氏の名訳によってわが国にも知られる古今に冠絶する名詩二篇「テルモピュライなるスパルタ人の墓銘に」と、サラミスの海戦で死んだコリントス人を悼んだ碑銘詩である。私には呉訳を越える訳詩は到底できないので、この二篇は除くこととし、呉氏の訳筆に上っていない詩をも引いてみる。それはすなわち、既にその作品の最良の部分が、呉氏の名訳によって紹介されているシモニデスの哀悼詩・碑銘詩の落穂拾いを兼ねることに他ならないが、これもまた後人の役割であろう。

すでに述べたように、シモニデスの哀悼詩・碑銘詩に関しては厄介な問題がある。この詩人の哀悼詩・碑銘詩は、『ギリシア詞華集』に収めるものだけでも三〇篇以上に上るが、そのうちのどれほどが詩人の真作かどうかは、古典学者の間でも見解の一致を見ていない。哀悼詩・碑銘詩の名手としてのシモニデスの名が高まるにつれ、シモニデスの詩に倣った多くの擬作・偽作がこの詩人に仮託されたため、真贋の見分けがつかなくなったのである。中には明らかに後人の作であることが知れる作もあるが、多くは判別が困難である。真贋はともあれ、最良の作品を除いた落ち穂拾いではあるが、死者をテーマとする詩で、今日なお読者の心に訴えるところがあり、記憶にとどめるに値すると思われる作を選んでみた。

まず先に、ペルシア戦争で斃れた有名無名のギリシアの戦士たちをテーマとした詩を、続けて掲げる（やはりペルシア戦争に関わる詩であるが、その内容からすればむしろ奉献詩と見るべき二篇をも、これに含めることとする）。いずれの詩も、テルモピュライで死者たちを悼んだ絶唱にこそ及ばないが、哀悼詩・碑銘詩作者としてのシモニデスの高い名声を裏付けるに足る作だと言える。

これはその名も高きメギステスが碑(いしぶみ)、かつて
スペルケイオス河を越えて寄せきたるメディア人(びと)らの手に斃る。
予言者なれば、身を襲いくる死の運命(さだめ)をしかと覚れるも、
スパルタの将士をらを捨てるに忍びあえざりき。

(哀悼詩・碑銘詩第六番・キャンベル)

これはシモニデスが交友があったと見られる、予言者メギステスの死を悼み讃えて、詩人がみずから進んで碑銘詩として作ったものだとされている。伝説上名高い予言者メランプスの子孫と伝えられ、自身も名高い予言者であったアカルナイのメギステスは、スパルタ軍に従軍して戦いの帰趨を占ったところ、明日ペルシア軍の来襲により、テルモピュライで全員戦死ということが明らかとなった。レオニダス王が彼を送り返そうとしたが肯ぜず、踏みとどまってスパルタの将士とともに討たれて死んだという。張り詰めた格調高い詩句のうちに、名高い予言者の潔い死が、深い哀悼の念をこめて詠われている。よく知られた一篇である。

土地広きスパルタの王レオニダスよ、おんみとともに死し、
この土塊(つちくれ)の下に眠る者らに栄光あれ、
あまたの弓擁し、足速き駿馬(うま)駆るメディアの大群を迎え討って
相戦い、よく防ぎ得た者らに。

(同七番・キャンベル)

栄えある死を遂げることこそが、武徳(とく)の極みならば、

運命女神（テュケ）は万人にすぐってわれらにそれを与えたというもの。
ギリシアの自由を護らんとて獅子奮迅と戦い、われらここに臥す、
朽ちることなき世の称賛を贏（かちえ）て。

（同八番・キャンベル）

ここに斃れし兵（つわもの）らは、永劫に朽ちることなき栄光（ほまれ）もて
愛する祖国（くに）をばつつみて、かぐろき死の衣まといし者ら、
死すれども死せるにはあらず、そも士（もののふ）らが武勇の誉れは、
今なお我らが中に生きて、冥王が府より蘇り来れば。

（同九番・キャンベル）

これはアテナイの子ら、ペルシアの軍勢を打ち破り、
悲惨なる隷従の日々から祖国（くに）を救いし者ら。

（同一八番・キャンベル）

アシアの地より来寇せしあらゆる種族（うから）をば、
アテナイの子ら、かつてこの海での海戦（ふないくさ）で打ち破り、
ペルシア人（びと）らの軍勢潰え去りしがゆえに、
この印を処女神アテナに奉納す。

（奉献詩・二四番*・キャンベル）

＊アルテミシオンのアルテミス神殿の石柱に刻まれていた刻文。

大海(わだつみ)がエウロパとアシアとを分け、荒ぶるアレスが
死すべき身の者らの町々をその手中に収めし日以来、
地上に生きる人間(ひと)のなしたる業で、かほどの大業が
陸と海とで一時(いちどき)に成し遂げられたること、かつて一度(ひとたび)もなし。
かの人らは、キュプロスの地であまたのペルシア兵をば屠(ほふ)り、
海にあってはフェニキアの軍船(ふね)百隻を、
乗り組める者もろともに鹵獲せり。アシアは大声で呻きぬ、
戦(いくさ)の力発揮せる、かの人らの両手(もろて)に撃たれて。

（奉献詩・四五番・キャンベル）

＊「かの人ら」とはアテナイ人。戦利品の十分の一を神に奉納した際に、奉納品に付した刻文。

これはそのかみエウリュメドンの辺(ほとり)で、輝く青春(はる)の華を散らした者ら、
陸(くが)で槍振るい、さてはまた速き船に乗り、
弓背負うペルシア勢の戦陣と競(きお)い戦って。
死してなお、たぐいなき武勇の誉れを後の世に遺したる者ら。

（碑銘詩・哀悼詩・四六番・キャンベル）

羊に饒(ゆたか)なテゲアを護らんとて斃れし、

この墓に眠る勇者らを永く記憶にとどめん。たとえ死せりとも、
ギリシアがその頭(こうべ)より自由の冠奪わるることなからしめんと、
槍振るって町のため戦いし戦士(もののふ)らを。

（同五四番・キャンベル）

右に続けて引いた八篇は、それぞれ詩としての出来栄えには差はあり、いささか型にはまっている感なしとしないが、これは一定の型、作法に従って作られる哀悼詩・碑銘詩というものの性格に由来する。いずれの詩も、難敵ペルシアに打ち勝ってギリシア全土が高揚した気分に包まれていた折の作であって、シモニデスはここで全ギリシア人になりかわって、その代弁者となっているのである。それゆえどの詩も、ギリシア世界の命運を決した二度にわたる戦いで身を呈して戦い、それに斃れたあまたのギリシア人たちを弔い、哀悼する気持ちが切々と伝わってくる佳篇であることは確かだ。詩人は全ギリシア人になりかわっての、祖国を救って斃れた亡き同胞への真摯な思いと、その崇高な死への称賛とをこれらの詩に籠めているのである。過度の感情の流出や表白を抑え、抑制され節度を保った表現で淡々と、戦いに斃れた人々の姿やその誇り、彼らを包む朽ちざる栄光を謳い上げているその技量は、やはり職業詩人としての手腕のほどを遺憾なく示していると言ってよい。ペルシア戦争で斃れた同胞を悼む詩は、他の詩人たちによっても数多く作られてはいるが、やはりシモニデスが一頭他を抜いている。ちなみにマラトンの戦いに斃れた人々を詠った碑銘詩の競作においてシモニデスに敗れたという、アイスキュロス作の碑銘詩は次のような作である。

かぐろきは死の運命(さだめ)槍にすぐれた士(もののふ)らをも倒しぬ、
あまたの羊飼う祖国(くに)護らんと戦いし者らを。

されど斃れたる者らの栄えある名は今に生き、
猛き者たりし兵らが遺骸は、ここオッサの土につつまれて眠る。

マラトンの戦いで戦死したテッサリア人兵士たちのためのこの詩は、アイスキュロスの伝存する唯一の碑銘詩だが、なかなかの出来栄えであって、シモニデスのそれに比してもさして遜色はない。抒情詩人でこそなけれ、さすがは大悲劇作者の筆になる作だけのことはある。
さてすぐれた哀悼詩・碑銘詩作者としてのシモニデスの詩才は、これまでに見たようなペルシア戦争での死者を悼む詩においてばかり発揮されているわけではない。このようないわば公的な立場からではなく、さまざまに私人の要請に応じて作った哀悼詩・碑銘詩もまた多く、その中にはなかなかの秀詩、佳篇もあって捨てがたいものがある。そのような作を幾つか引いてみよう。

呪わしい病よ、なにとて人間の魂が
うるわしい青春の齢にとどまるのを惜しむのか？
年若いティマルコスの楽しい日々を奪い去るとは、
まだ花嫁の姿も見ぬうちに。

（同七〇番・キャンベル）

ここにピュトナクスとその兄弟とを大地が覆う、
うるわしい青春の盛りをも見ずしてみまかりし子らをば。
逝きしわが子らがため父メガリストスが碑を建てたは、

郵便はがき

料金受取人払郵便

左京局
承認
3060

差出有効期限
平成31年
6月30日まで

606-8790

(受取人)
京都市左京区吉田近衛町69
京都大学吉田南構

京都大学学術出版会
読者カード係

▶ご購入申込書

書　名	定　価	冊　数

1. 下記書店での受け取りを希望する。

都道　　　市区　店
府県　　　町　　名

2. 直接裏面住所へ届けて下さい。

お支払い方法：郵便振替／代引　公費書類(　　)通　宛名：

送料　ご注文 本体価格合計額　1万円未満：350円／1万円以上：無料
代引の場合は金額にかかわらず一律230円

京都大学学術出版会
TEL 075-761-6182　学内内線2589 / FAX 075-761-6190
URL http://www.kyoto-up.or.jp/　E-MAIL sales@kyoto-up.or.

数ですがお買い上げいただいた本のタイトルをお書き下さい。

名）

書についてのご感想・ご質問、その他ご意見など、ご自由にお書き下さい。

名前

（　　歳）

住所

〒

TEL

職業

■ご勤務先・学校名

属学会・研究団体

MAIL

構入の動機

.店頭で現物をみて　B.新聞・雑誌広告（雑誌名　　）

.メルマガ・ML（　　）

.小会図書目録　E.小会からの新刊案内（DM）

書評（　　）

.人にすすめられた　H.テキスト　I.その他

常的に参考にされている専門書（含 欧文書）の情報媒体は何ですか。

構入書店名

都道府県　市区町　店名

講読ありがとうございます。このカードは小会の図書およびブックフェア等催事ご案内のお届けのほか、
・編集上の資料とさせていただきます。お手数ですがご記入の上、切手を貼らずにご投函下さい。
種案内の受け取りを希望されない方は右に○印をおつけ下さい。　案内不要

せめても亡き子らに朽ちざる印を贈らんとの心ぞ。

（同七三番・キャンベル）

この僕、ゴルギッポスは、婚礼の新床も見ることなしに、
誰とても逃れえぬ髪うるわしきペルセポネの館へと降った者。

（同八一番・キャンベル）

この三篇は『ギリシア詞華集』に数多く見られる夭折者を悼んだ詩であるが、亡き若者を悼む肉親、縁者の嘆きが十分に感情移入されて伝わってくる作だと言える。また戦死者を悼む詩でも、公的な立場からではなく私的な立場から詠われたこんな佳篇も見られる。愛息を喪った父がその死を悼んで詩人に請うての作であろう。

父の胸に抱かれてプロトマコスが、
青春のうるわしい息の根を吐き出して命絶えたとき、言うようは
「父上、愛する息子をお忘れになることはありますまい、
またその子の武勇と徳とを惜しみ恋うることをも」。

（同七四番・キャンベル）

哀悼詩・碑銘詩といっても、そのすべてがこれまでに見た詩のように悲哀につつまれているものとは限らない。シモニデスは諧謔をも解する詩人であり、時に皮肉を交えたこんな碑銘詩をも遺している。その詩の多様な色彩を物語っていて興味深い。

このわし、クレタはゴルテュンの生まれ、プロタコスここに眠る。

ここへ来たのはこんな目に遭うためじゃなく、商売のためだったんですがねえ。

（同七八番・キャンベル）

そこなお人、ご覧なされるはクロイソス王の奥津城なんかじゃありませんぞ。
貧乏人のちっぽけな墓だが、わしにゃあこれで十分だ。

（同八〇番・キャンベル）

とりわけ愉快なのは、ロドス島出身のへぼ詩人ティモクレオンを揶揄したこんな碑銘詩である。諧謔をもよくするシモニデスの技量のほどを偲ばせる作と言えよう。

たらふく飲み、たらふく喰らい、さんざん世の人に悪態をついて、
このわし、ロドス生まれのティモクレオンここに眠る。

（同三七番・キャンベル）

このへぼ詩人はテミストクレスと親しい仲であったが、ペルシア戦争に際してはいち早くペルシア側に寝返り、ペルシア王の宮廷で東方朔のような道化役を演じていた人物である。戦後ギリシアに戻り、テミストクレスのつてを頼って故郷ロドスへ帰ろうとして果たせず、その腹いせにテミストクレスをさんざんに罵った詩を作ったけちな男であった。右のシモニデスの碑銘詩は、この男の在世中に作られたもので、テミストクレスの友人としての、シモニデスの側からの痛烈な反撃である。『ギリシア詞華集』にはこの詩に続いて、一説にシモニデス作ともされる逸名の作者による、右の詩に劣らぬ愉快な詩が載っているので（第七巻三四九番）、それも覗いておこう。

　　ちょっぴり喰らい、ちょっぴり飲み、さんざん病気をして長生きし、
　　ようやくこの俺も死んだわい。みんなも一緒にくたばりやがれ。

これは先のシモニデスの詩のパロディーかとも考えられる。

　という次第でこれまで、ある意味では最もギリシア的な詩人だと私の眼には映るシモニデスその人と、その詩的世界の一端をざっと眺めてきた。いかにも古き世の異邦の詩人ではあるが、不思議と遥か後の世に生きるわれわれ東洋人の心をもとらえうる相貌が、この素描によって少しは明らかになったであろうか。

六　ピンダロス

難解なる至高の詩人

「ギリシア抒情詩人中の最高の詩人（lyricorum princeps）」（クインティリアヌス『弁論術教程』第一〇巻六一）、「至高の詩人」——これがボイオティアのテバイが生んだピンダロスに下された評価である。古来ギリシア抒情詩の究極的な到達点を示す詩人として崇められているのが、この詩人である。だが正直に言って、ピンダロスはわれわれ日本人にとっては、あるいは東洋人にとっては、最も抵抗の大きい詩人であることは否めない。世にこれほど崇められ畏敬されている詩人でありながら、実際にはこれほど読まれない詩人もいないであろう。ギリシアの詩人にしては稀なことだが、幸いにもその主要作品である四大祝勝歌集が亡佚せずに伝存しているこの詩人の詩的世界は、容易なことでは現代の読者には参入を許さない。「わが詩書の扉固く、多くを拒む」とはわが国のさる詩人がその詩集に掲げたエピグラフだが、ピンダロスの詩がまさにそれである。それはわが国の読者にとっては、事実上閉じられた詩的世界だと言ってもよい。そもそも本来旋律と舞踊をともなう総合芸術であった「合唱抒情詩」というようなものが、われわれ東洋人にはおよそ縁遠いものである上、その一種であるオリュンピアを

ピンダロス
（前 522 頃〜443 頃）

はじめとする各種競技会の優勝者を讃え言祝ぐ「祝勝歌」なるものも、これまた現代人にとってはなんとも縁遠く親しみにくいものであるという事実がある。それがもっぱら、落日を前に最後の輝きを放っていた当時の僭主たちや王侯貴族、権力者を讃えるものとあっては、なおさらのことである。近代語訳でピンダロスに接する現代欧米の読者にとっても、ことはやはり同様ではないかと思われる。とはいえ、欧米では現在でも対訳版を含むピンダロスの祝勝歌の全訳、抄訳詩集が数多く出ているから、この難解な古の詩人に関心をもつそれなりの読者がいるということであり、そこはやはり文学的伝統、文学的土壌の相違というものを感じさせずにはおかない。古典学者や詩人たちによるピンダロスの近代語訳は実にさまざまなものがあって、その中にはドイツの詩人ヘルダーリンや大学者フンボルトによるドイツ語訳などもある。

古典学者を別とすれば、わが国でこのギリシア詩人に関心を示したのは、ギリシア古典の造詣が深かった博雅の詩人鷲巣繁男氏と、詩人嵯峨信之氏ぐらいなものであろう。鷲巣氏は、そのエッセイの中で幾度かピンダロスに言及しているが、嵯峨氏の詩集『愛と詩の数え唄』の中の一篇「利根川」には、次のような一節が見られる。

アテナイの神殿をのぼる若者にひそかにその影を見ていたのだろう
あの勝者にかずかずの頌歌を捧げたピンダロスが
ピンダロスはその他のことは何も言っていない
と言って
——人間は影がみる夢である

ピンダロスなどまったく眼中にないわが国の詩人たちの間に、このギリシア詩人の最も名高い詩句が織り込まれていること自体が驚きだと言ってよい。ほかには世界的なイスラム学者として知られる井筒俊彦氏が、若年の頃に世に問うた、ピンダロスの神観念を論じた独自のピンダロス論があるのが眼を惹く程度である。わが国の古典学者による労作としては安西眞氏による『ピンダロス研究』、小池登氏による『ピンダロス　祝勝歌研究』があり、ともにきわめて高い研究水準を示しているが、いずれも専門家を対象とした学問的な研究であって、わが国の一般の読者をピンダロスの詩的世界に誘うものではない。

率直に言って、佶屈聱牙（きっくつごうが）、精巧にして巧緻をきわめた、絢爛にして荘重瑰麗な、しばしば神秘めかした晦渋そのものの詩的言語で綴られた、宗教色が濃く長たらしいピンダロスの詩は、親しみがたい。それに翻訳それも邦訳で接するとなると、その通読は大いなる忍耐を要するばかりか、しばしば苦痛を伴うものとなる。なにぶんその一種異様な言語表現は、一七世紀のイギリスの詩人カウリーがピンダロスの翻訳を世に問うたとき、その序文で、「もし人がピンダロスを逐語的に翻訳するということを敢えてしたならば、狂人が別の狂人の作品を翻訳したものと思われるであろう」と述べたほどのものであって、その詩的発想、思考の跡をたどることは容易ではない。それゆえその詩の翻訳は、訳者がそれを解釈し解きほぐした説明的なものにならざるをえないが、それを通じてでもなお、読者がこの詩人の世界に入り込むことは相当に困難である。翻訳を通じてピンダロスがわかったという読者は、訳者のピンダロス解釈がわかったということにほかなるまい。いや、たとえ読者がギリシア語に通じていたとしても、その詩の意味するところを正確に把握することはむずかしいと言わざるをえない。なにしろ詩人自身がみずからの詩を矢に喩えて、

わが肘の下には、箙の中に速い矢があまた入っている、
だがそれは通暁せる人々にのみ語りかけ、
万人には解き聞かせる者を要する。

とその解し難さを誇っているのである（以下ピンダロスの祝勝歌を引用したりそれに言及する場合は、「祝勝歌」の名称を省き、「オリュンピア第一歌」、「ピュティア第一歌」のように表記する）。その難解さは明らかに意図的なものであって、同じく難解ではあっても、中唐の詩人李賀や晩唐の詩人李商隠の難解さとは質や趣を異にしている。「鬼才」と称された李賀が異常なまでに鋭敏な言語感覚を駆使して築き上げた、異様な表現を多く含む幻想的な詩は確かに難解である。また「獺祭魚」と綽名されたほどの数多くの典故を、それも僻典を多用し、詩と現実世界とのつながりを故意に断ち切り曖昧化した李商隠の無題詩なども、難解で不透明な部分がある。だがピンダロスの難解さ、と言うよりもその措辞表現の晦渋さは尋常のものではない。それはまさに「エルメティスム」の世界であって、まさに綺語紛紛として乱れ飛び、この詩人にのみ見出される稀語、難語の使用をはじめ、通常のギリシア語の統辞法を超えた（あるいはねじまげた）詩句の構造、意想外の大胆な比喩、「ケニング」と呼ばれる言い換え（外套を「寒風を防ぐ暖かい薬」とするような表現法）の頻出、詭巧を弄した措辞、極度に圧縮された、容易にはその意を把握しがたい謎めいた表現など、ピンダロス研究の専門家たちをも困惑させてきたものばかりである。それがアレクサンドリアの文献学者たちにとってさえもすでに難解であったことは、古注の混乱した解釈を見ればわかる。バウラが説いているように、ピンダロスが、自分の詩は通常の言語を超えた、彼固有の壮大さを備えたものでなければならず、ありふれたことばなどを用いて自作の詩の水準を下げるべきではない、との牢固たる信念を抱いていたことは確かである。みずからの詩を他の詩人たちの作とは異なる際立ったものとするために、詩句を百練千鍛して意図的に平易な表現を避け、読者（当時の人々にとっては聴衆にして観衆）の意表を突く新奇な詩句、時に鬼面人を驚かす奇矯な表現によってその詩句は築かれている。この点で、同じ祝勝歌作者として彼のライヴァルであったバッキュリデスの詩が、抒情性豊かで平明流麗であるのと好対照をなしていると言ってよい。かの皮肉屋のヴォルテールはピンダロスの詩を「ピンダロスのチンプンカンプン（galimatias Pindarique）」と評し、その詩の中で、「誰にもわからないが、／それでいてみんなが讃美しなければならぬ詩を／巧みに作った男よ」と詠っているが、それもまた無理はないとの感がある。だがそれ以上に難解なのはその詩想である。王侯貴族による四大競技会での優勝の栄誉を讃え、その氏族（ゲノス）を称揚するという、誰の眼にも明らかな外面的な目的のほかに、「詩人は一体この詩で何を言おうとしているのか」ということに関しては、あまりにも不透明な部分が大きい。一九世紀以来重ねられてきた、古典学者たちによるかまびすしい議論も、ピンダロスという詩人を、私に解き明かしてはくれなかった。結局これは私の理解を越えた詩人なのである。

　多くの読者は私と同様に、これがギリシア最高の抒情詩人だと聞かされ、ヘルダーリンやクロップシュトックやロンサールが鑽仰を捧げ、ラシーヌやミルトンが魅了され、フンボルトやヘーゲルが深い理解を示した偉大な詩人だと知って畏怖の念を抱き、その晦渋そのものの表現に内心非常な抵抗を覚え、違和感を抱きまた辟易しつつ、これに臨むのではなかろうか。強固な信念に基づく保守的な貴族主義者として、一般民衆なぞは眼中になく、ダンテ風の superbia によって己をあくまでも高く持し、好んで高いところから王侯貴族や権力者に、説教を垂れる詩人の尊大にして傲岸不遜な態度に、こみあげて来る反感や嫌悪感を抑えつつ、これも文学的教養と観念して、我慢して読むというのが、実際のところであろう。ヨーロッパの詩人や古典学者でもピンダロスを嫌悪したり、否定した人々は少なからずいる。古典に深い理解を示したエリオットはピンダロスの詩に否定的であったし、ピンダロスについての大著をものした大古典学者ヴィラモーヴィッツでさえも、この詩人を偉大な詩人とは見ていない。従来のピンダロス研究をひっくり返したと言ってもよいピンダロス学者のバンディーにしても、このテバイの詩人におよそ好意的だとは言いがたい。またピンダロスの祝勝歌全訳の偉業を果たした内田次信氏によれば、パウンドはこの詩人について「半分は呪うべきレトリシャン」と述べ、「どうやらその詩句の空虚な装飾と感じられる側面を嫌悪したようである」とのことである（ピンダロス『祝勝歌集／断片選』解説）。

ましてやわが国の読者が、翻訳によって一読これを理解し、そこに美的感動を覚えたり、魂を深く揺すぶられるということはまずあり得ないと思われる。私もまたそのような読者の一人であって、その驚嘆すべき詩的言語の操作や、彫琢精錬を極めた詩的表現や壮大な詩想には圧倒され、畏怖の念さえ覚えはするものの、ピンダロスという詩人にはどうしても共感を覚えられないし、素直に嘆賞することもできないのである。いたずらに高く飛翔するその詩想や、誇張に富み、時に奇嬌と思われるその言辞や表現は、私の眼にはしばしば空疎なものとして映る。その詩的世界は、東洋の詩歌になじんだ者にとってあまりにも異質であって、強い違和感を覚えずにこれを読むことはできない。

やはりこれは私の理解を超えた、敢えて言えば好感を抱けない詩人であって、詩人としてのその真価を知ったとは言えないし、その特質特長を把握し得たとも到底思えない。ノアウッドに見るような欧米の学者たちの手放しのピンダロス讃美に抵抗感を覚え、「ギリシア最高の抒情詩人」だとしても、東西詩史の上での最高峰の一つとしては、受け入れがたいものを感じてしまうのである。「果たしてそれほどの大詩人なのか、論者は東洋の古典詩を知って断定しているのか。杜甫、李白には遠く及ぶまい」との思いも湧いてくる。私自身かつて一知半解のまま、この詩人の祝勝歌（「ピュティア第四歌」、「イストミア第八歌」）を翻訳したり、その作品について論じたりしたこともあったが、それはもっぱら知的な関心からしたことであって、その詩に魅せられてのことではなかった。いかにもギリシアの「詩聖」とも言うべき崇高にして畏き詩人なのかもしれないが、心を奪われたことは絶えてなかったのである。

以下かなりの言を費やして、この「ギリシア最高の抒情詩人」との評価を与えられている詩人の素描をおこない、その作品に関する私なりの理解と言うよりは無理解を綴ってみよう。正直言って、この詩人に関する独自の論を展開しうるほど、私はその作品の世界に通暁しているわけではない。ピンダロスに関する以下の素描も、かつて気ままに読みかじって舐めさせられ、今はその記憶も薄れつつある欧米の先学諸家のピンダロス研究の糟粕を呈するものでしかないが、そこには東洋の一読書人としての私の独断と偏見も混じっていることを否定はしない。好感を持てず、心から惹かれることのない詩人について語るというのも、なかなかに辛いものがある。

ピンダロスを読むということ

そもそもわれわれ現代に生きる東洋の読者にとって、ピンダロスというような大昔の異邦の詩人が、王侯貴族や権力者たちを讃えるために作った、容易に解しがたい晦渋そのものの詩を読む意味はどこにあるのか？　そこには、なにほどなりともわれわれの心をとらえるものはあるのだろうか？　それがまず問題である。

読者がヨーロッパ詩の研究者であるならば、話は別である。ヨーロッパ近代の大詩人でピンダロスの詩の影響を深く受けて詩作した人は、確かに多いとは言えない。だがピンダロスの詩に深くなじんでその模倣を試み、「フランスのピンダロス」たろうとして無残にも失敗したロンサールや、やはりピンダロスに深く魅せられて『祝勝歌』を全訳したヘルダーリン、「ドイツのピンダロス」と言われたクロップシュトック、フォン・プラーテン、ベン・ジョンソン、カウリー、トマス・グレー、さらには作品にかのギリシア詩人の影響が見て取れるサン＝ジョン・ペルスといった詩人たちの作品を極めるためには、ピンダロスを読まずに済ませることはできまい。これはギリシア詩への関心が深かったプレイヤード派の詩人全体についても言えることだ。かのゲーテも若き日に一時ピンダロスに熱狂した時期があった。ヨーロッパ詩の研究者である以上、その淵源であるギリシア抒情詩に関しても、その精華と評されるピンダロスに関しても、Quid ad me? Quid ad Mercurium?（それが私になんの関係があるか）と言って済ませるわけにはゆかないであろう。苦痛に耐えてでも、ピンダロスを読み、一通りは知っておく必要があろう。ヴァレリーにしてもピンダロスはちゃんと読んでいるのである。だが世の一般の読者についてはどうだろうか。

もしも現代の読者が、往古のこの詩人の作品に多少なりとも心惹かれるような要素を見出すとすれば、それは多くの祝勝歌にちりばめられている、この詩人ならではの黄金の輝きを放つ詩句によってであろう。これぱかりはこの詩人ならではの詩魂の発露、そのみごとな結晶であって、他の詩人たちには容易には見出せぬものである。作品全体を理解、鑑賞することはかなわぬまでも、翻訳を通じてその詩句を拾うだけでも、この難解、晦渋な詩人の作品を読むに値するかもしれない。ピンダロスに限らず一般に古典詩には、灰色の日々の連なりである平板な日常生活に埋没しているわれわれを、それを越えた高遠な世界へと誘う力があるが、この大昔のギリシアの詩人の詩句の幾つかは、それだけの力を秘めている場合があることは否めない。それは翻訳を通じてさえも、ある程度は感得できるはずである。

端的に言って、この詩人が作品の中で繰り広げる異様かつ独自の言語世界を、翻訳で伝えることはまず不可能か、少なくともヘルダーリンと同程度の詩才を要する。卓抜なピンダロス論を書いたノアウッドもピンダロスを翻訳することの難しさを認め、他のどの第一級の詩人たちにも増して翻訳困難な詩人であるとしている。ホメロスのみごとな翻訳によって知られるラティモアの英訳を見ても、詩的味わいの豊かなギリシア抒情詩の翻訳を数多く生んだロマニョリのイタリア語訳に接しても、なおこの感は深まるばかりであって、他の翻訳は言わずもがなである。

他の合唱抒情詩と同じく、ピンダロスに関しても、同時代のギリシア人が嘆賞したであろう音楽的側面と、それに伴った舞踊とは完全に失われて伝わらないから、われわれに残されているのはテクストのみ、つまりその詩想を盛った言語表現のみである。それによってピンダロスに接するほかないわれわれとしては、詩想そのものとそれを表出、表現した詩句を（多くは翻訳を介して）味わうほかない。翻訳は黄金の詩句をも瓦礫に変えてしまうものだが、光を失ったその瓦礫の山からでさえも、かのテバイの詩人がその詩想を盛った深い人間洞察に満ちた詩句を拾うことは可能だし、その中になにほどかは現代の読者の心に迫るものがないとは言い切れない。例えば「ピュティア第八歌」の末尾を飾る、人間存在への問いかけを含む名高い詩句、

はかなきものよ、人間（ひと）とは何ぞ？　また何ならぬぞ？
人間（ひと）とは夢の影。だがゼウスが授ける輝きが人間（ひと）のもとに届くと、
耀く光が人に添うて、甘美なる生が授かるもの。

（九五―九八行）

という詩句などは、われわれの心を動かし得る力を秘めている。またポール・ヴァレリーが「海辺の墓地」にエピグラフとして掲げたことでも知られる、「ピュティア第三歌」の、

わが魂よ、不死の生を求むるなかれ、
果しうるかぎりのことに力を尽くせ。

（六一―六二行）

という印象深い詩句は、記憶にとどめるに値しよう。このような詩句は随所にある。「ネメア第五歌」に見られる、

真実がすべての顔をあらわすことがよいとは言えぬ、
沈黙を守ることが、人間にとって
しばしば最も賢明な思慮というもの。

（一七―一八行）

という詩句、あるいは断片に見られる、

法(ノモス)は万物の王者にして、
人間をも神々をも支配する。

（断片一六九）

戦争はそれを経験したことなき者には甘美だが、
身をもって知る者はそれが迫り来ると慄然とする。

（断片一一〇）

といったような詩句を発見することは、読者に古典詩を読む知的な喜びを与えてくれるのではなかろうか。いずれも「知者」を自負する詩人ピンダロスが、「箴言(グノーメー)」として、もっぱら選ばれた人々に向かって発したことばである。さらには、人間と神々との隔絶、人間の力量の絶対的な卑小を言いながらも、なおそこにその尊厳、いささかの神性を認めようとする姿勢を見せたものである、次のような印象深い一節も見出される。「ネメア第六歌」の冒頭に置かれた、人間の族はひとつ、神々の族もひとつ。
両者とも同じ母から気息を得ているが、あらゆる点での力量の差が
両者を隔てている。一方は無に等しいが、他方には天空が
揺るぎない青銅の御座とて存在する。それでも偉大な心性や
性において、なにほどかは不死なる神々に似てはいるのだ。

（一―五行）

という詩句がそれであるが、人間存在に関する深い洞察を含んだこのような詩句の発見は、少なからぬ忍耐と苦痛をともなうピンダロスの詩を読むという行為を、なにほどかは意味あるものと感じさせてくれるはずである。翻訳を介してピンダロスの競技祝勝歌の特殊な構造やその詩想を十全に理解し、その上でこれを味わうなどということは、わが国の、というよりも現代の一般の読者にはまず無理であろうし、その必要もなかろう。それはピンダロス研究の専門家にとってさえも、容易にはなしえないことだからである。一九世紀以来この詩人をめぐってさまざまな古典学者たちによって展開され繰り返されてきた議論、とりわけその詩の統一性をめぐるかまびすしい論争は、ピンダロスという詩人を「正しく」理解することの困難さを物語っており、われわれを辟易させるばかりである。それは正統と異端とをめぐる神学論争に似てさえもいる。

翻訳と原詩との隔たりは限りなく大きいとはいえ、われわれ東洋人の読者は、その作品の随所にちりばめられた印象深い詩句を拾って、愉しめばよいのではなかろうか。それが原詩では光彩陸離たる、耀きに満ちた黄金の詩句であることは想像するほかないにしても、である。詩人が好んで作中で披瀝する「箴言」あるいは「格言」にしても、とりわけ独創性に富んでいるわけではないし、どちらかと言えば伝統的なもので、われわれ現代の読

者がとりたてて学ぶべきものは少ない。またはるかな大昔に声望ある知者として、詩人が高みから王侯貴族や権力者たちに垂れた教訓や説教などに耳傾けたり感嘆するには及ぶまい。しかしまた、わが国の読者には、ヒエロンやテロンといったシケリアの僭主たちへの大仰な称賛の詩を、宮廷詩人として「大君は神にし座せば」などと詠った人麻呂の、王権鑽仰の歌を脳裏に浮かべて比較してみる愉しみもあり得よう。

読者が神話に特別の関心を抱いている場合は、ピンダロスがその作中で語る、ホメロス、ヘシオドスなどとは異なる趣をもつこの詩人独自の神話伝説に接することもできる。経典をもたず祭式のみで成り立つギリシアの宗教は、神話が経典に代わる役割を果たしていた文学的宗教であった。それゆえ詩人はしばしば宗教者としての役割を担ったが、ピンダロスはその点でも看過できぬ存在である。彼の神観念は他の詩人たちとは異なるところがあり、敬神の念篤い詩人としての立場から、彼以前の詩人たちの語った神話伝説の否定、是正を試み、新たな神話伝説を生み出しているからである。

詩聖ピンダロス——古代における評価

さて「ギリシア最高、最大の抒情詩人」ピンダロスとは、かくも取りつきにくく、抵抗の大きい詩人ではあるが、それにしても在世中からギリシア随一の抒情詩人として、汎ギリシア的な名声を博していたこのテバイの詩人の評価、声望はいや高く、夙にその位置は揺るぎないものとなっていた。「国民詩人」というような言い方はピンダロスにはふさわしくはなかろうが、小アジアや黒海沿岸のギリシア人植民地を除くと、ほぼギリシア全土にわたる各地の人々のために詩を作っていたこの詩人が、その故国テバイとアイギナへの偏愛にもかかわらず、ギリシア全土で歓呼をもって迎えられる汎ギリシア的な存在となっていたことは事実である。中国では杜甫が

「詩聖」の名をもって呼ばれ、わが国では柿本人麻呂が「歌聖（うたのひじり）」とされ崇められたが、ギリシアにあってはピンダロスこそがまさにそれであった。ギリシア・ローマ世界ではただ「叙事詩人」と言えばホメロスを指したように、「抒情詩人」と言えばピンダロスその人を指すようになったのである。プラトンはピンダロスの讃美者であり幾度かにわたってその詩を引いている。

『ギリシア詞華集』の逸名の詩人の言う「詩女神（ムーサ）らの聖なる口」（第九巻一八四番）であり、詩人とりわけ祝勝歌の作者としてギリシア全土にその名が轟いていたピンダロスは、令名ある詩人としてギリシア本土はもとより、シケリアからアフリカのキュレネに至るまで、ギリシア語圏各地の王侯貴族、有力者たちの愛顧を蒙って引きも切らずに招きを受け、彼らの四大競技会における勝利を讃える歌を作って、いやが上にもその詩名を高めたのであった。ペルシア戦争で祖国テバイがギリシアを裏切って、ペルシア軍に与して戦い、プラタイアの戦いで敗れて厳しい制裁を受けたにもかかわらず、親ペルシア派の貴族たちに同調したと見られるこの詩人の名声は少しも翳ることはなかった。テバイに敵対的であり、敗れたテバイに苛斂誅求をもって臨んだアテナイからさえも詩を求められたのである。

その詩名の高さはライヴァルであったシモニデス、バッキュリデスをはじめ、断然他の詩人たちを圧していた。鑽仰の的であった詩人はまだ世に在るうちに早くも偶像化され、デルポイにもアテナイにもその立像が建てられ、ロドス島では、ディアゴラスの優勝を讃えた「オリュンピア祝勝歌」第七歌がリンドスのアテナ神殿に黄金の文字で刻まれ、エジプトではアンモン神讃歌がアンモン神殿に刻まれるなどの栄誉に浴した。ピンダロスが詩人として別格の存在で一種「聖別」の対象となっていたことは、詩人がまだ少年の折にヘリコン山の麓で狩りをしていて疲れて眠り込んだところ、その口に蜜蜂が巣を作り、以来その口から甘美な詩句が流れるようになった、という伝説が生じていたことからも窺われる（パウサニアスの伝える異伝によれば、ピンダロスが旅の途中炎暑に疲れ果ててまどろんでいると、その口に蜜蜂が蜂蜜を塗ったとされている（『ギリシア案内記』第九巻二三・二）。また聖なる詩人としての名声を物語るものとして、ある人がボイオティアのキタイロン山とヘリコン山の山間で、パンがピンダロスのパイアン（アポロン讃歌）を歌っているのを耳にしたとか、デルポイの神官が、日々の終わりに「ピンダロスは神々の宴に連なるべきだ」と繰り返したとかいう話も伝えられている。デメテル女神が（異伝ではペルセポネが）ピンダロスの夢にあらわれ、詩人が他の神々への讃歌を作ったのに、自分だけは讃歌を捧げられていないと非難したので、ただちに女神の讃歌を作ったなどという伝説も、この詩人の聖別、偶像化を物語るものにほかなるまい。またプラタイアの戦いに勝利したスパルタ王パウサニアスは、その戦いの後テバイに乗り込んで町を焼き払ったが、ピンダロスの家だけは火にかけることを許さなかったなどとも伝えられる。さらにはプルタルコスによれば、アレクサンドロス大王は、前三三五年にテバイに侵攻して町を破壊した際に、愛読していたピンダロスの生家だけは破壊せしめず、その子孫は難を免れたという。これは畏き「詩聖」としてのピンダロスの令名が、その死後もなおギリシア世界に広まり崇められていたことを物語っている。ミルトンがそのソネットで、

偉大なるエマティア（マケドニア）征服の征服者は、
ピンダロスの家を破壊することを許さざりき、
神殿も堂塔も地に崩れ落ちしとき。

と詠っていることでも知られる伝承である。

みずからを選ばれた存在と信じて他の詩人たちに対する優越感を抱き、「詩女神(ムーサ)らのことばの告げ手」をもって任じていたこの詩人は、ギリシア全土で他の詩人たちとは別格の「詩聖」（poeta divinus）として崇められてい

たのである。もっとも「詩聖」として崇められ、偉大なる畏き詩人として奉られていたということは、この詩人がホロメスのように、言わばギリシアの「国民詩人」として広く人気を呼び、ギリシア人の精神を養う糧となっていたことを意味するものではない。それどころか、後に述べるように、骨の髄から保守的な貴族主義者であって王侯のための詩人であったピンダロスは、その死後数年足らずして、民主政治下のアテナイなどでは早くも人々の関心をあまり惹かなくなったらしい。「ダンテの名は今後ますます高まるであろう、なぜならますます読まれなくなるであろうから」と言ったのは確かヴォルテールであったと記憶するが、ピンダロスも古来その名のみいや高く、広く享受されることのないままに称揚されてきた詩人だったようである。ノアウッドはこのテバイの詩人について、「彼は世に大きな影響を及ぼしたり、一般に世の人々のよろこびであったりするよりは、ずっと一個の偉大な名前であった」と言っている。彼に続く詩人たちに影響を与えることも少なく、真の後継者をもつこともなかったピンダロスは、ギリシア抒情詩史の中で高くそびえたつ孤峰であった（ヘレニズム時代の詩人テオクリトスや学匠詩人カリマコスには確かピンダロスの影響は認められはするが、それはおよそ本質的なものではなく、その詩の性格における懸隔は大きい）。

『ギリシア詞華集』には、シドンのアンティパトロスがピンダロスを詠った次のようなエピグラム詩が二篇あるが（第七巻三四番、第一六巻三〇五番）、いずれも詩人中に屹立する神的存在として、テバイの詩人をこんなふうに詠っている。最初の作は、ピンダロスの詩が神さびたうるわしさを湛えたものであることを言っており、二番目の作は、それがギリシア抒情詩の中で冠絶していると詠う。

その歌声を耳にしたもうたなら、カドモスの婚儀で詩女神（ムーサ）らが
声そろえて歌うかと思召すらん。

（三―四行）

嘹嘹（りょうりょう）と高鳴る喇叭の響きが、角製の笛の音をかき消すがごと、
おんみの竪琴の音は他のすべての竪琴を圧して響く。
幼き日におんみの脣（くち）に、蜜蜂の群れが蜂蜜をしたたらせたは、
あだごとにあらず。その証人（あかし）はマイナロスの角もつ神、
おん神はおんみが讃歌を口ずさみ、
牧神のものなる葦笛を忘れたりとぞ。

抒情詩人随一の存在として「他のすべての竪琴の音を圧していた」、ピンダロスが、余人の追随を許さぬ、模倣しえない詩人として高く評価されていたことは、ローマの弁論術教師クインティリアヌスが、次のようにその詩風を評していたことからも窺われるところだ。ヘレニズム時代に、ギリシアの代表的抒情詩人としてカノン化されていた九人の抒情詩人を評して曰く、

「九人の抒情詩人のうち、ピンダロスは、その詩想、壮大さ、箴言、文彩、盛り込まれた事象やことばの豊饒（ゆたか）さゆえに、いわば大河のごとく流れる雄弁によって、断然その首位に立っている。そのためホラティウスは、この詩人を妥当至極にも、誰にも模倣しがたいものと信じたのである」。

（『弁論術教程』第一〇巻六一―六二）

アルカイオスをはじめとするギリシアの抒情詩人たちを好んで模倣し、それを自家薬籠中のものとして自らの詩を築いたホラティウスの眼にも、さすがにピンダロスは模倣しがたい詩人と映ったらしい。その壮大高遠な詩

想や、ギリシア語の統辞法を無視したかのような特異な語法、精錬巧緻を極めたその表現、高揚し異様なまでに高く飛揚するその発想法、極度に凝縮された詩句のなかにあふれる事象、どれをとってもラテン詩の名手ホラティウスにしてなお、模倣を断念せざるをえないものだったのであろう。そのことは、ホラティウスの『歌章（カルミナ）』第四巻第二歌でこんな具合に詠っている。

誰にもあれピンダロスと詩技を競おうとする者は、
ユルスよ、ダイダロスの技もて蝋で固めた翼に乗って
きらめく海にその名を
とどめようとするがごとし。

ホラティウスはこの詩でピンダロスを高く飛翔する「ディルケの白鳥」と呼び、自分が到底及びがたい、いと高きところに座を占める詩人として讃えている。古代における詩人ピンダロスの評価、声望はかくも高いものであった。ピンダロスが「オリュンピア第一歌」末尾で表明した、「知によりてギリシア全土に遍くわが名を讃えられん」という願いは、十分に果たされたのである。

ピンダロスの生涯——詩人としての経歴と詩作の軌跡

（一）テバイ人ピンダロス

さてここからピンダロスの生涯とその詩作の軌跡をおおまかにたどってみるが、それに際して一つ断っておかねばならないことがある。それはアメリカのピンダロス学者バンディーとその信奉者（むしろ信者、信徒と言うほ

うがふさわしい）たちが主張する、ピンダロスの祝勝歌における「私」とはピンダロス自身を指すものではないとする所説を、私は採らないということである。さもないと以下述べるところはすべて意味を失ってしまうからである。バンディーの所説は、ピンダロスの詩の技法の一部を解き明かすものかもしれないが、それでこの詩人の祝勝歌のすべてが明らかになるなどと主張するのは、僭上の沙汰、まさに増上慢（ヒュブリス）にほかならないと私は考えている。

ピンダロスは前五一八年ボイオティアの古都テバイ近郊のキュノスケパライ（「犬の頭」）という村の貴族の子として生まれた。父の名はダイパントス、母の名はクレオディケと言ったらしい。詩人は後にメガクレイアという名の妻を娶り、ダイパントスという名の息子と、ほかに娘たちがいたことがわかっている。これより数年先に（前五二五年）アッティカのエレウシスでアイスキュロスが生まれているから、その詩才においても文学的理念においても、また敬神の念の篤さにおいても極めて近いものをもっていたこの二人の偉才は、同時代人であり、その長きにわたる文学的活動はほぼ完全に重なり合っている。両人は相識る仲であり、また共にシケリアに渡ってシラクサイの僭主ヒエロンの宮廷の客となったばかりか、相互に文学的な影響を与え合った関係にもあった。また先輩詩人シモニデスが長寿を保ったため、その後半生における詩作活動がピンダロスのそれと重なり、両詩人がシケリアの僭主の寵を競うライヴァル関係にあったらしいことは、シモニデスをあつかった前章でふれたとおりである。その甥である詩人バッキュリデスとは完全に同時代人であった。

ピンダロスの生涯は実に八〇年の長きに及ぶが（前五一八―四三八）、彼が生きた時代はギリシア史上かつてない激動期、変動期であった。それは二度にわたるペルシア戦争という、ギリシア民族がその存亡をかけた未曽有の大事件が起こった時期であった。また詩人が深く愛顧を被ったシケリアにおける僭主たちの空前の隆盛とその凋落、アテナイにおける民主制の台頭とギリシア世界での勢力伸長、祖国テバイの屈伏と屈辱、偏愛の地アイギナのアテナイへの隷属など、さまざまな出来事があって、当然のことながら、それは作品の上に影を落としている。

ピンダロスが「わが母」と呼んだ古都テバイで生まれたということと、名門貴族の出であったということは、彼の文学を決定づけた重要な要素である。フェニキアから渡来したという伝説上の英雄カドモスによって建てられたと伝えられるこの町は、ギリシア全土でも最も多くの神話伝説に包まれた地であった。ヘラクレス誕生の地であり、セメレがゼウスの愛をうけてディオニュソスを身籠った地であり、オイディプス王で名高い呪われたラブダコス一族の地であり、ニオベの町であり、名高い預言者テイレシアスの町であり、アイスキュロスの悲劇『テバイを攻める七将』によって知られる、この町を攻めた七将が斃れた地でもあった。そこでは様々な神話は遠い過去のものではなく、生きたものとして息づいており、すべてが神話の出来事を想起させると感じられる神話的雰囲気が漂う町であった。この古都ではテッサリア同様に少数の権門貴族たちが権力を握って支配しており、開明的なイオニアの諸都市やアテナイなどに比べると極めて保守的であって、伝統的な神観念が依然として人々を深くとらえていた。神話的雰囲気が揺曳する、ギリシアの中でも最も敬神の念が篤い土地だったのである。宗教詩人と言ってもよいほど敬虔な詩人ピンダロスの宗教心は、ここで養われた。人間のすべての栄光は神に由来する、神はすべてであって、望むところを成し遂げる、人間の身で神になろうとすることも、神を謗るような言葉を吐くことも許されないというのは、この詩人の固い信念であった。

人間がなすすべての栄えあるおこないは神に由来する。

（「ピュティア第一歌」四〇行）

人間には、神々についてはよきことを語るのがふさわしい。

（「オリュンピア第一歌」三五―三六行）

ピンダロスはその祝勝歌で好んで神話伝説を語るが、ホメロスやヘシオドスが『神統記』で語っているような、神々の暴力的な行為や、淫らな行いには、詩人は固く口をつぐんで語ろうとはしない。神々の名を穢すような神話は語るべきではないとの主張は、ついにはホメロス、ヘシオドス以来語り継がれてきた神話伝説を時に否定し、改変し、新たな神話を語り直すところまでこの詩人を導いたのであった。それゆえ、経典をもたず、事実上詩人たちが語る神話が宗教であったギリシアにおいて、ピンダロスは一種宗教改革者的な役割をも担ったことになる。

ピンダロスより四〇歳以上年長ではあるが、その後半生の活動がこの詩人と重なるところがある詩人・哲学者で、神話伝説や擬人化された神々についての観念を痛烈に批判したことで知られるクセノパネスが、進取の気性に富む開明的なイオニア出身だったことを想起する必要があろう。伝統的な神観念を保持した、敬虔な詩人としてのピンダロスが、テバイという神話伝説に養われた古都に生まれたのは、偶然ではない。

ピンダロスは、ドリス族の血を引く貴族アイゲイダイ（アイギアダイ）の一族の出であることを誇っていたが、これはスパルタをはじめギリシア各地に根を張っていたギリシア屈指の名門貴族であるから、彼は最高級の家柄の出だということになる。シモニデスと同じく詩を売ることを生業とする職業詩人でありながら、彼が王侯や権門貴族に対等の姿勢をもって接し、傲然と構えて高いところから彼らに説教や教訓を垂れ、忠告を与えていたのは、その誇りのなせるわざであったろう。詩人のドリス族に対する執着は強く、貴族によるドリス的支配体制こそが理想とするところであった。彼がドリス族の英雄であるヘラクレスを讃美してやまず、作品の中で幾度となくヘラクレスにまつわる神話伝説を語っているのも、そのあらわれである。またトロイア戦争の英雄アキレウスの祖父に当たる英雄アイアコスの島としてのアイギナを偏愛したのも、神話によれば、テバイとアイギナにその名を与えた二人の女性が、河神アソポスを父とする姉妹であり、同じドリス族の国だからであった。彼のパトロンであったシケリアの僭主ヒエロンを、理想的君主として熱烈に讃美したのも、一つにはこの人物の遠祖がドリス族だったからであり、またドリス族的支配の原理を実現しようとした新市アイトナの建設者だったからである。

守旧派で牢固たる貴族主義者であったピンダロスは、若き日にアテナイで学んだにもかかわらず、ついに時代の動きを読めず、僭主を倒して次第に台頭してきた民衆に対しても、民主制に対しても終生嫌悪の念を抱いていたようである。彼の生きた時代はアテナイではいち早く僭主制が崩壊し、民主制が確立したが、政治的文化的に繁栄し、黄金時代を迎えたアテナイは、この詩人の心に適うものではなかった。アテナイはテバイの宿敵であったため、ギリシア文化の中心地として、ひときわ強い輝きを放っていたこの町に対しても、ピンダロスは愛憎相半ばする複雑な気持ちを抱いていたことが、後年の作から窺われる。彼はまたこの頃イオニアを中心に発達してきた啓蒙的な哲学思想にはまったく無関心、というよりは敵対的であった。その眼は常に輝かしい神話的過去を見つめ、現実を直視することはなかった。シモニデスやアイスキュロスを深く動かしたペルシア戦争に際しても、この姿勢は揺らぐことはなかった。それはかのマラトンの戦いの勝利に、なんの反応をも示していないことからも窺われる。

骨の髄からの貴族であったピンダロスにとっては、神々の裔である高貴な血筋の王侯貴顕こそが真の人間の名に値するものであり、一般民衆などというものは初めから眼中にはなかった。そして詩人にとっては、その血筋の高貴さ、人間としての卓越性を示すものこそが、オリュンピア競技会をはじめとする汎ギリシア的な競技会での勝利だったのである。

ピンダロスがいつ頃から詩作活動を始めたかは明らかではないが、まず最初は叔父について笛の奏法を学び、やがて隣国アテナイに赴いてアポロドロスに詩作を学び、さらにはディテュランボス作者として名のあった詩人ヘルミオネのラソスのもとでも学んだ。当時すでにアッティカで活躍していたシモニデスに合唱抒情詩の詩法を学んだとする説もあるが、確かではない。テバイはギリシア中部のボイオティアに位置するが、詩女神（ムーサイ）の聖地ヘリコン山のあるこの地方は、かつては詩人ヘシオドスを生んだ地ではあるが、その後は文化的にはまったく振るわぬ後進地帯で、ボイオティアの民は知的な面では劣った、鈍重愚鈍な人々と見なされており、同胞であるギリシア人から、とりわけアテナイ人からは、「ボイオティアの豚」と呼ばれて蔑まれ、笑いものにされる存在であった。アリストパネスがその喜劇でボイオティアの人間を愚弄している（ピンダロスがそれを気に病んでいたことは、「ボイオティアの豚」という蔑称を免れたいと願った、「オリュンピア第六歌」の一節から窺われる）。青年ピンダロスが万事保守的で文化的にも遅れていたテバイを出て、開明的で詩や音楽、演劇などの芸術活動が盛んであったアテナイに学んだのは自然なことであった。

伝説ではアテナイからテバイに戻った後、その地の女流詩人ミュルティスやコリンナに詩作について教えられたとされているが、そのあたりもやはり確かではない。コリンナから詩における神話の乏しさを指摘され、あらゆる神話伝説を盛り込んだ讃歌を作ったところ、彼女に「物語とは手で播くもので、袋ごと播くものではありませんよ」と笑われたとか、歌比べでコリンナに五度敗れて、聴衆の無理解に憤慨して、腹立ちまぎれに彼女を雌豚と呼んだとかいう話が伝わっている。それと似たことがあったとしても、それは詩人が十代のことであったろう。コリンナをヘレニズム時代の詩人と見る説もあり、これは後人の作り話にすぎないであろう。

(二) 詩人としての出発――シケリアに渡るまで

ピンダロスは早熟の詩人で、早くも前四九八年、二〇歳のときに祝勝歌としては最初の作品であると見られる「ピュティア第一〇歌」を制作している。テッサリアの豪族アレウアダイの子弟であるヒッポクレアスの、四九八年のピュティア競技会での往復競走優勝を讃えた祝勝歌がそれである。シモニデスと同様に、ピンダロスも最初は保守的なテッサリアの豪族をパトロンとして、詩人としての道を踏み出したのであった。この詩は後年の傑作、たとえば「ピュティア第一歌」や「オリュンピア第一歌」、「ピュティア第四歌」などに比べると、まだ若書きで未熟な部分を覗かせてはいるが、その三つ組み形式(トリアス)からなる構成においても、神話のあつかいに関しても、勝利者への助言、忠告に関しても、すでに完成した形を見せている。神への絶対の信頼と信仰、ドリス族的支配への讃美といったものも明瞭に窺われるのである。

バウラが説いているように、ギリシアの詩人で、ピンダロスほど詩作という行為に自覚的で、意識的な態度をもって詩作に臨んだ詩人はいない。またこれほど自作の詩について語り、その制作の過程について語った詩人もいない。

ピンダロスには自分こそが天性の詩人であり、詩女神(ムーサ)に選ばれた詩人であるとしての強烈な自覚があり、他の詩人たちよりも一段と高い位置を占める詩人としての自負があった。ライヴァル関係にあった先輩詩人シモニデスとその甥のバッキュリデスとを、天賦の詩才を欠いた詩人として揶揄し、両人を烏に、みずからをゼウスの鳥である鷲に譬えたと解されているこんな詩句がある。

知者(詩人)とは天性により多くを知る者、
学び知ったにすぎぬ者どもは、烏のように

わけのわからぬことをわめきたてて、いたずらな言葉を
ゼウスの聖なる鳥に吐きかける。

（「オリュンピア第二歌」八六—八九行）

ピンダロスの詩作に関する観念は、梁の文学者劉勰(りゅうきょう)の言う「文章は學に由るも能は天資に在り。才は内より発し、學は外を以て成る」（『文心彫龍』）というものであったことがわかる。また選ばれた詩人としての自覚と自負を宣言した、

われはこれ選ばれたることばの
智ある伝え手として、歌舞うるわしきヘラスがため、
詩女神(ムーサ)が立たせたまいし者。

（ディテュランボス断片八一）

という詩句は、詩人としての矜持と誇り高さを示すものにほかならない。またみずからを「知者（σοφός）」と呼ぶこの詩人が、詩女神(ムーサ)のことばを告げる予言者だという意識を抱いていたことは、

宣らせたまえ、詩女神(ムーサ)よ、
われ予言者としてみことばを宣り告げん。

（パイアン断片六）

との詩句が物語っている。とは言っても、ピンダロスは自分をまったく受動的な詩女神(ムーサ)のマウスピースと意識し

ているわけではなく、詩は霊感によって授かる神授のものではあるが、それを一箇の詩作品たらしめるには「知（σοφία）」の介入を要するから、要するに詩作とは詩女神（ムーサ）を後ろ盾とした一種の共同作業であり、それによって生まれるものと考えていたようである。

詩人を祝勝歌の制作へと誘ったものは、無論競技勝利者からの要請であるが、彼を詩作へと駆り立てたものは、必ずしもそればかりではない。この詩人には、人間のいかなる偉大な功業も勲も、それが詩によって詠われないかぎり、人々の記憶から消え失せ、忘却の淵に沈んでしまうという固い信念があった。人間の行いの不滅を保証するものは生者の記憶であり、詩こそがそれに永い生命をもたらすものだというのが、この詩人の主張であった。

偉大なる功業も、
讃歌に詠われることなくしては闇に覆われてしまうもの、
われらが知るうるわしい事績を鏡に映す仕方はただ一つ、
世に轟く歌によって労苦が報われることによってのみ。

（「ネメア第七歌」一二―一六行）

人の偉大さは名高い歌に詠われてこそ
時を超えたものとなる

（「ピュティア第三歌」一一四―五行）

つまり彼には汎ギリシア的な競技会での優勝という、人間としての最高の栄誉栄光を不滅のものとするのは詩を措いてほかにないという強固な信念があって、この信念は祝勝歌の随所で、幾度か繰り返し強く主張されている。ピンダロスはそれを成し遂げることこそが詩人の使命と心得て、進んで祝勝歌の制作に詩才を傾け、全力を挙げてそれに臨んだのだと思われる。彼の言う「歌への渇仰」が詩作の一つの動員であったことは間違いなかろう。

このような意識をもってさまざまな種類の詩作に携わっていた青年詩人ピンダロスは、その後詩人としての名声が高まるにつれ、諸方の王侯貴族や有力者たちの要請に応じて、次々と祝勝歌の制作に乗り出してゆく。二〇歳で祝勝歌詩人としてデビューした後、二〇代にして遠いシケリアのアクラガス人から要請を受け、「ピュティア祝勝歌」、「第六歌」、「第一二歌」を制作しているところから見て、その詩名は、ギリシア本土を越えて聞こえるまでになっていたことがわかる。前四〇九年のマラトンの戦いの二年後には、短い作品ではあるが傑作の名に値する、「オリュンピア第一四歌」のような秀作を生んでいる。これはピンダロス独自の熱烈な典雅女神(カリテス)讃美に満ちた抒情性あふれる作であって、祝勝歌詩人としてデビューして一〇年の間に、ピンダロスが詩人として成熟しつつあったことを示すものにほかならない。テバイがギリシアを裏切ったプラタイアの戦いに先立つ前四八六年に作られた「ピュティア第七歌」で、アテナイを「偉大なる都アテナイ」と呼び、

エレクテウスの市民(まちびと)の評判は、
あらゆる国(ポリス)に及んでいる。
(九―一〇行)

と言っているのが眼を惹く。アテナイは祖国テバイの宿敵であって、後に名高いアテナイ讃歌を書いた詩人は、彼が第二の故国とも思って讃美するアイギナを軍事的圧力によって屈伏させ、次第にギリシア全土を圧しつつ

あったアテナイに対しては、およそ好意的ではなかったようである。

詩人がギリシアにのしかかる「タンタロスの岩」と呼んだペルシア軍のギリシア侵攻は、さすがにピンダロスを深く動揺させ、苦悩させずにはおかなかった。祖国テバイがギリシアを裏切り、ペルシア側に立って戦ったために、詩人は苦境に立たされたのである。彼が「耐えがたい労苦」と呼んだその重圧からの解放は、詩人を安堵させたが、四八〇年におけるサラミスの海戦に続く、翌四七九年のプラタイアの戦いでペルシア軍に加担しての敗戦とそれに続いて祖国テバイが降伏開城したことは、詩人の心に翳りをもたらした。そこから生まれたのが全編暗い色調が漂う、作者の苦悩のにじんだ傑作四七九年作の「イストミア第八歌」である。女神テティスをめぐるゼウスとポセイドンの争い、ペレウスとテティスの結婚、英雄アキレウスの誕生と功業、その死を詠ったこの作品は、悲哀の中に光を求めている感がある。

これと同じく暗い影の射している「イストミア第三歌」、「第四歌」（いずれもテバイのメリッソスの優勝を讃えた作）も、プラタイアでの同胞の死への言及があり、語られる神話伝説も、アイギナの英雄アイアスの自殺など、陰鬱な内容の詩であるが、いずれもやはりプラタイアの戦いの後、前四七八年—四七四年の間に作られたものと見られる。祖国テバイがギリシアを裏切ったという事実は、詩人の立場を微妙な、難しい立場に置いたであろうが、それにもかかわらず宿敵アテナイをはじめとする、ギリシア全土の貴顕や有力者たちから祝勝歌や頌歌を求められたということは、ピンダロスの詩人としての名声が、そういうネガティヴな事実を超えるほどのものであったことを物語っている。

祖国テバイがペルシア軍のギリシア侵攻に加担して戦ったとはいえ、また詩人自身もペルシアへの恭順、和平を説く保守派の貴族に同調していた節があるとはいえ、ピンダロスのペルシア戦争に関する反応の鈍さは驚くべきものがある。彼はマラトンの戦いに関しては完全に沈黙していた。この時点では、彼の祖国テバイはまだギリシアを裏切ってペルシア側に加担するまでには至っていなかったにもかかわらずである。サラミスの海戦からようやく一〇年後、プラタイアの戦いからは九年後（前四七〇年）にヒエロンのために書かれた「ピュティア第一歌」の中で、それぞれの戦いにおけるアテナイとスパルタの勝利について、

サラミスよりはアテナイ人らの意にかなった報酬を受け、
スパルタにあっては、曲がれる弓もつメディア人らが難儀を蒙った
キタイロン山麓での戦いを讃え歌おう。

（七六―七八行）

と控えめに短く言及しているにすぎない。それとサラミスの海戦におけるアイギナ海軍の戦功に、二度これもごく短くふれているにとどまる。シモニデスがその詩才を傾けてペルシア戦争で斃れた同胞を悼む数多くの碑銘詩・哀悼詩を作り、詩名を上げたのに対して、ピンダロスはギリシアの命運を決したこの未曽有の戦いに関しては、事実上沈黙を守った。アイスキュロスが兵士としてマラトンの戦い、サラミスの海戦に加わり、マラトンでは武勲を上げ、悲劇詩人として後世に名を知られるよりは、マラトンの勇士として名を遺すことを望んだと伝えられるのと、なんという違いであろうか。ピンダロスは、ギリシアがその存亡をかけたペルシア戦争が、その後のギリシア文明全体にとって持つこととなった意味を、ついに理解しなかったのであろう。ピンダロスにとっては四大競技会における勝利のほうが、マラトンやサラミスにおける軍事的勝利よりも大きな意味をもつものと映っていたとしか思われない。

ペルシア戦争終結の直後、ピンダロスは勝利に沸くアテナイから求められ、アテナイを讃える名高いディテュランボスを制作した。それが今日断片として伝わっている、

おお、耀きに満ちた、すみれ色の冠戴く、歌に知られる、
ヘラスの護りの砦なる、
名高きアテナイよ、神さびたる都邑(まち)よ、

（断片七六）

という名高い一篇である。断片ではあるがアテナイ讃美の詩として広く知られた作である。宿敵アテナイを讃える詩を作ったために、テバイの町は詩人に一〇〇〇ドラクマの罰金を科したが、詩人に代わってアテナイがそれを支払ったとも伝えられる。その詩作活動が最も旺盛活発だったのは、プラタイアの戦い後の前四八〇年から四六〇年にかけての二〇年間であって、中でも前四七六年はその絶頂であった。

彼に苦悩をもたらし、その作品にその跡を刻印したプラタイアの戦いがあった折には、ピンダロスは四〇歳になっていた。八〇年にわたる彼の長い人生の折り返し点にいたわけだが、その後も実に四〇年近くにわたってその旺盛な詩作活動は続いたばかりか、世に傑作と認められている数多くの祝勝歌を制作したのであった。その契機となったのが、前四七六年、シケリアはシュラクサイの僭主であったヒエロンの招きに応じてシケリアへと渡ったことであった。これを機に詩人は一段と飛躍を遂げ、陸続と数多くの祝勝歌を生み出すに至った。ヒエロンはシュラクサイの僭主で独裁者であったが、その優れた政治手腕と軍事的才能によって僭主にのしあがり、シュラクサイを空前の繁栄に導き、莫大な富を誇り豪奢な生活を送っていた。サラミスの海戦のあった前四八〇年にヒメラの戦いでシケリアにとって脅威だったカルタゴ軍を粉砕し、またその六年後にメッシナ沖の海戦でエトルリアの海軍を破ったのも、この人物である。ヒエロンはまた文化政策にも熱心で、ピンダロスのほかにもアイスキュロスやシモニデス、バッキュリデスなどの高名な詩人たちをその宮廷に招来して、文芸の保護者、文化

的君主としての名をギリシア世界全土に馳せていたのである。

(三) シケリアに渡って以後のピンダロス

さてシケリアへと渡ったピンダロスは、その年(前四七六年)のうちに、祝勝歌のうちでも「ピュティア第一歌」と並ぶ傑作と評される「オリュンピア第一歌」と、これも傑作に数えられている「オリュンピア第二歌」、「第三歌」を矢継ぎ早に制作した。ほかにも「オリュンピア第一一歌」と「ネメア第一歌」をも制作しており、これは詩人の五十余年にも及ぶ詩作生活の中で最も豊饒な年であり、まさにその絶頂(アクメ)を示すものであった。

世に名高い「オリュンピア第一歌」は、繁栄を極めたシュラクサイの僭主として、シケリアに覇を唱えたヒエロンの、オリュンピアでの騎馬競走優勝を讃えた作である。四大祝勝歌集は、最も権威あるものとされ、競技会の華とされたある戦車競走を祝った詩が最初に置かれるのが普通である。だがピンダロスの詩集を編纂した文献学者アリストパネスが、敢えて騎馬競走での勝利を詠ったこの祝勝歌を「オリュンピア祝勝歌集」の冒頭に置いたのは、その詩が格段に輝きに満ちたものであったことと、作中で神話上の英雄ペロプスによる、オリュンピア競技の創始にかかわる戦車競走が詠われているためだと説明されている。

私と同様にピンダロスの祝勝歌を読むことをいささか退屈と感じたり、それに苦痛を覚える読者であっても、さすがに世に傑作として名高い「オリュンピア第一歌」と、「ピュティア第一歌」には、なにほどかは感じるものがあるはずである。たとえ翻訳という原詩とは大きな懸隔がある媒体を介してさえもである。ピンダロスを詩人として好まず、欧米の古典学者や詩人たちによるこの詩人礼讃を、あまりにも大仰なものと密かに感ずる私にしても、この一篇(「オリュンピア第一歌」)がギリシア抒情詩中の第一級のすぐれた詩であることは認めざるを得ない。

最上なるものは水、
黄金は闇夜に燃える火さながらに
誇らしげなる富のなかでもひときわ強い輝きを放つ。
競技を声高く詠おうとするのなら、わが心よ、
真昼の寂莫(じゃくまく)たる虚空に、
太陽にもまさって
熱もち輝く星を探し求めるな。

(一―七行)

と詠い出されるこの詩は華麗そのもので、全篇陽光の耀きにあふれている。一体にピンダロスの詩的世界はモノクロームの世界ではなく、絢爛豪華でまばゆい光と輝きに満ちたまさに光彩陸離たるものであるが、「オリュンピア第一歌」はとりわけその印象が鮮烈である。ここでは典雅女神(カリテス)を詩女神(ムーサ)と並ぶ位置にまで高く押し上げ、その使徒たらんとするピンダロスが、神々と人間とが交錯する、美しいもの、輝くもの、高貴なるものを詠うことに全詩才を傾注しているのが見られる。詩人は彼がその勝利を讃え歌う対象と一体化しており、詩全体が歓喜にあふれていると言ってよい。これなどは晦渋なピンダロスの祝勝歌としては珍しく明快であり、ギリシア詩を読むよろこびを味わわせてくれると言えるであろう。「ネメア第七歌」で己が詩作を喩えて、

詩女神(ムーサ)は
黄金と純白の象牙と海のしずくから汲み上げた
百合の花とを貼り合わせる。

（七七―七九行）

と詠い、光輝の源である、擬神化された、太陽神の母テイア女神に呼びかけ、美の女神である典雅女神（カリテス）を崇めるピンダロスは美神に仕える司祭であり、光かがやくもの、美しいもの、まばゆいものへの憧れを抱き、また美と高貴さが支配する詩的世界を創り出した詩人であった。それが最もうるわしく実現しているのが『オリュンピア祝勝歌集』にほかならない。ボネッリというイタリアの古典学者は、確かピンダロスを「耀きの詩人（il poeta del splendore）」と呼んでいたと記憶するが、この詩人にふさわしい、当を得た見方だと言えよう。

これに続く同じくシケリアはアクラガス（現在のアグリジェント）の僭主テロンの前四七六年の戦車競走優勝を祝った壮大な第二歌も、輝きと歓喜にあふれている。これに比べると同じ勝利を詠った第三歌は、やや詩的な価値が落ちるものと思われる。

讃歌（うた）の主なる竪琴よ、
いずれの神を、いずれの英雄を讃え歌おうか。
いかにもピサはゼウスの地、オリュンピアの競技会は、
ヘラクレスが戦いの戦利品もて創始せるもの。

（一―四行）

との詩句で歌い起こされるテロン讃頌の祝勝歌は、第一歌と同様にやはり華麗な秀作と評されている。そこではテロンの遠祖カドモスとその娘たちの苦難と栄光にまつわる神話が語られ、オイディプスによる父親殺しへの言及などもあって興味深いが、その詩的価値のほかにも、魂の輪廻転生を語った、ピンダロスの来世観を示すくだ

りと、テロンの寵を競うライヴァルであったシモニデスならびにバッキュリデスを貶下していると解されている、先に引いた一節があることでも知られる作である。ピンダロスがこの中で語っている、善き人々の死後の運命と、三世にわたって正義のうちに生きた人々が死後住むという浄福の島の描写などは、わが国の源信が『往生要集』で描いてみせた極楽世界と大差なく、馬鹿馬鹿しいものだ。それはともあれ、右の二篇のすぐれた祝勝歌を生んだだけでも、詩人が海を越えて遠くシケリアの地にまで渡ったことは十分に意義があったと言えるであろう。詩人としての彼の眼にドリス族の理想を体現している理想的君主と映った、ヒエロンとテロンという二人の僭主との出逢いが、僥倖にも右の二篇を生んだのである。作中の過度なまでに大仰なヒエロン、テロンへの熱烈な讃美は、権力の絶頂にあって栄耀栄華を極め、華麗豪奢な生活を繰り広げていた僭主の生活に、目くるめく思いで幻惑されたことを物語っている。

ピンダロスのシケリア滞在は、ヒエロンが引き留めようとしたにもかかわらず、わずか一年で終わり、翌年にはギリシア本土に戻っているが、詩人が理想の君主と仰ぎ鑽仰にこれに努めたこの二人の僭主との縁は切れることなく、その後も両人とその縁者のための祝勝歌は作られ続けることになる。ピンダロスの祝勝歌はこれら二人の僭主とその縁者のために作られたものが圧倒的に多数を占めており、一四篇にも上るばかりか、傑作とされるものが多い（これに次いで多いのが、アイギナの貴族たちのために書かれた作一一篇である。不思議なことにスパルタ人のためのものは一篇もなく、アテナイ人のためのものはわずか二篇、それもごく短く、凡作に近いものでしかない）。ヒエロンとの仲はいささか緊張をはらんだものだったようだが、テロンとは篤い友情と言ってよいほどの仲で結ばれていたらしい。この僭主は四年後には没し、ピンダロスが愛したその子トラシュダイオスはアクラガスを追われて亡命する憂き目を見ている。ピンダロスと同じくヒエロンの招きに応じて、ピンダロスと同じ年にシケリアへ渡ったアイスキュロスは、結局そのままこの僭主の宮廷にとどまり、本土へ戻ることなくその地で前四五六年に客死している。

いずれにせよ、このシケリア滞在以後、円熟しきったピンダロスの詩作活動は一段と活発になり、帰国後の前四七五年からオイノピュタでの敗戦に至る前四五七年までの間に、陸続と二〇篇ほどの祝勝歌を制作している。祝勝歌以外にも数多くの詩を書いているから、実に驚くべき生産力だと言うほかない。いずれの作も詩人としての後半生を知る上で欠かせないが、古来傑作と評されるヒエロンのための「ピュティア第一歌」、祝勝歌と言うよりは、ヒエロンに宛てた私信としての性格を帯びた「ピュティア第二歌」、「第三歌」などもこの時期に制作されたもので、どれも実に難解な作品である。第三歌は、先に引いた「わが魂よ、不死を求むるなかれ／果たしうる限りのことを尽くせ」（六一—六二行）という、ヴァレリーの引用によっても知られる詩句を含む。アポロンがライオンと素手で闘っている雄々しい乙女キュレネをリビアへとさらって、そこで彼女の名を冠した都市キュレネを築いた神話が語られる「ピュティア第九歌」は、まずまずの魅力的な作品と言えそうである。またその後ホラティウスを経てプーシキンにまで及ぶ、みずからの詩作品を建造物に譬えるという、ヨーロッパの詩的伝統の濫觴をなしたことでも注目すべき「オリュンピア第六歌」も、この時期の作と見られる。この詩はその中に、ピンダロスが不名誉な「ボイオティアの豚」という蔑視に満ちた世評を退けることを願った、

古くからの「ボイオティアの豚」との侮辱を、
真実の言葉により免れたか否か、知らしめよ。
（八九—九〇行）

という詩句が見られる点でも興味を惹く。また人間の卑小さと神々の偉大さを言いながらも、なおも人間に時として宿る神性を詠ったことで名高い、

人間の族(うから)一つ、神々の族(うから)も一つ、

という詩句で始まる「ネメア第六歌」もおそらくは後期の作である。作中に現れるアキレウスの遺児ネオプトレモスにまつわる神話をめぐって論争が交わされている、難解きわまりなくかつ不透明な部分が多い、暗い内容の「ネメア第七歌」は、後年の作(前四六七年)と見られる。アイギナの生んだ英雄の不名誉な自死を語ったこの詩は、その中に次のようなホメロスへの批判を含んでいることでも知られる作である。

私が思うには、オデュッセウスの物語は
彼が味わった苦しい体験よりも大仰に語られている。

その偽りと翼ある機巧により
なにほどか畏きものとなっているから。

(同二〇—二四行)

この詩は、アイアコスの島としてピンダロスが讃えたアイギナの悲運を明らかに色濃く反映している。愛するアイギナの衰運と没落は、老詩人の心を傷ましめたことは明らかである。

シケリア滞在以後のピンダロスの祝勝歌は、年を追って次第に形而上的性格や宗教色を強め、重苦しく、ますます内省的な暗い翳りを帯びたものとなり、難解、晦渋の度合いを深めてゆく。『オリュンピア祝勝歌』に見られるような、陽光にあふれ歓喜に満ちた輝かしい世界は次第に影をひそめ、沈鬱な世界へと移ろってゆくのが見られるのである。それには、詩人が理想の君主として熱烈に讃美したシケリアの僭主たちの死と、その結果としての僭主制の没落、同じく深く恩顧を蒙ったキュレネの王アルケシラオス四世が、打倒され殺されて王朝が終焉

を迎えるといった歴史的状況が大きく作用していたことは間違いない。詩人に最後に打撃を与えたのは、前四五七年のテバイが宿敵アテナイと戦い敗北したオイノピュタの敗戦だが、それに先立つ歴史的状況は、どれをとっても、詩人を幻滅させ、失意の底に沈めずにはおかないものであった。彼が第二の祖国として愛着を抱いていたアイギナが、次第に勢力を増して強大となったアテナイとの戦いに敗れ、親しい関係にあったアイギナの貴族たちは没落し、島全体がアテナイの圧迫に屈して隷属を強いられるに至ったことも、ピンダロスを深い憂慮と暗い思念に陥れたことは、「ネメア第六歌」が物語っているところである。このように、詩人はその後半生において、パトロンとしていた僭主や王侯が没落し、自分が理想としていた体制が次々と凋落、崩壊するのを眼にしなければならなかった。それに加えて祖国テバイや偏愛するアイギナが屈辱的な運命をたどるなど、その衝撃と落胆は大きかったはずである。ピンダロスはついにその意味を解さなかったが、時代は大きく変わりつつあったのである。骨の髄まで保守的な貴族主義者で頑迷な守旧派であり、現実を直視しようとはしなかったとはいえ、時代の状況は老詩人の心境や詩境に変化をもたらさずにはおかなかった。暗い色調を帯びた「イストミア第七歌」には、そのような詩人の心境を如実に映し出したこんな一節が見られる。

神々の嫉妬が、
日々の愉しみを追い求めつつ
老いの日々と死の定めへと心静かに向かいつつあるこの私を、
願わくば乱したもうことなからんことを。
所詮われらはすべて死ぬるもの。

（三九―四二行）

（四）後半生の傑作二篇――「ピュティア第一歌」、「ピュティア第四歌」について

ピンダロスを取り巻く情勢は、詩人にとってはかように暗いものであったが、詩人としてのピンダロスの名声は年を追っていやがうえにも高まり、ギリシア全土の王侯貴族、貴顕の士が争ってその詩を求めた。

ピンダロスの後期には、重要な作品が幾つか作られたが、中でも特筆すべきは、傑作としての名も高い前四七〇年作の「ピュティア第一歌」と、前四六二年の大作「ピュティア第四歌」である。ピンダロスの詩を素描する上で、この二篇の詩篇について少々ふれずに済ませることはできない。

まず「ピュティア第一歌」だが、前四七〇年のヒエロンの戦車競走を祝い、あわせてこの僭主による新市アイトナの建設をも言祝ぐために制作された祝勝歌である。当時ピンダロスと同じくヒエロンの宮廷に客となっていたアイスキュロスが、やはり新都建設を祝って悲劇『アイトナイ』を、その地で上演している。世に傑作と評せられ、ピンダロスの代表作の一つと見なされているが、いささか形而上的色彩を帯びた作品で、難解なことでも知られる詩である。その表現はまさに荘重瑰麗、耀艶深華であって、措辞に詭巧を弄して複合詞を多用し、晦渋そのものだと言ってよい。一篇を通読咀嚼するのにはかなりの覚悟を要する。私自身はかような詩を好まないが、これがピンダロスの詩芸術の一つの頂点を示していることだけはよくわかる。

その内容は、ゼウスの宇宙統治を讃えるアポロンの竪琴を詠うことからはじめて、カルタゴ軍やエトルリア海軍を撃破してシケリアを救ったヒエロンの偉大な功績が告げられる。その武勲が、傷を負った身ながらトロイアで戦功を立て、プリアモスの都を滅ぼした古の英雄ピロクテテスにまつわる神話を引き合いに出して語られているのは、当時腎臓結石の病に苦しみながらも輿に乗って戦闘を指揮したヒエロンを称揚したためと解されている。次いでドリス族的精神で統治されることとなった新市の建設を祝福し、新たにその市の王に任じられたヒエロンの息子デイノメネスに訓戒を与えるという構成になっている。この詩は詩人ピンダロスの信条を知る上で重

要であり、よく知られた箴言風の詩句を幾つも含んでいることでも知られる。だがなんといっても、魔術的な力をもつ、アポロンの竪琴演奏に象徴されるゼウスの宇宙支配を讃えた冒頭のストロペとアンティストロペが名高い。壮大で宇宙的な交感を感じさせずにはおかない深遠な詩句の連なりが、アポロンの竪琴の音に屈する天上界の様相を幻出せしめているのは、確かに壮観である。私の力量をもってしては到底日本語に移せるものではないが、先学の訳業に学んだ拙訳で、その一部分だけを次に掲げる。無論原詩はこんな貧しく拙いことばで綴られたものではない。

ストロペ（旋舞歌）一

黄金の竪琴よ、アポロンとすみれ色の髪なす詩女神らの
正当なる財宝よ、照り輝く祝祭の始め、
舞人らの歩みはその音に聴き入り、
伶人らはその合図に従う、
うちふるえる弦の響きが、序曲を弾じそめるとき。
　おんみは天つ空に久遠に流れる炎、
槍なる雷火をも鎮めては消す、ゼウスの持たせたもう笏にとまる鷲が、
　鳥どもの王者が、速やかに翔る翼を左右に垂れてまどろむ、

アンティストロペ（対旋舞歌）

鉤形せるその頭に、おんみはか黒い靄をそそぎかけ、

心地よげにその瞼に閉ざさしむ、まどろみつつ鷲は
おんみの響きに身をゆだねて、しなやかな背を波打たせる。
されば荒ぶるアレスさえもが、残忍な刃先もつ武具(もののぐ)を
手元より離してやすらい、深き眠りに落ちる。
おんみの放つ楽の音は、神々の御心をも、
レトの御子と胸襞(むなひだ)深き詩女(ムーサ)神らの技もて、
宥めまいらす。

アポロンの奏でる黄金の竪琴の奇(くす)しき力、ゼウスの雷霆をも圧し、荒ぶる神さえも陶酔と眠りへと誘うその魔力は、ゼウスによる宇宙支配の象徴ではあろうが、そこには詩人としてのピンダロスが音楽（それは舞踏や詩とも密接に結びついている）に寄せる絶大な信頼感も籠められているのではなかろうか。

この後のアンティストロペ二に見られるエトナ山のすさまじい噴火の様を詠ったくだりも、その絵画性豊かな生気あふれる力強い描写で称讃されているものだが、ここでは割愛する。いずれにせよ、好き嫌いは別として、「ピュティア第一歌」がピンダロスの祝勝歌中の雄篇、傑作であることは認めねばなるまい。

次いで「ピュティア第四歌」であるが、これはリビアのキュレネの王アルケシラオスの前四六二年の戦車競走を祝った祝勝歌である。三つ組み実(トリアス)に一七回も重ねた二九九行という祝勝歌としては異例に長大な作品であって、詩人の最大の作品であるばかりか、詩人畢生の大作で最高傑作とされることもある。質、量ともにこの詩人の祝勝歌中、際立った作品であることは確かだ。この詩は祝勝歌としてはいかにも長大であるが、全編に漂う気品の高さ、耀きに満ちた映像性の豊かさ、生彩に富んだ絵画的描写の鮮やかさ、小叙事詩とも言える詩想の壮大

さ、それを支える詩句の響きの高さなどによって、ピンダロスの詩にしては、不思議と退屈さを覚えず読むことができる祝勝歌でもある。難解な箇所を含むが、全体的にさほど晦渋ではない。

この作品の最大の特色は、作品の中において神話伝説が著しく重要な位置を占め、詩のほとんどを覆いつくしていることであり、また全体として叙事詩的、物語詩的な色彩が濃厚なことである。王の勝利を祝う祝勝歌とはいえ、競技に関する言及はほんの数行にすぎず、一篇の大半（七〇行―二五六行）を占めているのは、黄金皮羊を求めてコルキス遠征をおこなった英雄イアソンとアルゴナウタイの冒険を詠った冒険譚である。この詩では神話伝説がその中心となり、それ自体を語ることが目的となっている観があって、やはり祝勝歌としては異例の作だと言える。それはアルケシラオス王がその八代目であるバッティアダイの祖バットスによるキュレネ植民の由来を物語っているが、詩人の関心は明らかにイアソンを中心とするアルゴナウタイの活躍そのものを詠い描くことにあったと思われる。

詩女神（ムーサ）への歌の要請によって始まり、アルゴ船上でコルキスの王女メディアの口から発せられるキュレネへの植民の予言の後、七〇行におけるイアソンの颯爽たる登場から、神話伝説が力にみなぎった雄渾な文体で滔々と語られる。生まれ落ちるや、王位簒奪者たる叔父ペリアスによる殺害を逃れ、ケイロンの洞窟で育てられたイアソンが、成人してコルキスに颯爽と姿をあらわす場面の描写などは、異彩を放っている。

されば げに時至りてかの者は来たれり、二本の槍たずさえたる
驚くべき士（もののふ）は。渠（かれ）二様の衣服（きぬ）まとひおりぬ。
みごとなる身体（からだ）に似合へるマグネシアの地の装束（いでたち）に、
肩には豹の毛皮うち掛け、身おののかす氷雨をば防ぐと見えたり。

まだ一度も剪刀入れざりし美しき頭髪は、
眩くきらめきて波打ち、流るるがごと背一面に垂れかかりぬ。
渠怖れを知らざる己が心を試さんとて、
ただちに真直ぐに歩み行きて、
衆人あまた蝟集へる広場の唯中に立ちどまりぬ。

（七八―八五行）

さらには、コルキスの地でアイエテス王に、炎を吹く精銅の牡牛を頸木につけ、土地を耕すという難行を課せられたイアソンが、みごとそれを果たす場面も雄渾でダイナミックであり、弛緩したところがない。

イアソン鮮黄色の衣かなぐり捨て、神に信置きて
かの勞役に挑みぬ。魔法に通ぜし異國の女の授けたる
教へに従ひたれば、火焔を前にし、ひるむことはなかりき。
かの犁をば引き寄せ、牡牛どもが首を逃れがたき必定の索具に
固く繋ぎて、牛どもが巨大なる脇腹をば呵責なき突棒ふるひて打ち据えつつ、
己に課せられしほどの勞役を、かの逞しき士は
つひに成し遂げたり。さればアイエテス王その膂力に驚きて、
胸中叫びを挙げけり。

（二三一―二三八行）

＊右に引いたのは私が昔試みた訳の一部である。敢えて文語訳としたのは、この作品の雄渾にして詰屈聱牙たる文体を受け止めるには、現代日本語はあまりにも軽すぎるとの判断があったからである。

これはこの壮大にして華麗な作品の「さわり」とも言うべきごく小部分にすぎない。その言語表現上の魅力を邦訳で再現することも、詩的な味わいを偲ばせることも実際には不可能だが、翻訳を介してでも、物語の語り手としてのピンダロスの力量を推し測ることは可能であろう。少なくとも一読に値する作品であることは確かである。

さて晩年に近いころに右のような、世に傑作の呼び名も高い大作を書いたピンダロスだが、祝勝歌詩人としての最後の作品は、アイギナのアリストメネスのための、前四四六年詩人七二歳の折に制作された「ピュティア第八歌」である。擬神化された「平安（ヘシュキア）」への呼びかけと祈りをもって始まるこの詩は、敗戦の結果アテナイに隷属することを強いられたアイギナの状況を反映した、暗い影の射す作品である。この詩は詩人が人間存在に深く思いを致し、そのはかなさと栄光を詠った、「はかなきものよ、人間（ひと）とは何ぞ？　また何ならぬぞ？　人間（ひと）とは夢の影」（九五行）という名高い詩句を含むエポデをもった作としても広く知られている。

この最後の祝勝歌を作ってから、ピンダロスはさらに八年生きた。その最期は安らかなもので、彼がその頌詩（断片一二三）で、

わが心よ、愛の悦楽を摘み取るのは、
若きときに時宜を得てすべきもの、
テオクセノスの瞳から発する
耀く光を眼にして

憧れに胸とろかされることなき者は、そのか黒い心が
　金剛石か冷たい炎で鍛造された輩だ。
とその美しさを讃えた、愛する少年テオクセノスに抱かれて、アルゴスの競技場で眠るがごとく息をひきとったと伝えられる。

ピンダロスの詩――競技祝勝歌というもの

ピンダロスの生涯とその詩人としての軌跡を一通りたどったところで、次に、この詩人が多大な情熱を注ぎ、またそれによって後世にまで轟くいや高い詩名を得た、競技祝勝歌とは、そもそもどんな詩であったのか、それについて少々言を費やしたい。これはシモニデスが創始し、ピンダロスの死とともに終わった、いかにも文学的生命の短いジャンルであったが、他国の文学には類例を見ないものなので、やはり説明を要する。

後世にはもっぱら、オリュンピア、ピュティア、ネメア、イストミア競技会という、汎ギリシア的な国家的大祭典競技会での優勝者を讃える競技祝勝歌（エピニキア）の作者として知られるピンダロスは、実際には多作な詩人であったばかりか、合唱抒情詩以外にも、さまざまな分野の詩を作った詩人であった。その作品は前三世紀に入った頃に、アレクサンドリアの文献学者であるアリストパネスによって一七巻の詩集に編纂されまとめられたことがわかっている。アリストパネスはピンダロスの詩をテーマ別に分類して各巻に収めたが、その構成は「諸神への讃歌」から始まり、「パイアン（アポロン讃歌）」、「ディテュランボス（ディオニュソス讃歌）」、「プロソディア（行列歌）」、「パルテネイオン（乙女歌）」、「ヒュポルケマ（舞踏歌）」、「エンコミオン（頌歌）」、「哀悼歌（トレノイ）」、それに

「競技祝勝歌」からなっており、この詩人が「独吟抒情詩（メロス）」以外のほとんどの分野の詩に染めていたことが知られる。そのうち一七巻中の最後の四巻を占めていた「オリュンピア祝勝歌」、「ピュティア祝勝歌」、「ネメア祝勝歌」、「イストミア祝勝歌」のみが、ほぼ完全な形で後世に伝わり、他の種類の詩は引用などによって断片が伝わるのみで、すべて湮滅した。但し一九世紀にエジプトのオクシュリンコスで発見されたパピルスにより、失われていた「パイアン」のかなりの部分が幸いなことに回復された。それによって祝勝歌以外の詩の作者としてのピンダロスの相貌も、わずかながら窺うことができるようになったのである。この詩人の詩は前三世紀頃には次第に読まれなくなり忘れられていったが、祝勝歌四巻全四五篇のみが選ばれ、写本として伝わったのは、それが全作品の中で一段と高い詩的価値を認められていたからだが、またひとつには学校で教科書として用いられたためである。ピンダロスの詩はアレクサンドリア文献の研究の対象となり、アリスタルコス、ディデュモスが四大祝勝歌に詳注をほどこした。それが今日「古注（スコリア）」として伝わっているものであって、ピンダロスの詩の解明に役立つと同時に、近代のピンダロス学者たちの間に混乱を引き起こす因ともなった。

上記のようにピンダロスはさまざまな詩を作ったが、詩人としてのピンダロスの名を不朽のものとし、その詩名をギリシア全土に轟かせたのは、なんといっても祝勝歌作者としてである。ピンダロスがこのジャンルの詩の制作に、詩人としての全力を、少なくともその詩才の圧倒的に多くの部分を、傾けたことは間違いない。多岐にわたる多様な詩の作者ではあったが、詩人としてのピンダロスの本領はやはり祝勝歌において遺憾なく発揮され、そこで最も輝きを放っていることは、その時代に生きたギリシア人も認めるところであったろう。

ではピンダロスがその制作に多くの情熱を傾け、精力を傾注し、それにより汎ギリシア的な盛名を得た競技祝勝歌（エピニキア）とは、そもそもどんな詩であったのか。それに詩人を誘って祝勝歌制作へと駆り立てた競技会とはどのようなもので、ギリシア人にとって、また詩人にとってどんな意味をもっていたのであろうか。そのあたりをざっと一瞥しておきたい。

古代ギリシア人がオリュンピア競技会をはじめとする各種の運動競技会に対して抱いていた激しい情熱、その勝利者への熱狂的な熱烈な称賛は、今日のわれわれの想像を超えたものがある。一体にギリシア人は「アゴーン」すなわち競走、競演といったものを好む人々であった。アテナイにおける悲劇の競演やディテュランボスの競演はその例だが、彼らが運動競技会に対して示した熱狂ぶりは、今日のわれわれがスポーツの祭典に対して抱く関心や情熱の比でなく、異様なまでに激しいものがあった。

なるほど今日でもオリンピックやワールド・カップ、各種の体操の世界選手権、F1レース、トゥール・ド・フランスといった国際的な競技会があり、その優勝者は輝かしい存在、国の誇りとして故国で熱狂的な歓迎を受けることはある。小さな国などでは、金メダリストが一国の英雄としてあつかわれ、特権的な地を与えられ、さまざまな恩典に浴することも稀ではない。だが古代ギリシア人にとって、競技会は単なるスポーツの祭典ではなく、それ以上の神聖なものであった。ギリシア人の生活において、肉体の美と強壮を競う各種競技は極めて重要な位置を占めており、それはスポーツの祭典である以上に、国家的、政治的、社会的な意味合いを担っており、また宗教的な色彩を帯びた一大行事であった。中でも汎ギリシア的に意義をもつ権威ある「四大競技会」ともなれば、ついに統一国家を形成することなくポリス間の抗争、戦争に終始したギリシア人が、民族としての一体感を味わい、確認するための場であった。それは何よりもまず神事として起こり、神の栄光を讃え神威を添えるためのものであって、一人の人間が人間としての尊厳を、血筋の気高さを、さらにはその人物を生んだ氏族全体の卓越性（アレテ）を全面的に発揮する場であった。ギリシア人がその誉れと名声をかけて競う場として神聖視されていた。されればこそギリシア全土はもとより黒海の彼方、シケリア、さらには遠くアフリカのキュレネからまでも、富裕な貴族や各地の有力者、王侯などが汎ギリシア的な栄誉を求めて、これらの宗教色を帯びた、権威ある競技会に参加したのである。

競技には一個人ではなく、それに代表を送った一国（ポリス）全体の名誉がかかっており、それに勝利するということは、競技参加者の属する氏族の栄誉、栄光であるばかりか、国（ポリス）全体の栄光であり、優勝者は文字通り一国の英雄として讃えられ、その立像を公共の場に建てられるなどさまざまな特典に浴し、長く人々の記憶にとどめられたのである。各競技会で優勝者に与えられるのは、オリュンピアではオリーヴの葉の冠、ピュティアでは月桂樹の葉の冠、ネメアでは松の葉ないしはセロリの冠、ピュティアではグリーン・セロリの冠といった象徴的なものにすぎなかったが、その栄誉は無上のものとされ、故国に凱旋後は多額の報奨金のほかにさまざまな特権的待遇を受けた。優勝者の中には神格化され、神として神殿に祀られた者さえもいたのである。その特権の一つが、名のある詩人によって競技での優勝を讃える競技祝勝歌がその人物のために作られ、それが優勝者を前にして故国の公の場で華やかに歌われ、上演されることであった。祝勝歌に詠われることで、勝利者の名は永遠化され、神聖化された。ピンダロスは、オリュンピアをはじめとする偉大な祭典競技の勝利者を讃え歌うことに、その天賦の詩才を傾け情熱を注いだ詩人だったのである。

それゆえ祝勝歌とは、一族の生んだ精華、一国の英雄としての優勝者をかぎりなく讃え、その栄光を不滅のものとすることを目的とするものであったと言える。伝存する祝勝歌は、ほとんどが王侯貴族か各地の有力者の子弟であった優勝者のために、詩人たちが委嘱に応じて作ったものである。ピンダロスはその祝勝歌の並びなき名手として、その詩名がギリシア全土から、アフリカにまで知れわたっていたのであった。この詩人の眼からすれば、名高い競技会はギリシア人にとって至上の価値をもつものであって、そこでの勝利はマラトンの戦いでの勝利、プラタイアでの勝利、サラミスの海戦での勝利よりも、価値あるものと映っていたのだと言ってよい。

国を挙げての、というよりもギリシア民族挙げてのこのような競技会への熱狂と陶酔を愚かしい騒擾と見なし、痛烈に批判した哲学者にして詩人クセノパネスのような人物が、当時のギリシアにいなかったわけではないが、それはごく少数派であった。

ピンダロスが優勝者を讃えた汎ギリシア的祭典としての競技会は四つあった。前七七六年に創始され、後三九三年にテオドシウス帝の勅令によって廃止されるまで続いた、ゼウスを祭るための四年ごとに行われる「オリュンピア競技会」をはじめ、アポロンに捧げられた、三年ごとに開催される「ピュティア競技会」、同じくゼウスに捧げられた「ネメア競技会」、ポセイドンのための「イストミア競技会」(それぞれ二年ごとに開催)があって、これらはいわゆる「四大競技会」として格別の意義を認められ、他の各地での競技会とは別格のものとして位置づけられていた。それぞれの競技会では、最も栄誉あるものとされた戦車競走をはじめ、驟馬車競走、騎馬競走、短距離走、ボクシング、パンクラティオン、円盤投げ、五種競技、武装競走などがあり、「ピュティア競技会」では、運動競技だけではなく、笛の演奏競技などもあった。競技は少年の部、青年の部、成年の部に分かれ、それぞれの優勝者が出た。大方の競技、とりわけ戦車競走などは多額の費用を要するものであったため、競技参加者は王侯貴族か、各地の有力者、富裕層などにかぎられていたから、祝勝歌というものは、もっぱら王侯のための歌だったと言ってよかろう。戦車競走や騎馬競走における勝者というのは、王侯貴族や貴顕の士自身が戦車や馬に乗って勝負するわけではなく、そのお抱えの人物が乗るわけだが、その勝利は、すなわちそれを提供した貴人の勝利とされたのである。

右に挙げた競技会はいずれも権威あるものとされたが、とりわけ英雄ペロプスによって創始されたと伝えられる、ゼウスのための「オリュンピア競技会」は最も権威あるものとされ、そこでの優勝はすべてのギリシア人の渇望するところとなっていた。それだけに、オリュンピア競技会での優勝者は文字通り偉大なる英雄として讃えられ、その栄光は無上のものとされたのである。そのような栄光を詩によって讃え歌い、その名に光輝を添えてギリシア全土に轟かせたのが、ピンダロスという詩人にほかならない。詩人は優勝者を、人間に備わった最上の卓越性（アレテ）を体現したものとして惜しみなく讃美したのである。それは同時に勝利を授けた神への讃美でもあった。祝勝歌においては、神の庇護のもと、人間としての卓越性（アレテ）を体現した優勝者とそれを讃える作者とが同じ精神世界を共有し、主客が混然一体となって不滅の栄光がもたらす歓喜に浸るのである。

合唱抒情詩としての祝勝歌の創始者はピンダロスではなくシモニデスとされるが、それを詩として完成させ、その極致にまで押し上げたのはピンダロスであった。今日われわれのもとに伝わっているピンダロスの祝勝歌は、前記のアリストパネスによってそれぞれ一巻ずつに分類された「オリュンピア祝勝歌」（全一四歌）「ピュティア祝勝歌」（全一二歌）、「ネメア祝勝歌」（全一一歌）、「イストミア祝勝歌」（全八歌）でであり、合計四五篇である（ほかに「ネメア祝勝歌」の断片がある）。これらの祝勝歌は制作年代別に配置されているわけではなく、例外はあるが、各競技会でその勝利が最も華々しく権威あるものとされた戦車競走での優勝を祝う歌で始まっているのが普通である。

祝勝歌の大方は、その内容から制作年代が明らかとなっているが、それを決定し得ない作もあり、また凡作愚作こそないものの、その出来栄え、詩的な価値は一様ではない。またアリストパネスによる各巻の作品の配列も厳密に制作年代を追ったものではなく、さらにはその内容からして「祝勝歌」とは言いがたい書簡詩的な内容の詩や、運動競技とは直接関係のなさそうなものも混入していることは言っておかねばならない。

詩人は合唱抒情詩の作者の常として、これらの祝勝歌をたずさえて、各地の歌の依頼主のもとへ趣き、そこで合唱隊を組織、指揮してみずからその上演にあたったのである。ただし依頼主が遠隔の地に住む人物であったりする場合には、作者みずから依頼主のもとへは行かず、歌のみを送って、指揮、上演はその地の「合唱隊指揮者（コロディダカロス）」にゆだねることもあったらしい。極端な説では、ピンダロスはずっとテバイにとどまったままで、各地の祝勝歌の依頼主のもとへ歌を書き送っただけであるとする学者もいるほどである。祝勝歌とはある競技会での特定の優勝者を祝うものであるから、上演されるのは一回のみであって、悲劇のように繰り返し上演されるということはなかった。それが単なる祝詞ではなく、詩として成立しうるのは、内田次信氏の言葉を借りれば、「祝勝歌は、競技優勝その他の現実から発し、それにつながる面を保ちながら、他方では詩的想像を自由に翔らせて美的な表現に包むという二重の性質を表わす」（前出、ピンダロス『祝勝歌集／断片選』解説）からにほかならない。

さてその祝勝歌だが、今日それを読む者はおそらく意外の感に打たれるのではなかろうか。なぜなら、競技祝勝歌とはいうものの、ピンダロスは競技そのものの様相については、ほんの申しわけ程度にふれるだけであって、競技場での戦い自体の描写は無きに等しいからである。詩のほとんどは優勝者の血筋の誉れ、一族の栄ある歴史、彼が属する氏族、ないしは住まうポリスにまつわる神話伝説を語ることに費やされ、また詩人が勝利者（ほとんどが王侯貴顕、名門の子弟である）に向かって発する箴言、教訓、忠告といったもので占められているからである。詩人にとっては競技そのものが関心事ではなく、その勝利が一族やポリスにもたらす意味、その価値こそが重要であり、それを称揚顕彰して長く世の人の記憶にとどめることこそが、その意図するところだったからである。ピンダロスの詩が現代に生きるわれわれに、とりわけ文化的背景のまったく異なる東洋の読者に、なんとも縁遠いものに思われるのはそのためである。

祝勝歌は合唱抒情詩の決まりに従って、ドリス方言を主体とする人工的な文学言語で綴られており、そこにわずかなアイオリス方言、イオニア方言を交え、詩人の故国であるテバイの方言はごくわずかしか見られない。

形式面から言うと、ピンダロスの祝勝歌はその多くが、それぞれの詩篇の最初に「ストロペ（旋舞歌）」が置かれ、これに対置する形で全く同じ詩形（詩律）による「アンティストロペ（対旋舞歌）」が次に来て、最後にこの二つとは異なる詩形（詩律）を用いた「エポデ（結びの歌、反歌）」が置かれるという三つ組み（トリアス）を基本として、一篇の中でこれが何度か繰り返されるという形をとっている。つまりAABという形を繰り返すのである。中には、例えば「ピュティア第一二歌」、「オリュンピア第一四歌」のように、ストロペを繰り返しただけの詩もあり、トリアス一回だけで完結している詩もあって、「ピュティア第四歌」のように、トリアスを一七回繰り返した全二九九行にも及ぶ小叙事詩といってよい趣の作もあるが、これは例外であって、多くはトリアスを五回繰り返した構成になっている。それでも和歌や俳句、漢詩などになじんだわれわれには、抒情詩としては十分に長い詩と感じられる。驚くべきことに、全四五篇のうち、ただの二篇を除くと、これらの詩はすべて異なった詩律で作られているのである。

内容から見ると、大方の祝勝歌には一定の型（パターン）が認められ、大体次のような構成が認められる。すなわち詩人はまず神への祈りから始めて、祝勝歌を捧げられる人物の名を上げて競技会における勝利を告げ、その父親の名を挙げ、一族血縁に過去の優勝者がいる場合には、その名と過去の栄光を挙げ、当の優勝者の家系、血筋にまつわる（あるいはその人物の属するポリスにまつわる）神話伝説を物語る。これはピンダロスが格別に重視する、勝利者の高貴な血筋や先祖の輝かしい事績功業を語って、当該の人物の勝利に輝きを添え、その栄光に一段と光輝を添える役割を担っている。神話は決して装飾的な意味を担うものではなく、一篇の核心をなすものであり詩篇の中の華と言える部分でもある。中心部に置かれるこの神話語りが、事実上最も彫琢を凝らして語られ、生彩を放っていることが多い。ピンダロス最大、最長の作品である「ピュティア第四歌」などのように、一篇の大半をイアソンを頭とするアルゴナウタイのコルキス遠征譚が占めている例もある。語られる神話伝説は普通は一つであるが、中には複数の神話伝説を含むものもあり、また競技勝利者との関わりが薄いと思われるものが、強引にはめ込まれているとの印象を与える作もある。中には「ピュティア第五歌」のように神話を含まない作品もあるが、これは例外だと言ってよい。ピンダロスは祝勝歌の中で突然いわゆる本筋から離れた「逸脱」をおこなったり、唐突な話題転換をしたりしていて読者を混乱させる。明らかに意図的なものであるこの「逸脱」や「中止」、突飛な話題転換は、作品の統一性を欠くものとして古来非難されてきた。そのため近代に入ってこの詩人が「無抑制の詩人」などと評され、不可解な詩人としてこの詩人の評価を下げてきたということは否みがたいところだ。一九世紀以来、古典学者たちがその作品における統一性を求めて、侃々諤々かまびすしい論争を重ねてきたことは、先にふれたとおりである。統一性を求めてのこの論争は、前世期の半ば過ぎにピンダロス学者バンディーによって一応の解答が提出された。その信者が雨後の竹の子のごとく簇生(そうせい)して古典研究の世界で威をふるっているが、これには異論もあって、未だ最終的な結論を見ているわけではない。だがさような問題は、われわれ東洋の一般の読者にはあまり関わりがないことである。

ピンダロスの祝勝歌中では、しばしば知者としての詩人の口から王侯に向かっての「箴言」が語られる。その二、三の例を拾ってみると、「妬まれるは憐みを受けるに勝る」(「ピュティア第一歌」)、「沈黙を守ることが、しばしば人間にとって賢明な思慮である」(「ネメア第七歌」)、「一人の人間があらゆる幸いを授かることはない」(「ネメア第七歌」)といったたぐいのもので、どちらかと言えば伝統的な観念の表出であって、とりたてて独創的な内容を持っているわけではない。それ以上に重要で祝勝歌の中で繰り返しあらわれるのは、すべては神の意志によるる、それゆえ人間の身で神になろうとするなという、矩を超えた増上慢を戒める、王侯への警告である。人間は神に近づくことは許されるが、決して神になろうとする野望を抱いてはならぬ、というのが敬神の念篤いピンダロスの信念であった。「十分な財貨を得たならば、神になろうとしてはならぬ」(「オリュンピア第四歌」)、「ゼウスたらんとするな」(「ネメア第五歌」)、「神と争ってはならぬ」(「ピュティア第二歌」)」、「人間の身にして真理の大道を心得ているならば／至福なる神々から授かった幸運に安んじねばならぬ」(「ピュティア第三歌」)といった戒めの言葉が吐かれ、神々に背いて悲惨な運命をたどった神話的人物にまつわる神話伝説が語られる。

最後に詩人はまた勝利者その人へと立ち戻って、勝利者を再び讃え、教訓を垂れ、忠告を与えた上で、その人物のために神々に祈りを捧げる。つまり一篇の詩は、いわゆる円環構造（リング・コンポジョン）をもっているわけである。ヒエロンやテロンといったシケリアの僭主を讃えた祝勝歌には、それらの独裁者の人徳のほかに、その鷹揚さ、とりわけ気前のよさ（つまりは詩人に多額の報酬を惜しみなく与えるということだが）への称讃が詠いこまれており、そこに多額の報酬を受けて詩作した職業詩人としての貌が窺われるように思われる。

右に述べたのはあくまで祝勝歌の基本的な形であって、実際にはさまざまなヴァリエーションが認められることは言っておかねばならない。その全容を知りたい読者は、内田次信氏訳『ピンダロス　祝勝歌集／断片選』に就くよう重ねてお勧めしておく。

さて以上までのところで、「ギリシア最高の抒情詩人」と讃えられるピンダロスとその詩の世界を、かつて私が舐めた欧米の先学の研究（それももう古いらしい）の糟粕に、東洋人としての私の独断と偏見をまじえて、ざっと一瞥素描してみた。私が自信がないままおぼつかない筆つきで描いてみたピンダロスの相貌は、前時代的でいかにも古臭く、ピンダロス研究の第一線に立つと自負する古典学者の眼には、噴飯ものと映るかもしれない。ここで改めて痛感するのは、自分でもよく理解できずその世界に参入できないこの「偉大な」詩人を、日本語で語ることの難しさとその虚しさである。その詩を味読した上で詩人としての真面目をわが国の読者に伝えうるのは、ギリシア語にすぐれ、しかも詩的感性が鋭く豊かな言語エリート、卓抜な古典学者であって、怠惰な東洋の一読書人にすぎない私ではない。

七　カリマコス

知られざる大詩人

カリマコスは実に端倪すべからざる詩人である。『ケンブリッジ古典文学史』では、ヘレニズム時代が生んだ最大の詩人として位置づけられているのがこの詩人である。その詩名はいや高く、古代後期においてはホメロスに次いで広く知られていた。

ギリシア文化史上最大の学問の時代であるヘレニズム時代に生き、学問（具体的には文献学）と詩を融合させ、新たな形の詩を生みだしたのが、この詩人であった。かれに先立つピリタスをはじめ、ヘレニズム時代の詩人たちは、すべて学殖豊かな人々であったが、中でもこの詩人ほど「学匠詩人」（poeta doctus）という呼び名がふさわしい人物はいない。

ヴィラモーヴィッツがその『ヘレニズムの詩』で多くの頁を割き、ヘレニズム的精神を最も純粋に体現した存在と評するこのアレクサンドリアの詩人は、テオクリトス、アポロニオスと並んでヘレニズム時代を代表する詩人であるばかりか、ウェルギリウス、カトゥッルス、オウィディウスをはじめとするローマの詩人たちに崇めら

カリマコス
（前310/05～240頃）

れ、絶大な影響を与えた点でも、その名を逸することはできない。カリマコスが詩作の方法、理念に関してテオクリトスに影響を与えたことは、前章で見たとおりである。またローマの詩に通じた人ならば、カリマコスの失われた名詩「ベレニケの髪」が、カトゥッルスのみごとなラテン語訳によって、ラテン詩の傑作として伝わっていることをご存じであろう。今でこそ専門家以外に知る人は少ないが、カリマコスはヘレニズム時代からローマ時代にかけて広く読まれ、後七世紀に入ってもなお、その作品が版を重ねていたのである。だがわが国の読書人で、その名を知る人は稀である。古典学者でさえも、ヘレニズム詩の専門家を別とすれば、実際に往昔のこの大詩人の作品に通じている学者は、あまりいないように思われる。無論この国にもカリマコスに通暁しているすぐれた古典学者はいるのだが、残念ながら、そのきわめて専門的な学術論文が世の人の眼にふれることは少なく、このヘレニズム時代の詩人を世に広く知らしめるには至っていない。

西脇順三郎の詩に親しんでいる人は、その詩の一節に「カリマコスの頭と」云々という詩句があるのをご存じであろうが、はてこのカリマコスとは何者かと改めて問う人はあまりいないのではなかろうか。

そういう状況であるから、ヘレニズム詩の精華であるアレクサンドリア派の詩人たちにその総帥として君臨し、大文献学者にして稀代の碩学、一代の詩宗と仰がれたこの学匠詩人も、実質的にはわが国では「知られざる詩人」の一人だと言っても、誤りではなかろう。だがその実、カリマコスはわが国ではまったく未紹介のギリシア詩人だというわけではない。ギリシア文学研究の先達で多くのすぐれた翻訳を世に送った松平千秋氏によって、ごく一部分ではあるがその作品（「アルテミス讃歌」、「パラスの浴み」）が半世紀以上も前に翻訳されており（『世界名詩集大成』所収、平凡社、一九六〇年）、詩を愛するわが国の読書人で、松平氏の邦訳によって、このアレクサンドリア時代随一の詩人の作品に接した人々もいるはずである。私もまたその一人であって、嘗て「パラスの浴み」の格調高い文語による名訳に心惹かれたものであった。残念ながらこの貴重な書も版を絶って久しく、今では松平訳によってカリマコスに接する読者も稀となってしまった。ほかにカリマコスの作品の邦訳としては、『ギリシア詞華集』に収められたエピグラム詩のうち五篇が呉茂一氏によって（『花冠——ギリシア・ローマ抒情詩選』、岩波文庫）翻訳され、六一篇が私の手で翻訳されているが（『ギリシア詞華集』全四巻、京都大学学術出版会）、他の作品の邦訳はまだない。

思うに、この詩人の存在も、またその作品そのものも、わが国でもう少しは知られてよいのではないか。少なくとも、この詩人がギリシア詩史の上で、さらに言えばその後のヨーロッパ詩史の上で、果たした役割についてはもっと知られ、強調されてもよいとの感はある。ローマの詩は言うに及ばず、ルネッサンスのラテン語詩や、プレイヤード派以後のヨーロッパの詩の一つの詩作の方法となった、霊感によらず、意識的で緻密な計算によって詩を作ることの、学識をもって文学を創ることの範型、「文学から文学を創る」という文学制作の方法の元祖とも言えるのが、一世の学匠詩人として聞こえたこのカリマコスなのである（その詩作の態度、創作理念は、わが国の新古今集の歌人たち、とりわけ藤原定家を想起させるものがある）。

ヘレニズム時代に先立つ古典期のギリシアにおいて悲劇はソポクレス、エウリピデスの死をもって事実上終焉を迎え、抒情詩もまたピンダロスを絶頂としてにわかに凋落衰退し、あらゆるジャンルの文学が完成し終わりを告げていた。そうした状況で、偉大な古典を前にしてヘレニズム時代を迎えた詩人たちの取るべき道はただ一つであった。ホメロスからピンダロスに至る古典の遺産をまずは継承し、それを学問として徹底的に学び、自らの文学の糧として新たな形で再生、発展させること、それのみが詩を再生させ活かす道であった。かれらにはもはや古典期までの詩人たちのように、みずからの創作が、ただちに新たなジャンルの詩を切り開いていくことにつながるというようなことは期待すべくもなかった。こうしてヘレニズム時代の詩人たちは皆、自分たちの前に立ちはだかる偉大な古典の重圧に耐えつつ、それを学んでみずからの文学を創ることを強いられ、程度の差こそあれ、「学匠詩人」として出発することとなったわけである。「夫学詩者以識為主（夫れ詩を学ぶ者は、識を以て主と為す）」（『滄浪詩話』）というのが、ヘレニズム・ビザンティン時代の詩人たちが、詩作に臨む基本姿勢であった。ダンテの言葉を借りれば doctrinatae poetriae「学識ある詩学」への従属が奨められ、詩人たる者には高い教養が要求され、詩は学識と技巧をもって作るものとされていたのである。そこから生まれたのが、「詞（ことば）は古きを慕ひて」詠うことを余儀なくされ、本歌取りや題詠による詠歌に歌人としての生命を懸けることとなった新古今の歌人たちの歌にも似た、全体として書巻の気が漂うヘレニズム詩であった。「本歌取り」や「模擬」の性格を色濃く帯びた「変奏の詩学（poétique de “thème de variation”）」とでも言うべきものが支配することとなり、広博な学問を基盤、背景として、「文学から文学を創る」というのが、その基本的な文学制作の態度であった。その結果必然的に、文学制作そのものが先行する文学、あるいはそれを背景とした同時代の文学の批評という性格をも帯びることとなったのである。カリマコスこそは、そのような文学を生み出した原動力となり、その中心となった詩人にほかならない。

　この詩人は、よかれあしかれアレクサンドリアの生んだ詩人たちの典型であって、ロンサールをはじめとするプレイヤード派の詩人たちは言うに及ばず、古典主義の詩人たちや、ひいては霊感による詩作を否定したマラルメやヴァレリーの詩作の態度を考える上でも、この学匠詩人の存在を無視するわけにはいかないだろう。この詩人がいなかったら、ローマ文学の手本となったヘレニズムの詩文学自体が成り立たなかったであろうし、後のヨーロッパの古典主義の文学も存在し得なかったと言っても過言ではなかろう。

　確かに、「典拠なきものはなに一つ詠わず」と広言し、博大な学識を背景として、学問によって生み出された書巻の気紛紛たるその詩は、サッポーやアルカイオス、シモニデスなど上代の抒情詩人たちの作品に比べても、われわれ現代の読者に直接訴えるところは少ない。冷徹であくまで理知的なその詩からは、熱い魂の鼓動は聞こえてこないし、それがわれわれの心の琴線にふれることもない。そのため、近代に入ってからは、カリマコスの詩は、衒学的で冷たく、人工的、作為的で、作者の息吹や魂の鼓動が聞こえてこない、生命の宿っていない文学として冷眼視され、貶下されてきた。もっともそれは欧米での話であって、わが国では、その名もその文学もほとんど知られていないのだから、そもそもそういう詩人観すら生まれるはずもなかった。

本来この学匠詩人の詩は、古典期までのギリシア文学を知悉していた、教養あるアレクサンドリアの読者のために書かれたものであるから、二三〇〇年近い大昔の異邦の詩人の作品に、現代の日本に生きる読者が抵抗を覚え、なじみがたいものを感じたとしても、それは当然である。それはあくまで当時の文学的教養豊かな人士のための文学であり、いわば知的エリートたる玄人（sophoi）向けの文学だったからである。

アポロンは万人には顕現したまわず、すぐれたる人にのみ。

と断言したのがこの詩人であった。その詩作の態度は、一般読者にもわかる平易な詩を書くことを拒み、純粋詩を標榜して詩を神秘的な秘法（エルメティスム）としたマラルメや、自分の詩が真に詩を解する一握りの読者にのみ読まれることを願ったピエール・ルイスや、詩に「難解」という観念を持ち込み、読者に理解するための努力を要求したヴァレリーなどのそれに相通ずるものがある。それに加えて、詩技をもって己が詩の生命となし、極度に磨き上げ彫琢を凝らした、文字通り百練千鍛の繊細巧緻な詩句で綴られたその詩の妙味を邦訳で伝えることはできないから、詩人カリマコスの真面目をわが国の読者に示すことは困難だと言わざるをえない。カリマコスと同程度の詩才を有し、それに劣らぬ詩技に長けた訳者をもってしてもなお、日本語でその詩の面影を映し出すことは、事実上不可能かと思われる。

わが国の読者も多種多様であるから、中にはヘレニズム詩に考古学的関心を抱いてこの詩人を読む人はいるかもしれないし、またその機知の閃きが感じられる気の利いたエピグラムに、一種知的な面白さを感じる読者もいるだろう。仮にそんな奇特な読者がいるとしても、少なくとも翻訳を介してその詩に魅せられる人は、まず稀だと思われる。翻訳ではなく原詩でこれに接する人でさえも、徹底した頭脳の産物で、冷たく理知的な学匠詩人の詩、その洗練の極みである「凍れる美学」のみごとさに感心することはあっても、魂を揺すぶられるようなことはないであろう。そもそもその存在自体がこの国では知られること少なく、ましてや読まれることはないのだから、それも致し方ない。カリマコスの詩を好むような人は、「清朝考証学」として世に知られる考証学の重圧に押しつぶされ、詩が振るわなかった清の時代の詩人たち、たとえば袁枚や王漁洋の詩を偏愛する畸人に類するのかもしれない。

とはいうものの、先に述べたように、ヨーロッパの詩文学の伝統を知る上でも、カリマコスという詩人を知ることはやはり必要かと思われる。

今わが国で、その昔詩名を謳われたこのアレクサンドリア時代の詩人がいかなる人物で、どのような作品を生み、また稀代の大文献学者としてどんな業績を遺したかその概要を述べ詩風の一端を素描するのは、あながち無用の業とは言えまい。わが国でこの詩人を研究している古典学者はそう多くはないと思われるが、ヴィラモーヴィッツ以来欧米での研究は相当進んでいることは確かである。私が覗いたのはそのうちの九牛の一毛にも満たないから、本来ならばこの詩人を語る資格はないのだが、本書の冒頭で述べたとおり、これはあくまで東洋の一読書人によるギリシア詩人論の一部にすぎない。エピグラムのみではあるが、カリマコスの翻訳に手を染めた者として、欧米の先学の研究成果や知見の力をも借りて、この詩人の詩業の一端を窺い、私見を述べてみたい。これは「曲説テオクリトス」に先立つ「曲説カリマコス」にほかならない。

カリマコスという詩人――その生涯の軌跡

カリマコスは前三世紀の中葉に、ピンダロスによってその建設が詠われている、ドリス族の植民市であったエジプトのキュレネに生まれた。彼以前にアレクサンドリアの詩壇で活躍した詩人たちは、すべてエジプト以外のギリシア各地の出であったから、カリマコスはエジプトが生んだ最初の詩人だということができる。生没年は不詳だが、前三一五年から三一〇年頃の間に生まれ、前二四〇年から二三五年の間頃に没したらしい。プトレマイオス二世ピラデルポス王の治下に、その庇護を受けてアレクサンドリアの詩壇に君臨し、当時のギリシア文学全体のヘゲモニーを握った重要な人物であり、ヘレニズム文学の黄金時代を築いた立役者でもあった。詩人はキュレネ建設者とされる遠祖バットスの血を引く名門バッティアダイ一族の出で、父の名はバットス、母はマガティマといったらしい。祖父カリマコスがキュレネの将軍であったことは、詩人がその亡父バットスのための碑銘詩（『ギリシア詞華集』第七巻五二五番）で、

この奥津城（おくつき）の傍（かたえ）に足運びたもう人よ、
知りたまえ、われはキュレネのカリマコスの子にして父なることを。
おんみはその名を知りたもうらん。一人は祖国の軍の将たりし人、
また一人は、羨んでも足らぬほど歌に巧みなる人なりき。
それも道理、詩女神（ムーサ）らは、好意もてその幼時を眺めし者を、
頭に霜置く齢になりてもなお、見捨てたまわざれば。

と詠っていることから知られる。詩人は祖父カリマコスの名をとって名づけられたのである。祖父はキュレネの軍を率いてプトレマイオス一世ソテルと戦った軍人であった。つまりは詩人は名門の出ではあったが、前四世紀末にキュレネを揺るがせた政治的抗争、騒擾によって一家は打撃を蒙り、貧困に陥ったようである。

詩人が最初どのように教育を受けたかはあまり明らかではないが、韻律論などを書いた文法学者ヘルモクラテスのもとで学んだらしい。アテナイへも遊学したようであるが、確かではない。これも『スーダ辞典』の伝えるところでは、プトレマイオスがキュレナイカの支配者となったのを機に、前三世紀の初め（前二九五年―二八〇年の間）にアレクサンドリアへ出て、以後そこに定住した。最初はアレクサンドリア郊外のエレウシスの初等学校の教師として、貧窮生活を送った（但しこのことを否定するキャメロンのような学者もいる）。体育教師にも増して薄給であった初等学校教師の生活の惨めさは、その後も後五世紀の諷刺詩人パッラダスの時代まで続くが、後の大詩人、大碩学も青年時代にはそれなりの苦難の日々があったのであろう。かれは早くから詩作に手を染めていたらしいが、陸游の言うように「詩書貧を救わず」であることは、古今を通じて変わらない。そんな貧窮生活がどれほど続いたのか明らかではないが、若き日のカリマコスは苦学力行、孜々として学問に励む傍ら、当時人口およそ五〇万（後には一〇〇万）を擁したと言う大都会アレクサンドリアで遊女相手の恋愛や少年愛などにも耽ったらしい。この詩人が書いた愛の詩（そのほとんどがエピグラムである）は、そんな生活の中から、あるいはその体験の中から生まれたものと見られる。上代からの抒情詩人たちの多くと同じく、カリマコスもまた稚児愛の実践者であって、その愛の詩のほとんどは女性ではなく、少年を対象としたものである。それ以上に彼の心を惹いたのは友人たちであって、アレクサンドリアでの飲み仲間と連れだって、酒宴の後、放歌高吟して街を練り歩くようなこともたびたびあったものと想像されている。カリマコスが本の虫として干からびた文献学者に終わらず、当時の人々の心を強くとらえた詩人となったのは、天性の豊かな詩才あってのことだが、若き日の放縦な生活や酒友たちとの羽目をはずしての歓楽の経験も作用していよう。カリマコスの交友関係は実に広く、才学ともに備わったこの稀代の学匠詩人は、およそ象牙の塔に立てこもる孤高の人でなかった。

詩人としてのカリマコスは、長編叙事詩の制作を目指す詩人たちをホメロスの模倣、猿真似に過ぎないとして排撃し、規模こそ小さいが洗練され、巧緻の限りを尽くした繊細な詩こそが自分の目指す詩であると揚言した人物である。カリマコスが詩作に乗り出したのは早く、詩人としてはまずエピグラム作者として出発したが、詩作に関する彼の信念、理念を宣言した名高い詩句を含むエピグラム（『ギリシア詞華集』第一二巻四三番）が書かれたのもこの時代のことであろう。

叙事詩の環（キュクロス）に属するような長詩は嫌いだ。多くの人を
かなたこなたへと導く道も、私の心には適わない。

（一―二行）

右の詩は、やがてカリマコスを総帥に戴くアレクサンドリア派の詩人たちの詩作に関する支配的理念となるのである。これは詩的技巧を重視し、小さな器の中での完璧さを狙い、何よりも洗練と繊細さ（λεπτότης）を重んじることこそが肝要だと主張し、またみずからの詩作でそれを実践してみせた学匠詩人の、詩作に関する根幹をなす理念であった。これこそヘレニズム詩のありようを主張した文学的マニフェストにほかならない。詩の実作者としてのカリマコスは、時にあまりにも博大な知識、学問に溺れ、詩句の彫琢に過度に心肝を摧（くだ）いて蟲彫の末技に走っていることもあるが、ともあれ、なによりも意識的に詩作に臨み、詩技を駆使して詩句を構築する、「芸術的な」詩を作ることを目指したのである。そういう意味では、その詩作の態度は、マラルメやヴァレリー、さらにはわが国の藤原定家のそれにも一脈相通ずるものがあると言ってよい。そういう規矩からはずれた、措辞

弛緩し内容空疎な大作を皮肉った、「大著は大禍」（メガ・ビブリオン・メガ・カコン）という、この詩人の言葉はよく知られている。

時に遊蕩に耽ったこともあろうが、営々と学んで学問を積み、学者としても詩人としても名が次第に高まってきたのであろうか、またプトレマイオス王への追従を含んだ詩を書いたことが功を奏したのであろうか、前二七五年頃にはカリマコスはプトレマイオス王家に接近することに成功し、蔵書七〇万巻（当時の書物は巻子本であったから、文字通り七〇万「巻」であった）に及んだと伝えられるムセイオン付属の大図書館の司書となった（ヘレニズム時代は、なんといっても書物の時代であった）。司書の職にある人々は何よりもまず当時一流の文献学者、研究者であり、ムセイオン付属の官舎に住み講義をする教授たちでもあった。カリマコスは、ムセイオンでは詩学ないしは修辞学の講義を担当していたらしい。そこの膨大な蔵書を存分に利用して彼はさらに一心不乱に学問に励み、ついには文献学者として、アリスタルコス、ゼノドトス、ビュザンティオンのアリストパネスなどと並び称される大学者となったのである。

文献学者にして詩人、『アルゴ号遠征記』の作者で、やがて文学上の論敵となったアポロニオスもその弟子の一人であったと伝えられるが、これも確たる証拠はない。二人の間に師弟関係があったかどうかはわからないが、アポロニオスとの関係は微妙かつ複雑であって、アポロニオスが師である（と思われる）カリマコスの教えに背いて叙事詩『アルゴ号遠征記』を世に問うたことをきっかけに、文学制作の方法をめぐって両者の間には論争が起こり、確執が生じたとされている。しかしこれを疑う古典学者もおり、真相はつきとめがたい。カリマコスが、アポロニオスへの嘲弄を故意に曖昧な表現に包んだ作だとされる『イビス』を書いたのも、この論争の過程でのことだったと見られている。この論争に破れたアポロニオスは、発表時に酷評された『アルゴ号遠征記』を携え、傷心を抱いてアレクサンドリアを去り、ロドス島へ退居した。その地でこの叙事詩に推敲に次ぐ推敲を重ねつつそこに長らく滞在し、以後は「ロドスのアポロニオス」と名乗ることとなった。カリマコスがアポロニオスをロドス島へ追いやったとする説があるが、これは疑わしい。この文学論争をめぐる問題については、後に「詩作のありかたをめぐる文学論争」でふれることにする。

この大図書館司書時代、とりわけ前二七五年から二七〇年にかけては、カリマコスの詩作活動が最も盛んな時期でもあり、その博大な学識を自在に駆使した作品を陸続と生み出して、アレクサンドリアを舞台に活発な文学活動を展開した。大図書館が所有していた膨大な書物が、この詩人の詩嚢を大いに肥やしたことは間違いない。と同時に、わずかなエピグラムを別とすれば、実体験ではなくすべて書物の中から生み出された彼の文学は、この図書館の膨大な書物の埃をも吸って毒されているところがあり、しばしば綺語紛紛、書巻の気が色濃く漂うブッキッシュなものともなったのである。

カリマコスが文献学的研究にも多大な時間を費やしていたであろうことを考えると、その文学的生産力はまことに恐るべきものであった。学問の世であったヘレニズム時代の権化ともいうべきこの文献学者は、詩をほとんど残さなかった清朝の大考証学者段玉裁などとは違って、学者であると同時に詩人であった。代表作『縁起譚(アイティア)』、『ヘカレ』、『讃歌』、エレゲイア、抒情詩(メレー)、イアンボス詩、エレゲイア詩、エピグラム詩などが書かれたのはこの頃のことだと想定されている。遺憾ながら、『讃歌』六篇と『ギリシア詞華集』に収められたエピグラム詩を除いては、他の作品はほとんど亡佚湮滅し、エジプトのパピルスから発見された、ごく一部分が断片の形で伝わるのみである。この時期に、プトレマイオス・ピラデルポス王とその姉にして妃となったアルシノエとの結婚を詠った詩「アルシノエの祝婚歌」も書かれている。

詩人であると同時に文献学者でもあったカリマコスは、二七〇年以降は詩作よりもむしろ学問全般とりわけ文献学的研究に邁進し、過去の文学に関するその博大な知識を傾注して、彼以前のギリシア文学の作品の、解題を付した膨大なカタログである『表』（書誌目録）と題された書誌目録の作成に力を注いだ。それはジャンル別に分類され、作者の伝記的記述をも含み、一種の文学史だと言えるものだったらしい。過去の偉大な古典を前にしたヘレニズム時代の文学研究は、文学作品を芸術的な観点から味わったり、感じとったりするよりは、むしろこれを知ることの対象として眺めるという姿勢が目立つと言われる。カリマコスもまたこの時代が生んだそういう文献学者であり、『表』もそうした学問的態度の産物であったと見られる。

粒粒辛苦の末に完成し、文献学者としての彼の真骨頂を伝えるはずであるこの著作は一二〇巻あったというが、失われて伝わらない。ヘルミッポスがこれに手を加えて増補し、さらにビュザンティオンのアリストパネスにより増補改訂されたが、すべて烏有に帰した。そればかりか、この『表』を含む、八〇〇巻にも上ったという、実に多方面にわたる膨大な著作が、ほとんど散佚湮滅してしまったのは、惜しんでも余りあることであった。その学問は文献学ばかりか恐ろしく多方面に及び、散佚して今日ではそのタイトルのみが知られている著作には、『諸島と国の創成とその名称について』、『民族と都市による月名について』、『世界の河川・風・鳥類について』、『魚類の名称について』、『ニンフについて』、『地域別世界奇譚集』、『アテナイの劇詩人に関する年表』、『デモクリトスの難語について』、などがあり、これを見てもこの学匠詩人が博物学的関心の持ち主で、言語に絶する博学の士であったことがわかる。「博学は悟りを教えるものにはあらず」と言ったのは確かヘラクレイトスだったと記憶するが、カリマコスはいたずらに博学であるばかりではなく、なによりも透徹した知性の人であり、悟性をも立派に備えていた人物であったことは間違いない。

カリマコスは文献学者としての功績が認められ、やがてゼノドトスやエラトステネスと同じく、大図書館の館長に就任したとも言われるが、これも確証はない。館長にはならなかったと断言する説が有力である。弟子であったと言われるアポロニオスと、館長の座を争ったとする説もある。アレクサンドリア生まれのアポロニオスが、『アルゴ号遠征記』を改作し好評を得て、ロドス島からアレクサンドリアへの帰還を果たした後、王子の教育家係となり、ゼノドトスの跡を襲って、館長の座に就いたことは確実である。いずれにせよカリマコスは、アレクサンドリア詩壇の重鎮、当時随一の詩人としてその文柄を執り、押しも押されもせぬ大碩学と世に仰がれるまでになったのであった。晩年その盛名を妬む詩人や文筆家たちから、時代遅れの詩人として激しく攻撃されたりもしたが、その地位は揺らぐことはなかった。詩人は最後まで一貫してプトレマイオス王家の愛顧を受けてその生涯を終えた。詩人が没した時点では、世は既に前二四六年に王位に就いたプトレマイオス・ソテル王の治下にあったものと推定されている。

かくて詩人としてばかりか学者としても名声嘖々（さくさく）たるものがあったカリマコスだが、老年に入っても詩魂が衰えたわけではなく、原詩は失われたがカトゥッルスのラテン語訳によってその面影を窺うことができる「ベレニケの髪」は、前二四五年ないしは前二四四年の作だと推定されている。これ以後の詩作品は残されていない。功成り名遂げたこのアレクサンドリアの大詩人、大文献学者は、おそらくは古稀を過ぎてからその地で没した。書斎人に徹したその生涯は波乱に乏しく、学問と詩作に一生を捧げた幸福な人物のそれであったと言えよう。カリマコスがみずからのために書いた碑銘詩（『ギリシア詞華集』第七巻、四一五番）は、

君が行き過ぎたもうは、バットスが子カリマコスの奥津城（おくつき）ぞ、
こは歌に巧みにして、時に酒を酌み、笑う歓（たのしみ）を知れる者なりき。

というものであった。学問によって生き、学問によって詩を作り、その後のヨーロッパの詩文学のとる一つの方向を定めた、ヘレニズム時代の精神の権化とも言うべき人物の生涯は、大略かようなものであった。

詩作品概観

詩人カリマコスの生の軌跡を瞥見したところで、今度はその詩作品をひとわたり眺めわたしておこう。幸いにも今日まで伝存する『讃歌』六篇とエピグラムについては、本節に続く「カリマコスの「讃歌」」と「エピグラム詩人としてのカリマコス」であつかうので、ここでは、散佚して断片の形でのみ伝わる他の詩作品についてのみ、少々贅言を費やすことにしたい。

詩人としてのカリマコスは実に多才かつ多作の人であった。長大な詩を嫌い、スケールの小さい作品を選んで、その一字一句に心血を注いで磨き上げ、推敲を重ねて彫琢し、繊細巧緻な詩に仕上げるべきことを唱え、それを実践していた詩人が、マラルメのように寡作ではなく、今は失われた数多くの詩を書いたことは何とも不思議である。多作な詩人ではあったが、けっして濫作していたわけではない。後の世の「人文主義の王者」エラスムスのように、倦むことなく日夜洪水のごとく書きまくったとは思われないのである。しかもその少なからぬ詩業を、博物学者としての八〇〇巻にも上る厳密かつ膨大な著作を生み出すかたわらに、成し遂げたことを思うと、この人物の計り知れぬエネルギーには驚嘆せざるをえないものがある。

『スーダ辞典』によると、カリマコスは、代表作とされる大作『縁起譚（アイティア）』四巻をはじめ、多くのイアンボス詩、エレゲイア詩、エピグラム詩、独吟抒情詩（メレー）のほか、小叙事詩（エピュリオン）『ヘカレ』、神々への『讃歌』、祝勝歌「ソシビオスの勝利」、「神となったアルシノエ」などの作品を書いた。用いた詩律もまた多様である。ほかに劇作品も書いたというが、これは痕跡もとどめていないので、信用しがたい。それ以外にも、論敵となったアポロニオスへの嘲罵をこめた詩『イビス』、先にもふれたプトレマイオス二世の妃ベレニケに捧げられた頌詩「ベレニケの髪」（これは『縁起譚（アイティア）』の最後に置かれた詩である）などの作品を書いたことが知られている。これらはそのほとんどが亡佚してしまったので、詩作品の総量がどれほどのものであったかはわからない。幸いにも、これまでにも本書で幾度か言及した「オクシュリンコス・パピルス」の中から、それらの断片が発見され、中にはかなり大きな断片もあって、この発見により、ほぼ完全な形で伝わっている『讃歌』六篇と、『ギリシア詞華集』に収められている六〇篇ほどのエピグラム詩以外の作品も、その一端を窺い知ることが可能となった。とはいえ、失われた部分があまりにも大きいことは事実である。現在われわれが手にすることのできるカリマコスの作品は、断片を含めておそらくは全体の十分の一程度ではないかと推定されている。

　これらの詩作品は、まずはアレクサンドリアの文学サークルなどで披露され、次いで詩人自身の手によって在世中に詩書としてまとめられ、世に出たものと思われる。それはアレクサンドリアを中心に、当時「オイクメネ」と呼ばれていたギリシア語世界全体で広く読まれた後、没後もなお版を重ねたことは間違いなく、後一世紀にはアルキビオスがエピグラム詩の注釈を書いたほか、サルスティウスが『ヘカレ』の注を書き、ほかにも注釈を書いた人々がいたらしい。

　カリマコスの詩人としての代表作でありヘレニズム文学の傑作とされていたのが、ギリシア各地の祭礼や制度、習慣、地名などの発生の経緯、その起源を探って、これをエレゲイア詩形を用いて物語った『縁起譚（アイティア）』全四巻である。これこそまさに博物学的好奇心と洽博（こうはく）な学識、それに詩才との融合の産物であり、学匠詩人カリマコスの真骨頂を伝える作品にほかならない。遺憾ながら、後七世紀ぐらいまでは広く読まれ伝存していたらしいこの作品は失われ、今日では、右に述べた「オクシュリンコス・パピルス」の中から発見された断片によってしかこれに接することはできないのである。幸いにも、後一世紀ないしは二世紀の注釈者によるその「梗概」が伝わっているため、どんな内容のことが扱われていたか、おおよその内容を知ることができる。

いかにもこの作品は稀代の学匠詩人の代表作であり、深甚な学殖を誇る博学無双のヘレニズム的知識人の偉大な頭脳の産物ではあるが、残された断片から判断するかぎり、仮にその全篇がそっくり伝存していたとしても、今日では古典学者をも含めて、専門家以外にはこれを読む人はいないであろう。ヘレニズム詩に格別の関心を抱く奇特な読者か、あるいはあまり世に知られていないギリシアの風俗習慣に強い考古学的関心を寄せる畸人のみが、この読まれざる作品の断片を手にするものと思われる。事物や慣習、祭礼などの故事来歴を問い、それを探って解き明かすことは、神々の誕生とゼウスの支配権確立の経緯を説いたヘシオドスに始まる、古典期までのギリシア文学にも見られるものだが、ヘレニズム時代に入ると、それがいっそう顕著となった（女の誕生やプロメテウスの劫罰の因などを詠ったヘシオドスの『神統記』にしても、一種の縁起譚としての性格を帯びている）。カリマコスの『縁起譚（アイティア）』という作品は、そういう時代の好尚に投じて生まれたものである。当時は、詩人が語るもろもろの故事の縁起に強い関心を抱く読者が多かったのであろう。だが欧米人を含めて、現代の読者がさようなものに興味を示すとは思われない。況んやギリシアの詩文に縁薄きわが国の読者においてをや、である。それは今日の欧米の読者が、『信貴山縁起絵巻』で知られる信貴山に関する縁起物語に接するようなものだと言えるかもしれない。

それは事実だとしても、『縁起譚（アイティア）』がカリマコスの代表作であることに変わりはなく、たとえ大まかなりともこの詩人の相貌を描き紹介する上で、これを逸することはできない。それゆえ、大小の断片を読み、また欧米の先学の教えるところに従って、知られる範囲で、それがいかなる作品かほんの少しばかり覗いてみよう。

この作品は、エレゲイア詩形で書かれた長短さまざまな話の集成であるが、各巻が七〇〇行から八〇〇行程度らしく（一〇〇〇行以上とする説もある）、全部で六〇〇〇―七〇〇〇行近くあったとする見方もあって、そのあたりははっきりしない。

この作品の第一巻の初めの部分で、詩人は若き日に夢の中でヘリコン山へ赴き、そこで詩女神(ムーサ)たちと出会って、さまざまな伝承を教えられたと語っているが、言うまでもなく、これはヘシオドスの『神統記』に想を得たものである。それについて『ギリシア詞華集』の逸名の作者は、

そなたは*
かの詩人(うたびと)をリビュアからヘリコンへと誘(いざな)い、
ピエリアの詩女神(ムーサ)らが集う中へと連れまいらせた。
そこで詩人(うたびと)はそのかみの英雄たちや神々について問いただし、
詩女神(ムーサ)らが、かたみにその縁起を語らせたもうたのだ。

(第七巻四二番)

* カリマコスの見たという夢を指す。

と詠っている。第一巻、二巻は詩人が詩女神(ムーサ)たちに、事物や習慣、祭儀などについて問い、詩女神たちがこれに答えるという形で展開されている。第三巻、第四巻は形を変え、詩人が自ら語るという体裁をとっている。ヘシオドスの『神統記』や『名婦列伝』などとは異なり、カリマコスがこの『縁起譚(アイティア)』で物語っているのは、汎ギリシア的な神話伝説ではなく、ギリシア各地でのきわめてローカルな神話伝説や、地方での英雄や神々にまつわる祭礼、習慣、故事来歴などであって、全体がフォークロア的な色彩を帯びている。その点でカリマコスは、詩を作るに当たって、典故としてことさらに世に知られていない「僻典」を好んで用いた、晩唐の詩人李商隠を想起させるところがある。作者の意図は、単にあまり世に知られていない故事来歴などについて深い学殖を示し、読者に何かを教えることにはなく、しばしば諧謔を交えたその語り口によって読者を楽しませることに

あったのだろうが、その考古癖が専門家以外の読者を退ける結果となっていることは否めない。断片として伝わっているものだけを見ても実に多様な縁起譚の内容を、一々ここで紹介することはできない。断片にすぎないこともあって、どれをとってもわれわれ今日の読者の関心をさほど惹きうるものではないが、その中の比較的重要なものについてのみ、ごく簡略にふれるにとどめておく。専門家のほかには誰も読まぬであろう断片について、わが国の読者に詳しく語っても意味がないからである。

『縁起譚（アイティア）』第一巻の最初にプロローグとして置かれている「テルキネスたちに答える」は、詩作、文学制作に関するカリマコスの信条、理念を吐露したものとして重要だが、これについては、後に「詩作のありかたをめぐる文学論争」で言及することとしたい。断片の形で伝わっているこの作品の中から、比較的大きな断片で多少なりとも興味深いものを幾つか挙げれば、第一巻と第二巻で語られるアルゴ号の帰還とアナペでの祭儀にまつわる話、それに第二巻のシケリアの諸都市、特に前七世紀にシケリアの南部に築かれた都市ゲラの建設にまつわる話（両方とも好事家向きの退屈な話である）などがある。断片で最も長く、また興味深いのは、第三巻の男女の恋の話をテーマとした「アコンティオスとキュディッペ」の物語、それと第四巻の最後に置かれ、カトゥッルスのみごとなラテン語訳によって世に知られる「ベレニケの髪」である。第三巻の「シモニデスの墓」では、アクラガスの将軍が、シモニデスの墓を壊して砦の石の一部にしたこと、スコパダイ一族の悲惨な死などにも触れられている。どの巻に属するのかはわからないが、イコスの島でのペレウス崇拝にまつわる話などもある。

世に知られることの少ない『縁起譚（アイティア）』の中で、多少なりとも知られているのは、「アコンティオスとキュディッペ」の恋物語である。これは幸いにも一〇〇行余りがまとまった形で点存しているが、オウィディウスの『名婦の書簡』二〇番「アコンティオスからキュディッペへの手紙」二一番「キュディッペからアコンティウスへ手紙」のモデルとなったことでも知られ、ウェルギリウス（『牧歌』第二歌）、プロペルティウス（第一巻一八歌）

にもその影響が見られるように、古代のさまざまな著作に引かれている作品である。素材はケオス島の歴史家クセノメデスの書に出ている話であるが、ケオス島の有力貴族アコンティアダイの起源を説く縁起譚とは名ばかりで、実際には、ハッピーエンドで終わる美青年と美少女のラブ・ロマンスにほかならない。

年ごとにおこなわれるデロス島でのアポロンの祭礼にやって来たケオス島の青年アコンティオスは、ナクソス島から来た美少女キュディッペへの熱烈な恋に落ちる。彼女がアルテミス神殿の前で、アコンティオスが投げた林檎に刻まれた結婚の誓いをうっかり読み上げたため、彼女はその誓いに縛られてしまう。娘を別の男に嫁がせようとした父親も、アポロンの神託に従ったため二人はめでたく結ばれ、アコンティアダイの祖として、ケオス島に栄光をもたらすこととなったという話である。学殖に裏打ちされ、それを披瀝した縁起譚としてではなく、むしろラブ・ロマンスの語り手としてのカリマコスの詩才が窺われる作品だと言えるであろう。これ以外に目ぼしいのは、三〇行ほどが断片として伝わっている「ベレニケの髪」（カトゥッルスのラテン語訳では九二行）である。プトレマイオス三世の妃ベレニケが、シリア遠征の途に上った夫の無事の帰国を祈って神々に奉納した髪が、天に昇って星座となったということを詠った詩で、佳篇としてよい。他の断片については省略せざるをえない。

カリマコスにはまた今日断片としてのみ伝わる小叙事詩（エピュリオン）『ヘカレ』があるが、これは古注によれば、長い詩が書けない詩人だとしてかれを批判した論敵たちへの解答として書かれた作だという。一〇〇〇行弱ほどだったと推定されるこの作品は、七〇行ほどが伝わっており、「梗概」によって大筋ばかりか、そのスタイル、語り口などから、おおよそいかなるものであったかを知ることができる。これはアテナイの英雄テセウスに関する挿話を題材としており、漢の淮陰侯韓信にまつわる「漂母の恵み」の逸話を想起させるところが少々ある話である。韓信がまだ無位無官の民だった頃、彼が飢えているのを見た漂母（糸さらしの婆さん）が、数十日の間飯を食わせてくれ、後に出世して楚王になった韓信が、千金を与えてそれに報いたという話に似たところがある、ギリシア版

「一宿一飯の恩義」に関する逸話だと言ってもよい。

そこで物語られているのは、プルタルコスの「テセウス伝」にも見られる挿話である。生地トロイゼンからアテナイの父アイゲウスのもとへと戻り、そこでメデイアの毒手を逃れた若き日のテセウスは、マラトンの野を荒らしまわっている牡牛退治に出かけたが、途中で嵐に遭って、貧しい老女ヘカレの家に一夜の宿を借り、彼女に歓待され心づくしの食事を供される。首尾よく牡牛退治を果たして戻ってみると、老女はすでに死んでおり、テセウスは彼女のもてなしの恩に報いるために老女の名を冠した区(デモス)を創設し、ゼウス・ヘカレイオスの社を建てた、という話である。

『オデュッセイア』第一五巻に見られる、乞食に身をやつしたオデュッセウスを、豚飼いのエウマイオスがもてなした話をモデルとして作られ、テセウスの英雄的な行為よりは、ヘカレに宿を請うて歓待される日常的な場面と、ヘカレが詳細に語る不幸な身の上話に力をそそいだこの作品は、傑作として人気を呼び、一三世紀まで広く読まれ続けた。オウィディウスの『変身物語』第八巻には、これを模倣した「バウキスとピレモン」の話がある。円熟した筆致から推して、代表作『縁起譚(アイティア)』の第一巻が世に出た後で書かれたものと見られている。伝統的な叙事詩の詩律であるヘクサメトロスに新たな発想を盛り込んだ、創意に富む作品として評価の高かった作である。詩人クリナゴラスが『ギリシア詞華集』(第九巻五四五番)で、

　これは彫琢を凝らしたカリマコスの詩。詩人はこの作にて
詩女神(ムーサ)らの帆をあますところなく広げたり。して、
　客人もてなすヘカレの小屋と、マラトンが
テセウスに課せしさまざまな艱難辛苦とを詠えり。

マルケルス様、テセウスが手に宿りし若き力がおんみにも備わり、
彼と等しく名声に包まれた生涯を送りたまわんことを。

と讃えているように、詩的完成度が高い点でも、この詩人の本領を示している。

以上のほかに残されている作品としては、長短さまざまな断片として一三篇が伝わっているイアンボス詩があり、これは『縁起譚（アイティア）』に続いて書かれたものだと見られている。いずれも破損の程度のひどい断片だが、これらの詩も「梗概」によってその内容を知ることができる。前六世紀の乞食詩人ヒッポナクスの跛行詩形（スカゾン）を復活させたこの作品（一—五番、一三番がこの詩律に拠っている）は、元来は一〇〇〇行ほどあったらしいが、現在欠損のある断片として読むことができるのは、そのうちの三〇〇行ほどである。

「古い革袋に新しい酒を入れた」それらの詩の内容は世俗的なもので、多岐にわたっていて一口には評せないが、主題の多様性と、知性の詩人らしい機知に富み、ライト・タッチで書かれているところが特質だと言える。全体に寓話的な内容の詩が多く、その点ではアルキロコスやセモニデスの伝統につながっていると言えるであろう。一連の詩は、冥府から一時この世に戻ったヒッポナクスが学者たちを前にして謙譲の教訓として語る、アルカディアのバテュクレスが、七賢人のうち最も偉大な人物への遺産として残した黄金の杯が、彼らの間をめぐって、最後はアポロンに奉納されたという詩で始まる。諷刺的だったり、論争的性格を帯びたものもあり、日本の「お七夜」に当たる、友人の娘の誕生後七日目を祝った詩なども見られる。イアンボス第一三番は、カリマコスが多様な方言や詩律を駆使してさまざまな種類の詩を作ると言って、彼を非難する人々に対する反駁の詩と見られ、注目に値する。カリマコスのイアンボス詩を論じたものとしては、B・ラヴァニーニの考証があるが、詩の文学的、美的鑑賞はなされておらず、その点で物足りない。

この詩人の抒情詩（メロス）は四篇あって、ごくわずかな断片を残すのみだが、そこでも多様な詩律を自在に駆使する技量を発揮しているのが見られる。そのうちの佳篇に、前二七〇年に急逝したプトレマイオス二世の妃の死を悼み、彼女が死後神となってエンポリオンの近くに祀られたことを詠った「アルシノエの神格化」がある。

カリマコスの『讃歌』

（一）『讃歌』五篇一瞥

先に述べたように、今日われわれがほぼ完全な形で手にすることができるのは、『ギリシア詞華集』に収められていたために湮滅を免れたエピグラム六〇篇あまりと、『讃歌』六篇のみである。そのため、われわれとしては、もっぱらこの作品とエピグラム詩によってその詩風を窺い、詩人としてのカリマコスの相貌を思い描くほかない。代表作ではないにせよ、それらはこの詩人の詩風をよく伝えるものではある。

欠損はあるものの、この作品『讃歌』が後の世に伝わったのは、古代の逸名の写字生が、これをホメロス（『ホメロスの諸神讃歌』を指す）、オルペウス、それにプロクロスの讃歌集とともに、一書にまとめておいてくれたおかげである。『ホメロスの諸神讃歌』に学び、それに倣って書かれたこれらの讃歌は、第一番「ゼウス讃歌」（九六行）、第二番「アポロン讃歌」（一一三行）、第三番「アルテミス讃歌」（二六九行）、第四番「デロス島讃歌」（三六二行）、第五番「パラスの浴み」（一四二行）、第六番「デメテル讃歌」（一三九行）の六篇から成っているが、その配列は必ずしも制作年代によるものではない。これらの讃歌のうち、第五番のみはドリス方言を用いたエレゲイア詩形で書かれており、第六番はドリス方言だが六脚詩律（ヘクサメトロス）で、他の讃歌はすべてホメロスの叙事詩と同じく、イオニア方言主体の六脚詩律（ヘクサメトロス）で書かれている。各讃歌の制作年代に関しては専門家の間で議論がなされているが、ここでそれに立ち入る必要はなかろう。またそれぞれの讃歌の性格にもかなり差異があるばかりか、その出来栄え、詩的・文学的価値も一様ではない。敢えて言えば、それぞれテーマもスタイルも異なった六篇の讃歌は独立性が強く、その多様性が際立っている。

これらの讃歌はカリマコスの代表作というわけではないが、中には「パラスの浴み」のように傑作と呼ぶに足る作をも含み、エピグラム詩と並んで、詩人カリマコスの詩風を窺う上では最も重要な作品となっている。全六篇の讃歌に共通して言えることは、これらはいずれも『ホメロスの諸神讃歌』をモデルとして作られたものだが、それが実際の祭儀の場で歌われたのに対して、カリマコスの讃歌はすべて文学作品として読まれるために書かれたのだということである。両者は外形的には似ているところもあるが、その性質は大きく異なっている。前者があくまで叙事的であるのに対して、後者は抒情的色彩が濃いばかりかドラマティックな要素も加わっている。

以下本節では、『讃歌』を詳説したヴィラモーヴィッツなどの説くところに従い、まず第五番以外の各讃歌にざっと眼をやって、それぞれの讃歌について簡略にその内容とそれに関する寸評を述べ、最後に六篇のうちでは最も詩的価値が高く、傑作に数えてもよいと思われる第五番「パラスの浴み」を少々吟味鑑賞してみよう。それによってカリマコスの詩風のごく一端を窺ってみたい。紙幅の都合もあって、この讃歌も引用できるのはごく一部分に限られる。以下本節で引用するのは、文語を用いた高雅な松平訳に学んだ拙訳によることとする（使用テクストはプファイファーに拠る）。

まず讃歌第一番「ゼウス讃歌」であるが、初期の作品であるこの讃歌には、プトレマイオス・ピラデルポス王への追従と見られる性格が認められることから、この王の治世の初め頃に書かれたものと推定されている。作者の意図はゼウス生誕の地について論じ、ゼウスによる天界支配権の獲得の経緯を詠うことにある。宗教色の薄い作品で、祭儀に関することは詠われていない。兄であるポセイドンとハデスを押しのけて、天界の支配者にして神々の王となったゼウスと、ゼウスと同じく兄たちを抑えて首尾よく王位に即いたプトレマイオス王とを同一視しているところからして、政治的な、というよりはプトレマイオス・ピラデルポス王の登極を正当化する狙いがあっての作と見てよい。王家の庇護を受ける詩人による王への頌詩であって、阿諛追従の詩という側面もあることは否めない。ヘシオドスの『神統記』に学び、ホメロスの言語を用いてはいるが、『ホメロスの諸神讃歌』とはその描く世界は大きく異なっている。文学的価値が高いかどうか疑問だが、言葉を選び抜き、商量し、磨き上げたその詩的技巧は確かなものを思わせる。いかにも学匠詩人ならではの作であることは間違いない。

伝統的な神話伝説では、ゼウス、ポセイドン、ハデスの三兄弟が籤を引いてそれぞれの支配領域を決め、ゼウスは天空とオリュンポスを、ポセイドンは海を、ハデスは冥界を支配することとなったとされている。カリマコスはこの讃歌でそれに異を唱え、さような不公平なことを籤で決めるなどとは馬鹿げている、ゼウスが天界の支配者、神々の王となったのは、その力が勝っていたからだと詠った。これはとりも直さず、ゼウスになぞらえられているプトレマイオス・ピラデルポス王が、兄たちに打ち勝ち、王位に就いたことを正当化したものにほかならない。つまりは王への追従である。

カリマコスはこの讃歌で、ゼウス生誕の地をクレタ島とする通説に逆らって敢えてアルカディアに伝わる異伝を採り、アルカディアでの誕生を詠っている。クレタ人エピメニデスに発する「クレタ人は嘘つきだ」という諺と、クレタ人が「ゼウスの墓」と称するものをもっていることを揶揄した、

「クレタ人は嘘つきだ」。なぜなら主よ、クレタ人はおんみの墓を建てましたから、
おんみは死にたもうことなし、永遠(とわ)にましませば。

（八―九行）

という詩句は、独り歩きして、案外世に知られているかもしれない。

讃歌第二番『アポロン讃歌』は比較的宗教色が濃いが、それ以上に詩人の故郷であるキュレネへの祖国愛があふれた作品で、この国の守護神であるアポロンに対するキュレネの人々の崇敬の念が詠われている点が特色だと言える。この讃歌は前二四七年のプトレマイオス・エウエルゲテス王の登極の頃に書かれたものと見られているが、だとすると後期の作品だということになる。読者の側にアポロンにまつわる深い知識が要求される詩で、それを前提として書かれている。

カリマコスはこの讃歌で、アポロンの祭儀にふれ、神自らの手によるオルテュギア島での神殿の建設を語り、アポロンの職能とされている、弓の神、歌の神、医術の神としてアポロンを讃え、また神が若きアドメトスに恋して牧人としてもはたらき、「牧人（ノミオス）」との称呼を得たことなどを詠っている。またアポロンが自らの遠祖であるバットスに、キュレネの支配者としてこの町を与えたことが、張り詰めた力強いスタイルで描かれているが、これは詩人が最も詠いたかったことであろう。アポロンがテッサリアから乙女キュレネをさらい、リビュアにその名にちなんだ町を建設した次第は、ピンダロスが「ピュティア祝勝歌」第九歌で詠っているところだが、カリマコスは視点を変えて、バットスとその裔による植民などを、ごく簡略に物語っている。このくだりが、プトレマイオス王家とキュレネの深いかかわりを強調したものだと説く学者もいるが、これに異を唱える者もいて、私にはその当否の判断はつかない。

詩としてはとりわけ傑作とは言いがたいこの作品が、カリマコスを論じる人々の関心を惹いているのは、そこに、文学創作に関するこの詩人の主張、詩作に関する理念が吐露されているからである。すなわち詩人はこの讃

歌の最後の部分で、彼の詩を妬む擬人化された「妬み」を登場させ、アポロンの耳もとに

大海のように歌わない詩人は好みませんな

（一〇六行）

とささやく「妬み」を、この神が蹴飛ばして、こう言ったと詠っているのである。

アッシリアの河はいかにも壮大だが、
多くの泥土や汚物をもその流れに運ぶ、
だがデメテルに巫女たちが運ぶ水は、
万人が飲む水ならずして、
聖なる泉から湧き出るわずかな滴り、最高に澄み切った水ぞ。

（一〇八―一一二行）

これはアポロンの口を借りた、カリマコスが常々唱導している、詩は短くあるべきで、器は小さくとも詩的結晶度の高い、純粋で完璧なものを作るべきだという、文学的マニフェストの表明にほかならない。これは『縁起譚（アイティア）』第一歌（断片一）でなされているのと、同じ主張である。この讃歌の注釈を書いたF・ウィリアムズによれば、多くの文学史家が説くように、これを叙事詩『アルゴ号遠征記』を書いたアポロニオスをもっぱら念頭に置いての発言だと解するのは誤りだという。これは、より広い範囲の、長大な詩の制作に固執する詩人たちに向かって発せられた反批判だと言うのである。私には正鵠を射た見方だと思われるこの見解は、キャメロンによって手厳しく批判、論駁されており、カリマコスの詩に通暁しているわけではない私としては、判断を差し控えるほかな

い。いずれにしても、われわれ東洋の読者にはあまり関わりがない専門家の間での議論ではあるが。

讃歌第三番「アルテミス讃歌」は、全讃歌の中でも『ホメロスの諸神讃歌』の「アルテミス讃歌」に近い最も古風な作品であって、その叙事的な語りのスタイルをとっており、独創性にも欠けると評されている作品である。山野を駆け巡って狩りをする処女神アルテミスが詠われ描かれている。讃歌ではあるが、アルテミス崇拝に関する祭儀にふれられていないので、実際には、内容からすれば、抒情的な要素をまじえた「小叙事詩（エピュリオン）」の一つと見てよい。アルテミスがまだ幼児神の折に父神ゼウスの膝に乗って願いごとをする場面や、伴とするニンフたちを選ぶ場面、母レトに抱かれてキュクロプス鍛冶場を訪れ、弓を作らせる場面、パンに猟犬を与えられた次第、弓を得た女神が狩りをする場面、狩りを終えてオリュンポスへ至る場面などが、次々と目まぐるしく、しかも絵画的な描写によって繰り広げられている。オリュンポスでアルテミスを迎える大食漢のヘラクレスの姿がユーモラスに描かれている場面もある。後半部でアルテミス信仰に関するさまざまな伝承なども語られているが、このくだりには、特に新鮮味はない。全体として絵画性豊かな点で、それなりの美しさは認められる作だと言えようか。松平氏の高雅な文語訳によっても一読には値しよう。

讃歌第四番「デロス島讃歌」は三六二行と最も長いが、文学的興趣に乏しい学殖の産物だと評される一方で、カアンやハッチンソンのように、これを高く評価する学者もいる。P・ビングが詳細に論じているこの作品は、『ホメロスの諸神讃歌』の「アポロン讃歌」で詠われている、アポロン誕生の次第を、より詳細かつドラマティックに詠った作である。嫉妬深いヘラに憎まれ、ギリシア各地でのお産を拒まれたレト女神を、ようやく当時は浮島だったデロス島のみが受け入れ、アポロンを無事産み落としたという話であって、「アポロン讃歌」を自己流に改変して再話したものである。そこには明らかにモデルとなった「アポロン讃歌」と張り合おうする意気込みが窺われ、「詞（ことば）は古きを慕って」書かれたみずからの讃歌を、当時のアレクサンドリアの読書人の好尚ないしは嗜好に合わせようと努めたことがわかる。この讃歌の中心をなすテーマは、デロス島に関するアポロンの予言である。だが全体の半分近くを占めているのは、アポロンを身籠ったためヘラに憎まれ、お産する場を提供することをヘラに禁じられたギリシア全土を、レト女神が苦しみつつ彷徨した経緯であって、それを歌うのが眼目である。ヘラの怒りを怖れてギリシアの各地や河川が女神を受け入れることを拒んだことが、抒情的要素を交えて情緒たっぷりに、またつぶさに詠われていて、それが読者の心に訴えかけてくる。拒絶に遭ったレトが絶望して洩らす、

おお、わが重荷*よ、おまえをどこへ運んで行ったらいいのだろう。
わたしの四肢はもう言うことを聞きませぬ。

（一一六―一一七行）

＊胎内のアポロンを指す。

という言葉などは、神的というよりはいかにも人間的であって、『ホメロスの諸神讃歌』とは異なり、この讃歌があくまで文学作品として書かれたものであることを思わせずにはおかない。詩人たちの関心が純然たる神話的なものを離れ、人間的なものへと移ったヘレニズム時代の詩であることが、ここからも窺われる。

『ホメロスの諸神讃歌』の「アポロン讃歌」では、「アステリア」と呼ばれ、海上を漂う小さな浮島だったデロス島が、レト女神の説得と報償の約束によって女神を受け入れたとされている。これに対して、カリマコスは、ヘラの脅しにも屈せず、デロス島が敢然とレトを受け入れたと語っている。それだけに、この島でアポロンが生まれ、すべてが黄金に花咲いたという、後にアポロンの名高い聖地となるデロス島の、勝利と栄光が際立つのである。取るに足らぬ浮島だったデロス島が、「島々の中で最も聖なる島」、栄光の島となった次第を詠った「縁起

譚」であるこの讃歌は、弛緩したところのないその筋の運び方が、実に巧みである。
レト女神がコス島に来た時、アポロンが母神の胎内から、運命女神(モイラ)の定めにより、その島はプトレマイオス・ソテル王の子（後のピラデルポス王）の生誕の地と定められていること、いずれギリシアの地へ侵攻してくるガリア人もこの王に打ち負かされ、世界がこの王に服するだろうと予言する箇所があるが、これはピラデルポス王の庇護を受ける詩人としてのカリマコスのお追従にすぎない。デロス島が作者カリマコスの詩を象徴しているのだと主張する、ビングの説には賛同しがたい。この讃歌は、『ホメロスの諸神讃歌』という古い時代の作品を、時代の好尚に適った作品として再話し、成功を収めた例と見てよいかと思われる。

第六番「デメテル讃歌」は、最初と終わりにデメテル女神の祭儀であるテスモポリア祭に関するくだりと女神への祈願が置かれ、真ん中に神話伝説を差し挟むという、第五番と同じ枠構造をもつ。讃歌の体裁をとってはいるが、宗教色の薄い、世俗的、文学的な詩である。一種の悲喜劇で、描写の具体性、細やかさなどが目立つ作でもある。

擬曲風(ミモス)のスタイルで書かれているこの讃歌で物語られているのは、テッサリアの王トリオパスの子エリュシクトンにまつわる、悲惨なうちにも滑稽な話である。エピカルモスの喜劇の影響があるとマッケイが説くこの作品は、まだ年若い男であるエリュシクトンが、デメテル女神が偏愛する聖なる森の樹を、巫女の姿を借りた女神自身が制止したにもかかわらず、切り倒したばかりか、女神を脅迫さえしたので劫罰を受けるという伝説である。そこでは、神罰により果てしのない飢えに襲われ、あらゆるものを食い尽くし、王子の身でありながら街頭で食を乞う乞食にまで落ちぶれて死んだ男の姿が、穀物女神としてのデメテル女神の権能を示すものとして、諧謔を交えて描かれている。カリマコスは、ヘシオドスの断片にも登場し、オウィディウスの『変身物語』でも物語られているこの神話伝説を、視点を変えてより簡潔に詠っているが、全体として一種の「あそび」の気分が漂っている作である。作品としての出来栄えはまずまずと言っていいだろう。読者に過度の学識を要求せず、楽しんで読めるところがよい。

(二)「パラスの浴み」をめぐって

さて最後に、讃歌全六篇のうち最も文学性が豊かであり、その詩的価値において他の五篇の讃歌よりもすぐれていると私には思われる、讃歌第五番「パラスの浴み」を瞥見し少々吟味してみよう。以下は、語句や典故、作品解釈に関してはヴィラモーヴィッツやA・ロスターニの讃歌論、J・マッケイの詳細な研究書やA・W・バロックの注釈書に教えられるところが圧倒的に大きかったが、最終的には、カリマコスの一作品に関する東洋の一読書人としての印象を述べたものである。

「パラスの浴み」なるこの作品は、以前は古典学者たちによって、アルゴスにおけるアテネの祭礼のために特別に作られ、実際に祭儀の場で歌われたものと考えられていた。その祭礼というのは、「アテナ・オクシュデルコス(炯眼のアテナ)」の名でアルゴスの神殿に祀られていた、年に一度のアテネ神像の沐浴の儀礼である。すなわちその祭礼の折には、アルゴスの英雄ディオメデスがトロイアから持ち帰ったという「パラディオン」と呼ばれる木製のアテネの神像が、信者でありアテナに仕える女たちの手で神殿から運び出され、神像を奉じて行列を組んだ彼女たちによって、イナコス河で沐浴させられ、香油を塗られて再び神殿へと戻る、というものであった。この讃歌は、その冒頭からして、アテナ女神に仕える巫女による、女たちへの

出で来たれ、パラスの浴みに仕え参らせるほどの女はことごとく

という重々しい呼びかけをもって始まり、これに続く急テンポな、

はや神馬のいななきぞ聞こえ、女神は出御の用意整いたもう。

出できませ、アテナよ、御心にかなう女ら集いて出御を待つ。

（二行）

（三三行）

という女神の顕現を告げる言葉があるところからして、祭礼の当日にアテナ神像の沐浴に携わる女たちにその用意をうながしたものと考えられ、アルゴスでの祭儀のための讃歌だと解されていたのである（神馬のいななきに女神の顕現を悟るというのは、テオクリトスの「まじないをする女」に見られる、犬の吠える声にヘカテの出現を悟るというくだりと呼応するものがある）。この讃歌の終わりの部分に、

今ぞまさしくアテナ女神は来たまえり、おお、奉仕に務める乙女らよ、

いざ女神をば迎えまつれ。

（一三七―一三八行）

という詩句が置かれていることも、そういう解釈を生んだ要因であった。アルゴスでの祭礼の様子が、森厳かつ荘重な言葉で詠われているのだが、いかにも実際の祭儀用の歌と思わせるそのスタイル、荘重な調子がそのような解釈を生んだのであった。

カリマコスは、みずからアルゴスでの祭礼に臨んだことがあるかのように、アテネ神像沐浴の祭儀を描いているが、実際には故事を述べたアギアスとデルキュロスの書からその知識を得ていたらしい。その後このような見方は否定され、この讃歌はその実純然たる文学的な目的で書かれた作品であるとする見解が古典学者の間で定着

した。冒頭の詩句に続いて、重々しくいかめしい表現を用いてアテナ女神の雄々しく美しい姿を讃える、カリマコスの用意周到にして工夫を凝らした描写の技法が、専門家たちをも欺いたのである。この点を誤解したために、ビュデ版の訳者E・カアンのように、この作品は儀礼に用いる讃歌としての部分と、神話伝説を語った部分とが十分に融合していないという欠点がある、との見解を抱いた学者もいたのであった。

一四二行にわたってエレゲイア詩形で詠われるこの讃歌の意図は、アテナの寵愛するニンフであるカリクロの子であるうら若い少年テイレシアスが、やがてテバイの盲目の予言者として名高い存在となるにいたった運命を、ドラマティックな展開によって物語ることである。その意味ではこれも一種の「縁起譚」だと言える。その神話伝説が、アプロディテにもまさると讃えられている、アテナ女神の雄々しさと美しさを讃え詠った前半部に続いて、後半部でテイレシアスの悲劇と、それに報いたアテナ女神の寛大仁慈の行いとして、およそ弛緩したところのない引き締まった、高揚したスタイルでみごとに詠われている。

されどペラスゴスよ、
心ならずもかの女王のお姿を眼にせぬよう、心せよ、
城邑(まち)護りたもうパラスの裸身を見し者は、
このアルゴスをば再び見ることかなうまじ。

（五一―五四行）

といういかめしく厳かな戒めの言葉に続いて、いかなる時も相離れぬ女神とカリクロの親密な関係、二人の厚い友情が語られ（これはテオクリトスが描くヘラクレスとヒュラスの関係を想起させるが）、その直後にテイレシアスを襲った悲劇が語られる。

ある日狩りに出た少年テイレシアスは、真昼時にヘリコン山のヒッポクレネの泉で母カリクロとともに水浴するアテネ女神の裸身を、偶然垣間見てしまう。その結果、

誰にもあれ、不死なる神の望まぬ時にその姿を眼にせる者は、
高きその代価（あたい）を払うべし

（一〇一―一〇二行）

というクロノスの法（のり）によって、「許されざるもの」を見てしまった神罰を蒙り、怒りに駆られたアテネに眼を奪われ盲目にされるのである。偶然神に出会う危険性が最も高いとされる真昼時に、聖域である全き静寂（しじま）の支配するヘリコンの嶺をさまよう、まだごく年若いテイレシアスの姿と、かれに裸身を見られたアテナが発した怒りと憐みを交えた、

おおエウエレスが子よ、いかなる神霊（ダイモン）がそなたをかかる苦艱の道に
導きしぞ、再び物見る眼を失うことになれる道をば。

（八〇―八一行）

という言葉が、悲劇性を強めており、詩的効果を発揮していると言ってよい。詩人はこのあたりの緊迫した状況の描写を、精緻で細やかな詩句を連ねて淡々と語っているが、そのよどみなく流れる筆致の巧みさは、さすがである。ここにも詩技に巧みな詩人としてのカリマコスの、力量の片鱗が窺われるように思われる。

これに続いて、盲目にされたわが子をかき抱き、その悲運を嘆きつつ激しく女神を責める、激情に駆られたカリクロの言葉が、高揚した調子で述べられている（突然の悲劇に見舞われたテイレシアス自身は、一言も発しないので

ある)。このくだりは一つの山場、クライマックスをなしており、心ならずもクロノスの法(のり)を犯してしまった人間であるわが子に、友情で固く結ばれていたアテナが過酷な罰を下したことへの激しい抗議、女神に向かってニンフの吐く

女神よ、わが子になにをなしたまいしぞ、
神々よ、おんみらの友情とはかようなものか。
(八五―八六行)

という恨みを含んだ悲痛な言葉は、この一篇の中でも声高く響いている。ニンフと一段高いところに在る女神との対峙が緊張を高めていて、読む者の心を強くとらえずにはおかない。

これに対してアテナはやがて起こるであろうアクタイオンの悲劇を予言し、このたびのテイレシアスの悲運は、生まれた時から定められていた運命であることを説き聞かせる。裸身を垣間見られたアクタイオンに、無慚な死を遂げさせたアルテミスとは異なり、女神は「許されざるものを見た」テイレシアスを、寛大仁慈の心をもって扱うことを予告して、母カリクロを慰めるのである。寵愛するカリクロへの償いと、テイレシアスへの憐みから、彼に卓絶した予言の能力と長寿を授け、世に名高い予言者とすることを、悲嘆にくれる母カリクロに告げたことが、この讃歌の後半部で詠われている。最後に再び乙女たちにアテナ女神の出御を告げる呼びかけがなされ、女神への祈願をもってこの讃歌は終わっている。

ギリシア神話では、人間の身でありながら、偶然女神の裸身を見てしまった話はいくつか伝えられているが、中でも森の中で水浴する処女神アルテミスの裸身を眼にしてしまい、怒った女神によって鹿に変身させられ、猟犬たちに食い殺されて無慚な死をとげたアクタイオンの悲劇はよく知られている。カリマコスのこの讃歌ではア

テナの口から予告として語られているこの悲運は、オウィディウスの『変身物語』でも語られており、それを題材としてティツィアーノをはじめとするさまざまな画家たちによっても描かれているから、知る人は多かろう。だが不運にも「それと願わずして、許されぬものを見てしまった」者の悲劇を、テイレシアスの身に起こったとして伝えるのは、カリマコス以前ではペレキュデスただ一人である。他の伝承、神話伝説では、テイレシアスが盲目の予言者となったのは、別の原因によるとされている。男女の性愛の快楽をめぐってゼウスとヘラが言い争い、男女両性を体験したテイレシアスがそれを問われて、女性の快楽がより大きいと答えたため、ヘラの怒りを買って盲目にされ、その代償としてゼウスにより予言者とされたというのがそれである。

カリマコスはいわば異伝と言えるこの神話伝説を敢えてとりあげ、それをアテナ女神讃歌のテーマとして変容発展させ、文学的香りの高いみごとな作品に仕立て上げたのである。この作品は彼の讃歌六篇の中では、その絵画的な描写の細やかさ、視覚性の豊かさ、ドラマティックな筋の運び、それに全篇に漂う悲哀などによって、一段とすぐれた作だと私の眼には映る。学殖を背景にして、巧緻をきわめた詩句で綴られた一篇ではあるが、過度な彫琢粉飾に陥ってはいないのも好ましい。

「その貌(かお)こそ常に美し」と詩人が讃え、名高いパリスの審判に際してさえも化粧を要しなかったと詠われているアテナ女神の美しさを描いた、前半にあらわれる次のような一節などもいかにも印象深い。女神が速駆けの後、オリーヴ油を塗っただけでその美しさを増すことを詠った、（オリーヴ油を）

巧みにおん肌に塗らせたまえば、
おお乙女子らよ、暁にほころぶ薔薇の花か紅の柘榴の実かと見ゆる
紅(くれない)の色こそ、その玉のおん肌にさっとのぼれり。

（二六―二八行）

という一連の詩句がそれである。ドリス方言で綴られた原詩は響きも美しい（この作品に見られるドリス方言のもつ音韻的、詩的効果に関してはマッケイの詳細かつ精密な分析がある）。ただ邦訳で、それも私の力量をもってしては、残念だがそれを伝えようがない。「パラスの浴み」は、私としてはカリマコスの讃歌の中では最も心惹かれる作である。ヘレニズム詩の特質を知るためにも、一読には十分値するものと思う。

不十分な瞥見に終わったが、『讃歌』を一瞥したところで、次にこの詩人のエピグラムをも少々眺めておこう。そこにも詩人カリマコスの相貌が覗いているからである。

エピグラム詩人としてのカリマコス

今日われわれが手にすることができるカリマコスのエピグラムは六四篇ある。中には別人の作かと疑われるものも少数あるが、伝存する詩はすべて『ギリシア詞華集』に収められていたため、幸運にも後世まで伝わったのである。カリマコスには一巻の『エピグラム集』があったが、これはそのままの形では伝わらず、『ギリシア詞華集』所収のもののみが残った。以下拙訳を引いてその何篇かを一瞥し、エピグラム作者としてのその相貌をも垣間見ておきたい（カリマコスが亡き父のために書いた碑銘詩と、己がための墓碑銘は、すでに「カリマコスという詩人――その生涯の軌跡」で引いておいた）。

エピグラムはヘレニズム時代に大流行し、ついにはこの時代のギリシア詩の支配的な形態となったのだが、カリマコスもまたその時代に生き、しかもアレクサンドリアの詩壇に君臨した大詩人として、当然ながらこれに手を染めている。多才の詩人であり、さまざまな種類の詩の制作に挑んだ詩人であってみれば、それもまた当然であろう。長大な詩を嫌い、詩は短くあるべきだと主張したカリマコスにとっては、少ない言葉で簡潔に多くを表現しうるエピグラムは、理想的な詩形であったはずである。

だが意外なことに、エピグラム詩人としてのカリマコスは、アスクレピアデス、メレアグロス、タラスのレオニダスなど『ギリシア詞華集』を彩っているすぐれたエピグラム詩人に比べれば、際立って傑出した存在ではなく、広く人口に膾炙した名詩と言えるほどのものはあまりない。言葉を操る達人であり、詩技の巧みさを誇り、高度な技法を自在に駆使した練達の詩人であるから、無論その出来栄えは凡手のそれではないが、その内容からすると、一段と強い光芒を放っている、強く印象に残るほどの詩が多いとは言えないのである。例によって彫琢の限りを尽くした繊細巧緻な詩句や、洗練を極めた言葉の用法、詩句に宿る音楽性の豊かさといったものは、存分に発揮されてはいるが、これらはすべて原詩にかかわることであって、翻訳では伝えようがない。拙訳は辛うじて詩意を伝えるのみである。エピグラム詩人としての肝腎の腕の見せどころを読者に示せないのはこの詩人の面目を損なうもので、申しわけないことだが、訳詩というものの限界でもある。そこは読者の詩的想像力をもって補っていただくほかない。伝えられているエピグラムの半数近くを碑銘詩・哀悼詩が占め、これに次いで愛をテーマとした詩が多く、それ以外の詩はわずかである。

知性の詩人であるカリマコスのエピグラムの多くはアイロニーを身上とし、軽い皮肉や鋭い機知のはたらきが目立つ。これは愛をめぐる詩においてさえもなおそうである。そのいくつかの例を見ていこう。

カリマコスには愛(性愛)をテーマとしたエピグラム詩が二〇数篇あるが、そのほとんどが稚児愛(パイデラスティア)の詩であって、異性愛の詩はわずか二篇しかない。ここからしても、詩人が上代、古典期までの抒情詩人たちと同じく、同性愛者であったことは間違いないと見てよかろう。若き日にアレクサンドリアで遊女と戯れた経験もあったはずだが、それを反映した性愛の詩は少ない。その一つが次の「閉ざされた戸口の前での嘆きの歌」（パラクラウシテュロン）の典型と言える詩であって、薄情な遊女を恨んだこの一篇は、アスクレピアデスの同想の詩の変奏である。この詩にしても、作者の実体験から生まれた詩というよりは、愛の詩で名高い先行する詩人アスクレピアデスと詩作の腕を競おうとした literary exercise と見るべき作だと思う。残念ながら型にはまった詩で、秀詩といえるほどの作ではなくむしろ凡作に類する。

コノピオンよ、こんなふうにおまえも寝たらいいんだ、
寒い戸口でこのぼくを寝かせてるみたいにだ。
こんなふうにおまえも寝たらいいんだ、ひどい女よ、
君を愛してる男をこんな目に遭わせるなんて。
哀れだなんて夢にも思っちゃくれないんだ。近所の人さえ
憐れんでくれるのに、おまえは夢にも憐れんじゃくれない。
間もなく白髪（しらが）が生えそめて、一切を想い出させてくれようて。

（『ギリシア詞華集』第五巻二三番）

同性愛者としての詩人が作った稚児愛（パイデラスティア）の詩の中には、先に長い詩を嫌う詩人としてのカリマコスの詩作の態度を示したものとして、その前半部を引いたよく知られた一篇がある。移り気な稚児を非難した次の詩がそれである。詩人の文学的な態度の表明としては見逃せぬ重要な作品だが、愛の詩としてはけっして上々の出来栄えだとは言えまい。

叙事詩の環（キュクロス）に属するような長詩は嫌いだ。多くの人を
かなたこなたへと導く道も私の心には適わない。
人から人へと渡り歩く稚児も私の忌むところ。私は泉水からは
飲まないのだ。人皆が行なうことは厭わしい。
リュサニアスよ、君はいかにも美しい。だがそうはっきりとも言わぬ間に
木魂が答える「あの児（こ）は他人（ひと）のもの」と。

（同第一二巻四三番）

他の稚児愛の詩は、大方が美少年の美しさを讃え、それへの憧れを詠ったものである。これにも際立った秀詩はあまりない。

さあ注いでくれ、そしてまたしても「ディオクレスのために」と唱えよ、
してこの聖なる柄杓（ひしゃく）にアケオロスが混じってはならぬ。
あの児（こ）は美しい、アケオロスよ、あまりにも美しい。
そうじゃないと言う者がいれば、ぼく一人があの美しさを知っているわけだ。

（同第一二巻五一番）

右の詩は愛の詩の名手として名高いメレアグロスが熱愛するヘリオドラを讃えた詩の模倣で、「点鉄成金」を狙ったと見えるが、メレアグロスには及ばないことは確かだ。次の詩は消えたと思った恋の炎が、新たな出会いによってまた胸中に燃え上がる懼れを詠った詩である。まずまずの出来栄えで、原詩ではπαρεισδύνω「こっそり

と忍び寄る」という動詞が巧みに用いられているのだが、その妙味は日本語では表現しようがない。

パンに誓って、この灰の下には何かが潜んでいる、いかにも
ディオニュソスに誓って、このあたりに潜んでいるのだ。
自分の心が信用できない。ぼくを抱擁しないでくれ。
静かに流れる河が、壁の裾を侵しているのはよくあることだ。
今もそれを懼れるのだ、メネクセノスよ、そっと胸に忍び寄った者が、
ぼくを恋の中へと投げ入れはしないかと。

（同第一二巻一三九番）

カリマコスには、ポリュペモスの恋をテーマとしたテオクリトスの『小景詩（エイデュリア）』第一一歌を踏まえた作であることが明らかな、

ポリュペモスは恋に悩む者になんとまあ結構な治療薬を見つけたことか。
大地女神（ガイア）にかけてあのキュクロプスは愚か者ではなかったな。
ピリッポスよ、詩女神（ムーサ）たちは愛神（エロス）を痩せ細らせるものなんだ。

という一連の詩句にはじまる詩（同第一二巻一五〇番）もあることを、言っておこう。およそ傑作佳篇ではないが、両詩人の文学的関係を示す一例としては注目に値するものではあろう。

　抒情的な体質が稀薄だったかに見えるカリマコスは、概して愛をテーマとした詩が不得手であったらしく、その方面ではこれと言えるほどのめざましい傑作、佳篇は見当たらない。エピグラム詩においても、この詩人の詩

才はむしろパロディーを含む碑銘詩・哀悼詩などにおいて存分に発揮されていると言ってよい。
『ギリシア詞華集』第七巻は実に七五〇篇近くの墓碑銘・碑銘詩を収めていて、ペルシア戦争における戦死者を悼んだシモニデスの名高い碑銘詩をはじめ、数多くの名詩、佳篇を含んでいることで知られるが、カリマコスはまたこの分野でも、かなりの出来栄えの詩を幾篇か寄せている。その一つが、キュレネの名家を襲った不幸を悼んだ詩で、小悲劇といった趣の真摯な響きを宿した作である。

朝(あした)にはわれわれはメラニッポスを葬ったのに、その日の日没には、
処女(おとめ)の身のバシロがみずからの手で命を絶ってしまった。
兄を火葬の火に付してから、
生きてゆくのに耐ええなかったのだ。
父アリスティッポスの館は重なる不幸に見舞われ、
よき子らを失った館を見て、キュレネは町をあげて悲しみに沈んだ。

（同第七巻五一七番）

よりつつましい、普通の市井の人の墓碑銘として書かれたものと思われる作にも、なかなかよいものがある。次の三篇は本物の墓碑銘であろう。

話題豊富で話好き、遊びにも長けたクレティスの姿を、
サモスの娘たちはしきりに恋い慕ったもの、
こよない仕事仲間で、いつもお喋りが絶えなかったあの娘(こ)を想って。

その女（ひと）はここで、万人（もろびと）が眠る運命（さだめ）の眠りに憩うているものを。

（同第七巻四五九番）

わたしはわずかな収入（みいり）で、つましく暮らしてまいりました者、
人に悪さをすることも、人を害することもなく。いとしい大地よ、
このミキュロスがなんであれ悪行を是としましたなら、
わが上に軽からざれ。またわが運命（さだめ）を握る神々も恵みを垂れたもうな。

（同第七巻四六〇番）

——難破した人よ、どこの郷国（くに）のお方かな？
——レオンティコスがこの浜辺で遺骸（むくろ）を見つけて塚を築いてくれました、
おのが危うい生活に熱い涙をこぼしつつ、海を行くものとして
みずからの身も安穏ではないもので、あの鷗も同然に。

（同第七巻二七七番）

最後の一篇は、『ギリシア詞華集』第七巻の碑銘詩・哀悼詩に数多く見られる難破、海難事故による水死者を悼んだ作の一つで、多くの詩人がこのテーマの詩を書いている。この詩はあるいは文学的創作かもしれない。ほかにも、簡潔ながら、かえってそれが読者の心をとらえるこんな碑銘詩もある。これも文学的創作ではなく、やはり本物の墓碑銘として作られたものと考えられる。

ここにぞアカントスの人ディコンが子サオン、
聖なる眠りの裡にやすらう。善き人らを死ぬと言うなかれ。

（同七第巻四五一番）

十二の齢になるわが子を、父ピリッポスここに葬れり、
あまたの希望かけしニコテレスを。

（同第七巻四五三番）

その一方で、同じく碑銘詩・哀悼詩の形を借りてはいるが、魂の不死を説いたプラトンの『パイドン』を読み、一知半解のまま愚かにも芝居じみた自殺を遂げた男を、痛烈に風刺したこんな詩もある。これはよく知られた作で、キケロ、オウィディウスなどにも言及がある。

「太陽よ、さらば」と言うなり、アンブラキアの男クレオンブロトスは、
高い城壁から冥府へと真っ逆さまに飛び降りた。
なにも死ぬほどのつらい目にあったわけじゃなく、
魂についてのプラトンの本を一冊読んだだけなのに。

（同第七巻四七一番）

ルキアノスの話にも登場する、人間嫌いで自殺した名高い人物ティモンに問いかけた形の次の詩も、碑銘詩の形を借りた諷刺的作品であって、作者カリマコスの皮肉な顔が覗いていると言ってよい。典型的な鋭い機知の産物である。

——ティモンよ——あんたはもうこの世の者じゃないからだが——闇と光とどっちが厭かね？

——闇だね。地獄にゃおまえさんみたいなやつがもっと余計いるんでね。

（同第七巻三一七番）

伝統的な神々への信仰が薄れ、懐疑思想などが芽生えたヘレニズム時代に、知性の人として生きた詩人らしく、カリマコスはまたこんなシニックな詩をも書いている。

——カリダスがたしかにこの下に眠っているのか？

——君が言うのがキュレネのアリンマスの子のことなら、いかにもこの下だ。

——カリダス君、地下の様子はどんな具合だね？

——一面の真っ暗闇さ。

——地上へ帰る道はどうなんだ。

——嘘っぱちだよ。

——冥王（ハデス）はどうなんだ？

——つくり話だよ。ぼくたちはみんなおしまいさ。ぼくが君たちに言ってるのは本当のことだ。だがもっと楽しい話を聞きたいのならね、地獄じゃでかい牛一頭が、たったの一文なんだぜ。

（同第七巻五二四番）

この詩の最後の一句が何を意味しているのかは不明である。

かと思えば、こんな気の利いた諷刺詩的な墓碑銘（無論文学的創作である）も見いだされ、カリマコスの才気のほどが窺われる。これは死者が葬られている墓石が言葉を発するという形をとっている。

異国人（とつくにびと）は背丈（たけ）低き人なりき。されば碑銘もまた短かかるべし。
「テリス、アスタイオス、クレタ人」と。これでもまた私にゃ長すぎる。

（同第七巻四四七番）

さらには、『ギリシア詞華集』第六巻は三五〇篇を越える膨大な奉献詩を収めているが、ヘレニズム時代にエピグラム詩の一つの種類として、それもそのほとんどが架空の文学的創作として、大流行したこのたぐいの詩を、カリマコスもやはり何篇か作っている。これにもさしたる佳篇はないが、事例として一篇だけ引いておこう。無事女の子を出産した女性が、お産の女神にお礼の奉納をし、次に男子の出産を願った詩である。

今ひとたび、エイレイテュイアさま、リュカイニスが呼ぶのに応えて
来たらせたまい、このたびのごと、お産の苦しみをやわらげたまえ。
女神さま、これは娘を授かりましたお礼の捧げもの、後にまた
男の子が授かりましたなら、香くゆる神殿にほかのものを捧げます。

（同第六巻一四六番）

これはエピグラムに限ったことではないが、これまでにも見たように、詩論家、文芸理論家でもあったカリマコスには、他の詩人たちの作品を評したり、詩のありかたなどにふれたエピグラム、つまりは詩についての詩も見受けられる。詩によって詩を評するのは中国の詩人たち、例えば中唐の詩人韓愈や、晩唐の李商隠、宋代の詩

人黄山谷などにも見られることで、別にカリマコスの専売ではないが、ヘレニズム時代という、詩人にとってはむずかしい時代に生きたこの詩人が、同時代の詩人たちの詩作の態度や作風に、きわめて敏感だったことがわかって興味深い。このたぐいの詩は、詩としては一向に面白くはないものだが、詩作という営為に常に意識的で、当時の詩壇に君臨していたこの詩人ならではの作だとは言える。そんな詩を二篇掲げておく。

アラトスの詩『星辰譜(パイノメナ)』によせて

調子と文体はヘシオドスの流儀。
ソロイの詩人が倣ったのは叙事詩人の中でもすぐれたる人、
範としたのはその詩の最も甘美なる箇所。
喜び迎えん、繊細なる詩句よ、アラトスの不眠不休の作よ。

(同第九巻五〇七番)

テアイテトスは前人未到の道へと踏み入った。バッコスよ、
彼の選んだ道はおんみの常春樹(きづた)得ることへとつながらず、
布告使はしばしの間他の人の名を告げるであろうが、
かの人物(ひと)の詩才はやがてギリシア全土がいつまでも讃えることだろう。

(同第九巻五六五番)

前者は、これも学匠詩人であったアラトスの、ヘシオドスの流れを汲んだ教訓叙事詩で『星辰譜(パイノメナ)』への頌詩であり、後者は何か新たな文芸ジャンルの創作に乗り出した、テアイテトスなる詩人の試みを評価したものであ

る。

カリマコスは作品の中で感情を表現しない詩人だ言われる。あくまで理知的で冷たく、感情の流路も魂の鼓動も燃える心もないと評されているカリマコスだが、エピグラムの中には亡き友ヘラクレイトスを偲び哀惜する次のような詩もあって、そういう評価が全作品に当てはまるわけではないことが知られるのである。

ヘラクレイトスよ、ある人に君がみまかったと告げられ、
ぼくは涙の淵に沈んだ。いまもなおお胸にまざまざとよみがえるは、
幾度となく二人して語らいつつ、日の沈むを眼にしたこと。
ハリカルナッソスの友よ、君はいずこかの地で久しく塵泥となり
眠れるか。されど君の『夜鳴き鶯』はなおも生きて世に在り。
なべてのもの拉し去る冥王とても、これればかりは手をふれえまい。

（同第七巻八〇番）

やむなく「日の沈むのを眼にした」と訳した箇所は、原詩では他動詞で「日を沈ませた」、つまりは漢詩風に言えば「夕陽をして沈ましむ」というような表現であり、そこに詩句の妙味があるのだが、残念ながらそれは邦訳では伝えられない。

確かに、カリマコスは藻思滾々とあふれるタイプの詩人ではなく、内部に沸き立つ思いや熱い思いを詩箋の上に吐きつけるような詩人でもなかった。学識と冷徹な頭脳をもって、また機知をはたらかせて詩を書いた人物だが、この詩人にもやはり「灰の下に潜む火」があったことを、右の哀切をきわめた一篇は物語ってはいないだろうか。

詩作のありかたをめぐる文学論争

カリマコスという詩人をわが国の読者に紹介するにあたって、詩論家、文芸理論家でもあったこの詩人がおこなった一種の文学論争にも、簡略にふれておきたい。詩作の方法や理念をめぐる大昔の、それも異邦の詩人たちの論争などというものは、現代のわが国の読者には関わりのないことである。一休和尚が「禅者争禅詩客詩（禅者は禅を争い、詩客は詩）」と言っているように、同業者というものはしばしば妬み合い、争いや論争に及ぶものである。だがカリマコスの関わった文学論争の場合は単に、詩人であり文学論『典論』の著者としても知られる魏の文帝曹丕の言う、「文人相軽んず」といった性質のものではなく、文学制作において常に意識的であることを強いられたヘレニズム時代の文学の、ある側面を映し出している点で看過できないものがある。それは同時に詩人としてのカリマコスを語る上でも欠かせぬ出来事であるから、たとえ大略なりとも言及せざるを得ないのである。

ヘレニズム時代とりわけカリマコスがアレクサンドリアの詩壇に君臨していた時代は、詩作のあり方、文学の創作理念をめぐって文学論争が行われた時代でもあった。総じてギリシア人は「競い合うこと（アゴン）」を好む人々であったが、ヘレニズム時代にも詩文の世界で主だった詩人を旗頭とする派が形成され、互いに対立し、しばしば論争に及んだのである。文学論争の萌芽は、「最初の文芸批評」とも言われる、古典期の喜劇作者アリストパネスの『蛙』に見られるものだが、この喜劇が、アイスキュロスとエウリピデスという対蹠的な作風をもつ二人の悲劇詩人の架空の対決、論争という形をとっているのに対して、カリマコスを中心になされた文学論争は、実際に詩人たちの間で起こったものであった。

アレクサンドリアの詩人たちの総帥であり、大御所として当時の詩壇を牛耳り文柄を執っていたカリマコスであったが、その地位が万全で安泰というわけでもなく、詩作の方法をめぐって対立していた論敵たちから激しく攻撃され、詩人もまたこれに作品の中で応戦するという形で、文学論争が繰り広げられたのであった。「叙事詩の環（キュクロス）に属するような長大な詩は嫌いだ」と宣言したカリマコスが、当代の詩は、あくまで小規模でなければならず、簡潔、繊細（λεπτός）にして優雅、彫琢を凝らした完璧なものであるべきだと主張したことは先に説いたとおりである。詩人がアッシリアの濁った大河に喩えた、ホメロスの亜流である壮大な規模の叙事詩の制作に固執する詩人たちを否定したことにも、言及してきた。その矛先が向けられたのが、かつてはかれの弟子であったと伝えられる、叙事詩『アルゴ号遠征記』の作者アポロニオスであり、また叙事詩『リュデ』、『テバイ物語』の作者であったコロポンの詩人アンティマコスとその一派であったとされている（カリマコスは伝存する断片の中で、この詩人が亡き妻を偲んで作った長い悼亡詩『リュデ』を、παχύςつまりは「肥大化した」作として批判している）。この文学論争がおこなわれたこと自体を疑問視するウィリアムズのような学者もいるが、やはり論争自体はあったと見るべきだろう。それが具体的にどのような形でなされたか詳細は不明だが、カリマコスの作品から見て、この詩人を攻撃した文学上の論敵たちがいたことは明らかである。

詩人としてのカリマコスの創作理念、詩作に関する主張が最も明確に見られるのは、『縁起譚（アイティア）』の冒頭に置かれたプロローグにおいてである。これは詩人としてのカリマコスの信条告白でもあり、詩作のありかたに関する文学的マニフェストにほかならない。「テルキネス人たちに答える」と題されたこの論争的性格をもつ序詩で、カリマコスは、王や英雄を詠う長大な叙事詩を書かず、子供じみた短い作品ばかりを書くと言ってかれを非難した論敵たちを「テルキネス人」たちに喩えて、次のように論駁している。アポロニオスがこのような批判、論難の先頭に立ってカリマコスを攻撃したとは思われないが、そのような批判が伝統的な叙事詩に固執する詩人たちによってなされたことは確かである。「テルキネス人」とは、金属細工に長じた伝説上のロドス島やクレタ島などの悪意に満ちた魔術師たちであって、この喩えによって、カリマコスは暗に当時ロドスに退居していたアポロニオスや、それに同調するアンティマコスとその一派の詩人たちを反駁し、その長大な叙事詩を論難したものと解されているのである（古注は「テルキネス人」の中に、詩人アスクレピアデスや詩人ピリタスをも挙げているが、古典学者たちによって、これは誤りとされている。やはり標的はアポロニオスとその一派であったと考えてよいのではなかろうか）。

（小さな）夜鶯の鳴き声は声、それだけに一層甘美で快いのだ。
忌まわしい「嫉妬」の族（やから）よ、失せるがいい。
これからはわが詩を詩技をもって量るがいい、
ペルシアの尺度をもって量ったりしてくれるな、
私から高らかな響きを発する歌が生まれることを期待してくれるな。
雷鳴を轟かせるのはゼウスのすることで、私ではない。

（一七行―二二行）

これに続いてカリマコスは、アポロンがかれに、「詩女神（ムーサ）はほっそりとしているべきだ」、つまり詩は繊細であるべきだと言ったと語っている。さらには、アポロンに、既に車馬がさんざんに踏み鳴らした道を通ってはならず、たとえ細くともまだ踏み荒らされていない道に車を進めるよう、命じられたとも詠っている。つまりはホメロス以後もはやさんざん模倣され尽した分野で詩作することなく、器は小さくとも、詩的結晶度の高い、完璧な詩を作るよう命じられたというのである。

われらは、驢馬のけたたましい鳴き声ではなく、
蟬の澄んだ鳴き声を愛する者たちの間で歌うのだから。

（二九行—三〇行）

というのが、その理由であった。

このような反駁に対して、詩の実作者としては師とされるカリマコスに反旗を翻し、あえて叙事詩の制作に文学的生命をかけたアポロニオスが、具体的にどのように応じたかは明らかではない。カリマコスが、この論争の産物と見られる、アポロニオスを嘲罵した曖昧模糊たる不思議な詩『イビス』を書いたことは、先に述べた。アポロニオスその人ではなく、また同じくカリマコスにその長たらしい叙事詩『リュデ』の詩風を批判されたアンティマコスでもないが、学識を何よりも尊重し、学問と詩の融合を図ったカリマコスに対して異を唱え、これを攻撃する詩人たちがいたことは確かである。カリマコスがあまりにも多種多様な詩を書くと言って、彼を非難する一連の人々（詩人たち）がいたことも、詩人がイアンボス詩第一三番（断片）で、これに反論していることから知られる。カリマコスを論難したのは、アポロニオスに近しい詩人たちであったとフラスリエールは言うが（『ギリシア文明史』）、そこまではわからないし、ましてこの詩人がエピグラム詩人たちを使嗾したとは思われない。カリマコスへの攻撃は、詩人自身とその弟子である文献学者たちへの反発と嘲笑という形で表れていて、『ギリシア詞華集』にはこんな詩が見られるのである。

ピリッポス

文献学者どもよ、おぞましい誹謗（モモス）の子らよ、荊に巣食う蠹魚（しみ）どもよ、
書物にけちをつける連中よ、ゼノドトスの子犬らよ、

カリマコスの兵卒どもよ、この師を盾の如くふりかざしていながら、
なおも師に難癖をつける、舌慎めぬ輩たちよ、
「渠をば（ミン）」、「己に（スピン）」を好む、陰気な接続詞を探し求める者らよ、
キュクロプスが犬を飼っていたかどうか詮索するお歴々よ、
悪漢どもよ、果てしなく他人の悪口を吐いて疲れ果てるがいい。
だがこの私に向けてだけは、その毒気を消してくれよ。

（『ギリシア詞華集』第一一巻三二一番）

アンティパネス

おせっかいな文献学者の族（うから）よ、他人の作品の
根っこを掘り返す輩たちよ、茨に巣食う蠹魚（しみ）どもよ、
偉大な作品にけちをつけ、エリンナの作を誇りとする連中よ、
カリマコスにけしかけられて、キャンキャンと鳴き立てる走狗どもよ、
詩作を始めた初学者に闇もたらす者どもよ、
失せるがいい、雄弁家の作をこそこそ齧る虫どもよ。

（同第一一巻三二二番）

知られるかぎり、おおよそ以上が文学論争の実態であったらしい。ここからも見て取れるように、文学論争とは言っても、近代の批評家や文学研究者の間に繰り広げられる理路整然たる論争などではなく、伝存する作品から見る限り、もっぱら詩作品の中での攻撃や反駁などの応酬であった。最初に「一種の文学論争」と言ったのは

そういう意味においてだが、これもまた文学論争の一つの形には相違ない。
「陶工は陶工を妬み、乞食は乞食を妬む」とヘシオドスは言っているが、文学者同士の争いは厄介なもので、カリマコスとアポロニオスの論争は、次第に私怨の色合いを帯びたものとなったらしい。次のような詩がアポロニオスの名で伝わっている。

カリマコスは屑野郎だ、おふざけ男だ。石頭だ。
その因(アイティア)はと言えば、やつが『諸事の因(アイティア)』を書いたからだ。

（同第一一巻二七五番）

右の詩は、別人の文法家アポロニオスの作だとする説もある。この口汚い罵倒の詩が、カリマコス、アポロニオスというヘレニズム時代を代表する詩人の間の文学論争の跡を示すものだとは考えにくいのだが、どうであろうか。幸い後年両詩人は和解し、アポロニオスは師であった（らしい）カリマコスの傍らに葬られたという。
これでひとまず私なりの「曲説カリマコス」の章を閉じることとし、次に、世に「ヘレニズム時代の大詩人」として仰がれているテオクリトスへと眼を転じることにしたい。これまた私にとってはピンダロスに劣らず厄介な詩人であって、この詩人を素描する筆は重いが、意を決してその詩的世界を垣覗きしてみよう。

八　テオクリトス

牧歌の創始者テオクリトス——牧歌と日本人

詩人テオクリトスはヨーロッパにおける牧歌の始祖とされている。ギリシア詩文学の生んだ最後の詩のジャンルであるこの「牧歌」なるものを創出し、その後長きにわたってヨーロッパ文学において強固で広く根を張った牧人文学の礎石を置いたのが、この詩人にほかならない。「牧歌の始祖」テオクリトスは、アレクサンドリア派の詩人たちの総師である学匠詩人カリマコス、叙事詩『アルゴ号遠征記』の作者ロドスのアポロニオスと並んで、ヘレニズム時代を代表する三大詩人の一人と目されている。「ヘレニスティク時代、即ちアレクサンドロス大王よりローマの統一に至るまでの東方世界において、出頭第一の詩宗」（呉茂一『ギリシア抒情詩選』）とまで評されるこの詩人が、ギリシア文学史上不動の位置を占めているのは、なんといっても牧歌（εἰδύλλια、より狭義に限定すればβουκολικά）の創始者としてである。テオクリトスに始まり、その伝統を受け継いだローマの詩人ウェルギリウスが、テオクリトスの牧歌をモデルとして、これを精緻なラテン語に改鋳し、深く思想性を盛り込んだ『牧歌』（この作品はむしろ『詩選』（Eclogae）と呼ばれることが多い）を書いたことにより、われわれ東洋の読者には

テオクリトス
（前270年頃）

なじみが薄いこの種の詩は、以後ヨーロッパにおいては詩文学の重要な一形式として、さまざまな詩人たちによって、連綿と書き継がれることとなった。牧歌が長きにわたってヨーロッパ詩文学の重要かつ強固なジャンルとなったのは、E・R・クルツィウスが、「牧人文学が西洋文学の固定要素となりえたのは、ひとえにウェルギリウスがこれをテオクリトスから継承し、同時にまた改造したからである」（『ヨーロッパ文学とラテン中世』南大路振一、岸本通夫、中村善也訳）と言っているところである。牧歌はテオクリトスの跡を継いだ前二世紀半ばのシュラクサイの詩人モスコスと後二世紀末のスミュルナの詩人ビオンとによって継承されたが、これらの詩人の作は力が弱くて傑作とは言いがたく、その影響力も乏しかった。こうして牧歌は衰微しつつウェルギリウスを迎え、このローマ随一の詩人の手で改鋳されて蘇ったのである。

ローマの詩人ウェルギリウスが、地理学上の実際のアルカディアとは異なる、一種架空の牧人文学の精神的風土、パンが森に棲む牧人たちの国としてのアルカディアを「発見」したことによって、以後二〇〇〇年にわたるヨーロッパの牧人文学の系譜が始まった。ダンテ以降のヨーロッパの牧歌や田園詩は（これらはむしろ「パストラル」（pastoral）という名称を当てるのがふさわしい）、テオクリトスではなく、事実上ウェルギリウスに発していると言ってよい（中世ヨーロッパの人々はギリシア語を知らず、テオクリトスもまた知られず、読まれてはいなかった）。ウェルギリウスに続いてカルプルニウスが牧歌を書いたのをはじめ、ルネッサンス以後、直接的にはウェルギリウスを範とするあまたの牧歌が生まれ、それぞれの時代を彩ってきた。めぼしいものだけを挙げても、ダンテ、ペトラルカ、ボッカッチョがいずれもラテン語による牧歌を書いているのをはじめ（これらの「牧歌」はいずれもその形式だけを借りたもので、真の意味での牧歌とは言いがたく、正直に言って詩としてはつまらぬ作である）、サンナザーロ、グァリーニ、スペンサー、ミルトン、クレマン・マロ、A・シェニエ、A・ポープ、フレッチャー、シェリーなどによる牧歌があるばかりか、その伝統はアメリカにも及んで、二〇世紀の詩人ロバート・フロストの牧歌的色彩の濃い田園詩を生んでいる。その伝統の息の長さ、文学的生命の強固さには驚くべきものがある。アレクサンダー・ポープがその『牧歌（田園詩）論』で、牧歌と呼ばれる詩ほど数多く書かれた詩はなかろうと言っているのもうなずける。牧歌そのものではないが、羊飼いの恋をテーマとした中世フランスの恋物語『ロバンとマリオン』や、やはり田園を舞台とした愛の詩で、中世に多く書かれた「パストゥレル」、A・ポリツィアーノによるイタリア・ルネッサンスの牧人詩劇『オルフェオ』、それにタッソーの『アミュンタ』などをもこれに含めれば、ヨーロッパ文学における牧歌ないしは牧人文学の伝統は、実に広くまた深く根を下ろしていることがわかる（よく知られたマラルメの長詩『牧神の午後』は、テオクリトス、ウェルギリウスの流れを汲む牧歌というよりは、むしろ『ギリシア詞華集』に見られるアニュテやテオクリトス、ムナサルカスなどの「牧歌的エピグラム」の系譜に連なるものだろう）。これは中国や日本など東洋の（少なくとも東アジア世界の）詩文学には見られないものであって、その意味ではきわめてヨーロッパ的な特質を備えた文学だと言えよう。それだけに、謝霊運に始まるとされている中国の山水詩が、ヨーロッパの読者の眼には異質な文学と映るであろうように、東洋の読者にはなじみが薄く、その詩的世界にすんなりと参入して、詩興を覚えるわけにはいかないところがある。言うまでもないことだが、なじみが薄い異質な文学だからといって、これを排除したり忌避する理由はない。むしろ東洋、日本の文学には存在しないヨーロッパ独自の文学であるだけに、ヨーロッパというものの特質を知るためにも、その理解に努めるべきだとも言える。だがそこに至る道は険しく、また障壁を打ち破って牧歌の詩的世界に浸るためには、相当の覚悟を要することは強調しておかねばなるまい。遺憾ながら、私はその詩境を解するところまでは行っていない。

上記のようにヨーロッパにおける牧人の文学、牧歌の伝統は実に長くまた深く根を張っており、ヨーロッパ詩の伝統的な、しかも重要なジャンルをなしている。その直接の源となったのは確かにウェルギリウスだが、「牧歌」というもの自体を創出したのはあくまでテオクリトスであって、この詩人なくしてはウェルギリウスの牧歌もまた存在しえなかった。その意味では確かに、「牧歌の始祖」たるテオクリトスの存在と功績は実に大きい。ヨーロッパ人がこの詩人の存在を重く見て崇めるのもまた当然かもしれない。テオクリトスはウェルギリウスを介して「再発見」され、評価されることとなった詩人なのである。

テオクリトスがその後ヨーロッパの詩史において担った意義、その後のヨーロッパ文学に与えた影響の大きさについては、かのクルツィウスが「シラクサの人、テオクリトス（前三世紀前半）が牧人文学の本来の創始者である。これは古代の詩文のうち叙事詩（英雄詩）についで後世への影響の大きいジャンルである」（上掲書）と言っている通りで、これに関しては異論の余地はない。だが創始者であることが、ただちにその詩人の作品の価値を決定するわけではないこともまた事実である。正直に言って、恐らくはヨーロッパの詩の中でも最もヨーロッパ的なこの「牧歌」なるものほど、われわれ東洋の読者とりわけ日本人にとってなじみにくく、また違和感を覚えさせるものはないのではなかろうか。古のシケリアや南イタリア、コス島などを舞台に繰り広げられる牧人の歌という形をとったテオクリトスの牧歌は、われわれ東アジアの稲作の民にはいかにも異質の文学と感じられる。これに倣った、より思想性、政治性の濃いウェルギリウスの牧歌にしてもやはりそうであり、ダンテ、ペトラルカにはじまるルネッサンス以降の牧歌（その幾つかはただ形式だけを借りた、牧歌の擬態にすぎないが）についても、同様なことが言える。ヨーロッパ詩の伝統に深く根づいた牧歌になじんだ欧米の読者にとって、「田植草紙」の面白みがなかなかわからないであろうように、テオクリトスにはじまる牧歌もまた、東洋人とりわけ牧畜生活とは無縁な農耕稲作の民である日本人には、その詩趣や詩境にはよくわからないところがあることは確かだ。

牛飼い、羊飼い、山羊飼いと言った牧人を登場人物とする文学である牧歌は、ギリシア悲劇などとは異なり、ヨーロッパの詩文学の中でも、その風土、生活形態との結びつきが格別に強い文学である。それはテオクリトスの故郷であるシケリアや、南イタリアといった地における牧人の生活を基盤として生まれ、その地の風土や自然、習俗と不可分の関係にあるばかりか、きわめてローカルな色彩が濃い。それだけに、風土そのものも、自然環境も、生活形態、生産活動のありようも大きく異なるばかりか、そこではぐくまれた文学的風土も地中海世界とは大きく異なる現代のわが国の読者が、そこで歌われている内容や、その表現に違和感や抵抗を覚えることなく、その詩的世界へすんなりと入っていくことは容易ではない。芭蕉の「田一枚植えて立ち去る柳かな」という句から浮かぶ情景やその妙味なら容易に解せる日本人の読者が、陽光あふれるシケリア（シチリア）や南イタリアの地で、牧人たちが木陰や泉のほとりで歌い交わす、なんともたわいもないときには蕪雑で素朴な歌に詩興を覚え、そこに文学的香気を感じたり詩的感動を味わうことは稀なのではなかろうか。それに加えて風土の相違ばかりか、自然というものに対する態度に関しても、われわれ東洋人とヨーロッパ人とりわけ古代ギリシア人との間には、大きな相違がある。自然の中に神を認めたり、無常性を感じたり、「草木国土悉皆成仏」というような自然観に養われたわれわれ日本人には、いわゆる locus amoenus（後述）で繰り広げられる牧人の生活や、かれらによって歌われる牧歌は、いかにも縁遠いものと感じられる。

欧米の古典学者がヘレニズム文学の精髄として、おしなべて異様なまでにその詩的、文学的価値を高くしているテオクリトスの牧歌だが、その主題からしてわが国の詩文学とはあまりにも異質であるために、これを牧人文学の伝統が根づいたヨーロッパ人と同様に理解することには、いささか困難がともなうことは否めない。さらに言えば、欧米の古典学者の評価を全面的に受け入れ、「ヘレニズム世界第一の詩宗」、一世の大詩人としてこの詩人を崇めることには、やはり日本人の一読者としては抵抗がある。東洋の一読書人としてその作品に対峙するとき、「常に愛す彭陶淵澤／文思何ぞ高玄なる」と詠う白楽天に従って、田園詩人としての陶淵明を欣然として讃えるようなわけにはいかないのである。

なぜなら牧人の文学というようなものは、あくまで牧畜、遊牧をおこなう民が生み出したものであって、古来稲作を中心とする農耕民族で、牧畜とも遊牧ともまったくと言ってよいほど無縁なわれわれ日本人の詩的感性からこれほど遠いものはないと思われるからである。「田植草紙」にならい興趣を感じることができる私のような日本の読者が、古のシケリアの牧人の歌う素朴でたわいもない（とまずは私の眼には映る）愛の歌に、即座に詩的感動を覚えたり、魅せられたりしたら、そのほうがむしろ不思議であろう。その詩想ひとつをとっても、欧米の古典学者や詩人たちの手放しのテオクリトス讃美には、にわかに同意しがたいものがある。わが国におけるギリシア史研究の泰斗であり、ギリシア文学にも造詣の深かった藤縄謙三氏が、テオクリトスの牧歌について、正直に「テオクリトスの作品も、それ自体は決して高級なものとは思えないが」（『ギリシア文化と日本文化』）と言っているのには、共感せざるをえない。欧米の古典学者は、なぜかようなさしたることもない牧歌に重大な意味を付与し、侃々諤々議論を重ねているのか、というのが、東洋の一読書人の積年の疑問であった。

わが国の文学者で牧歌に夙に関心と憧れを抱いたのは上田敏だが、ヨーロッパの牧歌の猿真似に近い牧歌風の創作詩「牧羊神」のお粗末さをみると、ヨーロッパの詩文に深い学殖を示したこの文学者にしてなお、牧歌とは本質的に無縁だったことがわかる。実際、牧畜、遊牧を知らぬ稲作の民であるわれわれ日本人が、牧人の文学である牧歌の本質を理解し、その詩趣を解することは容易ではなさそうである。さらには、後にふれるように、テオクリトスの牧歌のもつ魅力の一つは、さほど深いものがあるとは思えないその詩想よりも、むしろ詩句の豊かな音楽性にあるのだが、それをまったく伝ええない翻訳でこれに接するとなれば、わが国の読者にとって、その詩的価値を正当に評価することは、きわめて困難だと言うほかない。

今回の執筆にあたってテオクリトスとウェルギリウスの牧歌を細かに読み、その系譜に連なるヨーロッパの各時代の代表的な牧歌を幾つか通読してみたが、この感は深まるばかりであった。ウェルギリウスの牧歌（『詩選』）

のもつ詩的価値の高さや、そのヨーロッパ詩史の上でもつ意味は改めて認識できたが、亡き友を悼んだミルトンの「リュシダス」などを除くと、ダンテ以降の牧歌で、私の心を深くとらえたものはなかった。傑作として一世を風靡し、多くの模倣者を出したサンナザーロの、散文に牧歌を交えた『アルカディア』のように、感傷的で退屈そのものの作品もあった。ポープの『牧歌』（あるいは『田園詩』Pastorals）などにしても、一向に面白からぬものであることがわかった。

私が牧歌というものに、とりわけ欧米人の絶賛するテオクリトスの牧歌に、かほどにも無理解なのは、欧米の古典学者の側にべったり身を寄せているわが国の古典学者の先生には、理解不能かもしれない。おそらくは私の古典詩理解力、詩的感性に問題があるのだろう。詩眼が曇っているのかもしれない。だがテオクリトスの牧歌にしても、それが何篇かのすぐれた作品を含み、部分的に詩的価値の高いものがあることは認めるにせよ、凡作も多く、果たしてこの詩人が、欧米の古典学者たち（またそれに倣ったわが国の古典学者たち）が絶賛、称揚するような傑出した詩人と言いきれるのかどうかという疑念はぬぐえないのである。テオクリトスを祖とするヨーロッパの牧歌に、私が違和感を覚え、その詩的世界になかなか参入できず、共感を覚えることも、詩的価値を十分に理解することもできないのは残念である。これは所詮私が牧畜や遊牧生活とは無縁な東アジアの稲作農耕の民の末裔であって、その詩的感性や詩の鑑賞能力が東洋の詩歌に強く影響、掣肘されているためであろう。幾度かギリシアに遊び、シチリアを訪れ牧畜の様を眺めたりもしたが、それによって牧歌への理解が深まったとも思われない。テオクリトスに関する欧米の古典学者の所説も、頭では理解できても実感がともなわず、この詩人が大詩人たることへの疑念が払拭されることはないままである。

牧歌とは基本的には牧人の歌う（あるいは牧人が歌い交わす）歌であり、牧歌的風土が生んだ文学である。それはシケリア、南イタリアあたりの牧人が遊牧の合間におこなっていたとされる、多くは実らぬ愛や恋の苦悩を歌った素朴な歌の歌比べを原型としていたものと思われる。そういう歌を素材として意識的に創作し、彫琢し文学化して詩作品の域にまで高めたのがテオクリトスの牧歌であり、その牧歌をさらに深化させ、彫琢の粋を尽したのがウェルギリウスの牧歌（『詩選』）である。いずれにせよ、それはこの種の歌を生んだヨーロッパの牧畜生活、牧歌的風土と固く結びつき、それを背景として成り立っている。ヘシオドスの例に見るように、かの地では詩は古来牧人とのかかわりが深かった。

しかるに湿潤なわが国は古来牧畜を知らず、もっぱら稲作を中心とする農耕によって民が生きてきた国である。なにぶんわずか数十年前までは農村では牧人の歌ならぬのどかな田植え歌が響いていたのが、その風景であり風土であった。そもそもわが国には「牧人」なるものは存在せず、「牧人」ということばさえ存在しなかったのである（もっとも、わが国とは異なり、広大な大陸の一部で牧畜、遊牧がおこなわれた中国には「牧人」「牧童」も存在し、それをあらわすことばもあったことは、「牧人驅犢返」―王績、「牧童遥指杏花村」―杜牧、というような詩句からも窺える。わが国の漢詩人にもそれを借用している例はある）。それに和辻哲郎がその著『風土』で指摘しているように、日本語には家畜を放牧する草原を意味するドイツ語 Wiese、英語 meadow に当たることばは元来存在しなかった。この一事をもってしても、クルツィウスが先の大著で、「牧人生活はいかなる土地にも、いかなる時代にもある。これは人間存在の基本形式である」と断言しているのは、所詮は東アジア世界を知らないヨーロッパの碩学の認識の誤りだというほかない。東アジアの稲作の民に言わせれば、牧人生活はけっして「人間存在の基本形式(Grundform)」などではない。

だがヨーロッパではこれと状況が大きく異なる。かつて和辻哲郎は名著『風土』において、世界の各地域を三つの類型に分け、ヨーロッパの風土を「牧場」と規定した。これはヨーロッパ全体をとらえたものとしては不適切だとの批判を浴びたが、ヨーロッパの風土とりわけ地中海世界の地域的特性をよくとらえていることは否定できない。そこでは古来牧畜は果樹栽培とともに確かに「人間存在の基本的形式」であり、人々の生業、生活の手段として農耕生活と並んで大きな意味をもち、牧人は、農人とともに重要な存在であった（牧歌の起源を探ったJ・デュシュマンの書『牧杖と竪琴』（La houlette et la lyre）が教えるところによれば、古代ギリシアと密接なつながりがあったオリエントにおいても牧人は重要な存在であり、王権ともかかわりが深い）。

ギリシアに関して言えば、ギリシア人は、牧人たちの守護神であり、葦笛の発明者とされ音楽にも縁の深いパンという神格を生み出したばかりか、アポロンもヘルメスもまた牧人としての職能を備えた神格であった。またホメロスの『イリアス』でアガメムノンが「民の牧者」と呼ばれていることは象徴的であって、さらには神話伝説に登場する英雄たちの多くが、牧人としての生活を送ったことがあるとされている。テオクリトスの牧歌にしても、そういう文化的背景があってこそ生まれたものであろう。

テオクリトスに先立つ詩人でかれが多くを学んだヘシオドスにしても、農人であると同時に牧人でもあり、ヘリコン山の麓で羊を牧していたときに、詩女神（ムーサ）たちに詩を授けられたのだという。

さらには、それに加えて、遊牧生活や牧人が象徴的に大きな意味をもったユダヤ・キリスト教における牧歌的なるものの存在もまた、ルネッサンス以降のヨーロッパの詩文学において、牧歌の制作が執拗にして強固な文学的伝統となる上で大きく作用したことは間違いない。旧約聖書においてヤーヴェが牧者として比喩的に表象されていたり、「詩篇」において遊牧生活が理想化されて歌われていたりするユダヤ・キリスト教の伝統があり、イエスはみずからを神の子羊に喩え、イエスの教えを説き広めるものが「牧者」（pastor）と呼ばれるようになったことからも、それは知られる。

いずれにせよ、牧畜が重要な位置を占め、それから発生した牧人の文学、牧歌というものが、古代ギリシアのみならず、ヨーロッパ文学において大きな意味をもつことになったのは否めない。

ではあるが、私見によれば、これまで述べた理由によって、ヨーロッパの詩文学の中でも、牧歌や牧人文学ほどわれわれ日本人読者の詩的感性、感覚にそぐわないものはない。とりわけその源流となったテオクリトスの牧歌は、私のような東洋の読書人には抵抗が大きく、比較的楽に読める割には心惹かれるところが少ない文学なのである。無論わが国の読者にしても多様であって、文学趣味も人により異なるから、異質な文学であるだけにかえって牧歌というものに積極的に関心を抱き、それが面白くて仕方がないという人がいても不思議ではない。以上の見解はあくまで「私見」である（ちなみにこの作品はわが国では『牧歌』というふうに呼ばれることが多いが、原タイトルはΕἰδύλλιαであって、「小景（詩）」を意味する。これは実際には純粋な牧歌以外の詩を多く含んでいるので、『牧歌』よりはむしろ『小景詩（エイデュリア）』と呼ぶのがふさわしい。以下文中ではこの名称を用いることとし、「牧歌」という語は、その中の正真正銘の牧歌（βουκολικά）のみを指して用いることとする）。

ただしことわっておかねばならないが、私はテオクリトスのこの作品『小景詩（エイデュリア）』全体のもつ詩的価値や文学的な意義を否定しているわけではない。テオクリトスのこの作品の中で、純粋に「牧歌」（βουκολικά）と呼べるものは全体の三分の一程度にすぎず、それらは第一歌「テュルシス」と第七歌「収穫祭」を除くと、いずれもさほどの傑作とも思われないが、むしろ牧歌以外の作品になかなかの傑作、佳篇があることを認めるのに吝かではない。ただ私は、さしたることもない詩としか思われない作をも含めたテオクリトスの作品を絶賛称揚し、この詩人を「ヘレニズム時代随一の詩宗」、一世の大詩人と崇める世の古典学者たちには、同調しがたいものを感じるだけの話である。欧米の古典学者がテオクリトスは本当に世界文学のレベルから見て第一級の詩人だと言うならば、少なくとも、たとえ翻訳でなりとも陶淵明の田園での暮らしを詠じた詩などを知った上で、そう断定すべきではなかろうか。

以上のような前提に立って、東洋の一読書人の眼に映った牧歌詩人としてのテオクリトスを素描し、私なりの見解を述べることとしたい。私が粗雑に描く詩人像とその作品の世界は、大方の世の古典学者の評価に逆らったネガティヴなものに傾くかと思われるが、「ヘレニズム時代出頭第一の詩宗」の作品も、非ヨーロッパ的な詩的伝統に深く身を浸した東洋の読書人が読むとこう映るという、私なりの受け取り方を提示したものである。このような詩人観に疑問を覚えたり異を唱える読者は、邦訳によってなり近代語訳によってなり、テオクリトスの作品そのものにみずから就いて、その是非を確かめていただきたい。ドリス方言を主体とするその詩の言語は、慣れるには多少の準備と覚悟を要するが、できれば原詩に即して、テオクリトスの詩の世界をみずから窺うことが望ましいのは言うまでもない。

テオクリトスの生涯

大詩人と言われている割には、詩人テオクリトスの生涯に関する伝記的資料はきわめて乏しく、その生涯の軌跡は知られるところが少ない。実はその生没年すらも定かではないのである。その生涯に関して伝えられたり、推測されているところも、実際には詩人の作品そのものの中から推測、憶測によって導き出されたものであって、確証は無きに等しいと言ってよい。ただこの詩人の活躍した時代が、カリマコスやアポロニオスなどに代表される、プトレマイオス朝治下のアレクサンドリア派の詩人たちの黄金時代（前三〇〇年頃―前二六〇年頃）と重なることは確かであって、また詩人みずからがアレクサンドリア派の詩人中の輝ける星でもあった。

詩人テオクリトスは、前三一〇年頃（一説には前三〇〇年頃）にシケリアのシュラクサイ（現在のシラクーザ）に生まれ、前二六〇年頃（一説には前二五〇年頃）故郷で没した。その生没年を前三〇八年から前二六〇年と断定する向きもあるが、いずれにせよ確証はない。詩人がコス島と縁が深く、また代表作とされる『小景詩（エイデュリア）』第七歌

「収穫祭」がコス島を舞台としているところから、この島の出身ではないかとする説もかつておこなわれたが、詩人自身がその作品の中でシケリアを「わが国」と呼び、またキュクロプスを「われらが地のキュクロプス」と呼んでいるところからして、シケリアに生まれたことはほぼ確実とみてよい。テオクリトスの名のもとに伝わる偽作と思われるエピグラムがあるが（『ギリシア詞華集』第九巻四三四番）、それには、

キオスのテオクリトスは別人。これらの詩を書いたはテオクリトス、
あまたのシュラクサイの民人の一人にして、
プラクサゴラスとその名も高きピリンナの子、
他人の詩（ムーサ）はわれに関わることなし。

と詠われている。テオクリトスのエピグラム集の編纂者の手になると思われるこの詩をどの程度信用してよいかどうかは疑問だが、ともかくそれによれば、詩人はプラクサゴラスなるシュラクサイの一市民とその妻ピリンナとの間に生まれたという。母ピリンナがなぜ「その名も高い」女性だったのかもわからない。同時代の詩人カリマコスのように、バットスを祖とする名門の出であることを誇りとする家門の出身ではなく、庶民の出であったことは確からしい。詩人が青少年時代をどのようにして送り、またどんな文学的教養を積み、いつ頃から詩人としての第一歩を踏み出したのかは、明らかではない。学者たちの推測によれば、テオクリトスは青年時代に、著名な博物学者テオプラストスや医聖ヒポクラテスを生んだ地であり、名高い医学校のあったコス島に渡ってそこで学んだことはほぼ確かである。生涯にわたる親しい友人となった医者で詩人のニキアスと親交を結んだのもこの島においてである。ニキアスとともにエラトステネスの門下となって医学を学んだとする説もあるが、これも確証はない。またこの島出身で当時大いに名を馳せていた名高い詩人ピリタスとも交わり、その文学サークルに

属して詩才を磨いたなどと説く古典学者もいるが、これも推測の域を出るものではない。テオクリトスが、コス島出身のピリタスをみずからが及びがたい詩人として作品（『小景詩（エイデュリア）』第七歌四一行）の中で称揚しているところから、生まれた想像であろう。いずれにせよテオクリトスの作品にみられる博物学的関心の広さや、異様なまでに植物相に詳しく、薬草に関する知識の深さを窺わせる自然描写などは、詩人が若き日に学問の島として知られたコス島で相当幅広く学んだ跡を窺わせるに足るものだ。詩人テオクリトスとコス島との縁は深く、またこの詩人が牧人の口を通じて詩作に関する理念を開陳しているものと見られている代表作「収穫祭」（『小景詩』第七歌）も、コス島を舞台としている。

　コス島で学んだ後、恐らくは前二七五年頃に、テオクリトスは故郷シュラクサイに帰ったらしいが、シュラクサイで詩人としての修行を積み、詩名も次第に高まってきたものと思われる。だが山崎鯢山先生の仰せられるように、「少達多窮文士常」とはいえ、詩筆一本で身を立てることは古来いずれの地にあっても困難であり、サッポーやアルカイオスのような貴族出身の詩人は別として、詩人たちはやはりパトロンを必要とした。アナクレオン、ピンダロス、シモニデス、バッキュリデスなどの例をみても、すべて王侯の庇護を受けている。さもなくばタラスのレオニダスのように高名な詩人でありながら、生涯流浪の生活を送り、貧窮の裡に生涯を終えるほかはなかった。テオクリトスは当初そのパトロンを得られなかったらしい。そのことは、かれが当時の詩人たちの例に倣って、当時シュラクサイの僭主の座に就いたばかりのヒエロン二世（前二七六年に権力を掌握、支配者となった）に献じた僭主讃美の詩（『小景詩（エイデュリア）』第一六歌「カリテス、またはヒエロン」）の中で、みずからの詩が金銭欲に支配された権力者たちから顧みられることなく、冷遇されていることを嘆いて、

　　だが耀く天空（そら）の下に住む人らのうち誰が

私の典雅女神(カリス)らのために欣んで扉を開いて迎え、
手土産も持たせずに追い返したりしないというのだ。
女神らは怒りを胸に裸足でわが家に戻っては、
無駄足を踏んだと私を激しく咎め、
冷え切った膝に頭をうずめて、
おずおずとまた空の櫃の底にうずくまる。

（五―一〇行）

＊テクストはO・ヴォックスに拠る。以下テオクリトスからの引用は、すべてこのテクストから訳出。

と言っているところからも知られる。詩人は、この僭主に右の詩を送ってその庇護を求めたのだが、それは成功しなかったらしい。この詩はヒエロンに宛てた一種の公開書簡の趣がある詩だが、テオクリトスはその後半部（七六行―一〇九行）で、当時シケリアを脅かす存在であったフェニキア人がヒエロンに圧伏されておとなしく平和を守っていることを歌い、シケリアが平和裡にあることを祈り、フェニキア人を屈伏させたヒエロンを讃えている。これは牧歌とは言えない僭主讃美の詩であって、出来栄えはおよそ芳しいものではないが、注目すべきは、この詩で、すでにピンダロスの祝勝歌においても、幾度か高らかに歌われている「人の名が栄光を得て不滅となるのは、詩によってである」という詩人の信念が、掲げられていることである。その意味では、テオクリトスは、詩というものに関するピンダロスの理念を受け継いでいると言ってよい。この詩の五八行目の詩句に言われている「詩女神(ムーサ)によって、人間(ひと)は名声を得るもの」という宣言がそれだが、僭主に庇護を求めているにもかかわらず、詩人は傲岸なピンダロスにも劣らぬ高いところから、権力者ヒエロンに金銭に執着するなかれと説き、詩人には気前よく施し、戦いによらず平和によって国を治めることこそ理想であるとして忠告を与えるという強い態度で臨んでいる。権力者に庇護を求めながらも凛然としたその態度は、詩人の矜持の高さをうかがわせるに足るものだ。とはいえ、このような詩人の出方が、戦争には熱心でも文芸には関心の薄かった僭主の不興を買わないまでもその心に適わなかったのも無理はない。詩人は最後に、

呼ばれなかったら自分はこの地に留まろう
だが呼んでくれる人がいたら、勇躍してそのもとへと赴こう。

（一〇七―一〇八行）

と詠っているが、結局ヒエロンの宮廷に招かれることもなく、その庇護を受けることにも成功しなかった。そこで今度は新たな庇護者を、当時文芸愛好家として知られアレクサンドリア派の詩人たちのパトロンであった、エジプト王プトレマイオス二世（ピラデルポス）に求めた。王はすでに詩名が上がっていたと思われるこのシケリアの詩人を、喜んでその宮廷へと招いたのであった。そのことへの謝意を込めてであろうが、テオクリトスは王に讃美の歌（第一七歌）を送り、これは首尾よく受納されて、詩人はプトレマイオス王の宮廷詩人のような役割を担うこととなった。そこで詠われている内容から推定して、このプトレマイオス王への讃歌は、前二七三年か二七二年に成立したものとみられる。全一三七行から成るこの詩は、型にはまった王侯讃美の歌であり、お追従の詩であって、内容的には序歌から始まり、王の系譜、出自とその祖先讃美、王母讃美、コス島における王の生誕、王家の富への讃美といったものが次々と繰り広げられるが、詩としてみるべきものはなく退屈なまったくの凡作である。すでにその宮廷に招かれることが決まっていたためであろう、ヒエロンに向けた先の讃歌とは違って、テオクリトスはこの詩では、プトレマイオス王に高いところから教えを垂れたり、説教したりはしていない。ヒエロン二世を讃美した第一六歌もそうであるが、この詩も内容的には牧歌とはおよそ質を異にするもので

あって、詩人テオクリトスの一面を知る上ではそれなりの意味をもつが、詩人に栄光を添えるものではない。

エジプトに向けて旅立つ前に、それに先立って詩人はひとまず南イタリアへと渡り、曾遊の地コス島にしばらく滞在した後、アレクサンドリアへと向かったものと想像されている。

アレクサンドリアでは当時大図書館(ムセイオン)の館長であったらしい学匠詩人カリマコスをはじめ、アレクサンドリア派の詩人たちと交わったようだが、どの程度の深い交わりであったか、その詳細は不明である。カリマコスからは詩作の理念や詩風に関して影響を受けたことは明らかで、それは彼の詩に明瞭な痕跡をとどめている。逆にテオクリトスの作品が、カリマコスの詩に影響を与えている場合があることは、後者の讃歌「パラスの浴み」に、前者の「ヘレネの祝婚歌」の影響が認められることからも明らかである。この両詩人の文学的な交渉に、濃密なものがあったことは確かである。と同時に、その詩風は大きく異なり、詩人であると同時に大文献学者でもあったカリマコスの詩が、時にアレクサンドリアの大図書館の埃に毒され、衒学に陥っているのに比して、『牧歌』(『小景詩(エイデュリア)』)の作者としてのテオクリトスは、その弊を免れているということもある。それは、カリマコスの詩が過去の文学に関する膨大な知識、学殖から生まれた「文学から作られた文学」という性格を色濃くにじませているのに対して、テオクリトスの詩は市井の人々や牧人の生活から題材を得て、より現実に密着したところから生まれていることによるものであろう。

アレクサンドリアでのテオクリトスの詩人としての活動がどれほど続いたものかも、明らかではない。『牧歌』の大半は、このアレクサンドリア時代に書かれたものではないかと推測されている。当時の東方世界の中心であり、文化的にも繁栄を極めていたアレクサンドリアでの生活は、詩人の詩嚢を豊かにし、カリマコスをはじめとする詩人たちとの交わり、またかれらの間で交わされた文学論争は、テオクリトスの詩作活動を刺激したことであろう。この詩人が、ホメロスを模した、規模は大きいが蕪雑な詩を作ることに否定的で、小さくとも純粋で磨き抜かれた詩句によって築かれ、詩的な完璧さを狙ったカリマコスの詩作の理念に共鳴していたことは、真の牧歌の名に値する『牧歌』第一歌の一節で、牧人リュキダスの口から語られている通りである（この問題に関しても、実はそう簡単には割り切れないことを、キャメロンがカリマコスを論じたその大著『カリマコスとその批評家たち』(Callimacus and his critics) の一章を割いて論じてはいるが）。アレクサンドリア時代のテオクリトスが、詩作の理念をめぐって、師カリマコスと激しく対立していた『アルゴ号遠征記』の作者アポロニオスと、どのような関係にあったかは不明である。両詩人が接触する機会があったかどうかもわからないが、アルゴ船のコルキス遠征に加わった英雄ヘラクレスの美少年ヒュラスへの狂おしい愛を詠った『小景詩（エイデュリア）』第一三歌「ヒュラス」には、明らかにアポロニオスの影響が認められるところから推して、少なくとも両詩人の間に文学的な交渉はあったものと考えてよいのではないか。少なくとも作品の上では、この二人の詩人には相互に影響関係があったことが、学者たちによって指摘されている。

テオクリトスのアレクサンドリアでの詩人としての活動は、やがて終わりを告げる。大都会での宮廷詩人的な役割に倦んだものか、牧歌的故郷への郷愁に駆られてか、詩人はアレクサンドリアを去って、シュラクサイへと戻った。その地でローマの詩人スタティウスの言う「シケリアの老人」(silicus senex) として晩年を送り、やがて没したものと推測されている。詩人の後半生、晩年に関する証言のたぐいは無きに等しく、不明である。テオクリトスの死に関しては、詩人がヒエロン二世の嗣子を嘲笑してこの僭主の怒りを買い、その命によって扼殺されたなどという奇怪な話が、オウィティウスの『名婦の書簡』のスコリア（古注）にのみ伝えられているが、無論信ずるに足りない。要するにテオクリトスの生涯に関しては確実に知られていることがあまりにも少なく、推測、憶測を交えて描いても以上の域を出ないのである。

テオクリトスの作品――『小景詩（エイデュリア）』概観

今日われわれの多くが「牧歌」と呼び慣わしている作品で、テオクリトスの作品としてわれわれに伝えられている主要なものは、『小景詩（エイデュリア）』のタイトルのもとにまとめられている詩三二篇（但しそのうちの第三一歌は断片のみでほとんど判読不能）である。ほかには『ギリシア詞華集』に収められているエピグラム詩が二七篇、それにこれも『ギリシア詞華集』第一三巻に収められている「葦笛」と題された図形詩一篇がある。あまり信頼が置けない『スーダ辞典』によれば、テオクリトスは実に多才な詩人で、『小景詩（エイデュリア）』やエピグラムのほかにも、エレゲイア詩、イアンボス詩、讃歌、哀悼詩なども書き、英雄を主人公にした大作もあったとするが、そういう詩があったとしてもすべて散佚、湮滅し伝わってはいない。それゆえ現在われわれが手にすることができるのは、上記の作品だけである。世に「牧歌の始祖」と目されるだけに、エピグラムに比べてより重要なのは、『小景詩（エイデュリア）』であることは、言を俟たない。エピグラム詩人としてはテオクリトスはさほど傑出しておらず、これというほどの名詩を遺してはいないのである。

さてその『小景詩（エイデュリア）』だが、これにしてもその実、テオクリトスの死後二〇〇年ほど後の前七〇年頃に、文法家アルテミドロスが編んだ、テオクリトスの作品を含む牧歌の集成（corpus）から、後世の学者がこの詩人の作とみられる作品を抽出して一書を編み、これを『小景詩（エイデュリア）』と名づけたものにすぎない（今日「牧歌、田園詩」を意味する英語 idyll、仏語 idylle、独語 Idyll などの語はここから出たものであるが、本来εἰδύλλιον（複数形εἰδύλλια）という語に「牧歌、田園詩」という意味はなく、この語そのものは「小景（詩）」を意味した。ただこの名称のもとに伝えられたテオクリトスの本来の牧歌（τὰ βουκολικά）が突出して重要な意味を担うようになったので、このεἰδύλλιαという語が、近代語で「牧歌、田園詩」を意味するようになったのである。またヨーロッパで一般に「牧歌、田園詩」を指して「パストラル（pastor-al）」という語が用いられるようになったのは、この種の牧人の歌が独立した詩のジャンルとして認められるに至ったルネッサンス時代のことである）。それゆえ『小景詩（エイデュリア）』というタイトル自体が作者テオクリトスによるものではないばかりか、そもそもこの詩人に、現在我々が手にしている詩篇を一巻の詩書にまとめる意図があったかどうかも疑わしい。少なくとも今日われわれが手にしているテオクリトスのこの作品は、ウェルギリウスの『詩選』のように、全体的な意図をもって構想され、緻密な計算のもとに精緻に構築された作品ではないのである。偽作を含む三二篇の詩の配列や構成にしても、作者の意図によるものではなく、一貫性がなくルーズで杜撰なところがある。またテオクリトス自身に、自分が牧歌という新たなギリシア詩のジャンルを創始したという自覚があったとも思われない。さらには、テオクリトスの名のもとに伝わるこの三二篇の『小景詩（エイデュリア）』のうち、七篇（第八歌、九歌、一二歌、二二歌、二三歌、二五歌、二七歌）は、明らかに偽作であるかあるいは偽作の疑いがもたれており、間違いなく真作と断定できるのは、二三篇にすぎない。偽作は同時代あるいはやや時代が下ってからの詩人たちの手になるものだが、いずれも凡作で、真作と比べて一段と質が落ちるばかりか、敢えて論ずるに足らないものばかりである。

さらに言えば、この『小景詩（エイデュリア）』の三二篇のうち、純粋に牧歌（βουκολικά）と呼びうる作はわずか七篇（第一歌、三歌、四歌、五歌、六歌、七歌、一〇歌）にすぎず、つまりは真作とされる詩の三分の一以下でしかないのである。しかもその中でまずまずの作として詩的価値が高いのは、第一歌「テュルシス」と第七歌「収穫祭」ぐらいなものではなかろうか。牧人たちのどうということのない対話や、単純素朴な歌比べの次第を詠った他の牧歌に、欧米の学者が認めるほどの詩的価値があるものとは、私には思われない。これをもってしても、テオクリトスがすでに古代において、もっぱら「牧歌詩人（ὁ τῶν βουκολίων ποιητής）」として世に知られていたことは事実だが、この詩人を、ただ単に牧人の生活を主題とした詩のみを書いた牧歌詩人としてとらえるのは、一面的な理解にすぎないことがわかる。一斑を以て全豹を量ってはならない。私の見るところ、この詩人の作としてはむしろ純粋な牧歌以外の作、つまりは第二歌「まじないをする女」（この詩は呉茂一氏による絶妙な邦訳があって、心楽しめる作である）、第一三歌「ヒュラス」（これも呉氏の名訳がある）、それにサッポーの流儀に倣った祝婚歌である第一八歌「ヘレネの祝婚歌」などが、詩としてはよりすぐれているように思われる。またソプロンの擬曲に学んだとされる第一五歌「シュラクサイの女たち、またはアドニス祭の女たち」なども、これが詩でなければならぬ必然性はないが、それなりに捨てがたいところがある。シュラクサイに住む二人の主婦が、プトレマイオス王の宮廷で催される祭りを観に行く話だが、溌剌として生気に富むその対話には、確かに擬曲としての面白味が十分に感じられることは事実だ。思うに、欧米の古典学者たちによって、テオクリトスの牧歌の意義が過度にまで重視強調されるのは、詩としてのそれ自体の価値よりも、ひとえにそれがヨーロッパの牧人文学の事実上の源流となったウェルギリウスの詩のモデルとなったからではあるまいか。

『小景詩』の全体の内容を、その主題、内容に従って分類してみると、純粋な牧歌のほかに、ソプロン風の「擬曲」としての性格を帯びた作（第二歌、一四歌、一五歌）、神話的主題をあつかった「小叙事詩（物語詩）」（第一三歌、二二歌、二四歌、二五歌）、愛を乞う歌（第三歌、一一歌、一二歌、二九歌、三〇歌）、サッポー風の祝婚歌（第一八歌）、王侯讃歌（第一六歌、一七歌）、その他牧歌ではないがいずれとも分類しがたい作（二一歌）といった具合で、多彩である。全体として言えることは、これらの詩の多くにおいて「愛」、それも満たされぬ愛、実らぬ恋ゆえの苦悩が詠われているということである。『小景詩』全体の中でも、純然たる牧歌は愛をテーマとするか、あるいは愛の情緒が色濃くまつわりついているのが認められる。その意味で、テオクリトスの一連の牧歌が、神話的牧人ダプニスの、愛ゆえの不可解な死を詠った作（第一歌「テュルシス」）で始まっているのは、この詩人の牧歌全体の特質を物語っていると言えるだろう。

『小景詩（エイデュリア）』は、上述のごとく、その詩としての出来栄えは、真作だけをとってもまちまちであり、後にみるように、ヘレニズム詩の傑作の名に恥じない作もあれば、いかにもたわいもない、素朴単純な詩もあり、その詩的価値はおよそ一様ではない。中にはかような詩がヨーロッパの古典学者によって、なぜかほどに高く評価されねばならぬのか、理解に苦しむような作もある。神話的主題による第二二歌「ディオスクロイ」のように、詩作品としての統一性を欠き、部分的にすぐれた描写はみられるものの、いたずらに冗長で詩的結晶度が低いと思われる「小叙事詩（エピュリオン）」もある。全体としてまさに玉石混淆であって、粒ぞろいの傑作が並んでいるとは言いがたい。凡作の一例を挙げれば、『オデュッセイア』に登場し、この英雄の計略により眼を潰された巨人キュクロプスの一人であるポリュペモスの、海のニンフであるガラテイアへの実らぬ恋を詠った詩（第一一歌「キュクロプス」）がそれである。この巨人が作中で歌う不細工そのものの求愛の歌などは、いかにも馬鹿馬鹿しいものと、東洋の読書人の眼には映る。作者テオクリトスがアイロニーをこめて、意図的にぶざまな求愛を愚かなポリュペモスに歌わせたのだと考えないかぎり、この作品は私には理解できない。少なくとも、このような詩を高く評することは私にはできないと正直に言うほかない。

翻訳でテオクリトスの詩に接するであろう読者に向かって、これを説くのは甲斐ないことだが、テオクリトスがなにがしか（あるいは大いに）読者の心を惹くのは、その詩想よりもむしろその詩句のもつ調べ、音楽性にある。これはテオクリトスの詩の一大特長、際立った特質である。

重要なことは、『小景詩（エイデュリア）』のこれらの大半は、数十行から百数十行程度の長さから成る詩であって（最も長いもので第二二歌「ディオスクロイ讃歌」の二二三行）、そのほとんどが素朴で鄙びた味わいをもつ音楽性豊かなドリス方言を用い、ホメロスやヘシオドスの叙事詩と同じヘクサメトロス（六脚詩律）で綴られていることである。ただし少年愛（稚児愛）を主題とした第二九歌、三〇歌だけは、例外的にサッポーやアルカイオスと同じくアイオリス方言で書かれ、抒情詩の詩律に拠っている。作品の多くがヘクサメトロスで綴られていたため、古代においてはテオクリトスの『小景詩（エイデュリア）』は、独立したジャンルをなすものとは認められておらず、叙事詩の一種のように見なされていたのであった。実際、ディオスクロイの讃歌である第二二歌のように、神話的主題によるその作品の中には、「小叙事詩（エピュリオン）」とその性格を規定されているものもある。

シュラクサイは元来ドリス系の人々によって築かれた植民市であったから、その地に育った詩人がドリス方言を用いたことは不思議とするに足りないが、ホメロス、ヘシオドスの用いた詩律であるヘクサメトロスによって、詩のほとんどが綴られているのは、そこに格別の意味をもたせたものと思われ、この作品を制作するにあたっての詩作の態度が、そこに窺われるものとみてよい（『小景詩（エイデュリア）』は全体として、言語的にも表現の上でも農民詩人ヘシオドスの影響が色濃くみられる）。

邦訳あるいはヨーロッパの近代語訳によってテオクリトスの作品に接する読者に、原詩の方言（詩の言語）や詩律について述べることはほとんど意味をもたないが、テオクリトスの牧歌さらには『小景詩（エイデュリア）』全体の特質を述べる上では、やはりこれにも一言ふれておかねばならない。

テオクリトスがその『小景詩（エイデュリア）』で、牧人や農人さらには漁師までが登場して歌比べや論争をおこなう詩に、高尚なものである英雄叙事詩の言語の詩律を敢えて用いたのは、たとえそれが純粋な牧歌で、田夫野人を主人公とする詩であっても、卑俗野卑で俗なものに堕することなく、文学性を保つためであったと思われる。牧人というような粗野で単純な登場人物であっても、叙事詩の詩律に乗せた言葉を発することで、そこには一種の品位が保たれるのである（この試みにあまり成功していないと思われる第四歌「牧人たち」のような、馬鹿馬鹿しいまでにたわいもない作品もあるが）。純粋な牧歌にしても、素朴単純な牧人の対話や鄙びた歌などが、詩人テオクリトスの手にかかることで卑俗粗雑な色合いを脱し、詩的な味わいを帯びるのだと言ってもよい。野に生きる牧人たちを詠う牧歌にしても、ローマ人の言う「閑暇（otium）」の生んだ都会人の文学である。それはテオクリトスが都会人である教養ある人士のために供した作品であって、読者もまた都会人であるから、登場する牧人もまた無知蒙昧で粗野な人物としてではなく、文学化された知的で教養ある存在として登場させられている。それを保証するのが、かれらの話す優雅なことばなのである。テオクリトスは、家畜にまじって山野をうろつき原始的な生活を送っている羊飼いだの山羊飼いだのの生態や心情を、そのあけっぴろげで素朴な生の様相を直叙しているわけではなく、都会人の眼をもって、これをあくまで詩的に表現しているのである。登場するのは、詩人によってなにほどか理想化され、詩人としての役割を担った牧人であることを忘れてはならない。従ってそこには現実世界と、詩人が作り上げる詩的・文学的世界との間のせめぎあい、緊張関係があるはずである。この緊張関係が破綻する場合があって、文学化、詩的精練の度合いが不十分なため、第四歌「牧人たち」のような、洗練を欠いた、およそ詩的な味わいの乏しい牧歌もまた生まれているものと、私には思われる。

またテオクリトスの詩を称揚する人々は、一様にその詩句の音楽性、響きの高さを強調する。a音やo音が美しく響くテオクリトスの詩の魅力の一つは、確かにそこにあるのだが、遺憾ながらそれは翻訳では伝えようもなく、原詩によってのみ感得できるものである。アルクマンやステシコロスの用いるドリス方言に近いと評されることもあるテオクリトスの詩の言語は、かれ独自のものであって、その素朴ながら優美な詩句は、時に貧しいその詩想を補っているものと、私の眼には映る。とりわけ、詩の中で牧人が歌い交わす歌の部分になると、その内容の乏しさ、単純さに不似合いなほど調べが高く、それが「歌」としての牧歌のレベルを維持する役割を果たしている場合もある。第一歌「テュルシス」、第七歌「収穫祭」などを別とすれば、テオクリトスの純粋な牧歌は、その詩想そのものは、およそ大したものとは思われない。

さて『小景詩（エイデュリア）』全体についての概観はここまでとし、それがテオクリトスの作品の一部分でしかないことを確認した上で、ヨーロッパの詩史の上での、詩人としてのテオクリトスの存在を大きなものとしている、純粋な牧歌について述べねばならない。まずは純粋の牧歌（βουκολικά）そのものについて少々言を費やすこととしよう。次いで最後に一節を設けて、そこでこの詩人の作品の中で私の心をなにほどかとらえ、また今日のわが国の読者の関心をも惹きうると思われる詩四篇をとりあげて俎上に載せ、若干吟味してみたい。

牧歌の起源とテオクリトスによる牧歌の創始——locus amoenus の発見

牧歌というギリシア詩史上新たなジャンルの詩は、テオクリトスが創始したものだとは、世のすべての文学史、ギリシア詩史が説くところであって、それに異を唱える必要は毛頭ない。だがそのテオクリトスにしても、無からその牧歌を創造したわけではなく、その素材があり、また彼に先立つ牧歌的なるものの伝統の流れの中で、先人の作品から汲み、同時にまた実際に牧人たちが歌う素朴な歌なども素材として、作り上げたのである。アテナイオスの奇書『食卓の賢人たち』には、牧歌の起源について言及した箇所があって、それには、

「羊の群の世話をする人々には牧歌と呼ばれる歌があった。シケリアの牛飼いにディオモスというのがいて、このディオテュモスが牧歌というものを始めた」。

（第一四巻六一九B、柳沼重剛訳）」

とある。それは「臼挽き歌」、「紡ぎ歌（イウロス）」、「麦刈り人夫の歌（テュエルセス）」、「籾吹き分け女たちの歌」といった労働歌などと、本質的には同じものであったと言えるかと思う。個人の創出によるものではなく、ディオモスだのダプニスだの

というのは、その創始が仮託された想像上の牧人にすぎまい。

テオクリトスの牧歌に登場する羊飼いや山羊飼いが歌う歌が、どれほど現実的でかれらの実際の歌を写しているかは判断が難しい。テオクリトスの牧歌を、「民衆詩の発見」としてとらえるA・ボナールなどは、その現実性、写実性をしきりに強調し、「しかし他の人びとがヘシオドスから、つまり文学から田園詩または牧歌をつくり上げたとすれば、テオクリトスのほうは、彼がよく知っていた、あるいはともに過ごしたシケリアの牧夫生活、牧夫の口から聞いた歌、彼の幼年時代、農夫・詩人の生活から牧歌をつくったのである」（前出『ギリシア文明史』）と述べている。これをそのまま信じてよいかどうか疑問も残るが、少なくともテオクリトスの詩に登場する牧人の歌がリアリティーをもっていて、純粋に詩人の詩的想像力から生まれたものではなく、実際にかれが青少年時代に接触し耳にしたシケリアあたりの羊飼い、山羊飼い、あるいは牛飼いなどの牧人の歌を素材としたものであることは間違いないと思われる。

シケリアには古くから「ブコリアスモス」と呼ばれる、牧畜生活を送る牧人たちが、遊牧生活の合間に即興によって歌い交わし、勝敗を競う歌比べの伝統があったと伝えられ、テオクリトスはそこからかれの一連の牧歌を汲み上げたのであろう。牧人たちのそういう習慣をあらわすβουκολιάζομαιすなわち「牧歌を歌う」という動詞も存在し、これはテオクリトスの牧歌にも用いられている。詩人はいわば原石のようなその粗削りで単純素朴な歌を叙事詩の詩律に載せ、これに磨きをかけて文学化し、アレクサンドリアの教養人の文学眼の鑑賞に堪えるものとし、民衆歌謡のレベルを脱した詩作品にまで高めたということになる。それがこの詩人の最大の功績であり、新たなジャンルの詩を創始したという意味において、ギリシア詩への大きな貢献であった。この詩人が牧歌の創始者、始祖だと言われるのは、そういう意味においてである。

ちなみに文学的な牧歌の創始者という点に関して言えば、前七世から六世紀にかけて活躍したシケリアの詩人ステシコロスは、その後散佚して断片のみが伝わっている『ダプニス』という合唱抒情詩でシケリアを舞台として牧人ダプニスの不幸な愛を歌い、牧歌をギリシア抒情詩に導入したとも言われている。この作品そのものが断片としてごく不完全な形でしか伝わっていないため、ステシコロスがテオクリトスに先立つ牧歌作者として位置づけられるかどうかは疑問である。この詩人に、神話的牧人としてのダプニスを詠った詩があったにせよ、それは所詮は単発的なものにとどまり、テオクリトスのようにギリシア詩に新たなジャンルの詩を導入し、それによって抒情詩の枠を押し広げ、新たな地平を切り開くことはなかった。それでやはりテオクリトスこそが牧歌の創始者ということになる。また詩人テオクリトスの真面目を示すのもやはり牧歌なのである。いかにもテオクリトスは牧歌の創始者ではあるが、ギリシアにおける牧歌的なるものの源流と伝統は古くまた長い。多くの先学たちの指摘するところだが、テオクリトスに遥か先立って、すでにホメロスやヘシオドスにおいて、随所に牧人の生活やその生活を描いた牧歌的要素が認められ、牧歌的な特徴を帯びた田園詩的風景などが見られる。ラテン語で locus amoenus「うるわしい場所、心地よい場所」と呼び慣わされている、牧歌の舞台や背景となるにふさわしい、美しく理想的な自然界の様相を描いた箇所も、少なからず見られる（これに関しては、わが国でも近年（二〇一三年）『パストラル――牧歌の源流と展開』なる研究書が世に出て、そこでテオクリトスに至るまでの『牧歌』の先蹤者たちについても簡にして要を得た叙述がなされているから、関心のある読者はそれに就かれるとよい。詳しくは同書に譲って、ごく簡略に述べるにとどめたい）。

牧歌詩人としてのテオクリトスのおそらく最大の功績は、ウェルギリウスを経て長らくヨーロッパの牧人文学の背景となり、その成立条件ともなったいわゆる locus amoenus を牧歌という詩文学の中に持ち込み、これを詩的モチーフとして確立させたことであろう。テオクリトスは先行するギリシア文学の中から、牧歌にふさわしい美しい自然の情景を描いた、「甘く心地よい」場所をかれの牧歌の中に導入し、それに洗練を加えて牧歌の成立の場、その構成要素としたのである。テオクリトスの詩にあって、作品の中に描かれている locus amoenus は、ほとんど常に牧人たちの恋の場として機能しているが、その発見は、ギリシア詩史の上では画期的な意味をもったと言ってよい。これを俟って牧歌というものが初めて成立したからである。

一般的には、万事人間中心であったギリシア人は自然への関心が薄く、文学もまたそれを反映して、自然そのものを描いた作品は乏しいと言われており、これはかなりの程度事実である。確かにギリシアには中国の山水詩や自然詩、四季を詠ったわが国の自然詠の和歌のようなものは存在しない。とはいえギリシア人が自然の美や様相にけっして無関心でもなく、それを描かなかったわけでもないことは、G・サウターの『ギリシア詩における自然』(Nature in Greek Poetry) という好著が立証しているとおりである。サッポーやイビュコスの詩に詠われている美しい自然の情景を思い浮かべただけでも、それは納得できる。ソポクレスの悲劇『コロノスのオイディプス』などにも、牧歌的情景を讃えたくだりが見られる。ただテオクリトスに至るまでのギリシア文学には、自然界の様相や、ホメロスの叙事詩(中でも『オデュッセイア』)の何箇所かに見られるような、理想的景観や楽園のように美しい場所そのものを舞台とし、そこで繰り広げられる詩文学がなかったというにすぎない。

ヘレニズム時代に入り、アレクサンドリアのような大都会での生活に人々が倦み、田園生活への郷愁や憧れをもつようになった時代を迎えて、そういう機運を背景にして、locus amoenus を詩的モチーフとした、テオクリトスの牧歌が生まれたのである。

名著『精神の発見』でB・スネルが言うように、ウェルギリウスが牧神パンの棲む「羊飼いたちの国、恋と詩の国」としてのアルカディアの発見者であるならば、テオクリトスこそはその後二〇〇〇年以上にわたってヨーロッパの牧歌、牧人文学の舞台となった locus amoenus の発見者であった。繰り返しになるが、その意味でヨーロッパの詩史、というよりはヨーロッパ文学の中でこの詩人が果たした役割は、確かに限りなく大きい。

では牧歌、牧人文学の舞台であり詩的モチーフともなっているlocus amoenusつまり牧歌的風景とはどんなものか、ここで確認しておこう。それは中国の山水詩や自然詩に見られるような名勝奇観や閑静和穆（わぼく）な田園風景ではなく、常に人間が住む場所であり、生産活動とも切り離せない牧人の労働と休息の場である。具体的に言えば、柔らかな草地があり、樹木が蔭をなし、そよ風が木の葉を揺らし、清らかな泉ないしは小川が流れ、小鳥のさえずりが聞こえ、花々が咲き乱れるといった「心地よい場所」である。これに加えてしばしば果樹園があり、ひんやりとした洞窟があり、蝉の鳴き声が響くといった情景が加わったりもする。それはテオクリトスがその牧歌で「甘く心地よい」（ἁδύ）と歌い上げた場所であって、牧人たちはその「甘く心地よい」自然の中に浸って、多くは愛を歌うのである（このようなlocus amoenusの描写は、カリマコスの「デメテル讃歌」などにも見られる）。

無論テオクリトスの牧歌にしても、右に挙げたすべての条件を備えたlocus amoenusが描かれているわけではなく、そのいくつかを満たした場所が設定されているにすぎない。例を挙げれば、第一歌「テュルシス」の冒頭の、

あそこの泉の傍らでさんざめく松の木の音色は甘く心地よい、
山羊飼いよ、君の吹き鳴らす葦笛もまた甘く心地よい。 （一―二行）

おお、羊飼いよ、君の歌はあの高い岩から
流れ落ちる水音の響きよりも甘く心地よい。 （七―八行）

といった箇所がそれであり、第五歌「山羊飼いと羊飼い」の、

君がこのオリーヴの木陰に坐れば、もっと心地よく歌えるぞ。
ここには冷たい水がしたたり落ちて、こんなにも草が生い茂り、
コオロギもしきりに鳴いているぞ。

（三二―三四行）

そっちへなんか行くものか。こっちには樫の樹と、ほれ、糸杉があるんだ。
蜜蜂が巣のまわりで心地よい羽音を立てている。
冷たい水の湧く泉が二つもあって、樹の上で小鳥がさえずっているんだ。
木陰だって君のところのものなんか比べものにならないし、
松の木が高いところから松毬（まつかさ）を落としてくれるんだ。

（四五―四九行）

などもやはりそれである。こういった locus amoenus の描写は、純然たる牧歌以外の作、たとえば第二二歌「ディオスクロイ」などにも見られ、テオクリトスの詩に美しさを添えている。locus amoenus のみごとな一例として、それを引いておく。

滑らかな巌石から絶えることなく音高く流れ落ちる
清らな水にあふれる泉を見つけた。
水底には小石が水晶のように銀色に耀き、

傍らには松の木が亭々とそびえ立つ、
それにポプラにプラタナス、梢の青々とした糸杉も。
尽きんとする春の野に咲き乱れる
香り高い花々は、毛深い蜜蜂たちの働く場。

（三七―四三行）

このような理想的景観、「心地よい場所」を詩的な意図をもって描きしつらえて、テオクリトスはその牧歌の世界を築き上げたのである。それがまさにギリシア文学における locus amoenus の発見にほかならない。その功績は大きく、その影響は永続的であった。

テオクリトスの描く世界――『小景詩（エイデュリア）』摘読

さてここまで来て、最後にようやくテオクリトスの作品そのものの一端を覗き、それを吟味することとなった。これからそのほんの一端を垣間見ることとしたい。なにぶん三二歌ある『小景詩（エイデュリア）』は、それぞれの詩が数十行から二〇〇行を超えるから、引用しうるのはごく小部分にとどまることを、おことわりしておかねばならない。幸いテオクリトスの作品は、ヘレニズム詩の専門家である古澤ゆう子氏による信頼できる邦訳（全訳）があるので、偶々この詩人に積極的に関心を抱く読者がいたら、そちらを手にしていただきたい。また同氏にはテオクリトス研究に関する専門的な研究書『牧歌的エロース』があり、読者はそれによって、正統的なテオクリトス研究に接することが可能である。私がここで取り上げ一瞥するのは三二篇のうちわずか四篇に過ぎず、文字通り摘読つまりはつまみ食いであって、「葦の髄から天井覗く」行為に類するものだ。ともあれ、東洋の一読書人の心になにほどかは適い、まずまずの作、これは傑作と思われる詩をほんの少々覗いてみよう。とりあげるのは第一歌「テュルシス」、第七歌「収穫祭」、第二歌「まじないをする女」、第一三歌「ヒュラス」の四篇である。便宜上これを、(一) 純粋な牧歌（第一歌、第七歌）と、(二) 愛を主題とした牧歌以外の詩（第二歌、第一三歌）とに分けることとしたい。

(一) 牧歌一瞥——第一歌、第七歌

まず最初に『小景詩（エイデュリア）』の冒頭に置かれた「テュルシス」に眼をやってみよう。これは牧人テュルシスが、牧歌にふさわしい泉のほとりで出会った山羊飼いの請いに応じて、古の神話的牧人ダプニスの、恋の苦悩ゆえの不可思議な死の次第を物語るという内容の詩である。牧歌ではあるが、第四歌、第五歌、第六歌のように現実に生きる牧人たちの姿を歌った作ではなく、神話的牧人と神々とが登場する詩で、その意味では典型的な牧歌とは言えない作品である。学者たちの間で多くの議論を呼んでいる詩であって、この詩の主題は、ダプニスという牧人に体現されている「苦悩（πάθος, passio）」としての愛の形なのだと説かれている。恋の苦悩ゆえに、その秘密を明かさぬままやつれて死んでゆくダプニスの姿に、エロスそのものが苦悩であることを悟った人間を襲い、死に至らしめる苦しみが体現されているというのだが、どうもよくわからない作である。素朴な牧歌の形をとってはいるが、愛をめぐる一種哲学的な詩のようなものではないかと思う。際立った傑作とは思われないが、不思議なほど専門家たちの評価は高い。

これはいささか謎めいた不思議な詩であって、テュルシスによって歌われる牧人ダプニスが苦悩して死に至る原因について、古典学者の大先生たちがあれこれ詮索を重ね、侃々諤々議論を重ねているが、諸説紛々、あれこ

れのもっともらしい説を立てる学者たちはいるものの、どれも私には十分には得心がいかない作品でもある。正直言って、テオクリトスに冷淡な私などから見れば、ダプニスの死の問題をめぐって、なにをそんなに大騒ぎしているのか理解しがたいところがある。

一五二行から成るこの詩は、序に当たる部分で、歌の名手とされるテュルシスと葦笛の名手である羊飼いの対話で始まる。羊飼いがテュルシスに、ダプニスの苦悩を歌ってもらう謝礼として、みごとな造りの木製の杯を贈ることを約束し、それを承知したテュルシスが、恋の苦悩で死んだダプニスの死の有様を歌うだのが、八〇行にも及ぶこの部分が全体の中枢をなしている。これに先立って、『イリアス』第一八巻の「アキレウスの物の具造り」の段に倣った、贈り物とされる木杯の詳細な事物描写（エクプラシス）が長々となされており、その精緻にして詳細な描写のうちに、学殖を誇るアレクサンドリア派の詩人としてのテオクリトスが顔を覗かせていると言える。詩人としての腕の見せ所であって、それには十分成功していると言えるだろう。

先にもちょっとふれたが、神話的牧人ダプニスは、すでにステシコロスによって、恋ゆえに、あるいは恋人を裏切ったがゆえに、不幸な死を遂げたことが詠われていた。テオクリトス自身も第七歌「収穫祭」で、リュキダスの歌の中でダプニスの死を、

傍らでティテュロスが歌うだろう、
そのかみ牛飼いのティテュロスがクセネアに恋した次第を、
して山が悲しみにくれ、樫の樹がかれを悼み嘆いた様を、
高峰ハイモス山の麓の雪のように、かれがやつれゆく様を、さてはまた
アトスがロドペか、地の果てのカウカソスの麓の雪でもあるかのように。

（七三—七八行）

と詠っている。この第一歌では死に瀕したダプニスの有様は、テュルシスの、

　どちらにおいでなされた、ニンフがたよ、ダプニスがやつれ果てていたとき、
　　一体どこに、

（六七行）

というニンフへの呼びかけで始まり、死に瀕したダプニスを悼んで、狼も、獅子も泣き、牛も泣き、その運命を気遣ってダプニスの父とされるヘルメスもやってくれば、プリアポスもやってきて、ダプニスに恋の苦悩の原因を問い、またダプニスがその恋する乙女に愛されていることを説いて慰めるが、

　だが牛飼いはそれにはなにひとつ答えもせずに、胸えぐる愛の苦悩を
　忍び通し、最期に至るまで忍び通した。

（九三—九四行）

と詠われている。ダプニスは死に至るまで自分の愛の苦悩の秘密を明かさなかったわけである。最後にアプロディテがやってきて、微笑みを浮かべながら、かつてダプニスが愛神（エロス）に屈することはないと誇ったことを揶揄する。それに対してダプニスはアプロディテへの嫌悪のことばを投げつけ、

　ダプニスは冥府に降ってもなお愛神（エロス）には辛い苦しみの種となろう。

（一〇三行）

と言い切ったばかりか、アプロディテ自身がかつて牧人への愛や、美貌の狩人アドニスへの愛に屈したことを指摘する。そしてパンの来迎を求め、アプロディテがかれを助けようとしたのも空しく、冥府の河の流れに引き入れられて、死んでしまったと語られている。

詩は最後に、ダプニスについてのこのような歌を歌ったテュルシスを羊飼いが称賛して終わる。つまりこの一篇は、テュルシスの歌を挟んだ額縁のような構成になっているのである。愛はテオクリトスの牧歌の中心をなす主題であって、これもその一つなのだが、作者の意図はどういうところにあるのか、依然として不透明な部分が大きい。作者がダプニスの死によってあらわしたかったのは、愛の苦悩は詩に歌われることによって、昇華され、救済されるということなのであろうか。

それはともあれ、この詩は全体に響きが美しく、詩句は流麗かつ音楽的であって、心地よく読める作である。テュルシスがニンフたちに向かって呼びかける、“πᾷ ποκ' ἄρ' ἦσθ', ὅκα Δάφνις ἐτάκετο, πᾷ ποκα, Νύμφαι;”「どちらにおいでなされた、ニンフ方よ、ダプニスがやつれ果てていたとき、いったいどこに」という詩句に宿る音楽美は比類ない（この詩句は後にポープがその『牧歌』第二歌で、そっくりまねている）。ギリシアの古典期までの詩にはリフレインというようなものはほとんど見られないのだが、この詩は前半には、「始めたまえ、慕わしい詩女神(ムーサ)らよ、牧人の歌を」、「始めたまえ、詩女神(ムーサ)らよ、なおも重ねて牧人の歌を」という詩句が、後半には「やめたまえ、詩女神(ムーサ)らよ、牧人の歌を」という詩句が、リフレインとして頻繁にあらわれ、詩的効果を高めている（同様のリフレインは第二歌「まじないをする女」にも用いられ、絶妙な効果を上げている）。これは民間歌謡の調子をとりいれたものとされているが、それがこの一種不可解な詩に不思議な魅力を添えていることは事実だ。一体にテオクリトスの純粋な牧歌は魅力に乏しいが、その中でこの詩は第七歌とともに、確かに一頭地を抜いていることは間違いない。まずまずの傑作としておきたい。

次いで今度は第七歌「収穫祭」をとりあげ、瞥見してみたい。これもまた歌による愛の癒しをテーマとした作だと説かれている。またこの詩は、詩人テオクリトスが詩作に関する理念を吐露していると解されるくだりがあることと、一連の牧歌の中でも、とりわけみごとで典型的な牧歌的情景、locus amoenus の描写が、一篇の最後を美しく飾っていることで知られる作である。この作品についても、専門家たちの議論や詮索がやかましく、「人の詩興を攪し、絮絮に長し」と言いたくもなろうというものである。

全部で一五七行からなるこの牧歌は、テオクリトスに縁の深いコス島を舞台としている。シミキダスなる都会派の詩人（これはテオクリトス自身ないしはその分身と見られる）が、友人エウクリトス、アミュンタスと連れだって島の有力貴族の催す収穫祭に出かける途上で、いささか神秘的なところのある、山羊飼いで詩人のリュキダスという人物と出逢い、共に歌を歌うことを求める（シミキダスは都会派の詩人だが、リュキダスに向かって、ヘシオドスに倣って詩女神らに詩を授けられたことを、

親しいリュキダスよ、山で牛を牧していたこのぼくにも、ニンフらが
すばらしい歌を教えてくれたんだ。（九二―九三行）

と言っているところからすると、一応牧人ないしは牧人の出の詩人だということになる）。ヘシオドスに倣った詩的コンヴェンションであることが明らかなこの詩句が、テオクリトス自身の経歴を、どの程度反映しているかはわからないが。

リュキダスがその誘いに応じてまず歌い、それに続いてシミキダスが自分の歌を披露する。この二人の歌に続いて、最後に典型的な locus amoenus を背景とする、収穫祭での至福の宴の描写が置かれる、という構成になっ

ている（この「紛うかたなき山羊飼い」の姿をした人物も、実際には実在の詩人の仮装だと見る古典学者が多く、そこにアポロンの姿を認めるF・ウィリアムズのような論者さえもいる）。中心部に据えられた詩中における両人の恋の歌は、それぞれ三八行、三一行に及んでおり、全体の半分近くを占めている。都会派の詩人と牧人詩人とは、いずれも愛の苦悩と、歌の力によるその克服ないしは昇華の様を歌うのだが、この部分がやはりこの詩の中枢をなしているのは、第一歌と同じである。リュキダスが歌を始めるのに先立って、シミキダスに牧人の杖を贈るのは、この都会派の詩人に牧歌の洗礼を施し、その世界に引き入れることを意味しているのだと説く論者が多い。これには異論もあって、リュキダスが贈るのはただ単に牧人同士の間のなされる贈り物に過ぎず、そこには、かつてヘシオドスが詩女神（ムーサ）たちから授かった、詩的霊感を象徴する杖のもつ意味はないと主張するキャメロンのような学者もいて、私には判断がつかない。

さてそのリュキダスの歌とシミキダスの愛の歌だが、私にはこれはそう大した出来栄えとも思われない。まずリュキダスの歌だが、これには二つのテーマが歌われている。リュキダスが片思いの愛を寄せる少年アゲアナクスへの恋と、歌によるその療治と克服と慰謝の次第が歌われ、次いで恋に懊悩して死んだダプニスの姿と、その昔神話的牧人コマタスが、主人によって箱に閉じ込められたが、詩女神（ムーサ）たちの使いである蜜蜂に養われて春を首尾よく生き抜いたという伝説が歌われる。リュキダスはかなわぬ恋の相手であるアゲアナクスが、船旅には危険な季節を冒してミュティレネへと渡るという非現実的なことを夢見て、その日こそ自分にとって安息の日であろうとする。フランスの諺に言う“Loin des yeux, loin du cœur”「眼から遠ざかれば、心からも遠ざかる」、つまりは「去る者は日々に疎し」という効果を願ってのことである。そうして片恋を断念し、その痛みが去った後の楽しい宴を想像する。この素朴簡素な宴を描いた一節はいかにも牧歌的である。

次いで歌われるダプニスの死と、コマタスが歌の名手であったがために詩女神（ムーサ）の助けにより命を救われたという伝説は、エロスの苦悩は死をもたらすほど恐るべきものだが、歌の力によってこそ癒されるという、詩人テオクリトスの信念をあらわしたものだと説かれている。おそらくそうなのであろう。だが歌としてはさして面白くもなく、詩的完成度、結晶度もそう高いものとは私には受け取れない。

これに続くシミキダスの歌は、友人アラトスの美少年ピリノスへの激しい恋とその成就を願うが、これがまた平凡なあまり面白からぬ歌だとの印象を受ける。シミキダスは歌の中で最後に、友人の恋が所詮は報いられぬものであること、その虚しさを説く。そして歌の力、詩作に努めることによってのみ、恋の苦悩から解放され、救済される可能性があることを示唆している。この歌は、実らぬ恋の苦悩と、それからの脱却、解放の可能性を言い、同時にそれにともなう困難さを歌ったものらしい。だが名高い詩人シケリダス（アスクレピアデス）やピリタスにこそ及ばないが、自分を「すべての人が傑出した伶人（うたびと）だと言っている」と誇り、その詩名がゼウス（プトレマイオス二世を指す）の耳まで達していると誇るシミキダスの歌にしては、いささか輝きを欠いているように思われるのだが、どうであろうか。

ともあれ、こうして両人がそれぞれ自分の歌を披露して別れた後、シミキダスとその友人が、島の名族で貴族のプラシダモスの収穫祭の宴に赴いて、そこで存分に歓を尽くしたことが語られて、この一篇は閉じられる。終わりの部分で一七行にわたって繰り広げられている委曲を尽くした locus amoenus の描写が実にみごとで美しく、これぞ牧歌の粋と言える出来栄えになっている。このくだりは、文句なしに嘆賞するに堪えるものだ。野の香りや梢を渡る風の音、あふれんばかりの果物の芳香が読者の五感に直接伝わってくるような情景描写だと言ってよい。その詩句はきわめて音楽的な美しさを宿しているから、これを翻訳で再現することは不可能だし、邦訳は所詮その大意を伝えるにすぎないが、それを承知でそのくだりを掲げておこう。

そこでぼくとエウクリトスはプラシダモスの宴へと向かい、心楽しく
美しいアミュンタスとともに、深々と重ねられた草の茵に身を横たえた、
心地よい藺草と刈り取ったばかりの葡萄の葉の上にだ。
頭上にはたくさんのポプラと楡との葉がさやさやと鳴り、
近くには聖(きよ)らな泉がニンフらの洞窟(ほら)から潺湲(せんかん)と流れ出る。
暗い陰なす葉ぞえでは、日焼けした蝉たちがここを先途と声を張り上げて歌い、
彼方からは茂った薊(あざみ)の藪の中から、山鳩がくうくうと野太い声で鳴き、
雲雀と河原鶸(ひわ)が歌い、鳩が呻くように鳴き、
黄色の蜜蜂たちが泉のほとりを、翅音も高く飛び回る。
すべてが饒(ゆた)かな収穫(とりいれ)の、熟れきった果物の香にあふれ、
梨の実が足元に、林檎が傍らに惜しげもなくころがり、
たわわに実をつけた李の枝が、重たげに地へとしなだれかかる。

（一三一—一四六行）

視覚性豊かで、絵画的で、しかも原詩では響きの美しいこのくだりは locus amoenus の描写としては、おそらく最上のものだろう。これについては古澤ゆう子氏の詳細な分析があるが、それによると一見なにげない描写の中に、恐ろしく精緻で巧緻の限りを尽くした工夫が凝らされているのだという。それは「選び抜かれた語彙と磨き抜かれた表現の賜物」だと評されているが、肯首できる見解である。詩人は綿密に計算した上で語句を選び抜いて配置し、主観や情感を交えずに、甘美な情景を描くことに徹しているのである。動詞一つをとっても、それ

が担う音とイメージとを十分に商量して、細心の注意を払って用い、その詩的効果を上げているのがわかる。遺憾ながら、それは邦訳では伝える術がないが、アレクサンドリア派の詩人としてのテオクリトスの面目躍如たるものがあると言えよう。

さらには、この詩が古典学者たちの関心を惹き、重く見られている理由の一つは、そこで牧人リュキダスの口を借りて、カリマコスの詩作に関する理念に共鳴するテオクリトス自身の「詩学」、創作理念が表明されているからである。

このわしだってオロメドンの高峰みたいな家を建てようとする大工や、
キオスの伶人（うたびと）に並び立とうとて、
いたずらにわめきたてる詩女神（ムーサ）らの鳥は大嫌いでな。
（四五―四七行）

というのがそれで、ここには、上古の叙事詩人ホメロスやヘシオドスへの尊崇は別として、カリマコスがその『縁起譚（アイティア）』で嫌悪感を表明し、またエピグラムでも濁った大河に喩えている、長大な叙事詩を創ろうとする詩人たち（具体的にはアポロニオスが念頭にある）に対する批判、嫌悪の情が吐露されているのである。これは間違いなく、当代の詩は短く簡潔で、詩句を磨き上げ精錬したものであるべきだと主張したカリマコスの制作への共感、共鳴の表明である。巧緻の限りを尽くした規模の小さな作品によって完璧さを狙うというのが、カリマコスを総帥とするアレクサンドリア派の詩人たちの理想とするところであった。われわれ現代の一般の読者にはかかわりのないことだが、これは当時のテオクリトスの読者にとっては、明確な文学的なマニフェストとして響いたことであろう。ちなみに「キオスの伶人（うたびと）に云々」という詩句は、ピンダロスがライバルの詩人バッキュリデスをあてこすった『オリュンピア祝勝歌』第二歌の一節を踏まえ、これをアダプトしたもので、ここにも古典期の詩人に学び、それを詩作に応用したヘレニズム詩人としてのテオクリトスの相貌の一端が窺える。

テオクリトスの純粋な牧歌についてはひとまずこれくらいとし、次に愛をテーマとした、牧歌とはやや性質の異なる二篇の詩を窺うことにしよう。第二歌「まじないをする女」、第一三歌「ヒュラス」だが、前者は異性愛、後者は稚児愛（パイデラスティア）を詠った作である。

（二）牧歌ならざる小景詩（エイデュリア）一瞥——第二歌、第一三歌

テオクリトスの第二歌「まじないをする女」は、一風変わった異色の作品であると同時に、なかなかの傑作である。テオクリトスの最高傑作ではないにしても、独創的な詩作品であることは間違いない。ラシーヌはこの詩を評して、「古代においては『まじないをする女』にも増して生き生きとした、美しいものはない」と称賛したと伝えられる。現代ギリシアの古典学者フォティアディスなどは、この詩を「世界文学における比類なき傑作」とまで絶賛しているが、それはいささか過褒というものであろう。これは、わが国では、作中に頻繁にあらわれるリフレインを、

　ありすい車、くるくると手繰り寄せろよ、あの男を、わたしの家（うち）へ

とみごとに翻訳してのけた呉茂一氏の名訳によっても知られる詩で、どうあってもこれ以上の翻訳はなしえないから、ここでは同氏の名訳をも紹介する意図をもって、それから引用することとしたい。『小景詩（エイデュリア）』の二番目に置かれたこの詩は、ソプロンの『擬曲（ミモス）』に倣ったと見られる前半部と、主人公の女の独白からなる後半部とから構成されている。そのテーマは、恋人に捨てられた女の呪いと嘆き、そして諦念である。擬曲（ミモス）仕立てであるか

ら、ドラマティックな構造をもち、登場人物は主人公のシマイタとだんまり役の侍女テステュリスであって、全篇はシマイタの一人芝居から成っている。前半約三分の一ほど（一―六三行）は、自分を捨てた男の愛を取り戻すテステュリス相手の一人芝居、残りの三分の二ほど（六四行―一六二行）は、失われた恋の発端から始まる回想とその終わりに関する長い独白、そして最後は恋の断念が告げられる。

前半は、一度は自分の熱烈な恋を容れてくれて恋人となったが、間もなく心変わりして他の女に心を移した男デルピスを怨み、シマイタが月の女神セレネと、その地下における形である呪法の女神に向かって呼びかけては祈る場面が繰り広げられる。侍女にせかせかと指図をしつつ、焚物のまじないをしたり、恋人の衣服の切れ端を燃やしたり、男を象った蝋人形を溶かしたり、アリスイという鳥を精銅の車に縛りつけた車を回したりしながら、男を縛って家に取り戻そうとする。女の願いを込めた、

ありすい車、くるくると手繰り寄せろよ、あの男を、わたしの家（うち）へ

というリフレインが九回もあらわれ、これが絶妙の詩的、劇的効果を生んでいる。侍女が怪しげな民間魔術の儀式をおこなう様子が、擬曲（ミモス）の手法に倣って寸劇風に生き生きと描かれていて、この段は興味深い。アドニス祭を見物に出かけたシュラクサイの女たちを描いた第一五歌と同じく、擬曲（ミモス）的描写にも長けたテオクリトスの一面が如実にあらわれている作品だと言ってよい。アポロニオスが描く、イアソンへの恋に狂ったメデイアが、試練に立たされた英雄イアソンを救うべく、恐るべき魔法の薬を作る鬼気迫る箇所に比べると、いかがわしく効果も怪しいまじないに頼るシマイタの姿はおかしくも哀れである。

まじないの最後に、蜥蜴をすりつぶした呪いの薬を侍女に持たせて送り出したシマイタは、一人家に残って、恋の嘆きを月の女神セレネに訴える。ここでも、

お月さま、まあお聞きとりを、わたしの恋がどこから来たかを。

という月の女神セレネへの呼びかけと訴えが、リフレインとして実に一二回もあらわれ、やはり詩的効果を高めているのが見られる。彼女は恋の発端から、その終わりに至るまでを回想し、空しく終わった恋の一部始終を月の女神に物語っては嘆く。恋の発端とその成就、男の裏切りによるその破綻と、それが彼女に与えた衝撃がつぶさに物語られるが、そこには恋する女の細やかな心理描写がなされている。サッポーや悲劇における恋の描写を巧みに取れ入れ、換骨奪胎したヘレニズム詩人らしい技法が、ここでも遺憾なく発揮されているのが眼を惹く。

愛する男に裏切られ弄ばれたシマイタは、怨恨つのって、ついには毒薬で男を殺すことまで考えるが、その無益を悟ってはっと我に返り、月の女神に向かって、これからも恋の重荷に一人耐えてゆくことを告げて、この興味深い詩は終わっている。

女神さま、私もこれまで忍んで来たとおり、この恋心に堪えてゆきましょうよ。

というのが、その最期の挨拶である。詩人は女の口を通じて、人の力をもってしては、愛の力には所詮は抗しがたく、それに屈して耐えるしかないということを言いたかったものと解される。神話的主題による退屈な第二二歌「ディオスクロイ」、第二四歌「幼いヘラクレス」、第二六歌「バッコスの神女たち」などとは異なり、翻訳を介してでも十分に愉しみ味わえる作として評価したい。

最後に、英雄ヘラクレスによる稚児愛(パイデラスティア)をテーマとした作品を、ざっと一瞥しておく。第一三歌「ヒュラス」がそれである。これはアルゴ船のコルキス遠征に加わった英雄ヘラクレスが、愛する寵童ヒュラスを、途中上陸した地で泉のニンフたちによって水底にさらわれ、その姿を求めて狂奔して探し回り、ついには船に乗り遅れて、アルゴ船の勇士たちに、「船捨て人」とのそしりを受けたという伝承を物語った作である。

ヒュラスをめぐる伝承は、アポロニオスによっても『アルゴ号遠征記』第一巻で六三行にわたって物語られているが、その趣きは異なるところがある。アポロニオスにあっては、ヒュラスはヘラクレスの侍童、従者としてのみ登場しているが、テオクリトスのこの詩では、英雄の愛を一身に受ける稚児愛の対象とされているのである。テオクリトスはおそらくこの題材をアポロニオスから得て、それを愛のテーマをめぐる詩に改編したのである。その限りにおいてはこれは十分な成功を見ており、『小景詩（エイデュリア）』の中でも、印象深く読者の心を打つ作品となっている（以下のこの詩の引用は拙訳による）。

冒頭（一―六行）に、

ニキアスよ、愛神（エロス）は、われわれが思い込んでいたように、われらだけの
ためにましますのではない、どのおん神の子としてお生まれになったにせよだ。
死すべき身にして、明日の日も見通すこともできぬ
われらの眼にのみ、美しいものが初めて美しいと映るわけでもない。
青銅の心もつアンピュトリオンの子、
猛り狂う獅子をとり拉（ひし）いだヘラクレスにしても、稚児（こども）を愛したのだ。

と詠われているように、この一篇のテーマ、眼目は、あくまで人間の心をとらえる愛の激しさを詠うことにあって、それが、世に知られることの少ないヒュラスの失踪をめぐる、ヘラクレスの故事を例にとって物語られているのである。つまりは豪遊無双の英雄でさえも、稚児への愛ゆえに狂奔し、狂気と言える行動によって、ついには「船捨て人」と同行の勇士たちにそしられるほどまでになったことが、簡潔に、しかも繊細な詩句を連ねて抒

情性豊かに詠われているところが、その特長だと言ってよい。そのため、アルゴ船の船旅は焦点が絞られ、極度に切り詰めて語られている。泉のニンフたちによって美少年ヒュラスが水中にさらわれたこと、それによるヘラクレスの狂乱と彷徨というエピソードにのみ、光が当てられ物語られているのである。
　コルキス遠征の途上、一行がヘレスポントスの地に上陸したところで、夕方ヘラクレスとその友テラモンのために水汲みに出かけたヒュラスは、恐ろし気な泉で、かれの美しさに惹かれたニンフたちによって水中に引き込まれてしまう。その様を描いた、

　アルゴスの少年への愛が、みんなのやさしい心をとらえたのだった、
　その子はかぐろい水の中へと真っ逆さまに落ち込んだ、
　あたかも燃える星が海中へとまっしぐらに落ちるときのように。

（四九―五一行）

という詩句は、ヒュラスを輝く星に喩えていて印象的である。その描写は絵画性、映像性にすぐれ、視覚的な印象が強い。
　それに続いて愛する稚児の姿を探し求めて森の中や山野を、狂ったようにさまよい歩くヘラクレスの狂乱の様が詠われていて、恋の狂気の恐ろしさが、

　あわれ、恋する者の無慚さよ、山や森の茂みをさまよい歩き、
　イアソンへのつとめはそっくり忘れ果てた。

（六六―六七行）

という詩句によって言われ、豪勇の士ヘラクレスは「船捨て人」とそしられながらも、徒歩で陸路コルキスへとたどりついたと物語られ、一種の余韻、ふくみをもたせてこの詩は終わっている。

これは恋の狂気、恋する者の狂乱を詠った作として、不思議なほど近代的な感じのする詩であると言っても誤りではなかろう。癒しがたい愛の苦悩は、テオクリトスの詩全体を貫くテーマだとされるが、英雄ヘラクレスの盲目的なまでに激しい愛を詠ったこの詩にも、それははっきりと打ち出されている。この作品を、われわれ現代の読者の心をも惹きうるテオクリトスの秀作、佳篇の一つに数えたい。

テオクリトスのエピグラム——寸言

テオクリトスをあつかったこの章では、これまでもっぱら牧歌の作者としてのこの詩人を相貌を素描してきた。そこにこそこの詩人の本領、真面目が見られるからである。だがカリマコスと同じく、ヘレニズム時代を生きたこの詩人にはまたエピグラム詩人としての貌もある。もはや予定の紙幅も尽きたので、それについてはわずかに言及するにとどめておきたい。

テオクリトスの名で伝わっているエピグラムは、二七篇あるが、いずれも『ギリシア詞華集』に収められており、この詩人が牧歌の作者としてのみならず、エピグラム詩人としても、かなりの腕前だったことを示している。いずれも粒ぞろいとまではゆかず、際立った名詩、人々の記憶に永くとどまるような絶唱と言えるほどの作はないが、それなりに完成度が高く、詩的価値も十分に認められるものが何篇かある。

テオクリトスのエピグラムのうちで、多少なりとも今日の読者の詩的関心を惹き、また鑑賞にも堪えるのは、女性詩人アニュテ（この詩人については後に「女性詩人たち」の章であつかう）に始まる「牧歌的エピグラム」であろう。いかにも牧歌詩人ならではの作と思われる、そのような詩を二篇掲げておこう。奉献詩である最初の詩は、逸名の作者によるものかとも疑われている詩で、牧人の用いた道具を描いた画にでも付されていたものか。

うるわしい葦笛で牧人の歌をひょうひょうと吹き鳴らす
ダプニスが、パン様に奉納いたします、
孔を穿ったわが笛と、わが杖と、鋭い槍と、鹿皮と、
林檎を入れていたこの革袋とを。

（『ギリシア詞華集』第六巻一七七番）

詩女神（ムーサ）らの御名にかけて、その双菅の縦笛で
なんなりと楽しい曲を吹いてはくださるまいか。
さればわたしも竪琴を手にして何か曲をば奏でましょう。
牛飼いのダプニスも近くに寄り来て、蝋で固めた葦笛を吹いてくれましょう。
ぼうぼうと草茂る洞穴（ほこら）に入り、山羊に跨るパンの傍らに立って、
あの神の眠りを奪ってやりましょうぞ。

（同第九巻四三三番）

右の二篇とも、牧人の口から語られるという素朴な装いをとった詩だが、淡々たる詠いぶりの中に、牧歌的雰囲気を醸し出すことに成功している佳篇と言えるであろう。

ほかにエピグラムとしてわれわれの眼を惹くのは、上代・古典期までの詩人たちの作品を常に意識し、それを

モデルとして詩作することを余儀なくされたヘレニズム時代の詩人たちの例に洩れず、テオクリトスにもまた、古き世の詩人たちを詠った詩が四篇もあることである。ヘレニズム時代の詩人たちは、遥か昔の詩人たちと自分たちとの懸隔の大きさを意識すると同時に、かれらとの強いつながりをも求めてのことであろうか、多くの詩人たちが、オルペウス、ホメロスに始まる上古の詩人たちを、多くは架空の文学的碑銘詩の形で詠っている。いずれにせよ、それらの詩は、この時代に生きた詩人たちが抱いた往昔の名高い詩人たちへの関心と憧れが、一方ならぬものであったことを物語っていると言えるだろう。

テオクリトスもその一人で、アナクレオン、エピカルモス、アルキロコス、ペイドロスをテーマとした詩がある。アルキロコスを讃えた一篇と、乞食詩人ヒッポナクスを詠った碑銘詩を引いておく。

立ち止まって古き世の詩人アルキロコスを見よ、
イアンボス詩の作者なる詩人を。
その詩名は夜の国にも暁の国にも轟いていたもの。
まこと、詩女神(ムーサ)らもアポロンもかの人を愛でたもうた、
旋律(しらべ)ゆたかにして、詩を賦するにも
竪琴かなでつつ歌うにも、いとも巧みだったがために。

(同第七巻六六四番)

伶人(うたびと)ヒッポナクスここに眠る。
おんみが心悪しき者ならば、この墓に近づくなかれ。
心根よく、由緒ある家の出の者ならば、

臆せずにここに坐したまえ、お望みとあらばまどろみたまえ。

（同第一三巻三番）

ヒッポナクスを詠った詩は、死者をして語らしめるという点では他の詩人たちによる文学的碑銘詩に倣っているが、通常の碑銘詩の詩律であるエレゲイア詩形ではなく、この乞食詩人が用いた「スカゾン」（跛行短調三音格）という詩律によっている。のみならず、その語彙や詩のスタイルまで意識的に模しており、一種のパロディーの趣もある作となっている。エピカルモス、ペイサンドロスを讃えた詩は凡作に近い。エピグラム詩人としてのテオクリトスについては、これだけにとどめておこう。

私には容易に解しがたく、またすなおにその詩的世界に参入して詩興に浸れないのが詩人テオクリトスだが、右にその一端を垣間見たとおり、その作品の中にはわれわれ今日の東洋の読者の心を惹き、時に魅了する詩もあることは間違いない。翻訳を介してでも、一読には十分に値する詩人ではある。またヨーロッパ詩の研究者にとっては、長らくその重要なジャンルの一つであった牧歌の源流であるこの詩人の作品を知ることは、不可欠であると断言してもよい。

さて、難渋し紆余曲折を経て、粗雑ながら、私なりにこの詩人像とその作品の世界の一端を窺視してみた。これを称して、「曲説テオクリトス」とでも言うべきか。

九　『ギリシア詞華集』の三詩人

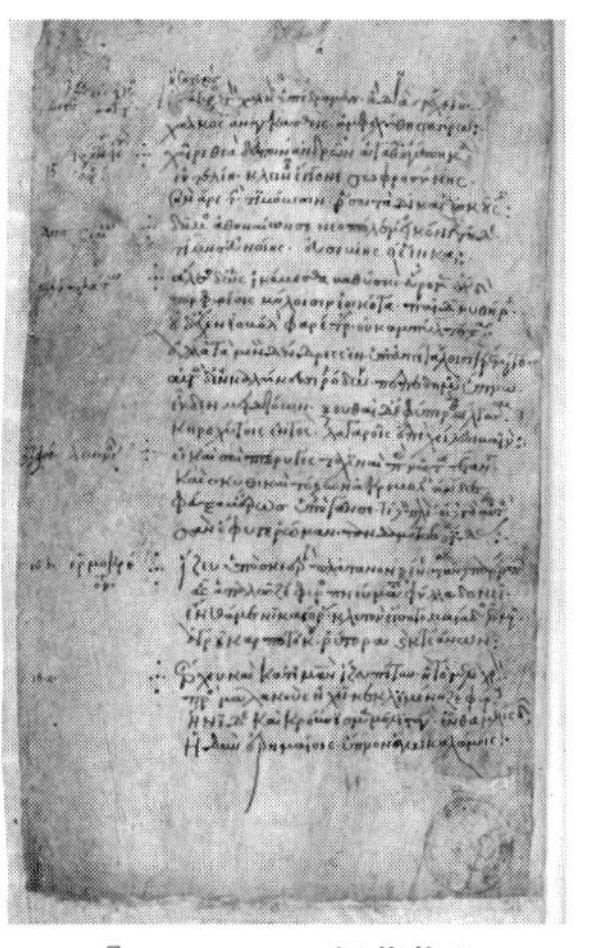
『パラティン詞華集』
（9〜10世紀）

世に『ギリシア詞華集』(Anthologia Graeca) の名をもって知られるのは、前七世紀から後一〇世紀に至る、全四五〇〇篇、作者三〇〇名を越える古代における最大のギリシア詩の集成である。全一六巻に収められているのは、少数の古典期の詩人の作を除くとほとんどがヘレニズム時代に入ってから抒情詩の支配的形態となったエピグラム詩である。本章では、この詞華集に作品を寄せている三〇〇人あまりの詩人の中から、とりわけ私の関心を惹く三人の詩人を取り上げて、簡略な形でその人と作品の素描をおこなってみたい。

取り上げるのは、本来碑銘詩・哀悼詩、奉献詩のための詩形であったエピグラム詩に初めて愛というテーマを導入し、「エロティカ」と呼ばれる愛を詠うエピグラムを創始して、その表現の可能性を一気に押し広げた、愛の詩人として知られるサモスのアスクレピアデス、それに『ギリシア詞華集』の母体となった詞華集『花冠』の編者であり、『ギリシア詞華集』中随一の愛の詩の名手として詩名を馳せたガダラのメレアグロス、既にキリスト教が支配する世にあって、迫害されつつ異教徒として生き、厭世観漂う痛烈な諷刺詩を遺した詩人パッラダスの三詩人である。この膨大な詞華集には詩才豊かで特色あるさまざまな詩人たちが集っているが、この三詩人はその詩風からしても、現代のわが国の読者にもなにほどかは訴えるところがあろうかと思われる。まずはアスクレピアデスを、次いでメレアグロス、パッラダスを取り上げよう。

A アスクレピアデス

詩人としての役割

アスクレピアデスは前二八〇年頃に、エーゲ海の小アジアの対岸に位置して浮かぶサモス島に生まれた（生年に関しては異説がある）。同じ島で、ほぼ同時代の詩人として彼の詩風に追随したヘデュロスが詩人として活躍した。

時あたかも古典ギリシア文化が衰運に向かい、後に「ヘレニズム文化」と呼ばれる新たな文化が勃興しつつある時代であった。アレクサンドロス大王の東征によってギリシア世界が拡大し、それにともなってポリスが崩壊して新たな都市文化が生まれつつあった時代でもある。この時代は前三二三年大王がバビロンで没して以後、その後継者（ディアドコイ）をもって任ずる部下の諸将たちが覇権争いを繰り広げていた。この頃にはアテナイがギリシア文化の絶対的な中心地としてのかつての輝きを失い、プトレマイオス朝治下のアレクサンドリアが、新たなギリシア世界の文化の中心地としての地位を占めつつあった。その余光を受けて、ギリシア各地で特色ある文化が栄えていたが、例えば小さな島にすぎないコス島では、ヒポクラテスの流れを汲む医学研究が盛んで、文献学、文芸批評なども高い水準に達しており、碩学として名高かったピリタス（ピレタス）のような詩人をも生んでいた。アスクレピアデスが生まれたサモス島も、これに劣らず文化水準が高く、学問、文学が栄えていた。この島はアスクレピアデスを生んだことにより、新たなギリシアの詩の学校としての役割を担うこととなったのである。ほぼ同時代人でやや年少かと思われる詩人ヘデュロスなどは、アテナイに生まれながらアスクレピアデスの詩風に惹かれて、わざわざサモス島に居を移したほどであった。

アスクレピアデスは早熟な詩人で、詩人としての出発は早かった。彼が生まれたのは前二八〇年頃であるが、早くから詩作に手を染め、ヘレニズム文学を代表する二大詩人であるカリマコスがようやく生まれ、テオクリトスがまだ生まれてもいなかった三一〇年頃には、既に名のある詩人としてコス島の若い詩人たちに崇められていた。

この詩人は、激動期にあって衰運を迎えつつあった古典期のギリシア文化を前にして時代の動きに背を向け、詩文の世界に逃避した。エピクロスの影響を受けて、その「隠れて生きよ」との教えを実践し、いかなる公職に就くこともなく、また詩人であると同時に碩学としても令名のあったピリタスとは異なり、哲学研究や文献学にも走らず、ひたすらホメロスをはじめとする古典期までの詩文に没頭したのである。かれがとりわけ熱心に学び、多くを吸収したのはサッポー、アルカイオスなどのアイオリスの詩であった。つまりは根からの詩人であり、教養豊かな文学者以外の何者でもなかったと言ってよい。彼が詩人として活躍したのは前四世紀であるが、その詩的活動がサモス島のみで繰り広げられていたのか、それともプトレマイオス・ピラデルポスの治下にあり、当時ヘレニズム文化の中心地となりつつあったアレクサンドリアをも舞台としていたのかは、明らかではない。従って、この詩人をアレクサンドリア派の詩人の一人に数えることは、妥当とは言い難い面がある。またいつどこで没したのかも不明である。

テオクリトスの友人で、「シケリデス」の名でその作品に登場するこの詩人は、「エロティカ」すなわち愛をテーマとしたエピグラム詩の創始者と目されているが、愛の詩がそのほとんどを占めているその作品は、既に在世中から広く知られ読まれていた。後世に至ってもなお、その詩人としての評価は高いものがある。詩人としてのアスクレピアデスの最大の功績は、それまでは碑銘詩・哀悼詩、奉献詩と言った機能を担っていて愛を詠うことは無縁だったエピグラム詩に、愛という新たなテーマを導入してその可能性を押し広げ、「エロティカ」という、新たな領域を創り出したところにある。それ以前はサッポーやアナクレオンの作品に見るように、愛はもっぱら独吟抒情詩によって詠われていたが、アスクレピアデスは、エピグラム詩に多くは酒宴と絡ませる形で愛（性愛）の主題を盛り込むことで、やがてエピグラムの重要な領域となり、数々の名詩秀作を生んだ「エロティカ」を成立せしめたのである。その意味でこの詩人がギリシア詩史の上で果たした役割は大きい。またその後のギリシア詩のみならず、ヨーロッパ詩で広く用いられることになった『アスクレピアデス詩格』（Asclepiadeion）と呼ばれる詩形を創始した功績もある。

アスクレピアデスはただエピグラム詩に新たな領域を切り開いたのみならず、みずからすぐれた愛の詩を数多く書き「エロティカ」のモデルを供することによって、彼に続く詩人たちが陸続と生み出した愛を主題とする詩が、その後発展する方向性を定めた。『ギリシア詞華集』に収めるこの詩人の作品は三五篇ほどであるが、そのほとんどが愛を詠ったものである。アスクレピアデスはそれらの詩を含む自らのエピグラムを編んで、『エピグラム集』という形で上梓したものと思われ、それによって他の詩人たちに与えた影響は絶大なものがあった。この詩人に追随し、その詩に倣って愛を主題とするエピグラムを書く詩人たちが、以後次々とあらわれてヘレニズム詩を華やかに彩ったのである。とりわけその詩風の影響を大きく受けたのが、愛と絡み合った酒宴詩を多く残した同時代の詩人ポセイディッポス、ヘデュロスの二詩人であり、『ギリシア詞華集』におけるこの三詩人の作品は、時に判別が困難である。また『ギリシア詞華集』中随一の愛の詩の名手として詩名を馳せたメレアグロスも、サモスのこの詩人の影響を深く蒙り、エピグラム詩における「エロティカ」を大きく発展させた。

さてアスクレピアデスに始まるとされる「エロティカ」であるが、これはある意味では、アレクサンドリアのような大都市の誕生にともなって生まれたものであり、公的生活から離れて私的生活の領域が拡大したことによって、急速に発展したものであった。都市国家としてのポリスが崩壊し、アテナイやスパルタに見るような、ポリスの成員としての公的生活が市民を縛っていた拘束力が弱くなり、個人の私的生活が大きな部分を占めるようになると、しばしば公的性格を帯びていた碑銘詩・哀悼詩、奉献詩、酒宴詩などにも、私的な感情、情緒が侵入してくるようになった。その動きをとらえ先鞭をつけて、エピグラム詩に愛というテーマを導入し、詩としてのその可能性、表現領域を拡大して、これに新たな相貌を与えたのがアスクレピアデスという詩人だったのである。

愛の詩とは言っても、『ギリシア詞華集』第五巻、第一二巻に収められた数々の愛の詩が示すように、アスクレピアデスに始まる「エロティカ」は、近代の恋愛詩や、わが国の『万葉集』の相聞歌、王朝和歌の恋歌などとは、大きく性格を異にしている。それは基本的に官能愛、肉体的な愛を詠う「性愛詩」であって、近代の恋愛詩に見られるような、詩人の内面を映し出した繊細で陰影に富んだ恋の苦悩や情緒を詠った詩ではなく、多くは遊女、娼婦との官能的な性愛を、また少年を相手とした肉体的な性愛を描いたものである。『ギリシア詞華集』全体が一種の軽文学としての性格を帯びているが、その中の華である愛の詩もまた、基本的には「たわむれ」(paignia)、「あそび」(lusus)としての性格が色濃い。一見愛の真摯な告白の体裁をとっているかに見えるアスクレピアデスの愛の詩や精妙華麗なメレアグロスの愛の詩にして、なおそうである。アスクレピアデスには、ペトラルカや近代の詩人たちの恋愛詩に近い作もあることはあるが、そういう詩は少ない。そのような詩は、彼の詩風を継承発展させた、詩作の上での弟子とも言ってよいメレアグロスにより多く見られる。全体として「エロティカ」には頽唐(たいとう)の気が漂い、精神性は稀薄だと言ってよい。それはまた機知を重んじ、繊細巧緻で修辞的色彩が濃いという特色をも帯びている。

アスクレピアデスが切り開いた愛の詩の世界つまり「エロティカ」は、その影響を受けた後続の詩人たちによってその後急速に発展を遂げ、アスクレピアデスを詩作上での師と仰いだメレアグロスをはじめとするあまたの詩人たちが、その分野で詩才を揮って「たわむれ」、「あそび」としての性格が濃い愛の詩を陸続と生み出すに至った。

かくしてついには「エロティカ」は『ギリシア詞華集』中で、第七巻の「碑銘詩・哀悼詩」と並んで多くの秀作、名詩を含む最も重要な巻となり、ヘレニズム時代の文学を華やかに彩るまでになった。それはサッポーやアナクレオンのようなギリシア上代の抒情詩人たちの愛の詩とは異なる独自の詩的世界を形成しており、愛をテーマとする世界の詩史の上でもやや特殊な位置を占めていると言えるであろう。

アスクレピアデスとかれに続くエピグラム詩人たちが築いた愛の詩の世界は、ある一定のパターンに則って作られている。最初にそのモデルを供し、その方向性を定めたのが、「エロティカ」の創始者であるこの詩人であった。愛の詩で詠われる主題や内容は一定の型をもっており、「恋人（男女両性）の家の閉ざされた戸口の前での嘆き」、「「受け取られぬままに空しくしおれた花冠」、「やって来ぬ恋人への恨み」、「閨における愛のいとなみ」、「愛欲の具としての飲酒讃美」、「生のはかなさゆえの快楽の勧め」、「性愛の歓楽讃美」、「酷薄な恋人（遊女）への恨み」、「老いた遊女嘲笑」、「遊女の愛の姿態」、「残酷な愛神（エロス）への恨み」、「恋を焚き付ける悪童としての愛神（エロス）」、「愛のいとなみを見まもる燈火（ランプ）への祈願」といったテーマが、さまざまな詩人たちによって、手を変え品を変えて、飽くことなく繰り返し詠われているのである。しかもわが国の和歌の「本歌取り」にも似て、ヘレニズム詩の最大の特徴は先人の作の模倣であるから、その結果として模倣、模擬を身上とする同工異曲の愛の詩が、『ギリシア詞華集』第五巻、第一二巻には目白押しに並ぶこととなった。

詩人たちは上記のパターンを踏まえながらも、換骨奪胎、点鉄成金を狙って先人の作の模倣や変奏を試み、エピグラムを性愛、官能愛の姿百態を描く万華鏡となしたのである。その多くは「疑似恋愛」つまり遊女・娼婦とのたわむれとして愛を詠い、また少年との性愛を詠っている。

さらにはアルカイオス、アナクレオン、アッティカの酒宴歌（スコリオン）などの伝統を引き継いだものとして、「エロティカ」はしばしば酒宴と結びついた形をとっており、愛のテーマは飲酒と絡み合っていることが多い。このたぐいの詩にあっては酒と愛とは緊密に結びつき、酒宴の場は愛が生まれ（そのほとんどは遊女・娼婦相手の疑似恋愛だが）、愛のいとなみがなされたりする場でもあった。「酒宴歌にして愛の詩」（sympotic-erotic epigram）は、『ギリシア詞華集』ではごく普通の愛の詩の形だと言ってよい。酒宴が果てて後、仲間と連れだって放歌高吟、花冠をかぶって乱痴気騒ぎ（コモス）で練り歩き、愛する女性（あるいは少年）の家へ押しかけるといった内容の詩も数多く見られる。そのような詩のモデル、原型とも言える愛の詩を生んだのが、「エロティカ」の創始者とされるアスクレピアデスであった。次に、詞華集『花冠』の編者メレアグロスがその序詩でアネモネの花に喩えたアスクレピアデスの愛の何篇かを選び出し、その詩風や、詩人としての特質の一端を垣間見ることとしたい。

アスクレピアデスの「エロティカ」瞥見

まず最初に「若きヴェルテル」風の恋の悩みを詠った、詩人若年の作と見られる一篇を瞥見しよう。

まだ二十歳（はたち）を二つも越えぬこの齢で、俺はもう生きるのに疲れた。
おい愛神（エロス）たちよ、なぜこんなに俺を苦しめる？　なぜ俺の胸を灼く？
俺が死んだらどうしてくれるのだ。知れたことよ、そしらぬ顔でまた賽を振って遊んでいるんだろう、何事もなかったみたいにな。

（『ギリシア詞華集』第一二巻四六番）

この詩は、年若くして早くも一八世紀風な生の倦怠（taedium vitae）を味わい、恋の重荷に耐えかねた青年の姿を、

一見李賀の「長安有男児／二十心已朽（長安に男児有り／二十にして心已に朽ちたり）」を想起させる詩句で始まる

Ach ich bin des Treibens müde（ああ、ぼくはもう行動することに疲れた）

というヴェルテルばりの悩みに心を蝕まれ、若くして生に倦んだ者の苦悩を詠った作である。これはWeltschmertz（悲観的厭世主義）に心を蝕まれた若者の直截な告白そのものだと言ってよい。李賀が若くして「心すでに朽ちた」のは、別の詩で「我當二十不得意／一心愁謝如枯蘭（我二十にして意を得ず／一心の愁謝枯蘭の如し）」と詠っているように、官途を志しながら挫折を味わったためだが、大昔のサモスの詩人の場合は、その苦悩はあくまでも恋ゆえの愁い、苦悩の表出なのである。と言っても、そこにはやはりたわむれの要素が潜んでいることは、そこに「愛神（エロス）への非難」や、アナクレオンが

愛神（エロス）めが振る賽は、気狂い沙汰に乱痴気騒ぎ

と詠った「賽を振って遊ぶ愛神（エロス）」といったテーマが織り込まれていることからわかる。翻訳では伝ええないが、原詩はいかにも軽やかで繊細な詩句で綴られており、アスクレピアデスの一流の簡潔で明晰な表現に終始している。

これと同じく身を責める恋の苦悩に耐えかねることを訴え、恋する者の心に愛の矢を射込む愛神(エロス)に哀訴した次のような詩がある。後に多くの模倣を生んだ作である。

愛神(エロス)たちよ、ぼくの魂の残っている分だけでも、
神々にかけてお願いだ、どうか静かに憩わせてくれ。
それともいっそ矢を射かけるんじゃなくて、雷霆(らいてい)で撃ってくれ、
そうだ、ぼくをすっかり灰と炭にしてしまってくれ。
さあ撃ってくれ、愛神(エロス)たちよ、ぼくは苦悩でやつれきっているんだ。
おんみらにしてもらいたいことがあるとすれば、それだけだ。

（同第一二巻一六六番）

次いで、既にアルカイオスの飲酒詩にも見られ、テオグニスの『エレゲイア』にも詠われている carpe diem（「その日の花を摘め」）というテーマと、memento mori（「死を忘るるなかれ」）というテーマを巧みに合体させた詩を掲げる。これまたアスクレピアデスらしい、詩句の流れが軽快に連なった一篇である。

処女(おとめ)の花を散らすはいやと惜しみたもうか、娘さん。あだなることよ。
一度(ひとたび)冥府(あのよ)に降ったならば、口説く奴とていやしない。
キュプリス様の楽しみは、生きてこの世にあればこそ。よいか娘御、
聞きなされ。われらも地獄へ行ったなら、骨と灰とになるばかり。

（同第五巻八五番）

ここには深刻な恋の苦悩も懊悩もなく、「あそび」(lusus)の気分が漂っている。機知を主体とする「軽文学」としてのエピグラムの味わいを感じさせる作だと言えようか。

今度は遊女との愛をテーマにした詩三篇を引いてみよう。遊女・娼婦相手の愛が所詮は金で買う束の間の「疑似恋愛」にすぎないことを、幻滅とあきらめの念を込めて詠った作と、淫乱で性悪な遊女に引っかかったことを後悔した作である。いずれも必ずしも作者の実体験を踏まえて書かれたものと考える必要はなく、むしろ遊女相手に生の快楽を求める世の男たちの心情を代弁しての作と見たほうがよい。

男心をそそってやまぬヘルミオネとあそんでみたら、パポスの女神さま、
浮かれ女(め)の腰にからむは、色華やかな縫い取りの帯。黄金(きん)の糸もて
縫い取る文字は、「いついつとても愛してたもれ、されど妾(わらわ)が他人(ひと)に
抱かれていたら、赦してたもれ、怨まずに」とぞ読まれける。

(同第五巻一五八番)

淫蕩なピラニオンめに嚙みつかれた。傷口こそはっきりとは見えないが、
痛みは爪先までしみとおる。俺はもうおしまいだ、愛神(エロス)たちよ、
身の破滅だ、死んだも同然だ。寝ぼけていて、大蛇(うわばみ)を、
じゃなかった遊女(あそびめ)を踏んじまった。もはや地獄の一丁目だ。

(同第五巻一六二番)

右の二つの詩篇にはともに、やはりこの詩人特有の簡潔、直截、明快な表現が認められる。遊女の酷薄、愛にお

ける遊女の不実を詠うことは、アスクレピアデス以降「エロティカ」の一つの伝統となった。そのような遊女の振る舞いを詠った詩として、次のような一篇がある。

あの聞こえも高いニコは誓ったのだ、夜中にきっと参りますと、
畏きデメテルにかけて固く固く誓ったのだ。
なのにやって来やしない。夜回りももう過ぎ去った。誓いを破るつもりだったのか？　ええい、召使ども、燈火(ランプ)を消しちまえ。

（同第五巻一五〇番）

アスクレピアデスはこの詩のほかにも、やはり約束を破って姿をあらわさない遊女を呪った詩があり、同様な

燈火(ランプ)よ、お前の傍らで、ぼくのいる前で、ヘラクレイアは三度も
誓ったのだ、きっときっと参りますと。でも来やしない。

（同第五巻七番）

という前半部の詩句をもつ。当てにならぬ不実な遊女の誓いへの怒りと落胆とを吐露したこの一篇は、「日本のボードレール」とも呼ばれた江戸のデカダンス詩人、蕩児として名を得た柏木如亭のこんな詩を想起させずにはおかない。如亭の詩にほのめかされている、約束を破った女性も間違いなく娼妓であろう。

有約不來宵悄然　　約有りて来たらず、宵に悄然たり
幽窓月暗雨如煙　　幽窓月暗くして　雨は煙の如し

残書掩罷燈吹滅　残書掩うを罷めて　燈吹滅す
點滴聲中獨自眠　點滴声中　独自眠る

次の詩は、奉献詩の形を借りて、いわゆる「床上手」、性技に長けた遊女の姿を詠った作である。アスクレピアデスにはこのテーマによる詩が二篇あるが、そのうちの一篇を選んで掲げる。これはいわゆる騎乗位による性行為に巧みな遊女リュシディケが、己が性技を誇るという性愛詩そのものであって、あからさまな官能愛の詩である。

キュプリス様、リュシディケが拍車を、
その形のよい足につけておりました黄金の突き棒を捧げます。
軽々と乗りこなしてきたために腿に血がにじむこともなく、
それで多くの馬たちを馴らしてきたものでした、
拍車を使わずに速駆けを終えましたがために。
さればこの黄金の具を中扉に掛けて奉納いたします。

（同第五巻二〇三番）

言うまでもなく、リュシディケは自らを騎手に、愛のいとなみを乗馬に喩えているわけだが、この詩の詩句には、具体的にはわからない部分がある。読者を楽しませようという意図が明らかで、「あそび」の要素が目立つこの詩は、奉献詩にエロティックな内容を盛り込んだという点で、後の詩人たちの同様の詩の先鞭をつけたものだ。これはアスクレピアデスの作品ではなく、ポセイディッポスの作だとする説もある。アスクレピアデスの詩にしては、いささか品位に欠けるところがあるようにも思われる。

次に『ギリシア詞華集』に数多く見られ、「エロティカ」を特徴づけている「パラクラウシテュロン」(「閉ざされた扉の前での嘆き歌」)の先蹤をなした詩を掲げよう。これはセレナーデの一種で、愛する人(女性の場合も少年の場合もある)の戸口の前で詠われるという形をとっている。容れられぬ恋の嘆きを、自分を拒む相手への怨みを縷々訴えるというこのタイプの愛の詩は、ローマのエレギアにも引き継がれ、傑作を生むこととなった。アスクレピアデスの詩は、かれに続く詩人たちの技巧を凝らした作品に比べると、きわめて単純明快で、巧緻な措辞や精妙な詩句などを意識的に排した、「パラクラウシテュロン」の原型とも言うべき作となっている。

夜よ、おまえだけを証人としているのだが、
ニコの娘ピュティアスは、このぼくをなんと手ひどくあしらうことか。
人騙す娘めが。来て欲しいのと言われたから、わざわざこうして来たんだ。
ええい、あの娘もいつか同じ目に遭わせ、ぼくの戸口にたたずませ、
おまえに向かって、嘆きのことばを吐かせたいもの。

(同第五巻一六四番)

この詩で詠われているピュティアスという女性は、多くの愛の詩に見られるような遊女・娼婦ではない。古典期に比べると女性の地位が上がったヘレニズム時代には、女性も恋人を選ぶ自由があったことをこの詩は物語っている。

次に掲げる詩もやはり「パラクラウシテュロン」の一種であるが、愛する人への怨みを直接に詠うのではなく、「戸口に掛けられた花冠」に思いを託した詩という形をとっている。それを一瞥してみよう。「空しく掛かっ

た花冠」は、アスクレピアデス以降「容れられぬ恋」を象徴するものとして、「エロティカ」で好んで詩人たちが取り上げるところとなった。この詩人の詩としては最も完成度が高いと評されている作である。

花冠よ、このままここにとどまって、戸口の扉にかかったままでいておくれ、
あわてて葉を振り落としたりはしないでね。
ぼくが涙で濡らしたものだ。恋する者の眼（まなこ）にはしとど雨が降る。
けれども扉が開いて、あの児（こ）が姿を見せたなら、
頭の上に涙雨をかけてやってはくれないか。せめてものこと、
あの金髪がぼくの涙をたっぷりと呑むように。

（同第五巻一四五番）

「あの児（こ）」と言われているところから知られるように、これは少年へのかなわぬ恋を詠った詩である。これは、夜中宴果てて後に花冠をかぶり愛する少年の家へとやって来たものの、家に入れてもらえぬままに、当時の習いに従って、花冠を戸口に掛けたまま涙にくれて立ち去ろうとする詩人の嘆きの歌にほかならない。とりわけ斬新な発想による詩ではないが、これによりアスクレピアデスは、かれに続く詩人たちに一つのモデルを供したのであった。その意味では大きな意味をもつ詩だと言ってよい。これに学んだメレアグロスの詩（同第五巻一九一番）では、愛する女性の家の戸口にたたずみ、彼女が別の男と褥（しとね）を共にしている姿を想像した作者が、こんな詩句で一篇を終えている。

それならぼくは扉の上に、

涙でしおれた、愛を乞う花冠を掛けておこう。こんな風に書き添えて、
「キュプリス様、あなたさまの陽気な馬鹿騒ぎの秘儀に参じましたる
メレアグロスが、この恋の抜け殻をかけおいて捧げまする」。

アスクレピアデスの原詩は口語体による簡潔明快な詩句を連ね、流麗である。全体として「あそび」、「たわむれ」としての性格が濃厚な『ギリシア詞華集』における愛の詩としては、右に引いた詩は珍しいほどそういった性格が稀薄で、真摯な心情にあふれている。

この詩人の愛の詩の世界は、裏切り、女性への不信、怨み、後悔といったものにあふれており、幸せな愛、恋人同士が睦み合い愛し合うことを詠った詩は少ない。その中にあって次の一篇などは、珍しく互に愛し合うことの幸せを言った詩として、眼を惹く。これは「春はあけぼの」、「星はすばる」式に、世における楽しいもの、美しいものなどを列挙する古典ギリシア以来の伝統を汲んだもので、サッポーにも「最も美しいもの」として愛を挙げたその先例がある。

楽しきは、炎暑に渇く人が飲む雪の飲み物、
楽しきは、冬の嵐去って後、船乗りが身に受ける春の西風、
それにもまして楽しきは、愛し合う二人がひとつの
外套にくるまって、ともにキュプリスを讃えるとき。

（同第五巻一六九番）

詩句の最初に「楽しきは」（ἡδὺ）という繰り返しを措いた語法を用い、「それにもまして楽しきは」（ἥδιον）と盛

り上げてゆく手法は、単純ながら巧みである。簡潔、流麗な詩句を連ねた明快な詩で、佳篇の一つに数えてよいかと思われる。メレアグロスにこれを模した詩がある。

さてこれまで詩人アスクレピアデスの本領である愛の詩の一端を瞥見してきたが、この詩人には別の一面もあって、数は少ないが碑銘詩・哀悼詩にもすぐれた作品があることを付言しておかねばならない。その中から、わずか一九歳で夭折した女性詩人エリンナを悼んだ碑銘詩と、ギリシア人たちの不当な判定により、亡き戦友アキレウスの武具をオデュッセウスに奪われるという屈辱に耐えかねて狂気に陥り、自刃した英雄アイアスを詠った哀悼詩を引いておく。ピンダロスが『ネメア祝勝歌』第七歌で、アキレウスに次ぐギリシア軍の第二の英雄であったこの英雄の不名誉な死を問題としたことは、先に見たとおりである。不当な裁きにより非業の死を遂げた英雄を悼む、擬人化された「武徳（アレテ）」が、悲傷の姿でその墳墓の傍らに立つ様を詠った後者には、ミケランジェロの彫刻「夜」を想起させるところがある。

　これなるはエリンナのうるわしき詩書（さく）。
　一九の乙女の作なれば、量（かさ）こそはつかなれども、
　あまたの詩人の作にまさされるもの。
　冥王のかの処女（おとめ）を訪うことかくも迅速（すみやか）ならざりせば、
　誰か能（よ）くかかる盛名（な）を馳せえしか。

（同第七巻一一番）

　ここアイアスの墳墓（はか）の傍（かたえ）に、わたし武徳（アレテ）は、
　髪を剪（き）ったみじめな姿で立つ、

大いなる苦悶(くるしみ)に胸もひしがれて。アカイア人(びと)らのもとで
狡猾な瞞着(アパテ)が、わたしより力をふるっているがために。

（同七巻一四五番）

エピグラム詩が本質的に「機会詩」であることもあって、アスクレピアデスの詩は、神話的、幻想的世界に遊ぶことなく、現実に密着した日常的な生活から生まれたものである。総じてヘレニズム時代の愛の詩の世界は狭小である。ある一定のパターン、枠を設けて小さな世界を設定し、その中での完璧さ、詩的完成度の高さを狙うというのがエピグラム詩人たちの詩作の態度であった。アスクレピアデスもまたそのような態度で詩作に臨んだ一人であり、その先蹤をなす詩人であって、彼の愛の詩は、そのような小さいが透明感のある、詩的結晶度の高い詩的宇宙をみごとに形成していると言えるであろう。単なる愛を主題とするエピグラム詩の創始者として以上の存在であることは間違いない。

B　メレアグロス

誤解された詩人

『ギリシア詞華集』の母体となった、エピグラム詩の集成である詞華集『花冠』を編んだことでも知られるメレアグロスは、『ギリシア詞華集』の全詩人の中でも最も華やかな存在であり、またローマ以降のヨーロッパの恋愛詩の形成や発達に大きな影響を与えたという点でも、きわめて重要な詩人である。この詩人がいなかった

ら、恋愛詩によって名高いカトゥッルス、プロペルティウス、ティブッルスと言ったローマの詩人たちも、ロンサールをはじめとするプレイヤード派の詩人たちも、シェニエも、ピエール・ルイスも、現在われわれが知るような詩人としては存在しえなかったであろう。アスクレピアデスが創始したエピグラム詩の一領域としての「エロティカ」を、よりいっそう内容豊富なものとし、『ギリシア詞華集』の第五巻、第一二巻に華やかな彩りを添えたのがこの詩人であった。

　メレアグロスは古代はもとより、ルネッサンスから一八世紀までは、巧緻にして精妙華麗な愛の詩の大家、稀代の名手として世の詩人たちの鑽仰の的となりきわめて高く評価されていた。だが一九世紀に入ってロマン主義的な恋愛詩が世を覆うようになると、そのあまりに知的な言語操作や修辞的色彩の濃さや、詩的技巧に走っている点のみに眼が向けられ、真摯なところを欠いた修辞家（レトリシャン）として、否定的な評価が下されるに至った。恋愛詩とは詩人の真摯にして深刻な恋愛感情の表白であるという近代詩の観念にとらわれた学者たちによって、メレアグロスの詩における真摯さが問題とされ、その詩は一部の古典学者たちによって冷眼視されるまでになったのである。「いかにも巧緻で華麗だが、浅薄で、非創造的で、独創性と深い人間感情や真摯なところを欠いている」というような評価が優位を占め、その詩が技巧に秀でるあまり繊巧に失しているとして、さらにはその愛の詩がアスクレピアデス以来の「枠」の中で作られたものだと見なされ、詩的価値を低く見る態度が生じたのであった。注釈家の中には、メレアグロスを「真の詩人」と呼ぶことに疑念を差し挟む人さえもいるほどである。

　だがこれはギリシアのエピグラム詩というものが本質的に「軽文学」であり、「たわむれ」(παίγνια)、「あそび」(lusus) を身上とする文学であるということを忘れた見方である。そもそも『ギリシア詞華集』の愛の詩を、近代の恋愛詩の概念をもって、その真摯云々を問題として裁断すること自体が誤りだと言ってよい。詩人が真摯か否かというようなことは、必ずしも詩作品の、芸術作品としての価値判断とはならないからである。この伝で行くと、藤原定家や式子内親王をはじめとする新古今和歌集の歌人たちの恋の歌なぞは、ほとんどが題詠であって、恋の実体験によらず本歌取りで詠まれている作であるから、人工的な産物で「真摯」ではなく、かれらはすべて「真の詩人」ではないということになってしまう懼れがある。それと同じことで、詩人メレアグロスのうちに、巧緻をきわめた詩句を弄する修辞家のみを見て、「真摯」に欠けるところがあるとして、これを貶下するような態度は、この詩人を評価する上での誤りだというほかない。それはこの詩人の本質を誤解したものである。

メレアグロスは何よりもまず、ヘレニズム時代に生きたエピグラム詩人であった。アスクレピアデスに私淑し、そこから多くを学んだこの詩人は、みずからの恋の体験を活かし様々な愛の対象を設けて、みずからの心を灼く愛を詠い上げ、愛を仕掛ける残酷な神としての愛神(エロス)を詠った。それによりこの時代の愛のさまざまな様相、姿態をその巧緻を極めた詩技を駆使して、流麗で華麗な詩句を織り上げて描き出したのである。そこには確かに「あそび」としての側面があり、近代の恋愛詩とは異なる詩的世界ではあるが、それはこの詩人のヘレニズム時代における傑出した愛の詩の名手としての地位を揺るがすものではない。

メレアグロスの詠う愛や愛の対象が抽象的で観念的だとの理由で、この詩人の詩の人為的性格を強調して真摯さの欠如を指摘し、これをあり余る詩才が生んだ literary exercise のごとく見なす学者は、今日なおも見受けられる。だが私にはこれは正鵠を射た見方だとは思われない。独創性を欠いた詩人と言うのも当たらない。メレアグロスの愛の詩が深い人間感情や精神性を欠いたものだと決めつけることにも、問題があろう。その愛の詩の基調をなすものが官能愛、性愛であることは事実だが、少なくともヘリオドラへの狂おしいばかりの恋情を詠った詩などに接するかぎり、この詩人の純度の高い愛の詩には、単なる官能愛の域を超えた精神性をもつ作もあることは否めない。その愛の詩の最良の部分は、ペトラルカの『カンツォニエーレ』の詩に、優に匹敵するものだと言える。新古今集の美学、詩学を解するわが国の読者ならば、欧米流の近代詩における恋愛詩の観念に縛られることなく、かえってメレアグロスの詩を正しく評価できるかもしれない。
以下詩人の生涯とその周辺をざっと覗いてから後、メレアグロスの詩的世界の一隅を逍遥しよう。音楽性豊かな、巧緻をきわめた、まさに精妙華麗としか言いようのない言語表現は、到底日本語に移しうるものではないが、どんな形で愛を詠ったのか、せめてそのほんの一端だけでも、わが国の読者に示せたらと思う。

メレアグロスの人と作品

詩人メレアグロスは前一四〇年頃、アレクサンドロス大王の東征によりギリシア化されたシリアで生まれた。生地は、詩人が誇りをもって「シリアのアテナイ」と呼んだパレスティナの町ガダラである。ガダラは痛烈な諷刺作品によって知られる哲学者メニッポスや、後にローマに出て活躍した詩人ピロデモスを生んだ町でもある。詩人メレアグロスがシリアに生まれたシリア人であったことは、かれの詩の性格に色濃く見られる東方的色彩にはっきりと認められると言ってよい。詩人の生涯については詳細は不明だが、その生涯、その経歴を、簡潔ながら明確に示すものは、次に掲げる、かれが晩年に書いたみずからのための五篇の碑銘詩である。この自伝的碑銘詩からメレアグロスがシリア人であり、またそれを強く意識していたことが窺える。

ここに眠るはエウクラテスが子メレアグロス、
愛神(エロス)と、詩女神(ムーサ)らと、言葉うるわしい典雅女神(カリス)らをつきまぜし人。
(第七巻四一六番)

テュロスの島がわが乳母なりき。われを生みし祖国は、

シリアのアテナイなるガダラ。エウクラテスより生享けし
われメレアグロスは、詩女神(ムーサ)らの庇護得て
まずはメニッポスが典雅女神(カリス)らと競(きお)えり。
われシリア人(びと)なれども、なんぞ奇とするに足らん、見知らぬ人よ、
われら一つ世界を祖国として住み、カオス生けるものすべてを創れり。
老残の日を迎えて、われ、わが墓の前にてこれを石板に刻めり、
老いたる身は、はや冥府(ハデス)に間近ければ。
まずは饒舌なるここな老骨に挨拶の言葉かけたまえ、
しておんみもまた、饒舌なる老いの日々を迎えられんことを。

(第七巻四一七番)

わが最初の郷国(くに)は名高き都邑(まち)ガダラなりき、
聖なるテュロスわれを受け入れて成人(ひと)となしぬ。
年長けてゼウスを養いしコスへ赴きしわれをば、
かの島はメロプスが市民(まちびと)となし、老いの日々をばみとりぬ。
詩女神(ムーサ)らは、エウクラテスが子メレアグロスを選ばれし者らの内に加え、
その名をメニッポス風の典雅女神(カリス)もて耀かせたまいぬ。

(第七巻四一八番)

見知らぬ人よ、足音もひそやかにそっと過ぎゆきたまえ、ここに、

敬虔なる者らに混じりて、この老いたる者、定命なる眠りの裡にやすらえば。
われはエウクラテスが子メレアグロス、甘くせつなき涙もたらす愛神（エロス）と、
詩女神（ムーサ）らと、陽気なる典雅女神（カリス）らを結びあわせし者。
神々しきテュロスと聖なる地ガダラとがわれを成人となし、
メロプスの民のものなるコス島が、その老いの日々をみとりぬ。
おんみがシリア人ならば「サラーム！」、フェニキア人ならば
「アウドニス！」、ギリシア人ならば「カイレ！」、同じことばもて応えてくれたまえ。

（第七巻四一九番）

メレアグロスの生涯は、右の四篇の詩に、詩人みずらが要約して詠っているとおりだが、これだけでは読者には具体的にはわからない部分があると思われるので、解説風に少々付言すると次のようになる。

ギリシア化され、当時プトレマイオス朝の治下にあったガダラで生まれた詩人は、おそらくシリア語とギリシア語とを母語とするバイリンガルな人物であった。父の名がエウクラテスであることから推すと、あるいはシリア在住のギリシア人の子として生まれたのかもしれないが、二番目の詩で「われシリア人なれども、なんぞ奇とするに足らん」で言っているように、みずからをシリア人として意識していたことは確かである。成人するとフェニキアの古都テュロスに移り、これまた当時ギリシア世界の新たな中心地となりつつあったアレクサンドリアの影響の濃いこの町で、完全にギリシア式の教育を受けた。シリア人として国際色の強いこの町で若き日を過ごしたことにより、「われら一つ世界を祖国として住み」と詠っているように、詩人は早くから世界市民（コスモポリタン）としての意識を抱いていたようである。この世界市民という観念は、前三世紀の初頭にストア派の哲学者やキュニコス

派の人々がギリシア世界に広めたものであって、その影響を受けた新たなコスモポリタンであるメレアグロスは、完全にヘレニズムの申し子とも言うべき人物であったと言える。

テュロスで勉学に励んでいた若きメレアグロスは、最初メニッポスに影響されて哲学研究に邁進し、この哲学者の流儀に学んだ、散文と韻文とを交えた哲学的著作『典雅女神（カリテス）』なる書を世に問うたが、これは湮滅して伝わらない。

フェニキアの大都市であり大いに繁栄していた古都テュロスは、頽唐たる気風が漂い、むせかえるような官能的な快楽にあふれる町でもあった。そこで学んでいたメレアグロスは、次第にその気風に染まり、快楽に身を投じると同時に哲学研究から離れていったらしい。と同時にサッポーやエウリピデスなど古典期のギリシア文学を貪欲に学んで吸収する傍ら、アスクレピアデス、ポセイディッポス、レオニダス等の同時代の詩人たちの作品にも熱中し、後にはカリマコスをも学んだ。それらの詩人の影響のもとに、やがて哲学研究に別れを告げて詩作に乗り出し、かれが多く交渉をもったであろう遊女たちとの愛を詠った詩を作るにいたった。メレアグロスの詩作における最大の師と言えるのは、「エロティカ」の創始者にして先駆者たるアスクレピアデスであり、その影響は終生続いた。

詩人としての道を歩み出したメレアグロスは、ここに自分の天職を見出し、以後盛んに詩作に励んで、次第にその詩名を高めていった。この詩人は多才の人であり、その本領とする「エロティカ」すなわち愛の詩のほかに、碑銘詩・哀悼詩、奉献詩、事物描写詩（エピデイクティカ）、酒宴詩などさまざま分野に盛んに詩筆を揮ったが、愛の詩以外の分野では不思議なほど生彩を欠いており、そのたぐいの傑作、秀詩はごくわずかである。メレアグロスが詩人として世に知られ、重きをなしたのはなんといっても愛の詩においてであって、そこでこそかれの詩人としての真骨頂が遺憾なく発揮されているのである。

その文学活動の時期は、ヘレニズム時代を代表する大詩人と目されるテオクリトス、カリマコスのそれとほぼ重なっているが、この二詩人との交わりはなかったらしい。また、ピリタス、ポセイディッポス、ヘデュロス等の詩人たちが当時のギリシア文化の中心地となりつつあったアレクサンドリアへ出て、そこを舞台として活躍し、学匠詩人カリマコスを総帥とするアレクサンドリア詩派を形成したのに対して、メレアグロスは名高い詩人でありながら、ついにアレクサンドリアに文学活動の場を求めることをしなかった。生涯の大方をガダラ、次いでテュロスで過ごし、右に引いた三番目、四番目の詩にあるように、晩年はコス島へと移り、前七〇年頃にコス島の市民としてそこで没した。師と仰ぐアスクレピアデスと同じく、かれもまた純粋な詩人以外の何者でもない人物であり、詩人としてその生涯を全うしたのである。医学、学問の島として知られるコス島は、碩学の詩人ピリタスを生んだほか、テオクリトス、アラトス、カリマコスなどの著名な詩人や『擬曲』の作者ヘロンダスなどが住んだことのある地でもあって、詩人が晩年を送るにはふさわしい地であった。メレアグロスはアレクサンドリアを詩的活動の場とすることはなかったが、その詩風や位置からして、やはりアレクサンドリア詩派の重要な詩人の一人に数えられている。メレアグロスの愛の詩は、カトゥッルス、プロペルティウス、ティブッルスと言った恋愛詩で名高いローマのエレギア詩人たちに絶大な影響を与え、愛をテーマとするエレギア詩の傑作を生ましめたことでも大きな意義をもつ。近代ではこの詩人に格別の関心を示したのは、一九世紀のフランスの批評家サント・ブーヴであり、また『ビリティスの歌』の作者として世に知られる頽唐派の詩人ピエール・ルイスは、その詩に心酔して、若き日に『メレアグロスの詩』と題するその全詩の翻訳を世に問うている。

メレアグロスがその名を高め、またこの詩人をギリシア詩史の上で重要な存在としているのは、詞華集『花冠』の編者としてである。先にふれたとおり、メレアグロスは晩年はコス島へ居を移したが、その地で前一世紀の初め（前一世紀一〇〇年―八〇年頃）に、彼に先行する詩人たち、同時代の詩人たちの作品の中からその精華を摘み取って、みずからの作品を数多く含む、全四巻八〇〇篇ほどのエピグラム詩を収めた詞華集を編んだのであった。

この詞華集そのものは、後にコンスタンティノス・ケパラスの編んだ『パラティン詞華集』(『ギリシア詞華集』)に吸収され、そのままの形では存在しないが、この膨大なエピグラムの集成である詞華集の母体となり、その中核となったことで、大きな意味をもつこととなった。メレアグロス自身を含めて四八人の詩人たちのエピグラムを収めたこの詞華集は、入念かつ周到に選ばれ、テーマ別に配置された詞華集であったらしい。メレアグロスはこの詞華集(Anthologia とは、字義通りには「花を集めたもの」を意味する)『花冠』を編むにあたって、そこに収録した詩人たちの作をそれぞれにふさわしい花や植物に喩えた五八行から成る序詩を付した。そこからしても『花冠』とは、いかにもこの詩人の手になる詞華集のタイトルとしてふさわしいものだったと言える。メレアグロスの序詩は、特に独創的というわけではないが、詩人たちの作を巧みに種々の花や植物に喩えたその優雅な詩は、収められた詩人の詩風や特質を巧みにとらえて異彩を放っているのが見られ、佳篇というに足る詩的価値が認められると言ってよい。

詩人メレアグロスの生涯とその周辺を瞥見したところで、次にこの詩人の真面目が見られる、愛の詩のほんの一隅を逍遥し、その詩風の一端を窺うこととしよう。

メレアグロスの愛の詩瞥見――異性愛の詩

愛を主題とするメレアグロスの詩は、『ギリシア詞華集』第五巻と第一二巻に集中して収められている。上代以来のギリシア抒情詩人の多くと同じく、メレアグロスもまた異性愛と同性愛の実践者であり、女性への燃えるような愛を詠う一方、美少年への恋をも数多く詠っている。第五巻にはもっぱら女性への愛を詠った詩が、第一二巻には、後にストラトンの『稚児愛詩集（ムーサ・パイディケ）』に吸収された、美少年ミュイスコスをはじめとするさまざまな少年への憧れと愛を詠った詩が収められている。

まずは異性愛を詠った詩の何篇かを掲げて、眺めてみたい。いずれもメレアグロスの秀詩、名篇として詩人の名を高からしめた作である。言うまでもないことだが、拙訳は音楽性豊かで、流麗かつ精妙巧緻のかぎりを尽した原詩の響きを、伝え得てはいない。その詩技を凝らし華麗を極めた色彩を邦訳で再現することは、困難である。

メレアグロスの詩にはその愛の対象として、ほとんどが遊女である何人もの女性たちが登場するが、中でもゼノピラとヘリオドラという二人の女性がこの詩人の胸を灼き、その激しい恋情を誘ったと見えて、彼女たちへの愛を詠った詩が圧倒的に多数を占めている。最初に、詩人の心を揺さぶり、その胸の炎を掻き立てたゼノピラへの愛を詠った詩から四篇を選んで引いてみよう。どの詩もメレアグロスの詩的感性の豊かさと、それを表出する卓越した詩才を窺わせる作である。

白き菫はや花ひらき、雨乞うる水仙も咲きそめて、
丘には百合の花咲きこぼる。
はたいとも愛らし、花々のうちのたぐいなき花、
ペイト女神の薔薇なるゼノピラも花ひらけば、
牧の原よ、うるわしき髪もゆたかに、いかでか空しく笑まうや？
わがいとし子のゼノピラこそ、甘き香の花冠にも立ちまさされるを。

（『ギリシア詞華集』第五巻一四四番）

愛する女性を花苑に咲く花に喩え、「花の中の花（flos florum）」として詠うというのは、その後長らくヨーロッパ詩の伝統となったが、ゼノピラの美しさを「花々のうちのたぐいなき花」として讃えたメレアグロスの右の詩は、その濫觴をなすものとして注目に値する。訳詩では再現しがたい繊細優雅で透明感あふれる詩句によって、咲きそめた花々を描くその描写には、修辞臭もなければ、過度に巧緻な技巧も見られない。ここから聞こえてくるのは、純粋にしてやさしさにあふれた愛の声だと言っても、誰も異は唱えまい。シェイクスピアのソネット九八番を想起させる詩である。

眠っているね、ゼノピラよ、やさしい花よ。ああ、翼こそもっていないが、
「眠り（ヒュプノス）」になって、君のまつ毛の下にそっと忍び込めたなら！
ゼウスをさえも熟睡（うまい）に誘う「眠り（ヒュプノス）」めが
君を訪れず、ぼくが君を独り占めできるようにね。

（同第五巻一七四番）

この詩を理解するためには、ホメロス以来「眠り（ヒュプノス）」がしばしば翼をもった男性の姿で描かれてきたということを知っておく必要があるが、前の詩と同じく、過度に巧緻を凝らした表現に走ることなく、愛する女性への憧れを詠っている。傑作とまではいかないが、わが身を「眠り（ヒュプノス）」と化してその女性の内に宿りたいという発想法にメレアグロスの独自性が発揮されていると言えるだろう。同じくゼノピラへの熱い愛を訴えた次の詩は、愛の陶酔、より激しい恋の想いに燃える心を詠った秀詩の一つに数えるに堪える作である。

ゼノピラよ、アルカディアのパンにかけて君の奏でる竪琴の音は美しい、
いかにも、パンにかけて君は美しい音を奏でる。ああ、君を逃れて、
どこへ行けとてか。愛神(エロス)たちは到るところでぼくを取り籠め、
息つく暇とて与えはしない。ぼくの胸に君への憧れを投じるものは
その美しさか、その調べか、はたまたそのみやびか、それとも・・・
そのすべてだ。ぼくはいま火と燃えている。

（同第五巻一三九番）

先の詩で野に咲く美しい花にもまさるとされたゼノピラは、ここでは詩人の心を魅了する竪琴の名手としてあらわれている。その心奪う美しい調べと美貌への憧れとが溶け合って、詩人の心を恋の炎に包むと詠われているのだが、こういう詩も、恋愛詩に関する近代的固定観念にとらわれた論者の手にかかると、所詮は真摯なところに欠ける擬態であり、人為的な技巧の産物だと片づけられてしまうのである。だがこの詩と、ラウラへの熱烈な愛を詠うペトラルカの詩と、どこが本質的に違うというのか。ペトラルカが人妻ラウラへの一途な愛を詠ったのに対して、メレアグロスは、何人もの遊女への愛を詠っているから、その恋は「作り物の愛（plastos eros）」だと断ずるのは、詩を論ずる態度ではない。詩はあくまで詩そのものとして、その価値判断がなされるべきだろう。

ゼノピラへの愛を詠った詩をもう一篇だけ掲げよう。酒杯というようなものを擬人化した面白さもあり、愛する人にわが魂を飲みほして欲しいという願望を巧みに詩句に封じた、いかにもエピグラムらしい詩である。

酒杯(さかずき)は陶然としてうれしげに、愛らしいゼノピラの
楽し気にかたらう唇に触れたことを告げる。

幸せな酒杯よ、ああ、あの女(ひと)が僕の唇に唇を
そっと重ねて、この魂を一息に飲みほしてくれたなら！

（同第五巻一七一番）

次いで、これも詩人メレアグロスの心に熱烈な愛を掻き立てた女性である遊女ヘリオドラへの熱い思いを詠った詩に視線を移してみよう。メレアグロスはこの女性に託して、愛のもたらす喜び、希望、嫉妬、絶望、焦燥、悲哀などを詠った。最初の二篇は、ゼノピラを花に喩えてその美しさを讃えたのと同じく、flos florum としてのヘリオドラ讃美である。

ヘリオドラの頭(こうべ)に映える花冠はいつかしぼめども、
花冠を飾る花冠なるヘリオドラそのひとは、なおも華やぎ照り映える。

（同第五巻一四三番）

花冠に編むは白きすみれ、天人花(ミルテ)と編みなした
水仙、編むはまたやさしくほほえむ百合の花、
編むはまた愛らしいサフラン、加えてさらに紫のヒヤシンス、
なおその上に、恋する者らにいとおしい薔薇の花。
巻き毛もかぐわしいヘリオドラの額(ひたい)の上で、この花の冠が
かの女(ひと)の美しい髪に、花びらをはらはらと散らすべく。

（同第五巻一四七番）

今度は愛する女性がよその男に抱かれているなら、燈火（ランプ）に消えて欲しいという願いを詠ったアスクレピアデスの詩に学び、その変奏を試みた一篇を窺ってみる。

万物の母なる慕わしき夜よ、ただひとつことを願い奉る、
浮かれ騒ぎの友なる畏き女神、夜よ、願い奉る、
よそのあだし男がヘリオドラの衣（きぬ）にぬくぬくとくるまって、
眠りを忘れさせるあの肌の温かみにふれているならば、
燈火（ランプ）を消してくださいまし。して男が彼女の胸に倒れ込み、
第二のエンデュミオンさながらに、眠りに落ちるようにせさせたまえ。

（同第五巻一六五番）

これに続いて、やはり閨での愛のいとなみを見守るものとしての燈火（ランプ）に呼びかけるという、常套化した手法に拠ってはいるが、恋する者の不安と焦燥をみごとに描いた詩をも見てみよう。これこそメレアグロスの愛の詩は、真摯なところも深い人間感情をも欠いた、知力で作り上げただけの、人工的な頭脳の産物に過ぎないとする主張を退けるに足る、狂おしいばかりに切なる恋情の表白ではなかろうか。『ギリシア詞華集』中の白眉の一つに数えてよい作である。これにペトラルカやロンサールの恋愛詩に近いものがあると見るのは、決して僻目ではなかろう。

おお夜よ、ぼくを眠らせないヘリオドラを恋うる心よ、
涙とよろこびに曇る、なかなかやって来ぬ夜明けよ、

ぼくの愛の印はまだ残っているのか？　あの女（ひと）の冷え切った
想像の中で、ぼくの接吻（くちづけ）の記憶はまだ温かいのだろうか？
あの女（ひと）は涙を閨の友とし、空しく欺かれた夢で見たぼくの姿をそっと
胸に抱いて、接吻しているのだろうか？　それとも新たな恋が芽生えての、
新たな恋の戯れか。燈火（ランプ）よ、そんな姿を眼にせぬように、
おまえにゆだねたあの女（ひと）をしっかり見張っていてくれよ。

（同第五巻一六六番）

遊女相手の愛ではあったが、メレアグロスのヘリオドラへの愛が擬態などではなく、真摯な本物の恋であったことを物語るのは、この女性が若くして冥府に降ったときに、メレアグロスがその詩を悼み、激しく愛惜した、哀切きわまる次の哀悼詩である。メレアグロスの碑銘詩・哀悼詩は凡作が多いが、これは傑作とするに足る名詩と言える。

ヘリオドラよ、たとえ地の下へであろうと、涙を、
愛の名残であるこの涙を、冥府の奥深くまで君のためにそそごう。
悲嘆（かなしみ）に引き裂かれて流す涙を。泣きぬれて築いた墓にそそぐは、
君に寄せたくさぐさの憧れの想い出、愛し合った二人の追憶。
みまかってもなお愛しい君を想って、悲しみにもだえ、またもだえて、
メレアグロスは哀哭するのだ、アケロンへの虚しい捧げものと知りつつも。
ああ、憧れを誘った、若枝のようなあの女（ひと）はいずこに？

攫って行ってしまったのだ冥王めが、攫って行って塵土で汚してしまった。
されどおんみに額づいて願うは、万物を養う大地よ、世の人なべてが悼む
かの女を、母よ、その腕にやさしく抱きしめてやってくださいませ。

（同第七巻四七六番）

中国の清代の朱褒という詩人に、「悼亡妓」と題する、愛していた妓女（家妓であろう）が若くして亡くなったのを悼んだ次のような詩があるが、その哀切、真摯の度合いにおいてメレアグロスの哀悼詩のほうが格段に上だと思われる。愛する女性キュンティアの詩を悼み嘆いたプロペルティウスの詩ならば、よくメレアグロスの右の哀悼詩に匹敵しうるであろう。

魂歸溟漠魄歸泉　魂は溟漠に帰し　魄は泉に帰す
只住人間十五年　只住む人間十五年
昨日施僧裙帯上　昨日　僧に施す裙帯の上
斷腸猶繫琵琶絃　断腸す　猶お琵琶の絃を繫くるを

メレアグロスにはまた、愛する女性と一夜を共にし、二人を引き裂く暁の到来を怨み嘆く「後朝の歌」が三篇ある。後に中世プロヴァンスの「アルバ」や中世ドイツの「ターゲリート」として花開くこの種の「暁方の男女別れの歌」は、古来世界中普遍的に見られるものだが、ギリシアにもあり、『ギリシア詞華集』の詩人たちとしては、メレアグロスのほかにも、テッサロニケのアンティパトロス、マケドニオス、パウルス・シレンティアリウスといった詩人たちが、特色ある「後朝の歌」を遺している。愛する女性を連れ去る暁の到来を怨むメレアグロスの作は、西行の後朝の歌「今朝よりはひとの心はつらからで、明けはなれゆく空を恨むる」にも通ずる、優

雅な詩となっている。三篇のうち、一篇だけを引いておく。

暁よ、恋する者につれなきものよ、今の今こそは天道をめぐること
かくも遅きはなにゆえぞ？　あだし男の、デモの被衣(かつぎ)につつまれて
肌温めおるこの折しも。されどわれかの手弱女(たおやめ)を胸に抱けば、
たちまちに姿をあらわして、つれなくも無情の光をそそぎおるとは。

（同第五巻一七三番）

稚児愛(パイデラスティア)の詩一瞥

さて、これまでメレアグロスの異性愛つまりは女性への愛を詠った愛の詩を眺めてきたが、先にふれたように、この詩人はギリシア抒情詩人の例にもれず、稚児愛の実践者でもあった。老アナクレオンが美少年への燃える想いを詩句に託し、老いたピンダロスが鍾愛するテオクセノスを讃えたように、老いてから後は、美少年ミュイスコスをはじめとする何人もの少年たちへの愛をテーマとする詩を数多く書いた。メレアグロスの心に愛を掻き立てた少年たちとして、ミュイスコスのほか、テロン、アンティオコス、カリデモス、ゾイロス、ディオニュシオス、アリスタゴラス、ディオパネス、アレクシスといった人物が登場し、まさに多情多恨の人としてのメレアグロスの姿が浮かび上がってくる。カトゥッルス、プロペルティウス、ペトラルカなどが、ただ一人の女性への熱愛を情熱を込めて一途に詠い上げたのに比して、この詩人の愛の詩が真摯なところに欠けていると評されるのは、この点にあると言ってよい。数から言えば、女性への愛を詠った詩よりも、稚児愛の詩のほうがむしろ多

いのである。
愛する少年を「魂の魂」と表現したり、神格化したりしているその詩には、単なる官能的な欲望、愛欲の衝動を越えた、魂を高め、より高いところへと飛翔させるものとしての愛の姿が描かれている。女性への愛の詩もそうであるが、異様なまでの熱っぽい愛の表出は、純ギリシア的というよりは、やはりこの詩人がシリアという東方世界の人であることを、思わせずにはおかない。稚児愛の詩の中から、詩人が最も激しく胸を焦がしたミュイスコスへの愛を詠った詩を三篇掲げておこう。

あの児(こ)は甘美な美しさで煌(きら)めいている。ほら燃える瞳が火を発して
いるぞ。愛神(エロス)があの児(こ)に稲妻で闘うことを教え込んだものか？
すこやかであれ、愛の炎を人間(ひとびと)にもたらすミュイスコスよ
わが松明として輝きを放てよ。

（同第一二巻一一〇番）

ミュイスコスよ、ぼくの命のもやい綱は君の手に握られ、
わずかに残った気息も君の手中にある。
少年(わかもの)よ、聾者にさえも語りかける君の眸と、
輝く眉毛にかけて誓うが、ぼくに
曇った眼差しを投げかければ、そこに嵐を見るし、
あかるい眼差しをそそいでくれれば、心地よい春が馥郁(ふくいく)と咲き匂う。

（同第一二巻一五九番）

ぼくはただ一つの美しいものしか知らない。ぼくの貪欲な眼は、
ただミュシコスひとりを見ることしか知らないのだ。ほかのものには盲目だ。
ぼくにはすべてのものが彼の姿だ。眼が自分が愛する者だけを
見つめるのはぼくにへつらってのことなのか？

（同第一二巻一〇六番）

愛する者を前にしてすべてを忘れ、愛する人こそがすべてだというこのような愛の陶酔は、サッポーさえも詠わなかったところだ。右の最後の詩は、一八世紀のドイツの詩人シャミッソーのこんな詩句を想起させる。

あの児の姿を眼にしてからというもの、
ぼくは盲目になってしまったような気がする。
ぼくが眼差しを向けるところ、
あの児だけが眼に入るのだ。
目覚めたまま夢を見て、
かれの姿が眼の前にちらつくかのようだ。
さもなくばぼくの周りのすべてが
光と輝きを失うのだ。

稚児愛の詩についてはこれくらいにしておこう。それに関心のある向きは、拙訳による『ギリシア詞華集4』（京都大学学術出版会）を覗いていただきたい。そこにはメレアグロスの稚児愛の詩のほとんどすべてが収められ

ている。

愛神(エロス)をテーマとした詩など

アナクレオンを模した「アナクレオンテイア」でも盛んに詠われ、ヘレニズム時代に大流行したエピグラム詩のテーマの一つに、愛神(エロス)をテーマとした詩がある。古典期までの詩においては、エロスは人を恋に陥れる恐るべき存在として夙にサッポーによって、

四肢(てあし)の力をも抜き去るエロスが、
またしてもこの身をゆすぶってせめたてる、
あまやかにしてまた苦い、
あの御しがたい地を這う獣めが・・・

（ローベル＝ペイジ・一三〇）

と詠われており、イビュコスにもまた、抗う暇もなくエロスが襲ってくることを嘆じた詩がある。サッポーの詠っているように、エロスとはその不気味な力を言うために「地を這う獣（あるいは生き物）」とさえ形容されている、恐るべき魔力を秘めた存在として意識されていたのであった。サッポーの右の詩にあらわれているエロスは、原初的な恋の情動であり、人格神の形でさえ与えられてはいない。エロスは古典期までは多くは有翼の青年神の姿で描かれ、詠われていたが、ヘレニズム時代に入ると次第に矮小化されて少年から幼児となり、アプロディテの幼い子供、松明を振り立てて人の心に愛欲の火をつけ、または愛の矢を人の心に射込んで悪ふざけをす

る悪童と化してしまった。ついにはポンペイの壁画やボッティチェリの絵画に登場するプット（有翼の幼児神）とさして変わらぬ存在となり、複数の「愛神たち（エローテス）」として、詩に登場するようにさえなったのである。アスクレピアデスがそのような愛神（エロス）を詠って以来、『ギリシア詞華集』に集う詩人たちの間では、「人を恋に陥れる無情な愛神への恨み」、「恋を焚きつける悪童としての愛神」、「逃亡した愛神」といったテーマが詩人たちによって好んで取り上げられ、数多くの詩が生まれた。メレアグロスもまたそのような詩を多く書いている。これこそ「あそび」としての色彩が濃い、知的、人工的な産物であり、また詩人たちが奇抜な発想や諧謔性を存分に発揮できる場でもあった。このたぐいの詩においては、技巧派で詩技に巧みな、手練れの作詩家（ヴェルシフィカトゥール）としてのメレアグロスの作風が如実に窺える。そのような詩をも二篇ばかり眺めておきたい。詩人メレアグロスの本領ではなく、その真面目を示すものではないが、これもまたこの詩人の見逃せぬ一面だからである。

　愛神（エロス）を手配捜索中。手に負えぬいたずら者です。たった今、
　夜明けとともにわたしの寝床から飛び去ったばかりの子供です。
　甘い涙を流し、お喋りで、すばしこく、厚かましく、人をせせら笑い、
　背中に羽を生やし、肩から矢筒を掛けています。
　父親が誰かは不明。天空（そら）も、大地も、大海（うみ）も、この悪餓鬼の
　父であることを否認しています。万人に忌み嫌われているからです。
　皆さんの心に罠をしかけるといけないから、ご注意ください。
　あっ、ほらあそこにいました。塒（ねぐら）に隠れています。
　おい、ちっちゃな弓の使い手よ、ぼくの眼は逃れられないぞ、

ゼノピラの瞳の中に身を隠していてもな。

（『ギリシア詞華集』第五巻一七七番）

これはヘレニズム詩によく見られる、「逃げたいたずらっ子愛神」をテーマとして詩の一つで、逃亡奴隷を探すときの手配書に擬した作である。陳腐と言えば陳腐だが、気の利いたたわむれの詩としては、なかなか面白い。次の詩は、愛神を奴隷売り立て市場の奴隷に見立てた作で、生みの母アプロディテさえも統御できないいたずら者としての愛神（エロス）が描かれている。前者と同じくやはり遊戯性が色濃く認められる詩だと言ってよい。こういう詩が、近代の愛の詩とは程遠いところにあることは、いまさら言うまでもなかろう。

売ってしまえ、まだ母の懐に抱かれて眠っている子であっても、
売ってしまえ、こんな厄介な子を育てて、なんの得になるものか。
生まれたときから鼻ぺちゃで、羽が生え、爪先で引っ掻くんだ。
泣いていたと思えばもう笑っている子だ。なおその上に
育てようもない子で、いつもお喋りばかりして、目つきは鋭いし、
野蛮で、生みの母でさえも言うことを聞かせられない子だ。どこから
見ても怪物だ。だから売ってしまうんだ。海を渡ってくる商人（あきんど）で、
子供を買いたいお人がいたら、さあさこちらへおいでなさい。
あれあれ、ほら、涙を流して哀願してる。よしよし、売るのはやめた。
元気をお出し。ここにとどまって、ゼノピラのお相手をするんだよ。

（同第五巻一七八番）

愛をめぐるメレアグロスの詩に別れを告げる前に、小品ながら魅力的な一篇を引いて、この詩人の愛の詩の世界の一隅逍遥を終えるとしよう。

愛誘うアスクレピアデス。その藍色の瞳は凪に似て、
人をみな恋の船路へと誘うてやまぬ。

（同第五巻一五六番）

C パッラダス

知られざる詩人

諷刺詩人パッラダスは、『ギリシア詞華集』に深くなじんだ人以外には、わが国ではその人も作品もほとんど知られていない詩人である。『ギリシア詞華集』に実に一五〇篇もの詩を寄せていながら、これまでこの詩人は、わが国の古典学者たちを含めて関心を寄せる人も少なく、まして世の耳目を集めることはなかった。呉茂一氏が『ギリシア抒情詩選』で、そのあまり面白からぬ諷刺詩一篇を翻訳紹介した後、私が『ピエリアの薔薇——ギリシア詞華集選』で一〇数編を選んで翻訳し、さらに全訳『ギリシア詞華集3』で、主にその第九巻、第一〇巻、第一一巻に収める全作品を翻訳紹介したので、読まれる読まれないは別として、ともあれ一応はその全貌が邦訳で姿をあらわしたことになる。

そもそもギリシアの諷刺詩というもの自体がわが国ではあまり知られておらず、ヨーロッパ文学の専門家でさ

えも、ギリシアにそのような詩が存在したことに驚きを示すことが稀ではない。拙訳で『ギリシア詞華集』を読み、「あんな詩がギリシアにあるとは」と率直な驚きを口にしたり、中には「あんなふざけた詩がギリシアにあるはずはない。あれはあんたが捏造したのだろう」と言い放った英文学者さえいたのである。これは私が古典学者ではなく、一介の狂詩・戯文の徒であることを知っての言であろうが、ギリシアの諷刺詩は私が捏造したわけではなく、厳然と存在することを知っていただかねばならない。古代ギリシア文学に固定観念をもって臨むべきではなかろう。わが国では、古典に関心深く、ホラティウスやマルティアリス、ユウェナリスといったローマの詩人たちによる『諷刺詩』を知る人にしてなお、パッラダスの存在すら知らないことが多いのである。

だがホメロス、ヘシオドスやギリシア悲劇、重々しいピンダロスの詩ばかりが、ギリシア文学であるわけではない。古代ギリシア人の精神は多様であり多面的であって、笑いもまたその文学を形成する重要な要素であった。アッティカ古喜劇の宗アリストパネスの喜劇に見るように、ギリシア文学には、痛烈な諷刺も存在したことを忘れてはならない。『ギリシア詞華集』におけるルキリオスと並ぶ主要な諷刺詩人の一人であり、後期ギリシア人の笑いを示す存在であるパッラダスという詩人は、この国でももう少しは知られてよいのではないかと思う。その詩は凡作が多く、退屈なものがあることも事実だが。

この詩人はその諷刺詩の内容によって、異教とキリスト教の抗争の時代を生き、異教の終焉に立ち会った証人として、主として歴史的、文化史的な関心の対象となってきた。これまでヨーロッパの古典学者たちが、このあまり知られず読まれることもない詩人に示した関心も、もっぱらそのような存在としてであった。古典学者たちによるこの詩人をめぐる論争も、その信仰、宗教理念をめぐるもので、異教とキリスト教との抗争が熾烈を極める時代に生きたこの詩人が、最後まで異教の側にとどまったのか、それとも節を屈してキリスト教徒となったのか、ということが論じられてきたのである（この論争は、最終的には、パッラダスは異教徒、少なくとも終生異教徒的心情を保持した人物としてとどまったという結論に達した）。私の知る限りでは、この詩人が純粋に詩人として文学的観点から論じられることは、ほとんどなかったようである。

正直に言って、純文学的、詩的な価値からすれば、パッラダスは第一級の詩人とは言いがたい。エピグラム詩人としての豊かなことばの才に恵まれ、その巧みな言い回しと絶妙な技巧とによって、幾篇かの傑作を生んだが、同時に数多くの凡作、駄作をも遺した。それがこのエピグラム作者を傑出した詩人とは言いがたい存在とし、かつては諷刺詩人として一世に高かったその詩名が、時とともに衰えていった因をなしたのである。純文学的観点からすれば、パッラダスは異彩を放っている何篇かの傑作によってのみ記憶さるべき詩人であり、『ギリシア詞華集』の中でも特異な詩人だと評するのが当を得ていよう。この国では、ヨーロッパ文学の専門家を含めて、わが国の読者がその存在を知らないのも無理はない。

本章では、諷刺詩人パッラダスの数多くの作品の中から、わが国の読者の関心をも惹きうると思われそうな何篇かを選び、スウィフトを思わせる厭人主義、厭世思想に貫かれ、深いペシミズムの漂うその詩風の一端を読者の眼に供したい。これから瞥見するように、その詩は諷刺詩というよりは、一種の思想詩とも言うべき感懐詩、述懐詩である場合も少なからずある。

詩人パッラダスとその詩的世界

詩人パッラダスの伝記的事実、その生涯のありようを語るものは、かれの作品以外にはない。それによると、パッラダスは前四世紀の後半にアレクサンドリアで生まれ、そこでギリシア古典を学んだ後、初等学校における文法教師（グランマティコス）となったものと思われる。世の慣例に倣って、生来の女性嫌いでありながら詩人は結婚したらしい。不幸にして娶った妻というのが、絶えず詩人を悩ませた「がみがみ女」であった。
哀れにもわしゃ「禍々しい憤怒」なる女房を貰っちまった。
おまけに仕事も「憤怒」から始めにゃならんとは。
ああ、多くの憤怒に見舞われているこのわしだ。二重の憤怒を
抱え込んでおるのだからな。文法教師の仕事と、喧嘩好きの女房との憤怒をね。
（『ギリシア詞華集』第九巻一六八番）

女房と文法とにゃ我慢がなりませんわい。
貧窮の因の文法と、性悪の女房とにはですよ。
この両方からわしが蒙っとるのは死と悲運でしてね。
文法からはこのほどやっと逃げ出しましたが、
男に向かって喧嘩をしかけるこの女房からは逃げられませんのでな。
契約とアウソニアの法[*]が禁じとりますんでな。
（同第一一巻三七八番）

* 特別な場合を除き離婚を禁じる法

この詩人に、
運悪く醜女を妻にもつ男、晩になり
灯りをともしたその時に、またもや真の闇を見る。

（同第一一巻二八七番）

という諷刺詩があるところからすると、あるいはかれの妻は喧嘩好きで口うるさいばかりではなく、醜女だったのかもしれない。自虐自嘲は彼の身上だからである。

最初の詩は、文法教師の仕事が学校で、「憤怒（いかり）を歌いたまえ、詩女神（ムーサ）よ、」で始まる『イリアス』を講じることにかけた洒落だが、ともあれパッラダスは恐ろしく薄給の初等学校の教師として生計を立て、貧窮そのものの生活を送った。学校教師の生活は貧しく、悲観主義者で暗い性格の上、それに加えて日々の窮迫がそれに輪をかけてこの詩人に重くのしかかっていたことは、やはりホメロスの詩にひっかけた、苦々しい次の詩が物語っている。生活苦のことで、当然口うるさい妻との間に口論も絶えなかったことであろう。

アキレウスの怒りが、文法教師をしているわしの
禍々しい貧乏の因（もと）となりましてな。
文法教師ゆえのひどい飢えでお陀仏になる前に、
あの名高い憤怒（いかり）がわしを殺してくれりゃよかったものを。
アガメムノンがブリセイスを奪い、パリスがヘレネを奪ったおかげで、
わしゃ極貧の身となりましたわい。

（同第九巻一六九番）

わが国の江戸時代の儒者にして詩人の山崎鯢山なる人物は、やはり赤貧洗うがごとき生活を送り、妻女が貧苦を嘆き訴える様を次のように詠ったが、パッラダス先生はそこまでは達観できず、その不平不満を右の詩にぶちま

けたのである。

少達多窮文士常　達すること少なく窮すること多きは文士の常
室如懸罄亦何傷　室は懸罄の如きも　亦何ぞ傷まん
老妻苦訴米鹽盡　老妻　苦に訴う　米塩尽きたりと
攪人吟思絮絮長　人の吟思を攪し　絮絮として長し

鯢山先生と同じく飢えに襲われるほどの極貧の生活の中で、「絮絮として長い」つまりはくどくどと長たらしい、生活苦を訴えるがみがみ妻の小言を日々聞かされ、大いに吟思を乱されながら、パッラダス先生は「少達多窮文士常」とまでは悟れなかったのである。ましてや伊藤仁斎のように、「儒生貧亦好し」などと嘯く余裕はなく、作品の中でしきりに極貧をかこっている。詩人は、口に糊してゆくためにやむなく就いた生業を嫌っていた。さらに悪いことには、学校教師は薄給であるばかりか、そのわずかな月謝すらもちょろまかされ、時に支払われることさえもなかったことが、次の詩からわかる。実に悲惨な生活であったらしい。

ここにいるのは、サラピス*が瞋恚を抱く諸先生、
「呪わしき憤怒」から始めるお歴々。
そのもとにゃ乳母が仕方なしに毎月謝金を持ってくる
雀の涙ほどのお鳥目を紙にくるんで。
まるでお香のように、そのわずかな月謝を、お墓にでも供えるみたいに
無造作に教壇の傍らに置くのだが、
そのわずかな謝礼からこっそり上前をはね、

銀貨に銅貨を混ぜたりして、お決まりの手数料をせしめるのだ。
謝礼を年俸として金貨で払うと約束する者もいたりはするが、
金を払う前に、十一か月で教師を変えてしまう。
こうして以前の教師を愚弄して、
一年分の謝礼を奪ってしまうというわけだ。

（同第九巻一七四番）

＊バビュロアからエジプトに導入され、盛んにその崇拝が行われていた最高神。

このように極貧の生活を送り、日々の生活にあえいでいたあわれな詩人の心をさらに暗くしたものは、キリスト教徒による圧迫、迫害であった。彼が生きていたのはキリスト教を国教と定めたテオドシウス帝の治下のことであり、世はキリスト教の天下となったが、ギリシア古典に養われた詩人は、なおも異教に心寄せ、キリスト教に改宗することを肯じなかった。異教的古代世界からキリスト教ローマ帝国、キリスト教的ヨーロッパへの大転換期に生き、ギリシア文化の伝統を背負った教養人として、容易にはキリスト教信仰を受け入れることができなかったのである。アレクサンドリアにおける異教徒に対する迫害は激しいものがあったが、後三九一年にアレクサンドリアでの司教テオピロスの扇動による異教徒弾圧は苛烈を極めた。その美貌を謳われ、終生異教徒として過ごした、ネオ・プラトニズムの女性哲学者ヒュパティアが、教会に引きずり込まれ惨殺されたのも、この弾圧の折のことである。異教徒的心情を保ち続けたパッラダスはこの大弾圧に衝撃を受け、その絶望感をこんな詩に託した。これは諷刺詩ではなく感懐詩とも言うべき作である。

われらギリシア人（びと）は、まことは死んでいて、ただ生きていると見えるばかりではないのか。
厄災に陥り、生を夢なりと観じて、
たとえわれら生きてあれども、
我らの生はもう死んでいるのであろうか？

（同第一〇巻八二番）

韜晦を用いた曖昧で難解な詩であるが、ここで言われている「ギリシア人」とは、当時異教徒に与えられた名称であり、ここでも明らかにその意味で使われている。これは、それまで陰に陽に圧迫、迫害されつつも、細々と命脈を保ってきた異教が、テオドシウス帝による強圧策に遭って、一気に瓦解したことに衝撃を受け、その終焉を悼む「嘆きの歌」にほかならない。テオドシウス帝の威光を笠に着た悪辣な坊主テオピロスが、暴徒を駆り立てて異教の拠り所であったセラピス神殿を、徹底的に破壊せしめたのであった。パッラダスは異教最後の拠り所であったセラピス神殿が破壊されるのを眼にして、そこに異教的古代世界が崩壊する音を聞き取ったのであろう。その嘆きは別の詩（同第一〇巻九〇番）の一節に、

われらギリシア人は、打ち砕かれ塵灰と化せし者ら、
死せる者らの希望にすがりいる者なれば。

という形で吐露されてもいる。キリスト教の天下となって異教が廃されたことへのあきらめは、いささか自嘲の気味を帯びたこんな諷刺詩としてもあらわれている。

鍛冶屋めが愛神の形を変えて、フライパンにしちまった。

それも道理よ、奴さんは焼くのが仕事だものな。

（同第九巻七七三番）

一方キリスト教徒に対する反感は、修道院に集まって住んでいる修道僧たちを皮肉ったこんな詩からも読み取れる。

修道士といふのなら、なぜ群がっているのかね？　群がっていて
どうして孤棲できるんだ。修道士の群れなんて、孤棲を騙るもんじゃあないか。

（同第一一巻三八四番）

これは字義通りには「孤棲者」を意味する「モナコス」たちが、修道院で集団生活をしている矛盾を突いたものだが、ここからもパッラダスがキリスト教に好意的ではなかったことが窺われる。

おそらくは異教徒としてキリスト教会から睨まれたためであろう、パルラダスはやがて薄給で露命をつないでいた学校教師の職さえも奪われるに至った。詩人は自嘲の念を込めて、それを詠って曰く、

わたしゃカリマコスも、ピンダロスも売りに出しましたわい、その上
文法上のすべての格もね、貧乏で落魄の身なんでね。
それというのも、ドロテウスめがわしの飯種の謝礼を取り上げ、
わしにけしからん使いをよこしたんでね。
親しいテオンさんよ、お助けくだされ。わしがこの生涯を
貧乏と固く結ばれたまま終わることのないようにしてくだされや。

詩女神（ムーサ）らの道具を、わしをさんざんに苦しめたものを、
売り払っておりますわい。商売替えをしましたんでね。
ピエリアの娘御らよ、さようなら。文字よおさらばじゃ。
統辞法（シュンタクシス）はこのわしに死をもたらしおったからな。

（同第九巻一七五番）

（同第七巻一七一番）

右の詩は両篇とも文法用語を絡めた地口、ことば遊びを交えていて、そこは翻訳不可能だが、ともあれ文法教師としての職を失ったパッラダスが、窮迫のあまり、おそらくは乏しかったであろう蔵書まで売りに出さねばならなかったことがわかる。自虐的な詩から、詩人の悲哀の声、嘆きが聞こえてくる。貧苦にあえぎ、惨めな落魄の生涯を送ったばかりか、キリスト教の迫害や重圧にも耐えねばならなかったパッラダスの詩は、全体として悲観的色彩に覆われ、諷刺詩ではあっても常に自虐自嘲的である。異教徒弾圧に際しては財産没収も行われたが、赤貧の文法教師には没収されるほどの財産もなかったはずである。蔵書までも売り払った詩人が、その後どのように生き、どんな死を迎えたのかは、まったく不明である。唯一の生業を失った貧しい詩人が、悲惨な形で窮死したであろうことは、容易に想像がつく。そんな絶望的な生活の中から生まれたのが、次のような、厭世観漂う暗い感懐詩、述懐詩である。

泣き声を上げて俺は生まれ、さんざん哭いてこの世を去るのだ、この俺は。
俺の生涯はあふれにあふれた涙の池よ。

おお、涙に満ちた人間の族よ、はかなくもあわれなものよ、
地上の光を拝むやいなや、たちまちに消えゆくものよ。

（同第一〇巻八四番）

われら人間はなべて死に見張られて、死の餌食となるために生きるもの。
理不尽にわけもなく屠られるあの豚どもとおんなじに。

（同第一〇巻八五番）

女性嫌い――女人諷刺の詩

このような暗く悲惨な生涯を背景として生まれた数多くの諷刺詩は、しばしば同時代の社会や世人に対する呪詛として噴出した。女人嫌悪は、諸悪の根源としてのパンドラを詠ったヘシオドス以来、古代ギリシア文化を特色づける一大特徴だが、パッラダスもまたそういう伝統的観念に深く侵されていた一人であった。口うるさく喧嘩好きの妻ばかりではなく、女性一般に対する不信や嫌悪の念は、随所にはけ口を見出し、毒をもった痛烈な諷刺詩として、読者の眼に供されている。その意味では、かれは女性諷刺の詩で知られる前七世紀の詩人セモニデスの裔だとも言いえよう。元来が人間嫌い、厭世的であったこの詩人が、とりわけ舌鋒鋭く攻撃したのは女性であった。かれが唯一讃美した女性は、先にその名を挙げた美貌の哲学者ヒュパティアのみであって、「ヒュパティア讃歌」一篇を遺している。

そういった女性嫌悪の詩を何篇かまとめて引いてみよう。

女はみんな癪の種。でも二度だけはありがたや。一度目は新手枕を交わすとき、
二度目はようやく息絶えて、あの世に行ってくれるとき。

（同第一一巻三八一番）

これはメリメの『カルメン』のエピグラフとして掲げられているから、知る人もいよう。女性嫌いが露骨に噴出した作である。

女はみんな性悪で剣呑なものだとはホメロスの教えるところ。
貞女だろうが淫乱だろうが、どっちにしても破滅の因。
ヘレネの不貞のために男どもがあまた斃れ、
ペネロペの貞淑ゆえに死人の山が築かれたのだから。
『イリアス』はただ一人の女人ゆえの苦難の物語。
『オデュッセイア』もまたペネロペゆえに作られたもの。

（同第九巻一六六番）

ゼウス様は火に代えて、女という別のものをくだされた。
ええくそ、女も火もこの世に現れなけりゃよかったものを！
火なんぞは瞬く間に消せようが、女というものはそれ
やむことなく激しく燃え盛る、消しようもない劫火じゃもの。

（同第九巻一六七番）

右の最後の一篇は、明らかにヘシオドスの『神統記』、『仕事と日』で語られる、パンドラ伝説を踏まえて書かれたものである。この手の諷刺詩は、われわれ日本人に訴えるところは少なく、一向に面白くもない。口うるさいがみがみ女を妻にもち、夫婦仲が悪かったからであろうか、パルッダスの女性不信、とりわけその貞操への不信感は根深いものがあったらしい。そんな趣の詩を二篇挙げておく。いずれもよく似た内容の詩である。

もしもあんたが自慢げに、憚りながら俺様は女房のやつの言うなりに
へいこらなんぞしちゃおらんと言うのなら、そりゃたわごとというもんだ。
世に言う「木石より生まれた身」でない以上、世に在る大方の男がみな否応なく
耐えている状態を、夫子とてやはり耐えていて、女房の尻に敷かれているのだよ。
でも「俺は上履きで横っ面を張られたこともなく、女房は身持ちがいいもんで、
こちとらが眼をつぶらにゃならんような真似はせん」と言うのなら、
そりゃ奴隷としての待遇がちとましだということさ。
分別をわきまえた、あまり厳しすぎないお方に身を売った場合はね。

（同第一〇巻五五番）

女房に虚仮にされている御亭主連に言うておく、
一目見てそれとすぐわかる貞淑の印なんてものはないのだよ。
醜女だからとて身は潔白とはかぎらんし、
別嬪だからふしだらと決まってもおらんのだ。
女というものは、器量目当てでたんまりと入れ揚げる男には

靡いたりはしないのだ。ご面相のひどい女でありながら、
夫婦のあれには飽き足らず、あれをしてくれる情夫たちにゃ
たっぷりと情けをかけるのは、よく眼にするところ。
しかつめらしい顔をして、笑顔のひとつも見せはせず、
男たちの眼に触れるのを避けている女でも、
貞女の鑑というわけにゃいかんのだ。それどころか、
貞操堅固な女なるものが、人知れずしてあばずれなこともあるのだよ。
かと思えば陽気な性に生まれつき、男には誰にでも愛想のいい女が、
貞女だってこともある。女というものが、かりそめにも貞淑ならばの話だが。
年齢だって当てになりゃしない。年はとっても因果なことに、
色欲だけは衰え止むことはないのだよ。
そこで女の立てる誓いを信じるほかはないのだが、誓いを立てたその後で、
女はまた新たな十二神を探すのさ。

（同第一〇巻五六番）

いやはや女人不信もここに極まれりとの感がある詩だが、高い教養をもちながら生涯不遇で、虐げられ、惨めな生活を送っているうちに、人生への怨みが内部で酸敗し、人間不信、女人不信を募らせていったのであろう。苦い笑いを含んだその詩は、蜀山人大田南畝と並ぶ狂詩人の双璧と見られていた銅脈先生の狂詩を思わせるところがある。行きつく果ては深く厭人・厭世思想に貫かれたペシミズムであった。この詩人の、

裸で地上に生まれ出て、裸で地下に下りゆく。
裸で死ぬときまったものを、あくせくとして、なんとしよう。

(同第一〇巻五八番)

浮世はのう、所詮あそびか芝居小屋、くすむ心をさらりと捨ててかぶきたまえや。
それは御免と言いやるならば、忍びたまえや世の憂さを。

(同第一〇巻七二番)

という二篇の詩は、この特異な諷刺詩人が、人生の果てに行き着いた悲しい諦念を集約的にあらわしていると言えよう。

十　女性詩人たち

ギリシアの女性詩人

世界文学史上間違いなく最大の女流文学者である紫式部をはじめ、平安文学においてあまたの女流文学者、女流歌人を輩出したばかりか、近・現代文学においても多くの女性文学者たちが活躍しているわが国の読者は、女性が文学において大きな位置を占めていることを、特に不思議とも稀な現象とも思ってはいないのではなかろうか。だが、世界文学、東西の詩史を覗いてみると、これがむしろ稀に見る文学現象であることがわかる。知られるかぎりでは、世界文学史上最古、最初の詩人と言えるのは、実は女性なのであるが（前二四世紀にシュメール語とアッカド語を用いて神々への讃歌を書いた、サルゴンの王女エンヘドゥアンナがそれである）、歴史的に見ると、東西古今の文学において女性詩人の数は決して多いとは言えないのである。例えば『詩経』に始まる三〇〇〇年近い文学的伝統を有し、一応詩史に名をとどめた詩人だけでも四〇〇〇人近くいるという中国においては、詩人として名を残した女性は数少なく、一流の詩人となるとその数は極端に少なくなってしまう。女性詩人で男性詩人たちに伍して一流と言えるのは、漢代の大学者蔡邕（さいよう）の娘で「悲憤の詩」によって知られる蔡琰（さいえん）（彼女の作も真作である

竪琴を弾く女性

かどうか疑われているが)、「怨歌行」の班婕妤、それに宋代に詞人として盛名のあった李清照ぐらいなものである。詩は官人、士大夫の文学だったのである。わが国では森鷗外の小説によって名を知られる唐代の詩妓魚玄機や薛濤にしても、必ずしも一流の詩人とは言いがたい。

眼を西方に転ずれば、ローマのように、ウェルギリウス、カトゥッルス、オウィディウス、ホラティウス、プロペルティウスをはじめとする名高い詩人たちを数多く輩出しながら、女性詩人としては、アマチュア詩人であった十代の年若い女性スルピキアたった一人しか出さなかった国さえもある。ヨーロッパの詩史を通じてみても、名をとどめた女性詩人の数は決して多いとは言えないのである。

そんな中で、古代ギリシアは比較的多くの女性詩人を生んだ地であった。「十番目の詩女神」として讃えられたサッポーは別格としても、コリンナ、テレシラ、プラクシラ、モイロ、アニュテ、ノッシス、エリンナ、ミュルティスなどの詩人がギリシア抒情詩史を飾り、それに華やかな彩りを添えたのである。『ギリシア詞華集』の中で、詩人テッサロニケのアンティパトロスは、これらの名ある女性詩人たちを、こう詠っている。

ヘリコンとマケドニアのピエリアの巌とが、
歌もて養いし神さびたる声もつ女人らがこれ。
プラクシラ、モイロ、女性のホメロスなるアニュテ、
巻き毛うるわしいレスボスの女たちの栄光なるサッポー、
エリンナに、その名も高きテレシラ、それにおんみ、
アテナ女神の盾歌いしコリンナ、
女性らしいやさしきことばもて歌いしノッシス、甘い声もつミュルティス。

そのいずれもが不滅の詩書（ふみ）の頁生み出したる詩の工匠（たくみ）。
大いなる天は九柱の詩女神（ムーサ）らを生み、
地はこれらの女人を生んだ、人間たちの尽きることなきよろこびとして。

（『ギリシア詞華集』第九巻二六番）

これらの詩人たちのほかにも、詩人へデュロスの母であるヘデュラ、メリンノその他の女性詩人たちがいた。ただ遺憾ながら、テレシラ、プラクシラ、モイロ、ミュルティス、エリンナなどは、その作品がほんの一部しか伝わっていないか、散佚湮滅してしまったため、詩人としてのその真価は知りえない。前五世紀の詩人プラクシラは、その「アドニス讃歌」のごくわずかな断片が伝わっているが、それは冥府に下ったアドニスが地上に残してきたものを惜しんで歌う一節で、そこに

地上に残してきたもので最もすばらしいのは陽光（ひのひかり）、
次いで耀く星々と月の面輪、
熟した林檎に、梨に、胡瓜。

とあるために、リンゴや梨、胡瓜のようにつまらぬものを太陽や星辰、月と並べているとはあきれた話だとされ、「プラクシラのアドニスよりも馬鹿だ」という諺を生んだことで知られている詩人である。

　本章では、かつて私がアニュテ、ノッシス、エリンナの詩の何篇かを翻訳紹介したのを除くと、これまでわが国ではまったくと言ってよいほど、その作品にふれられたり、詩人として論じられたりもしたことのない四人の女性詩人、コリンナ、アニュテ、ノッシス、エリンナを取り上げ、その横顔（プロフィール）をごく簡略に素描してみたい。ア

ニュテ、ノッシス、エリンナの三詩人は、女性詩人として古今に冠絶するサッポーのような大きな存在ではないが、ヘレニズム時代を代表する女性詩人であり、その名を世に馳せたすぐれた詩人であった。古今を通じて女性の文学者が多く、多くの女流歌人を輩出したばかりか、現在もなお詩を書く女性たちがあまたいるこの国であってみれば、わが国の読者に古き世の女性詩人たちの存在を知らしめ、その作品の一斑を紹介するのも、あながち無意味とは言えないであろう。

本章であつかう四人の詩人は、コリンナを除くと、いずれも『ギリシア詞華集』にその作品をとどめている詩人たちである。エリンナ、アニュテ、ノッシスの三人の詩人にしても、知られていることは少なく、言いうることはごくわずかでしかない。最初に取り上げるコリンナからしてそうであるが、エリンナは残された作品があまりにも乏しいこともあって、わずかな言を費やしただけで語り尽してしまうことになるが、これも致し方なかろう。かつてその詩名を謳われ、高く評価されていた詩人であるだけに、失われた部分の大きさを嘆ずるのみである。最初にコリンナにふれ、次いでアニュテ、ノッシス、エリンナの順で、「神さびたる声もつ女人」たちの姿を垣間見よう。

コリンナ――再発見された知られざる詩人

コリンナはサッポー以後の女性詩人としては、最も詩名が高かった詩人である。パウサニアスによれば、当時の最も美しい女性の一人だったともいうが、それなのになぜか「蠅」と綽名されていたとのことである。彼女はボイオティアのタナグラに生まれ、やがてテバイに出て、そこで詩人として活躍した。ポントスのヘラクレイデスによれば、タナグラはその女性の美しさが際立つ町であったという。今日ボイオティアはタナグラの生んだ詩人コリンナの名が、ギリシア抒情詩史に登場することがあるとすれば、それはほとんど常に同郷の詩人ピンダロスとの関わりにおいてである。その状況に依然として変わりはない。ボイオティアの方言で詩を綴ったローカルな詩人であるこの女性その人が、詩人として論じられたという例は、寡聞にしてあまり聞かない。少なくともわが国の古典学者で、この詩人にふれた人はいないようである。コリンナが若き日のピンダロスに作詩の要諦を教えたとか、ボイオティアでの詩の競技会でピンダロスを五回にわたって打ち負かし、ピンダロスが立腹して彼女を「雌豚」と呼んだとかいう話が伝わっているが、すべて信を置くに足りない。タナグラの町の運動場に彼女の肖像画が掲げられていたとか、町の中心の目立つ所にその墓があったという、パウサニアスの証言もある（『ギリシア案内記』）。郷土では名高い詩人として知られていたということであろう。ピンダロスとの関わりを示すものとして、この詩人の

してわたしは声さわやかなミュルティスをも咎めよう、
女の身にしてピンダロスと詩技を
敢えて競おうとしたがため。

（ペイジ・Lyr. Gr. Sel.・六六四）

という断片が伝わっている。ミュルティスはピンダロスとコリンナの詩作上の師であったとも伝えられる詩人である。とすれば右の断片はやや奇妙な印象を与えるが、前後関係がはっきりしないため、なんとも言い難い。
コリンナがピンダロスとほぼ同時代の人で、それよりやや年長だとすると、前六世紀末から前五世紀前半に生きた詩人ということになるが、今日断片として伝わっているわずかな詩のテクストが前三世紀のものであることから、ローベルのごとくコリンナは前三世紀つまりヘレニズム時代の詩人だと主張する学者もいる。いずれにせ

よ、五巻からなる詩集があったとされる彼女の作品は、一九世紀初頭にエジプトのヘルモポリスでかなりの量のその断片が発見されるまで、完全に失われたものと思われていたのである。この詩人はかなりの多作の人であったと見え、ボイオティアの方言を用いて、テバイにまつわる神話伝説を主題とした物語的抒情詩「ボイエトス」、「テバイに向かう七将」、「エウオニュミエ」、「イオラオス」、「オリオンの帰還」、「父祖の歌」と呼ばれる神話を彼女流に語り直した作品を書いたとされる。だがわずかにキタイロン山とヘリコン山の歌比べを物語った「ボイエトス」の比較的長い断片や、河神アソポスの九人の娘たちを詠った詩の断片などが伝わっているのみで、その作品はほとんどすべてが亡佚した。ピンダロスと同様に郷国ボイオティアへの愛が強かったらしく、敢えてボイオティアの方言を用いて詩作したのもそのためであった。だがピンダロスが眼をギリシア全土に向け、ドリス方言を用いて詩作し汎ギリシア的な詩人となったのに対して、コリンナはひたすらボイオティアのみに眼を向けていた。また彼女がもっぱら神話伝説を主とした詩を書いたのは、古くから神話伝説に富み、神話的雰囲気につつまれた古都テバイを舞台に活躍したからであろう。ある詩の断片に、

テルプシコレが、白い衣まとうタナグラの女たちに
歌い聞かせよと、うるわしい古き物語(はなし)をしてくれた。
町の人らは燕の歌のように澄み切った私の声を喜んでくれたもの。

（ペイジ・Lyr. Gr. Sel.・三九四・一—五行）

と詠われているように、ボイオティアの人々に向かって郷国ボイオティアの地を詩で讃えること、それがこの詩人の一生の課題となり、彼女の詩才はすべてそこにそそがれたのであった。この詩人がローカルな存在に終わったのも、そのためである。

コリンナの作品として世に多少なりとも知られているのは、判読可能な詩行が断片の形で六〇行ほど残っている、擬人化されたキタイロン山とヘリコン山が、歌比べをするという内容の詩である。擬人化された山同士の争いというと、われわれ日本人は、直ちに天智天皇作の長歌、

香久山は　畝傍を愛しと
耳梨と　相争ひき
神代より　かくなるらし
古へも　然なれこそ
現身も　妻を　争ふらしき

（『万葉集』巻一・一三）

を脳裡に思い浮かべることと思うが、同じく擬人化された山の争いを詠ってはいても、コリンナの詩はそれとはまったく趣が異なる。ちなみにキタイロンもヘリコンも、共にボイオティアにある山で、前者はその峰がゼウスの聖地とされ、赤子のオイディプスが父ライオス王の命によって遺棄された山、後者は詩女神たちの聖地として知られる山である。神話伝説によれば、キタイロンはもとはアステリオスという名の若者であったが、復讐女神エリニュエスの一人ティシポネが彼に恋して拒まれ、怒って頭髪の蛇を抜いて投げつけ、殺してしまったが、神々によってキタイロンと名を変えられ、山となったのだという。キタイロンとヘリコンは山に姿を変えられる前は、仲の悪い兄弟だったなどとする神話伝説もあった。

ボイオティアの方言、それも素朴な言語で綴られたこの詩は、ゼウスの誕生にまつわる神話伝説をテーマとしている。わが子に支配権を奪われることを怖れて、生まれてくる子供たちを次々と腹中に呑み込んでしまう夫ク

ロノスから、レア女神がクレテスの助けを借りて末子のゼウスを救った話が語られていたことが、断片から明らかである。ヘシオドスの『神統記』に学んだ作である。最後の部分、すなわち歌い終わったキタイロン山が、神々の裁定により勝利を得た場面は、次のような具合に終わっている。キタイロンがヘリコンに勝ったと詠うことで、コリンナは自分の詩が、ヘシオドスの流れを汲む詩人たちに勝利したことを暗示しているのではないかとする見方もあるが、そのあたりは確かではない。

左にその最後の部分を訳出しておくが、言うまでもなく、拙訳はボイオティア方言の独特の素朴な味わいも、音楽性豊かと評される詩句の美しさ（これは容易には感得できるものではないが）も、伝えてはいない。翻訳はかろうじてその大意を伝えるのみである。

「…………
クレテスは女神の聖なる赤子を
洞窟に隠したもの、
クロノスに見つからぬようにと、
至福なるレアがその子を盗み出せし折のこと。
それにより女神は、神々の間で
大いなる栄誉を得ることとはなれり」（キタイロン）かく歌えり。
されば詩女神（ムーサ）は直ちに神々に、
票決の石をひそかに黄金色に輝く
壺中に投じよと命じたまえば、

神々はそろって座を立ちたり。
キタイロン大方の票を得ぬ。
さればヘルメス叫び上げ、
かれこそ望みの勝利をば得たりと
告げぬ。至福なる神々は
かれに花冠を戴かせ・・・
かれが心はよろこびにあふれぬ。
されどヘリコンは
苦々しき敗北を噛みしめ、巌を［吐き出し］
それらをこなごな砕きて小石となしぬ。

（断片六五四・キャンベル）

御覧の通り、日本語に訳すと身も蓋もないものになってしまうのだが、正直に言ってこの断片に関して言えば、原詩自体がおよそ面白いものではなく、傑作とも思われない。作品のほとんどが失われて伝わらないから、わずかな断片によってその詩才を凡庸なものと断定することは避けねばならないが、この詩人が高い詩名を得ていたことが不思議に思われるほどである（河神アソポスが、神々にさらわれ姿を消した娘たちを探し求めることを詠った断片は、さらに詩興に乏しい）。

わずかな断片のみをとどめるだけのコリンナは、どうあっても、今日のわが国の読者の関心を惹くに足るほどの存在ではないことは確かだ。ただわが国ではその存在すらも全く知られてはいないが、古代ギリシアには、かような女性詩人もいて、それなりに詩名を馳せていたのだということを紹介したまでの話である。

アニュテ――学匠詩人「女性のホメロス」

先に引いたシドンのアンティパトロスの詩に、「女性のホメロス」という、いささか大仰な表現でその名を挙げられているアニュテは、『ギリシア詞華集』に作品二五篇が彼女の作として収められている詩人であって、伝存する作品はすべてエピグラムである（そのうち確実にこの詩人の真作と断定されているものは一九篇）。エピグラム詩以外に抒情詩も書いたとされ、おそらく在世中にその詩集を世に問うていたものと推測されるが、それらはすべて湮滅して伝わらない。

アルカディアの小邑テゲアの町に生まれたアニュテは、初期ヘレニズム時代の詩人であって、前三世紀の初頭に活躍したものとされており、いわゆる「ドリス＝ペロポネソス派」の詩人の一人に数えられている詩人である。ヘレニズム時代の詩人の例に洩れず、彼女もまた学殖深い「学匠詩人（docta poetria）」であり、在世中から詩人としての名は高かった。アンティパトロスがこの詩人を「女性のホメロス」と呼んだのは、その偉大さを言ったものではなく、彼女の詩が言語的にホメロスに負うところが大きいことを指しているものと解される。

アニュテの清楚な詩風は、『花冠』に寄せたメレアグロスの序詩では百合の花に喩えられており、いかにも女性詩人らしいやさしさと繊細さにあふれたその詩は、たとえ翻訳を介してでも、わが国の読者にも、なにほどかは訴えるところがあるのではないかとも思われる。これからそのエピグラムを何篇か掲げるが、そのほとんどがエピグラム本来の形に添って書かれた碑銘詩・哀悼詩、奉献詩、事物描写詩（エピデイクティカ）であって、ただ一篇を除くと他はすべて四行詩であるのも、その一特質をなしている。愛をテーマとした詩がないのは、アスクレピアデスによって愛がエピグラム詩に導入される以前の詩人だからにほかならない。アニュテは、男性が圧倒的な支配力を揮った前五世紀、前四世紀を経て後、ヘレニズム時代に入って最初に登場した女性であり、前世紀までの詩人たちのように、英雄的な功業・事績を讃えたりするのでなく、その視線を日常的な生活レベルへと移して、女性や、子供、小さな動物といったものに眼を向けて、こまやかな感情を込めてそれを詠ったところに、その特長があると言ってよい。また総じて自然というものに関心が薄いギリシアの詩人にしては異例なほど、自然の風景に惹かれ、牧歌的エピグラムを創始したことでも、記憶に値する詩人となっている。

詩人アニュテの魅力の一つは、なんといっても女性ならではのやさしさにあふれた哀切な碑銘詩・哀悼詩にある。そのような詩を何篇か引いてみよう。

娘クレイナの墓の上で母は悲痛な声あげ、
命短かったいとし子の死を嘆いた、
まだ婚礼もせぬままに、アケロンの青黒い流れを越えて
逝ってしまったピライニスの名を呼びながら。

（『ギリシア詞華集』第七巻四八六番）

わたしの悼み嘆くは処女アンティビアのこと。
その美しさと聡明とを伝え聞き、
あまたの婿がねが父上の館に押し寄せたもの。それなのに、
いまわしい運命が最後にやってきて、皆の希望を蹴散らしてしまったとは。

（同第七巻四九〇番）

幸せな花嫁の部屋とおごそかな婚礼のかわりに、母はおまえの大理石の
墓の上に、背丈も美しさもおまえにそっくりの乙女の像を建てました。
おまえはもうこの世の人ではありませぬが、
こうして母は今もなお、おまえに話かけられます。

（同第七巻六四九番）

右の三篇は、いずれも年若い娘を亡くした母の嘆きを詠ったものだが、わが国の読者ならば、愛娘子式部を失った和泉式部が、亡き娘を悼み偲んで堰を切ったようにその嘆きを詠んだ哀傷歌を想起するのではなかろうか。

などて君空しき空に消えにけん淡雪(あは)だにもふればふる世に
置くと見し露もありけりはかなくて消えにし人を何にたとへむ
もろともに苔の下には朽ちずして埋(うづ)まれぬ名を見るぞ悲しき

遥か昔のギリシアと平安朝の日本という遠く時空を隔てた作品でありながら、その哀切な響きは、きわめて近いものがある。

わが子を亡くした悲しみを味わい、それを悲傷するのは母ばかりではない。次の詩は、うら若い愛娘を喪った父の悲嘆と、父を残して世を去らねばならぬ娘の哀しい気持ちを詠っているが、その悲痛な声は、われわれ現代の読者の心をも揺さぶらずにおかない。

いまわの際(きわ)に臨んで乙女エラト、両手もて父のうなじ抱きて、

あふるる涙頬につたわるままに遺せしことばは、
「ああ、いとしいお父様、わたしはもうあなたのものではありませぬ、
真黒な覆いが眼にかかり、もう暗いところへ行ってしまいます」。

(同第七巻六四六番)

右に引いた、未婚の娘を若くして失った父母の嘆きを詠った哀悼詩は、私の脳裡に、貧窮の裡にまだ嫁がぬ娘を死なせてしまった父親が、その嘆きと後悔の念を詠じた中国清代の詩人高岑の、「女(むすめ)を哭す」という詩を浮かべさせるものだ。死んだ娘にせめても死出の旅路を飾ってやろうと、花嫁衣裳を着せかける父親の哀しい心情がにじみ出ていて、アニュテの詩に詠われた父母の悲嘆に相通うものがある。

貧家生小倹梳妝　　貧家は生小より梳妝(そしょう)を倹す
竹笥練裾少盛装　　竹笥練裾(ちくしそくん)盛装すること少なし、
繍得羅襦幾回着　　羅襦(らじゅ)を繍い得たるも幾回か着たる
送終猶是嫁衣装　　終わるを送るに猶お是嫁するの衣装

女性詩人として、アニュテは女性の詩を悼む碑銘詩・哀悼詩を制作することを依頼されることが多かったのであろう。ここには、第五章で見たシモニデスの碑銘詩・哀悼詩などとは明らかに質を異にする詩的世界が繰り広げられている。ここには女性の眼を通じての死の姿が詠われているのが感じられるのである。

アニュテはまた、犬や兎、蝉やキリギリスといった小動物のための哀悼詩を作った最初の詩人でもあった。このテーマの詩はその後大流行し、彼女の作を模倣して多くの詩人たちが動物の死をテーマとした同工異曲の作を生んだが、彼女自身の詩を含め、これらはすべて文学的虚構としての哀悼詩である。可憐な一篇だけ挙げておこ

う。

畑の鶯であるキリギリスと、樹木(きぎ)に好んでとまる蝉とのために、
ミュロが一緒の墓を造ってやりました。乙女らしい
熱い涙をそそぎかけながら。情けを知らぬ冥王(ハデス)が、彼女の手から、
遊び相手を二つもさらっていってしまいましたから。

（同第七巻一九〇番）

詩人としてのアニュテの功績の一つは、牧歌的風景を詠ったエピグラムを創始したことである。このたぐいの牧歌的エピグラムは、彼女以前には見られなかったものである。ギリシア人が自然の風景というものに必ずしも、鈍感でなかったことは、ホメロスやヘシオドス、それに何よりもサッポーの詩から窺い知ることはできるが、不思議なことに、牧歌的風景そのものを詠った詩はほとんどと言ってよいほど存在しなかった。万事人間中心のギリシアでは、中国の山水詩やわが国の和歌の自然詠のようなものは生まれにくかったのであろう。アニュテはそこへ、ごく卑近な、日常的な牧歌的情景を描いた詩を導入したのであった。それらの詩は、簡素ながら独自の美しさと魅力とを備えていて、自然の風景に敏感なわれわれ東洋の読者の心をも惹きうるものとなっている。これも続けて四篇掲げることにする。

いざや来たりて坐したまえ、うるわしく繁ったオリーヴの葉陰に、
してこの愛らしい泉から甘露汲んで喉うるおし、
夏の炎暑(あつさ)に倦み疲れたその手足を憩わせたまえ、

さやさやと吹きくる西風にそをさらして。

（同第九巻三一三番）

この詩は、泉のための刻銘であろうかと思われる。次の詩は泉の傍に立つヘルメスの立像の台座に刻まれていたものであろう。あるいはそういう形をとった文学的虚構とも考えられる。

灰色に波立つ浜辺近く、風受けて鳴り騒ぐ並木の傍の三叉路に、
このわし、ヘルメスは立っておる、
道行くのに疲れた者らを憩わせんとて。それ、そこの泉から
澄み切った冷たいみずも潺湲と噴き出ておるわ。

（同第九巻三一四番）

葦笛を吹くパンの立像を詠ったこんな詩もある。

――獣狩りたもうパンよ、なぜにまた暗き蔭なす森に一人坐し、
甘き音立てる葦笛をひょうひょうと吹き鳴らしておられます？
――それ、この露けき山の辺で、雄牛どもが緑したたる牧草を心ゆくまで
食めるようにしてやろうと思うてな。

（同第一六巻二三一番）

いかにも後に牧歌の聖地とされたアルカディアの詩人ならではの作である。このような牧歌的エピグラムを創

始することにより、彼女は後に続くプラトン、ムナサルカス、メレアグロス、テオクリトスらによるこの種の詩への道を拓いたのであった。

詩作の視点を男性的なものから女性的なものへ、高邁なものから卑近な日常的なものへ移すことで、この詩人は文学的な器としてのエピグラム詩に、新たな風を吹き込み、その領域をも広げたのである。その意味は決して小さくはない。

ノッシス――やさしき女性詩人

『ギリシア詞華集』を彩る花の一つ、ノッシスは「大ギリシア（Megale Hellas, Magna Graecia）」と呼ばれていたギリシアの植民地である、南イタリアはロクロイ出身の詩人である。前三〇〇年頃の人で、『ギリシア詞華集』に碑銘詩、奉献詩など一一篇の詩を寄せている。この詩人には前二八〇年から二七〇年頃に出たとおぼしき詩集があったらしく、エピグラムのほかに抒情詩も書いたとされているが、湮滅して伝わらない。

ノッシスが世に知られているのは、誇りをもってみずからをサッポーに比肩するものとして詠った次の詩と、サッポーに倣って愛を至上のものとして讃えた詩によってであろう。前者はみずからのための碑銘詩という形をとった詩である。

見知らぬ人よ、典雅女神ら（カリス）が華なるサッポーを火と燃え立たせし、
歌舞うるわしき町ミュティレネへ航行（ふなたび）することあらば伝えてよ、
ロクロイの町こそは詩女神ら（ムーサ）に愛でられ、かの歌姫にも並ぶ詩才恵まれし

閨秀詩人(うたびと)を生みぬと。してその名はノッシスと。いざ行きたまえ。

（同第七巻七一八番）

ノッシスのこれほどの自負にもかかわらず、実際にはレスボスの生んだ「十番目の詩女神(ムーサ)」とノッシスとの径庭はきわめて大きく、ノッシスはサッポーに比ぶべくもない詩人であり、群小詩人とまでは言わないが、やはり彼女は『ギリシア詞華集』を彩る慎ましい花の一つでしかない。サッポーに学んだ跡が見られる彼女の詩は、『花冠』へのメレアグロスの序詩では、甘く香るあやめに喩えられている。

もう一つの詩は愛の象徴としての薔薇の花を讃え、敢然と愛にまさる甘美なるものなしと言い切っている。これは彼女の詩人としての信条を宣言した詩であって、失われた彼女の詩集の冒頭に置かれていた作だと推測されている。

「愛よりも甘美なるもの、何物もなし。なべてのよろこばしきものとても、
愛にはおよばず。われはかの甘き蜜さえ苦く覚えて吐き出しぬ」。
かく言うはノッシス。キュプリスの愛享(う)けしことなき人は、
ついには知らじ、かの女神の花薔薇(はなうばら)のいかなるものなるかを。

（同第五巻一七〇番）

愛を至上のものとする観念は、先に見たサッポーの名高い詩の中の、「でもわたしは言おう、人が愛するものこそが最も美しいのだと」という詩句の中に結晶しているが、右の詩は、それを踏まえ、その価値観を引き継いでの作である。この詩を解するためには、薔薇は愛の象徴として、ギリシア人の間では特権的な地位を占めていた

ことを知っておく必要があろう。右の詩では、薔薇はノッシス自身の詩を指すと同時に、官能的な女性の象徴ともなっている。

ノッシスはいかにも女性らしい詩人であり、また女性であることを強く意識していた詩人でもあった。その詩は一篇を除くと他はすべて女性に関わるものであり、また女性としての視点、立場から発せられている。いずれの詩も、女性らしく繊細なもの、愛らしいものへの愛着を示していると言ってよい。彼女には女性を描いた肖像画をテーマとした事物描写詩(エピディクティカ)が何篇かあるが、それらの詩はおよそ詩興には乏しいものの、詩人が女性的なるもの、その美しさに強く心惹かれていたことを物語っている。これは彼女がサッポーから学び取ったものであろう。そのような彼女の性向を示す詩を二篇引いてみる。

これはまさにメリンナそのひと、あの娘(こ)の愛らしい顔が、
わたしたちをやさしく見つめている様子をごらんなさい。
本当にあの娘(こ)は何から何まで母親そっくりなんでしょう、
子が生みの両親(おや)に似るのは、とてもいいこと。

(同第六巻三五三番)

この肖像画を遠くから見ただけで、その美しさと堂々たる姿で、
これがサバイティスだとわかります。
ごらんなさい。わたしが間近に見たいのは、あの女(ひと)の賢さと、
やさしげな様子。幸せな夫人よ、お健やかにましませ。

(同第六巻三五四番)

右の二篇の詩は、事物描写詩としては、いずれも出来栄えは上々とは言いかねる作だが、そこに女性としての視線がはたらいていることを感じさせずにはおかない。この詩で「ごらんなさい」と呼びかけられているのは、ロクロイでの女友達であろう。詩人はこれらの詩で、みずからが心惹かれ、その美しさを讃美している女性たちへと、読者の関心を誘っているものと解される。

「女人の世界」(mundus muliebris) であるノッシスの詩としてはやや毛色の変わった作だが、それなりにかなりの出来栄えを示している詩が一篇ある。シュラクサイ生まれの喜劇作者リントンのための碑銘詩がそれである。

ここをお通りなさるときは、からからと笑ってうち過ぎたまえや、
わしに愛想のいい言葉の一つもかけて。わしはシュラクサイ生まれのリントン、
詩女神(ムーサ)らの慎ましい小夜鳴き鳥。とは申せ、悲劇を巧みにもじって、
わしなりの常春藤(きづた)の冠編み上げることはしましたぞ。

(同第七巻四一四番)

リントンはノッシスと同時代の人物で、悲劇のパロディを書いた喜劇作者だが、その出身は実は南イタリアのタラスであった。ノッシスが、この人物のために、喜劇作者にふさわしい軽い諧謔を交えたこのような碑銘詩を書いているところからすると、二人は相識る仲であったのかもしれない。あるいは悲劇をもじるという、その創作態度に共感を覚えたものか。ノッシスには珍しいこの詩の由来は明らかではない。

不十分だが、以上がノッシスという詩人の横顔(プロフィール)一瞥である。

エリンナ――夭逝した天才少女

わずか一九歳で夭折したと伝えられるエリンナについて知られていることはまことにわずかでしかない。前四世紀末から前三世紀初頭にかけて生きた女性で、ドリス族系の島テロス島に生まれたと伝えられる。その主要な作品である、亡き女友達バウキスを偲んで作ったという、ドリス方言を用い、英雄六脚詩律（ヘクサメトロス）に拠って綴られた三〇〇行に及ぶ詩『糸繰り竿』は、完全に湮滅し、断片すらも伝存しない。彼女の作品としてわれわれの手許に遺されたのは、『ギリシア詞華集』に収めるエピグラム三篇のみである。うら若くして死んだこの詩人は、生前よほどその詩名が高かったものと見え、その夭折を惜しみ嘆く詩が、数多く作られている。その詩『糸繰り竿』は、『ギリシア詞華集』の逸名の詩人によって「ホメロスにも比肩しうるもの」とまで讃えられているのである。

これはエリンナのレスボスの蜜なる作。はつかなれども
詩女神（ムーサ）の蜜に隈なく浸された詩（うた）。
齢（とし）わずかに一九の乙女の三〇〇行の詩行（うた）こそは、
ホメロスにも比肩しうるもの。母を怖れて
糸繰り竿を手にしていようと、機織り機に向かっていようと、
やむことなく詩女神らに仕えた女（ひと）。
独吟歌（メロス）においてサッポーがエリンナに勝るほどに、
六脚詩律（ヘクサメトロス）においてエリンナはサッポーに勝る。

（同第九巻一九〇番）

アスクレピアデスによるそのうちの一篇は、先にこの詩人をあつかった章で、既に見たとおりである。

アンティパトロスにも、同じくエリンナの死を惜しんだ碑銘詩があって、そこではこんなふうに、亡き詩人が偲ばれている。

エリンナの遺した詩はわずか、また詠った詩題も多からず。
されどその小さな作品（さく）は詩女神（ムーサ）らの御心に適えるもの。
それゆえに忘れさられることなく、
漆黒の夜の翳（かげ）なす翼に覆われることなし。
われら後の世の数知れぬ伶人（うたびと）は、見知らぬ人よ、
忘却の淵に沈んで消え去るのみ。
白鳥の小さな歌声のほうが、
春の雲の中に響きわたる鳥どもの鳴き声よりずっとよいのだから。

（『ギリシア詞華集』第七巻七一三番）

同じくやはりエリンナを悼んだ詩として、逸名の作者による次の詩と、レオニダス（ないしはメレアグロス）の作とされる哀悼詩があるが、それをも掲げておこう。輝きに満ちた作品を後に遺して、あまりにも早く逝った詩人への哀惜の念が、いかほどのものであったかを思わせる作である。

蜜したたる詩（うた）の春の花を生み出しつつあったばかりの貴女（あなた）を、

白鳥にも似た口でうるわしい調べを歌いはじめたばかりの貴女を、
人間の運命（さだめ）紡ぐ糸繰り竿を手にした運命女神（モイラ）が、
死者たちの広い流れを越えて、アケロンへと追いやってしまった。
されどエリンナよ、貴女の遺したうるわしいことばの詩書（さく）は、
貴女が死んだのではなく、詩女神（ムーサ）たちの合唱に加わったのだと告げる。

（同第七巻一二番）

詩人たちの歌の集いで若々しい声でさわやかに歌っていたあの処女蜂（おとめ）が、
詩女神（ムーサ）らの華を摘んでいると、冥王（ハデス）が彼女を攫っていって
しまった、己が妃にしようとて。乙女が遺したあのことばこそ、いかにも
真実（まこと）を言い当てたもの「冥王（ハデス）さま、あなたは妬み深いお方」との。

（同第七巻一三番）

二番目のレオニダスの詩は、エリンナが亡き友バウキスの死を悼んだ哀悼詩の詩句を最期に巧みに織り込んでいる。エジプトはテーベの詩人クリストドロスの銅像描写詩によると、ゼウクシッポスの競技場には、糸繰竿を手にしてじっと黙して坐るエリンナの像が建てられていたらしい。

　さてかくも世の人々、とりわけ詩人たちによってその早すぎた死を悼み哀惜されたエリンナだが、現在後世のわれわれが手にすることができるのは、わずかに以下に引く三篇のエピグラムのみである。それは詩人としての彼女を知る上では、あまりにもわずかでしかないが、それでもバウキスの死を悼んだ二番目の哀悼詩のように、その豊かな詩才の片鱗を偲ぶに足るものもある。拙訳はその詩の面影をよく映しえてはいないが、そこに漂う悲

哀の念だけはなんとか伝ええたものと思いたい。

列柱とわが墓に坐すセイレンたちよ、冥王のものなる、
わずかな遺灰を収めた悲しみあふれる壺よ、
わたしの塚の傍を過ぎ行く人たちに挨拶を送ってくださいな、
それが町の人であれ、よその人であれ。
伝えてください、わたしは花嫁の姿で葬られ、父にバウキスと呼ばれ、
テノスの町の生まれだと。
そのことを知ってもらうため、そしてこれを墓に刻んだのは、
私の親しい友だったエリンナだということも。

（同第七巻七一〇番）

これは花嫁バウキスが墓。悲しみの涙あまたそそがれしこの塚の傍
過ぎ行く人よ、伝えてよ、このことば、地下なる冥王に、
「冥王さま、あなたは妬み深いお方」と。このうるわしき墓碑銘に
眼とむる人は悟らめ、バウキスが酷き運命を、
義父なる人の、かの乙女の屍焼く火を点じたまいしは、
そをもて晴れやかに祝婚歌うたいことほぎし、かの松明もてなされしことを。
してまたヒュメナイオス*さま、あなたはうるわしい祝婚歌を、
痛ましい哀悼の歌に変えてしまわれたとは。

（同第七巻七一二番）

＊結婚を司る神。

このように婚礼の宵に突如身まかった親友の死を悼んだエリンナ自身が、いくばくもなくして、一九歳という花の盛りの齢で、世の人々の哀悼と哀惜に包まれて、世を去ったのであった。その悲劇的な死が痛ましいと同時に、アンティパトロスによって「ホメロスに匹敵する」とまで絶賛されたその主要作『糸繰り竿』が失われたことは、惜しんでもあまりあることだったと言うほかない。

エリンナの作としては、右の碑銘詩・哀悼詩のほかに、女性の手で描かれた肖像画の迫真性を讃えた事物描写詩（エピデイクティカ）一篇が存在する。ノッシスの詩によく似た作で、取り立てて言うほどの詩でもないとの印象がある。これも訳出して最後に掲げておく。

この肖像は繊細な手で描かれた作。プロメテウスさま、
人間たちの間にも知においてあなたさまに肩を並べる者がおりまする。
この乙女の真に迫った姿を描いた人が、声をも添えることができたなら、
アガタルキスそのひとの全き姿となりましょう。

（同第六巻三五二番）

以上で、いかにも急ぎ足の粗雑な形でではあるが、ギリシア抒情詩に華やかな彩りを添え、その一隅を独自の色彩で染め上げた女性詩人四人の相貌の素描を終える。ほんの一瞥にすぎないかような粗い筆致では、わが国の読者に、その真面目を伝えることは到底できない。それでも、いずれの詩人もこの国ではほとんど取り上げら

れ、紹介されることもなかったから、それなりに小さな灯をともしたことになるのではないかと思う。

付　言語芸術としての『新古今和歌集』——ヘレニズム詩を念頭に置いて

本書はギリシアの抒情詩人たちとその詩的世界を素描したものであって、本朝の和歌を論じたものではないが、長らくヨーロッパの詩とりわけ古代ギリシアの抒情詩の世界に遊びつつも、一貫してそれに劣らぬ関心をもって親しんできた和歌についての小文を、付論として併せ載せることとしたい。ヘレニズム詩を多く念頭に置いて綴った和歌に関する随想であり、古典和歌というものを日本固有の抒情詩の形式の枠の中に閉じ込めて考えるのではなく、より広い東西詩史のコンテクストの中に置いて、詩としてのその相貌や特質を考えてみようとする試みである。これは、かつて小著『式子内親王私抄』を世に問うた折に、最終章としてそこに収めた文章だが、一人の日本人、東洋の一読者としてギリシアの詩に親しんできた私の言いたかったことなので、少々加筆してここに再録することにした。横文字屋の非学問的な放言として見られるなら、それでもよい。

本書ではギリシア上代（古典期）の詩人たちのみならず、ヘレニズム時代の詩人たちにもかなりの頁数を割いたが、この時代のギリシア詩、たとえば学匠詩人カリマコスの詩や『ギリシア詞華集』あるいは「アナクレオンテイア」などを読んでいると、東洋の読者としておのずと脳裡に浮かぶのは『新古今和歌集』であり、また「点鉄成金」の詩学を唱えた黄庭堅を祖とする江西詩派の詩、さらには明代以降の中国の詩である。わけても『新古今和歌集』を思わずにはいられない。ヘレニズム時代のギリシアの抒情詩を知りまた和歌（より具体的には『新古今和歌集』）を知る者ならば、誰しも気がつくことかもしれないが、時代と国を異にするこの二つの詩文学には、文学現象として不思議なほど相似た性格が認められる。すなわち、その本質において文学的学殖の産物であり、「文学から生まれた文学」、「本歌取りの文学」としての両者が示す相似性である。そこに視点を据えて、『新古今和歌集』という、ある意味では言語芸術、韻文文学の極致であるこの歌集を改めて眺めてみたい。以下繰り広げるのは主観を全面的に押し出した全くの私論であって、「比較詩学」とやらいうような学問的な作業では毛頭ないことをお断りしておく。

東西詩史から見た『新古今和歌集』

まず最初に『新古今和歌集』とは、いかなる歌集（世界詩史的に言えばこれも詩集と言うべきだが）であるか。それは間違いなく和歌文学の一つの芸術的頂点であり、詩的言語の可能性を極限まで追求し練磨した和歌（詩）の集成である。詩文学としての和歌というものの特殊性、独自性を強調するあまり、それを日本文学の内部からのみ考えると、その韻文芸術、詩文学としての全体の姿を見失ってしまうように思われる。その好例が、和歌に関しては一家言を有し、和泉式部や式子内親王について、詩人ならではの秀抜な論を吐いた詩人の萩原朔太郎である。朔太郎は、『恋愛名歌集』の序でこんなことを言って和歌の抒情詩としての独自性を強調している。

要するに日本の歌は、日本語の特質—實際それは世界的に特殊である—と關聯して、他國に類のない韻文である。したがつてその藝術價値も獨自であり、西洋抒情詩と優劣を比論し得ない。

日本語を特殊な言語と頭から決めつけてしまうことも問題だが、「西洋抒情詩と優劣を比論し得ない」と言い切ってしまうのも行き過ぎであろう。少なくとも両者を共に視野に入れて『新古今和歌集』を純粋に古典詩、韻文形式による言語芸術として眺め、その詩的・文学的完成度や詩文学としての発達の度合い、特質、性格などを考えることは可能であり、また無意味なこととは思われない。そういう発想法や手順を一切抜きにして、和歌を「他國に類のない韻文」と勝手に断定し、和歌だけをみつめてその文学的評価に及ぶと、

萬葉集等の歌は極めて高級な藝術であり、洗練された文化的表現を儘して居る故、この方の見地で見れば、或は短詩形の先端を行く、世界の最も進歩した抒情詩とも言へるであらう。

というような突拍子もない結論が出てしまうのである。

以下の『新古今和歌集』をめぐっての私論は、まあ素人の放言に近いものだが、国文学者による膨大な研究文献の九牛の一毛を覗いてみた限りでは、日本的抒情の一つの極限とも言えるこの歌集については、まだ言い残された部分が多々あるように思われる。つまり和歌文学というわが民族に特有な詩文学のコンテクストを離れ、東西の詩史、より狭くは抒情詩史という場に引き出して眺めた場合に、『新古今和歌集』とはいかなる位置を占める抒情詩の集積なのか、韻文文学としていかなる特質をもち、どれほどの芸術的評価に堪えうるものか、などといったことが、これまであまり、というかほとんど論じられていないという事実があるということだ。早い話が、たとえばわが国の和歌文学の極北の一つである『新古今和歌集』は、言語芸術、詩作品としては、ほぼ同時代にヨーロッパで栄えたトゥルバドゥールの詩や中世ラテン詩と比べて、その文学的・詩的完成度はどうなのかということを考えてみるのは、『新古今和歌集』の文学的評価を下す上で、決して無意味なこととは思えない。風巻景次郎が主張するように、『新古今和歌集』は王朝和歌というよりは実質的には中世に属する文学だとすれ

ば、ヨーロッパ中世詩に比べて異様なまでに言語の錬成度が高く、ほとんど形而上的な世界にまで達しようとしているかに見える藤原定家の歌などが、あの時代にわが国で生まれたことのもつ意味も、これを東西の詩史に照らしてはじめてわかるのではなかろうか。

また『新古今和歌集』を読む際に否応なしにぶつかる詩文学における技巧・詩的技法という問題を考える上で、「詞彩」というものの練磨に過度なまでに重きを置いた、修辞偏重の六朝の詩人たちの精妙華麗な詩を考えあわせることは、それなりに意味をもつはずである、さらに言えば、ヘレニズム時代のギリシアの詩文学は、偉大なる古典文化の終末期に立ち会った人々が生んだ文学として、ある面では『新古今和歌集』と不思議なほどよく似た面をもつが、両者に共通する文学現象がどのような形であらわれているか、それを観察するのもまた一興かと思われる。これは後にふれるが、一例を挙げれば、しばしば『新古今和歌集』前後の和歌文学に固有の文学技法であるかのように説かれることのある「本歌取り」の技法にしても、その実いささかもわが国固有のものではなく、夙にヘレニズム時代のギリシア詩人たちが好んでおこなっていたものである。「文学から文学を作る」という技法、宋代の黄山谷の唱えた「換骨奪胎・点鉄成金」の詩学、作詩の態度がいかなる文学を生んだかということを、東西の詩を念頭に置いて考えることは、言語芸術としての『新古今和歌集』の評価に、なにがしかは寄与するであろう。

以上のようなアポロギアを枕として、以下『新古今和歌集』の世界に足を踏み入れるとしよう。

万葉集派対新古今和歌集派

まずは『新古今和歌集』の文学的評価、抒情詩としてのその芸術性、詩的完成度、さらにはそれが読者の魂に訴える文学的な力、詩的迫力といったものについて考えてみたい。これは裏を返せば、「文学から生まれた文学」としての性格が濃厚な、ヘレニズム時代のギリシア詩について考えることにもつながるのである。

言い古されたことだが、日本古典文学の生んだ抒情詩すなわち和歌には、『万葉集』、『古今和歌集』、『新古今和歌集』という三つの頂点がある。このうち『万葉集』と『新古今和歌集』という二つの歌集は、和歌としての表現様式、歌風、言語表現において、常に最も対蹠的な典型をなすものと見なされ、その芸術的・文学的評価は、伝統文芸としての和歌の評価を二分する分水嶺の如きものとなってきた。つまりは表現自体は素朴で時には古拙であるが、読者の心に強くはたらきかける力を秘めた万葉集の直情流露の歌を、好し高しとする万葉集支持派と、実感・実情のもつ生々しさを極度に消し去って、知力を尽くして人工的に構築された古典的優美を身上とする新古今和歌集を高く評価する、新古今支持派とがいるわけである。

これは抒情詩における土着的なもの、自然なものに共感を抱く読者（あるいは歌人）と、これに対立する都雅と人工美により惹かれる読者（歌人）との感性の対立だと言ってよい。無論、両者ともにそれぞれ良さがあり、ともに抒情詩として同程度に高く評するという第三の立場に立つ読者がいてもおかしくはない。しかし好悪の感情までも含めてその文学的評価を突き詰めてゆくと、最終的にはどちらかに傾くのが本当のところではないのか。ミュッセやラマルティーヌといったロマン派の詩人たちの作品も、ヴァレリーやマラルメの詩も同程度に好きだという人物の詩的感性・審美眼は信用できないという向きもあろう。それはそれなりに理解はできるが、自分の好まぬ詩風・歌風の作品を、その文学的評価に直結させるべきではない。個人的好みから言えば、私は歌柄が大きく、しばしば雄渾で作者の心の波動が直に伝わってくるような万葉の歌を愛する者だが、しかしそのことは直ちに『新古今和歌集』の否定や貶下につながるものではなく、またそうあってはならないと思うのである。詩歌の文学的・芸術的評価は、文学趣味や好悪の問題とは一応別のものであるべきだろう。

式子内親王や西行の歌を別とすれば（修辞偏重の六朝の詩人たちの中で陶淵明が孤立した存在であるように、新古今にあっては西行は孤立した存在あって、その歌風は新古今的ではない）、定家に代表されるいわゆる新古今的な歌を、個人の好みとしては私はさほど好きなわけではない。和歌のヴィルトゥオーゾたちが繰り広げている幽玄幻耀な美の世界に感嘆感服はするが、その氷結した美、魂の鼓動が感じられない、人間不在の文学に深く心を動かされることはまずない。

しかし好悪の問題を離れて、こと純然たる言語芸術としての新古今和歌集を眺めた場合には、その詩的結晶度の高さ、東西の古典詩の中でも稀に見る洗練の極致、幽微、幽艶な美の世界といったものには、やはり瞠目せずにはいられないこともまた事実だ。これはほぼ同時代のヨーロッパの俗語詩の詩的完成度・成熟度の低さと、古拙としか言いようのない言語表現、稚拙さといったものを念頭に浮かべると、いっそうその感が深いのである。しかも当時の歌論を読んでみると、俊成や定家をはじめとする専門歌人たちが、結果として洗練の極みにある和歌を詠んだというだけでなく、詠歌という行為が、おそろしく研ぎ澄まされ、精緻に練り上げられた芸術理念に基づいておこなわれていたことがわかる。それは一面確かにマラルメやヴァレリーの詩論を思わせるところがある。私としても、なにも定家の詩法をマラルメのそれに擬するような真似はしたくはないが、詩的言語としての日本語の可能性を極限まで推し進め、これを磨きに磨いてその象徴的機能を最大限に引き出したその芸術的手腕は、好悪の感情を超えて高く評価すべきだというのが、主張したいところなのである。

どうやら筆が先走ってしまったようだ。問題は万葉集支持派と新古今集支持派の対立に関するものであった。そこに話を戻そう。

厄介なことに両者は、文学的嗜好の問題としてただ歌人たちや読者の内部でひそかに対立しているだけなら問題はないが、その対立は既に江戸時代において、国学者の間において生じていた。明治維新以後対立はさらに顕在化し、万葉集支持派は『新古今和歌集』を貶下し、これに対して新古今支持派は、その芸術性の高さ、洗練の度合いを和歌文学の極北として称揚し鑽仰して、相互に対立しあうという形をとってきた。それが明治歌壇における正岡子規と与謝野鉄幹の対立、両総帥の系統を引く『アララギ』派と『明星』派の対立としてあらわれたことは、文学史の教えるところである。風巻景次郎が戦前(一九三六年)に発表した「新古今集研究の方法的特性」という論文には、アララギ派の歌人土屋文明の『新古今和歌集』を貶下する「新古今集寸感」という一文と、当時『新古今和歌集』への傾倒を深めつつあった北原白秋の「多磨綱領」なる文章が、部分的にではあるが引かれている。この両者の新古今観は、万葉集支持派と新古今和歌集支持派の対立と相違とを、端的に示していると言ってよい。孫引きで恐縮だが、煩を厭わずこれを引いておこう。土屋は『新古今和歌集』蔑視の態度をあらわにして、こんなことを言っている。

「自分は萬葉集以外の歌集は殆ど讀んで居ない。また讀みたいともおもつても居なかつた。しかし最近職業上仕方なしに古今集と新古今集を引き続けて極大ざつぱに目を通してみた。……古今集も漠然考えて、つまらないだらうと評価して居たよりも實際讀んでみると遥かにつまらなく感じられたからである。此の感じは殊に新古今に於いて甚だしかつた。あの虚仮威しの鬼面に接すると、反感とか軽蔑といふより寧ろ滑稽にさへ感じられた」。

(傍点——引用者)

土屋の言っていることが事実だとすれば、いくら万葉派の歌人だとはいえ、『古今和歌集』も『新古今和歌集』も身を入れて読もうとしないとは、あきれた怠惰ぶりだが、それはさておき、右の一文はアララギ派の歌人における新古今蔑視、貶下がどれほどのものであったかを如実に物語っている点で興味深い。これと対蹠的なのが、北原白秋の次のような『新古今和歌集』称揚である。

「新古今に至つて此の三十一音節は藝術としての無比の鍛錬臺なつた。・・・まことに一首のために骨を鏤り心を彫り盡す、最良の良心と新様の美意識とが、遂に短歌をして、日本短歌上の最上の象徴藝術たらしめ、その内に籠る艶美と、嫋々たる十方の餘情とはまさしく幽人逸士の超世の機縁をも作つた」。

（傍点——引用者）

右に引いた二人の文学者の文章に見る如く、『新古今和歌集』の文学的評価に関しては、万葉支持派と新古今支持派とでは天地ほどの落差があり、その相違は限りなく大きい。万葉に共感する歌人や読者と、新古今に共感し、その洗練を極めた繊細絢爛たる美を高く評価する歌人や読者の対立の図式は、今もなお続いているように思われる。万葉か新古今かという問題は、日本人の抒情的感性を二分しているとさえ言えるのではないか。これは一般論になるが、万葉集が民族の歌として多くの人々に愛されているのにひきかえ、一読その意を解しがたい難解さゆえに、これを理解しその洗練を極めた幻耀な美を鑑賞するのには、相当な古典和歌の教養を要する『新古今和歌集』は、専門家や玄人筋によって好まれ、評価されていると言えるだろう。これは、

「当時の和歌は、すでに特殊なる文学的教養の上に立脚するものとなっていた」。「当時の歌は特殊の人々と、特殊の文学的教養を背景とする存在であった」。

（風巻景次郎「新古今時代」）

ことを考慮すれば当然のことであり、後世に生きるわれわれが新古今の世界に参入し、その詩美を感得するのは容易なことではない（それにしても、詩文学としての新古今の性格を言う右の風巻の言の、ヘレニズム時代の詩になんとよ

く当てはまることか。「当時の和歌は」という言葉を、「当時のギリシアの詩は」という言葉に置き換えれば、これはそっくりそのままヘレニズム詩の性格を言ったものとなる)。もっとも、折口信夫は専門家つまりは国文学者であり歌人でもあったが、新古今の文学的評価においては否定的であった。折口は「新古今前後」の中で次のように述べて、新古今を酷評している。

「新古今の時代の作者で困るのは、技巧がないと歌でない、といふ気持ちで居ることだ。白粉を塗らぬなら役者は廢めると言ふた様なもので、技巧をせぬなら歌を作らぬがました、といふ気分が濃厚に出てゐる。つまり文學としては救へぬ處に堕ちこんでゐる」。

つまり私が言ったことは、あくまで一般論にすぎないということだ。詩人では萩原朔太郎が、新古今を、「技巧的構成主義が到達し得た極致」だとして、きわめて高く評価している。

先にも一言ふれたが、万葉支持派と新古今支持派の対立は何も明治維新以降のものではなく、すでに江戸時代において、万葉復興の立役者である加茂真淵と本居宣長の論争という形をとってあらわれていた。周知のとおり宣長は『あしわけをぶね』において次のように述べ、『新古今和歌集』を和歌文学の極致、和歌の「至極セル處」として口をきわめてこれを称揚し、高く評価している。

「新古今ヲ花ノミニテ實スクナク、歌の風アシシトハ、歌ヲエミワケヌモノノ心得チカヘテイフコトナリ、大ナル誤リ也、新古今ノヨキ歌ドモハ花實アヒ具シテモットモメデタキモノ也・・・新古今ハ此道ノ至極セル處ニシテ此上ナシ、・・・メデタキウルハシキ事此集ニスキタルハナシ」。

荷田在麿もまた、論争の種となった『国歌八論』において、

「新古今集をば學者多く華に過ぎて實なしとてとらず。然れども、詞花言葉はもとより花を貴ぶべし」。と主張しており、定家の歌学・歌論を批判しつつも、藤原良経の歌を和歌文学の最上の作品として称え、きわめて高い評価を与えている。

このように『万葉集』よりもむしろ『新古今和歌集』を上位に置く人々はすでに江戸時代からいたわけだが、その一方で、先に引いた土屋文明の一文に見られるように、『新古今和歌集』を嫌い、これを否定的に見て、その文学的・芸術的価値を認めようとしない論者も少なからずいたことは、強調しておかねばならない。これは万葉を至上の和歌文学と見る一方、新古今を現実から詩的生命を汲み上げることのない人為的・人工的な文学、優美一途を目指した人間不在の空疎な文学の如く見て、その文学的価値を否認する態度である。土屋の「虚仮威しの鬼面」という標語はそれを端的に言いあらわしたものだが、かような新古今評価は、実感尊重のアララギ派の歌人たちと、その系統を引く人々の間では、今なお根深く尾を曳いてはいないだろうか。詩歌制作の動機としての実感を重んじ、「実情歌」つまりは作者の生活感覚や美的感覚を、真情流露した歌こそが本物の文学であるとする信仰は根強いものがある。『万葉集』の歌ばかりか、西行の歌や、したたるような感性、激情を吐きつけたかの感がある和泉式部の歌が、依然として多くの人々を魅了しているという事実はそれを物語っている。それに反して「文学から作られた文学」としての性格があらわである『新古今和歌集』は、その古典主義と、古典を媒介として生まれた虚構性のゆえに、むしろ不当に貶められ、その芸術性が十分に評価されていない憾みがあるように思われる。

ここで問題としたいのは、そのような『新古今和歌集』に対する否定的な見方であり、この歌集をある意味での抒情詩の最高峰、きわめて高度な芸術的達成とは見なさない文学観である。私は、『新古今和歌集』が『万葉集』との比較や対立の図式で論じられたり評価されたりすることは、不幸なことだと思う。その歌風や抒情の質の相違をあげつらい、その高下優劣を論じること自体が非生産的でもあり、文学作品、韻文芸術としてのこの歌集の正しい評価を妨げることにもなると思うのだ。『新古今和歌集』という歌集には、和歌史のコンテクストから切り離したそれ自体としての評価を下すべきだろう。つまりは純粋に言語芸術、抒情詩として見た場合には、『新古今和歌集』とはいかなる作品なのか、その詩的・芸術的完成度はいかほどのものであり、東西の詩史の上でどの程度の位置を占めているのか、という観点からもっと論じられてしかるべきだと思われる。

私は比較文学というものを好まず、また学問としてもあまり信用していないが、和歌について言えば、これを和歌史というような狭隘な自己完結した世界に閉じ込めることなく、より広い東西の詩歌の世界に引き出して眺めることがあってもよいのではないかと思うのだ。それが比較詩学とやらの学問になっていなくとも、それはそれでかまわない。残念ながら私にはそれをおこなうだけの学識も力量もないが、いたずらに字句・技法の巧緻を競い、修辞の妙を誇る空疎な文学として新古今を貶下する人々は、万葉との比較においてそれをするのではなく、むしろ運思消磬・鏤刻の末に華麗な詩句を織りなした修辞主義の文学である六朝詩を念頭に置いて、『新古今和歌集』という歌集を考えるほうが、より正当な評価につながるというものだ。

『新古今和歌集』の文学的到達点

独断を承知でここで私なりの新古今観、その文学的・詩的評価をずばりと言ってしまおう。思うに、おそろしく高度な文学意識をもって作られた和歌を収めたこの歌集は、その芸術的な完成度、純粋な言語芸術としての結晶度、詩的言語の洗練・練磨の度合いといった観点からして、『新古今和歌集』こそは、やはり日本人による抒情詩の最高度の到達を示すものである。これは好悪の感情、文学趣味の問題を別として、そう言いたいのである。のみならず東西の古典詩全体の中においても、この歌集が最高位に位置付けしうるほどの、きわめて高い位置を占めていることは間違いない。すでに唐詩とそれを承けた宋詩において、世界の古典詩の中でも最高の文学的到達を成し遂げた中国文学は別格としても（尤も、新古今の歌の中にも唐・宋の詩に十分に比肩しうる部分はあると思うが）、古代・中世が生んだ文学としては、新古今は異例なまでに詩的純度・完成度の高い文学であることは否めまい。これを否定する人々には、こう問わねばならない。「では、この時代までに、純粋な言語芸術として、その詩的完成度において新古今に比肩しうるいかなる抒情詩があるのか。かように高度な文芸技法や、練磨され洗練をきわめた詩的言語を生み出した文学は、いついかなるところに存在したのか」と。

堀田善衛はその著『定家名月記私抄』で、定家の

雪さえて峰の初雪ふりぬれば有明のほかに月ぞ残れる

という歌にふれて、その巧緻のきわみとも言うべき技巧に感嘆し、その才能に賛辞を呈して、

「それは実におどろくべき才能であり、かつそれ自体でひとつの文化をさえ呈出しえてさえいるのである。（中略）

それは高度極まりないひとつの文化である。そうして別に考えてみるまでもなく、中国だけを除いてはこの十二世紀から十三世紀にかけてかくまでの高踏に達しえた文化というものが人間世界にあって他のどこにも見ることがないというに至っては、さてこれを何と呼ぶべきか誰にしても迷わないでいられないだろうと思う。この時代の西欧世界のことなど言う必要もないのであって、美どころか無骨この上ない原始的な宗教画などに肌の荒い情熱が燃えさかっていた時のことである」。

と言っている。まことにそのとおりだと思うのだが、当時は中国を中心とする東アジア文化圏、イスラム文明圏に比べて、文化的に最も遅れをとっていたのが西欧文明であったから、その文学・言語芸術の水準が低かったのもまた当然のことであった。

先にもふれたが、文学の言語というものは成熟に時間を要するものである。概して言えばヨーロッパ中世の抒情詩などというものは、長らくラテン語に支配されて俗語の確立が遅れ、また俗語詩の発生と発展が遅れたこともあって、まずその言語自体が未だ未成熟で古拙の域を出ないものだし、その詩想もどちらかと言えば単純で貧しいものが多い。（とはいえ、十二、十三世紀に栄えたトゥルバドゥールの詩や、その影響下に発生したミンネジンガーの詩の中には、高度な詩技を駆使したかなり詩的完成度の高い作品もあることは事実だ。また堀田の視野にはアラブ詩やペルシア古典詩などは入っていない。彼の断定には、いささかの留保が必要であろう）。また日本人の漢詩に相当する中世ラテン詩にしても、私の読んだかぎりで言えば、その文学的成熟度や詩的結晶度の度合いにおいて、新古今の域に達しているものはほとんどないとしか思えない。日本人による漢詩と同じで、所詮は外国語による作詩であるから、それらは少なからず修辞学と学校文法の匂いをとどめている。

私はアラビア語、ペルシア語、サンスクリットを解さないから、アラビア古典詩、ペルシア古典詩、インド古詩に言及する資格はないが、ヨーロッパの学者やわが国の専門家による評価から窺うかぎりでは、ハーフェズやサアディーなどを擁するペルシア古典詩は、きわめて高度な、文学的・詩的完成度の高い作品を生んだようである。ペルシア語を学んでペルシアの大詩人の作品を読んだゲーテが、その詩の芸術的レベルの高さに嘆声を放ったことは、よく知られているところだ。

私の乏しい知識で言えば、抒情詩としては中国の古典詩とりわけ唐・宋の詩、ギリシア上代の抒情詩、新古今と不思議なほどよく似た側面をもつヘレニズム時代のアレクサンドリア派の詩人たちのエピグラム詩、ギリシア文学の「本歌取り」をその詩法のひとつとした古典ラテン詩などが、その芸術性や詩的完成度において『新古今和歌集』とよく拮抗し、また時にこれを凌ぐ水準に達しているのではないかと思う。頽唐美という点に関しては、新古今は晩唐の詩人たちの作品と相通うものをもつ。全くの独断、誇大妄想と笑われるかもしれないが、これを否定するならば、具体例を引いてその反証を示してもらわねばならない。

どうやら話がいささか抽象に流れすぎたようだ。ここで『新古今和歌集』の中でも最もいわゆる新古今的なるものを代表している歌人、「幽玄」だの「妖艶」だのといった美的理念を唱え、これを詠歌の中枢に置いた藤原定家と、それにつらなる歌人の作品を若干引いて、新古今を言語芸術の粋として高く評価する、わが独断の裏付けを試みよう。

まずは定家の広く知られた歌、夢を主題とした

春の夜の夢の浮橋とだえして峰にわかるる横雲の空

という歌を眺めてみる。あまりにも人口に膾炙した歌で、すでに諸家によって散々論じられ評釈されているからここで引くのも気恥ずかしいくらいで、この歌に関する私の創見、独自の解釈といったものがあるわけではない。それはひとまず棚に上げるとして、この歌は表面上の意味だけとれば「春の夜の短く、夢が途中で覚めて、夢見心地のなかに、明け方の空は、夜、山にかかっていた横雲が、今、峰から別れてゆく」(窪田空穂釈)あるいは「春の夜の夢がとぎれて、峰に横雲が別れ、離れてゆく曙の空」(久保田淳釈)というだけのことだ。しかしこのわずか三十一文字の小さな言語空間には、なんという豊かな物語が封じられていることか。新古今の特色の一つとして、和歌の物語化というか、和歌という極小な器の中でひとつの物語的世界を構築するという手法がとられていることが、専門家によって指摘されている。例えば定家の父藤原俊成は、『伊勢物語』の深草の女にまつ

わる物語を、

　　夕されば野べの秋風身にしみてうづら鳴くなり深草の里

との名高い一首に詠みなして、そのみごとな一例を残している。

「源氏見ざる歌詠みは遺恨のことなり」とは、俊成のあまりにもよく知られたことばだが、定家の右の歌なぞはまさに源氏物語の和歌への侵入、和歌の物語化のみごとな実例だろう。「夢の浮橋」とは、その実、単に夢のことを言っているにすぎないらしいのだが、この一語を和歌に導入することで、薫大将と浮舟との悲恋を描いた『源氏物語』の世界がおのずと想起されるし、定家はそれを意図してこの歌の世界を重層化し、この語にまつわる恋の情緒や雰囲気を一首の中にただよわせることを狙ったことは間違いない。「峰にわかるる横雲の空」とは無論実景ではなく、作者が脳裡に描いた幻想風景であり、後朝の別れを匂わせる表現だと言っていいだろう。それは甘美な春の夜の夢、「あふと見しその夜の夢のさめであれな」と西行の詠った見果てぬ夢を断たれた哀しみをたたえている。また諸注が教えるように、この下の句は、恋が半ばで途絶えてしまう嘆きを詠った『古今和歌集』壬生忠岑作の「風吹けば峰に別るる白雲の堪えてつれなき君が心か」との歌の、「峰に別るる白雲」を響かせてもいる。さらには、久保田淳氏が注しているところでは、この歌はかの名高い「朝雲暮雨」の故事、つまりは楚の懐王が昼寝の夢に巫山の神女と契ったとの、艶めいた面影もただよっているという。つまりはこの一首は、かほどにも小さな言語空間の中に、先行する古典によって織りなされたさまざまな文学的映像を、おそろしいまでに重ねて詰め込み、それによってイメージを重層化し、豊富化していることになる。それによって、本来春の歌であるこの一首は、豊かなことこの上ないイメージを読者の脳裡に描かせているのである。それはいかにも絵画的ではあるが、実景描写とは無縁の絵画性であって、作者定家の詩精神が描いてみせた、幻想的、物語的絵画にほかならない。

「美しさと悲しみとが不思議な融合を見せ、幻想的な情調を縹渺とただよわせている歌である」(『新古今歌人論』)との安田章生氏の評言は、十分に納得できるものだ。まさに和歌の手練たるに愧じないおそるべき力技であり、腕の冴えである。ひたすらに詩的言語(和歌の言語)のもつイメージの形成力に依拠して、これだけの甘美な幻想的世界を構築し得たということは、やはり驚嘆すべきことではないのか。All the fun is *how* you say it.(詩歌の妙味はその表現の仕方如何にあり)とはさる詩人の至言だが、詩歌とりわけ抒情詩は言語芸術の精髄であるからには、「何を(what)」を詠うかではなく、「いかに(how)」詠うかが問題だとすれば、その点では、定家のこの歌は、ひとつの極致を示していよう。これは鬼才定家一人の力によるものではなく、新古今の時代の和歌が、純粋な言語芸術として、かような程度の作品を生み得る水準にまで到達していたことを示していると思うのだ。やはり新古今の抒情詩としての詩的結晶度、芸術性の高さを認めざるを得まい。堀田善衛は前記の著書で、定家のこの歌と俊成卿女の、

面影の霞める月ぞ宿りける春や昔の袖の涙に

との歌を引いて次のように言っているが、マラルメの詩などを齧ったことのある私としては、これに全面的に賛意を表したいのである。『新古今和歌集』のような高度に錬成され、洗練のきわみにある言語芸術を、中世初期という時代にもっていた日本人が、マラルメなどの「純粋詩」という観念に振りまわされて、フランス象徴派の詩を、あたかも人類が到達し得た言語芸術・詩文学の極致のように崇めること自体がおかしいのだ。六朝の詩も新古今も知らないフランス人がそう思い込むのはかれらの勝手だが、日本人までがその尻馬に乗って大騒ぎすることはないと思う。堀田善衛曰く、

「感覚浮遊の極点と言うべく、また状況としての浮遊でありながら、その定着において彫金のような金属的なまでのつめたさをあわせもつ作歌の、その極端な、いまにも気化蒸発し去るかと思わせるほどの洗練というものが、如何にもと感得されればそれで足りるだろうと私は思っている言語を駆使しての芸が、かくも過度かつ極端なところまで達し得ることができた例は、他に求めることができない。これに比べれば、フランスの象徴派など、もっと日常に近いのである」。

もっとも、人がかような観念性の強い歌、ひたすら美的観念を研ぎ澄まし練磨して生まれた幻想的、絵画的な歌を好むか否かは別の問題である。

これも周知のことだが、『新古今和歌集』という歌集は、かような趣の歌ばかりを収めているわけではなく、人麻呂や赤人などの万葉集の歌さえも入っていることは、言っておかねばならない。収録されている歌の割合にしても、『千載集』までの歌人の作が多いし、そもそも最も多く入集しているのは、その歌風がおよそ新古今的ではない西行の歌なのである。それを承知の上で、この歌集の前衛的な詩学を代表し、その独特の美学、歌風を最も先鋭化した形で作品として結晶させている歌人たちの歌を指して、『新古今和歌集』と言っているのだと理解していただきたい。

さて紙幅の都合もあるので、これ以上個々の歌について解釈談義をするつもりはないが、ひたすら言語の力によって構築され、観念的、非現実的ではあるが、幽艶かつ華麗な美の世界を現出していると私の眼に映る何首かを引いておこう。

白妙(しろたへ)の袖の別れに露おちて身に染む色の秋風ぞ吹く　　藤原定家

年も経ぬ祈るちぎりは初瀬山尾の上の鐘のよその夕暮　　同

玉ゆらの露も涙もとどまらずなき人こふる宿の秋風　同

梅の花にほひをうつす袖のうへに軒もる月の影ぞあらそふ　同

くれてゆく春のみなとは知らねども霞に落つる宇治の柴船　寂蓮

うちしめりあやめぞかをる郭公(ほととぎす)なくや五月(さつき)の雨の夕ぐれ　藤原良経

風かよふねざめの袖の花の香にかほる枕の春の夜の夢　俊成卿女

花さそふ比良の山風吹きにけり漕ぎゆく船のあと見ゆるまで　宮内卿

いずれも冷え冷えとした「氷結した美」、「凍れる美学」を具現している歌であって、そこには作者の熱い魂の鼓動も激情もなく、読者の心につよくはたらきかけ、これを揺すぶることもないような歌である。それは人間的な感動を敢えて押し殺してまで芸術性を獲得することを意図した歌、ことばのもつ自然さを極度にまでそぎ落し磨き上げて構築された、美的虚構の世界と見える。それらは万葉的な尺度、人間的な抒情の流露を重く見る立場からすれば、文学としては高く評価できないのかもしれない。しかしここには、ことばの力によって築かれた、揺るぎない確かな美の世界がある。みやびそのものの世界、いかにも繊弱で蒼白な仮象の美、頽唐美ではあるが、間違いなく言語芸術としての新古今が達成した、ひとつの極北であることは認めないわけにはいかないのだ。繰り返し強調しておくが、中世初期というあの時代に、定家に代表される新古今の歌人たちが、かくも詩的言語を精錬練磨し、ほとんど象徴詩の生きに迫った詩的完成度・結晶度の高い作品を生み出したということ、この事実は、積極的に高く評価すべきだと思う。少なくとも、ラテン語詩であれ俗語詩であれ、ヨーロッパ中世の詩には、かほどに高度な芸術的完成度を示しているものはないと、断言してもよい。学殖の産物であるヘレニズム時代の巧緻なギリシア詩、それと新古今よりだいぶ時代は遡るが、謝霊運などに代される華麗な修辞を誇る六朝詩などが、これによく匹敵しうるレベルにあると言えるのではなかろうか。

ヨーロッパの詩が飛躍的に精緻の度合いを深め、洗練されたものとなるのは、ギリシア・ローマ詩の再洗礼を受けたルネッサンス以後のことである。フランス詩を例にとれば、ロンサールに代表されるプレイヤード派の詩人たちの登場を待ってのことになる。それより遥かに先立って、中世初期という時代に、新古今の歌人たちは、洗練のきわみである韻文芸術の世界を築きあげていたのだ。そういうことを念頭に置いて、新古今の歌というものを改めて見直すと、純粋な言語芸術としての『新古今和歌集』は、東西古典抒情詩の中でも、最高度に高い評価がなされてしかるべきだと思うのだ。この中世の歌集は、「文学から生まれた文学」というものが、時にきわめて芸術性の高い作品となりうることを、如実に示している。なんとも平凡な結論だが、ギリシアの詩や和歌を耽読し、長年にわたって東西の古典詩を読み散らしてきた男の結論なのである。

『新古今和歌集』とヘレニズム時代のギリシア詩

小文の冒頭で述べたとおり、新古今の歌とヘレニズム時代の詩には、文学現象としても、また詩風・歌風にしても、どこか相似たところ、共通したところが認められる。実際、文学現象としての類似という点に関して言えば、過ぎ去った王朝文化の残影の中に生まれ、古典を強く意識してその伝統を背負った古典主義の文学、文学的教養を前提として成り立った、繊細巧緻で人工的な文学としての『新古今和歌集』と、ヘレニズム時代のギリシア詩との間に、不思議なほどの共通性が認められるのは、興味深いことである。時代は無論の事、文化の様相も、文学的伝統もまったく異なるにもかかわらず、古典ギリシアという偉大な文化が衰変し次第に終息しつつあった頽唐期の文学として、ヘレニズム時代の詩には、表面的にではあれ、『新古今和歌集』に似通うところがあるのは否みがたい。

前七世紀から前五世紀という上代（アルカイック期）に偉大な完成を見た後に、一世紀近い「抒情詩暗黒時代」を経て、ヘレニズム時代に復活再生したギリシア抒情詩（エピグラム詩がその支配的形態であった）は、古典を背後に背負った文学として、「詞(ことば)は古きを慕う」尚古主義・古典主義が支配し、詩の作者は同時に前代の詩の読者でもあり、その再創造者でもあるという現象が見られたのである。詩を作る者としてのその文学的立場は、新古今の歌人たちのそれとまさに同じであった。『新古今和歌集』は勅撰和歌八代集の最後を飾る歌集だが、いささかそれに似た現象として、この時代に詩人メレアグロスの手によって、古今のギリシア抒情詩（エピグラム詩）の集大成である詞華集『花冠』が編まれるということがあった。またエジプト王として当時アレクサンドリアを統治していたプトレマイオス朝のピラデルポス二世などの庇護を受けた詩人たちが活躍し、わが国の歌集に相当する個人の詩集が数多く編まれたのもこの時代であった。

牧歌の始祖として知られるテオクリトスと並ぶヘレニズム詩の代表的詩人である学匠詩人カリマコスの詩風がこれをよく示しているように、全体としてヘレニズム詩は学問や文学的教養と固く結びつき、詩とはなによりも学識と技巧をもって作るものという側面が顕著であった。詩人たる者には古典の学殖と高い文学的教養が要求されたばかりか、定家のことばを借りて言えば「知恵の力もて歌を作る」のが支配的な作詩法であり、そこでは「精妙華麗で繊細優美なことばのつらなり」（leptai rhesis）が何より高く評価されたのである。『ギリシア詞華集』第五巻に収められている、メレアグロス、アスクレピアデスなどの巧緻を凝らした愛の詩にしても、一見真摯なもののように見えるが、その実題詠にも等しい虚構の作にほかならない。深甚な学殖の産物であり、膨大な典故を踏まえたカリマコスの詩などもそういう性格のものであって、現実生活とはおよそ密着していない、純粋に知的な操作によって、繊細巧緻に築き上げられた人工的な美的虚構の世界、それがヘレニズム詩、アレクサンドリア派の詩人たちの詩の世界であった。

それは洗練をきわめ頽唐期を迎えた文明の産物であり、教養人、都会人の文学にほかならなかった。「都雅」(urbanitas)はアレクサンドリア派の詩人たちの最大の特徴だが、これこそはまた新古今の歌人たちの歌の特徴、特質ではなかろうか。古典主義に立って過去の偉大な文学を範と仰ぎ、「詞は古きを慕い」、意識的に現実を拒んで、ひたすら知力によって美的世界を構築することを目指したヘレニズム詩が、同様の創作方法をとった新古今の歌人たちの歌風と、おのずから似通った側面をもったとしても、なんの不思議もない。それは偉大なる古典文化を背後にもち、それを意識的に把握しつつ、その終末期に立つ者として古典の重みに耐えながら、作品を生み出さざるを得なかった時代の文学に見られる、国や地域を超えたひとつの共通する文学現象と言えるのではなかろうか。

いまさら言うまでもないことだが、『新古今和歌集』という歌集には、圧倒的に題詠の歌が多い。題詠とはつまり現実や実感を基底にもたない「虚の世界」を、言語の力だけで詩として芸術的に結晶させたものだと言ってよかろう。後にふれるが、これはヘレニズム詩にもあった。さらには新古今の最大の特徴のひとつは「本歌取り」である。それに加えて、既存の和歌、漢詩等の辞句や意味、あるいは内外両典にわたっての故事を引用する(風巻景次郎氏の言う「引喩」)といった技法も、この歌集の一特徴をなしている。そこから生まれたものは、現実生活や実感とはかかわりの薄い人為的・人工的な文学、作為による虚構、仮象の美の世界だと言ってもよい。それゆえ題詠や本歌取りといった文学技法は、いわば「作りもの」の文学として、新古今を嫌う人々には評判がよくない。確かに先行する文学を素材とする文学であるから、そこには読者の心に強くはたらきかけ、魂を揺すぶって感動を呼ぶような文学が生まれにくいことは事実だ。だからと言って、そのことは直ちに、作者の独創性や詩的精神の貧困、その衰弱を意味するものではない。「詩には別天地あるべし」であって、情感や思想の自然な流露だけがすぐれた詩を生むわけではない。知的な興趣や感興を身上とする詩も、またすぐれた詩でありうることを忘れてはなるまい。定家による本歌取りの歌として名高い、和泉式部の歌を本歌にもつ一首、

かきやりしその黒髪のすぢごとにうちふすほどは面影ぞ立つ

という歌なぞは、文学から生まれた文学である本歌取りの歌というものが、どれほどの芸術性の高みに立ちうるものか、如実に物語ってはいないだろうか。恋する女への思慕を詠ったその映像性の豊かさ、その透徹した感覚描写、歌全体が醸し出す独り寝の寂寥感が、この一首にはみなぎっている。まさに妖艶美の極致と言うに足る作だ。本歌はこれも和泉式部の代表作で広く人口に膾炙した、

黒髪の乱れもしらずうち臥せばまづかきやりし人ぞ恋しき

との一首だが、恋歌としてのこの二つの歌の趣はまったくと言っていいほど異なっている。恋する女の魂の内奥からほとばしり出たかのような、激情的な、おそろしいまでの臨場感のある和泉の歌に比べれば、定家の歌はいわば「凍れる」美の世界を形作っている。それは作為の美の極致であり、虚の世界が織りなす美そのものだが、詩としては極上のものと言えるだろう。これを否定する人は、「詩は詩想（イデー）で作るものではなくして、言葉（モ）（むしろ「単語」と言うべきか）で作るものだ」と説いて、霊感を否定しひたすら知力によって構築されたヴァレリーやマラルメの詩も否定しなければなるまい。独創性は詩人においては重要な要素だが、先行する作品を受け入れてこれを完全に同化し、その言語を改鋳してさらにすぐれた詩となすという「鉄を点じて金と成す」点鉄成金の作詩法もまたあなどりがたいものがある。これもまた文学制作の有力な手法であることを、定家の歌は教えてくれるのである。

話をギリシア詩に戻すと、古典主義に立ち、過去の文学に関する教養を前提として成り立つ文学であるからには、新古今の歌と同じくヘレニズム詩においては、現実生活や個人の思想に直結し、そこから生命を得たり活力を汲み上げることを創作の動機やエネルギーとはせず、むしろ「本歌取り」へと赴く流れが生じたのも、また当然かもしれない。ヘレニズム詩においては、前二世紀以後の作品において、「文学から文学を作る」、「詩から詩を生む」という技法が、「ミーメーシス（mimesis）」つまりは「模擬（imitatio）」として盛んにおこなわれるようになったのが眼を惹く。前三世紀においてエピグラムが支配的な詩形式として安定した座を占めると、これをモデルとして、同じ詩形式の枠内でそのミメーシスつまりは「模擬」が繰り返されるようになるのである。原詩の形はそのままにして、その改鋳を目指すという点では、まさに新古今の歌人たちがおこなった本歌取りと異なるところはない。つまりは先行する詩をモデル（原詩・本歌）とし、そのヴァリエーションを生み変奏を奏でることで、イメージの重層化、豊富化をはかると同時に、詩の表現の巧緻においてこれを凌駕しようという作詩法にほかならない。

シドンのアンティパトロスはその名手であった。『ギリシア詞華集』をひもとくと、「類想歌」ならぬ「類想詩」がいくつも並んでいるのに驚かされる。ある詩人による特定のテーマの詩が、それに続く詩人たちによって、少しずつ改変改鋳されて飽くことなく繰り返し詠われているのである。模倣が模倣を生み、模擬が模擬を呼んだ結果である。それに加えて、新古今に多く見られる「引喩」に相当する技法も、数多く認められる。またアナクレオンの詩を模したり、アナクレオンを詠った「アナクレオンテイア」と呼ばれる歌謡風の一群の作品群があって、これはヘレニズム時代以降も書かれ続けたが、これは先行する作品の変奏、ヴァリエーションとして長期間にわたって生み出されたものである。つまりは本歌取りの連続体であると言ってよい。さらにはヘレニズム詩には、わが国の「屏風歌」にも似た、絵画や彫像を見て作られた「事物描写詩（エピディクティカ、エクプラシス）」と呼ばれるエピグラム詩が数多くあり、『ギリシア詞華集』はそのたぐいの詩を数多く収めている。つまりはこれまた一種の題詠以外の何物でもない。題詠だからといって、その詩の文学的価値を頭から否定するいわれはなかろう。

ちなみに「文学から文学を作る」という創作方法そのものは、中国の古典詩にも見られるものだ。模範とする詩からその精髄を巧みに抽出し、そこに作者の息吹を吹き込んで、それに新たな詩的生命を付与してわが詩となすという、「模擬」という作詩法がそれである。それは黄山谷の唱える「換骨奪胎」、「点鉄成金」の詩学として詩人たちに拠って実践されたが、新古今の歌やヘレニズム詩とは異なり、中国の古典詩ではこの作詩法が詩派的な力をもったり、有力な創作方法となることはなかったようだ。とはいえ、中国の詩には「何々の体に倣う」という、先行する詩人の詩風やスタイルを模した作品が少なからずあるし、「唱和」、「次韻」といったものも、広義における本歌取りあるいはこれに類するものと見られないこともない。また中国の詩は現実を基盤としたところから生まれるものだとはいえ、同時に古典主義、尚古主義であって典故を何よりも重んじるから、そこには「文学から生まれた文学」という側面が色濃く認められることは否定できないだろう。さらに言えば、ローマの抒情詩などは、全体として見れば、ギリシア詩の本歌取り的な要素が強い。「換骨奪胎、点鉄成金」こそはローマの詩人たちの詩作の本領であり技法であって、ホラティウスの『歌章（カルミナ）』詩などは、それを如実に示していると言える。

いずれにせよ、『新古今和歌集』という歌集を特徴づけている本歌取りは、なにもわが国の和歌の専売でも固有の文学技法でもないということは確認しておきたい。それはひとつの文学技法として、いささかも作品の詩的価値を減じるものではなく、もっぱら詩的言語の自立性に依拠して、観念的で狭小ではあるが、洗練の極致にある美的世界を構築したものとして、積極的に評価されるべきだと思うのである。

これまで新古今の歌とヘレニズム詩の文学現象としての共通点、また詩風や作詩法などに見られる類似点を指摘してきたが、当然のことながら相違点もまたある。全体として、ヘレニズム詩には新古今の歌が特徴とする象徴性、幻想性、絵画性といったものは存在しないか、あるいは希薄である。総じてヘレニズム時代のエピグラム詩は、ヨーロッパの詩としては短いものが多く、最小の形ではわずか二行、音節数から言えば和歌とほぼ同じである。その短い詩形においてさえも、エピグラム詩の場合は、詠う対象を常に明晰、明瞭に表現している。本質的に文学から作られた文学であり、現実を離れた仮象、虚構美を、洗練され巧緻のかぎりを尽くしたことばで構築するという点では、両者には確かに共通するものはあるが、相違点もまた大きいことは言い添えておかねばならない。

『新古今和歌集』という歌集をどう評価するかは、なかなかにむずかしい問題である。改めて言うまでもないことだが、文学作品、より狭くは詩を評価する基準は絶対的なものではない。詩をどのようなものとしてとらえ、詩に何を求めるかによってもその評価は異なるだろうし、時代の好尚もあるからその評価にも変遷があって、決して万古不易ではないはずだ。これを和歌変遷史や万葉集との対比・比較といったものから切り離し、あくまでひとつの言語芸術として、また日本人による抒情詩の一頂点としてより広い視野においてとらえ、評価することが必要なのではなかろうか。和歌の一素人である私が試みたのは、そのプレリュードのごときものに過ぎない。それが本格的になされるためには、東西の古典詩に精通し、確かな審美眼、詩眼をそなえた大碩学の登場を待たねばならない。さような碩学による「比較詩学」とやらが望まれる所以である。

＊本付論は、『式子内親王——清冽・ほのかな美の世界』（二〇一一年一一月刊行、ミネルヴァ書房）の一章として刊行されたものである。

テクストおよび主要参考文献

以下掲げる文献は、ギリシア抒情詩に関する網羅的なものではなく、あくまで著者が依拠しないしは参照したテクスト、ならびに過去に読んで学び、ギリシア詩人に関する詩人観を養ったり、また今回本書執筆に際して再読参照したり、本文中に引用した訳詩作成のために利用した書物である。

I　古典期ギリシア抒情詩全般ならびに古典期までの詩人たちの各章であつかった詩人たちに関わる文献

（順不同、配列はほぼテーマ別）

テクスト

1. D. L. Page, *POETAE MELICI GRAECI*, Oxford at the Clarendon Press, 1962
2. D. A. Campbell, *Greek Lyric Poetry*, A Selection, Macmillan, 1967
3. D. Campbell, *Greek Lyric Poetry*, Bristol Classical Press, 1967
4. *I Lirici greci*, A Cura di Maria Pontani, Einaudi, 1969
5. D. E. Gerber, *Euterpe*, Adolf Hakkert, 1970
6. G. O. Hutchinson, *Early Greek Lyric Poetry, A Commentary on selected larger Pieces*, Cornell University Press, 1974
7. *Lirici greci tradotti da poeti italiani contemporanei*, Bompiani, 1976
8. G. Perrotta. *I Lirici greci*. Garzandi, 1976
9. D. D. Skiadas, *Archaikos Lyrismos*, Ekdosis Kardamitza, 1981
10. R. Cantarella, *Poeti Greci*, Rizzoli, 1993

11. Lucas P. Papadimitropoulos, *Archaiki Lyriki Poisi*, Ekdoseis Steph. Bsiliapouloz, 1996
12. Ioannis Ach. Mparpas, *LYRIKI POISI*, Zitros Ekdosis, 2000

研究書

1. R. C. Jebb, *The Growth and Influence of Classical Greek Poetry*, Kennikat Press, 1893
2. A. Croiset, *Histoire de la Littérature grecque, Tome second*, Fontemorg et Cie Editeur, 1914
3. B. Snell, *Die Entdeckung des Geistes*, Claassen Verlag, 1955
(ブルーノ・スネル『精神の発見——ギリシア人におけるヨーロッパ的思考の発生に関する研究』、新井靖一訳、創文社、一九七四年)
4. A. R. Burn, *The Lyric Age of Greece*, Edward Arnold, 1960
5. B. Snell, *Poetry and Society*, Books for Libraries Press, 1961
(ブルーノ・スネル『詩と社会——意識の起源に対するギリシャ詩人の影響』、新井靖一訳、筑摩書房、一九八一年)
6. C. M. Bowra, *Greek Lyric Poetry*, Oxford at the Clarendon Press, 1961
7. J. W. Mackail, *Lectures on Greek Lyric Poetry*, Biblio and Tannen, 1961
8. H. Frankel, *Dichtung und Philosophie des frühen Griechentums*, Verlag C. H. Beck, 1962
9. R. Fuhrer, *Formeproblem-Untersuchung zu den Reden in der frühgriechschen Lyrik*, Verlag C. H. Beck, 1967
10. M. Treu, *Von Homer zu Lyrik*, Verlag C. H. Beck, 1968
11. R. Harriot, *Poetry and Criticism before Plato*, Methuen, 1969
12. G. M. Kirkwood, *Early Greek Monody*, Cornell University Press, 1974
13. C. Calame, *Les Coeur de jeunes filles en Grèce antique*, Edizione dell'Ateneo, 1977
14. M. R. Lefkowitz, *The Lives of the Greek Poets*, Johns Hopkins University Press, 1981
15. D. A. Campbell, *The Golden Lyre*, Duckworth, 1983
16. F. Adrados, *Origenes de la Lirica Griega*, Editorial Coloquio, 1986

17. R. L. Fowler, *The Nature of Early Greek Lyric*, University of Toronto Press, 1987
18. P. E. Easterling & B. M. W. Knox ed., *Early Greek Poetry, Cambridge History of Classical Literature*, vol. 1, Cambridge University Press, 1989
19. G. Lambin, *La Chanson dans l'Aitiquité*, CNRS Editeur, 1992
20. E. Gaygutia, *Cantos de mujeres en Grecia Antigua*, Ediciones Classicas, S. A., 1994
21. F. R. Adrados, *Sociedad, amor y poesia en la Grecia antigua*, Alianza Universidad, 1995
22. D. E. Gerber, *A Companion to the Greek Lyric Poetry*, Brill, 1997
23. B. Acosta Hughes, *Arion's Lyre, Archaic Lyric into Hellenistic Poetry*, Princeton University Press, 2010

和書

1. 呉茂一『ぎりしあの詩人たち』、筑摩書房、一九五六年
2. 高津春繁『ギリシアの詩』、岩波書店、一九五六年
3. 鈴木照雄「ギリシア抒情詩における無常の系譜」（『ギリシア思想論攷』、二玄社、一九八二年所収）

ギリシアの音楽関係

ギリシアの音楽に関して

1. L. Gamberini, *La parola e la musica nell'antichità*, Olschk, 1962
2. J. Chailly, *La Musique de la Grèce antique*, Les Belles Lettres, 1979
3. W. D. Anderson, *Music and Musicians in Ancient Greece*, Cornell Univetsity Press, 1994

詩律論

1. D. S. Raven, *Greek Metre*, Faber and Faber, 1962
2. B. Gentili, *La Metrica dei Greci*, Casa Editrice G. D'Anna, 1972

翻訳

1. E. Romagnoli, *I Lirici Greci*, Zanichelli, 1932
2. R. Brasillach, *Anthologie de la Poésie Grecque*, Stock, 1950,
3. F. L. Lucas, *Greek Poetry*, Everyman's Library, 1966
4. M. Valgimigli, *Saffo, Archiloco e altri lirici greci*, Mondadori, 1968
5. D. Ebener, *Griechische Lyrik*, Aufbau Verlag, 1976
6. M. Yourcenar, *La Couronne et la Lyre*, Gallimard, 1979
7. C. Garcia Gual, *Antología de la Poesia lirica griega*, Alianza Editorial, 1980
8. M. B. Sanchez, *Antología de la Poesia Erotica de la Grecia Antigua*, El Carro de la Nieve, 1991
9. B. H. Fowler, *Archaic Greek Poetry*, University of Wisconsin Press, 1992
10. M. L. West, *Greek Lyric Poetry*, Oxford Clarendon Press, 1993
11. C. Martinez, *Antología de la poesia erotica griega*, Catedra Letras Universale, 2009
12. A. Luque, *Los dados de Eros, Antología de poesia erotica griega*, Hiperion, 2011

和書

1. 呉茂一『ギリシア抒情詩選』、岩波書店、一九五二年
2. 呉茂一『花冠』、紀伊國屋書店、一九七三年
3. 『エレゲイア詩集』西村賀子訳、京都大学学術出版会、二〇一五年

II　各章であつかった詩人に関する文献（右に掲げた文献以外のもの）

アルキロコス

テクスト

1. F. Lasserre, *Les Epodes d'Archiloque*, Les Belles Lettres, 1950
2. A. Bonnard, *Archiloque, fragments*, Les Belles Lettres, 1958
3. M. Treu, *Archilochos*, Tusculum, 1959
4. F. R. Adrados, *Liricos Griegos, Elegiacos y Yambografos Arcaicos*, Ediciones Alma Mater, 1961
5. M. Tarditi, *Archilochus*, Edizioni dell' Ateneo, 1968
6. M. L. West, *Iambi et Elegi Graeci*, Oxford University Press, 1971
7. A. D. Skiadas, *Archaikos Lyrismos* 1, Athena, 1979
8. E. Savino, *Archiloco Frammenti*, Se Studio Editoriale, 1988
9. N. Rusello, *Archiloco Frammenti*, Biblioteca Universale Rizzoli, 1993

研究書・翻訳

1. J. Pouilloux ed., *Archiloque, Entretiens sur L'Antiquitè Classique Tome X*, Vandœuvres-Genève, 1963
2. H. D. Rankin, *Archilocus of Paros*, Noyes Press, 1977
3. A. P. Burnett, *Three Archaic Poets, Archilochus, Alcaeus, Sappho*, Duckworth, 1983
4. G. Brocca, *Tradizione ed esegiesi*, Paideia Editrice, 1969

和書

1. 沓掛良彦「アルキロコス・アルカイオス詩抄」『エポス』8号、一九八七年

アルカイオス

テクスト

1. E. L. Lobel & D. Page, *Poetarum Lesbiorum Fragmenta*, Oxford at the Clarendon Press, 1950

2. D. Page, *Sappho and Alcaeus*, Oxford at the Clerendon Press, 1955
3. M. Treu, *Alkaios Lieder*, Tusclum, 1963
4. W. Barner, *Neue Alkaios-Papyri aus Oxryrinchos*, Georg Olmsverlaghandlung Hildesheim, 1967
5. Soter Kakisi, *Alkaios Ta poiemata*, Biblipoleio, "ESTIAZ", 1979
6. D. A. Campbell, *Greek Lyric I, Sappho and Alcaeus*, Loeb Classcal Library, 1982
7. A. Porro, *Alceo Frammenti*, Giunti, 1996
8. S. A. Alexiadiis, *Alkaios Apanta, I Zaropoulos*（刊行年代記載なし）

研究書

1. C. Gallavotti, *La lingua dei poeti Eolici*, Adriatica Editrice, 1948
2. C. L. Mastrelli, *La liugua di Alceo*, G. S. Sansoni, 1954
3. H. M. Martin, Jr. *Alcaeus*, Twayne Publishers, 1972
4. S. Nicosia, *Tradizione testuale diretta e indiretta dei poeti di Lesbo*, Edizioni dell' Ateneo, 1976
5. M. Vetta, *Poesia e simposio nella Grecia antica*, Editori Laterza, 1983

和書

1. 橋本隆夫「アルカイオスと酒」、『近代』51（6）、神戸大学、一九七六年

サッポー

＊サッポーをあつかった章は、著者の旧著『サッフォー——詩と生涯』（平凡社、一九八八年）を要約抄出し、少々改変加筆したものである。同書執筆に際して用いたテクストおよび参考文献九七点は巻末に記載したとおりである。ここでは同書執筆以後に刊行され、今回の改変加筆の参考にした文献のみを挙げておく。

1. J. DeJean, *Fictions of Sappho 1546-1937*, University of Chicago Press, 1989

2. P. duBois, *Sappho is burning*, University of Chicago Press, 1995
4. M. Williamson, *Sappho's Immortal Daughters*, Harvard University Press, 1995
5. E. Greene, *Reading Sappho, Contemporary Approaches*, University of California Press, 1996
6. E. Greene, *Re-reading Sappho, Reception and Transmission*, University of California Press, 1996

*サッポーに関しては、昨年（二〇一六年）左記の必見と思われる最新の研究書が出たが、あまりに高価なため入手できず、未見である。

7. A. Bierl, *P. Sappho. Obbink and P. Gc Inv. 105, Frs. 1-4: Studies in Archaic and Classical Greek Song* (Mnemosyne Supplement 392), Vol. 2, 2016

アナクレオン

テクスト

1. B. Gentili, *Anacreon*, Atheneo, 1958
2. F. M. Pontani, *Saffo, Alceo, Anacreonte, Liriche Frammenti*, Einaudi Editrice, 1965
3. D. A. Campbell, *Greek Lyric II*, Loeb Classical Library, 1988

研究書・エッセイ

1. G. Lambin, *Anacréon, Fragments et imitation*, Presses Universitaires de Rennes, 2002
2. M. B. Sanchez, *Anacreontea, Un Ensayo para su datacion*, Consejo superior de investigacionees cientifficas Colegio trilingüe de la Universidad Salamanca, 1970
3. P. R. Rosenmeyer, *The Poetics of Imitation, Anacreon and Anacreontic Tradition*, Cambridge University Press, 1992

和書

1. 沓掛良彦「ギリシア飲酒詩閑話」（『讃酒詩話』、岩波書店、一九九八年所収）

2. 沓掛良彦「〈古代ギリシア〉酒神のいますところ」（沓掛良彦・阿部賢一編『バッカナリア・酒と文学の饗宴』、成文社、二〇一二年所収）

シモニデス

テクスト

1. D. Campbell, *Greek Lyric III*, Loeb Classical Library, 1991

研究書・翻訳

1. J. H. Molyneux, *Simonides A Historical Study*, Wauconda, 1992
2. O. Poltera, *Le langage de Simonide*, Pterlang, 1996
3. F. Simone, *Epigramme Grecque, Entreties sur l'Antiquité Classique Tome XIV*, Vandevres-Genève, 1968
4. J. S. Bruss, *Hidden Presences: Monuments, Gravesites, and Corpses in Greek Funerary Epigram*, Peeters, 2005
5. P. Bing & J. S. Bruss ed. *Brill's Companion to Hellenistic Epigram*, Brill, 2007

和書

1. アルクマン他『ギリシア合唱抒情詩集』丹下和彦訳、京都大学学術出版会、二〇〇二年

ピンダロス

*本書の著者が過去に眼を通したピンダロスのテクストならびに研究文献は、モノグラフィーだけでも七〇冊を越える。煩を厭うてそのすべてを列挙することを避け、今回本書執筆に際して用いたテクスト、再読、参照した文献のみにしぼって掲げる。

テクスト

1. C. M. Bowra, *Pindari Carmina cum fragmentis, Editio altera*, Oxford Classical Texts, 1947
2. A. Puech, *Pindare Tome I: Olympique*, Les Belles Lettres, 1930
3. A. Puech, *Pindare Tome II: Pythiques*, Les Belles Lettres, 1966
4. A. Puech, *Pindare Tome III: Neméénnes*, Les Belles Lettres, 1967
5. A. Puech, *Pindare Tome IV: Isthmiques, Fragments*, Les Belles Lettres, 1961
6. J. P. Sevignac, *Pindare, Oeuvres Complètes*, Editions de la Difference, 1990
7. G. P. Goold, *Olympian Odes, Pythian Odes*, Loeb Classical Library, 1997
8. B. Gentili, P. Angelli Bernardi, E. Cingano, P. Giannini, *Pindaro Le Pitiche*, Fondazione Lorenzo Valla/Arnold Mondadori Editore, 1995
9. G. A. Privitra, *Pindaro Le Istmiche*, Fondazione Lorenzo Valla/Mondadori Editore, 1982
10. Daniil Iakob, Th. Mauropoulos, *Pindaros. EPINIKOI Pythionikoi Neneonikoi*, Ekdosis Zitroz, 2008
11. B. Gildersleeve, *Pindar: The Olympian and Pythian Odes*, Reprinted Edition, Arno Press, 1979
12. G. E. Gerber, *Pindar's Olympian One: A Commentary*, University of Toronto Press, 1982
13. W. J. Verdenius, *Commentary on Pindar, Volume I*, Brill, 1987
14. G. Kirkwood, *Selections from Pindar*, Scholars Press, 1982
15. M. M. Willcock, *Pindar Victory Odes*, Cambridge University Press, 1995
16. I. Rutherford, *Pindar's Paeans*, Oxford University Press, 2001
17. M. R. Lefkowitz, *The Victory Ode*, Noyes Press, 1976

研究書

1. J. Duchemin, *Pindare Poète et Prophète*, Les Belles Lettres, 1955
2. G. Nebel, *Pindar und die Delphik*, Ernst Klett Verlag, 1961

3. R. W. Burton, *Pindar's Pythian Odes*, Oxford University Press, 1962
4. G. Meautis, *Pindare le Dorien*, A la Baconiere, 1962
5. C. M. Bowra, *Pindar*, Oxford at the Clarendon Press, 1964
6. J. H. Finley, *Pindar and Aeschylus*, Harvard University Press, 1966
7. G. Norwood, *Pindar*, University of California Press, 1974
8. G. F. Gianotti, *Per una poetica pindarica*, Paravia, 1975
9. D. E. Gerber, *Pindare, Entretiens sur l'Antiquité Classique*, Tome XXXI, Vandœuvres-Genève, 1985
10. Ch. Seagal, *Pindar's Mythmaking, The Fourth Pythian Ode*, Princeton University Press, 1986
11. Th. K. Hubbard, *The Pindaric Mind*, Brill, 1985
12. E. Bundy, *Studia Pindarica*, University of California Press, 1986
13. G. Bonelli, *Il mondo poetico di Pindaro*, G. Giappichelli Editore, 1987
14. P. Hemmel, *La syntaxe de Pindare*, Editions Peeters, 1993

レクシコン

1. J. Rumpel, *Lexicon Pindaricum*, G. Olm Verlagsbuchhandlungen, 1961
2. W. J. Slater, *Lexicon to Pindar*, Walter de Gruyter, 1969

和書

1. ピンダロス・久保正彰訳「オリュムピア祝捷歌集」（『世界名詩集大成・古代・中世篇』平凡社、一九六三年所収）
2. ピンダロス『祝勝歌集／断片選』内田次信訳、京都大学学術出版会、二〇〇一年
3. 安西　眞『ピンダロス研究――詩人と祝勝歌の話者』、北海道大学図書刊行会、二〇〇二年
4. 小池　登『ピンダロスの祝勝歌研究』、知泉書館、二〇一〇年
5. 沓掛良彦「詩人における詩神の観念――ピンダロスにおける詩女神について」、『神観念の比較文化論的研究』、講談社学術出版、一九八一年所収

6. 沓掛良彦「ピンダロス「ピューティア祝捷歌」第四歌・翻訳・註解・解題」、『東北大学文学部研究年報』28、一九七八年
7. 沓掛良彦「ピンダロス「イストミア祝捷歌」第八歌・翻訳・註釈・作品小論」、『東北大学文学部研究年報』30、一九八一年

ヘレニズム時代の詩全般に関わる文献

テクスト

1. J. U. Powell, *Collectanea Alexandrina*, Oxford at the Clarendon Press, 1925
2. N. Hopkinson, *A Hellenitic Anthology*, Camridge University Press, 1988
3. N. Hopkinson, *Greek Poetry of the Imperial Period: An Anthology*, Cambridge University Press, 1994
4. J. L. Lightfoot, *Hellenistic Collection*, Loeb Classical Library, 2009

研究書

1. U. von Willamowitz-Moellendorff, *Hellenistische Dichtung*, Weidmann, 1924
2. Ph.-E. Legrand, *La Poésie Alexandrine*, Paris, 1924
3. A. Rostagni, *Poeti Alessandrini*, Bottega d'Erasmo, 1963
4. T. B. Webster, *Hellenitic Poetry and Art*, Methuen, 1964
5. G. O. Hutchinson, *Hellenistic Poetry*, Oxford at the Clarendon Press, 1988
6. *The Cambridge History of Classical Literature, The Hellenistic Period and the Empire*, Cambridge University Press, 1989
7. M. Fantuzzi, R. Hunter, *Tradition and Innovation in Hellenistic Poetry*, Camridge University Press, 2004

和書

1. 『ギリシア詞華集』1～4、沓掛良彦訳、京都大学学術出版会、二〇一五年—二〇一七年

カリマコス

テクスト

1. Jo. Augustus Ernsti, *Callimachi Hymni, Epigrammata, et Fragmenta, Tomus I, II,* Lugdundi Batavorum, Apud Samuelem et Joannem Luchtmans, 1761
2. R. Pfeiffer, *Callimachus, Volumen I: Fragmenta, Volumen II: Hymni et Epigrammi,* Oxford at the Clarendon Press, 1949, 1953
3. E. Cahen, *Callimaque,* Les Belles Lettres, 1961
4. C. A. Trypanis, *Callimachus: Aetia, Iambi, Hecale and other Fragments,* Loeb Classical Library, 1958
5. G. R. Mclennan, *Callimachus: Hymn to Zeus Introduction and Commentary,* Edizioni dell'Ateneo e Bizarri, 1977
6. F. J. Williams, *Callimachus: Hymn to Apollo, a Commentary,* Oxford at the Clarendon Press, 1978
7. N. Hopkinson, *Callimachus: Hymn to Demeter,* Cambridge University Press, 1984
8. A. W. Bulloch, *Callimachus: The Fifth Hymn,* Cambridge University Press, 1985
9. A. H. Hollis, *Callimachus Hecale,* Oxford at the Clarendon Press, 1990
10. G. Zanetto, P. Ferrari, *Callimaco Epigrammi,* Mondadori Editore, 1992
11. G. B. D'Alessio, *Callimaco Aitia, Giambi,* Biblioteca Universale Rizzoli, 1996
12. G. B. D'Alessio, *Callimaco Inni, Epigrami, Ecale,* Biblioteca Universale Rizzoli, 1996
13. D. S. Carne-Ross, *Callimachus Hymns, Epigrams, Select Fragments,* Johns Hopkins University Press, 1988
14. A. Angelini, *Callimaco Epigrammi,* Einaudi, 1990

研究書・レクシコン・翻訳

1. B. Lavagnini, *Da Mimnermo a Callimaco,* G. B. Paravia, 1949
2. K. J. McKay, *The Poet at Play, Kallimachos, The Bath of Pallas,* Brill, 1962
3. P. Bing, *The Well-Read Muse: Present and Past in Callimachus and the Hellenistic Poets,* Vandenhoeck and Ruprecht in

Gottingen, 1988
4. A. Cameron, *Callimachus and his Critics*, Princeton University Press, 1995
5. E. Fernandes-Galiano, *Lexico de los Himnos de Calimaco I ~ IV*, Madrid, 1976-1980

和書

1. 沓掛良彦「女神の裸身を見し者・カリマコス『パラスの浴み』に寄せる頌詞」、『エポス』5号、一九八一年
2. 片山英男「カルリマコスの声」、『西洋古典学研究』30、一九八二年

テオクリトス

テクスト

1. J. M. Edmonds, *The Greek Bucolic Poets*, Loeb Classical Library, 1912
2. Ph.-E. Legrand, *Bucoliques Greqcues*, Les Belles Lettres, 1925
3. A. F. S. Gow, *Theocitus*, Oxford, 1950
4. G. Alieti, *Teocrito Gli Idilli*, Carlo Signorelli Editore, 1968
5. P. Monteil, *Theocrite, Idylles* (*II, V, VII, XI, XV*), Presses Universitaires de France, 1968
6. R. Wells, *Theocritus The Idylls*, Penguin Books, 1988
7. K. J. Dover, *Theocritus: Select Poems*, Bristol Classical Press, 1971
8. M. Cavalli, *Teocrito Idilli*, Oscar Mondadori, 1991
9. O. Vox, *Teocrito e poeti bucololici greci minorici*, UTET, 1997
10. Th. G. Mauropoulos, *Theokritos Moschos kai Bion*, Ekdoseis Zitros, 2007
11. A. L. Photiades, *Theokritos Eidyllia*, I. Zacharopoulos（刊行年代記載なし）

研究書・翻訳・レクシコン等

1. C. Gallavotti, *Lingua tecnica e poesia negli Idili di Teocrito*, 1952
2. Th. G. Rosenmeyer, *The Green Cabinet*, University of California Press, 1969
3. C. Serrano, *Problemi di poesia Alessandrina, I Studi su Teocrito*, Edizioni dell'Ateneo, 1971
4. Y. Furusawa, *Eros und Seelenruhe in den Thalysien Theokrits*, Verlag Konigshausen + Neumann, 1980
5. C. Gallavotti, *Theocritea*, Accademia Nazionale dei Lincei, 1999
6. J. Rumpel, *Lexicon Theocriteum*, Georg Olms, 1961
7. G. Sauter, *Nature in Greek Poetry*, Oxford University Press, 1939

和書

1. テオクリトス『牧歌』、古澤ゆう子訳、京都大学学術出版会、二〇〇四年
2. 古澤ゆう子『牧歌的エロース——近代・古代の自然と神々』、木魂社、一九九七年
3. 沓掛良彦「牧歌の伝統」(『ギリシア世界からローマ世界へ』、彩流社、二〇〇一年所収)
4. 川島重成・茅野友子・古澤ゆう子編『パストラル』、ピナケス出版、二〇一三年

III 『ギリシア詞華集』の三詩人（既出文献以外のもの）

アスクレピアデス

1. A. Angelini, *Asclepiade*, Giulio Einaudi Editore, 1970
2. D. H. Garrison, *Mild Frenzy: A Reading of the Hellenistic Love Epigrams*, (*Hermes, Zeitschrift für klassische Philologie, Einzelschriften* 41), 1978
3. L. A. Stella, *Cinque Poeti di Antologia Palatina*, Nicola Zanichelli Editore, 1959
4. S. L. Tarán, *The Art of Variation in the Hellenistic Epigram*, Brill, 1979

メレアグロス

1. P. Louÿs, *Poésie de Méléagre*, Œuvres Completes Tome I, Edition de Montagne, 1929-31
2. P. Jay, *The Poems of Meleager*, University of California Press, 1975
3. G. Guidorizzi, *Meleagro Epigrammi*, Oscar Mondadori Editore, 1992

パッラダス

1. C. M. Bowra, *Palladas and Christianity*, Proceedings of the British Academy, 1959

和書

1. 沓掛良彦「パルラダース詩抄」、『エポス』5、一九八四年
2. 沓掛良彦「パルラダースと異教の終焉」、『東京外国語大学論集』36、一九八六年

女流詩人たち

1. J. McIntosh Snyder, *The Women and the Lyre: Women Writers in Classical Greece and Rome*, Bristol Classical Press, 1989
2. D. Rayor, *Sappho's Lyre: Archaic Lyric and Women Poets of Ancient Greece*, University of California Press, 1991

コリンナ

1. D. L. Page, *Corinna*, The Society for the Promotion of Hellenic Studies, 1953.
2. C. Segal, *Aglaia: The Poetry of Alcman, Sappho, Pindar, Bacchylides, and Corinna*, Rowman & Littlefield Publishers, 1997

ノッシス、アニュテ

1. G. Geogheran, *Anyte The Epigrams*, Roma, 1979
2. K. Gutzwiller, *Poetic Garlands*, University of California Press, 1998

和書

1. 沓掛良彦「詩女神の末裔アニュテおよびノッシスとその詩風」(『詩林逍遥——枯骨閑人東西詩話』、大修館書店、一九九九年所収)

Ⅳ　その他の関連文献・文学史など

文学史

1. M. Hadas, *A History of Greek Literature*, Columbia University Press, 1950
2. R. Flacelière, *Histoire Littéraire de la Grèce*, Fayard, 1962
3. A. Lesky, *A History of Greek Literature*, Translated by J. Willis and C. de Heer, Methuen, 1966
4. R. Cantarella, *La Letteratura dell'eta ellenistica e imperiale*, Edizioni Accademia, 1968
5. A. Garzýa, *Storia della Lettratura Greca*, Paravia, 1972
6. Th. Moschopoulos, *Istoria tis Archaias Ellinikis Logotechniaz*, Gutenberg, 1979

和書

1. 高津春繁『古代ギリシア文学史』、岩波書店、一九五二年

その他

1. G. Highet, *The Classical Tradition*, Oxford University Press, 1949
（G・ハイエット『西洋文学における古典の伝統（上・下）』、柳沼重剛訳、筑摩書房、一九六九年）
2. H. J. Rose, *A Handbook of Greek Literature*, Methsen, 1934, Reprinted 1965
3. W. Jaeger, *Paideia, The Ideal of Greek Culture*, Translated by G. Highet, Basil Blackwell, 1965
4. C. Schneider, *Kulturgeschichte des Hellenismus*, Verlag C. H. Beck, 1967
5. J. Higginbotham, *Greek and Latin Literature, A Comparative Study*, Methuen, 1969
6. A. Bonnard, *Civilisation Grecque*, Editions Albert Mermoud, 1980
（アンドレ・ボナール『ギリシア文明史』、岡道夫・田中千春訳、人文書院一九八八年）

和書

1. E・R・クルツィウス『ヨーロッパ文学とラテン中世』、南大路振一・岸本通夫・中村善也訳、みすず書房、一九七一年
2. アリストテレース／ホラーティウス『詩学・詩論』、松本仁助・岡道男訳、岩波書店、一九九七年

あとがき

古典および古典研究受難の時代である。世は挙げて軽薄短小に流れ、情報万能の風潮が支配し、老いも若きもスマホなるものを手にして日々新たな情報（その多くは無用のものだと思われるが）を追い求めることに急で、古典を繙いてじっくりとこれに親しむというような奇特な人士は、急速に減少しているとの感がある。この現象は特に若い世代に顕著で、ともかく若い人が古典はおろかおよそ本というものを読まない。今世紀に入ってから、大学の学生の半分近くが年に一冊の本も読まないという信じがたい悲惨な知的状況が生じているのがこの国の現状である。明治以来の、いやそれ以前からの古典的教養などいうものは既に崩壊しつつあって、「教養人」だの「読書人」などという言葉ももはや死語になりつつあるのではなかろうか。著者のような老人が死に絶えた後、そういう人種はやがて地を払っていなくなるか、いたとしても「絶滅危惧種」か化石のごとく見なされる時代がやって来るものと思われる。いずれギリシア・ラテンの古典などを研究する学者は、考古学者の範疇に入れられるのかもしれない。

滑稽至極にも「最高学府」などと呼ばれたりもするわが国の大学は、「社会ですぐ役に立つ教育を」との産業界の近視眼的な要請によるものであろう、もはや「実学」ですらない速成丁稚教育の場と化し、それに押されて人文科学の研究は次第にその立場を失いつつある。実社会で「すぐに役に立たない」「虚学」の典型的代表である古典研究は無用の学問と見なされ危機に瀕しており、その将来は絶望的なまでに暗いと言わざるを得ない。このような実用一点張りの大学の職業学校化は、究極的には文化の貧困化を招き、日本文化そのものが奥行きを失った薄っぺらなものに堕することに、近視眼的な産業界の人々も、愚かな為政者たちも、教育を管理する無能な役人たちもなぜ気が付かないのであろうか。このままゆけばわが国の古典研究、古典教育は遠からず枯死する、いや枯死させられる懼れがある。戦後急成長を遂げたわが国の西洋古典研究は専門化が進み、著者などがとてもついていけないほどの高水準に達しているかの観があるが、古典研究が危機にさらされているこの国で、これとてもいつまで続くものか心もとない状況にあるように思われる。

そういう時代を反映して出版界の事情もまた極度に悪化し、内容の如何を問わず、ともかく売れない本を出すことが極めて困難になっている。一般に学術書、とりわけどうあっても多くの読者を望みえない、売れない本の代表である古典研究の書物などは、執筆する側に身銭を切る覚悟がないかぎり、世に問うことはまず難しいと言わざるをえない。

乗勢姦商唯射利　　勢いに乗る姦商は唯利を射る、
投機猾士欲求誉　　機に投ずる猾士は誉れを求めんと欲す
人情原好新奇事　　人情原（もと）好む新奇のこと
世俗争傳猥褻書　　世俗争って伝う猥褻の書

とは、明治から昭和にまでわたって活躍した漢詩詩壇の重鎮国分青厓が「売らんかな」の悪書の氾濫を痛嘆した詩句だが、巷の書店に山積みになっている無用の悪書を眼にするたびに、その感は深まるばかりである。川田甕江先生に同調して、

何當倩得祖龍手　　いつか当（まさ）に祖龍（そりょう）の手を倩（やと）い得て
焚盡人間無用書　　焚き尽さん人間（じんかん）無用の書

という思いを抱くのは本書の著者ばかりではあるまい。

　そんな悲惨な状況な中で、このほど本書は世に出ることとなった。これまたもはや「絶滅危惧種」となった東洋の一読書人が、古代ギリシアの抒情詩などというものに縁薄きわが国の稀少な読者を念頭において書いた、到底多くの読者を見出しえない一冊である。「果たしてこの時代にこの国でこういう本に関心をもち、読んでくれる読者がいるだろうか」というのが、本書の執筆中も著者である私をずっと苦しめた疑念であった。「誰看青簡一編書／不遣花蟲粉空蠹（誰か青簡一編の書を看て、花蟲〔紙魚〕をして粉として空しく蠹ましめざる）」という李賀の詩句が絶えず脳裡を去らなかった。

　しかし考えてみれば、わが国には少なくとも数千人の、いやおそらくはそれよりははるかに数多くのヨーロッパ文学の研究者がいるはずであり、その中には詩の研究者も少なからずいるものと思われる。隆盛を極めていると聞く比較文学なるものの研究者も相当数いるようである。そういう人々のすべてが、ヨーロッパの詩の淵源でありその原型であるばかりか、それ自体として近代詩にも劣らぬ高度な詩的完成度をもったギリシアの抒情詩にまったく無関心であるとは考えられない。仮にそうだとすれば、それはヨーロッパ詩の成り立ちや性格に関する知識や見方における、致命的と言ってもよいほどの認識不足や重大な欠落を抱えることになるからだ。G・ハイエットの好著 *The Classical Tradition*（柳沼重剛訳『西洋文学における古典の伝統』）を俟つまでもなく、ギリシア・ローマ古典は、ヨーロッパ文学の中に深く根を下ろしている。詩文学に関してもやはりそうであって、中世・ルネッサンスの詩は言わずもがな、一見古代詩とは無縁であるかに見える近・現代詩の中にも、その伝統は脈々と生きており、時にはそれがあらわな形で噴出したりしているのは、周知のとおりである。若干その例を挙げれば、ゲーテやヘルダーリンを持ち出すまでもなく、ギリシア抒情詩はリルケの詩にも色濃く影を落としており、T・S・エリオットは言わずもがな、エズラ・パウンドやロバート・フロスト、H・D（Hilda Doolittle）の詩の中にギリシア・ローマの古典詩が息づいているのは人も知るところだ。サン＝ジョン・ペルスの詩にピンダロスの詩の木霊を聞き取ることは困難ではないし、ボードレール、マラルメ、ヴァレリーもまたおよそ古典詩と無縁ではない。イタリアの詩人レオパルディが古典に浸ってその詩を養ったのも周知のこと、クワジーモドにしてもギリシア悲劇や抒情詩のすぐれた翻訳者でもあった。ギリシアの抒情詩はプーシキンの詩にさえもその反映が見られる。

もっとも明治以来わが国のヨーロッパ文学研究は近現代偏重で、海外の本家の「切り花」を摘むことにのみ急であって、それをはぐくんだ土壌を探り、根元から掘り起こしたりその源流に遡って考えてみるという姿勢が稀薄であるから、ヨーロッパ文学の研究者が掃いて捨てるほどいるからといって、その人々が直ちに古代ギリシア詩の読者になるとは限らない。例えば一六世紀フランスのプレイヤード派の詩人たちにしても、ギリシア抒情詩や『ギリシア詞華集』の詩を知らなければ深い理解も本格的な研究もおぼつかないはずだが、残念ながらそのことが十分に認識されているとは到底思われないのである。何分ルネッサンス以来ヨーロッパの詩に少なからぬ影響を与え、今日なお欧米では（多くは近代語訳によってだが）広く読まれている『ギリシア詞華集』にしても、「へえ、そんなものがあるのですか。知らなかったな。それはどんな詩なのですか？」などと無邪気に訊くヨーロッパ詩の研究者が後を絶たないのがこの国である。なんともお寒い現状だと言うほかない。一見隆盛を極め、高水準に達しているかに見えるわが国のヨーロッパ文学研究も、ディアクロニックな視点を欠いているため、意外にもその底は浅いと言うほかない。

古代ギリシアの詩にしても、ルネッサンス以後のヨーロッパの詩の源泉としてのみ尊重されたり、単に文学史的ないしは考古学的な関心で眺められたり、読まれたりすべきものではなく、それ自体が今なお生きた文学として読まれるに足るものであり、少なくともなにほどかは現代の読者の心にもはたらきかける力を秘めている。このことはわが国の読者に関しても言えることである。それが時空を異にし、文化的コンテクストの大きく異なるわが国の読者に、邦訳を通じてどれほど伝わるかは別にしてもである。

本書を世に送るにあたっての著者の願いは、この一冊を詩を愛する人々、とりわけルネッサンス以後の欧米の詩を研究する方々に読んでいただきたいということである。言うまでもなく、なにも研究者ではなくとも、わが国に無数にいるとおぼしき詩人たち、古代ギリシアに関心を寄せる人々、ヨーロッパの詩を愛する人々にも読んでいただければ、より幸いである。

遺憾ながら、古代ギリシアの抒情詩は、わが国ではヨーロッパ文学研究者の間でさえも、あまりにもわずかしか知られても読まれてもいない。邦訳に満足できないからといって、諸種のすぐれた近代語訳でこれに接して楽しんでいる人もあまりいないようである。たとえばフランス詩の研究者でマルグリット・ユルスナールの名訳詩集『花冠と竪琴』(La Couronne et la Lyre)に日頃親しんでいる人が果たしてどれくらいいるのだろう。E・ロマニョリやクワジーモドの名訳で、ギリシア抒情詩や『ギリシア詞華集』を楽しんでいるイタリア文学者はいるのだろうか。専門家以外に、ヘルダーリンの独訳でピンダロスの詩に接しているドイツ文学者は多くはいないのではなかろうか。それゆえギリシアにはどんな詩人たちがいてどんな作品を残したのか、まずそれを知っていただくことが肝要である。次いでヨーロッパの最古の抒情詩というものが、いかなるものであったか、どんな形で発生し、発展成長したのか、またその魅力や特質はどこにあるのか、多少なりともそれを伝えたい。と同時に、われわれ東洋の読者にとってはそれが容易にはなじみがたく、しばしば退屈であったりつまらぬと感じられる側面や難解な点は、どこにあるのか、その一端を本書によって知っていただけたらと思う。さらには本書が、漢詩や和歌といった韻文の文学によってはぐくまれたわれわれ東洋の読者の眼に、遥か昔のギリシアの詩はどういったものとして映るのかということを、しばし考えていただく機縁ともなれば著者としては喜びこれに過ぐるはない。

正直に言っておよそ期待できないことだが、敢えて蜀を望めば、わが国の古典和歌や漢詩の研究者、中国の古典詩の研究者の方々が偶々本書を覗いてくださるようなことがあれば、さらに嬉しい。同じく古典詩ではあっても、東西の詩文学・抒情詩はいかなる点で異なり、またときに相似た様相を呈するのかということを知るのは、古典詩歌研究の上で決して無駄ではないはずである。陶淵明や李白の酒詩を読んで古代ギリシアの「詩酒徒」アルカイオスの飲酒詩に思いを馳せ、和泉式部の恋の歌を唱してサッポーの愛の詩を想起するのは楽しいことではあるまいか。「本歌取り」という文学技法が、なにもわが国の古典和歌の専売ではなく、ヘレニズム詩の常套手段であったことを認識するのは、国文学者にとって一つの発見とはならないであろうか。

本書で著者が西洋古典学の専門家を対象とした、古典学徒による純学術的、客観的な「ギリシア抒情詩通覧・概説」あるいは「通史」というような形をとらなかった理由も、ひとつはそこにある。著者はあくまでギリシアの詩を愛する東洋の一読書人による、主観性の強いギリシア詩人論、作品素描として本書を書いたつもりである。そのため、読者を遠ざける恐れのある、出典や参考文献に関する詳細煩瑣な注などはあえて付さなかった。ただでさえ敬遠されがちなギリシア抒情詩に関する本が、厳密なあるいは衒学的な注に満ち満ちていたら、それだけでもう誰もが辟易して読もうとは思わないであろう。それは著者が最も恐れるところである。本書がヨーロッパ詩の淵源や祖型に関する知識を得るための参考書として読まれるのではなく、読者が著者と一緒に、古き世の異邦の詩世界をゆっくりと逍遙するような形で読まれるならば、著者としては本望である。願わくばそうあって欲しいものである。

本書の成り立ちについて一言しておく。「まえがき」でふれたように、本書は今年（二〇一七年）に最終巻が刊行された『ギリシア詞華集』の全訳を終えた二〇一五年の翌年の正月から秋にかけて、一気呵成に書かれたものである。サッポーをあつかった章のみは旧著『サッフォー――詩と生涯』を要約・抄出したものだが、他の章は「付　言語芸術としての『新古今集』」を除くと、すべて書下ろしである。著者は老来脳力、記憶力の急速な減退、筆力の衰えを痛感するようになり、「今のうちに急いで書いておかないとすべて忘れてしまう」と思い、あまり時間をかけると老人性痴呆症がますます進んでもう書けなくなってしまうとの懼れを抱いて、焦燥に駆られつつ短時日のうちにかなりの速度でこれを書いた。

身老自知性益急　身老いて　自ら知る　性益す急なるを
気衰偏愧志逾卑　気衰えて　偏えに愧ず　志　逾よ卑きを

（亀田鵬斎）

という状況での執筆であった。その間、神経の極度の疲労に起因すると思われる老人性鬱病の発症と、次第に顕著になる認知症の兆候にもずっと苦しめられた。加えて、積年の過度の飲酒により脳細胞のほとんどが死滅してしまったらしく、辛うじて生き残った僅かな脳細胞を酷使して本書を書かねばならなかった。完成をひたすら急いだため引用した訳詩が彫琢を欠き、全体にわたって文章の杜撰疎漏なことは言うまでもなく、過去に覗いた研究文献などの再読、確認、検証などがおろそかになっているところが多々ある。その点で内心忸怩たるものがあるが、「老来事業転荒唐」、喜寿を迎える呆け老人が企てた暴虎馮河の所業ゆえ、読者に寛大なお目こぼしを願うほかはない。

　読み返すと不備な箇所、意に満たないところばかりが眼につくが、これが現在の著者の限界かとも思う。本書が西洋古典学の専門家から厳しい御叱正を受けるのは、固より覚悟の上である。いずれ才学ともに著者などの及びもつかないすぐれた古典学者の先生が、本書を無用のものとする、本格的で真に学術的かつ文学性豊かなギリシア抒情詩研究、創見に満ちた詩人論を世に送ってくださるものと信じたい。その日を待たずして冥途へ旅立ってしまうのが心残りである。

本書の編集に関しては、京都大学学術出版会の國方栄二氏に全面的にお世話になった。優れた編集者であるのみならず自らが博雅の古典学者、ギリシア哲学の優れた研究者である同氏には、単なる編集の域を越えた貴重な助言を賜り、また老来万事杜撰疎懶にして書きっぱなしの私の粗雑な原稿に丁寧に斧鉞、修正を加えていただいたばかりか、出典、文献の確認、検証、面倒な索引の作成など、上梓に至るまで大変なご苦労をおかけした。本書が京都大学学術出版会から刊行されるに至ったのは、氏の御尽力によるものである。ただただ深謝のほかない。厚くお礼を申し上げる。

また老来東洋回帰が進み、横文字を廃して漢詩や和歌、狂詩・戯文の世界に埋没していた著者を一時期なりともギリシア詩への世界へと引き戻し、本書執筆のきっかけを作ってくださった中務哲郎氏、たびたびお励ましをいただいた内山勝利氏、ギリシア抒情詩研究のすぐれた成果をもって著者に覚醒を促し鼓舞してくださった、丹下和彦、西村賀子、古澤ゆう子諸氏にも謝意を表したい。その昔若き日にギリシア語を学ぶ手助けをしてくれ、プラトンやピンダロスの対読などで著者をギリシア文学の世界へ導いてくれた、半世紀を越える友人森谷宇一氏にも改めて感謝する次第である。さらには老来東洋古典の世界に安住している著者を常に叱咤し、絶えずギリシア・ローマ古典への関心を掻き立ててくれる長年の友池田黎太郎氏、自分の仕事に自信をもてない著者の貧しい古典研究をお認めくださり、しばしば書面をもって激励してくださった川島重成氏にもお礼を申し上げねばならない。

いずれにせよ、間違いなく西洋古典に関する私の最後の著訳書となる本書は、畏敬する多くの方々の支えと御厚意によって生まれたものである。ここにそれを記しておきたい。

ちなみに本書の最後に「付論」という形で収めた「言語芸術としての『新古今集』」を加筆修正の上、旧著『式子内親王私抄』から抽出、転載することを了承されたミネルヴァ書房にもお礼を申し上げる。
最後になったが、先にも述べたように、学術書とりわけ古典に関する書物の上梓が絶望的なまでに状況の中で、本書のようなおよそ多くの読者を望みえない本、それもかなり大部の本の刊行を決断された京都大学学術出版会の諸氏に、深甚な敬意と謝意を表する。それに応えて本書が一人でも多くの読者を見出すことを切に願わずにはいられない。

二〇一七年中秋

著者

[マ]

[ラ]

[アルファベット]

[サ]

[タ]

[ナ]

[ハ]

事項索引

[ラ]

[ワ]

[アルファベット]

［マ］

［ヤ］

［カ］

［サ］

人名索引

[ア]

[著者紹介]

沓掛良彦（くつかけ　よしひこ）

1941年長野県生まれ。東京大学大学院人文科学研究科博士課程修了。文学博士。東京外国語大学名誉教授。専門は西洋古典文学。

主な著訳書

『サッフォー――詩と生涯』（平凡社、後に水声社）、『讃酒詩話』、『和泉式部幻想』（以上、岩波書店）、『陶淵明私記――詩酒の世界逍遥』（大修館書店）、『西行弾奏』（中央公論新社）、『エラスムス――人文主義の王者』（岩波現代全書）、『式子内親王私抄――清冽・ほのかな美の歌』、『人間とは何ぞ――酔翁東西古典詩話』（以上、ミネルヴァ書房）、『古代西洋万華鏡――ギリシア・エピグラムにみる人々の生』（法政大学出版局）、『ピエリアの薔薇――ギリシア詞華集選』（水声社、後に平凡社ライブラリー）、『ホメーロスの諸神讃歌』（ちくま学芸文庫）、エラスムス『痴愚神礼讃――ラテン語原典訳』（中公文庫）、オウィディウス『恋愛指南――アルス・アマトリア』（岩波文庫）、『黄金の竪琴――沓掛良彦訳詩選』（思潮社、読売文学賞受賞）、『ギリシア詞華集』全4冊（西洋古典叢書、京都大学学術出版会）、など

ギリシアの抒情詩人たち
――竪琴の音にあわせ

2018年2月5日　初版第一刷発行

著　者　沓掛良彦（くつかけ　よしひこ）
発行人　末原達郎
発行所　京都大学学術出版会
京都市左京区吉田近衛町69番地
京都大学吉田南構内（〒606-8315）
電　話（075）761-6182
FAX（075）761-6190
URL http://www.kyoto-up.or.jp
振　替 01000-8-64677

ISBN 978-4-8140-0130-9
Printed in Japan

印刷・製本　亜細亜印刷株式会社
装幀　鷺草デザイン事務所
定価はカバーに表示してあります